KB248542

미늘의 끝

들녘

미늘의 끝 ⓒ 안정효 2001

초판 1쇄 발행일 · 2001년 9월 5일
초판 2쇄 발행일 · 2001년 10월 5일

지은이 · 안정효
펴낸이 · 이정원
펴낸곳 · 도서출판 들녘

등록일자 · 1987년 12월 12일
등록번호 · 10-156
주소 · 서울 마포구 합정동 366-2 삼주빌딩 3층
전화 · 편집 (02)323-7366 영업 · (02)323-7849
팩시밀리 · (02)338-9640
값은 뒤표지에 있습니다/잘못된 책은 구입하신 곳에서 바꿔드립니다.

ISBN 89-7527-263-X (03810)

홈페이지 : www.ddd21.co.kr

차 례

'미늘'은 고기가 걸리면 낚싯바늘에서 빠져 나가지 못하게 만들어 놓은 거스러미를 뜻하는 우리말이다.

백화점을 소유한 서구찬 사장에게는 인생이 항상 미늘처럼 여겨졌다. 살아가면서 인간이 저지르는 잘못과 죄는 지워지지를 않고, 한 번 살 속에 박힌 낚싯바늘의 미늘처럼 과거는 인간의 발목을 잡고 놓아 주지를 않는다. 삶이란 과거에서 이어지는 현재일 뿐, 새로운 시작이란 존재하지 않는다.

서구찬 사장은 삶에서 새로운 시작을 마련하기가 불가능하다는 사실을 알고, 그래서 인생의 방향을 바꿔 보려는 시도를 하지 못한다. 그는 자신이 인생의 정신적인 불구자라고 생각한다. 그래서 그는 자신의 삶을 바로잡으려는 시도를 하는 대신 자꾸만 도망을 친다. 힘들고 벅찬 문제가 생길 때마다, 예를 들어 이복 형제들 사이에서 재산 싸움이 났을 때도 그는 낚시 가방을 들고 도망을 쳤다.

서구찬은 이런 도피 여행 동안에 별장에서 수미라는 젊은 여자를 만나 사랑하게 된다. 그리고 그는 아내와 애인 사이에서 갈등하며, 두 여자 가운

데 아무도 선택하지를 못하고 고뇌하다가 죽음을 생각하기에 이르지만, 그
러나 막상 자살할 용기와 결단력이 없어 또다시 도망친다.

　두 여자 사이에서 아무런 해결과 해방의 길을 찾지 못한 서구찬은 세상
으로부터 도망쳐서 무작정 낚시 여행에 나섰다가 우연한 차량 접촉사고로
서울에서 내려온 한광우 전무를 만나 가까운 사이가 되고, 함께 추자도의
푸랭이섬으로 갯바위 낚시를 들어간다. 그리고 그곳에서 감생이를 낚시하
는 동안 서구찬은 자신과 여러 면에서 대조적이며 행동으로 삶을 살아가
는 한 전무의 자연아적인 모습을 보고는 용기를 얻어 어지러운 그의 인생
을 정리하러 서울로 돌아온다.

　그러나 막상 서울로 돌아온 서구찬은 이번에도 역시 자신의 삶을 바로
잡기 위한 새로운 시작을 못 하고, 막연히 자살을 생각하며 한 전무가 목숨
을 잃을 뻔한 똥여로 들어가기 위해 다시 추자도로 향한다.

　필자가 1991년에 잡지 〈문학정신〉에 발표했다가 중편소설집의 표제작
으로 삼았던 「미늘」은 거기에서 끝난다.

　「미늘의 끝」은 그로부터 10 년이 지난 다음, 한 전무와 서구찬의 또 다
른 낚시 여행에서 얘기가 시작된다. 그들 두 사람은 평도로 바다 낚시를
들어가고, 그곳에서 결국 인생의 얘기는 '끝'을 맞는다.

　「미늘」도 필자의 주변 사람들이 겪은 얘기를 바탕으로 해서 쓴 작품이
었다. 그리고 주인공 한 전무는 소설이 발표된 다음 몇 년 후에, 이 소설의
줄거리를 이루는 이상한 사건을 당하게 된다.

안 정 효

미늘의 끝

■ ■ ■ ■ ■ ■

서구찬 씨는 참으로 인간답지 못하게 살았노라고
인간이 인간답지 못하게 산다는 추악함은 치욕이면서 죄악이라고
그렇다. 그는 참으로 인간답지 못하게 살았다.
그래서 한 전무는 마당바위에 세워 줄 서 사장의 비석에
이런 글을 넣어야 되겠다고 생각했다.

그는 인간답게 살지는 못했을지 몰라도
참으로 인간스럽게 살다가 죽었다.

회덕 분기점에서 호남 고속도로로 접어든 다음 차량이 약간 뜸해지는 듯싶자 운전에 여유가 생긴 한광우 전무는 빠끔이로 뒤에 앉은 문제의 여인을 다시 한 번 힐끔 쳐다보았다.

수미는 갤로퍼하고라면 분명히 어울리지 않는 여자였다. 험상궂은 지프의 뒷좌석에 혼자 타기에는 너무 가냘프고 연약해 보였다.

한 전무는 다시 논산을 향해 달려가는 앞차들을 주시하며 운전을 계속했다.

서울을 떠날 때 한남동 낚시방 앞에서 처음 그녀를 보고 그는 대뜸 팔자가 복잡한 여자이리라는 인상을 받았었고, 시간이 흐를수록 그가 받았던 첫인상은 점점 더 확신으로 굳어져 갔다. 한 전무가 그런 생각을 했던 까닭은 그녀가 서른을 조금 넘긴 나이가 되도록 서구찬 사장과 '불륜의 관계'를 거의 10년 동안이나 질질 끌어 왔다는 데 대한 선입견 때문만은 아니었다.

수미가 박복한 여자이리라는 첫인상을 주었던 까닭은 연약함 때문이리라고 한 전무는 생각했다. 저렇게 연약한 몸으로는 자신의 운명을 감당하기가 쉽지 않으리라고 여겨질 정도로 수미는 몸집과 첫인상과 모든 것이 자그마한 여자였다. 서 사장에게서 너무 많은 얘기를 들어 지나칠 정도로 잘 알면서도 한 전무가 직접 만나기는 오늘이 처음이었던 그녀는 키가 남자의 어깨에 겨우 닿을락말락해서 1 미터 50 센티미터조차 제대로 차지를 않을 듯싶었다.

수미는 옷차림 또한 앞으로 닥칠 운명에 전혀 대비를 하지 않고 살아가는 데 익숙한 여자라는 인상을 주었고, 그래서 그녀의 가냘픈 몸매가 더욱 불쌍해 보였다. 소매가 없는 파란 블라우스에 속이 비칠 것처럼 희고 얇은 바지를 걸친 말끔한 옷차림은 그들이 가야 할 목적지의 험한 생활하고는 아무리 봐도 어울리지 않는 모습이었다.

첫눈에 수미가 불쌍해 보인 까닭은 그녀의 눈동자 때문이었는지도 모르겠다고 한 전무는 생각했다. 검은 눈동자가 너무 커서 흰자위가 아예 없는 듯 보이던 수미의 눈은 무척 순해 보였다. 그것은 무방비 상태로 위험에 노출된 사슴처럼 슬퍼 보이는 눈이었다. 그리고 그것은 어리석은 소의 눈이기도 했다.

슬프고 불쌍해 보이는 눈, 깨끗하게 그려 넘긴 가느다란 눈썹과 해맑은 피부, 가느다란 코와 얇은 입술, 수미의 얼굴은 어디를 봐도 금방 다쳐 피가 흘러나올 것만 같았다. 다칠까 봐 걱정이 되어 보호해 주고 싶은 저 얼굴 때문에 서 사장은 차마 가엾어서 아직까지도 수미를 버리지 못하고 그냥 미적미적 그늘에 숨겨 두고 살아온 모양이었다.

저렇게 연약한 여자가 어떻게 그토록 오랜 세월 동안 수모를 받고 시달리며 견디어 왔는지 한 전무는 그것도 통 알 길이 없었다. 구체적으로 어떤 수모를 당했는지는 잘 모르겠지만, 결혼한 남자를 해바라기처럼 쳐다보며 제2의 여인으로서 살아온 삶이라면 결코 순탄하지는 않았으리라. 혼자 힘으로는 자신의 몸뚱어리 하나 추스르기조차도 힘들어 보이는 여자가 구부러진 인생을 그토록 오래도록 잘 견디며 살아오다니 참으로 신기했다. 한 전무는 장희빈의 몸집도 저렇게 작고 연약했으리라고 엉뚱한 상상을 했다. 모질고 질긴 여자치고 몸집이 큰 법이 없었다.

그는 노처녀와 숨겨 놓은 여자는 아무리 나이를 먹어도 갤로퍼의 뒷자리에 혼자 앉은 수미처럼 '여편네' 티가 전혀 나지 않는 까닭이 무엇인지 그것도 궁금했다. 아기를 낳아 기르면서 날마다 지저분한 남편의 치다꺼리를 하는 사이에 자신도 어느새 망가지는 결혼 생활의 축복을 받지 않았기 때문일까?

한 전무는 서구찬 사장이 거북해서인지 한 번도 나한테 인사를 시키지 않던 수미를 이번에는 왜 불쑥 갯바위로 함께 데리고 가기로 했는지 그것도 궁금했다. 몇 달에 한 번씩 낚시를 떠나자고 느닷없이 전화를 걸어오고는 하던 서 사장이었기 때문에 이번에도 그러려니 했었다. 그런데 이번에는 서 사장이 이튿날 일부러 다시 전화를 걸어와서 한 사람 동행해도 되겠느냐고 물었다. 그는 동행이 초자라고만 했지 여자라고는 말하지 않았다. 한 마디만 귀띔을 했어도 한 전무는 오늘 함께 떠나는 사람이 누구인지를 알았을 텐데, 필시 어떤 불길한 목적을 가지고 서 사장은 일부러 얘기를 하지 않았음이 분명했다.

한 전무와 수미 그리고 서구찬 사장을 태운 갤로퍼는 호남 고속도로를 따라 한없이 남쪽으로 내려갔다.

● ● ●

"날씨가 많이 꾸물거리죠?" 앞으로 몸을 수그리고 앞창을 통해 하늘을 올려다보면서 서구찬 사장이 옆자리에서 혼잣말처럼 중얼거렸다.

그들은 유성 진입로를 지나 계속 호남 고속도로를 달렸다. 정확히 어디쯤인지는 모르겠지만 오른쪽으로 깊은 골짜기가 하나 내려다보였는데, 물을 받아 저수지를 만드느라고 산기슭을 깎아 놓아 대지의 속살이 시뻘겋게 드러난 꼴이 도살당한 짐승처럼 황량했다. 조금만 더 가면 논산저수지의 한 자락이 나타날 무렵이었다.

"바람도 제법이고요." 다시 뒤로 편히 기대앉으며 서 사장이 자문자답을 했다.

"갯바위 타기에는 아주 좋은 날씨잖아요." 자꾸만 얘기를 하고 싶어하는 서 사장에게 무엇인가 반응을 보여야 한다는 책임감을 느낀 한 전무가 말했다. "감생이란 놈은 바람이 좀 불고 갯바위에 파도가 일어야 입질이 활발해지는 고기이니까 말예요."

평일인데다가 한가한 시간이어서 차량이 많지 않았기 때문에 고속도로의 단조로운 풍경은 우중충한 날씨로 더욱 썰렁해 보였다. 장거리 운행이어서 엔진에 무리가 갈까 봐 잠시 냉방기를 꺼 버린 대신 바깥 바람이나 잘 들라고 반쯤 열어 놓은 옆창으로 후끈거리며 쏟아져 들어오는 바람에서 찐득찐득한 비 냄새가 났다. 그저께까지만 해도 필리핀에서 대만 해상까지 올라온 태풍 재니스의 기세가 제법이더니 또 비가 내릴 모양이었다.

텔레비전 일기예보에서 내보내던 위성 사진을 보면 며칠 동안 태풍 재니스의 새까만 눈도 선명했고 구름이 회오리를 치며 퍼져 나간 폭이 5백 킬로미터는 되어 보였다. 해마다 이맘때쯤이면 태평양에서 거의 매주일 태풍이 하나씩 나타나 바다를 타고 북쪽으로 기어올라오는데, 대부분의 경우 중국 대륙으로 상륙해서 소멸되거나 일본이 길을 가로막아 별탈이 없었지만, 가끔 제주도까지 쳐들어오는 태풍이 여름에는 늘 남해 바다 낚시에 방해가 되었다. 하지만 재니스가 갑자기 기운이 빠져 어제 오후부터 열대성 저기압으로 바뀌었으니 비는 제법 내리겠지만 낚시가 어려울 정도로 바람이 터질 걱정은 별로 없었다.

적어도 어젯밤 텔레비전의 일기예보에서는 그렇다고 했다.

"하여튼 이놈의 여름엔 태풍과 태풍 사이로 피해 다니며 도둑질하듯 낚

시를 해야 한다니까요.” 서 사장이 투덜거렸다. “거기에다 물때까지 봐야
하니 우리처럼 한가한 사람이 아니고서는 갯바위질은 때맞춰 다니기도 힘
들겠어요.”

　이라크 전쟁이 터지던 해에 ‘자살 여행’에 나선 서 사장과 한 전무의 차
가 목포 낚시점 앞에서 일으킨 접촉 사고를 인연삼아 같이 추자도 푸랭이
섬[靑島]으로 들어가 갯바위를 탄 이후 지금까지 두 사람은 장거리 바다 낚
시를 1년에 한두 번씩은 꼭 동행했던 터라 이제는 웬만큼 자주 만나는 술
친구보다도 훨씬 가까운 사이가 되어 버렸다. 그들 두 사람처럼 며칠씩이
나 몇 주일, 때로는 두어 달 동안 가정과 직장을 떠나 무인도로 들어가고
싶으면 아무 때나 마음놓고 훌훌 서울을 벗어나 갯바위 생활을 같이 할 친
구는 많지 않았다. 한 전무는 말이 전무이지 형의 자동차 정비공장에서 실
질적인 사장 노릇을 했으니까 운신이 항상 편했고 압구정 백화점의 사장
인 서구찬도 운신이 편하기는 마찬가지였다. 더구나 부사장인 그의 아내가
백화점 운영의 실권을 움켜잡고는 그를 사실상 허수아비로 만들어 버렸으
니 서 사장은 할 일이 없는 무직자나 마찬가지였다.

　그리고 또다시 몇 달 만에 만나 도시를 버리고 무인도로 떠나는 한 전무
와 서구찬 사장 그리고 수미를 태운 갤로퍼는 호남 고속도로를 따라 한없
이 남쪽으로 내려갔다.

●　　●　　●

　세 사람은 여산 휴게소에서 시뻘건 기름이 둥둥 뜬 육개장을 시켜 늦점
심을 먹었다. 다시는 만나지 않을 사람들만 상대로 하는 장사여서인지 고
속도로 휴게소는 항상 살벌했고, 어느 휴게소나 마찬가지로 이곳의 음식도
맛이 없었다. 모르는 사람들이 잠깐 들러 간단한 식사와 단체 배설을 하고
떠나는 곳, 인간의 사막이었다. 식당은 냉방 시설도 시원치 않아 끈끈한 바

람이 사막답게 후끈거렸다.

한 전무와 서 사장은 서울을 떠난 이후 여기까지 오면서 꾸물거리는 날씨에서부터 요즈음 이곳저곳 저수지 붕어 사정, 심지어는 이리역 열차 사고 때 이주일이 하춘화를 극장에서 업고 나왔다는 둥 온갖 얘기를 다 나누었다. 그러면서도 그들은 정작 자리를 같이 한 수미에 관해서는 한 마디도 얘기를 하지 않았다. 두 남자는 가능한 한 수미 쪽으로 시선조차 돌리려고 하지를 않았다. 서 사장과 한 전무 둘이서 낚시를 다녀올 때면 그들의 대화 가운데 절반 가량은 정수미라는 여자와 관련된 내용이었지만, 막상 수미가 그들과 같이 떠난 이번 여행에서는 그렇지를 않았다. 마치 누군가에 대해서 한참 흉을 보다가 본인이 나타나자 입을 다물어 버린 듯한 그런 분위기였다.

아직은 한 전무를 거북하게 여겨서인지 수미는 한남동에서 인사를 나눈 다음 지금까지 그에게 전혀 한 마디도 말을 하지 않았다. 수미는 서 사장에게도 별로 말을 걸지 않았다. 그리고 서 사장도 덩달아 어색해져서 수미에게는 말을 삼갔다. 그래서 두 남자는 마치 그들의 그림자처럼 붙어 다니는 정수미라는 여자가 아예 존재하지도 않는 것처럼 행동했다. 참으로 해괴한 분위기였다.

이런 어색한 침묵은 수미의 동행이 아무래도 예사롭지 않은 사건이라는 조짐 같았다. 한 전무는 그렇다면 수미가 어떤 특별한 이유 때문에 험한 갯바위 낚시로 가는 길을 따라 나섰는지가 궁금해졌다.

아침에 한남동에서 만났을 때 수미는 작고 조심스러운 목소리로 한 전무에 대해서 '구찬 씨'로부터 얘기를 많이 들었노라고 흔하디흔한 인사를 했다. 서 사장은 그래서 수미가 한 전무를 벌써부터 한 번 만나고 싶어했다는 해설을 곁들였다. 그렇기 때문에 오늘 서로 인사를 시키러 일부러 그녀를 데리고 나왔다는 설명 같았다. 한 전무는 처음에 그런가 보다 하고 그냥 넘어갔다. 하지만 지금 생각해 보니 서 사장이 수미를 달고 나온 까닭은 따로 있었다.

그들은 평도로 들어가는 배를 내일 아침에 타기 위해 고흥에서 오늘밤을 보낼 예정이었다. 고흥이라면 구찬과 수미가 처음 만난 곳이었다. 아마도 두 사람은 오늘 그들이 처음 만난 자리로 함께 되돌아가고 싶은 모양이었다.

첫 만남의 추억을 위해서일까?

아니면 여태까지 미적미적 끊지도 맺지도 못하던 수미와 서 사장의 관계에 혹시 어떤 전환점이 닥친 것일까? 그래서 그들은 마지막으로 마음을 정리하기 위해 출발한 자리로 되돌아가려는 것인지도 모를 일이었다. 그렇다면 이번에는 정말로 그들의 관계가 끝나려는가? 아니면 혹시……

따지고 보면 그들은 첫 헤어짐부터도 이별답지가 않았었다. 똥여에서의 사고 때문에 푸랭이섬 낚시를 중단하고 서울로 올라간 다음 사고 처리를 위해 범아공업사로 찾아왔을 때 서 사장은 분명히 그랬었다. 수미하고의 관계가 끝났다고 그러나 그것은 서 사장 혼자의 생각이었다. 그때 수미하고의 관계를 끝낸 사람은 서 사장이 아니라 수미였다. 아내 재명과 수미 두 여자 사이에서 갈팡질팡 어쩔 줄을 모르는 구찬의 꼴이 한심해서, 2천 개의 학을 접어 봐도 소용이 없다면서, 실망의 편지 한 장을 남기고 수미가 종적을 감춰 버렸기 때문에 그들의 사이가 중단되었을 따름이었다.

한 전무를 찾아왔던 그날로 서 사장은 또 자살 여행을 떠났고, 이번에도 역시 상상 속의 자살은 '미수'로 그쳤다. 푸랭이섬의 똥여로 들어가 앉아 낚시를 하면 한 전무가 당했던 것처럼 바닷물이 차올라 고립되고, 그러면 어쩔 수 없이 죽으리라고 서 사장은 계산했었다. 하지만 그것도 역시 계산에서 그치고 말았다.

그는 며칠 동안 똥여를 쳐다보기만 하다가 결국 건너가지는 않았고, 그리고는 감생이 입질이 좋아져 손맛을 한참 즐기다가 삶을 계속하기에 충분할 만큼 기분이 좋아져서 다시 서울로 올라왔다. 그리고 한 번에 모질게

정을 끊어 버리기가 너무 힘들어서 수미가 돌아왔고, 끝나지도 않고 완전한 결합도 아닌 엉거주춤한 관계에 발목이 얽혀 나이 서른을 넘겨 버린 수미는 이제 정말 떠나려고 해도 너무 늦어 버렸다.

여산 휴게소에서 시뻘건 기름이 둥둥 뜬 육개장을 시켜 서 사장과 수미를 앞에 나란히 앉혀 놓고 늦점심을 하던 한 전무는 어쩐지 이번에는 낚시를 위한 낚시가 아닌, 그러니까 절름발이 낚시를 가는 듯한 기분이었다. 목적이 뚜렷하지가 않아서 헛걸음질을 하는 기분이었고, 그러면서도 어딘가 허전한 구멍이 나기는 났는데 무엇 때문에 속바람이 드는지 알 길이 없었다. 귀에 못이 박히도록 얘기로만 들어오던 여자가 오늘 아침 불쑥 나타나더니 지금은 아무 설명도 없이 그의 앞에 가만히 앉아 있기만 해서일까? 그리고 자신이 데리고 나타났으면서도 모르는 여자처럼 행동하는 서 사장의 태도 또한 어딘가 석연치 않았다.

한 전무의 어깨 너머로 바깥 주차장을 내다보던 서 사장이 목을 길게 뽑으며 말했다.

"어럽쇼"

무슨 일인가 해서 한 전무가 뒤를 돌아다보았다.

"이제는 비까지 내리잖아." 서 사장이 말했다.

●   ●   ●

광주를 벗어나 화순까지 안개비가 계속해서 뿌리더니 벌교에서는 빗발이 조금 두터워져 부슬비로 바뀌었다.

운전을 교대하여 이제는 서 사장이 차를 몰았기 때문에 한 전무는 한가하게 바깥 구경을 했다. 그는 이곳을 거칠 때마다 벌교 읍내에 박힌 역사(驛舍)를 보면 그렇게 반가울 수가 없었다. 왜정시대의 시골 간이역처럼 예쁘장하고 자그마한 건물의 정취가 유별나기 때문이었다. 차에서 내려 역의 승강장으로 들어가면 어딘가 코스모스 꽃밭이 숨겨져 있을 것만 같았다.

차량이 붐비는 벌교역 앞길을 더듬더듬 빠져 나오면서 서 사장은 오늘처럼 날씨가 궂으면 수면에 산소가 많이 발생해서 민물 입질이 활발해져 바다보다는 오히려 저수지 붕어 낚시가 재미있겠다는 얘기를 했고, 뭐니뭐니 해도 낚시는 집에서 채비를 준비하고 지금처럼 목적지를 향해서 가는 동안이 가장 즐겁다는 얘기도 했다. 조행이 늘 그렇듯이 목적지가 가까워지면 가까워질수록 그들의 화제은 아무래도 점점 더 낚시에 쏠리게 마련이었다. 사방에 비가 내려 더욱 아늑하게 느껴지던 차 안에 갇힌 세 사람은 바깥 세상으로부터 두터운 빗물의 안개벽으로 격리되었고, 한 전무는 이렇게 젖은 날씨가 항상 포근하다고 생각했다.

그들은 벌교 버스 터미널에서 좌회전을 하여 고흥반도의 목을 타고 남쪽으로 내려가기 시작했다. 서 사장과 한 전무는 이제 평도에서 가끔 나오는 대물 돌돔 얘기를 했다.

서 사장은 그가 지금까지 잡았던 큰 고기 얘기를 했다.

한 전무도 그가 지금까지 잡았던 큰 고기 얘기를 했다.

낚시 얘기가 그들 두 사람에게는 편했다. 아무리 수없이 되풀이해서 들어도 대어를 잡는 얘기처럼 재미있는 화제가 없기 때문이었다. 그리고 낚시가 화제인 동안이라면 그들은 수미에 대해서 별로 신경을 쓰지 않아도 되었다. 이런 대화에서는 그녀가 빠지는 편이 오히려 자연스러웠기 때문이다.

서 사장은 난생 처음 월척을 잡고는 너무 흥분해서 심장마비를 일으킨 어느 교수가 서울대학병원에서 며칠 만에 깨어나자 가장 먼저 한 말이 "내 월척! 내 월척!"이었다는 얘기를 했다. 한 전무는 양수리에서 대어를 낚고는 너무 놀라 심장마비로 죽어 버린 사람 얘기를 했다. 서 사장은 충주댐의 대물은 입질을 하면 찌가 올라올 때 불을 붙인 담배를 다 피우고 나서야 다시 찌가 내려가고, 그때 채더라도 늦지 않다는 낚시꾼답게 과장된 얘기를 했다.

아직도 수미는 그들의 대화에 끼어들지를 않았고, 서 사장과 한 전무는 그녀에게 억지로 말을 시키려는 노력을 전혀 기울이지 않았다.

한 전무는 초평저수지에서 해빙기 낚시를 하다가 물에 빠진 어떤 사람이 기어 나오려고 하면 주변의 얼음이 자꾸만 꺼져 익사 직전이었는데 근처 군부대에서 헬리콥터가 날아와 구조를 해 주자 구경하던 모든 사람이 박수를 열심히 쳤다는 얘기를 했다. 서 사장은 물왕리에서 누가 휘두른 낚시에 뒤쪽 나무에 앉았던 새가 바늘에 꿰어 떨어졌다는 얘기를 했다. 한 전무는 물왕리에서 누가 밤낚시를 하다가 1 미터나 되는 초어가 낚싯대를 물고 들어갔는데, 헤엄쳐 들어가 대를 꺼내려고 잡아당겼더니 바늘에 걸린 대어가 자동차 전조등처럼 두 눈을 부라리며 노려보는 바람에 놀라서 낚싯대를 던져 버리고 허겁지겁 도망쳐 나왔다는 얘기를 했다. 서 사장은 철원의 용화저수지에서 잉어가 물고 들어간 낚싯대를 꺼내려고 헤엄쳐 들어갔다가 낚싯줄이 발에 엉켜 물에 빠져 죽은 사람 얘기를 했다.

두 사람이 그 동안 겪었거나 주워들은 얘기를 하느라고 어느새 과역에 이르렀지만 수미는 여전히 입을 열지 않았다. 한 전무는 저렇게 아무 말도 없이 계속 다물고만 있었으니 수미의 입에서 냄새가 나리라고 생각했다.

얼마 후에는 서 사장도 말수가 적어졌다. 갑자기 무슨 불쾌한 일이나 슬픈 사건이 뒤늦게 머리에 떠올랐는지 표정이 침울해지며 그의 목소리에서 힘이 빠지기 시작하다가 결국 입을 다물어 버렸다. 서 사장은 무엇인지 곰곰이 계산을 하는 눈치였다. 한 전무의 눈치를 살피는 것 같기도 했다. 나중에는 시선까지 피하는 것이 분명해졌다. 이유는 모르겠지만 혹시 나 때문에 화가 났는지도 모르겠다고 생각하며 한 전무도 입을 다물고 바깥의 축축한 골짜기 경치를 구경했다.

서 사장이 힐끗 그를 쳐다보았다. 그리고 아직도 사뭇 심각한 표정으로 물었다.

"오늘밤 우리 어디서 잘 거예요?"

한 전무는 예약해 놓은 배 유명호의 선장이 사는 동네에서 민박을 해야 내일 아침에 출발하기가 편하지 않겠느냐고 말했다.

"선장집이 어딘데요?" 서 사장이 물었다.

"바깥단장요."

"그게 어디예요?"

"고흥반도 남단에 있어요."

서 사장은 다시 곁눈질로 한 전무의 눈치를 살폈다.

"혹시 말예요." 서 사장이 말했다. "우리 오늘밤은 녹동 쪽에서 자고 내일 새벽에 바깥단장으로 내려가면 안 될까요?"

● ● ●

고흥으로 들어선 세 사람은 바깥단장으로 가는 대신 서 사장이 원하는 대로 녹동을 향해 방향을 돌렸다. 득량만 바닷가 별장에서 지내던 시절에 익혀 놓은 길이 훤했던 터라 서 사장이 운전을 계속했고, 그들은 도덕면 학동 버스 정거장에서 우회전을 하여 가야리 당동부락으로 들어갔다.

수문뒷개 별장의 열쇠를 보관하는 신승직 선장은 날씨가 궂어 몸이 아파서 일찍 집으로 들어와 쉬는 중이었다. 키가 훤칠한 6척에 떡대가 벌어진 신 선장은 대통령 선거 때 노태우 후보의 운동원으로 뛰던 '동네 후배 아이들'에게 기찻길에서 집단 폭행을 당한 이후로 몸에서 성한 곳이 없어 비만 오면 삭신이 쑤셔 견딜 수가 없다고 했다. 개똥까지 고아서 먹어 봤지만 소용이 없어 눅진한 날은 얼른 술을 마시고 취해 버리는 것이 그에게는 상책이었다. 오늘도 그는 벌써 취해 있었다.

고기잡이가 시원치 않아 여러 해 동안 가지고 있던 배 남해호를 팔아 버리고 고흥 읍내에다 우물 파는 사무실을 차렸다는 신 선장은 기찻길에 서 맞아 입술과 뺨이 찢어져 준수한 얼굴에 두 곳이나 험상궂은 상처가 남았지만 심성은 퍽 좋아 보였다. 그는 별장에서 워낙 오래 묵다 간 손님이어서인지 서 사장을 잘 기억했다. 수미도 기억하는 눈치였지만 서먹해서인지 별로 아는 체를 하지 않았다. 서 사장도 수미를 신 선장에게 인사를 시키고 싶어하지 않았다.

한 전무는 신 선장과 명함을 주고받았고, 당동부락에서 간단히 저녁식사를 끝낸 다음 그들은 흙길을 타고 언덕을 넘어 수문뒷개 별장으로 갔다. 바닷가에는 신선초를 재배한다는 민가 한 채와 나란히 붙은 별장뿐이었고, 다른 집은 하나도 없었다. 별장은 땅 투기로 이곳 일대에서 많은 돈을 벌었다는 경기도 이천 사람이 지어 놓은 집이라고 했다. 일가친척뿐 아니라 밑에 데리고 일하는 사람들이 휴가철에 이용하라는 선심을 쓰기 위해 지었다지만 지난 몇 해 동안은 별로 사용하지를 않아 퍽 낡은 인상이었다.

잡초가 무성한 별장 마당에 갤로퍼를 들여놓고 서 사장과 수미는 안채에다 간단히 짐을 풀었다. 한 전무는 별장을 짓기 전부터 본디 그곳에서 땅 주인이 살았다는 허름한 행랑채처럼 보이는 한옥에 들었다.

그리고 수미는 아직도 말이 없었다.

●　　●　　●

비가 그쳐 구찬과 수미가 바닷가로 산책을 나간 다음 한 전무는 목욕을 했다. 뒤쪽 흙담장 앞 우물가에 발가벗고 서서 그는 빗물과 땀으로 끈적거리는 몸을 두레박으로 좍좍 물을 부어 씻어냈다.

방으로 돌아간 그는 큰 수건으로 몸을 보송보송하게 닦고는 바지와 셔츠 한 장만 걸쳤다. 속옷은 입지 않았다. 속옷을 입지 않으면 헐렁헐렁한 겉옷이 편안했다. 뚬뚬하던 몸이 상쾌해졌다.

그는 툇마루로 나가 앉아 생울타리 너머로 바다 풍경을 둘러보았다.

모든 것이 젖었다.

넓고 넓은 하늘이 모두 잿빛으로 젖었다.

언젠가 이른 봄 백도에서 갯바위에 앉았을 때 그는 맑은 날씨였는데도 하늘이 황사(黃砂)로 저렇게 잿빛이었던 때가 기억났다. 황사현상을 도시에서만 보았던 한 전무는 바다의 수면에서부터 하늘을 가득 메운 모래의 벽이 참으로 웅장하다고 생각했었다. 그날 바다에는 중국 대륙의 누런 먼지와 섬 앞으로 조금 남은 바닷물말고는 아무것도 존재하지 않았다. 참으로 단순하고도 거대한 풍경이었다.

지금도 하늘은 잿빛이 가득했지만, 그것은 먼지가 아니라 물에 젖은 구름의 두께였다. 하늘이 잔뜩 젖었고, 바닷물도 빗물로 젖었다. 바닷가 모래밭에 띄엄띄엄 얹어 놓은 몇 척의 낡은 고기잡이배도 젖었다. 방파제도 젖었고 방파제 너머 마늘밭도 젖었고 마늘밭 너머 언덕 여기저기에 박힌 시커먼 바위도 젖었다.

바다 앞에 버티고 들어선 섬 득량도도 흠뻑 젖었다. 시커먼 나무로 뒤덮인 득량도의 껍질을 여기저기 비집고 나온 허연 바위들도 모두 거무죽죽 젖었다. 그리고 고깃배 서너 척을 묶어 놓은 선착장 끝에 나란히 앉은 구찬과 수미의 뒷모습도 젖었다.

모든 것이 물에 젖어 아침 이슬처럼 촉촉한 형광(螢光)을 은은히 내뿜는 풍경 속에서 두 사람은 아까부터 꼼짝도 하지 않았다. 수미가 구찬의 어깨에 머리를 얹고 구찬이 한 팔로 수미의 허리를 감고 앉아서 그들은 꼼짝도 하지 않았다. 그들은 아무 얘기도 하지 않는 듯 꼼짝도 하지 않았다.

하지만 그들은 아까부터 무엇인지 심각한 얘기를 나누는 눈치가 분명했다. 초저녁 바닷가를 산책할 만도 한데 저렇게 꼼짝도 하지 않고 앉아서 버티는 품을 보면 무척 할 얘기가 많은 모양이었다.

무엇을 저렇게 열심히 의논하는 것일까? 서울에서 여기까지 오느라고 여덟 시간 동안 참았던 얘기를 한꺼번에 하는 것일까? 어쩌면 그들은 나에게 무엇인지 말을 해야 할 텐데 어떻게 그 얘기를 꺼내면 좋을지를 의논하느라고 저렇게 열심히 머리를 짜내는지도 모르겠다고 한 전무는 생각했다.

어쨌든 첫 만남의 장소로 되돌아온 남자와 여자가 아름다웠을 무렵의 추억을 되새기는 산책을 포기한 채로 저렇게 고민하는 까닭은 어떤 위기를 맞았기 때문이 분명했다.

처음 몇 차례 만나고 그만둘 일이지, 저런 관계는 오래갈수록 부담스럽게 마련이라고 한 전무는 생각했다. 서 사장은 결혼하기 전에는 단 한 번도 여자와 자본 적이 없었다고 했으니, 여자와의 서투른 관계란 시작되는 바로 그 첫 순간부터 끝나는 마지막 순간까지 한없이 계속되는 하나의 기나긴 위기라는 사실도 알지를 못했으리라.

그러나 수미는 그를 만나기 전에 이미 군대에 간 '오빠'와 육체 관계를 경험했던 모양이었고, 그래서 바로 이곳 별장에서 처음 같이 지낸 밤에 그녀는 이미 처녀의 몸이 아니었노라고 서 사장이 고백했었다. 23살의 수미는 그러니까 "책임을 지지 않아도 좋으니 그냥 우리 좋아할 때까지만 좋아해요"라고 32살의 남자를 안심시켰다.

구찬은 그녀의 말을 그대로 믿었다.

그들의 관계는 처음 약속했던 대로 이곳 바닷가 별장에서 끝나지를 않았고, 가시처럼 깊이 운명 속에 박혀 버렸다. 미늘처럼 꽂혀 좀처럼 빠지지 않는 그들의 사랑은 서울에서 이어졌고, 눈치를 챈 서 사장의 아내가 추적을 시작했고, 결국 수미와 구찬은 서 사장이 마련한 압구정동 오피스텔에서 알몸으로 같이 자다가, 들이닥친 아내와 처남에게 현장이 발각되는 지극히 지저분하고도 촌스러운 상황에 이르렀다.

서 사장의 아내로부터 추적을 당하던 끝에 저항을 시작한 남녀는 한남동에다 아파트먼트를 얻어 살림까지 차렸지만, 이미 그때부터 그들 사이에는 황사현상이 시작되었다. 먼지의 벽에 가려 그들은 어디로 가야 할지 앞이 보이지를 않았고, 지금도 저렇게 선착장의 축축한 풍경 속에 나란히 앉아 탈출을 모색했다.

몇 달 만에 한 번씩 만나 서 사장이 살아가는 얘기를 들을 때마다 한 전무는 왜 사람들이 그렇게 복잡한 모양으로 살아가야만 하는지 납득이 가지를 않았다. 서 사장의 삶은 밤낚시를 하다가 엉킨 낚싯줄처럼 풀기가 어려웠다.

엉킨 낚싯줄을 푸느라고 보내는 한평생, 대부분의 사람이 그렇게 복잡한 인생 때문에 발버둥을 치다가 이리 얽히고 저리 설켜서 무엇 하나 제대로 마무리를 짓지 못한 채로 죽어 가게 마련이었다. 산다는 것은 그냥 살아가는 과정이지 저런 식으로 자꾸만 복잡하게 생각하는 숙제가 아니라고 한 전무는 울타리 너머로 선착장을 쳐다보며 생각했다.

구찬과 수미는 젖은 하늘과 젖은 바다와 젖은 풍경에 젖은 뒷모습이었다.

그들은 유형지로 쫓겨와 그들 두 사람만이 서로 의지하며 살아가는 모습이었다.

그래서 그들은 불쌍하고 초라해 보였다.

묵직한 물기로 흠뻑 젖었기 때문에 더욱 불쌍하고 초라해 보였다.

한 전무는 그들의 모습이 젖은 풍경으로 젖은 것이 아니라 눈물로 젖었는지도 모르겠다는 생각도 해 보았다. 함께 있고 같이 지내면 같이 있다는 바로 그 이유 때문에 불행하기만 할 따름이지, 전혀 행복하지 않은 줄 알면서도 저렇게 두 사람이 서로 매달리는 이유가 무엇인지 한 전무로서는 이해가 가지 않았다.

사랑을 한다면 행복해야 옳은데, 자꾸 슬프고 쓸쓸해 지는 골치 아픈 사랑을 그들은 왜 계속할까?

무엇이 인간으로 하여금 아픔을 포기하지 못하게 하는 것일까?

아무리 따져 봐도 참으로 알 길이 없었다.

한 전무의 인생 계산법에서는 살면서 고민을 하면 고민을 하는 만큼이 손해였다. 번뇌는 인생의 풍경을 살벌하게 만드는 녹슨 철조망이나 마찬가지였다. 번뇌는 인간 관계에서 생겨나게 마련이니까, 아무리 인간이 사회적인 동물이어서 서로 돕고 살아가야 한다고 하더라도 사람이란 많으면 많을수록 머리만 복잡하게 만드는 존재였다.

어떻게 보면 한 전무가 생각하는 인생의 모양새는 갈매기의 창자와 같았다. 갈매기는 창자가 직선이어서 먹으면 생각이고 뭐고 없이 곧장 뒤로 배설되었다. 갈매기와는 달리 인간의 내장과 두뇌가 노끈 타래처럼 얽힌 꼴을 보면 사람의 삶이 어째서 그렇게 꼬이고 되꼬이는지 알 만했다.

젖은 날개가 무거워서인지 날아다니는 새가 한 마리도 눈에 띄지 않는 바닷가 풍경에서는 모든 것이 젖었다. 하늘과 태양은 구름에 젖어 보이지를 않았다. 푸른빛이 칙칙하게 젖어 버린 바닷물은 파도를 일렁였다.

바람도 거무죽죽하게 젖었다.

그리고 선착장에서는 무겁게 젖은 뒷모습으로 구찬과 수미가 나란히 앉아 한없는 얘기를 주고받았다.

●   ●   ●

유명호가 나로도를 왼쪽으로 끼고 통통거리며 천천히 돌아서 남(南)으로 선수(船首)를 돌리는 동안 한 전무는 득량만에서 사라진 바닷새가 이곳으로 다 날아온 모양이라고 생각했다. 눅눅한 갯내가 가득한 이곳 하늘은 끼룩끼룩 시끄럽게 울어대며 공짜 먹이를 얻으려고 어선의 꽁무니를 거지떼처럼 따라가는 갈매기로 가득했다. 어떤 갈매기는 바람을 거슬러 올라가려고 공중에서 제자리에 멈춰 한참 안간힘을 쓰다가 포기하고는 방향을 돌려 바람을 타고 날아가 버리기도 했다.

배를 타고 여행하는 사람은 누구나 갈매기 구경을 좋아하지만 수미는 달랐다. 수미는 갈매기를 좋아하지 않았다. 그녀는 어떤 새도 좋아하지 않았다. 부리와 발톱이 뾰족해서 수미는 세상의 모든 새를 싫어한다고 언젠가 서 사장이 한 전무에게 설명했었다.

시들면 너무 지저분해지기 때문에 수미는 꽃도 싫어했다. 이유야 어쨌든 남들이 다 좋아하는 꽃과 새를 싫어한다던 수미는 화투방처럼 꽃장판을 깐 객실에 들어가 혼자 누워 있었다. 부리와 발톱이 날카로워서 무서운 갈매기가 모여드는 것이 싫기도 했으려니와 멀미가 나려는지 속이 거북해서였다.

파도가 심상치 않았다.

밤새도록 질금거리던 비가 잠시 멎기는 했지만, 오늘도 해를 보지 못하리라는 일기예보였다. 벌써부터 파도가 술렁일 정도이니 깊은 바다로 나가면 요동이 제법 심할 모양이었다.

한 전무와 서 사장은 객실 뒤쪽에 놀잇배처럼 차양을 얹은 후미의 긴 의자에 나란히 앉아 이른 아침 바다를 구경했다.

고기잡이보다는 낚시꾼과 관광객에 더 신경을 써서인지 유명호는 번듯한 화장실까지 갖추고 하얀 페인트로 치장했다. 선장실 지붕 위에는 뽕짝 가요를 틀도록 확성기까지 부착해서 제법 유람선다운 배였다. 하지만 방파제나 갯바위에 부딪혀 배가 깨지지 말라고 뱃전을 둘러가며 자동차 폐타이어를 달아 놓아 바깥쪽 몰골은 아무래도 흉측했다.

화장실 옆에 둘둘 말아 쌓아 놓은 닻줄에 비스듬히 몸을 기댄 한 전무는 난간에 턱을 괴고 바다를 구경하는 서 사장을 힐끗 쳐다보았다. 지금도 역시 무엇인지 깊은 생각에 잠긴 심각한 표정이었다. 수문뒷개 별장에서 밤을 보내고 나서 바깥단장 선창가로 이동하여 갤로퍼를 음식점 앞에 세워 놓고 유명호를 탄 것이 벌써 한 시간 전인데, 서 사장의 표정은 아직도 오늘 날씨만큼이나 걷힐 줄을 몰랐다.

어제부터 왜 저렇게 궁상인지 모르겠어서 궁금하면 단도직입적으로 물어 보는 것이 상책이라고 생각한 한 전무는 정말 단도직입적으로 물었다.

"무슨 일예요?"

"예?" 서 사장이 한 전무에게로 시선을 돌리며 엉겁결에 반문했다.

“어제부터 수미 씨하고 계속 심각하잖아요.”

대답이 없었다.

“두 사람한테 무슨 일이 생겼으니까 그런 거 아녜요?”

서 사장이 등대를 쳐다보았다.

엉거주춤한 순간이었다.

그리고는 서 사장이 말했다.

“수미가 임신을 한 모양예요.”

“또요?”

한 전무가 알기로서만도 수미는 서 사장 때문에 여태까지 벌써 세 번이나 낙태 수술을 한 몸이었다.

서 사장은 ‘또’라는 말에 머쓱했는지 등대 너머 해태 양식장으로 시선을 돌리며 입을 다물었다.

“어쩔 거예요?” 한 전무가 물었다.

“뭘요?”

“이번에도 낳지 않을 거예요?”

“그걸 어떻게 해야 할지 모르겠어요.”

“뭐가 문젠데요?”

“이번에는 수미가 아기를 낳고 싶어하는 눈치예요.”

“그럼 낳으면 되잖아요.”

“낳는다는 게 그렇게 간단한 일이 아니니까 그렇죠.”

“왜요?”

“미혼모로서 수미가 자식을 키우는 것도 그렇고, 나중에 자식이 성장해서 자기가 사생아라는 사실을 알고는 성격이 비뚤어져 나쁜 길로 들어서기라도 하면 또 얼마나 평생 우리 두 사람 속을 썩이겠어요?”

서 사장은 뭔가 잠시 혼자 생각에 잠겼다가 말을 이었다.

“그리고 자식은 안 낳으면 언제라도 낳을 수 있지만, 일단 낳아 놓으면 되돌아갈 수가 없잖아요."

"그럼 지금 낳지 말고 나중에 낳자고 하면 되잖아요."

서 사장이 씁쓸하게 피식 웃었다.

"그 나중이 언제인데요?"

"그걸 내가 어떻게 알아요? 서 사장하고 수미 씨의 일인데."

서 사장이 머리를 끄덕였다.

한 전무는 그것이 무슨 뜻인지 알 수가 없었다. 서 사장의 말이나 표정이나 몸짓은 무슨 뜻인지 분명치 않을 때가 많았다. 인생에 관한 서 사장과의 대화는 늘 제자리걸음을 하는 기분이 들게 했다. 끝도 없고, 발전도 없고, 결론도 없기가 보통이었다.

"처음 한두 번은 일부러 그랬는지도 몰라요." 나로도 끝 후미진 바위턱에 거지처럼 지저분한 모습으로 올라앉은 낚시꾼을 멍하니 쳐다보면서 서 사장이 말했다.

"뭐가요?" 한 전무가 물었다.

"가끔 그런 생각이 들어요." 서 사장이 다시 한 전무에게로 시선을 돌렸다. "늘 빈 틈이 없는 여자인데도 피임 문제만큼은 조심성이 모자라는 것 같고, 그래서 수미가 일부러 임신을 했을지도 모른다고요."

"일부러 임신을 하다뇨?"

"나를 확실히 잡아 두기 위해서 말예요."

다시 잠깐 생각에 잠긴 다음,

"아마 나를 떠보고 싶었을지도 모르죠. 임신을 했다고 하면 내가 기뻐하며 어서 낳으라고 할지 아니면 불편해할지 알아보려고요."

"일부러 임신을 했다면 왜 아기를 낳지 않았을까요? 서 사장이 싫다고 해도 수미 씨가 병원에 가서 그냥 낳아 버리면 그만 아닌가요?"

"그렇지 않아도 내가 반대하건 말건 일단 낳아 놓고 보자는 생각이 가끔 들기는 했었다더군요. 하지만 그랬다가는 나를 영원히 잃을 것 같아서 그만두었대요. 낳고 싶으면 나중에도 기회는 얼마든지 있다는 계산에서요.”

“둘 다 그렇게 우물쭈물하다가는 결국 아이를 갖지 않게 될 텐데, 차라리 수미 씨가 자꾸 낙태하느라고 몸이라도 버리지 않게 단산을 해 버리지 그래요?”

“그런 생각을 안 해본 건 아녜요. 수술을 한다면 내가 해야 되겠죠. 하지만 수미는 내가 정관수술을 받는 것도 반대예요. 영원히 아기를 못 갖는다는 건 수미와 나에게는 또 다른 형태의 절망적인 종말이니까요.”

“이러지도 저러지도 못하겠으면 아무 생각도 안 하면 될 거 아녜요?” 한 전무가 단순하게 결론을 내렸다.

“하지만 수미의 뱃속에서는 태아가 자꾸 자라는데, 뭔가 행동을 취하긴 취해야죠.” 서 사장이 한숨을 지으며 말했다.

나로도를 벗어나니 또 다른 섬이 나타났고, 그리고는 또 다른 섬이 나타났다. 섬에는 구불구불 언덕에서 바닷가까지 내려오는 길이 걸쳤고, 옆구리를 깎아 내어 만든 밭이 부스럼처럼 헐었다. 푸르른 섬들은 여기저기 밑둥이 시뻘겋게 잘린 채로 바닷물에 떠다녔으며, 썩은 해초 빛깔의 바위에는 다닥다닥 따개비가 하얗게 앉았다. 영겁 동안 물에 씻긴 바위들이 희끄무레 탈색이 되었다. 세월의 빛깔이 벗겨져 사라진 풍경.

“내가 수술을 하면 좋아할 사람은 따로 있어요.” 서 사장이 허탈하게 말했다.

“그게 누군데요?”

“내 아내요.”

“아주머니요?”

“벌써부터 아내는 내가 수술을 받기를 원했었거든요.”

“왜요?”

“내가 어디서 자식 하나 낳아 집으로 데리고 들어갈까 봐요. 노골적으로 나한테 그런 얘기도 했어요. 당신 아버지처럼 족보를 복잡하게 만들지 말라고요."

"서 사장 아버님이라면, 양아버지 얘긴가요?"

"맞아요 아버지는 여자 관계가 복잡해서 전국 방방곡곡 각 도에 살림을 하나씩 차리셨고, 매화라는 이름의 돈암동댁한테서 태어난 찬미와 석찬 때문에 재산 문제로 한참 복잡했었어요 그러니까 내가 죽은 다음에 어디 숨겨 두었던 자식이 나타나 재산이라도 내놓으라고 덤비는 꼴은 보지 않겠다는 게 아내의 얘기예요."

"아주머니는 서 사장이 수미를 다시 만나게 된 걸 아시나요?"

"아는지 모르는지 난 모르겠어요 아낸 수미 얘긴 입에 담으려고 하지도 않으니까요. 하지만 아마 눈치는 벌써 챘을 거예요."

"묵인한다는 뜻인가요?"

"무시한다는 게 더 정확한 표현이겠죠."

그들의 대화는 수미 때문에 중단되었다. 객실 꽃장판 바닥에 누워서 쉬던 그녀가 비틀거리며 나오다가 문짝을 잡고 매달린 채로 멈춰 섰다. 얼굴이 창백했다. 사방이 터진 바다로 나오면서 파도가 점점 심해지자 멀미가 나기 시작하는 모양이었다.

● ● ●

유명호는 옆으로 기우뚱거릴 뿐 아니라 쓰레질을 하는 바닷물에 휘청거리며 앞뒤로도 널을 뛰어서 절벽에다 뱃전을 대기가 쉽지 않았다. 선장이 몇 차례 뒤로 물러났다가 다시 바위턱으로 접근시켰지만, 거대한 미역처럼 흐느적거리며 칭칭 휘감는 파도가 바위에 부딪쳐 허연 소금 거품을 일으키며 사방으로 흩어질 때마다 배가 주루룩 밀려나고는 했다. 휩쓸고 물러가던 물길이 바위벽을 치고 뛰어오르는 높이 또한 만만치 않아서 이런 날은 천막을 섣불리 얕은 곳에 쳤다가는 언제 바다로 쓸려 들어갈지 모를 노룻이라고 한 전무는 미리부터 계산을 했다.

그러나 이런 정도의 파도는 한 전무와 서 사장 단둘이었다면 배를 내리는 데 전혀 문제가 되지 않았을 터였다. 평도가 외딴 섬이어서 워낙 바람을 많이 타는데다가 날씨도 험해 평소보다 요동이 훨씬 심하기는 했지만, 오르락내리락 쉬지 않고 흔들리는 배에서 갯바위를 직접 오르려면 늘 이런 정도의 위험은 따르게 마련이었다. 배와 바위 사이에 끼어 사고를 당하는 일이 없도록 뱃머리가 가장 높이 치솟는 순간 바위턱으로 뛰어내리는 요령은 초자만 아니라면 누구에게나 기본이었다.

선장은 한 전무가 좋아하는 혹돔 포인트인 넙치바위에다 그들을 내려주려는 욕심이었다. 이곳은 바위턱이 제법 넓어서 일단 내리기만 하면 천막 두 개를 칠 자리가 넉넉했지만, 선착장에서 배를 내려 넘어오려면 깎아지른 절벽을 50 미터나 밧줄을 타야 하기 때문에 수미 같은 여자에게는 어림도 없는 길이었다. 수미는 고흥에서 여기까지 오는 동안 멀미를 계속해서 지치기도 했지만, 임신까지 한 몸이라고 하지 않았던가.

한 전무가 선장실을 향해 돌아서서 소리쳤다. "선장!"

앞창이 가로막은데다가 발동기 소리에 한 전무의 외침이 잘 들리지는 않았겠지만 고종식 선장은 무슨 일인가 해서 천천히 배를 후진시키며 오른쪽 귀에다 손을 갖다댔다.

한 전무가 여기는 안 되겠다는 시늉을 하고는 산 너머를 가리키며 소리쳤다.

"선착장으로 갑시다!"

●　　●　　●

평도의 북서쪽에 붙은 선착장을 향해 유명호가 암벽을 따라 나아가는 사이에 뱃머리의 방향이 바뀌어 남풍이 섬에 막혀서 바람은 훨씬 껶였지만, 거센 파도는 여전해서 뱃머리가 솟구쳤다가 가라앉기를 계속했다.

배가 굽바위를 돌면서 드디어 섬마을이 모습을 드러냈다. 방파제에는 네댓 척의 고기잡이배가 굵은 밧줄에 묶인 채로 바람을 피했고, 낚시터에 도착할 때마다 어김없이 찾아 드는 가벼운 흥분감을 느끼며 한 전무는 객실 현창으로 바깥을 내다보며 서 사장과 수미에게 관광안내원처럼 평도에 대한 설명을 시작했다. 직경이 2~3 킬로미터밖에 안 되는 작은 섬이었기 때문에 걸어서 한 바퀴를 돌더라도 한두 시간이면 넉넉한 평도는 십여 채의 가옥에 한 사람이나 두 사람씩 노인이 집을 지켰지만, 행정상으로는 무인도였다. 집집마다 젊은이뿐 아니라 아이들까지 '본토'로 진출하면서 가족 전체의 주민등록을 옮겨가는 바람에 서류상으로는 이곳에 아무도 살지 않기 때문이었다.

자동차는 물론이요 경운기조차도 없으며, 자가발전으로 전기를 쓰는 이곳 마을은 옴팡지게 작은 골짜기에 들어앉아 바람을 타지 않았고, 서 사장은 "갯바위에서 버티기 어려울 정도로 심하게 바람이 터지면 민박을 들어도 되겠다"며 수미를 안심시켰다.

납작하게 땅바닥에 달라붙은 집들 사이로 제주도처럼 돌담이 구불구불했고, 거무죽죽 비에 젖은 바람막이 방파제에서 좁은 길 한 가닥이 산을 넘어 넙치바위 쪽으로 사라졌다. 마을 위쪽 비탈에 몇 뙈기 밭이 모자처럼 얹힌 마을의 풍경은 축소판 울릉도였다.

사람이 아무도 살지 않는 듯 황량해 보이는 마을이었지만 배가 선착장으로 들어서자 비탈길에 노인 한 사람이 어디선가 나타나 서둘러 방파제로 내려왔다. 마을 이장 송종필 노인이었다. 한 전무 일행이 오늘 아침에 도착하리라는 연락을 받고 방안에 앉아 선착장을 내려다보며 기다리다가 낯익은 유명호의 모습에 냉큼 내려오는 눈치였다. 고등학교를 졸업한 다음 집에서 놀던 이장의 아들을 기술이나 배우라고 서울로 데려다 한 전무가 일하는 범아공업사에다 취직을 시켜 놓은 이후로 이장은 한 전무라면 더욱 각별하게 생각하는 사이였다.

섬사람답지 않게 투실투실한 얼굴에 불그레한 혈색 그리고 머리가 듬성듬성한 이장은 한 전무 일행과 반갑게 인사를 나누고는 배에서 짐을 내리는 일을 도왔다. 두 개의 천막과 아이스박스 두 개와 낚시 가방과 텐트와 취사도구 배낭과 무나 파 따위를 담은 식량 상자와 구명 조끼와 물통과 식량과 미끼와 밑밥 자루와 절벽을 기어오를 때 사용하는 밧줄 등등 짐이 방파제에 수북하게 쌓였다. 한 전무는 고종식 선장에게 한 주일 후에 철수할 텐데 아침 들물까지는 봐야 하니까 그날 오전 10시쯤에 다시 들어오라며 배를 고흥으로 돌려보냈다.

그들은 짐을 단단히 여민 다음 하나씩 메고 손에도 하나씩 들었다. 짐이 너무 많아서 두세 행보를 하기로 결정한 그들은 수미에게는 짐을 주지 않았다. 길이 험하기 때문에 제 몸 하나 끌고 가기도 힘들 것이라는 한 전무의 판단에 따라서였다. 수미는 땅을 밟고는 멀미가 가시는지 숨을 돌리면서 섬을 둘러보았고, 한 전무는 평도의 명물인 보리막걸리의 맛이 걸다는 설명을 했다.

작전에 나서는 병사들처럼 짐을 지고 돌담 사이로 비탈길을 따라 언덕에 오르니 다시 바람이 씽씽거렸다. 파란 빛깔이 사라진 지 오래인 하늘에는 시커먼 구름이 낮게 떠서 빠른 속도로 날아다녔다.

깔딱고개를 넘어서는 허리까지 올라오는 억새밭 사이로 오솔길이 하나 실뱀처럼 바다를 향해 미끄러져 내려갔다. 건강한 여자의 무성한 음모처럼 수북하게 자란 억새밭에서 골을 타고 뻗어 나간 길이 영락없는 사타구니 형상이었는데, 오른쪽 넓적다리에는 소를 놓아먹이는 목초지가 비스듬했다. 바람이 신경질적으로 방향을 바꿔가며 불어댈 때마다 소먹이 풀은 비늘무늬를 만들며 이리 쏠리고 저리 쓰러졌다가는 일어나고 곧 다시 휘적거렸다.

평시에는 말랐던 개울에 산에서 몰려 내려온 빗물이 오솔길을 따라 시끄럽게 흘렀다. 풍화가 계속되는 중이어서 삭은 바위가 부스러지는 사이로 흐르는 개울을 건너면 풀과 관목으로 뒤덮인 왼쪽 넓적다리에 커다란 도장부스럼처럼 대간첩 작전을 위한 군사용 헬리콥터 착륙장을 만들어 놓았다. 편편하게 다져 놓은 푸른 풀밭에다 하얀 페인트를 칠한 돌멩이로 둥그렇게 테를 두르고 한가운데 H라고 표시해 놓은 것이 전쟁의 그늘이 드리운 분단 국가의 낙인처럼 보였다.

돌멩이와 바위를 징검다리 삼아 밟고 건넌 그들 네 명은 흙이 무너지고 경사가 급해서 늘 아슬아슬한 벼랑길을 오르락내리락 5백 미터를 갔다. 벼랑길 끝은 절벽이었고, 절벽의 한 토막이 잘라져 바다로 50 미터쯤 밀려나간 듯 우뚝 치솟은 고추바위로 이어졌다. 이곳은 넙치바위로 가는 길처럼 밧줄을 타고 절벽을 넘지 않아도 낚시 지점이 닿았고, 힘이 들기는 하지만 수미도 제법 기운을 차렸는지 남자들을 곧잘 따라왔다.

사막을 건너는 작은 행렬처럼, 등반대처럼, 짐을 지고 그들은 두 손으로 바위 모서리나 쩌귀를 잡고 벼랑길을 내려갔다. 한 발짝 내려갈 때마다 한 전무와 서 사장이 교대로 앞뒤에서 수미의 손을 잡아 줘야 했다.

수미의 손은 아주 작고 가냘펐다.

●　　●　　●

마당바위에서 절벽을 타고 뻗어 올라간 좁다란 길은 헬리콥터 착륙장 벼랑에서 넘어오는 뒤쪽 오름길보다는 경사가 덜 급해 발디딜 곳만 조심하면 여자 혼자서도 넉넉히 오르내릴 만했고, 천막을 칠 자리가 세 군데였다. 좋은 날씨에는 마당바위에서 조금 올라간 펑퍼짐한 자리에 5인용 텐트를 쳐도 괜찮았다. 하지만 지금처럼 날씨가 나빠서 혹시 본격적으로 바람이 터지면 절벽을 때리고 올라오는 물길이 20 미터나 치솟기 때문에 30 미터와 50 미터 높이의 바위틈에 천막을 쳐야 했다.

　한 전무의 2인용 천막은 어느 구석에라도 잘 박혀 아랫자리를 맡았고 조금 넓은 위쪽 바위턱에는 서 사장의 돔형 천막을 치라고 했다.

　여기저기 절벽으로 몰려와 부서지는 파도 소리가 무섭다는 수미를 절벽에 혼자 남겨 둘 수가 없어서 서 사장더러 같이 남아 텐트나 치라고 말하고는 한 전무와 이장은 나머지 짐을 가지러 선착장으로 돌아갔다.

● 　 ● 　 ●

　꾸물거리는 날씨에 언제 다시 비가 쏟아질지 몰라서 짐을 다 나른 다음에 이장 노인은 언덕 너머 집으로 돌려보냈고, 서 사장과 한 전무가 바람과 싸우며 아래턱에 2인용 천막을 치는 동안 수미는 이미 쳐 놓은 위쪽 천막에서 식사를 준비했다.

　바윗골에서 휘돌아 나오는 바람의 비명 소리와 구석구석 쓸려 들어왔다가 꾸룩꾸룩 바닷물이 빠지는 소리를 들으며 세 사람은 천막 안에 둘러앉아 점심을 먹었다. 코펠에다 고실고실하게 지은 밥에서 모락거리며 피어오르는 하얀 김이 따뜻하고 아늑해 보였다. 축축하게 젖은 짐을 어수선하게 쌓아 놓은 속이어서 찌개를 끓이고 제대로 반찬을 준비할 수가 없어 깡통 깻잎과 햄과 마늘장아찌와 병김치와 고추장만 늘어놓고 먹었지만, 밥이 목구멍을 넘어가자마자 비바람에 뻣뻣했던 온몸에 훈기가 돌았다.

　석유 곤로에다 미리 끓인 물로 즉석 커피를 타서 마시며 한 전무와 서 사장은 건조시키려고 길바닥에 널어놓거나 자루에 담아 야적한 벼를 밤중에 트럭까지 끌고 와서 싣고 가는 요즈음 시골 도둑 얘기도 했고, 기업화한 소도둑 얘기도 했고, 소형 쾌속정에 잠수부를 싣고 다니며 남의 양식장에서 피조개나 전복 따위를 훔쳐 가는 남해의 해적 얘기도 했다.

　한 전무는 오늘처럼 바람이 센 날씨라면 동해에서는 황어가 바닷가로 몰려나와 정신없이 잡힌다는 얘기를 했다. 두 사람은 어느새 낚시와 손맛 얘기로 바빠졌다. 목적지에 도착했다는 안도감에서인지 수미도 조금씩 대화에 끼어들기 시작했다.

식사를 하는 동안 반찬을 권하거나 커피를 내주며 수미는 서 사장을 몇 차례 '당신'이나 '여보'라고 불렀다. 버젓하게 아내를 둔 남자를 '당신'이라며 '여보'라고 부르는 소리를 듣고 한 전무는 어딘가 이상하고 어색하다고 느꼈지만, 막상 서 사장과 수미는 그런 명칭에 퍽 익숙한 눈치였다.

●　　●　　●

점심을 먹고 나서 한 전무가 그의 천막으로 돌아갈 때쯤에는 다시 부슬비가 으슬으슬 뿌리기 시작했다.

한 전무는 짐을 정리한 다음, 작전 전야에 탄약을 점검하는 병사처럼, 미끼를 한쪽으로 늘어놓고 상태를 확인했다. 밑밥으로 뿌릴 막새우는 비를 맞아도 상관이 없기 때문에 자루의 목을 죄어 묶어서 바깥에 내놓았다. 대물 혹돔을 잡기 위해 릴 미끼로 삼을 쏙 스무 마리와 성게 한 바가지는 아이스박스 안에다 보관했다. 비싼 붉은갯지렁이도 본격적으로 낚시를 시작할 때 꺼내려고 아이스박스에 넣었고, 냉동 크릴새우는 녹여서 내일 아침부터 쓰기 위해 플라스틱 바가지에 담아 천막 안 한쪽 구석에 두었다. 바깥에 내놓으면 쥐가 먹어치울 것이 뻔해서였다.

대충 정리를 끝낸 그는 플라스틱 미끼통에다 청갯지렁이 한 줌과 곁에서 녹기 시작한 크릴새우 덩어리 한 조각을 깨트려 담았다. 비를 맞아도 상관이 없을 만큼 이미 땀에 절어 꿉꿉해진 더러운 옷을 걸친 채로 거추장스러운 우비는 천막 입구에 접어서 놓아 둔 채 한 전무는 쭈그러진 헝겊 모자를 쓰고 호주머니가 주렁주렁 달린 조끼와 구명 조끼를 걸치고는 미끼통과 카본 장대 하나만 들고 밖으로 나갔다. 빗발이 조금씩 굵어지는 중이었고, 바닷물에 떨어진 빗방울이 우툴두툴 거꾸로 박힌 못처럼 솟아올랐다. 바람이 좀 거셀 뿐, 완벽한 감성이 날씨였다.

아직 들물이 멀어 한참 썰물이기는 했지만 혹시 입질이 없는지 탐색해 보려고 한 전무는 거센 물살을 피해 고기가 숨을 만한 굴곡을 찾아 휘돌이에 낚시를 던졌다. 좁쌀 봉돌 밑에 달린 청갯지렁이 토막이 천천히 바닷물로 가라앉았고, 수면에 자빠진 채로 떠서 흘러가던 찌가 발딱 일어섰다. 미끼를 단 바늘이 2 미터 수심을 유지하면서 물살을 타고 천천히 떠가면 근처에 숨었던 고기가 조심스럽게 접근할지도 모를 노릇이었다.

잠시 기다려도 입질이 없자 한 전무는 왼손으로 대를 잡고 오른손으로 크릴새우를 뜯어내어 한 번에 몇 마리씩 10 초의 간격을 두고 바닷물에다 뿌렸다. 멀리서 회유하는 고기를 유인하기 위해서였다. 어디선가 흘러오는 크릴을 한두 마리씩 먹어치우며 따라 올라오던 고기는 결국 바늘에 꽂힌 미끼를 보겠고, 그때쯤 밑밥을 중단하면 틀림없이 입질이 오리라.

물의 흐름을 따라 느릿느릿 움직이던 찌가 둥둥 떠가서 줄이 모자라 물살이 당기는 힘에 물 밑으로 무겁게 빨려 들어갈 때쯤이면 가라앉으려는 낚시를 꺼내 반대 방향으로 던지고, 한참 후에 또 빨려 들어가려고 하는 찌를 다시 꺼내 새 자리로 던지기를 한 전무는 얼마 동안인가를 계속했지만 입질이 없었다.

그는 마당바위 모서리에서 파도가 부서지는 근처로 자리를 옮겨갔다. 물 속에서 포말이 뜨물처럼 희뿌연 곳이어서 돌돔이나 줄돔 따위가 경계심을 풀고 입값에 덤비기 좋은 곳이었다.

그는 띄울낚을 계속했다.

● ● ●

서울에서부터의 여행에 이어 심한 파도를 헤치며 오랫동안 배를 타고 온 끝이었기 때문에 피곤해서인지 흔들리는 물을 들여다보던 한 전무는 어느새 환각을 느꼈다.

흔들흔들 떠가는 찌에 시선을 고정시키고 있으면 어느새 나도 찰랑거리는 물결에 최면되어 바다로 빨려 들어가는 기분이었다. 늦봄 저수지에서도 비슷한 환각은 자주 일어났다. 밉상스런 봄바람에 비듬처럼 밀려 일어나는 물결 속에서 찌의 움직임에 정신을 집중하다가 눈이 피곤해져 시선을 돌리면 물가의 언덕과 나무들이 서서히 뒤틀리며 흘러가고는 했다.

한 전무는 물결치는 수면 밑에서 회오리바람 모양의 거품을 일으키며 휘돌이가 해저로 빨려 내려가는 장면이 눈에 보였다. 그는 내가 물에 빠진 모양이라고 착각했다. 물에 빠져 죽는 사람의 눈에는 저런 깔대기 거품이 보일 텐데. 헤엄쳐 돌아다니며 사냥하는 펭귄의 눈에도도 보이겠고

그때였다.

툭.

감생이가 미끼를 쪼는 어신이 대를 타고 손으로 전해 왔다.

그는 순간적으로 긴장해서 가슴이 두근거리기 시작했지만 머리는 차분해졌다. 농어나 우럭처럼 덥석 미끼를 물지 않고 눈치를 살피는 움직임을 보니 망상어나 감생이가 분명했는데, 다시 생각해 보니 입질의 감각이 틀림없는 감생이였다.

그는 감생이가 어떻게 행동할 것인지를 생각하기 시작했다. 잉어의 IQ가 30이라지만 똑똑하기로는 자연스럽게 물살을 타면서 흘러가는 방향 쪽에서 후진하며 미끼를 뜯는 쥐치나 낚싯줄까지 살피면서 미끼를 공략한다는 감성돔을 못 당했다. 그래서 감생이를 잡으려면 물고기의 눈에 보이지 않게 가느다란 2호로 목줄을 써야 했다.

툭.

고기가 다시 미끼를 건드렸다.

그는 좀 더 기다렸다. 아직은 때가 아니기 때문이었다.

투둑 투둑.

미끼를 물어도 좋은지 고기가 본격적으로 탐색을 시작했다.

한 전무는 살그머니 줄을 끌었다.

미끼가 도망가는 줄 알았는지 감생이가 바싹 쫓아오느라고 입질이 조금 빨라졌다.

한 전무는 조금만 더 조금만 더 기다리며 계속해서 천천히, 아주 천천히 줄을 끌었다. 그리고는 고기가 덤벼드는 순간에 대를 잡아챘다.

감생이가 덜컥 걸리는 감촉이 손목으로 전해졌다.

고추찌가 파도치는 검은 물 속으로 주욱 빨려 들어갔다.

낚싯대가 반원을 그리며 휘어내렸고, 줄에서 물방울이 튀었다.

그는 대를 겨우 수직으로 세우기는 했지만 물 속으로 끌고 들어가는 고기의 힘이 너무 세어 주체할 수 없을 정도로 두 손이 떨렸다.

틀림없는 대물이었다.

물을 가르며 낚싯줄이 왼쪽으로 주욱 나아갔다. 감생이가 바위틈으로 처박히면 줄이 긁혀 흠집이 생기고 그러면 고기가 떨어질 테니까 한 전무는 다시 장애물이 없는 곳으로 조심스럽게 끌어냈다. 그러자 이번에는 다시 오른쪽으로 째고 나갔다.

감생이는 몸부림을 치지 않았다. 목줄을 끊거나, 본줄을 돌쩌귀에 감거나, 초리대를 부러뜨리거나, 어떻게 해서든지 도망칠 자신이 있다는 듯 유유히 왼쪽으로 물을 가르고 도망치다가는 다시 오른쪽으로 방향을 바꾸며 탈출 기회를 기다렸다. 한 전무도 첫 고기이니까 너는 절대로 떨어뜨리지 않겠다는 자신감과 여유를 가지고 고기가 방향을 바꿀 때마다 마당바위의 언저리를 따라 이동하며 줄을 당겼다가 늦추고는 했다. 릴대가 아니어서 줄의 여유가 5 미터뿐이기는 했지만, 그는 5 미터의 승부를 서두르지 않았다. 물고기가 서두르지 않는데 내가 서둘러야 하는 이유가 없기 때문이었다.

얼마 후에는 물 속에서 고추찌가 달린 줄을 끌고 도망치는 감성돔의 거무스름한 모습이 보였다. 그만큼 수면 가까이 떠올랐기 때문이었다.

한 전무는 감성돔이 세상에서 가장 잘생긴 고기라고 생각했다. 수억 년 동안 진화를 할 필요조차 없을 정도로 완벽하다는 상어보다도 그는 감생이가 더 멋지다고 믿었다. 산호초 고기처럼 납작해서 물을 가르는 힘이 엄청나고, 은빛과 검정으로 빛나는 비늘의 무늬가 철갑 같았고, 호저의 가시만큼이나 빳빳한 등지느러미 또한 얼마나 용맹스럽던가.

한 전무가 물을 차고 달리는 고기와 싸움을 벌이는 광경을 보고 서 사장이 뜰채와 낚싯대를 들고 절벽을 내려왔을 때는 감생이의 힘이 상당히 빠진 후였고, 40 센티미터가 넘는 돔은 2호 목줄조차 끊지 못하고 얌전히 따라 올라왔다.

●　　●　　●

비바람에 물이 뒤집힌 끝이어서인지 떼를 지어 은신처를 찾아 가장자리로 몰려나온 고기가 소나기 입질을 시작하자 한 전무는 감성돔 세 마리에 팔뚝만한 놈으로 농어 몇 마리를 한바탕 건져내느라고 사뭇 두레박질을 하는 기분이었다. 서 사장 자리도 입질이 왕성하기는 마찬가지였다. 저녁때가 가까워지면서 빗발이 조금씩 굵어져 수미는 천막 안에 틀어박혀 꼼짝도 하지 않았지만 두 사람은 고기가 제대로 암초대에 붙었다고 좋아하며 정신없이 낚아냈다.

서 사장은 욕심을 부려 성게를 한꺼번에 세 개나 바늘에 끼워 릴을 던졌다. 파도에 릴대가 꺼떡거리기도 하고, 바다 밑 돌바닥에서 바늘이 물살에 쓸려 몇 차례 줄이 얽히고 터지기는 했지만, 오후 다섯시쯤 결국 힘센 돌돔을 한 마리 걸었다. 물 속으로 줄을 끌고 들어가기만 하고 올라오지 않으려는 고기와 한참을 싸우고 나서 절벽까지 서 사장이 뒷걸음질을 치며 끌어당기는 동안 한 전무는 뜰채를 뻗어 힘차게 물을 차며 째고 달아나는 고기를 겨우 꺼냈다. 60 센티미터가 넉넉했다.

오늘의 대어를 낚은 서 사장은 신이 났다. 손바닥을 한껏 벌려 뼘으로 고기를 몇 번이나 재어보면서 자랑스러워 싱글벙글 어쩔 줄을 몰랐다. 수미에게도 자랑을 하고 싶어서 소리쳐 불렀지만 빗소리에 들리지가 않는지 아니면 피곤해서 잠이라도 들었는지 그녀는 천막에서 얼굴을 내밀지 않았다.

"첫날부터 이러니 이번 낚시에선 아무래도 무슨 일 나겠어." 어제 만난 이후 가장 밝은 표정으로 돌돔을 아이스박스에 넣으며 서 사장이 말했다.

수미의 임신이니 뭐니 세상살이를 잠시 동안 모두 잊고 참으로 즐거워하는 서 사장을 보고 한 전무는 사람이 행복해지기란 참으로 간단한 일이라고 생각했다.

●   ●   ●

빗발이 제법 굵어진데다가 바람도 더욱 심해서 저녁을 먹고 날이 어두워진 다음에는 두 사람 다 낚시를 포기했다. 손전등에 습기가 차면 못 쓰게 될 테고, 어둠 속에서 젖은 바위를 잘못 밟고 미끄러져 바다로 떨어지기라도 할까 봐 위험하기 때문이었다. 오늘은 잡을 만큼 잡았고, 내일부터는 날씨가 걷힌다니 밤낚시를 쉬고 차라리 잠이나 푹 자두는 것이 현명한 일이었다.

한 전무는 밧줄과 통조림과 밑밥 막새우 따위의 물건은 젖어도 나중에 마르면 그만이니까 바깥에 내놓았고, 구명 조끼는 베개로 쓰기 위해 머리를 둘 자리에 벗어 접어 놓고는 천막 천장에 랜턴을 걸어놓고 앉아서 내일 쓸 바늘을 묶었다. 보아하니 몇 차례는 줄이 터질 것 같아서 미리 채비를 많이 준비해 둬야 되겠다는 판단에 따라서였다. 바깥에서는 바위를 치는 파도 소리가 우렁찼다.

한 전무가 5호와 7호 바늘을 다섯 개씩 매고 났더니 천막 자락을 들추고

서 사장이 머리를 들이밀었다. 모자와 우비에서 빗물을 줄줄 흘리며 그는 왼손에 든 소주병과 오른손에 든 큼직한 게르치를 보여 주었다.

"날씨도 구질구질한데 우리 회쳐서 술이나 한잔합시다." 서 사장이 말했다.

한 전무는 서 사장이 앉을 자리를 손으로 닦아 내는 시늉을 했다. 서 사장은 자리에 앉으면서 반쯤은 농담인 듯싶은 어조로 말했다.

"초저녁이어서 잠도 안 오고, 불을 꺼놓은 천막 안에 멍하니 누워 있자니 지금까지 살아온 인생이 갑자기 슬프고 허무하다는 생각이 들어 한 전무와 대화라도 나눌까 해서 내려왔어요."

마당바위에서 돌돔을 올릴 때는 그렇게 좋아서 싱글벙글 어쩔 줄을 모르더니 어느새 또 슬프고 허무해졌는지 모르겠다는 생각을 하며 한 전무가 물었다.

"수미 씨는 무얼하나요? 혼자 내버려 두면 무서워할 텐데."

"잠이 들었거든요." 소주병과 게르치를 한 전무가 내미는 코펠에 집어넣고 우비를 벗으며 서 사장이 말했다. "오는 동안 멀미까지 하더니 기진맥진했나 봐요. 피곤해서인지 눕자마자 금방 잠이 들었어요."

"겁이 많은 여자인 것 같더군요." 찌통에서 회칼을 꺼내 들고 한 전무가 말했다. "혼자 있기도 무서워하고 파도 소리도 유난히 무서워하데요."

"그리고도 무서워하는 게 또 있죠."

"그게 뭔데요?"

서 사장은 한 전무의 말을 못 들은 체 대답을 하지 않았다.

"서 사장님 얘기만 들어서는 제법 당돌한 여자 같던데요 수미 씨요."

"첨엔 그랬죠. 하지만 그 동안 수미도 많이 변했어요."

바깥에서는 빗발이 요란하게 쓰레질을 했고 천막 자락이 바람에 펄럭이는 소리가 계속되었다. 아마도 어제 밤부터 오늘 오후까지는 태풍의 눈이 지나가느라고 그나마 바람이 조금쯤 잤지만, 한 전무는 태풍 재니스가 이제는 죽어 가면서 마지막 기운을 쓰는 모양인데, 보아하니 남은 여세가 제법 맹렬하다고 생각했다.

"그래요." 서 사장이 말했다. "내가 처음 만났을 때 수미는 참으로 당돌한 여자였어요. 같이 여행하던 친구를 광주에서 떼어 버리고 내가 머물던 득량만 별장으로 다시 찾아와 '나 선생님하고 같이 잘래요'라고 아무렇지도 않게 말할 정도였으니까요."

그렇게 발가벗고 찾아온 여인은 소녀라고 해야 옳을 정도로 청초하고 순수한 모습으로 부담없는 사랑을 바닷가에서만 추억으로 남기자고 했었다. 하지만 구찬에게는 득량만 별장에서 수미와 보낸 첫밤이 살에 박힌 미늘처럼 빠지지 않고 한없이 계속될 고민을 위한 하나의 새로운 시작일 따름이었다.

바닷가를 떠나면 서로 찾지 말자고 약속했던 그들은 서울에서 다시 만났고, 도시에서 갖게 된 재회에서도 스물셋의 여인은 역시 미래를 생각하지 말고, 좋아하는 동안만 한껏 좋아하자고 그랬다. 구찬은 서울로 연장된 공간과 시간에 대해서도 끝날 때가 되면 저절로 끝나리라고, 별로 심각한 걱정은 하지 않았다. 수미가 다른 남자를 만나 결혼할 때가 되면 자연스럽게 헤어짐이 이루어지리라고, 전혀 걱정을 하지 않았다. 젊은 여인과의 새로운 삶을 일구기 위해 아내와 이혼을 하리라는 가능성만큼은 전혀 고려조차 하지 않았던 그는 아직도 끝없는 시작의 반복만 계속될 뿐이라고 생각했으며, 여자나 남자 가운데 어느 한쪽이라도 떠나야 되겠다는 판단이 서면 언제라도 깨끗하게 헤어지기로 약속한 사이이니까 그들 두 사람의 관계는 해방을 전제로 한 일시적인 계약일 따름이라고 믿었다.

"잠시 스쳐 지나갈 우연한 관계라고 쉽게 생각했던 만남의 시작이 내 인생에 박혀 들기 시작한 미늘인 줄은 전혀 알지도 못하면서 말입니다." 서 사장이 말했다.

당돌하고 어린 스물세 살의 여자가 이런 식으로 그들의 기나긴 만남을 지피기 시작했다는 설명을 서 사장에게서 벌써 여러 번 들었던 한 전무에게는 그것이 때로는 내가 시작한 일은 아니니까 끝낼 책임도 나에게 없다는 변명처럼 들리기도 했다. 같은 이유에서인지는 몰라도 서 사장은 가끔 수미를 의도적으로 유혹하던 젊은 여자로 부각시키기도 했다. 그래서 한 전무는 어쨌든 그렇게 적극적인 수미였기 때문에 소극적인 서 사장과 좋은 짝이 되었는지도 모르겠다는 생각도 했었다.

정신적인 사랑이 사실은 육체에서 시작된다는 진리를 그에게 깨우쳐 준 여자가 바로 수미였노라고 서 사장은 믿었다. 젊어서인지는 몰라도 육체에서 무척 적극적이었던 수미가 성을 즐기고 향유하는 모습은 그토록 솔직하고 순진해 보였고, 그래서 구찬의 마음 속에서도 세상에 태어나서 처음으로 누구하고인가 타인과 진짜로 무엇을 함께 한다는 의식이 눈을 뜨기 시작했다. 구찬의 아내는 깔끔하고 빈 틈 없는 성격 탓이기도 했겠지만 결혼 생활에 따르는 기본적인 예절에 맞춰 성을 관리했노라고 서 사장은 설명했다. 그녀는 늘 의식을 치르듯, 행위를 끝내고 나서 말끔히 닦아 낼 수건을 차곡차곡 접어 침대 머리맡에 준비해 놓기 전에는 몸을 열어 주지 않았다. 그래서 구찬은 가끔 넥타이를 매고 섹스를 하는 기분이 들기도 했다. 그런 부부생활 끝에 나타난 수미는 힘겹고 따분한 일상에 변화를 가져다 주었고, 변화는 새로운 삶을 의미했다.

"삭막하던 내 인생의 사막에 봄비가 내리고, 여기저기 새싹이 파릇파릇 돋아나는 소리가 실제로 내 귀에 들려오는 듯했어요" 서 사장의 설명이었다. "지금까지와는 다른 새로운 어떤 인생의 막이 오른 거예요 나는 왜 여지껏 이런 삶을 알지 못한 채로 그렇게 살아왔을까 후회까지 되더라구요"

그러는 사이에 운명의 미늘은 구찬의 삶으로 점점 더 깊이 박혀 들어갔다.

"우린 언제 헤어져야 한다는 확실한 순간을 설정해 놓지 않은 채로 계속해서 자꾸만 만났고, 그러다 보니까 이별이라는 전제가 점점 희박해졌던 거예요" 술기운이 올라 혀가 풀어지기 시작하던 서 사장이 말했다. "영원히 행복을 기대할 수 없으리라고 인생을 포기했던 시점에 나타난 싱싱한 사랑을 내가 어떻게 포기할 수가 있었겠어요? 그래서 어느덧 헤어짐의 필요성은 사라졌고, 이별의 전제는 점차 헤어지기 싫다는 확신으로 바뀌어 갔어요. 사라져 없어진 줄 알았던 사랑의 감정이 되살아나고 헤어짐이 부담스러워지자, 헤어지기 싫으면 헤어지지 말아야 한다는 결론에 이른 것이죠. 달면 삼키고 쓰면 배앝는다고 했는데, 단것을 일부러 배앝아 버릴 까닭이 과연 뭔가 하는 결론 말입니다.”

바닷가에서의 만남이 서울로 이어져 이렇듯 한없이 길어지고 시간이 흐름에 따라 수미와 서 사장 그리고 서 사장의 아내 재명 세 사람의 관계가 서로 복잡하게 얽혀 들었다. 그냥 수미를 좋아하던 단계에서 구찬이 아내와 수미 사이를 오가는 줄타기가 시작되었으며, 처음에는 몇 번 만나고 나면 헤어지리라는 생각에 마음놓고 아무 데나 데리고 다니던 수미를 어느새 그는 남들의 눈에 띄지 않게 숨겨 가며 ‘관리’하기 시작했다. 그들의 비밀이 표면으로 떠올랐다가는 치명적인 결과를 초래하리라는 계산에 따라서였다.

헤어지고 싶으면 언제라도 좋으니 떠나가라고 입버릇처럼 말하던 수미도 태도가 달라졌다. 제2의 여인으로 숨어서 사는 동안 당돌함은 무디어졌고, 반면에 이러다가 언젠가는 필연적으로 버림을 받으리라는 두려움이 싹 트더니 그 싹은 빠른 속도로 자라나 그녀의 마음 속을 솜처럼 가득 채워 놓았다. 그녀는 조금 발길이 뜸해져 구찬이 사흘만 찾아가지 않아도 “마음이 변했느냐?”고 추궁하면서 점점 부담스러운 압력으로 작용했다. 조금씩 불안한 반응을 보이는 수미를 안심시키려고 구찬이 오피스텔을 마련해 주고 결국 아파트먼트를 얻어 살림까지 차렸지만, 수미의 요구는 날이 갈수록 많아졌다. 무엇인가 본질적인 빈 구멍은 메워지지 않기 때문이었다. 그리고 인생의 기쁨을 가져다 주던 수미가 이렇게 위험의 잠재력으로 모습이 바뀌어 가는 사이에 구찬도 이래서는 안 되겠다는 막연한 두려움과 위기 의식을 느꼈다.

"수미와 내가 숨어 사는 아파트에 언젠가는 아내가 들이닥쳐 수미의 머리채를 휘어잡는 상황이 벌어지고, 집안 세간이 깨어져 나가는 장면이 눈에 선했어요." 서 사장이 말했다. "언젠가는 그렇게 진실이 발각되고, 그러면 나는 알았던 모든 사람과의 인연이 끊어지리라고 생각했죠. 그리고 내 두 아이 민수와 민준이도 나에게서 결국 등을 돌리리라는 생각을 하니 참으로 막막하더군요. 그래서 나는 점점 더 수미를 감추려고 했어요."

그는 수미의 존재를 아내에게 들키지 않으려고 몸조심을 했다. 말도 조심했다. 혹시 꼬리를 잡힐까 봐 그는 꼭 해야 할 말이 아니면 아내에게 어떤 얘기도 하지 않는 것이 상책이라고 믿었다. 오늘 어디에 가서 무엇을 하다 왔는지 설명하다가 무의식중에 실수를 저지르는 것보다 아예 입을 다물고 지내는 쪽이 더 안전하다는 판단에서였다.

하지만 아무렇지도 않은 일에 대해서까지 의식적으로 조심을 하다 보니 그것이 오히려 아내의 눈에 이상해 보일 듯싶어 더욱 불안했다. 어쩌다 아내가 무심코 던지는 말 한 마디에도 혼자 허를 찔려 발이 저리기도 했다. 더구나 두 집 살림을 하려니 돈도 자리가 비었고, 이러다가 언젠가는 필연적으로 들키리라는 불안감에 전전긍긍하던 그는 가능한 한 아내를 피하려고 했다. 차곡차곡 수건을 머리맡에 접어 놓고 숙제를 하듯 치르던 성행위조차도 점점 더 간격이 멀어졌다.

수미의 존재를 숨기려니까 아무래도 그녀와 떨어져서 지내야 하는 시간도 늘어났다. 그런 시간이면 그는 지금 수미가 아파트먼트에 처량하게 혼자 앉아서 무슨 생각을 할까 걱정이 되었다. 그는 아내와 잠자리를 같이 한다는 기본적인 의무에 대해서도 수미에게 죄를 짓는 듯한 이중적인 윤리 의식에 시달렸다. 그리고 수미와 함께 지내는 시간에 혹시 무심결에 아내 재명이나 두 아들 민수와 민준이에 관한 얘기가 입 밖에 나와 버리면 수미에게 상처를 주지나 않았는지 그쪽에서도 눈치가 보이기 시작했다.

"그렇게 두 여자 사이에서 줄타기를 하려니까 난 무슨 범죄자라도 된 기분이었어요." 서 사장이 말했다. "나의 존재가 좀도둑처럼 옹졸하고 왜소하게 느껴지기도 하더군요. 그리고 이렇게 잔머리를 굴려가며 살아가는 것이 과연 나의 인생인가 하는 슬픈 생각도 했고, 나에게는 인생의 목적이 겨우 이것뿐인가 하는 심한 모멸감까지도 느꼈어요."

두 집 살림 가운데 결국 한쪽을 선택하고 나머지 하나는 정리해야 한다는 절실한 필요성을 느끼면서도 구찬은 미적거리기만 계속했고, 그러는 사이에 아내 재명이 먼저 행동을 개시했다. 그렇지 않아도 요원했던 아내와의 거리감이 구찬의 도사림으로 인해서 더욱 멀어졌고, 아내의 본능으로 재명은 남편에게 새 여자가 생겼음을 알았다. 아내의 은밀한 추적이 시작되었다. 그리고는 드디어 처남과 함께 그녀는 급습을 감행했다.

"일부러 시간을 그렇게 계산해서 들이닥쳤겠지만, 아내와 처남이 쳐들어왔을 때 수미와 나는 한참 행위를 하던 중이었어요." 서 사장이 말했다. "발가벗은 현장을 들킨다는 건 정말로 참담한 경험이었죠. 처남 앞에서 축 늘어진 내 음경을 보니 얼마나 불쌍하던지, 내 평생 그토록 수치스러운 순간은 또 없었을 거예요. 그리고 수치스럽거나 참담한 기분만을 느낀 것도 아니었어요. 냉혹한 경멸의 표정이 담긴 아내의 얼굴을 보니 나는 속았다는 듯 분한 기분이 들기도 했으니까요. 속인 사람은 나인데도 말예요. 몰래 나를 추적해 온 아내가 치사하게 여겨졌고요. 치사한 사람도 역시 나인데 말입니다. 그리고 분비물로 번들거리며 기운이 빠져 축 늘어진 내 음경을 내려다보니 살고 싶은 의욕이 몽땅 사라지더군요."

•　　•　　•

바깥에서는 좀처럼 그칠 기미를 보이지 않는 비가 줄기차게 내렸고, 천막 안에서는 한없이 제자리걸음만 반복하는 그의 인생처럼 한없이 반복되는 얘기를 서 사장은 한없이 한없이 계속했다.

"솔직히 얘기하면 난 아내가 수미와 나의 관계를 알게 되더라도 처음에는 화를 내겠지만 결국 '모든 일을 없었던 것으로 하고 용서할 테니 어서 집으로 돌아오라'고 애원이라도 할 줄 알았어요." 코펠 뚜껑에다 한 전무가 차려 놓은 게르치회에는 젓가락도 대지 않고 플라스틱 잔으로 소주만 계속해서 마시며 서 사장이 얘기를 계속했다. "그러면 아내에 대한 죄책감 때문에 나는 결국 집으로 돌아가고, 수미도 나를 포기하고는 자기가 갈 길을 찾아간다거나 뭐 그런 비슷한 결말을 생각했던 거죠. 양아버지만 해도 전국 방방곡곡에 소실을 두었고, 우리 앞 세대에서는 '쌔컨드'를 두는 게 별로 흠이 되지 않았기 때문에 나도 아마 은근히 나 자신을 용서하려는 마음이 잠재 의식 속에서 생겼던 모양예요. 남자가 그까짓 바람 한 번 피우는 건 죄도 아니라고 말예요."

하지만 어림도 없는 일이었다. 재명은 절대로 그를 다시 받아 주지 않으리라는 태도를 분명히 했다. 밖에서 온갖 못된 짓을 하고 돌아다니다가 지치고 갈 곳이 없어져 집으로 돌아온 꾀죄죄한 남자를 받아 주는 것은 조선 시대의 여자에게나 어울리는 짓이라고 아내는 말했다. 배반을 당하고 자존심이 무참히 짓밟힌 아내에게서 용서와 관용을 바라는 남편은 이기적이고 오만하고 야비하고 뻔뻔스러운 인간이라는 말도 했다.

아내는 두 아들의 장래를 위해서 구색으로서나마 집안에 '아버지'라는 '간판'을 갖추어야 한다는 생각에 구찬을 내쫓지는 않았다. 같은 이유에서였겠지만 아내는 이혼도 결코 해 주지 않으리라고 선언했다. 그리고는 어느 날 집안에서 가장 구석진 골방으로 남편을 내몰았다. 당황하기도 하고 어떻게 처신해야 할지도 모르겠는 상태에서 구찬은 구석방에 갇혀 격리 생활로 들어갔다. 그것은 감옥이나 마찬가지였다. 그리고 아내와 두 아이의 얼굴을 보기가 민망해서 그는 집에서 지내는 동안 가능하면 구석방에서 밖으로 나오지를 않았다.

현장을 발각당한 바로 다음날 아침, 아이들더러 밥을 먹으라고 아내가 부르는 소리를 듣고 거북하기는 하면서도 뻔뻔스럽게 식탁으로 나간 구찬은 멋쩍어서 얼굴이 후끈 달아올랐다.

그의 식사가 식탁에 준비되어 있지 않았기 때문이었다.

잠시 어색한 침묵의 순간이 흘렀다.

아내는 태연하게 식사를 계속했다. 민수와 민준이는 아빠와 엄마의 눈치를 슬금슬금 살피면서 조심스럽게 숟가락을 놀렸다.

어찌할 바를 모르고 머뭇거리다가 구석방으로 돌아간 구찬은 아이들과 식사를 끝낸 다음 아내가 그의 상을 따로 봐 주려는 모양이라고 짐작했다. 얼굴을 마주 하기 싫으니까 따로 먹으라고 말이다.

하지만 아내는 끝내 그에게 아침식사를 마련해 주지 않았다.

아이들이 학교로 간 다음에 다시 나가 봤어도 식탁은 말끔했다.

그 이후로 구찬은 지금까지 식구들과 같은 상에서 식사를 함께 한 적이 한 번도 없었다.

그들 부부는 성생활을 완전히 중단한 것은 물론이요, 이때부터 구찬은 스스로 식사를 준비해서 따로 먹었다. 저녁에 커피를 마시고 싶으면 혼자 부엌에 나가 직접 끓여서 골방으로 가지고 들어가 홀짝거렸다. 아침에 화장실을 갈 때도 '남'들과 마주치지 않으려고 발길이 뜸해지는 시간을 골라서 살그머니 방문을 열고 바깥 동정을 살핀 다음에야 나갔다. 그는 내 집에서 좀도둑처럼 발소리를 죽여 가며 살았고, 어쩌다 식구들과 시선이 마주치면 얼른 얼굴을 돌렸다.

이렇게 남편을 구석방에 가둬 놓은 채 별거 생활을 해가면서까지도 재명이 끝까지 이혼을 거부했던 까닭은 백화점 때문이라고 서 사장은 믿었다. 구찬에 대해서라면 처음부터 불만이 많았고, 그에게 백화점을 넘겨 준 아버지의 처사를 놓고 기회만 생기면 불평을 늘어놓던 맏형 호찬에게 그녀는 호락호락한 빌미를 주기가 싫었던 것이다. 아내에게 '정사 현장'이 발각된 다음에도 수미와의 관계를 구찬이 속 시원히 정리하지 않았기 때문에 아버지까지도 무책임하기 짝이 없는 자식이라고 눈을 돌리려는 기미가 나타나자 호찬은 절호의 기회가 왔다고 생각한 모양이었다. 그래서 형은 수미가 재산을 노리기 때문에 구찬에게서 쉽게 떨어지지 않는다고, 그러니까 일이 터지기 전에 백화점 운영권을 그에게 넘겨 달라고 다시 설치고 다녔다. 그런 마당에 구찬과 이혼이라도 했다가는 백화점이 남편의 손을 거쳐 수미에게 절반이 넘어가는 꼴을 호찬과 시아버지가 가만히 앉아 구경만 할 리가 없다는 것이 재명의 정확한 판단이었다.

부부의 공동명의로 된 백화점의 절반을 제2의 여자 수미에게 빼앗겨서는 절대로 안 되겠다는 같은 이유에서 확고하게 운영의 주도권을 틀어쥐겠다는 계산에 따라 아내는 시아버지의 동의를 받아 부사장으로 정식 취임하여 아예 점포에다 사무실을 차리고 들어앉았다. "남편도 사랑도 다 잃어 버린 여자이니까 난 이제는 돈말고는 아무런 관심도 없다"는 비장한 선언을 한 아내는 발벗고 사업의 일선에 나섰다. 담배까지 배워 가면서 그녀는 백화점 운영에 몰두했다. 그녀는 백화점에서 생존의 의미를 찾으려 했고, 집에서는 아예 존재하지도 않는 듯 대하던 남편을 직장에 나와서는 깍듯이 사장으로 모시면서 행동했다. 그들 사이에 갈라진 틈을 호찬이나 다른 사람들에게 보여 주는 것은 현명한 짓이 아니기 때문이었다. 물론 그녀의 의도에 아무도 속아넘어가지를 않았지만 어쨌든 재명은 사장인 남편에 대한 공식적인 예우를 끝까지 지켰다.

"아무것도 해결이 나지 않은 채로 아내와 나의 연극은 한없이 계속되었어요." 서 사장이 말했다. "아무것도 해결이 나지 않은 채로 한없이 말입니다."

● ● ●

서 사장은 둘이서 낚시를 나오면 늘 그러듯이 오늘도 또다시 그의 '뒤죽박죽 인생'에 대한 끝없는 분석을 계속했다. 그는 수미와 아내 사이를 갈팡질팡하다가는 그보다 훨씬 앞 얘기로 돌아가기도 했고, 먼 과거와 가까운 과거와 미래를 오가기도 했다. 생각도 많은 사람이어서인지 본디 말이 많은 서 사장이었지만, 오늘은 유난히 더 그랬다. 그는 마치 죽음을 앞두고 한꺼번에 몰아서 고해성사를 하고는 싶은데 모든 고백을 할 시간이 모자라서 마음이 조급한 나머지 점점 말이 빨라지는 사람 같았다. 그는 말끔히 정리해야 할 엄청난 양의 과거를 되새기는 데 정신이 팔려 앞에 앉은 한 전무의 존재를 의식하지도 못하는 듯싶었다.

한 전무는 대부분의 내용이 벌써 여러 번 들은 얘기였지만 그래도 잠자코 다시 들었다.

서 사장은 마음대로 안 되는 자신의 인생을 탓했다. 그는 내 마음대로 살아도 되는 나의 삶이 그에게는 주어지지 않았다고 느꼈다. 그래서 그는 늘 남의 삶을 살아가는 기분이었다.

구찬은 장마 때 축대가 무너져 집이 깔리는 바람에 가족을 모두 잃고 사실상 고아가 되었던 여덟 살 때 이미 그의 인생이 흙더미 속에 묻혀 버렸노라고 그랬다. 현구라는 이름조차 돌림자를 맞추기 위해 구찬이라고 바꿔서 큰아버지 서봉식의 셋째아들로 입적되면서 그의 존재는 서류상으로도 사라졌다.

해방 후에 아편장사도 하고 전쟁통에 시유지를 차지한 덕택에 훗날 강남에서 토지로 떼부자가 된 큰아버지의 양자가 된 구찬은 친자와 서자의 복잡한 관계에 묶여 의심과 미움의 성장기를 보냈는데, 그때부터 그의 인생은 허무의 때가 묻기 시작했다고 서 사장은 말했다. 사촌이기도 하고 형제간이기도 한 세 사람에게서 받았던 구박으로부터 해방되기 위해서 마라톤 선수가 되려고 했던 얘기도 나왔다. 이것도 역시 한 전무가 수없이 여러 번 들었던 내용이었다. 한 전무는 그가 포기한 이유도 이미 알았지만, 어차피 또 나올 얘기여서 모르는 체하며 왜 마라톤은 그만두었느냐고 일부러 물었다.

“마라톤은 아무리 뛰어도 제자리 같은 기분이 들더군요.” 서 사장이 말했다. “뛰어가야 하는 거리가 너무 멀었기 때문예요. 가도가도 끝이 없는 길이었죠. 마치 내 인생처럼 말예요. 마라톤은 웬일인지 영원히 목적지에 닿지 못하리라는 강박관념을 나에게 심어 주었어요. 그래서 너무나 내 인생을 노골적으로 상징하는 것 같아 결국 포기했어요.”

어려서부터 음악에 대한 ‘소질’이 두드러졌던 구찬이 성악을 공부하다가 끝내 오페라 가수가 되려던 꿈을 포기했던 이유도 한 전무는 잘 알았지만, 어쨌든 또 한 번 얘기를 들었다.

“오페라는 내 인생과 너무나 동떨어진 것 같았어요.” 서 사장이 말했다. “화려한 의상을 걸치고 조명을 받으며 무대에 오르기에는 나 자신과 나의 진짜 인생이 너무나 초라했거든요.”

집안 식구들의 눈치가 보였기 때문이라기는 하지만 어쨌든 대학에서 전혀 마음에 없던 경영학을 전공한 다음 세상으로 나와서도 인생이 뜻대로 풀리지 않기는 마찬가지였노라고 구찬이 말했다. 자수정과 연수정을 가공한 장신구를 수출하려던 사업이 어째서 망했는지를 그는 비슷한 이유를 들어서 설명했다.

“보석이라는 게 나에게는 너무나 고상한 품목이었어요.” 서 사장이 말했다. “고아원으로 갔어야 잘 어울렸을 나로서는 진짜 귀족의 입맛을 알 길이 없었던 거예요. 실패는 오히려 당연한 결과였다고 생각되는군요.”

하지만 어쨌든 지금은 버젓한 백화점의 사장이 되지 않았느냐고 이번에는 한 전무가 수없이 여러 번 그에게 했던 반박을 다시 했다.

“백화점요?” 서 사장이 말했다. “난 지금까지 백화점이 진짜 내 것이라는 기분을 느껴본 적이 한 번도 없어요. 보석 수출에 망한 나한테 양아버지가 연습삼아 경영을 해 보라고 맡긴 백화점이 절반이나마 내 소유가 된 것은 나한테 맞아 팔이 부러져 가면서 악착같이 재산 상속 싸움에 매달렸던 아내의 덕택이었죠. 그러니까 그건 아무리 부부 공동 명의로 되어 있더라도 사실은 아내의 소유인 셈예요 실제로도 그렇고요 그러니 나에게는 백화점도 없고, 돈도 없어요 그래서일 거예요 내 인생을 내가 살지 못하고, 내 삶은 내 것이 아니라는 인식이 내 마음 속에서 자꾸만 굳어지는 이유 말입니다.”

•　　•　　•

들이치는 빗발에 여기저기 사방이 젖어들어 한 전무가 비닐 바닥을 수건으로 훔쳐내는 동안 서 사장은 양자로 들어간 이후 너무 형제들에게 시달려 자살 충동에 익숙해졌다는 얘기를 했다. 물론 이것 역시 한 전무가 수십 번도 더 들어 본 얘기였다. 도피 여행에 대한 얘기도 역시 수십 번은 들었다. 그리고 아내의 팔을 부러뜨려 놓고 고흥의 득량만 바닷가에 숨어서 두 달 동안 혼자 유배 생활을 하던 끝에 수미와의 만남이 이루어졌다는 얘기를 한 전무는 오늘 저녁에만도 서 사장으로부터 벌써 세 번째 들었으며, 빙글빙글 돌면서 제자리걸음을 되풀이하던 독백의 주제는 결국 늘 그러듯이 다시 수미와 아내 사이에서 갈등하는 자신에게로 돌아갔다.

“아내와 수미 사이에서 이러지도 못하고 저러지도 못하면서 엉거주춤 세월만 보내던 내 꼴이 너무나 답답했던지 수미는 우리가 동거하던 아파트의 열쇠를 아내한테 전해 주고는 결국 편지 한 장을 남기고 자취를 감춰 버렸어요” 술을 채운 플라스틱 잔을 아까부터 마시지도 않으면서 손에 든 채로 서 사장이 말했다. “그리고 수미가 떠나자 아내는 안심이 되는 눈치였고, 호찬 형도 백화점 탈취 공작을 중단했어요 솔직히 얘기하자면 나도 숨을 좀 돌렸고요”

하지만 아내는 구찬과 수미 두 사람의 관계가 끝났다고는 믿지 않았다. 사랑하던 남녀의 관계란 부모와 자식의 인연처럼 끊기가 어렵다는 사실을 재명은 잘 알았다. 결혼한 다음 첫사랑의 애인을 다시 만나 간통으로 연결하는 사람들이 이 세상에는 얼마나 많던가.

그리고는 지루하고 답답한 소강 상태가 넉 달쯤 지난 다음 수미는 다시 구찬을 찾아왔다.

"수미가 찾아온 건 이렇게 비가 줄기차게 쏟아지던 밤이었어요." 서 사장이 말했다. "그냥 보고 싶은 마음을 주체할 수가 없어서 돌아왔노라고 말하고는 한 시간 동안이나 계속해서 울더군요."

서 사장은 아내 몰래 다시 두 사람의 보금자리를 마련해야 했지만 이제는 경제적인 여유도 너무 빡해서 방배동에다 겨우 전세로 아파트먼트를 하나 얻었고, 그리고는 재회의 감격은 잠깐뿐, 답답한 관계가 끈질기게 이어졌다.

구찬과 이별해서 따로 사는 삶을 한참 연습하고 돌아온 4 개월 동안에 수미가 많이 변했던 모양이라고 서 사장은 말했다. 그녀의 변화는 시간이 흐를수록 점점 더 분명하게 드러났고, 변화를 항상 위험하다고 생각했던 구찬은 불길한 앞날을 예감했다.

수미는 겁이 많아졌다. 헤어져서 지내는 동안 그녀는 구찬과 헤어지면 그녀의 삶은 끝장이라는 사실을 깨달았고, 그래서 헤어지기가 무서웠다. 구찬과 떨어져서는 갈 곳도 없다는 현실을 절실하게 깨우친 그녀는 절대로 떨어지지 않으려고 했다. 걸핏하면 우는 일도 많아졌다. 밤에도 울고 낮에도 울었다. 울면서 그녀는 "날 버리지 말아요"라거나 "헤어지자고 그러지 말아요"라거나, "날더러 떠나라고 하지 마세요"라는 소리를 입버릇처럼 했다.

"나중에는 듣기가 싫어질 정도로 그런 소리를 했어요." 서 사장이 말했다. "그리고는 언제 다시 들이닥칠지 모르는 아내를 늘 무서워했어요 아파트의 열쇠와 남편을 돌려준답시고 아내를 찾아가기까지 했다가 몰래 돌아와 또 살림을 차렸으니 이번에 아내한테 다시 꼬리가 밟혔다가는 정말로 무사하지 못하리라고 겁을 냈죠"

　참으로 당돌하기 짝이 없었던 수미의 이러한 변화는 구찬의 마음을 더욱 무겁게 했다. 도대체 헤어져 지낸 4 개월 동안 어디에서 무엇을 하다가 왔는지 몰라도 그녀는 단단히 혼이 난 모양이라고 서 사장은 말했다.

　"언젠가는 벽지의 무늬가 내 아내의 눈 같다며 무서워서 잠을 못 자겠다고 하는 바람에 아무 무늬도 없는 종이로 도배를 새로 했던 적도 있었죠. 무슨 꽃을 그린 무늬였는데, 그 꽃들이 모두 벽을 가득 채운 아내의 눈으로 보였던 거예요. 밤낮으로 깜박이지도 않으면서 자기를 감시하고 노려보는 수많은 눈으로 말예요."

　또 언젠가는 구찬이 찾아가 초저녁에 잠시 사랑을 한 다음 그가 피곤해서 깜박 잠이 들었던 적이 있었다. 그런데 서 사장은 아무래도 기분이 이상해서 섬찟한 기분을 느끼며 잠시 후에 깨어났다고 했다. 불길한 예감을 느끼며 얼른 일어나 살펴보니 수미가 누웠던 옆자리가 비었고, 그녀는 경대 앞에 앉아 거울에 비친 그녀의 모습을 멍하니 쳐다보고 있었다.

　수미는 창녀처럼 짙은 화장을 한 모습이었다. 눈썹을 까맣게 그리고 입술을 새빨갛게 칠한 그녀의 모습을 보고 구찬은 겁이 덜컥 났다. 혹시 정신 이상을 일으킨 것은 아닌가 해서였다.

　"나더러 아내와 헤어지라고 노골적으로 요구하기 시작한 것은 우리들의 관계가 3 년쯤 계속된 다음부터였어요." 서 사장이 말했다. "수미가 그러더군요. 불안한 미래를 안은 채로 영원히 숨어서만 살아갈 수는 없다고요. 아내가 이혼을 안 해 주면 어떠냐면서 말예요. 그냥 내가 집을 나와 우리 둘이서 아기를 낳고 같이 살면 되지 않겠느냐는 얘기였죠. 그러면 아내가 어쩔 수 없이 이혼을 해 주거나, 우리들의 관계가 기정사실화되지 않겠느냐는 것이 수미의 생각이었어요."

　하지만 구찬은 아무리 못마땅해진 아내라고 해도 누군가를 불행하게 만들어 가면서까지 자신만의 행복을 추구할 정도로 염치가 없는 사람은 아니었다. 모든 인간 관계에서는 기본적인 질서가 유지되어야 하는 법이었고, 아내의 가슴에 못을 박고, 아내의 증오를 받으면서, 다른 여자와 행복을 배불리 누리기란 불가능했다. 더구나 오뉴월 삼복 중에도 서리가 내릴 만큼 사무친 증오의 눈길로 아내가 벽지에 나타나 수많은 눈으로 수미와 그를 지켜보는 속에서 마음이 편할 리가 없을 듯싶었다.

그는 아내의 증오를 당연한 것으로 받아들였다. 물론 무미건조했던 결혼 생활의 책임을 절반은 아내가 져야 한다는 생각은 변함이 없었지만, 구찬은 그렇기 때문에 나머지 절반 또는 절반 이상의 책임이 자신에게로 돌아와야 한다는 사실도 알았다. 그래서 그는 불행했던 부부 두 사람 가운데 나 혼자만 새로운 사랑과 삶을 만나 불행의 보상을 받았다는 죄의식을 벗어나지 못했다. 그는 아내도 행복해야 그의 속이 편하리라고 계산했다. 하다못해 아내에게도 남자가 생겨 그녀 나름대로 기쁨을 찾기만 했다면 구찬은 훨씬 마음이 가벼워졌을 것 같았다. 그래야 공평했다.

"아내와 헤어지고 정식으로 동거를 시작하자는 수미의 요구가 점점 심해지는 사이에 나는 차츰 아내와 수미가 결국 똑같은 여자라는 생각이 들기 시작했어요." 서 사장이 말했다. "그리고 이런 생각도 들더군요. 만일 내가 수미에게 해준 것만큼만 아내한테 해줬더라면 우리 부부의 삶이 훨씬 달라졌을 거라는 생각요. 뭐랄까요. 실수를 저질렀다는 사실을 깨닫고 뒤늦게 제대로 연습을 하고 났더니 이제야 무엇이 정답인지를 알겠구나 하는 깨우침을 얻은 셈이죠."

그는 아내에게 두 번째 기회가 주어지지 않았다는 것은 자신의 죄요 탓이라고 믿었다. 이렇듯 아내의 억울한 심정에 공감한 구찬의 행동반경은 아무래도 아내가 용납하고 설정하는 범위 안에서만 움직이는 소극적인 상태로 머물렀다. 그래서 그는 구석방에서의 차단된 생활을 마다하지 않았고, 아내가 그나마 사업에 정신이 팔려 바삐 살아가는 모습을 보고서야 차라리 다행이라면서 죄의식이 조금은 가벼워진 것도 사실이었다.

· · ·

아래쪽 마당바위 주변에서 암벽을 때리는 파도 소리가 갑자기 천둥처럼 꽈르릉 울렸고, 천막 천장에 매달아 놓은 랜턴이 겁에 질린 듯 흔들렸다. 휘청휘청 흔들리는 불빛은 물론 소리가 아니라 바람 때문이었는데, 휘파람 소리를 내는 바람의 힘에 쓸려 천막 전체가 한쪽으로 쏠리며 밑자락이 빨래처럼 펄럭거렸고, 이리저리 방향을 바꿔 가면서 공격을 계속하는 바람살을 타고 흩날리던 빗발이 방수용 덮개 틈바구니로 파고들어 천막의 솔기를 타고 내려오다가 방울을 맺어 가끔 서 사장의 이마로 떨어졌다.

중국식 물고문을 하듯 그의 앞머리를 적시며 물방울을 떨어뜨리는 솔기를 다시 한 번 힐끗 올려다보면서 서 사장이 말했다. "오늘 날씨는 안경섬에 갔을 때가 생각나게 하는군요."

서 사장과 한 전무는 재작년 초여름에 거제도 장승포에서 쾌속정으로 한 시간 거리인 안경섬으로 같이 낚시를 나갔다가 악천후를 만나 절벽에서 심한 고생을 했었다. 들어갈 때만 해도 멀쩡하던 날씨가 오후 두시로 접어들자 갑자기 바람이 터지며 먼 바다에 흰 파도가 일었고, 거센 물살에 봉돌이 바위틈으로 쓸려 들어가 나오지를 않아서 낚싯대가 부러져 나가기도 했다. 나중에는 낚싯대를 들고 버티다가는 사람까지 날아가 바다로 빠질 듯싶었으며, 날은 저물어 가는데 물기둥이 30 미터나 절벽을 치고 올라오기 시작하자, 마땅한 자리가 없어 천막조차 치지 못하고 둘이서 돌출 바위 뒤에 겨우 몸을 숨기고 물보라를 뒤집어써 가며 온몸이 젖어 뼛속까지 파고드는 추위에 덜덜 떨면서 날밤을 새야 했다.

"새벽에 장승포 낚시의 김 선장이 파도를 헤치며 갈매기호를 끌고 나와서 우리를 구조해 뭍에 데려다 내려놓고는 한 마디 하던 말, 생각납니까?" 서 사장이 물었다.

한 전무는 기억이 나지 않는다고 말했다.

"바다에는 오뉴월이 없고, 무인도에서 비를 만나면 마루 밑 개 팔자가 부러운 법이라고 그랬죠." 서 사장이 엄지손가락으로 바깥 날씨를 가리키며 말했다. "이번에도 그런 꼴 나는 거 아닌지 모르겠어요"

한 전무는 내일이면 날씨가 쾌청하게 걷히리라고 오늘 아침 10시 일기 예보에서 이장이 들었다고 하더라는 말을 전했다.

"마루 밑 개 팔자 얘기가 나와서 말인데요, 사실 개 팔자야 얼마나 좋습니까?" 중국식 물고문 빗방울을 피해 옆으로 조금 틀어 앉으며 서 사장이 말했다. "개의 눈에는 세상 만물이 흑백으로만 보인다니 만사가 흑백이 분명하겠고, 그래서 흑백 논리만 가지고도 별로 고생 안 하고 한평생을 살아갈 수 있는 거 아니겠어요? 나처럼 이것저것 따지다가 아무런 판단도 내리지 못해 무슨 행동 하나 마음대로 저지르지 못하면서 고민할 필요가 없이 말입니다."

"하지만 아무리 오뉴월 마루 밑의 개 팔자가 좋다고 해도 목에 줄을 매고 평생을 살아가는 개보다야 사람 팔자가 낫겠죠." 한 전무가 지극히 당연한 소리를 했다. "생각이 많고 고민도 많은 건 사람 살기가 본디 그런 모습이겠고요"

"어쨌든 난 한 전무가 부럽다는 생각이 들 때가 많아요. 마음을 먹었다 하면 당장 행동으로 옮기는 결단력 때문에 말예요." 한 전무에게 종이잔에다 소주를 따라 주면서 서 사장이 말했다. "하지만 날 보라구요. 두 여자 사이에서 영원히 갈팡질팡하는 내 꼬락서니를 보란 말입니다. 제자리에서 제자리로 돌고 돌아 또다시 제자리로 돌아오는 내 눈에는 만사에서 흑백 논리가 분명한 한 전무가 생각이 짧은 사람은커녕 오히려 영웅처럼만 보여요. 문제가 생겼다 하면 당장 무엇인가 행동을 취하는 순발력 때문이랄까요."

"나라고 해서 모든 일을 마음먹은 대로 다 실천하는 건 아녜요." 한 전무가 슬그머니 웃으면서 말했다.

"한 전무 같은 사람이 실천을 못 한 게 뭔데요?"

"낚시도 끊을까 하다가 말았어요." 한 전무가 말했다. "언젠가 추자도에 들어가 40일 동안 낚시를 하고 서울로 올라갔더니 공장 꼴이 영 말이 아니더군요. 사람이 그렇게 살아서는 안 되겠다 싶어서 난 그날 밤 지하실로 내려가 시멘트벽에다 후려쳐 몇백만 원어치나 되는 낚싯대를 모조리 분질러 버렸어요. 다시는 낚시를 안 하겠다는 마음으로요. 그리고는 이튿날부터 다시 낚싯대를 사 모으기 시작했죠. 아무래도 낚시만큼은 포기할 수가 없겠더군요."

"포기를 안 하는 방법도 한 전무는 나하고 달라요. 포기를 안 하겠다고 마음을 먹으면 그 결심 역시 적극적으로 행동에 옮기니까요."

"왔다갔다하는 결심도 결심인가요?"

"왔다갔다하더라도 한 전무는 왔다갔다하고 싶어서 그러는 셈이죠. 오고 싶을 때 오고, 그리고는 가고 싶을 때 가는 거요. 난 오고 싶을 때는 오지도 못하고 그렇다고 해서 가지도 못하다가, 가고 싶을 때가 되면 다시 가지도 못하고 속 시원히 돌아서지도 못해요. 난 무엇이든 하지도 못하고, 그렇다고 해서 제대로 안 하지도 못하잖아요."

"이러지도 못하고 저러지도 못한다는 건 이럴 수도 있고 저럴 수도 있다는 얘기 아녜요? 그럼 마음 내키는 대로 아무렇게나 하면 되지, 하긴 서 사장님이 왜 그렇게 헤매는지 딱하다는 생각이 들 때가 가끔 들기는 해요."

"나는 왜 이렇게 인생이 어려울까요? 산다는 것이 왜 이렇게 복잡하고, 생각해야 할 일이 왜 이렇게 많은지 모르겠어요. 살아가기가 너무 힘들어 머리통이 터져 나갈 것 같으니까요."

"아무것도 스스로 해결을 하지 않으니까 결과적으로 삶을 어렵게 만드는 셈 아닌가요? 그리고 거추장스럽게 왜 한꺼번에 여러 가지 생각을 하나요? 정말이지 사람이 살아가기 위해서 필요한 진짜 지식이라는 건 별로 많지 않을 거예요. 한순간에는 언제나 한 가지만 생각하도록 노력해 봐요. 그러면 살아가기가 훨씬 편해질 테니까요. 너무 머리를 쓰다가는 992 짓고 여덟 곳이 진리처럼 보이기도 하거든요.”

서 사장이 처음에는 무슨 말인지 알아듣지를 못하고 멍한 표정을 지었다가 잠시 후에 피식 웃었다.

“하기야 궁극적인 진리나 진실은 존재하지 않는지도 몰라요.” 서 사장이 말했다. “어떤 사물의 양면은 둘 다 진실인 것 같으면서도 곰곰이 따져보면 양쪽 모두 거짓이기도 하니까요. 9땡도 여덟 끗이기는 하잖아요. 그리고 진실이 존재하지 않으니까 인간에게는 해방도 없고 구원도 없는 거예요.”

“무슨 뜻인지 알아듣기가 좀 복잡한 얘기 같군요.” 한 전무가 말했다. “하지만 진짜 진실이 보이지 않는 까닭은 진실을 안 보고 다른 것만 봐서 그럴 거예요. 씬뱅이라는 고기 아시죠? 미끼를 머리에 달고 살랑살랑 흔들어 치어를 유혹해서 잡아먹는 물고기 말입니다. 치어는 씬뱅이를 못 보고 가짜 벌레만 보기 때문에 잡아먹히고 말아요. 사람도 그런 경우가 많죠. 진짜 인생은 못 보고 상상 속의 인생에만 정신이 팔려 헛 살아가는 사람들 말예요.”

“이거 뭐 선문답이라도 주고받는 것처럼 되어 버렸는데, 어쨌든 한 전무는 인생이 뭐라고 생각해요?”

“선문답이 뭐예요?” 한 전무가 물었다.

무엇이라고 대답해 주면 가장 간단하고도 알아듣기가 쉬울지 잠시 궁리하는 듯한 표정을 짓더니, 서 사장은 설명을 포기하고 말했다. “그런 건 몰라도 별 상관없는 일이니까 그냥 넘어가기로 하고, 한 전무는 인생이 뭐라고 생각해요?”

“인생이 뭐냐뇨? 인생이 어디 따로 있나요? 밥 먹고, 낚시하고, 술 먹고, 그러는 거지.”

“인생은 그렇게 단순한 게 아닐 거예요.”

"그럼요?"

"인간이 심오한 의미를 부여해야 하는 무슨 그런 거 있잖아요."

"심오한 의미니 뭐 그런 거 자꾸 상상하지 말고 그냥 사는 게 난 훨씬 편하고 좋던데요. 아무것도 없는데 뭔가 또 있으리라고 자꾸 상상하고 그걸 찾아 헤매려니까 피곤하죠."

"인생은 그렇게 단순한 게 아니라니까요."

"그럼 인생이 복잡해서 속 시원할 건 또 뭐예요?"

"인간이 어떻게 동물처럼 그냥 살아가기만 하나요? 추구하고 꿈꾸면서 가꿔야 할 무엇인지가 존재해야죠."

"진짜 현실에 대해서 만족하지 못하는 사람에게만 상상의 현실이 필요한 거예요." 한 전무가 말했다. "그러니까 서 사장님 같은 사람에게는 종교라는 게 필요하겠죠. 나한테는 그런 거 아무 소용도 없지만요. 종교에서는 영원한 사랑이니 영원한 삶이니 그런 것들을 상상해서 믿잖아요."

"한 전무는 그렇게 아무것도 믿지 않고, 추구하지도 않는데, 왜 내 인생보다 한 전무의 인생이 내 눈에는 훨씬 행복해 보일까요?" 서 사장이 히죽 웃으며 물었다. 그것은 비꼬거나 즐거워서 웃는 웃음이 아니라 왜 웃는지 이유를 모르겠는 그런 묘한 웃음이었다.

"아무것도 믿지 않고 아무것도 추구하지 않기 때문인지도 모르죠." 한 전무도 내가 무슨 도사랍시고 앉아서 이런 소리를 늘어놓는지 하는 생각이 얼핏 들어 조금쯤은 어색한 듯 마주 웃었다. "왜 무식한 놈이 상팔자라잖아요. 오뉴월 개 팔자 같은 거요."

"한 전무는 행복의 비결이 뭐라고 생각해요?"

"비결이 없는 게 비결이겠죠." 한 전무가 말했다. "행복이 뭐 별 거예요? 싱싱한 복숭아를 먹을 때의 즐거움, 대가리가 큰 감생이를 올릴 때의 기쁨, 마누라가 차려 준 따뜻한 밥을 먹는 흐뭇함, 그런 것들이 난 행복이라고 생각해요. 고스톱을 쳐서 돈을 딸 때도 그렇고요. 5광이라도 하면 금상첨

화이고요. 똥을 싸고 주저앉아 좋다고 매화 타령을 부르는 사람이 재벌 총수보다 행복하지 말란 법은 없잖아요?”

“행복이란 그런 즐거움이 전부가 아녜요” 서 사장이 힘없는 방어를 시도했다.

“그럼요? 뭐가 전부인가요? 철학자니 뭐니 하는 사람들이 써 놓은 글 보면 생각은 무척 많고 말도 그럴듯하지만, 그런 사람들 별로 행복한 것 같지도 않더군요. 행복이란 자꾸 열심히 이것저것 생각하는 게 아닌가 봐요”

“어쨌든 인생이라는 건 이래서는 안 되는 거예요 사랑도 그렇고요 인생과 사랑은 이래서는 안 된다구요”

“이래서는 안 되다니, 어떤 것이 이런 건데요?”

“남들은 진짜 인생을 살고 진짜 사랑을 하는데, 나는 왜 이러는 걸까요? 남들은 쉽게도 잘 사는데, 나는 왜 이렇죠?”

비슷비슷한 질문에 비슷비슷한 대답을 주고받기에 조금쯤은 싫증이 난 한 전무가 대답을 하지 않았다.

“꽃도 시들면 추해지듯이, 사랑도 시들면 마찬가지예요.” 술기운으로 눈동자에서 맥이 풀린 서 사장이 한 전무를 멍청하게 쳐다보며 말했다. “사랑의 종말은 꽃의 종말이나 마찬가지로 추하기 짝이 없어요 인생의 종말도 추하고요 모든 것은 종말이 추하다구요 그리고 내 인생은 종말만 추한 게 아닌 것 같아요 처음부터 그랬어요 처음부터. 인생은 이런 것이 아닐 텐데, 내 인생은 왜 처음부터 끝까지 자꾸 이럴까요?”

“서 사장님 많이 취했어요” 한 전무가 말했다. “이젠 올라가서 주무셔야 할 것 같군요”

서 사장은 입을 다물고 한 전무를 또다시 멍청하게 쳐다보았다. 숨이 가쁜지 잠시 몰아 쉬면서 그는 한 전무가 누구인지 모르는 사람이어서 정체를 알고 싶기라도 한 듯 한참 동안 침묵을 지키며 멍하니 쳐다보았다.

“서 사장님은 인생과 사랑에 대해서 욕심이 너무 많은가 봐요” 갑작스런 침묵이 거북해져서 한 전무가 말했다. "하지만 바라는 게 많으면 늘 배가 고프게 마련이죠."

서 사장은 아직도 한 전무가 누구인지 모르겠다는 듯한 표정으로 멍하니 쳐다보면서 침묵을 지켰다.

"서 사장님은 인생에 대해서 혼자만 손해를 봤다고 믿는 모양예요." 한 전무가 말했다. "그리고 서 사장님은 손해를 본 인생에 대해서 보상을 받고 싶어하는데, 누구에게서 어떻게 보상을 받아야 하는지 그걸 모르겠어서 답답하신 것 같아요. 하지만 인생이란 그냥 사는 거 아닌가요?"

서 사장은 계속해서 멍하니 쳐다보기만 했다. 무척 피곤한 얼굴이었다. 혈색이 핼쑥할 만큼 창백한 것이 당장이라도 빈혈로 쓰러지지나 않을지 한 전무는 걱정이 되었다.

"어쩌면 서 사장님이 원하는 삶과 사랑은 우리들의 세상에는 없는지도 몰라요." 한 전무가 말했다. "서 사장님은 뭔가 자꾸 최고를 찾으려고 하는데, 세상에 첫째는 하나뿐이죠. 그러니 최고를 가지려면 피곤할 수밖에요. 도대체 무엇 때문에 피곤한 대상을 상상해 놓고 그걸 찾아 헤매시는 건가요?"

서 사장이 비틀거리면서 몸을 일으켰다.

"나도 피곤하게 살고 싶어서 피곤하게 사는 건 아녜요." 겨우 의식이 돌아오는 듯 한 전무를 빤히 쳐다보면서 그가 말했다. "속 편히 살고 싶어도 내 인생이 그렇게 생겨먹지를 않았기 때문에 그러는 거죠."

"하지만 인생은 누가 만들어서 갖다 주는 건 아니잖아요. 스스로 엮어서 가져야지."

"이런 거 아무리 따져 봐도 세상만사는 무엇 하나 해답이 없어요." 취한 손으로 우비 상의에 달린 모자를 앞으로 당겨 쓰면서 서 사장이 말했다. "그러니까 난 가서 잠이나 자겠어요."

"천막까지 데려다 드릴까요? 심하게 취하셨는데, 비에 젖어 바위가 미끄러우니까 헛발이라도 디뎠다가는 위험할 텐데요.”

“내 걱정말고 랜턴이나 내놔요 그리고 내일 아침 왕창 한 번 땡깁시다.”

“좋아요. 그럼 잠이나 푹 자도록 해요 한숨 잘 자고 나면 세상이 훨씬 더 환하게 보일 테니까요.”

●   ●   ●

바람이 이리저리 방향을 바꿔 가며 휘몰아쳐서인지 바닥으로 계속해서 빗물이 스며들어 옆구리와 양말이 젖었고, 잠결인데도 종아리가 얼얼하며 쥐가 나는 듯싶기도 했고, 그래서 한 전무는 온몸이 척척하다고 느끼며 어렴풋하게 정신이 드는 중이었다. 으슬으슬 춥다는 기분까지 들었다. 그래서 이제는 일어나야 되겠다는 생각을 했고, 바로 그 순간이었다.

비명 소리가 들려왔다.

여자의 비명 소리였다.

찢어지는 듯한 비명 소리는 소름이 끼칠 정도로 요괴스러웠다.

한 전무는 벌떡 일어났다.

사고가 났다고 생각했다.

호루라기 소리가 나지 않으니 서 사장이 사고를 당한 모양이었다. 수미에게 사고가 났으면 서 사장이 호루라기를 불었으리라.

밖으로 달려나갔더니 어슴푸레 날이 밝아 오는 가운데 비는 그쳤지만, 세찬 바람에 천막 자락이 낡은 깃발처럼 펄럭였다.

수미는 계속해서 비명을 질러 대었다.

“아아아아아아아악!

아아아아아아악!

아아아아아아아악!”

한 전무는 혹시 초들물을 보려고 새벽 일찍 낚시를 내려간 서 사장이 사고를 당하지나 않았는지 마당바위를 내려다보았다.

파도가 바위에 부딪쳐 하늘로 치솟아 올랐다가는 마당바위로 좌르르 쏟아졌고, 얼핏 둘러보니 사람은 아무도 없었다.

한 전무는 천막 바깥에 놓아 두었던 밧줄을 어깨에 울러멨다. 그리고는 위를 올려다보았다. 경사가 가팔라서 서 사장의 천막은 보이지 않았고, 어디서 비명을 지르는지 수미의 모습도 보이지 않았다.

누가 사고를 당했는지 몰라도 한 전무는 어서 올라가 구해야 되겠다는 생각뿐이었고, 어젯밤 술이 좀 과한가 싶더니 아침에 소변이라도 보다가 서 사장이 실족해서 뒤쪽 절벽으로 떨어졌는지도 모른다는 생각도 들었다.

잠시 비명을 멈췄던 수미가 계속해서 다시 요괴의 소리를 질렀다.

"아아아아아아아악!

아아아아아아악!

아아아아아아아악!"

한 전무는 강간을 당하는 여자의 비명 소리가 저렇게 다급하리라고 생각했다.

비명 소리가 계속해서 들려오자 한 전무는 바위들 사이로 구불구불 기어올라가면서 혹시 서 사장이 수미를 구타하고 있는지도 모르겠다는 엉뚱한 생각이 들었다. 그렇다면 참으로 서 사장답지 않은 짓이었다. 서 사장은 여자를 두들겨 팰 만한 배짱을 가진 남자가 아니었다.

그래도 수미의 비명이 계속되었고 한 전무는 마음이 다급했다. 하지만 비에 젖은 바위가 미끄러워서 얼른 올라가기가 힘들었다.

여자의 비명이 갑자기 멈추었다.

바다에서 파도 소리가 더욱 요란하게 들려왔다.

바람 소리도 요란했다.

한 전무는 허겁지겁 자꾸만 위로 올라갔다. 너무 서두르다 보니 면장갑을 끼지 않은 채여서 손바닥이 바위 모서리에 긁혀 여기저기 찢어지면서 피가 났다.

비명 소리가 그치자 더 걱정이 되었다. 무슨 일이 벌어지고 있는지 알 길이 없어서였다.

절반쯤 올라갔더니 드디어 수미의 모습이 보였다. 그녀는 천막 앞에 서서 망부석처럼 굳어 버린 모습이었다.

"무슨 일예요?" 한 전무가 소리쳤다.

수미는 대답을 하지 않고 바다를 내려다보기만 했다. 미친 여자처럼 멍한 표정이었다.

무엇을 보고 저렇게 얼이 빠졌을까 이상하다고 생각하며 한 전무도 바다를 내려다보았다.

바람이 불어오던 오른쪽에서는 바닷물이 바위들 사이로 파고들어 마당바위를 향해 돌진하며 덤벼들어 몸부림을 치고는 미친 용처럼 소용돌이를 일으켰다. 하늘을 찢으며 바람이 날아가는 칼날 소리가 울렸고, 마당바위 오른쪽에 부딪쳐 20 미터나 치솟은 물길이 무수한 방울과 거품을 거대한 혓바닥처럼 휘둘러대면서 마당바위를 단숨에 뛰어넘어 왼쪽 바다로 떨어졌다.

그리고 한 전무는 보았다.

아래쪽 그의 천막에서는 보이지 않았지만 이만큼 올라오니까 마당바위 오른쪽으로 바싹 붙은 바위들이 보였다. 무너지는 물길이 바위들 사이로 넘나들었다.

그리고 파도가 가라앉으며 물러나는 물길 속에서 한 전무는 물에 빠진 서 사장을 보았다.

목이 왼쪽으로 부러진 허수아비처럼 꺾인 채로 엎어진 서 사장은 큰 대자로 팔다리를 뻗은 채 그렇게 물 위에 엎드려 무기력하게 파도에 쓸려 내려갔다.

천천히, 천천히, 그는 물길에 휩쓸려 흘러나갔다.

서 사장은 파도에 저항하지 않았다. 그는 아무것에도 저항하지 않았다. 인생에서 무엇에도 적극적으로 저항한 적이 없었던 서 사장은 바다에 맞서 아무런 저항을 하지 않았다. 그리고 다시 보니 그는 구명 조끼조차 몸에 걸치지 않았다.

헤엄쳐 나오려는 시도를 전혀 보이지 않던 서 사장은 보아하니 벌써 죽은 것 같았다. 꺾어진 각도를 보고 한 전무는 아마도 목이 부러져서 죽은 모양이라는 생각이 들었다.

그리고 방향을 거꾸로 잘못 잡아 위로 올라오던 한 전무로서는 저 아래 바닷물에 빠진 서 사장을 구하기 위해 아무것도 할 수가 없었다. 푸랭이섬 뙤여에서 내가 물에 빠져 죽지 않도록 〈싼타루치아〉를 불러 주었던 서 사장이 혹시 아직 살았다고 해도, 이제는 그에게 밧줄을 던져 구해 내기에 너무 먼 거리로 그가 올라와 있었던 것이다.

수미가 천막 앞에 망부석처럼 굳어 버린 채로 지켜보는 동안, 어찌해야 좋을지를 모르겠어서 한 전무가 잠시 주춤거리는 동안, 큰 대자로 팔다리를 벌리고 물 위에 엎어진 서 사장이 천천히 커다란 원을 그리며 물결에 휩쓸려 나갔다.

그리고는 마당바위에서 30 미터쯤 앞에서 바다 속으로 빨려 들어가는 소용돌이를 타고 서 사장은 가라앉았다.

그는 다시 물 위로 떠오르지를 않았다.

● ● ●

더듬거리며 그냥 걸어 내려갔다가는 너무 늦을 것 같아서 미끄러지고 주저앉으며 한 전무는 밧줄을 어깨에 멘 채로 반쯤 앉은 자세로 바위를 타고 밑으로 내려갔고, 굴러 떨어지듯 마당바위까지 내려간 그는 무엇을 어떻게 해야 좋을지 생각하기 전에 우선 물 속을 살폈는데, 여기저기 굽어봐도 물에 빠진 서 사장은 보이지를 않았고, 혹시 보이면 건져내야 하겠어서 그는 밧줄의 한쪽 끝에다 고리를 지었고, 서 사장이 물 위로 떠오르더라도 나는 카우보이가 아니어서 이것을 던져 제대로 옭아낼 수나 있을지 모르겠지만 어쨌든 그런 걱정은 나중에 알아서 처리할 일이니까 우선 매듭부터 옭었고, 구명 조끼를 입지 않고 빠졌기 때문에 서 사장이 물 속에서 떠오르지를 않고 어디 바위턱에 걸려 얹혔다면 고리를 지은 밧줄로 옭어 끌어내기는 어려울 테니까 내가 물 속으로 들어가서 어떻게 해 봐야 할 텐데 아직은 파도가 너무 거세어서 섣불리 그러지는 못 할 것 같았고, 서 사장을 꺼내려고 하다가 나도 죽겠구나 하는 생각도 불현듯 들었지만 죽을지 어떨지는 나중에 따질 일이고 일단 물 속으로 들어가기는 가야 되겠으니까 얕은 곳이라면 구명 조끼를 걸치면 덜 위험하겠다는 판단을 했고, 이제는 비명을 지르지 않고 겁만 잔뜩 먹은 표정으로 수미가 바위 비탈을 뒤따라 내려오자 한 전무는 그녀에게 다시 내 천막으로 올라가 구명 조끼를 가져오라고 말했으며, 서 사장이 구명 조끼만 걸쳤더라도 물 속으로 가라앉지는 않았을 테니까 건져내기가 수월했으리라는 생각을 했지만 남이 저지른 일을 이제 와서 대신 후회해도 소용이 없는 일이었고, 사람이란 무엇인가 너무 늦어진 다음에야 후회를 하게 마련이어서 이미 후회를 할 때는 다 소용이 없으니 후회는 아무짝에도 쓸데없는 낭비였기 때문에 그는 "이럴 줄 알았으면 어쩌고 저쩌고" 쓸데없는 후회 따위는 집어치우고 이쪽 저쪽 물 속을 기웃거리며 서 사장을 찾으려 했고, 날이 점점 밝아 와서 물 밑 바위에 붙은 돌미역이 귀신의 머리카락처럼 물살에 쓸려 너울거리는 사이로 망상어가 몇 마리 떼를 지어 오락가락 돌아다니는 것이 보이기는 했지만 서 사장의 모습은 보이지를 않았고, 수미가 가지고 내려온 구명 조끼를 껴입은 그는 다시 밧줄을 어깨에 메고 파도가 흘러가는 쪽으로 암벽을 타고 따라가면서 아무리 물 속을 찾아보아도 서 사장의 모습은 보이지를 않았다.

●　　●　　●

　거의 한 시간 동안이나 찾아봐도 순식간에 사라진 서 사장이 다시 모습
을 보이지 않자 한 전무는 도움을 청하러 마을로 넘어가 봐야 되겠다고 결
정했다. 혹시 서 사장이 떠오르면 건져낼 사람이 한 전무밖에 없기는 했지
만, 수미 혼자 절벽을 타고 넘어가 마을 사람들을 불러오는 것은 너무 위험
한 일이어서 내가 가야 되겠다고 한 전무가 설명했다.
　수미는 그가 하는 말을 알아들었는지 어쨌는지 멍하니 고개를 끄덕이기
만 했다. 그녀는 넋이 나간 듯 울지도 않았다.
　"수미 씨는 여기서 자리를 지키며 혹시 서 사장의 시체가 파도에 쓸려
올라오지나 않는지 잘 살펴보도록 해요" 한 전무가 말했다. "혹시 시체가
떠오르더라도 섣불리 건질 생각은 하지 말고요. 그러다 또 사고가 나니까
요. 그냥 잘 지켜보기만 해요"
　내가 수미에게 서 사장을 '시체'라고 했던가? 밧줄을 벗어 놓고 암벽 길
을 올라가며 한 전무가 생각했다.
　삽시간에 '시체'가 되어 버린 인간 서구찬.
　서 사장은 바다 속으로 사라졌고, 푸랭이섬에서 파도에 휩쓸려 들어가
실종된 울산 오씨처럼, 이제 그의 모습은 자칫했다가는 영원히 다시는 볼
수가 없게 된 존재였다.

●　　●　　●

　깔딱고개를 넘어 송종필 이장을 찾아가 자초지종을 얘기하고 시체 수색
작업을 도와 달라는 부탁을 한 다음 서둘러 마당바위로 한 전무가 돌아왔
을 때 수미는 아직도 멍한 표정으로 천막 앞에 꼼짝않고 앉아 바다를 내려
다보고 있었다.

서 사장은 물론 파도에 쓸려 올라오지도 않았고, 수미는 눈물을 흘리지 않았다.

시체 수색 작업을 돕기 위해 이장이 가장 먼저 취한 행동은 여수경찰서에서 파견된 평도 초소에 사고 신고를 하는 것이었다. 그리고는 마을 사람 셋을 데리고 마당바위로 넘어왔다.

이장이 데리고 온 세 명의 마을 어부는 처음 얼마 동안 심각한 표정으로 부지런히 암벽을 오르락내리락거렸다. 그러나 사라진 서 사장을 어떻게 해볼 재간이 없어 속수무책이었던 그들은 따로 할 일이 없었다. 그래서 쓸데없이 기웃거리며 돌아다니던 그들은 음탕한 염탐꾼처럼 서 사장과 수미가 어젯밤 같이 잔 천막 안을 자꾸 기웃거렸다. 그들의 꼴이 신경에 거슬렸는지 수미가 자꾸 얼굴을 찡그리자 눈치가 보여서인지 이장은 별로 시킬 만한 일도 없는 그들을 마을로 돌려보냈다.

이장과 한 전무와 수미는 나란히 위 천막 앞에 앉아 바다를 내려다보았다.

그들은 바다를 구경하는 일말고는 아무것도 할 수가 없었다.

●　　●　　●

파도가 쉴새없이 밀려왔다. 하나가 밀려와 까만 거북손이 다닥다닥 달라붙은 바위에 부딪혀 눈부시게 새하얀 포말을 뿌리며 솟구치고 뛰어올랐다가 무너질 때쯤이면 두 번째 파도가 어느새 저만치서 머리를 버쩍 들고 일어나 달려오고, 이어서 세 번째 파도가 일어나고, 그리고 계속해서 다음 파도가 달려와 무너졌다. 아무리 바위라 한들 언젠가는 닳아 없어지지 않겠느냐고 파도는 물보라를 머리에 얹고 흩뿌리며 솟구치고 주저앉기를 반복하면서 차례로 달려와서 한없이 부딪치고 무너졌다.

파도는 거대하게 움직이는 물바위라고 한 전무는 생각했다. 무거운 춤을 추며 쉬지 않고 밀려드는 파도의 집요하고도 엄청난 힘을 보고 한 전무는 인간이 자연을 절대로 정복하지 못하리라고 생각했다. 열심히 파괴는 할지언정 결코 정복은 못하리라. 콘크리트와 플라스틱으로 오염시켜 대지를 병들게 하고 서서히 목졸라 죽이듯 인간은 바다 또한 기름과 쓰레기로 오염시켜 파괴하는 중이었다. 하지만 정복은 어림도 없는 일이었다. 비록 황폐해서 죽어 갈지언정 자연은 인간에게 무릎을 꿇지 않는다. 수많은 사람이 에베레스트를 정복했다고 주장하지만, 그들은 산소통을 메고 겨우 산 꼭대기에 올라가 잠시 헐떡이며 사진을 찍고는 그냥 다시 내려왔을 뿐이지, 그것은 결코 정복이 아니었다. 인간이 남극과 북극을 정복했다지만, 그들은 잠시 다녀가는 침입자에 지나지 않았다. 그리고 자끄 이브 꾸스또 역시 바다 밑 세계의 구경꾼이었을 따름이지 결코 정복자는 아니었다.

인간은 산과 바다와 얼음의 땅 그 어느 것도 정복하지 못하고, 그렇게 정복되지 않는 바다가 이제 서 사장의 목숨을 회수해 갔다. 바다가 빼앗아 간 인간의 생명은 서 사장뿐이 아니었다. 그러나 빼앗아 가는 것보다도 더 많은 생명을 바다는 잉태했다. 남극의 바다는 플랑크톤이 너무 많아서 검은 빛깔이라고 하지 않던가. 끊임없이 이어지는 삶과 죽음의 순환을 밑에 깔고 끝없이 파도치는 바다의 엄청난 부피를 응시하며 한 전무는 아무런 저항도 하지 않고 팔다리를 벌린 채 큰 대자로 둥둥 떠가다가 물 속으로 빨려 들어가 사라진 서 사장의 마지막 모습이 눈앞에 어른거렸다.

그것은 바다에 정복당하는 인간의 모습이었다.

●　　●　　●

"수미 씨, 아까 비명을 한참 동안 계속해서 지르던데요." 하얗게 벗겨지던 거센 파도가 조금쯤은 수그러진 바다를 가로질러, 뱃머리를 치켜들었다가 곤두박으며, 치켜들었다가 곤두박으며, 다시 치켜들었다가 곤두박으며 손죽도를 향해 나아가는 철선을 한참 구경하면서 천막 앞에 앉아 있던 한 전무가 물었다. "그럼 서 사장님이 처음 물에 빠질 때부터 줄곧 지켜보고 있었던 건가요?"

한 전무 옆에 앉아 마당바위를 멍하니 내려다보던 수미가 시선을 돌리지 않은 채로 머리를 끄덕였다. 그녀는 아직도 얼이 빠져 울지를 않았다. 너무나 갑작스럽고 놀라운 죽음이어서 믿어지지 않는 진실이기 때문이리라고 한 전무는 생각했다. 그래서 눈으로 본 진실이 아직 두뇌에는 입력되지 않은 상태인 모양이었다.

"그럼 서 사장이 어떻게 물에 빠졌는지, 수미 씨가 본 대로 당시 상황을 얘기해 주겠어요?" 한 전무가 물었다.

수미는 침묵을 지키며 멍하면서도 심각한 표정으로 잠시 더 바다를 내려다보았다. 그녀의 표정이 조금씩 조금씩 침울함으로 어둡게 절어 들어갔다.

한 전무는 수미의 옆얼굴을 응시하며 잠자코 기다렸다.

얼굴이 멍석처럼 둥글넓적한 이장도 덩달아 기다렸다.

이윽고 수미가 입을 열었다.

"몸이 끈적거리고 으슬으슬해서 아침에 일어났더니 옆이 허전하더군요." 수미가 천천히 말했다.

그녀는 단어를 하나씩 골라서 문장을 배열하듯 아주 천천히 얘기했다. 혹시 무슨 중요한 말을 빼먹거나 얘기의 순서가 틀릴까 봐 조심스러운 말투였다.

"눈을 뜨고 둘러보니 그이는 벌써 낚시를 하러 내려가고 없었어요."

천막 자락을 들추고 수미가 밖을 내다보니 바람 소리는 요란해도 비가 그친 다음이었다고 했다. 그녀는 을씨년스러운 새벽의 거무죽죽한 바다 풍경을 보고 갑자기 마음이 슬프고 우울해졌다. 왜 그런지 확실히 이유는 모르겠지만 아침부터 마음이 무거웠다고 했다. 서울을 떠날 때부터 우울하고 답답했던 마음이 궂은 날씨 때문에 좀처럼 걷히지 않는 모양이라고 생각했다.

“그이가 무얼 하나 내려다봤더니 저 아래 바위 끝에서 아이스박스를 의자로 삼아 깔고 앉아 낚시를 하더군요” 수미가 말했다. “언제부터 낚시를 했는지 모르겠지만, 파도치는 바위에 그렇게 홀로 나가 앉은 모습이 퍽 쓸쓸하고 초라해 보였어요”

수미는 바람에 날리는 머리카락이 흐트러지지 않도록 손바닥으로 눌러 가며 천막 앞에 나와 앉아서 한참 동안 구찬의 모습을 지켜보았노라고 그랬다. 어슴푸레 밝아 오는 새벽에 홀로 앉아 구찬이 무엇을 생각할까 궁금했고, 수미도 무엇인지 밝히지는 않았지만 역시 많은 생각을 했다고 말했다.

“그이는 몇 차례 앉았다 일어났다 하더군요” 수미가 말했다. “미끼를 갈아 다시 낚시를 던지기도 하고요 그러다가……”

수미는 자기도 모르는 사이에 자신의 약점이 드러나자 갑자기 입을 다물어 버리는 청문회의 증인처럼 얘기를 중단했다.

“그래서요?” 한 전무가 물었다. 이제부터 본격적인 얘기가 나올 참이니 묻지 않을 수가 없었다.

수미는 마당바위를 내려다보면서 입을 열 눈치가 아니었다.

“그래서 어떻게 되었나요?” 한 전무가 다시 물었다.

수미는 꺼림칙한 표정으로 이장을 힐끗 쳐다보고 나서 말했다. “그리고는 물에 빠졌어요”

한 전무는 ‘빠졌다’는 표현이 어딘가 부족하다고 느꼈다. 어딘가 이상하고 어울리지를 않았다. 이장이 옆에 앉아 쳐다보는 눈초리가 거북하고 마음에 걸리기 때문이었는지는 몰라도 수미는 해야 할 얘기 가운데 어느 한 부분을 숨기려는 것 같았다.

“빠지다뇨?” 한 전무가 구체적으로 물었다. “혹시 큰 고기라도 걸려서 꺼내려고 하다가 빗물에 젖은 바위를 잘못 밟고 미끄러져 떨어지기라도 했나요?”

수미가 아니라고 천천히 머리를 저었다.

"그럼 파도에 휩쓸려 들어갔나요?" 한 전무가 물었다. "내가 천막에서 나와 내려다봤을 때는 물길이 20 미터나 솟구쳐 저쪽으로 떨어지기도 하던데요."

"첨엔 그렇게 파도가 높지 않았어요." 수미가 더 이상 입을 열기도 귀찮다는 듯 힘없는 목소리로 말했다. 그녀는 다시 이장을 곁눈으로 살핀 다음 입을 다물었다.

"그렇다면 어떻게 빠졌다는 얘긴가요?" 한 전무가 물었다.

그러자 수미는 곤혹스러운 표정으로 잠시 한 전무를 빤히 쳐다보고 나서 말했다. "그냥 빠졌어요."

"그냥요?"

"그래요. 너무 순식간에 벌어진 일이어서 어떻게 빠졌는지 잘 기억이 나지를 않아요."

"물에 빠진 다음에는 어떻게 되었나요?" 한 전무가 물었다. "헤엄쳐 나오려고 허우적거리거나 사람 살리라고 소리를 지르지 않던가요?"

"너무 갑작스럽고 정신이 없었기 때문인지 그것도 기억이 나지를 않아요." 수미가 말했다. "헤엄을 쳐 나오려고 허우적거렸는지도 정확히 생각이 안 나고요. 워낙 거센 파도여서 헤엄이고 뭐고 다 소용도 없었겠지만요. 그리고 살려 달라고 소리를 지른 것 같지도 않아요. 소리를 질렀다고 해도 파도가 워낙 요란해서 들리지도 않았겠지만요."

한 전무는 더 이상 묻지를 않았다.

물어 봤자 아무 소용도 없으리라는 판단이 섰기 때문이었다.

그녀는 분명히 무엇인가 진실을 숨기는 듯한 눈치였다.

●　　●　　●

　이장이 도움을 요청했다는 초소 근무자들은 좀처럼 나타나지를 않았고, 한 전무는 이렇게 기다리기만 할 일이 아니라 몇 군데 전화를 걸어 연락을 취하고 우리도 나름대로 손을 써야 되겠다며 이장더러 곧 뒤따라갈 테니 먼저 마을로 넘어가라고 했다. 자꾸만 무엇이 마음에 걸리는지 말을 삼가는 수미와 단둘이 얘기를 나눌 기회가 필요하기 때문이었다.

　이장이 사라진 다음 한 전무는 아까부터 수미에게 묻고 싶었던 말부터 우선 물었다. "나 이장댁에 가서 서 사장님 부인한테 사고가 났다는 연락을 해야 되겠는데요."

　수미의 표정이 굳어졌다.

　굳어진 그녀의 표정을 살피며 한 전무가 말을 이었다. "아주머니가 내려오시면 아무래도 수미 씨와 마주치게 될 텐데, 어떨까 모르겠어요."

　수미의 표정이 더욱 어두워졌다.

　"어떻게 하시겠어요?" 한 전무가 물었다.

　"그러니까 날더러 자리를 피해 달라는 말씀이신가요?" 수미가 힘없이 물었다.

　"글쎄요." 한 전무가 말했다. "이왕 죽은 사람은 죽은 사람이고, 더 이상 문제가 복잡해지면 곤란하지 않을까요."

　"그럼 난 어떻게 해야 하지?" 갑자기 헝클어진 얼굴로 수미가 자신에게 물었다. "그럼 이제 난 어떻게 해야 되는 거지?"

● ● ●

　이장집으로 넘어간 한 전무는 신승직 선장에게 먼저 전화를 걸기로 했다. 서 사장의 부인에게보다는 전화를 걸기가 덜 부담스러워서였다. 저녁을 같이 먹으며 받아 두었던 명함을 찾아 집으로 먼저 걸었다. 아직 고흥설비 사무실로 나가기 전이기 때문이었다.

간단히 자초지종을 설명한 다음 한 전무는 신 선장에게 잠수부를 구해서 데리고 평도로 들어와 달라고 부탁했다. 서 사장의 시체를 인양하기 위해 경찰이 잠수부까지 동원하지는 않겠기 때문이었다.

구기동 집으로 아내한테도 전화를 걸었다. 사고가 생겼다고 알리기 위해서였다. 아무 소식도 듣지 못하고 지내다가 느닷없이 남편이 내려간 평도에서 낚시꾼이 죽었다는 뉴스가 텔레비전에 나오기라도 했다가는 아내가 쓸데없이 걱정을 할 일이 뻔한 이치였다.

그리고는 서 사장의 부인에게 전화를 걸었다. 백화점 번호밖에는 알지 못하는 한 전무에게 집 전화를 가르쳐 준 사람은 수미였다.

서 사장의 부인 재명은 가정부와 함께 아침식사를 준비하다 말고 전화를 받았다.

"여보세요, 청담동입니다."

한 번도 만난 적이 없으면서도 서 사장을 통해 얘기를 너무 많이 들어 그녀가 얼마나 매몰찬 여자인지를 잘 알았기 때문에 은근히 마음을 도사렸던 한 전무의 귀에는 서 사장 부인의 목소리가 상상했던 만큼은 쌀쌀맞지를 않았다. 그보다는 지나치게 인위적이고 사무적인 음성이어서 어떻게 들으면 무척 세련되고 사교적이기까지도 했다.

"저는 서 사장님과 가끔 낚시를 같이 다니는 한 전무라는 사람입니다."

그 말을 하고 잠시 기다렸지만 서울에서는 반응이 없었다. 서 사장 부인이 무엇인가 잠시 생각하는 모양이었다.

침묵이 흘렀다.

그리고는 마지못해서 서울 여자가 말했다.

"얘길 들어서 한 전무님 누군지 알아요."

한 전무는 서 사장의 부인이 굳은 표정이 되었으리라고 상상했다. 무슨 이유에서인지는 확실히 모르겠지만 그녀가 한 전무를 적이라고 판단한 듯싶은 말투로 바뀌었기 때문이었다. 서 사장이 얘기하던 바로 그런 차갑고 빈 틈 없는 여자의 목소리였다.

"사고가 생겨서 그러는데요." 한 전무가 말했다.

서울에서는 이번에도 반응을 보이지 않았다.

다시 침묵이 흘렀다.

그리고는 재명이 물었다.

"자살인가요?"

그것은 무엇인가 확신하는 듯한 말투였다. 한 전무는 서 사장 부인의 확신이 과연 무엇에 대한 확신일까 궁금했지만, 지금은 그런 문제를 따질 겨를이 없었다.

"아뇨." 한 전무가 말했다. "빗물에 젖은 마당바위로 새벽에 혼자 내려가서 낚시를 하다가 실족을 한 것 같은데, 아직 시체가 떠오르지를 않았으니까 확실히는 모르겠고요, 어쨌든 서둘러서 좀 내려와 주셔야 되겠는데요."

"거길 가려면 어떻게 해야 하나요?" 전혀 놀라거나 슬픈 기미를 보이지 않으며 지극히 사무적인 목소리로 여자가 말했다.

●　　●　　●

평도로 들어오는 교통편을 재명에게 자세히 설명해 준 다음 한 전무가 마당바위로 돌아갔을 때는 초소장 윤 순경이 두 명의 전경을 데리고 와서 사고 현장을 살펴보는 중이었다. 갓 고등학교를 졸업한 듯 어려 보이는 전경이 위 천막과 아래 천막을 오르락내리락거리며 사진을 찍어 댔다. 마을 사람 몇 명이 건너편 헬리콥터 착륙장에 몰려와서 구경을 했다.

키가 작고 눈도 작은 윤 순경은 서 사장의 시체 인양 작업에는 전혀 관심을 보이지 않고 위 천막에서 '상황 파악'에 열중했는데, 한 전무가 나타나자 밖에서 기다려 달라고 지시하고는 수미를 상대로 심문을 계속했다.

한 전무는 바위에 걸터앉아 바다를 내려다보았다. 새벽에 그토록 위세를 떨쳤던 바람은 서 사장을 죽였으니 소기의 목적을 달성하기라도 한 듯 가라앉기 시작해서 파도가 더 이상 마당바위로 뛰어오르지를 않았다. 여전히 찌푸린 날씨이기는 해도 빗발이 걷히려고 구름이 군데군데 엷게 벗겨졌다.

"사고를 당한 서구찬 씨를 아까부터 '그이 그이' 그러시는데, 남편인가요?" 윤 순경이 천막 안에서 수미의 표정을 살피며 물었다.

수미는 아니라고 했다.

윤 순경은 수첩에다 부지런히 무엇인지를 적어 넣고는 다시 물었다. "아가씨는 어젯밤 서구찬 씨하고 같이 잤나요?"

수미가 머리를 끄덕였다.

"혹시 어젯밤 같이 자다가 둘이서 싸우지는 않았나요? 아가씨가 요구를 거부했다던가 해서요."

한 전무는 윤 순경의 질문이 묘한 방향으로 집중되는 듯한 느낌을 받았다. 수미를 의심하는 것이 분명했다.

윤 순경은 정수미와 서구찬의 관계가 언제 어디에서 어떻게 시작되었는지를 물었다. 서구찬의 부인이 그들의 관계를 아는지, 그리고 아가씨는 부인을 아느냐고도 물었다.

수미는 거북하고도 곤혹스러운 모든 질문에 차근차근 대답했다. 눈에 보이지 않는 어떤 차단막 속에 들어앉아 엉뚱한 다른 생각을 하는 듯 멍한 표정으로, 다른 곳에 정신이 팔리기라도 한 것처럼, 그녀는 지극히 사적인 질문에 대해서도 별다른 거부 반응을 보이지 않으면서 자동적으로, 그리고 건성으로, 창피함이나 짜증을 전혀 드러내지 않으면서, 부끄러움에 면역이라도 된 여자처럼 무감각하게, 하나도 빼놓지 않고 대답했다.

●   ●   ●

정수미에 대한 조사를 끝낸 다음 윤 순경은 '현장 검증'을 위해 한 전무와 그녀를 마당바위로 함께 데리고 내려갔다. 그는 사고 당시의 상황을 전경들과 함께 일일이 확인했다.

그리고는 한 전무에게 질문을 시작했다. 이름과 직업, 나이, 현주소 따위의 인적 사항 확인을 거쳐 초소장은 언제부터 서 사장과 아는 사이냐고 한 전무에게 물었다. 이번 낚시를 오게 된 과정도 누가 먼저 오자고 했는지, 약속이 이루어진 것이 언제인지, 꼬치꼬치 캐물었다. 태풍 재니스 때문에 날씨가 이렇게 나쁜데도 여자까지 동행해서 두 남자가 위험한 갯바위 낚시를 꼭 왔어야 하는 이유가 무엇이었는지도 물었다.

잠시 후에는 점점 사적인 질문으로 바뀌었다. 사고가 난 순간에 한 전무와 수미가 정확히 어느 위치에 있었느냐고 묻고는 두 사람이 여러 해 전부터 서구찬을 통해 얘기를 들어 서로 잘 아는 사이였다면서 왜 이번 낚시 여행에서야 처음 만났느냐는 질문도 했다. 그리고 혹시 서구찬 몰래 둘이서 만난 적이 정말로 한 번도 없느냐고 재확인했다. 두 남자가 같이 낚시를 왔는데 왜 여자는 한 사람만 데리고 왔는지 납득이 가지 않는다는 말도 일부러 다시 했다.

한 전무는 윤 순경의 질문이 이상한 방향으로 흐르는 이유가 어젯밤 이곳 마당바위에서 여자 하나를 놓고 두 남자 사이에서 문제가 생겨 혹시 오늘 새벽에 살인이 나지는 않았는지를 의심하기 때문이 아닌가 하는 생각이 들었다.

한 전무의 추측은 곧 사실로 밝혀졌다. 조사를 끝낸 초소장이 마을로 돌아가기 전에 이런 말을 했기 때문이었다.

"이따가 손죽도로 나가는 배가 뜨니까 두 사람은 나하고 같이 여수의 본서로 가서 조사를 받으셔야 되겠습니다. 천막을 걷고 준비해 주시기 바랍니다."

"하지만……." 한 전무가 바다 쪽을 가리켰다. "시신이 떠오르는 경우를 위해서 누군가 자리를 지켜야 하잖아요.”

익사한 시체는 한 번, 꼭 한 번 언제인가는 떠오르고, 그리고는 다시 가라앉으면 영원히 찾을 수가 없었다. 그러니까 오늘 당장 떠오르지는 않을지라도 이제부터 누군가는 항상 바다를 지켜야 했다.

“두 사람 다 사고자하고는 한 가족도 아니면서 뭘 그래요.” 초소장이 퉁명스럽게 말했다. “이곳 일은 내가 이장님한테 부탁해 둘 테니까 걱정 말아요. 그리고 행여 도망칠 생각은 말고요. 여기선 도망갈래야 갈 수도 없지만요.”

•　•　•

사고 연락을 받은 신승직 선장은 고흥에서 잠수부 두 명과 잡부로 쓸 장정도 둘을 구해서는 한 전무 일행이 평도로 타고 들어왔던 유명호의 고종식 선장에게 연락을 취했지만, 천안에서 내려온 다른 낚시꾼들을 싣고 유명호가 이미 새벽에 출항해 버려서 배편을 댈 수가 없었다. 여기저기 수소문 끝에 신 선장은 그가 팔아 버린 배 남해호를 몸살로 자리에 누운 선주에게서 빌려 직접 끌고 부랴부랴 동래도 포구를 출발하여 점심때가 다 되어서야 도착했다.

•　•　•

이장과 신 선장에게 마당바위 현장을 맡기고 수미와 함께 한 전무는 키도 작고 눈도 작은 윤 순경으로부터 감시와 호송을 받으며 여수로 출발했다. 수갑을 차지만 않았을 뿐, 윤 순경은 두 사람을 마치 죄수처럼 함부로 다루었다.

엉뚱한 의심을 받는다는 사실에 수미는 퍽 긴장한 눈치였다. 그녀는 한 전무보다도 무슨 이유에서인지 자신이 더 위험하다고 느끼는 모양이었다. 아마도 아까 마당바위에서 이장 영감을 의식하고는 무엇인가 숨기고 얘기하지 않은 내용 때문인지도 모를 노릇이었지만, 어쨌든 수미는 겁을 먹은 기미가 역력했으며, 그래서인지 아직도 구찬의 죽음에 대한 슬픔을 제대로 느끼지 못하는 것 같았다.

통통배를 타고 손죽도로 나가는 동안, 그리고 손죽도에서 덕일호로 바꿔 타고 여수에 도착할 때까지 수미는 사뭇 긴장한 표정으로 많은 생각을 했다. 그녀는 별로 말을 하지 않고 열심히 갖가지 궁리를 하는 듯싶었다.

한 전무는 수미가 무슨 생각을 저렇게 많이 할까 궁금했다. 막상 서 사장이 죽어 버렸으니 뱃속에 생겨난 아기를 어떻게 해야 좋을지 아마 그런 걱정도 했으리라고 한 전무는 생각했다.

●　　●　　●

한 전무와 수미는 여수경찰서에서 밤늦도록 따로따로 조사를 받았다. 심문은 한 전무가 먼저였다.

얼굴이 네모지고 고집스러워 보이던 최도식 형사는 꼭 의심을 하기 때문이어서보다는 사실 확인 차원에서 모든 가능성을 검토하겠다면서 노골적으로 한 전무를 의심하는 질문을 계속했다. 결혼한 남자 두 명과 부도덕한 젊은 여자 하나가 으슥한 바닷가에서 밤을 보낸다면 살인 사건이 벌어질 무대와 상황으로는 조금도 손색이 없기 때문이었다.

최 형사가 수미를 '부도덕한 여자'로 규정을 지은 까닭은 기혼자와 불륜의 관계를 맺었다고 아버지가 집에서 쫓아냈으며, 그에 대한 반발인지는 몰라도 어머니하고도 인연을 끊고 혼자서 백화점 사장의 그늘에 숨어 살아가기 때문이었다. 그것은 참으로 객관적인 정확한 판단이었다. 그리고 부도덕한 여자를 놓고 결혼한 남자 두 사람이 갈등을 일으켜 우발적인 살인이 이루어졌으리라는 추측 또한 대단히 객관적인 가능성이었다.

"왜 있잖아요." 최 형사가 말했다. "홧김에 갯바위에서 슬쩍 밀기만 해도 되니까 말예요."

최 형사는 한 전무와 수미가 몰래 눈이 맞아 관계를 가지다가 비밀이 드러날 위험에 처하자 둘이서 짜고 계획적으로 서구찬을 섬으로 데리고 내려와 살해했을 가능성도 따졌다. 수미가 임신했다는 사실을 알아낸 수사관은 그것이 혹시 한 전무의 아이가 아닌가 하는 터무니없는 의심도 서슴지 않았다. 그래서 무엇인가 급박한 사정이 생겨 수미와 한 전무가 서구찬을 죽이고 나서 아이를 낳은 다음 친자 확인 소송 따위를 벌여 백화점 사장의 유산을 뜯어내자는 음모를 꾸몄을지도 모를 일이라는 기상천외한 추리도 나왔다.

•　　•　　•

최도식 형사는 겁을 먹은 수미를 조사실로 데리고 들어가 한 전무에게 했던 것과 똑같은 온갖 질문을 되풀이했고, 수미도 한 전무와 비슷비슷한 대답을 했다.

두 혐의자의 진술이 대부분 일치하자 최 형사는 서구찬이 혼자 낚시를 하다가 실족사를 당했다는 잠정적인 결론을 내리기로 작정했다. 그래도 "심증과 물증이 항상 일치하지는 않기 때문"이라면서 최 형사는 사체가 인양되면 부검을 통해 다시 조사를 하겠다며 일단 수사를 종결짓고 두 사람을 평도로 돌아가도록 "귀가 조치"를 했다.

•　　•　　•

경찰서에서 풀려난 한 전무와 수미는 저녁을 먹으려고 근처 관문동 골목의 국밥집으로 갔다. 삼겹살과 소주를 시켰다.

수미는 오랜 피로에 불안감이 겹쳤다가 마침내 긴장감이 풀어져서인지 기진맥진이었다.

그리고 별로 말을 하지 않았다.

아직도 그녀는 어딘가 다른 곳에 정신이 팔린 듯싶었다. 도망치고 싶으면서도 자꾸만 제자리로 돌아오게 되는 악몽이 계속해서 반복되듯이 엉킨 실타래처럼 뒤숭숭한 머리 속에 휘말려 얼이 빠진 듯 수미는 좀처럼 주변 세계에 대해서 반응을 보이지 않았다. 최 형사가 무엇을 물어 보더냐는 한 전무의 질문에도 자세한 대답을 하지 않았다. 무엇인지 그녀에게서는 틀림없이 어떤 말 못 할 사연이나 속사정이 정신을 빼앗아 가는 모양이었다.

그래도 할 말은 해야 되겠다고 한 전무는 생각했다.

"어떻게 하시겠어요?" 한 전무가 물었다.

"뭘요?"

"아침에 내가 물어 봤잖아요. 서 사장님 사모님이 내려오실 텐데 어떻게 하시겠느냐고요. 마주치면 수미 씨나 저쪽이나 두 사람 다 거북하지 않을까요?"

수미는 대답을 하지 않았다.

한 전무 생각에는 두 여자가 만나면 무슨 일이 벌어질지 손바닥처럼 빤한 노릇이었다. 남편을 이곳까지 끌고 와서 죽게 한 여자를 거듭해서 배반당한 아내가 가만 내버려 둘 리는 없었다.

"수미 씨가 자리를 비켜 주는 게 현명하지 않을까 모르겠군요" 한 전무가 말했다.

수미는 대답을 하지 않았다.

"오늘 밤차로 올라가세요" 한 전무가 권했다. "역까지 제가 모셔다 드릴 테니까요"

●   ●   ●

수미를 서울로 올려 보내고 나서 여관에 들어 오래간만에 편안한 잠을 자고 아침에 일어난 한 전무는 몸이 가뿐했다. 피로가 풀리자 마음까지 홀가분해진 그는 상쾌한 기분을 그가 느낀다는 사실이 어제 죽은 서 사장한테 퍽 미안하게 여겨졌다.

날씨도 그의 몸만큼이나 쾌청했고, 여관을 나서 선지국으로 아침식사를 한 다음 너무 이르기는 했지만 달리 갈 곳도 없고 할 일도 따로 없었던 터라 그는 한 시간 가량 일찍 배를 타러 여객 터미널로 나갔다. 사람이 많았고, 북적거리는 풍경은 서 사장이 죽었건 말았건 평상시와 마찬가지였다. 소금물이 썩은 찝찔한 갯내, 여객들의 보퉁이, 비닐 끈으로 묶은 라면 상자, 서투른 양복차림, 바닷바람에 그을린 얼굴, 그런 모두가 변함이 없었다.

그는 터미널 마당 여기저기 벤치에 앉거나 나무 밑에서 담배를 피우며 기다리는 사람들을 둘러보았다. 혹시 서 사장의 부인이 내려왔는지 찾아보기 위해서였다. 오늘은 여수에서 덕일호가 거문도로 떠나는 날이어서 서 사장 부인이 안 내려왔을 확률이 컸다. 덕일호를 타면 손죽도까지 들어가기는 쉬워도 평도로 들어가는 철선을 바꿔 탈 수가 없었다. 철선은 페리호 데모크라시하고만 연결 운항을 하기 때문이었다.

그래도 한 전무는 부인이 내려왔기를 바랐다. 잘하면 손죽도에서 통통배 어선이라도 한 대 대절하여 평도까지 들어갈 수 있을지도 모른다고 알려 줬으니까, 비록 평도까지는 들어가지 못하더라도 손죽도에서 하루 묵을 셈치고 어쨌든 내려왔어야 했다. 아무리 매정한 여자라고 하더라도 남편이 죽었는데 객지에서 하루쯤 더 고생하기를 마다해서는 안 될 일이었다. 백화점과 사업이 아무리 중요하다고 하더라도 남편의 죽음이 당연히 먼저였다.

마당에서는 서 사장의 부인이 눈에 띄지 않았다. 그녀의 얼굴을 모르기는 했지만 한 전무는 서 사장에게서 자주 얘기를 들어 그녀의 매몰찬 얼굴을 한눈에 알아볼 수 있으리라고 확신했다. 그리고 한 전무는 그녀가 틀림없이 안 내려왔으리라고도 확신했다.

　그는 대합실로 들어가 알아볼 만한 얼굴을 다시 찾아보았다. 벽에 걸린 텔레비전으로 아침 뉴스를 보는 깡마른 남자, 바닥을 오렌지 껍질로 지저분하게 어질러 놓은 다음 달걀을 까서 손바닥의 소금에 찍어 먹는 할머니, 더러운 벤치에 앉아 신문을 읽는 뚱뚱한 남자, 더덕더덕 옷을 껴입고 아이스박스를 깔고 둘러앉아 컵라면을 먹는 여섯 명의 낚시꾼, 오징어로 아침 소주를 마시는 누더기 행려병자, 갖가지 수상한 주간지를 진열한 가판대 앞에서 아기를 업고 서성거리는 젊은 여자, 출항 시간표와 매표소 앞에 모인 사람들, 화장실 입구에서 껌과 화장지를 파는 아주머니, 그리고 또 사람이 많았지만 서 사장의 부인이라고 여겨지는 세련된 여자는 눈에 띄지 않았다.

　그리고 다도해의 아름다운 사진이 담긴 관광 포스터 밑에서는 언제 돌아왔는지 수미가 벤치에 앉아서 기다렸다.

● ● ●

　한 전무의 시선이 그녀에게로 오기를 기다리던 수미는 두 눈이 퉁퉁 부어 있었다. 눈을 뜨기가 힘들 정도로 금붕어처럼 부어오른 눈이었다.

　지쳤으면서도 초조한 표정으로, 푸석푸석 초췌한 모습으로, 무릎에 큼직한 손가방을 얹어 놓고, 하얀 운동화를 신은 두 발을 얌전히 모은 채로, 어제 옷차림 그대로, 소매가 없는 파란 블라우스에 속이 비칠 것처럼 흰 바지 차림으로, 수미는 가만히 앉아서 한 전무를 기다렸다.

　수미가 그의 눈에 띈 순간 한 전무는 서 사장이 득량만 바닷가에 숨어서 혼자 지내던 무렵 친구를 광주에서 서울로 올려 보내고 혼자 수문뒷개 별장으로 다시 찾아왔다던 수미의 모습이 어떠했을까 상상해 보았다. 그리고 편지 한 장을 남기고 행방을 감추었다가 4 개월 후 비가 쏟아지던 어느 날

밤 다시 서 사장을 찾아갔을 때의 모습은 또 어떠했을지도 상상해 보았다.

도저히 상상이 가지를 않았다. 하지만 그는 평도의 마당바위에서 서 사장의 아내가 수미를 만나면 머리채를 휘어잡고 욕설을 퍼붓는 장면만큼은 쉽게 상상이 갔다.

아무래도 상황이 복잡하게 꼬이리라는 예감을 느끼며, 내 힘으로는 더 이상 어쩔 수 없으니 될 대로 되라는 심정으로, 한 전무가 수미에게로 갔다. 그녀 앞에 멈춰 선 한 전무는 무슨 말을 해야 좋을지 모르겠어서 아무 말도 하지 않았다.

수미가 먼저 입을 열었다.

"대전까지 올라갔다가 새벽차로 도로 내려왔어요." 그녀가 말했다. "한 전무님이 어느 여관에 들었는지 알 수가 없었지만, 이곳 배타는 곳으로 미리 나와 기다리면 만나게 되리라는 생각을 했죠"

● ● ●

여수를 떠난 덕일호는 백야등대를 거쳐 나로도를 향해 보돌바다를 건너기 시작했다. 크고 작은 섬들이 싱싱하고 검푸른 소나무 숲을 머리에 이고 길게 방파제를 뻗어 낸 채로 물 위에 떴다. 밑둥이 허옇게 여기저기 바위를 드러낸 작은 섬의 모습이 죽은 코끼리에게서 잘라낸 발 한 토막 같았다.

하얀 페인트를 칠한 난간 위로 몸을 수그리고 서서 한 전무는 섬 등성이를 깎아서 만든 밭뙈기와 빨간 깃발 하얀 깃발을 누덕누덕 휘날리는 고깃배와 바위 꼭대기에 외롭게 올라선 몇 그루의 해송을 구경했고, 악착같은 인간의 흔적이 섬들과 더불어 점점 뒤로 멀어지자 그는 거품을 일으키며 흘러가는 바다를 구경했다. 태풍은 사라졌고, 맑은 날씨가 푸르기만 했다. 창공은 새로운 시작을 손짓했다. 열린 바다로 나오니 아직도 바람이 남아 바다의 수면을 할퀴면서 뜯어내어 뾰족뾰족한 잔물결을 일으켰지만 위험한 흰 파도는 벗겨지지 않았다.

빗물이 말끔히 씻어낸 바다와 하늘은 가시거리(可視距離)가 무한대였으며 선명한 대기를 투과하는 태양은 물로 헹구어낸 듯 시원스러웠다. 햇살 또한 뜨겁고도 시원스러웠다. 태양이 뿌려 주는 행복의 가루가 파도에 실려 반짝이며 돌아다녔으며, 저만치서 비바람에 살아 남은 해파리 한 마리가 나들이를 나와서 춤추는 유령처럼 노니적거리고 떠갔다. 어디선가 돌고래가 나타나 무지개가 영롱한 물보라를 뿜어 댈 것만 같은 찬란한 바다의 시간이었다. 거센 파도가 가라앉은 바다의 출렁임 밑에서는 가리비조개가 자연의 법칙을 거부하고 날아다니며 물 속의 비상(飛翔)을 위해 끊임없이 진화를 계속하리라고 한 전무는 생각했다.

그러나 서구찬은 거기에 없었다.

빗물이 말끔히 씻어낸 바다와 하늘은 가시거리가 무한대였지만, 그것은 서 사장이 다시는 보지 못할 무한대의 거리였다.

한 전무는 언젠가 이른 봄 백도에서 시야를 가렸던 바다의 황사현상이 다시 머리에 떠올랐다. 그것은 가시거리 1 킬로미터의 세계였다. 우주를 가득 채운 먼지가 꼼짝도 않고 버티었다. 그는 황사로 밀폐되었던 그날의 바다가 구찬의 세계였는지도 모르겠다고 생각했다. 먼지로 막아 버린 가시거리 1 킬로미터의 고치 속에 갇혀서 결국 인생을 몽땅 낭비하다가 가 버린 사람이었으니까 말이다.

서구찬은 우쿨렐레라는 작디작은 기타와 무인도에서 불러대던 〈싼타루치아〉를 남겨 놓고 사라진 참으로 요령없는 사람이었다. 살아가는 요령을 너무나 몰랐던 사람, 인간 서구찬은 인생의 사과를 어떻게 먹어야 할지를 전혀 알지 못했다. 그는 한 상자의 사과 가운데 썩은 것부터 골라 먹는다면서 결국 싱싱한 사과는 한 개도 먹어 보지 못하고 썩어가는 사과만 한 상자 먹고 죽은 셈이었다.

한 전무는 썩은 사과만 골라서 먹는 인생은 참으로 어리석다고 생각했다. 그는 낚시를 하다가 큰 고기를 잡으면 남들에게 보여 주고 자랑하기 위해 아이스박스에다 얼음을 채워 얼려서 서울로 가지고 올라가는 미련한 짓은 하지 않았다. 그는 가장 큰 고기부터 골라내어 잡은 그날로 회를 쳐 먹어 없앴다. 게르치나 감생이나 무슨 고기나 다 마찬가지였다.

그날 잡은 고기로 갯바위에서 회를 치면 햇빛을 받은 살에서 형광빛 분홍 비슷한 무지개 빛깔이 영롱하게 빛난다. 그것은 찬란한 생명의 광채였다. 횟집 물깡에서 하루만 지내도 물고기에게서는 그 광채가 사라진다. 암으로 죽어 가는 병원의 환자나 마찬가지로 횟집의 물고기와 냉동시킨 물고기는 생명의 빛을 간직하지 못한다.

한 전무는 서구찬의 삶에서는 게르치의 살에서 빛나는 생명의 광채가 없었다고 생각했다.

● ● ●

한 전무의 바로 옆에서는 여행길에 나선 등산복 차림의 젊은 남녀가 아름다운 날씨로 추억을 만들기 위해 교대해 가면서 서로 상대방의 사진을 찍어 주었다. 바다의 증명사진을 찍는 환한 몸짓과 거침없는 미소, 그들은 비바람이 끝난 다음의 푸른 하늘과 바다를 배경으로 삼았다.

그러나 서구찬은 푸른 하늘과 바다를, 그리고 맑은 날씨를 다시는 보지 못할 터였다.

가시거리 1 킬로미터였던 황사현상의 세계에서 철저한 외톨이로 평생을 보낸 서구찬은 이제 아무것도 느끼거나 보지를 못한다. 아니다. 가시거리 1 킬로미터의 세계조차 못 되었다. 물고기의 비늘을 뒤덮는 그런 차가운 점막으로 온몸을 고치처럼 감싸고 자신의 내면에 숨어서 살았던 서구찬의 인생은 가시거리가 백 미터도 못 되었다. 한 전무는 사람이란 그렇게 황사의 벽에 갇혀, 안개의 벽 속에 갇혀, 눈에 보이는 반경 속에서 아웅다

웅 살다가 가는 모양이라고 생각했다. 서 사장은 그렇게 끝내 가시거리 100 미터 인생의 안개지대를 벗어나지 못하고 죽었다. 새로운 생명을 잉태한 젊은 여자 하나를 또 다른 황사지대에 홀로 남겨 놓은 채로

● ● ●

떠났다가는 다시 돌아오기를 한없이 되풀이했던 수미 역시 시야가 제한된 황사의 세계를 끝내 벗어나지 못할 모양이었다.

유복자이며 사생아인 태아를 뱃속에 담은 수미의 인생은 과연 가시거리가 얼마나 될까? 거인의 파이프 담뱃대를 꽂아 놓은 듯한 둥그런 환기통에 몸을 기댄 채로 갑판 바닥에 앉아 무엇인가 깊은 생각에 잠겨 멍하니 바다를 쳐다보는 수미의 눈에는 그녀의 미래가 얼마나 멀리까지 보일까?

짙은 황사 속에 남은 수미와 태아는 앞으로 어떻게 될 것인지 한 전무는 생각해 보았다.

알 길이 없었다.

살아서도 인생이 복잡하기만 하던 서 사장은 죽고 나서도 역시 복잡한 사람이라는 사실말고는 아무것도 알 길이 없었다.

수미는 서울로 올라가다 말고 이번에도 다시 서 사장을 찾아 되돌아왔어야만 했던 이유를 아까 여객 터미널 관광 포스터 밑에 앉아서 이렇게 설명했었다.

"그이를 죽여 놓고 아무렇지도 않은 듯 혼자 서울로 돌아갈 수가 없었어요."

한 전무는 서 사장을 죽인 것은 바다이지 그녀가 아니라고 말했다.

"아녜요. 내가 죽였어요." 수미가 고집했다.

어째서 그렇게 생각하느냐고 한 전무가 물었다.

"나 때문에 그이가 자살을 했으니까 그렇죠." 수미가 설명했다.

“자살이라뇨?” 한 전무가 물었다.

“그이는 파도에 휩쓸려 들어가거나 실족해서 바다로 떨어진 게 아니라 자살을 하려고 뛰어들었던 거예요.”

“뛰어들었다고요?” 한 전무가 물었다.

수미가 힘없이 머리를 끄덕였다.

“혹시 잘못 본 거 아녜요?” 한 전무가 물었다. “천막에서 마당바위까지는 거리도 멀고, 사고 당시에는 아직 날도 완전히 밝지 않았을 땐데 말예요.”

“잘못 본 거 아녜요.” 수미가 말했다. “뛰어드는 걸 내 눈으로 똑바로 봤으니까요.”

갑자기 머리가 복잡해지면서, 내가 이해하지 못하는 어떤 상황이 벌어지려고 하는구나 하는 생각이 들면서, 한 전무가 찬찬히 물었다.

“혹시 그 얘기 경찰에서 조사를 받을 때 했어요? 서 사장이 자살을 했을지도 모른다는 가능성 말예요.”

수미가 머리를 저었다.

“아뇨.” 그녀가 말했다. “그런 얘기 함부로 해서 쓸데없는 의심을 받고 싶지는 않아서 안 했어요. 하지만 한 전무님은 진실을 알아야 할 것 같아서 말씀드리는 거예요.”

잠시 생각해 보고 나서 한 전무가 다시 물었다.

“나로서는 도대체 서 사장이 자살을 했으리라는 가능성이 조금도 납득이 가지는 않지만, 어쨌든 자살인 경우라고 해도 말예요. 왜 서 사장이 수미 씨 때문에 자살을 했다고 생각하는 건가요?”

“그건 내가 그이를 궁지로 몰아넣었기 때문예요.” 허탈한 표정으로 출항 시간표 위에 걸린 시계를 쳐다보며 수미가 말했다.

“궁지라뇨?”

“그이가 자살을 할 수밖에 없었던 궁지로요.”

“그게 무슨 얘긴가요?”

하지만 너무 피곤해서 입을 열기도 귀찮은 듯 수미는 더 이상 설명을
하지 않았다.

• • •

둥그런 환기통에 몸을 기댄 채로 수미는 갑판 바닥에 앉아 무엇인가 깊
은 생각에 잠겨 멍하니 바다를 쳐다보았고, 여행길에 나서 추억을 만들기
에 바쁜 젊은 남녀는 똑같은 하늘과 바다를 배경으로 삼아 똑같은 사진을
아직도 자꾸만 찍어 대었고, 후갑판 한가운데 둘러앉은 여섯 명의 낚시꾼
은 방탄 조끼만큼이나 두꺼운 구명 조끼를 걸치고 갯바위 신발을 철거덕
거리며 돌아다니거나 농구 골대보다도 큰 뜰채와 카본 낚싯대를 공연히
꺼내 들고 여봐란 듯 자랑스럽게 매만지며 무척 행복해했다.
　서 사장의 부인은 끝내 덕일호를 타지 않았다.
　혹시 두 여자가 마주치면 도망칠 곳도 없는 배 안에서 별로 아름답지
못한 사태라도 벌어질까 걱정이었던 한 전무는 수미더러 서 사장 부인이
없는지 한 바퀴 찾아보라고 했었다. 불상사에 미리 대처하기 위해서였다.
하지만 수미는 죽은 애인의 미망인을 찾아내지 못했다.
　머리채를 휘어잡고 이년 저년 난장판이 벌어지는 꼴을 보지 않게 되어
다행이기는 했지만, 한 전무는 부인이 배에 타지 않았다는 사실이 오히려
섭섭해지기 시작했다. 아무리 원한이 사무쳤기로서니 남편이 죽었는데도
당장 달려 내려오지 않는 서 사장의 부인은 참으로 독한 여자이리라고 그
는 생각했다. 이미 죽어 버려서 벌할 수조차 없어진 남편이라면 용서함직
도 한데, 부인은 그럴 마음이 조금도 내키지 않는 모양이었다. 그의 죽음을
애도하기는커녕 그녀는 죽은 다음에도 남편에 대한 보복과 복수를 중단할
눈치가 아니었다. 죽음은 모든 것의 종말이라지만, 구찬에 대한 형벌은 죽
음으로도 끝날 듯싶지가 않았고, 죽음을 초월하는 사랑이라면 소설이나 영

화에 나오면 그럴듯한 얘기이겠지만, 도대체 죽음을 초월한 미움은 또 무엇일까 한 전무는 좀처럼 알 길이 없었다.

한 전무는 어제 나누었던 서 사장 부인과의 첫 통화 내용이 아무래도 마음에 걸렸다. 부인 재명은 사고가 났다는 말을 듣고는 무슨 사고냐고 알아보려 하지도 않고, 다짜고짜 남편이 자살을 했느냐고 물었다. 마치 자살을 하리라고 이미 오래 전부터 예상했었다는 듯한 말투였다.

왜 수미와 부인 두 여자 모두 서 사장이 자살을 했으리라고 똑같은 생각을 하는지 한 전무는 통 알 길이 없었다.

●　　●　　●

"누군가는 행동을 취해야 되겠기에 난 다시는 그이를 만나지 않겠다는 편지 한 장만을 남기고 자취를 감춘 거랍니다." 수미가 말했다. "하지만 남의 가정에 파탄을 일으킨 더러운 딸이라며 아버지한테 쫓겨난 몸이고 보니 차마 집으로 돌아갈 수가 없더군요. 그래서 난 구로동의 악기 공장에 취직을 해서 기숙사 생활을 했어요."

덕일호에서 내린 한 전무와 수미는 신 선장이 평도로부터 배를 가지고 그들을 데리러 오기를 기다리며 손죽도 바닷가를 거닐었고, 수미는 서 사장과의 '불륜한 관계'에 관해서 그녀의 입장을 차근차근 설명하는 중이었다. 길다란 방파제에는 옆구리에다 흉측한 폐타이어를 줄줄이 매달고 선장실 위에 보자기처럼 지붕을 얹은 고기잡이배들이 밧줄에 묶여 출렁거렸고 후묵진 산자락에는 납작한 집들이 층을 지어 단단히 들어앉았다.

"내가 악기 공장에 취직했다는 사실은 아무한테도 알리지 않았어요." 수미가 코스모스처럼 힘없이 거닐며 말했다. "알려야 할 곳도 없었지만요. 나는 구찬 씨와 그렇게 되고 나서부터는 친구고 뭐고 모든 인연을 끊고 홀로 살았으니까요. 하지만 난 내가 어디에서 무얼 하고 지내는지를 구찬 씨가

꼭 알 것만 같았어요. 그리고는 그이가 공장 기숙사로 날 찾아오기를 기다
렸던 거예요. 어느 날 불쑥, 환한 미소를 지으며, 그이가 나를 찾아오리라
고 생각했죠. 잠든 숲속의 공주를 깨우러 온 왕자님처럼요. 그래서 나더러
왜 이런 곳에 와서 고생을 하느냐고, 눈물을 흘리고 내 어깨를 쓰다듬으며
내 눈을 그윽이 들여다보고는, 어서 같이 가자고 날 이미 마련해 놓은 어딘
가의 보금자리로 데리고 가기를 바랐어요.”

바다에는 고기를 잡으려고 대발을 쳐놓았다. 초록빛 그물 뭉치를 실은
경운기가 묵직하게 툴툴거리며 지나갔다. 부서진 부표 조각과 비닐 봉투와
밧줄 토막 같은 인간의 더러움이 여기까지도 흘러와 쌓인 자갈밭에서는
네댓 명의 어부가 도리깨로 그물에서 잡물을 털어 냈다.

“하지만 끝내 그이는 찾아오지를 않더군요.” 수미가 말했다. “나중에 알
게 된 사실이지만 그이는 날 찾으려고 하지도 않았어요. 스스로 나를 버리
고 헤어질 모진 마음이 없었던 터에 내가 스스로 물러가니까 오히려 잘 됐
다고 홀가분하게 생각했던 것이 분명해요.”

잡초가 무성한 갯가의 좁은 길을 따라 허벅지까지 몸뻬를 걷어올린 아
낙들이 함지박을 이고 휘적휘적 지나갔다. 수건으로 헝클어진 머리를 덮은
여인들에게서는 허름하고 지저분한 냄새가 났다.

“하루 이틀, 한 주일 두 주일, 그리고 한 달 두 달이 지났지만 아무리
기다려도 구찬 씨는 저를 데리러 오지 않았고, 막상 내가 떠나오기는 했지
만 나는 그이가 보고 싶어서 점점 더 숨이 막힐 지경이 되었어요.” 수미가
말했다. “하루 종일 속이 답답하고, 세상이 아득하고, 빈혈까지 생기고, 이
러다가는 그냥 말라죽겠구나 하는 두려운 생각까지 들더군요.”

낮은 처마 밑 그늘에 쪼그리고 앉아 손톱으로 마늘을 까는 할머니의 얼
굴이 곶감처럼 검게 쪼글쪼글 구겨졌다. 섬과 바다의 삶은 그들에게 낭만
이기에 앞서 험난한 고통이었다.

“그리고는 마음이 달라졌어요. 견딜 수 없이 보고 싶은 사람을 안 보고

견디려는 건 어리석은 짓이라고요. 그냥 좋아하면 될 일을 가지고 복잡하게 생각해서 쓸데없는 고생까지 할 필요는 없는 거라고요. 힘들고 극복해야 할 일이 있으면 달갑게 고생하며 극복해 내야지, 사랑을 포기하고 일부러 고통에 시달린다는 건 아무리 생각해도 바보짓이라구요.”

말린 고기가 허옇게 널린 바닷가에서 가죽처럼 질긴 얼굴에 주름이 촘촘히 앉은 어부 혼자 플라스틱 바늘로 찢어진 그물을 손질했다. 검붉은 뱃사람의 얼굴이 쓸쓸해 보였다.

“비가 억수로 퍼부어 대는 밤이었어요.” 수미가 말했다. “구찬 씨가 너무나 보고 싶어 나는 기숙사 방에서 몇 시간인가를 혼자 울었죠. 그리고는 하염없이 울면서 결국 구찬 씨를 찾아갔어요.”

섬의 모서리를 돌았더니 두꺼운 동백잎이 매끄러웠고, 후박나무잎이 푸짐했고, 돌담에는 갖가지 잎사귀가 꽂혀 피어올랐다.

“나는 그이를 다시 만나서 아무 생각도 하지 않고 후회도 하지 않으며 그냥 사랑하는 방법을 가르쳐 주고 싶었어요.” 수미가 말했다. “다시는 헤어지지 않고 사랑에 충실하며 살아가는 길을 깨우쳐 주고 싶었던 것이죠. 하지만 다시 만남의 기쁨은 겨우 며칠 밤으로 끝났고, 숙명적이었던 재회와 더불어 우리들의 나약한 의지가 한꺼번에 무너지면서 모든 것이 어느새 제자리로 돌아가고 말았어요.”

갈매기가 시끄럽게 울고 파도가 치는 단조로운 소리에 붉은 미역의 아교 냄새가 실려 왔다.

“그이에게 부담없이 사랑하는 길을 가르쳐 주려던 나는 오히려 그이한테 점점 더 물들어 삶을 복잡하게만 꼬아가는 전염병에 걸리고 말았죠.” 수미가 말했다. “다시 고뇌의 날이 이어졌고, 나는 내 자리가 어디일까 자꾸만 생각했어요. 그리고 난 창녀가 된 기분을 느꼈어요. 내 생활이라는 것이 숨겨 놓은 첩이나 창녀보다 나을 바가 전혀 없었으니까요. 남자가 아내의 눈치를 살피며 몰래 시간을 내어 뒷문으로 찾아오기를 기다리는 여자,

그것이 나였어요. '독수공방'이라는 촌스러운 옛말이 어쩌다가 나에게도
현실이 되었는지 기가 막히더군요. 나는 시간제로 사랑을 받다가 자꾸만
버림을 받는 여자가 되었고, 그렇게 방기된 상태로 혼자서 지내야만 하는
시간이면 꼼짝달싹도 못 하게 된 나 자신의 처지가 자꾸만 한없이 슬퍼졌
어요. 당연한 일이었지만요. 하루 이틀도 아니고 평생을 그렇게 살아야 한
다는 생각을 하면 내가 어쩌다 이런 꼴이 되어 버렸나 떳떳하지 못한 입장
이 정말로 비참하기 짝이 없었어요."

학공치의 은빛 가루비늘을 뿌려 놓은 듯 하늘이 빛났고 파도가 울렁거
렸다.

"제 발로 기어 들어간 운명이기는 했지만 첩의 팔자가 된 나로서는 어떤
새로운 출발도 불가능했어요." 수미가 말했다. "그리고 절망적인 사랑은
두 사람의 거리를 자꾸만 더 멀어지게 했어요. 하지만 망가진 사랑이기는
해도 나에게는 구찬 씨의 사랑밖에는 허락되지 않았어요. 더 좋은 사랑이
나 새로운 사랑을 찾아 나서기에는 나의 몸과 마음이 너무 낡고 헐었으니
까요."

뜨거운 태양이 정수리에도 뜨거웠다. 갯바위 신발도 발등이 뜨거웠고
검은 바위들도 뜨거워 보였다. 자갈밭에서는 지린 아지랑이가 피어올랐다.
하늘에는 어느새 달구어진 열기가 가득했으며 움직이지 않던 바람이 뜨거
운 입김을 뿜어냈다. 한 전무는 잔등에 땀이 배었다.

"나는 추억을 만들려다 운명의 집게발에 물린 여자가 되었던 거예요."
수미가 코스모스처럼 하늘하늘 거닐며 말했다. "광주에서 친구에게 거짓
말을 해서 서울로 쫓아 보내고 혼자 득량만 바닷가 별장으로 구찬 씨를 다
시 찾아갔을 때 정말로 나는 아름답고 짤막한 추억 하나를 만들고 싶었을
뿐예요. 결혼한 다음에도 궂은 날이면 가끔 마음 속에서 꺼내 보듬어 보고
는 다시 마음 속의 비밀스러운 방에 넣어 두고 간직할 그런 추억 말예요.
하지만 작고 예쁜 비밀을 여자로서 하나쯤 간직한다고 해서 무엇이 나쁘

겠냐던 나의 계산은 완전히 틀려 버렸고, 성의 해방이라고 착각했던 행동이 따지고 보면 성의 노예화에 지나지 않는다는 현실을 뒤늦게 깨달은 여자처럼 나는 한 번만 거쳐 지나가려고 생각했던 남자에게 어느덧 꼼짝도 못 하는 포로가 되어 노예 생활을 시작했던 것이죠 육체의 노예인지 사회제도의 노예인지 어느 쪽인지는 몰라도 어쨌든 나는 노예가 되고 말았어요 그리고 속된 세상의 진부한 개념을 뛰어넘은 사랑의 승리라고 생각했던 나의 행위가 결국은 승리가 아닌 패배로 내 앞에 버티고 서자 난 현실의 참된 모습을 뒤늦게야 제대로 보았던 거예요”

바다가 말라붙어 바위에는 하얀 소금때가 묻었고 자갈 사이로 꾸룩꾸룩 물소리가 흘러내렸다.

“그래서 비극은 시작된 것이고요” 수미가 말했다.

●   ●   ●

“문 밖을 나서기만 하면 마주치는 이웃들의 묘한 시선에서 초라해진 나 자신의 모습을 의식하기 시작하면서 나는 탈출을 위해 무엇인가 손을 써야 할 때가 분명히 되었다는 판단을 내렸고, 결국 최후의 도망을 생각했어요 그이하고 나의 도망을요”

맑은 하늘을 올려다보면서 수미가 한 전무에게 고백을 계속했다. 그들은 신승직 선장이 끌고 온 남해호를 타고 뱃머리에 나란히 앉아 평도로 돌아가는 길이었다.

“우리 둘이서 미국의 로스앤젤레스처럼 머나먼 어디론가 도망을 갈 수만 있다면 난 한국인 식당 같은 곳에 취직하여 나의 작은 두 손으로 열심히 일해 돈을 벌어 내 연약한 힘으로나마 그이를 먹여 살릴 각오까지 되어 있었어요 만일 그이가 아내를 버리고 나와 함께 도망을 쳐주기만 한다면 말예요 미국이 아니라 어디 무인도로 들어가 숨어 살자고 해도 나는 기꺼이 따라 나섰을 거예요. 하지만 나를 동반하지 않는 도망에만 늘 익숙했던 그이는 동반된 도피가 너무 부담스럽다고 여겨져서인지 끝내 내 요구를 들어 주지 않더군요.”

구찬이 당연히 아내를 버렸어야 한다는 것이 이렇듯 수미의 자연스러운 생각이었다. 수미는 한 남자의 가정을 파괴하고 그의 처자식에게 삶의 그늘을 덮어 준 여자이기는 했지만, 이제는 재명에게 미안하던 죄의식은 사라졌고, 더 이상 사랑하지도 않는 남자를 붙잡고 내주지 않는 앙칼진 아내의 보복에 오히려 내가 시달린다는 피해 의식이 어느새 마음 속에서 머리를 들던 참이었다. 인생을 계척하는 도덕의 기준도 상황과 각도에 따라 눈금이 달라지게 마련이었고, 그래서 수미는 가해자였던 자신이 이제는 피해자의 입장에 서 버린 셈이라고 믿었다. 수미 때문에 부인이 구찬에게 버림을 받기는 했지만, 수미 또한 부인 때문에 구찬으로부터 버림을 받았다는 계산에서였다.

“그이가 아내를 버리고 나한테 왔어야 한다고 내가 믿는 까닭은 구찬 씨의 실질적인 아내는 재명 씨가 아니라 나라고 믿었기 때문예요.” 뜨거운 태양을 올려다보느라고 이마에 자그마한 손을 대고 눈을 찌푸리며 수미가 말했다. “부인은 몇 년째 남편을 구석방에 처박아 두고 단 한 번도 성관계를 갖지 않았던 반면에 구찬 씨와 난 정상적인 부부생활을 계속했어요. 그리고 부인 재명 씨가 백화점 경영에 바빠 바깥으로 나돌며 남편을 거들떠보지도 않았던 반면에 나는 구찬 씨의 발도 씻어 주고, 같이 목욕도 하고, 양말과 속옷도 챙겨 주며 모든 수발을 들었어요. 그렇다면 나도 구찬 씨를 떳떳한 나의 남자로서 차지할 권리가 생긴 거 아닌가요?”

서 사장과 아내 그리고 수미의 관계에 대해서 구찬이 계산하던 방법은 수미의 방법과는 크게 달랐다. 아내가 그를 해방시켜 주지 않는 한 스스로 탈출을 시도하려는 의지조차 갖추지 못했던 서 사장은 젊은 여인 수미의 뜻을 따르려는 기미를 전혀 보이지 않으면서 요지부동이었다. 구찬은 위험

부담이 따르는 새로운 모험을, 헤어짐이나 만남을 포함한 모든 변화를 겁내고 싶어했다. 그는 아무리 세상이 달라져도 그의 삶은 그대로 계속되는 '현상 유지'를 원했다.

"그렇다고 해서 이제는 더 이상 물러설 내가 아니었어요." 수미가 말했다. "두 여자 사이에서 갈팡질팡 어쩔 줄을 모르는 그이를 난 어떻게 해서든지 혼자서 소유해야 되겠다는 마음을 다지고는 내 결심을 결국 행동으로 옮겼고, 그래서 난 결국 그이를 자살로 몰고 가는 행동을 개시하게 된 거예요."

●　　●　　●

수미는 하던 얘기를 중단하고 갑자기 입을 다물었다. 그리고는 남서쪽 수평선을 쳐다보았다. 무슨 일인가 해서 한 전무도 남서쪽으로 시선을 돌렸다.

언제 나타났는지 몰라도 거기에는 신기루처럼 아득한 섬이 하나 떠 있었다. 자세히 보지 않으면 다시 사라질 듯 바다 아지랑이 속에서 코스모스처럼 한들거리는 까마득한 섬이었다.

"평도로군요." 한 전무가 무심결에 말했다.

수미의 눈에서 갑자기 눈물이 핑 돌았다. 수평선에 홀로 뜬 저 섬에서 그녀가 혼자 소유할 수 없었던 남자가 끝내 죽음을 맞았기 때문이리라고 한 전무는 생각했다.

작고도 맑은 방울을 이루는 수미의 눈물에서 햇빛이 반짝였다.

거북해진 한 전무가 수미를 보지 않으려고 시선을 돌렸다.

햇빛을 덮은 바다가 흐느적흐느적 출렁였다. 조금 멀리서는 파랑(波浪)이 일었다. 그리고 더 멀리서 큰 배 한 척이 느릿느릿 한없이 떠갔다. 하얀 여름 하늘 아래 펼쳐 놓은 푸른 바다와 검은 섬, 그리고 수평선에 얹힌 평도의 주변에는 한낮 해무(海霧)가 깔렸는지 아지랑이처럼 어른거렸다.

단조로운 발동기 소리에 더욱 적막하게만 여겨지던 바다에서 어디에서인가 아득히 무슨 소리가 들려왔다. 해무에 가려 보이다가는 사라져서 보이지 않는 그런 소리였다.

그것은 바닷귀신의 읊조림처럼 슬프고 은은했다.

그것은 제주도에서 후끈하고 끈끈한 바람에 실려 오는 여인들의 노래처럼 들릴락말락했다. 검은 돌빛의 침묵 속에서 뇌신과 명랑으로 뼛속 고통을 달래며 파도에 거꾸로 꽂혀 물질하는 아낙들의 일노래는 조용히 흐느꼈고, 다시 들어 보니 그것은 제주도에서 흘러온 일노래가 아니라 한 전무의 바로 뒤에서 수미가 흐느껴 우는 소리였다.

그녀의 뺨에서 눈물이 주룩주룩 한여름 유리창을 타고 흘러내리는 지저분한 빗발처럼 흘렀다. 콧물처럼 지저분한 눈물은 다른 뺨에서도 흘렀다. 그리고 그녀의 흐느낌은 조금씩 커졌다.

한 전무는 수미더러 울지 말라고 말할 수가 없었다. 남자를 잃은 여자더러 울지 말라는 말은, 어떤 종류의 여자가 어떤 종류의 남자를 잃은 경우라고 하더라도, 옳지 않은 일 같았다.

그래서 한 전무는 수미에게 아무 얘기도 하지 않았다.

마음을 진정시키고 그만 울라는 소리도 하지 않았다.

손수건을 내주면서 실컷 울라는 소리도 하지 않았다.

남자를 잃은 여자가 울음을 그치려면 죽은 남자가 다시 살아오는 것말고는 방법이 없다고 믿기 때문이었다.

●　　●　　●

아무리 가도 좀처럼 가까워지지 않을 듯싶던 평도가 뚜렷이 윤곽을 드러낼 때쯤에도 수미는 아직까지 멈출 줄을 모르고 계속해서 울었다. 그녀로 하여금 아기를 셋이나 잉태했다가 낙태 수술을 받게 만들었던 남자의 죽음을 생각하며 그녀는 한 전무가 민망해할 정도로 슬피 울었다.

바다 한가운데서 한 번 터진 수미의 눈물은 좀처럼 그치지를 않았고, 소평도와 까막여가 모습을 드러낼 때쯤 그녀는 아예 곡을 했다. 뜨겁게 햇살에 달궈진 마당바위가 저만치 보일 때도 그녀는 계속해서 그렇게 울었다.

너무나 노골적으로 슬퍼하는 수미의 모습이 민망해서 슬그머니 시선을 돌린 한 전무는 서 사장의 복잡한 삶을 한 입에 간단히 삼켜 버린 섬과 바다를 둘러보면서 망망대해에서 흘러 다니는 외딴 섬처럼 홀로 떠다녔던 서 사장의 존재와 삶을 생각했다.

서 사장의 인생은 하나의 무인도였다.

그리고 서 사장의 무인도는 이제 바다 속으로 가라앉았다.

한 전무는 왜 수미가 서 사장의 죽음을 자살이라고 믿는지를 알고 싶었다. 수미가 어떻게 궁지로 몰아넣었기에 서 사장이 자살을 하지 않으면 안 되었는지 그는 설명을 듣고 싶었다.

그러나 수미는 더 이상 얘기를 하지 않고 울기만 했다.

●　　●　　●

낙조의 피로 붉게 물드는 바다에서는 저녁 바람이 아직도 뜨거웠고, 마당바위는 비가 걷힌 다음 하루 종일 햇빛과 바람에 물기가 증발해서 바싹 말라 돌 틈에 돋아난 한 줌의 풀이 여름 볕에 누렇게 익었다. 헬리콥터 착륙장 너머 넙치바위 주변에서는 신승직 선장이 데려온 두 명의 잠수부가 오늘 하루의 작업을 마무리하고 거두기 전에 마지막 자맥질을 하며 물 위로 잠시 머리를 내밀었다가는 산소통을 짊어지고 검은 올챙이처럼 다시 가라앉고는 했다. 4 킬로미터쯤 떨어진 까막여 주변에서도 평도의 고기잡이 통통배 세 척이 서 사장의 시체를 찾아 헤매었다.

한 전무와 수미는 시체 인양 작업의 본부로 삼기 위해 마당바위에 초등학교 운동회에서처럼 나란히 쳐 놓은 두 개의 천막 앞에 앉아 붉은 서쪽 태양을 쳐다보며 얘기를 계속했다.

"부인과의 법적인 이혼은 불가능하더라도 일단 아기를 낳을 테니까 그냥 집을 나와서 나하고 같이 살자고 내가 그이한테 요구하기 시작했던 건 5 년쯤 전부터였어요." 수미가 말했다. "부인이 이혼을 해 주건 안 해 주건 그런 건 상관이 없겠다는 생각이 들어서였죠. 구찬 씨가 집을 나와서 무조건 나하고 같이 살면 부인이 어쩌겠어요? 구찬 씨의 실질적인 아내는 재명 씨가 아니라 나 정수미라는 결론을 내리고 나니까 누가 진짜 부인이냐 하는 문제를 놓고 무슨 소송이건 소송을 해도 내가 이기겠다는 엉뚱한 자신이 생겼던 거예요. 하지만 내가 그런 얘기를 꺼낼 때마다 구찬 씨는 심한 갈등에 빠져 마음을 잡지 못하고 아무런 딱 부러진 대답을 못 하며 흐지부지하다가 결국은 시간에 쫓긴 내가 다시 낙태를 하고는 그늘로 되돌아가기를 되풀이했죠."

"그런데 이번에는 무슨 일이 있어도 물러서지 않기로 작정하셨단 말이군요." 한 전무가 말했다.

수미가 머리를 끄덕였다. "아기가 태어날 때쯤인 내년 봄에 부인과 헤어지고 집을 나와야 한다고 내가 단호하게 밀고 나갔죠. 여자가 아기를 낳겠다면 남자는 물리적으로 어떻게 해 볼 방법이 없는 거잖아요? 말하자면 나는 남자의 그런 약점을 볼모로 잡으려는 속셈이었어요."

"그렇게 고집하니까 서 사장이 뭐라고 하던가요?" 담배에 불을 붙이며 한 전무가 물었다.

"예상했던 대로 첨엔 역시 별다른 반응이 없었어요. 그인 첫술에 아무것도 순순히 응하는 법이 없으니까요."

넙치바위에서는 잠수부 한 명이 물 밖으로 나와 수경과 오리발을 벗고, 산소통도 내려놓았다. 검정 고무 잠수복에서 물을 털며 그는 바위에 앉아서 기다리던 신 선장과 얘기를 주고받았다.

"나는 이틀이 멀다 하고 그이한테 어떡할 거냐고, 분명히 태도를 밝히라고 요구했어요. 당신이 가출을 하건 안 하건 난 아기는 낳을 테니까, 적어도 거기에 대한 마음의 준비는 해두라고 그랬죠. 그래서 구찬 씬 이번에는 아무래도 전에처럼 흐지부지 넘어가지 못하리라는 사실을 깨달았어요. 무엇인가 깊은 궁리를 하느라고 그인 말수가 눈에 띄게 줄더니 나중에는 며칠씩 통 말을 안 하기도 했어요. 항상 표정이 굳어 있었고요. 그러는 사이에 우리 두 사람 사이에 갈등의 벽이 쌓여 올라가는 게 눈에 훤히 보이더군요."

궁지로 몰린 서 사장이 갈등 속에서 그렇게 어떤 무기력한 저항을 위해 무언의 시위를 벌이는 듯한 기간이 얼마쯤 지났다. 그리고는 서 사장이 수미에게 이렇게 물었노라고 했다.

"그런 식으로 내가 아무런 대책도 없이 불쑥 집을 나오려면 백화점은 고스란히 집사람에게 넘겨 줘야 할 텐데, 그러면 우린 무얼 해서 어떻게 먹고 살지? 그러더군요." 수미가 말했다. "막막한 앞날에 대해서 그인 전혀 대책이 없었던 거죠. 하기야 무슨 일에 대해서도 전혀 아무런 대책이 없던 그이이기는 했지만요. 난 구찬 씨가 가출을 하면 더욱 무기력해져서 폐인이 될지도 모른다는 예상도 했어요. 그이가 어디 취직을 해서 월급 봉투를 매달 나한테 가져다 준다거나 하는 정상적인 남편 노릇을 하리라고 기대하기는 어려운 일이었으니까요. 그래서 난 일단 기본적인 자본금만 마련되면 의류 총판장이나 전자 대리점이나 하다못해 까페를 차리더라도 내가 발벗고 나서서 생계를 책임지겠다는 계획을 설명했죠."

그리고는 수미가 입을 다물었다. 무슨 생각이 떠올랐는지는 몰라도 그녀의 얼굴에는 후회하는 빛이 침울했다.

하늘은 붉고 갈매기가 보이지 않았다.

"그리고는 또 며칠이 더 지난 다음 그이가 불쑥 묻더군요." 붉은 파도를 물끄러미 쳐다보면서 수미가 말했다. "기본적인 자본금이 필요하다고 그랬는데, 내가 원하는 돈이 얼마냐구요."

다시 침묵이 흘렀다.

그리고는 수미가 말을 이었다. "분명히 그렇게 물었어요. 내가 원하는 돈이 얼마냐구요."

마치 무슨 협상을 벌이려는 듯한 말투였다고 수미는 회상했다.

난 당신한테서 돈을 원하는 게 아니라 우리들의 미래를 얘기하는 것이라고 수미가 말했다.

"그랬더니 그이가 못 들은 체하고 다시 묻더군요. 필요한 돈이 얼마냐구 말예요." 잠시 혼자 생각에 잠겼다가 수미는 말을 이었다. "너무나 단호한 그이의 태도를 보니까 아무래도 구찬 씨가 심상치 않다는 불안감이 들었어요."

"심상치 않다뇨?" 한 전무가 물었다.

"그이는 뭔가 단단히 결심한 것 같았어요." 수미가 말했다. "뭐랄까, 나에게 일종의 위자료 같은 걸 주고는 헤어진다거나 하는 그런 거요. 그래서 내가 그랬죠. 당신더러 꼭 돈을 마련하라는 건 아니라고요. 그 동안 당신이 꾸려준 생활비를 아껴 이리 굴리고 저리 굴려서 내가 이미 6천만 원을 만들어 놓은 게 있으니 우선 그것으로 어떻게 해 보겠다고요."

신 선장이 데리고 들어온 나머지 장정 두 명을 태운 전마선이 넙치바위 너머 암벽을 돌아서 나타났다. 섬 뒤쪽에서 작업을 하다가 돌아오는 길이었다. 물 속에 남았던 잠수부가 바위로 기어올라갔고, 신 선장과 잠수부들이 장비를 챙겨 배에 실을 준비를 했다. 붉은 햇빛이 옆에서 비추는 까막여 주변에서 수색 작업을 벌이던 어선들도 섬으로 돌아오는 중이었다.

"다시 며칠이 지난 다음 구찬 씨가 날 찾아오더니 이 정도면 되겠느냐면서 불쑥 통장 하나를 내밀더군요." 전마선을 쳐다보며 수미가 말했다. "내 이름으로 된 통장이었는데, 3천만 원이 입금되어 있었어요."

구찬은 앞으로 한 달에 3천만 원씩 10 개월에 걸쳐 수미에게 3억 원을 만들어 주겠다고 했다. 그만하면 '기본적인 자본금'으로 충분할 것 같다는 말도 잊지 않고 덧붙였다.

"난 그 돈을 어디서 구했는지 궁금한 생각이 들었어요." 수미가 말했다. "구찬 씨는 혹시 갑자기 필요한 경우가 생길지도 모른다는 생각에 그냥 마련해 두었던 돈이라고 그랬지만, 그렇지 않다는 사정을 난 알았으니까요."

"그래도 명색이 백화점 사장인데 그 정도 돈이야 없었겠어요?"

수미가 머리를 천천히 저었다.

"우리 두 사람 사이가 들통난 이후 그이는 부인의 감시 때문에 방배동 생활비를 뽑아다 주는 것만도 어려운 사정이었거든요." 그녀가 말했다. "헌데 어디서 3천만 원을 구했을까요? 한 전무님도 잘 아시겠지만 구찬 씨는 전혀 그런 요령이나 융통성이 없는 사람이잖아요."

죄를 지을 능력도 별로 없는 서 사장이었지만 어쨌든 한 달 후에 그는 다시 3천만 원을 수미의 통장에 넣어 주었다.

"그러면서도 그이는 내년 봄이 오면 부인과 헤어지고 집을 나올지 어쩔지 여부는 전혀 밝히지를 않았어요." 수미가 말했다. "구찬 씨가 나한테서 무엇을 숨기기 시작한 거예요."

수미는 가지런히 모은 무릎에 턱을 얹고는 머리 속을 정리하려는 듯 잠시 침묵을 지키며 까막여를 물끄러미 쳐다보았다.

"난 그 비밀이 무엇인지 궁금했지만 구찬 씨한테 캐묻진 않았어요." 무릎에 턱을 얹은 채로 그녀가 말했다. "물어 본다고 해도 절대로 얘기해 줄 것 같지가 않았기 때문이죠."

"그 비밀이 무엇이었으리라고 생각해요?"

"모르겠어요. 그이는 내 통장에다 3억 원을 다 채워 준 다음 뭔가 폭탄 선언 같은 걸 하고 싶었는지도 몰라요. 결국 우린 헤어질 운명이니까 그 돈을 가지고 가서 잘 살라고 그랬을지도 모르고요."

"수미 씨가 원하는 대로 둘이서 같이 살기 위해 아내와 이혼을 하려고 보다 적극적인 어떤 계획을 염두에 두고 있었는지도 모르죠”

“그건 아닐 거예요” 자리에서 일어나려고 두 손바닥을 무릎에 쓸어 털면서 수미가 말했다. “어쨌든 난 비밀은 나중에 천천히 알아보기로 하고, 그이가 가져다 주는 돈은 우선 꼬박꼬박 받아 모으기로 작정했어요 나로서는 챙길 건 챙겨 가면서 일단 일을 저질러 놓아야 할 입장이었으니까요 그이가 숨겨 놓은 비밀이 무엇이며 3억 원을 채워 준 다음 그이가 어떤 행동을 취할지 알 길이 없었어도 난 보험 삼아서라도 돈을 준비해야 했고, 똑같은 이유에서 아기는 더욱 악착같이 낳아야 되겠다는 생각을 했죠 돈과 아기는 그이를 내 편으로 마음을 돌리게 만드는 방편이 될 테니까요 그래서 출산을 위한 계획도 적극적으로 추진했던 거지만요”

신 선장 일행을 태운 전마선이 마당바위를 향해 휘적휘적 물가를 따라 왔고, 그들을 맞기 위해 수미가 몸을 일으켰다. 한 전무도 따라 일어섰다.

“눈치를 보니까 지난달에는 돈을 마련할 길이 없어 누구한테서인지 급히 꾸어다 준 것 같더군요” 수미가 말했다. “그리고 이번 달에는 구찬 씨가 돈을 가져다 주질 않았어요”

•　•　•

비바람 때문에 지난 이틀 동안 바위틈에 숨어서 굶은 채로 지내서인지 낮부터 극성이던 모기가 밤이 되자 하루살이처럼 아예 떼를 지어 날아다녔다. 끈끈이 모기약도 별로 도움이 되지 않아 한 전무는 소매가 긴 옷을 걸치고 면장갑을 긴 채로 모닥불 앞에 앉아 불침번을 섰다. 한밤중에 근처에서 수면으로 잠시 떠올랐다가 다시 가라앉으면 영원히 시신을 찾지 못할까 봐 그들은 야간에도 교대로 두 시간씩 불침번을 서야 했다.

기진맥진 지친 수미는 자정까지 버티지를 못하고 조금 아까 결국 왼쪽 천막으로 들어가 잠이 들었다. 오른쪽 천막에서는 신 선장과 장정 둘이 잤

다. 낮 작업으로 기진맥진한 잠수부들은 오늘 불침번에서는 쉬기로 하고
마을로 넘어가 숙소를 정했다.

자정까지 첫 불침번을 맡은 한 전무는 마당바위 밑에서 느릿느릿 출렁
이는 검은 파도를 내려다보았다. 성이 나서 서 사장을 삼킨 파도였지만, 바
람이 휘젓지를 않으니까 죽음의 파도는 마당바위까지 기어오르지를 못하
고 누르스름한 따개비층까지만 겨우 핥고는 쏴르르 미끄러져 내려갔다. 거
대한 그릇에 담긴 시커먼 엿물처럼 파도는 서서히 치밀고 올라왔다가 가
라앉고, 그리고는 다시 솟구쳤다가 무너졌다.

한 전무는 수미가 한 말이, 자살을 하려고 서 사장이 스스로 바다로 뛰
어들었노라고 한 말이 생각났다.

그에게 평생 운명적인 짐이 되려고 태어나는 아기를 보고 싶지가 않아
서 성난 파도를 향해 그가 뛰어내렸으리라고 수미는 믿었다. 백화점을 몽
땅 포기하고 아내와 헤어져 가출한 다음 옷가게나 까페를 해서 생계를 유
지할 젊은 여자에게 빌붙어 기둥서방처럼 살아갈 앞날이 까마득해서 서
사장이 자살을 했다고 수미는 생각했다.

그리고 수미는 ‘도둑질’을 하기가 싫어서라도 구찬 씨가 자살을 할 수밖
에 없었다는 얘기도 했다.

“그저께 밤 한 전무님하고 술을 마신 다음 천막으로 올라와서 구찬 씨가
나한테 솔직히 그러더군요.” 아까 신 선장 일행이 그들의 천막으로 들어가
잠든 다음 모닥불 앞에 앉아 혼자 불침번을 서던 한 전무에게 잠시 말동무
를 해 주던 수미가 말했다. “사랑이 아무리 좋기로서니 정말로 사랑을 위
해 도둑질까지 해야 하느냐고요. 정말로 우리들의 사랑이 그럴 만한 가치
가 있느냐는 소리까지 했어요.”

도둑질이라니 무슨 얘기냐고 놀란 수미가 캐물었지만 너무 술이 취해
횡설수설하던 구찬은 범죄를 저지르고 싶지가 않다는 소리를 하면서도 구
체적으로 무엇이 도둑질이고 또 무엇이 범죄인지 끝내 설명을 하지 않았

다고 했다.

"당신은 알 필요가 없다면서 그이는 내가 왜 이렇게까지 타락해야 하는지 그 이유를 별들에게 물어 봐야 되겠다면서 미친 사람처럼 히죽히죽 웃기까지 하더군요" 수미가 말했다. "별들에게 물어 봐야 할 텐데 날씨가 이 모양이니 다 틀렸다고 정신나간 듯한 소리도 하고요."

밑밥새우주걱으로 천천히 화톳불의 재를 긁어내던 한 전무의 머리 속에는 별들에게 물어 본다는 말을 하던 서 사장의 표정이 선하게 보였다.

"나는 육감적으로 그것이 한 달에 3천만 원씩 입금시켜야 하는 통장과 관련된 얘기이리라는 생각이 들어서 돈 때문에 혹시 무슨 나쁜 짓을 저지른 건 아니냐고 물어 봤어요" 수미가 얘기를 계속했다. "무엇인가 마지막 파멸의 시작이 우리들 사이에서 머리를 든다는 불길한 예감이 들었기 때문이죠. 그리고 그이가 무엇인가 범죄를 저질렀다면 그것은 내가 사주한 범죄인 셈이라는 생각도 들었고요. 하지만 아무리 물어 봐도 자꾸 횡설수설만 계속하기 때문에 난 술이 깬 다음 어떻게 된 연유인지 다시 물어 봐야 되겠다고 생각하며 그이의 잠자리를 봐 드렸죠. 그리고 결국 그 범죄가 무엇이었는지 설명을 듣는다는 건 영원히 불가능해졌어요. 3억 원을 채워 주고 나서 나에게 그이가 하려던 말이 무엇이었는지도 영원히 알 길이 없어졌구요."

한 전무도 '범죄'나 '도둑질'이라면 틀림없이 수미를 위한 통장 때문에 저질렀으리라고 추측했다. 주변머리가 썩 좋다고 하기는 어려운 서 사장이 3억 원이라는 돈을 아내 몰래 어디선가 마련하기는 아무래도 무리였다. 하지만 한 전무는 어떤 범죄나 도둑질 때문에 서 사장이 자살을 했으리라고도 믿지 않았다. 무슨 이유에서이거나 간에 그는 자살을 할 만한 용기를 갖춘 사람이 아니었다.

"분명히 그이는 스스로 바다로 뛰어들었어요" 수미의 설명이었다. "구찬 씨는 드디어 어제 새벽에 어떤 결단인지를 내린 모양이었고, 그리고는 내가 잠이 깨어 천막에서 나오기를 기다렸던 거예요. 그이는 무엇인가 깊은 생각에 잠겨 낚싯대를 들고 서 있다가 나를 올려다봤어요. 그리고는 내가 나와서 자기를 내려다보고 있다는 사실을 확인하고는 갑자기 나를 손으로 가리키더군요. 너 때문이라는 듯 말예요. 너 때문에 내 신세가 이렇게 되었으니 책임을 지라는 것 같기도 했고요. 아니면 너는 나의 최후를 똑똑히 봐 둬야 한다는 뜻으로 그랬는지도 몰라요.”

그것은 수미의 설명이었고 한 전무의 생각은 달랐다.

“수미 씨에게 손을 흔들어 준 건 아닐까요?” 한 전무가 물었다. “잘 잤느냐거나 뭐 그런 뜻으로 아침 인사를 하려고 말예요.”

“아녜요.” 수미가 고집했다. “그이는 나를 벌하고 싶어서 자신의 최후를 일부러 나한테 보여 주려던 것이 분명해요. 그이로 하여금 무엇인지는 몰라도 범죄를 저지르게 만든 나를 벌하기 위해서요. 그래서 그이는 나에게 손가락질을 했고, 그리고는 갑자기 하늘로 치솟아 오르는 파도를 손가락으로 가리켰어요. 나는 이제 저 파도 속으로 뛰어들겠다는 뜻으로요.”

그것도 역시 수미의 설명이었고 한 전무의 생각은 달랐다. 수미는 파도가 먼저 솟아올랐는지 아니면 서 사장이 손가락질을 먼저 했는지조차도 정확하게 기억하지 못했다. 모든 상황이 삽시간에 벌어졌기 때문이었다.

한 전무는 큰 파도의 위력을 잘 알았다. 그리고 서 사장은 사고 당시 손에 낚싯대를 들고 있었다는 수미의 설명도 문제였다. 거리가 멀어서 대가 휘었는지 어쩐지는 보이지 않았지만 어쨌든 낚싯대를 손에 들었다고 했다.

“자살을 할 사람이 왜 낚싯대를 손에 들고 있었을까요?” 한 전무가 반박했다.

“그건 이유를 모르겠지만 어쨌든 파도를 가리킨 다음 바다로 뛰어들었어요.” 수미의 기억이 고집했다.

“혹시 커다란 고기가 물었다고, 이거 보라고 신이 나서 손으로 바다를 가리킨 건 아니었을까요?”

"바다가 아니라 파도를 가리켰다니까요."

"낚시에 걸린 고기를 가리킨 다음에, 아니면 거의 같은 순간에 파도가 솟구쳐 올랐을지도 모르잖아요." 한 전무의 추리였다. "일부러 높은 파도를 기다렸다가 뛰어들었다는 건 납득하기 어려운 설명예요 서 사장은 그냥 마당바위에 내려가 낚시를 하던 중이었고, 수미 씨가 천막에서 나오기 전에는 그렇게 큰 파도가 솟아오른 적이 없었을 거예요. 만일 마당바위를 뛰어넘는 파도가 전에도 몇 차례 덮쳤었다면 서 사장은 벌써 바다로 쓸려 들어갔을 테니까 말예요 아니면 적어도 위험하다는 생각에 구명 조끼라도 몸에 걸쳤을 거고요. 서 사장은 수미 씨를 보고는 반갑다고 손을 흔들어 주는 바람에 그만 파도가 덮치는 걸 보지 못했고, 그래서 바다로 쓸려 들어 갔을지도 모르는 일이죠."

그러나 고집스러운 수미의 기억은 막무가내였다. 듣기 좋으라고 한 전무님이 자꾸 사고였다는 주장을 펴지만, 구찬 씨는 분명히 나를 벌하기 위해 바다로 뛰어들었다면서 수미는 그녀의 죄의식을 굽히지 않았다.

어쨌든 서 사장은 죽었다.

추자의 푸랭이섬 오리가 똥싼 여에서 노래까지 부르고 밤샘을 해 가며 한 전무의 목숨을 건져 놓았던 서 사장이 바다 속으로 사라졌다.

한 전무는 별이 총총한 하늘을 올려다보았다.

바다의 하늘은 도시에서보다 아득히 깊었다.

* * *

"구찬이 자식은 죽어도 하필이면 왜 이런 외딴 섬 구석에 와서 죽느냔 말야." 이것은 서 사장의 맏형이라는 호찬이 배에서 내리자마자 내배알은 첫 마디 말이었다. "지가 로빈슨 크루소야 뭐야? 얌전히 서울 바닥에서 죽었더라면 애꿎은 사람들 이렇게 고생을 시키지는 않았을 거 아냐?"

땅딸막하고 단단한 몸집에 작은 눈이 분주히 곁눈질을 하고 두 뺨에는 욕심이 더덕더덕 두껍게 붙은 그는 졸지에 남편을 잃은 제수씨의 감정은 아랑곳하지도 않으며 동생에 대한 욕설을 거침없이 늘어놓는 바람에 선착장으로 마중을 나온 한 전무와 평도의 송종필 이장으로 하여금 거북해서 어찌할 바를 모르게 했다. 아무리 양자로 들어와 보석 가공 사업에 실패해서 돈을 날리고는 백화점까지 차지해 집안의 재산을 축낸 밉살스러운 동생이라고는 하지만, 그의 미망인 앞에서 구찬이 자식은 죽어서도 속을 썩인다느니 해가며 너무 함부로 굴지 않는가 한 전무는 섭섭한 생각까지 들었다.

이장과 한 전무는 호찬과 재명을 데리고 그들이 숙소로 삼게 될 해녀의 집으로 올라가 얼마 안 되는 짐을 풀게 해 주었다. 짐이라고 해야 한 사람에 여행 가방 하나씩이어서 건넌방과 문간방에 그냥 들여놓기만 하면 그만이었다. 가방을 문간방에 들여놓으면서도 호찬은 집안이 왜 이렇게 너구리 굴 속처럼 어두컴컴하냐면서 계속 투덜거렸고, 이장은 저렇게 눈치없는 사람은 처음 보겠다는 듯한 시선으로 자꾸만 한 전무를 쳐다보았다.

호찬과 재명은 한 전무가 보기에도 참으로 묘한 한 쌍이었다. 두 사람 다 등산에 나선 듯한 차림이어서, 운동화도 함께 나가 새로 사서 나눠 신고 왔는지 모양과 색상이 똑같았다. 고수머리를 짧게 깎아 더욱 정나미가 떨어져 보이던 호찬은 폴리네시아 무늬의 티셔츠 위에다 얇은 바람막이 점퍼 차림이었고, 재명은 갈색 바지에 노란 블라우스를 걸치고는 쪽빛 스카프까지 둘러서, 두 사람은 현장 답사를 나온 땅투기꾼 부부를 연상시켰다.

●　　●　　●

죽음에는 너무나 어울리지 않는 남녀를 이끌고 깔딱고개를 넘으면서 한 전무는 남편이 죽었는데도 상복은커녕 콧노래를 부르기에나 어울리는 옷차림을 하고 서 사장 부인이 이곳으로 내려온 의도가 무엇일까 궁금했다. 그녀를 배반한 남편이 가슴에 박아 준 원한과 미움을 그런 도발적인 옷차림으로 표현하고 싶었던 것일까? 재명은 평도에 도착해서 지금까지 거짓된 눈물이나마 흘리기는커녕 슬픈 표정조차 보이지를 않았고, 그래서 한 전무는 부인의 그런 태도가 어쩌면 그토록 속을 썩이던 서 사장이 일찍 잘 죽어서 홀가분하다는 마음의 표현인지도 모르겠다고 생각했다.

그런데도 한 전무는 묘하게 서 사장의 부인에 대해서 밉기는커녕 불쾌감조차도 느끼지를 않았다. 그녀에게는 물론 매몰찬 구석이 보이기는 했지만, 서 사장의 얘기만 듣고 그가 지금까지 상상해 온 그런 정도로 독살스러운 여자만은 아닌 듯싶어서였다. 재명은 의외로 상냥하고 예의가 바른 여자였으며, 매몰찬 인상은 아마도 지나치게 세련된 몸가짐에서 풍기는 면모인지도 모를 일이었다. 그래서 한 전무는 이제 비탈길을 내려가 사고 현장인 마당바위에 도착하여 그곳에서 기다리는 수미와 재명이 마주치더라도 어쩌면 별다른 불상사는 일어나지 않으리라고 은근히 마음이 놓이기까지 했다.

서 사장의 형은 딴판으로 달랐다. 그는 동생의 시신을 찾기 위해 고흥에서 신 선장과 잠수부와 장정까지 불러다 놓고 남해호를 대기시켜 가면서 며칠 동안 입맛을 잃어 식사조차 못하면서 고생하는 한 전무에게 고맙다는 한 마디 간단한 말은커녕, 인사를 나눌 때 한 전무를 쳐다보는 눈초리부터가 못마땅한 찡그림으로 일그러졌었다. 호찬은 귀찮게 그를 이곳으로 내려오게끔 만든 사고를 발생시킨 이유가 적어도 절반쯤은 한 전무의 몫이라는 식으로 생각하는 것 같았다. 그래서 그는 헬리콥터 착륙장을 지나 벼랑길을 오르기 시작하면서도 일부러 한 전무가 듣도록 큰 소리로 망할 자식 씨발 왜 하필이면 이런 데 와서 죽어 남들한테 이렇게 고생을 시키느냐고 상소리까지 서슴지 않으며 다시 투덜거렸다. 아마도 호찬에게는 한 전무가 그를 괴롭히기 위해 구찬과 함께 음모를 짠 공범쯤으로 여겨진 모양이었다.

　점점 더 잔소리와 불평이 심해지는 호찬과 도대체 지금 어떤 기분인지 전혀 표정을 드러내지 않는 재명을 이끌고 이장과 한 전무가 마당바위를 향해 내려가기 시작했다. 한 전무가 허리를 굽혀 밑을 살펴보니 신 선장 일행은 섬의 뒤쪽으로 나가 아무도 보이지를 않았고, 두 채의 천막 사이에서는 수미가 홀로 앉아 떠오르지 않는 서 사장의 주검이 나타나기를 한없이 기다리며 꼼짝도 않고 바다를 응시했다. 바다는 햇빛을 반사해서 눈이 부셨다.

　파도 소리가 요란해서인지 수미는 그들이 내려오는 인기척도 알아채지 못하고 망부석처럼 계속해서 바다만 응시했다. 한 전무는 잠시 후 두 여자가 필연적인 만남의 순간에 어떤 행동을 취할지 알 길이 없었다. 수미는 이미 이틀째 마음의 준비를 해왔겠지만, 10년 전 한남동 아파트먼트의 열쇠와 집문서를 주고 사라진 남편의 여자가 이곳에 와서 기다리고 있으리라고는 상상도 못 했을 재명이었으니, 갑자기 두 여자가 다시 마주치면 얼마나 놀라겠는가. 수미와 서 사장의 관계가 결국 완전히 청산되지 않았다는 사실을 언제부터인가 이미 눈치채기는 했겠지만, 남편의 마지막 여행에 다른 여자가 동행했다는 비밀까지는 짐작조차 못 했을 테니까 말이다.

　"헌데 저 여자 누구예요?" 절반쯤 내려왔을 때 등뒤에서 호찬이 불쑥 물었다.

　"아, 예." 뒤를 돌아다보지도 않으면서 한 전무가 재빨리 말했다. "제가 낚시를 같이 하자고 서울에서 데리고 내려온 여자인데요."

　그리고는 다행히 더 이상 아무런 질문도 나오지를 않았다. 호찬은 한 전무의 말을 믿었고, 재명은 밑에서 등을 보인 채로 기다리던 여자가 수미라는 사실을 아직 알지 못했다.

　　　　　　•　　　•　　　•

　그들이 마당바위로 거의 다 내려간 다음에야 발걸음 소리를 듣고 수미가 뒤를 돌아다보았다.

　그리고는 흠칫 놀랐다.

　분명히 마음 속으로 단단히 각오를 했겠지만 그녀는 재명을 보자 어떤 표정을 지어야 할지 몰라서인지 사뭇 어색해하면서 엉거주춤 몸을 일으켰다.

　재명은 무척 놀란 기색이 역력했어도 재빨리 사태를 파악하고는 얼른 호찬의 표정부터 살폈다. 호찬이 눈치를 못 채었다는 사실을 알고 안심한 그녀는 어떻게 된 일인지 알고 싶다는 듯한 표정으로 한 전무를 쳐다보았다.

　한 전무는 재명을 빤히 쳐다보았다.

　재명은 그에게서 시선을 피했다.

　그리고 수미에게서도 시선을 피했다.

　재명 역시 난처한 상황이 벌어지는 것을 원하지 않았고, 그래서 그녀는 호찬 앞에서 한 전무가 서울에서 데리고 내려왔다는 거짓말로 얼버무려 넘긴 수미를 난생 처음 보는 여자여서 누구인지 전혀 모르는 체 행동했다.

　수미를 만난 적이 한 번도 없었던 호찬은 서둘러 사고 당시의 상황을 설명하는 한 전무의 얘기를 들으며 도대체 여기서는 웬놈의 모기가 대낮에도 이렇게 극성이냐고 계속 투덜거렸다.

　　　　　　•　　　•　　　•

　호찬은 동생이 사고를 당해 물에 빠져 죽었으면 맏형이 당연히 내려가 사태를 수습해야 하지 않겠느냐는 아버지의 지시에 따라 억지로 내려온 것이 분명했다. 그래서 그는 달랑 돈 1백만 원을 챙겨 가지고 재명과 함께 평도로 오기는 왔지만, 일단 섬에 도착했으니 할 일은 다 한 셈이니까 대충대충 볼일은 마무리하고는 어서 서울로 돌아가고 싶은 마음뿐이어서, 수미가 누구인지 의심할 겨를조차 없는 눈치였다.

한 전무의 안내를 받아 건성으로 사고 현장을 둘러본 그는 답답해서 한 곳에 붙어 있지를 못해 초소장도 찾아가 왜 빨리 인양 작업을 끝내지 못하느냐고 쓸데없는 잔소리를 늘어놓기도 했다. 그러고 나서도 해야 할 별다른 일이 없어서인지 여기저기 돌아다녔지만 워낙 작은 섬이어서 두 시간 후에는 호찬이 가볼 만한 곳도 남지를 않았다. 그래서 그는 무슨 놈의 섬이 이렇게 작냐는 잔소리를 수십 번이나 되풀이하며 마당바위와 선착장 사이를 다람쥐처럼 정신없이 오락가락했다.

사사건건 불평이 심하던 그는 해녀의 집에서 저녁식사를 하며 반찬마다 비린내가 난다느니, 고추장이 왜 이렇게 맵냐느니 음식 타박을 한참 했다. 식사를 끝낸 다음에는 아무리 자가발전이라지만 이렇게 전기가 일찍 나가면 텔레비전도 못 보고 무엇을 하며 밤을 보내느냐고 또 한바탕 잔소리를 늘어놓았다.

그리고는 이튿날 아침 동이 트자마자 그는 바쁜 일이 있어 서울로 가야 한다며 신승직 선장더러 남해호를 띄우라고 거의 협박을 하다시피 해서 결국 손죽도로 나가 버렸다.

•　　•　　•

한 전무는 나흘 만에 처음 낚시를 드리우고 앉아 오르락내리락 물 속에서 헤엄쳐 다니는 멸치떼를 물끄러미 구경했다.

그는 지칠 대로 지쳤다.

모든 사람이 한여름 뜨거운 태양과 끝없는 기다림에 지쳤다.

서 사장의 시체는 아무리 기다려도 떠오르지를 않았고, 모두들 기다리기에 지칠 대로 지쳤다. 바다에 빠져 죽은 사람이라면 늦어도 사흘 안에 수면으로 한 차례 떠오르게 마련이었지만, 서 사장은 아무리 기다려도 나타나지를 않았다. 그들의 시야를 벗어난 엉뚱한 곳에서 아무도 못 보는 시간에 한 차례 떠올랐다가 다시 가라앉았는지 아니면 거센 물 밑 파도에 휩쓸려 어디론가 한참 흘러가다가 바위틈에 끼어 버렸는지 몰라도 서 사장은 모습을 보이지 않았고, 잠수부들은 더 이상 수색할 곳이 없다며 내일 철수할 예정으로 신승직 선장과 두 명의 장정과 함께 오늘 마지막 작업을 위해 까막여로 나가고 없었다.

피로와 슬픔으로 기진맥진한 수미는 아침부터 자꾸 헛구역을 하더니 지금은 천막으로 들어가 잠이 들었다. 입덧인지 아니면 병이 나려고 그러는지 몰라도 수미의 구역질이 심상치를 않아 한 전무는 그녀더러 내일 잠수부들과 함께 철수해서 서울로 올라가라고 몇 차례 일렀지만 수미는 좀처럼 말을 들으려고 하지 않았다.

재명은 백화점 일이 궁금해서 서울로 전화를 걸어 봐야 되겠다며 이장과 함께 마을로 넘어갔다. 백화점으로 자주 전화 연락을 취하는 일도 중요하기는 하겠지만 재명은 가능하면 수미와 함께 있고 싶지가 않아 대부분의 시간을 마을에서 보내는 눈치였다. 분명히 어딘가 휴대전화를 숨겨 가지고 있을 텐데도 일부러 마을로 가서 전화를 하는 것부터가 그랬다.

여러 사람이 마당바위에 모여 북적거릴 때는 그런 대로 상대방을 모르는 체하며 잘 견디는 편이었지만 재명은 지금처럼 모두들 흩어져 일을 나가고 사람이 별로 없어 수미와 자꾸 시선이 마주쳐야 하는 자리를 사뭇 거북해했다. 정작 법적인 부인보다도 서 사장의 죽음을 노골적으로 더 슬퍼하는 젊은 여자 앞에서 여지껏 눈물이라고는 한 방울도 흘리지 않은 재명이 슬그머니 민망해진 나머지 오히려 더 자리를 피하려고 그러는 것이나 아닌가 한 전무는 생각했다.

•   •   •

한 전무가 네 칸짜리 카본대 하나를 꺼내 들고 낚시를 시작한 까닭은 마당바위에 혼자 남아 서성거리거나 앉아 있기가 너무나 권태롭고 무료하기 때문이었다. 서 사장이 낚시를 하다가 물에 빠져 죽은 바로 그 자리에서 시체가 떠오르기를 기다리면서 나는 살아 낚시를 한다는 사실이 조금쯤 미안하기는 했지만, 그런 논리적인 죄의식보다는 날마다 계속되는 현실적인 지루함이 훨씬 더 견디기가 힘들었다.

바위 가장자리에 걸터앉은 한 전무의 발 밑 파도가 들락날락 찰랑거리는 바위에 따개비층이 부스럼처럼 다닥다닥 뒤덮어 자그마한 화산군(火山群)을 이루었고, 따개비의 마을 옆에서는 거북손들이 서로 악착같이 달라붙어 또 다른 마을을 이루었고, 따개비와 거북손의 도시는 한 전무가 남겨두고 온 인간의 도시를 생각나게 했다. 무수한 콘크리트 벽과 담에 갇혀 떼를 지어 따로따로 살아가는 인간 집단이 도표와 눈금으로 인생의 좌표를 정해 놓고 전쟁을 벌이는 도시와 이곳 바위에 달라붙은 거북손의 마을이 너무나 서로 닮았다고 그는 생각했다. 화폐가 세포를 이루고, 손익 계산서의 숫자가 오장육부 노릇을 하는 세상에서 최첨단 정보의 그물에 갇혀 감정과 사랑을 통계로 풀이하는 사람들이 먹고 살기 위해 떼거리를 이루는 인간의 도시에서, 식욕과 물욕만이 왕성한 생존의 요령과 공식을 몰랐던 서 사장은 결국 여기까지 쫓겨와서 미늘처럼 박혀 빠지지 않던 그의 삶을 버렸고, 그가 늘 도피처로 삼았던 바다를 미늘의 끝으로 선택했다고 한 전무는 생각했다.

파도에 실려 둥둥 떠돌던 빨간 찌가 갑자기, 그러나 아주 천천히, 물 속으로 빨려 들어가기 시작했다.

찌는 계속해서 어둡고 깊은 물 속으로 끌려 내려갔고, 그는 힘껏 대를 나꿔챘다. 미늘이 꽂히면서 고기가 힘차게 줄을 당기자 낚싯대가 반원을 그리며 휘었다.

　바닷물의 유속(流速) 때문인지 아니면 고기의 힘이 좋아서인지 어쨌든 대를 뒤로 젖혀도 좀처럼 고기가 수면으로 떠오르지를 않았다. 당기는 힘이 너무 무거웠기 때문에 그는 혹시 물 밑에서 떠다니던 서 사장의 시체가 바늘에 걸린 것이나 아닌지 갑자기 섬뜩한 생각이 들어서 대를 부러뜨리거나 줄이 끊어지지 않도록 줄을 약간 늦구었다.

　그 순간 고기가 옆으로 차고 나갔다.

　시체가 아니었다.

　깊은 물 속에서부터 은빛 옆 비늘을 시퍼렇게 초록빛으로 번득이며 이리저리 방향을 꺾고 몸부림치고 도망치다가 끌려나온 고기는 큼직한 고등어였다.

●　　●　　●

　하늘을 보니 천정(天頂)은 아직 푸르렀지만, 태양이 기우는 수평선을 따라 도시의 매연처럼 탁한 어둠의 안개가 깔리기 시작했다. 해가 뉘엿뉘엿 지면서 생명의 찬란한 빛이 죽음의 어둠을 향해 저물었다.

　바닷물에 반사되어 각광(脚光)처럼 밑에서 마지막 햇살이 마당바위 양쪽의 절벽을 비추었고, 바위벽에서는 하루 종일 달아오르던 뜨거운 열기가 훨씬 수그러졌다. 바닷새들이 넙치바위 주변에서 하루의 마지막 사냥을 하느라고 시끄럽게 떠들며 분주한 시간을 바삐 보냈고, 게으른 갈매기 한 마리가 파도 위에 앉아 오르락내리락 휴식을 취하다가는 한 전무가 밑밥으로 뿌려 주는 크릴새우가 그쪽으로 떠가면 한 마리씩 쪼아먹었다.

　석양에는 태양과 바다와 땅의 모든 빛깔이 부드러워지기 때문에 한 전무는 땅거미가 질 무렵을 항상 좋아했다. 그리고 그는 이왕 같은 시간을 보내야 할 장소라면 뭍보다 바다를 훨씬 더 좋아했다. 사람들은 산의 경치

를 절경이라고 하지만 그는 수평선 위로 하늘뿐이고 밑으로는 물뿐인 극
도로 단순한 바다 풍경을 검은 바위에 새하얀 눈이 온통 하얗게 덮인 설악
의 백담계곡보다도 좋아했다. 가장 단순한 풍경이 가장 아름답게 여겨지던
그의 눈에는 바다라면 아무리 쳐다봐도 지루하지 않은 단조로움이었다. 생
각이 적을수록 사람들의 세상이 아름다워 보이듯이, 단순한 몇 개의 선과
공간으로만 이루어진 바다는 모든 순간에 달라지는 모양과 빛깔의 단순함
때문에 그만큼 더 아름다웠다.

마지막 날이라고 눈치가 보여 늦게까지 작업을 하는지 신승직 선장 일
행은 아직 돌아오지를 않았고, 밤에 잠이 안 오면 어쩔 셈인지 수미는 천막
안에서 잠든 채로 아직도 기척이 없었다.

가끔 망상어가 늘어졌던 줄을 팽팽히 차고 나가면 빨간 찌가 어두워지는
물 속으로 가라앉고는 했는데, 고기는 안 보이고 찌만 빨려 들어가면 한 전
무는 또다시 물 속에서 서 사장이 그를 잡아당기는 듯한 착각을 느꼈다.

한 전무와 마찬가지로 서 사장은 낚시를 하는 동안 자주 자신이 물 속으
로 빨려 들어가는 착각을 느낀다고 했었다. 어신을 포착하려고 오랫동안
찌를 응시하고 있노라면 같은 동작을 반복하는 파도에 최면되어 자기도
모르게 조금씩 물로 빨려 들어가는 듯싶었고, 물 위에 떠서 가물거리던 찌
를 고기가 밑으로 끌고 내려가면 발 밑이 꺼지면서 그가 올라앉은 바위와
함께 바다 밑으로 가라앉는 기분이라고 했다.

그리고 바다는 마침내 서 사장을 파도로 휘감아 물 속으로 빨아들이고
말았다.

죽음의 밑바닥까지.

미늘의 끝까지.

바다는 무엇을 가르치려고 그를 죽음으로 끌고 들어갔을까? 도대체 인
생이 뭐냐고 답답해하던 서 사장에게 바다는 무엇을 가르치려고 했을까?

한 전무는 바다가 인간에게 늘 무엇인가를 얘기하고 싶어한다는 생각이

들고는 했다. 파도 소리가 분명히 어떤 특정한 의미를 지닌 언어처럼 느껴
져서였다.

　파도의 소리는 똑같은 얘기를 한없이 반복하는 바다의 목소리였다. 너
무나 탁한 삶의 불결함에 시달려 자연의 진리와 섭리를 좀처럼 알아듣지
못하는 인간에게 바다는 끈질기게 똑같은 가르침을 영원히 계속했다.

　쏴르르 쏴르르

　하지만 바다의 가르침은 무엇일까?

　쏴르르 쏴르르

　바다는 지금 나에게 무슨 얘기를 하려는 것일까?

　쏴르르 쏴르르

　그리고는 어디선가 소리가 들려왔다.

　오늘 혼자 앉아서 낚시를 하는 동안 그는 벌써 몇 번째 이런 아득한 목
소리를 들었다.

　그것은 바다의 소리였지만, 서 사장의 목소리 같았다. 근처 어디에선
가 서 사장이 물 속에서 나와 저만치 갯바위로 기어올라가 뭐라고 그에
게 소리를 치는 듯싶었지만, 서 사장의 목소리가 어디에서 들려오는지,
그리고 바다가 나한테 무슨 말을 하는지 알아듣기가 힘들었다. 아마도
나 여기 이쪽 갯바위에 올라와 있는데 왜 못 찾고들 그러느냐고, 여기까
지 표류해 와서 겨우 바위로 올라와 나흘째 버티며 구조를 기다리는데
거기서 무엇들 하느냐고 화를 내는지도 모를 일이었다. 하지만 소리가
들려올 때마다 아무리 사방을 둘러봐도 갯바위로 올라온 서 사장의 모습
은 보이지 않았다.

　바람 소리인지 물 소리인지 몰라도 환청은 아무래도 기분이 나빴다.

　죽은 자의 목소리는 더욱 그러했다.

　한 전무는 어디에서도 나지 않는 소리를 듣고 싶지가 않았다.

　그는 물 속에 잠긴 서 사장이 부르는 소리를 듣고 싶지가 않았다. 그래

서 그는 다른 데로 신경을 돌리려고, 주변에서 들려오는 소리로부터 신경을 돌리려고 찌를 응시하며 다른 생각을 했다.

그는 몇 년 전 방학을 맞은 아들 규형이와 정원이를 데리고 아내와 함께 연천군 전곡리 임진강으로 견지 낚시를 갔던 여름을 생각했다. 그는 네거리 가게로 푸성귀를 사러 가는 아내에게 낚시방에 들러 미끼로 쓸 구더기를 구해 오라고 시켰다. 그리고 매운탕거리를 잡으려고 한참 낚시를 하는데 구더기가 시멘트 봉투 안에서 파리가 되어 한 마리 두 마리 모두 날아가 버렸다. 미끼가 되어 피라미에게 잡아먹히기를 거부하고 날개를 만들어 날아가는 파리들을 보고 두 아들이 재미있다고 모래밭에서 깡총거리며 웃었다. 아내도 웃고 한 전무도 웃었다.

구더기가 날개를 달고 날아가던 그날을 생각하며 한 전무가 다시 혼자 웃으려니까 어디선가 그를 부르는 서 사장의 아득한 목소리가 또다시 들려왔다.

"한 전무님—! 한 전무님—!"

그는 머리가 쭈뼛해졌다. 이번에는 나를 부르는 소리가 훨씬 분명하게 들려왔기 때문이었다. 그는 누가 어디에서 부르는지 둘러보고 싶었지만, 갑자기 굳어 버린 목이 좀처럼 돌아가려고 하지를 않았다.

그리고 다시 소리가 들려왔다.

"한 전무님!"

이번에는 분명히 들렸는데, 그것은 서 사장의 목소리가 아니었다. 그리고 왼쪽이나 오른쪽이 아니라 절벽 꼭대기에서 부르는 소리였다.

● ● ●

"그렇게 계속해서 부르는데도 안 들립디까? 대답이 없게." 힘이 들어 숨을 헐떡이며 마당바위로 내려선 이장 영감이 말했다.

"잘못 들었나 했죠." 낚싯대를 접으며 한 전무가 말했다. "어디서 나는 소리인지 통 알 수가 없어서요."

"헬리콥터 착륙장에서부터 줄창 불러댔는데요." 한 전무의 손에 들린 낚싯대를 힐끗 쳐다보면서 이장이 말했다. "내가 부르는 소리만 한 전무님이 진작 들었다면 난 힘들여 여기까지 넘어왔다 다시 넘어갈 필요가 없었잖아요."

"무슨 일인데요?" 한 전무가 물었다.

"나하고 같이 마을로 넘어가십시다." 모난 바위에 걸터앉으며 이장이 말했다.

두 사람이 주고받는 얘기에 이제서야 잠이 깨었는지 수미가 천막 자락을 들추고 내다보았다. 병자처럼 핼쑥한 얼굴이었다.

"마을엔 왜요?" 한 전무가 물었다.

이장이 수미를 힐끗 쳐다보고 나서 말했다. "서 사장님 사모님이 모시고 넘어오라고 하셔서요."

밖으로 나오려던 수미가 고의는 아니었어도 엿들어서는 안 될 애기를 듣기라도 한 것처럼 주춤했다.

"왜 넘어오래요?" 한 전무가 물었다.

"한 전무님 그 동안 고생이 많으셨는데 식사 한 번 제대로 대접해 드리지 못해서 미안하다고 사모님이 닭을 잡았어요."

밖으로 나오려던 수미가 도로 안으로 들어가고는 조용히, 천천히, 조심스럽게 천막 자락을 내렸다.

"헌데 말예요." 한 전무의 낚싯대를 가리키며 이장이 의아한 표정으로 물었다. "이런 경황에도 낚시가 하고 싶어요?"

"그럼 심심한데 어떡해요." 한 전무가 말했다. "낚시 안 하면서 가만히 앉아 기다린다고 해서 죽은 사람이 더 빨리 떠오를 것도 아닌데."

　　　　•　　•　　•

　이장 영감을 따라 마을로 넘어가면서 한 전무는 오늘 저녁 서 사장의 부인이 준비했다는 영계백숙을 먹고 나면 틀림없이 체하리라는 생각이 들었다.

　그 동안 입맛을 잃어 며칠째 통 밥을 못 먹고 가끔 보리막걸리 두어 사발로 끼니를 대신 때워 왔던 터여서 갑작스러운 닭고기를 소화시키기가 부담스럽겠기 때문만이 아니었다. 그보다는 서 사장의 아내와 개인적인 대화를 나누기 위해 처음으로 단둘이 자리를 같이 하게 되었다는 사실이 정신적으로 훨씬 더 부담스러웠다. 워낙 오랜 세월에 걸쳐 서 사장이 그에게 심어 준 '무서운 여자'라는 선입견 탓이기도 하겠지만, 지난 이틀 동안 한 전무가 그녀에게서 받아 온 지극히 사무적인 인상은 닭고기 소화에 방해가 되면 되었지 결코 도움이 되지 않으리라는 것이 한 전무의 판단이었다.

　서 사장의 부인 재명 씨가 평도에 도착해서 가장 먼저 취한 행동은 그녀의 사무적인 인상에 못지않게 빈 틈 없는 '계산'이었다. 호찬이 온갖 일에 대해서 불평을 잔뜩 늘어놓으며 딴전을 피우고 이리저리 돌아다니는 동안 그녀는 한 전무가 신승직 선장과 남해호에 치러야 할 돈, 그리고 잠수부를 불러 여태까지 작업을 계속해 오느라고 들어간 경비가 얼마인지를 차곡차곡 계산해서 갚았고, 그리고는 구석구석 돌아다니며 야전사령관처럼 상황을 점검했다. 시체 수색에 동원되었던 마을 어선들까지도 뱃삯을 남김없이 치렀고, 심지어는 이장과 마을 사람들에게 '심려를 끼쳐 드린 데 대한 사례금'도 내놓았다.

　한 전무는 남편의 죽음에 대해서 눈물을 흘리지 않는 대신 돈으로 모든 보상을 하겠다는 듯한 인상을 받고 처음에는 재명에 대해 조금쯤은 못마땅한 기분이 잠시 들기도 했지만, 그러면서도 이상하게 그녀가 흘리지 않은 눈물에 대해서 트집을 잡고 싶은 마음이 내키지를 않았다. 다른 모든 면에서 저렇게 빈 틈이 없는 여자라면 남편의 죽음을 슬퍼하지 않아도 될 만한 이유 또한 빈 틈 없이 준비되어 있으리라는 묘한 어림짐작 때문이었다.

그리고 어쩌면 재명이 나쁜 여자라고 세뇌공작을 벌이듯 되풀이해서 강조하던 서 사장의 일방적인 주장만 들어왔던 터라, 어딘가는 그녀에게도 인간다운 다른 면이 분명히 숨겨져 있으리라는 막연한 기대가 자기도 모르게 자꾸만 머리를 들려고 했는지도 모를 일이었다.

어쨌든 서 사장 못지않게 부인 재명도 완전주의자 같았고, 어쩌면 서 사장보다 오히려 재명이 더 완전주의자인지도 모르겠다는 짐작까지 갔으며, 저토록 완벽한 아내와 한 집에서 사느라고 서 사장이 답답한 압박감과 열등감에 무척 시달렸을지도 모르겠다고 한 전무는 줄지어 생각했다.

마치 서울에서 내려오는 동안 무슨 일부터 어떻게 처리해야 할지 곰곰이 계획을 세워 놓고는 몇 차례 차근차근 머리 속에서 예행 연습까지 거치기라도 한 듯 모든 사무를 탁월한 능력으로 처리하는 재명을 지켜보면서, 그렇게 분주하고 정신이 없는 사이에도 초소장까지 찾아가 인사를 하던 그녀를 보고 한 전무는 지극히 훈련이 잘 된 여성 외교관을 연상했으며, 나중에 분비물을 닦아 낼 수건을 미리 준비해 차곡차곡 머리맡에 접어 놓은 다음에야 성관계라는 행사에 임했다는 아내에 대해 서 사장이 느꼈음 직한 부담을 한 전무는 아직 닭고기가 한 점도 들어가지 않은 위장에서 벌써부터 느꼈다.

재명은 남편의 정부(情婦)인 수미에 대한 처신에서도 역시 빈 틈이 없었다. 호찬이 내려와 있던 동안은 물론이요, 오늘 오후까지도 그녀는 수미와 자신의 난처한 관계를 마을 사람들에게 노출시킬 만한 언동을 전혀 드러내지 않았다. 호찬이 마당바위에서 수미를 가리키며 누구냐고 물었을 때 한 전무가 내 여자라는 거짓말을 한 순간 아마도 그녀는 수미의 정체를 이장은 물론이요 마을 사람들이 아무도 모른다는 귀띔을 제대로 받은 모양이었고, 그래서 마지막 순간까지 수미에 대한 비밀을 절대로 자신의 입으로는 털어놓지 않을 터였다. 그것은 자신의 체면과 명예를 지키기 위한 계산에 따른 판단이었다.

그와는 달리 수미는 여수경찰서에서 조사를 받고 서울로 올라가다가 새벽차로 다시 내려오는 동안 재명을 만난 다음에 벌어질 갖가지 상황에 대해서 마음의 준비를 단단히 했겠지만, 막상 두 여자가 얼굴이 마주치자 마음이 흔들려 어쩔 바를 모르겠는 눈치였다. 그들이 처한 예사롭지 않은 입장에 대해서 수미는 재명만큼 노련하게 대처할 능력이 모자랐던 것이 분명했다.

예상했던 대로 차라리 재명이 노골적이고 격렬한 감정 표현을 했다면 수미는 그에 대응해서 적절히, 어쩌면 필사적으로 자신을 보호하고 나름대로의 권리를 주장하기 위해 반항적인 처신이라도 했으리라. 그러나 재명은 한 전무까지 셋이서 함께 한 자리에서는 물론이요, 단둘이만 남았을 때도 수미에게 전혀 아무런 내색을 하지 않았다. 여태까지 그들 사이에서 얽혀온 과거에 대한 언급을 한 마디도 하지 않은 것은 물론이요, 이제 막다른 골목으로 들어선 상황의 마무리를 어떻게 지어야 좋을지 지금쯤은 분명히 마음 속으로 태도를 정했음직도 한데, 재명은 무엇을 어떻게 하려는지 무엇 하나 절대로 표정에 드러내지를 않았다.

인연도 없는 섬사람들 앞에서 난장판을 벌여 스스로 꼴불견 노릇을 할 여자는 아니었지만 그래도 언젠가는 수미에게 맺힌 한을 말이나 행동으로 틀림없이 표현할 텐데, 시치미를 떼면서 재명이 공격을 미루는 바람에 수미는 시간이 흐를수록 점점 더 긴장하는 눈치였다. 긴장감은 수미의 피로를 가중시키는 듯싶었고, 한 전무는 혹시 서 사장의 부인이 수미에게 의도적으로 정신적인 고문을 가하고 있지나 않은지 궁금한 추측도 들었다. 그리고 고문의 효과는 곧 나타났다. 지극히 초연하고 사무적이고 객관적인 재명에게 압도당한 수미는 자기도 모르게 점점 불안감을 표면으로 드러냈고, 주체하지 못하던 눈물과 울음도 이제는 주눅이 들어서인지 의식적으로 자제하기 시작했다.

재명이 노린 의도가 그것이었는지 어쩐지는 모르겠지만 수미는 재명 앞에서 자신은 어쩔 수 없이 두 번째 여자라는 사실을 스스로 인정하는 태도를 어느덧 취하게 되었다. 그리고는 안전한 거리를 유지하며, 경계하며, 수미는 언제 어떻게 시작될지 모르는 첫 번째 여자의 공격을 초조히 기다렸다.

마을로 넘어가면서 한 전무는 오늘 저녁식사도 서 사장 부인이 분명히 어떤 계산에 의해서 마련한 자리이리라고 짐작했으며, 수미처럼 긴장하지는 않았더라도 어쨌든 재명과 이제부터 나누게 될 대화의 내용이 무엇이 될지 궁금해진 나머지 별로 마음이 편하지가 않았고, 그래서 아무래도 서 사장 부인이 준비했다는 영계백숙을 먹고 나면 틀림없이 체하리라고 생각했다.

●　　●　　●

한 전무가 이장을 따라 해녀의 집 마당으로 들어서자 문간방에서 기다리던 서 사장 부인은 얼른 밖으로 나오면서 별로 차린 것도 없이 이렇게 넘어오라고 해서 미안하다는 말부터 몇 차례 연거푸 했다.

이장을 보내고 방으로 들어가 상을 보니 초라한 차림이기는 했다. 하지만 인구라고 해야 겨우 23명에다가 가끔 찾아오는 낚시꾼을 상대하는 구멍가게가 하나뿐이고 식수조차 귀한 평도에서는 지저분한 냄비에 담아 내놓은 백숙한 암탉과 보리막걸리와 구운 볼락어 두 마리를 얹은 밥상이라면 진수성찬이었다.

마주 앉아 식사를 시작하면서 부인은 지저분하게 때가 낀 밥상과 짝이 맞지 않아 키가 다른 젓가락과 이곳 오두막들처럼 허름한 그릇에 대해서도 몇 차례 미안하다는 말을 했다. 서울에서 가지고 내려온 것도 아니고

126

늙은 해녀가 혼자 살며 사용하는 부엌살림이니 오죽하겠건마는 재명은 마치 그런 누추함이 자신의 탓이기라도 한 듯 자꾸만 사과했고, 한 전무는 그런 데까지 신경을 쓰지 않아도 될 텐데 하는 마음이 들었다.

재명은 방안의 음침한 풍경에 대해서도 사과했다. 방안 조명은 알전구 하나뿐이어서 침침했고, 벽에 걸린 잠수복과 수경 따위가 거무죽죽 초라했다. 문간에는 해녀가 어디에선가 찾아낸 낡은 놋요강을 들여놓았다. 대처에서 들어온 여자 손님이 밤에 바깥 어둠이 무서워 측간을 다녀오기가 어려울 듯싶어 해녀 할머니가 마음을 써서 일부러 들여놓은 것이라서, 차마 물리치기가 내키지 않아 바깥에 내놓지 못한 요강에 대해서까지 재명이 미안하다고 사과하자 한 전무는 너무 열심히 예의를 차리는 이 여자의 말과 행동을 어디까지 진심으로 받아들이고 어디서부터는 형식적인 인사치레인지 또다시 갈피를 잃었다.

그리고 초라한 진수성찬과 지저분한 그릇과 음침한 방에 대해서 한꺼번에 모든 보상을 하려는 듯 재명 자신은 대조적으로 말끔하고도 아름다운 모습이었다. 상복이라기보다는 바닷가를 하릴없이 산책하기에나 훨씬 잘 어울릴 까만 티셔츠와 청바지 차림인 그녀는 밤인데도 화장이 전혀 흐트러지지를 않았고, 부풀린 앞머리를 방금 손질해 다시 올린 모양이었으며, 마스카라는 붙이지 않았지만 곱게 다듬어 그린 눈썹과 까만 속눈썹에는 연필을 댄 흔적이 보였다. 은빛 립스틱을 바른 입술과 뺨의 피부에는 윤기가 돌고 코는 성형수술을 하지 않았는데도 완벽한 직선이었으며, 가슴은 지적으로 빈약했다.

필요하다면 언제라도 미소를 지을 준비가 갖추어진 재명을 보고 한 전무는 호텔 레스토랑의 요리와 같은 여자라고 생각했다. 마치 평생 고객만 접대해서 세련된 듯한 몸가짐으로 그녀는 지금도 완벽한 '손님 접대'에 임했고, 매니큐어를 칠한 손가락을 날치의 지느러미처럼 곧게 펴고 엄지와 검지만으로 닭을 뜯어 헌 접시에 산뜻한 솜씨로 담아 놓으며 그녀가 하는

말 역시 보기는 좋아도 맛이 별로 없는 호텔 음식 같아서 듣기에는 좋았지
만 접대용 발언처럼 맛과 끈기가 없었다.

"남편 때문에 여러 가지로 애를 써 주신 것도 모두 그렇지만, 서호찬 씨
한테 수미가 한 전무님의 여자라고 거짓말을 해 주신 게 뭣보다도 고마웠
어요." 재명의 접대용 발언이 계속되었다.

한 전무는 거짓말을 하고도 고맙다는 말을 들으니 우습다고 말했다.

"때로는 진실보다 거짓이 훨씬 값지기도 하니까요." 재명이 얼른 되받아
말했다. "수미가 누구인지를 시숙이 알았다면 한바탕 난리가 벌어졌을 거
예요. 벌써 헤어진 줄 알았더니 남자 하나 신세 망치려고 악착같이 쫓아다
니다가 결국 여기까지 끌고 와서 사람을 죽였다고 아마 젊은 여자를 잡아
패고 난리를 피웠겠죠 아주버님은 전에도 수미가 재산을 노리고 남편을
놓아 주지 않는다는 말을 자주 했었으니까요 그리고 계집질하다가 잘 죽
었다느니 뭐니 해 가면서 남편 욕도 거침없이 했을 거예요 어쨌든 죽은
사람 시신도 건지지 못한 판에 섬사람들 앞에서 제가 부끄러운 꼴을 당하
지 않도록 거짓말을 해 주신 거 정말 고마워요"

●　　●　　●

중대한 문제가 발생하여 담판을 벌이는 사람들이 걸핏하면 정작 중요한
말은 다 빼놓고 핵심을 피해 가면서 쓸데없는 얘기부터 변죽만 잔뜩 울리
며 기회를 노리고 눈치를 살피듯 한 전무와 서 사장 부인은 식사를 하면서
쓸데없는 잡담만 한참 동안 계속했다. 부인은 한 전무에게 요즈음에는 밧
데리집이 골목마다 생겨나 자동차 공업사를 운영하기가 힘들지 않느냐고
물었다. 한 전무는 IMF니 뭐니 요즈음 같은 불황에 되는 장사가 무엇이 있
겠느냐면서 백화점 경영은 어떠냐고 되물었다. 재명은 빈번한 세일에 비싼
수입품 판매에만 눈독을 들인다고 사람들의 눈총을 받는 일이 퍽 부담스

럽다면서, 슬쩍 화제를 돌려 남편처럼 섬에서 갯바위 낚시를 하다가 사고를 당하는 사람이 많으냐고 물었다. 한 전무는 갯바위가 워낙 위험해서 사고가 많고, 푸렝이섬에서 해마다 사고를 만나기로 유명하던 울산 오씨가 결국 파도에 휩쓸려 들어가 목숨을 잃었던 사건을 얘기해 주었다. 그렇게 위험한 낚시를 왜 하느냐고 재명이 묻자 한 전무는 지하철을 타는 것도 위험하기는 마찬가지라면서 작년 녹번 전철역에서 공업사 직원 하나가 지하철을 기다리다가 술 취한 사람이 장난삼아 떠밀어 전동차에 치어 죽은 얘기를 했다.

그리고는 조금씩 그들은 서구찬 사장에 대한 얘기로 접근했다.

재명은 바다에서 빠져 죽은 사람의 시신이 그녀의 남편처럼 이렇게 오랫동안 떠오르지 않는 경우가 많으냐고 물었다.

한 전무는 푸렝이섬에서 목숨을 잃은 울산 오씨도 시신이 끝내 떠오르지 않아 장례도 제대로 치르지 못했다고 말했다.

그러면 시신이 영원히 떠오르지 않을지도 모르는데 언제까지 기다려야 하느냐고 재명이 물었다.

물론 잠수부들도 포기를 하고 결국 내일 철수하기로 했지만, 그래도 한 주일은 기다려 봐야 되지 않겠느냐고 한 전무가 말했다. 한 전무는 일기예보를 보니까 태평양에서 고기압이 발달하는 중이라고 했는데, 태풍이 올라오기 전에 인양 작업을 마무리지었으면 좋겠다는 말도 했다.

후추를 친 깨소금에 닭고기를 찍어 먹고 보리막걸리로 입가심을 하면서 한 전무는 재명과 나누는 대화가 물에 뜬 기름 같다는 기분을 자꾸만 새삼스럽게 느꼈고, 남편에게 얘기를 많이 들었다면서 나를 잘 아는 체하지만 사실은 몇 차례 서 사장과 낚시를 동행했다는 것말고는 전혀 아는 바가 없다는 인상도 받았다. 그러면서도 그녀는 미아리 점쟁이처럼 상대방을 유도하여 정보를 끌어내는 감각이 대단히 발달해서 낯선 사람과의 첫 진지한 대화에 전혀 불편함을 느끼지 않았고, 그래서 한 전무는 그녀가 얘기하는 진실도 잘 새겨들으면 진실처럼 들리지를 않았고, 그녀가 무엇을 좋아한다고 말하더라도 정말로 좋아서 하는 소리인지 아니면 겉으로만 그러는지도 판단하기가 힘들었고, 가슴이 아니라 머리와 입으로만 말을 하는 그녀를 내가 좋아해야 하는지 아니면 경계해야 하는지조차도 판단이 서지를 않을 정도였다.

재명은 어느 정도 비위에 거슬리는 말을 어쩌다 실수로 누가 그녀에게 하더라도 아무렇지 않은 듯 미소로 받아넘길 만큼 전술적인 대화에 훈련이 잘 된 여자 같았고, 그래서 한 전무는 서 사장과 부인이 한 지붕 밑에서 살아오는 동안 마주 앉아 얘기를 나누는 자리를 가졌을 때 과연 서로 어느 만큼이나 진실을 주고받았을지 은근히 의문이 생겨났다. 아마도 그들 부부는 지금까지 한 얘기보다 무엇인가 불리한 결과를 가져올까 봐 하지 않고 묻어 둔 얘기가 더 많았으리라고 한 전무는 생각했다.

●　　●　　●

한 전무는 서 사장 부인의 감정을 자극하지 않으려고 조심하면서, 실수로 말이 헛나간 체하면서, 아까부터 정말 물어 보고 싶었던 핵심 질문 하나를 드디어 던져 보았다.

"제가 보기에 아주머니는 언행을 매우 조심하시는 것 같으면서도 남들이 사모님에 대해서 뭐라고 생각하든 별로 신경을 안 쓰는 것 같던데요"

"그게 무슨 얘기인가요?"

재떨이가 없어서 주전자 뚜껑에다 담뱃재를 털며 서 사장의 부인이 물었다. 막걸리 두 되째를 대작했으니 한 전무와 비슷하게 취했겠지만 그녀는 조금도 흐트러지지 않은 모습이었고, 말투도 여전히 단정했다.

"여기 도착하신 이후 아주머니가 우는 걸 한 번도 못 봐서요"

그녀는 동작을 멈추었다.

물 흐르듯 거침없던 그녀의 말솜씨도 주춤했다.

그리고는 한 전무의 질문이 의도하는 바가 무엇인지를 따지려는 듯 재명은 정색을 하고 그를 빤히 쳐다보았다.

지나칠 정도로 노출된 그녀의 갑작스러운 반응에 조금 당황하기는 했지만 한 전무로서는 이제 와서 물러날 수도 없는 노릇이었다. 그래서 무심결에 나온 얘기라는 인상을 주기 위해 차라리 그냥 밀고 나가기로 했다. 그러는 쪽이 재명에게도 오히려 편하리라는 판단에서였다. 그녀의 세련된 대화 구사력으로는 이런 궁지에서 벗어나기란 간단한 일이라고 믿기 때문이었다.

"남편이 세상을 떠났는데 아내가 그렇게 눈물 한 방울 보이지 않는다는 것은 보통 사람들이 보기에는 아무래도 좀 심하다고 여겨질 것 같아서 하는 얘기예요." 한 전무가 말했다. "지극히 상식적인 사고방식을 가진 이곳 섬사람들이나 이장 영감이 어떻게 생각할지 나로서도 좀 민망하더군요."

마땅히 할 말이 얼른 생각나지를 않아서인지 재명은 무엇인가 부지런히 생각하면서 막걸리 주전자를 집어들었다.

막걸리를 받으려고 주발을 내밀며 한 전무가 덧붙여 말했다. "억지로라도 조금이나마 슬퍼하는 척했더라면 보기엔 훨씬 좋았을 텐데, 남들이 뭐라고 그러든 별로 개의치 않으시는 모양예요."

한 전무의 잔에 막걸리가 가득 차도록 따라 주면서 재명은 침묵을 지켰고, 무엇인가 한참 생각을 했고, 그리고는 주전자를 방바닥에 천천히 내려놓은 다음 한 전무의 두 눈을 도전적으로 쳐다보며 말했다.

"하지만 억지로도 눈물이 나오질 않는걸요" 재명이 담담하게 대답했다.

그것은 반항적인 항변이 아니었다.

변명은 더더욱 아니었다.

그것은 그냥 단순하고도 정확한 진술일 따름이었다.

그것은 접대용 발언도 아니요 전술적인 화술도 아니었으며, 예의를 갖추기 위한 겉치레는 더더욱 아니었고, 그것은 수비를 겸한 공격 태세를 취한 부르주아적인 솔직함이었다.

이번에는 한 전무가 얼른 대답할 말이 없어서 침묵을 지켰다.

한 전무에게서 반응이 없자 그녀는 자신의 말이 너무 심하지 않았나 해서인지 그를 힐끗 쳐다보고는 설명을 덧붙였다.

"남편의 죽음에 대해서 내가 슬픔을 느끼지 않는다는 말이 아마 잘 이해가 안 가시는 모양인데, 어쨌든 그건 나의 솔직한 심정예요." 재명이 다시 담배에 불을 붙여 물면서 말했다. "그리고 남편의 죽음이 슬프게 여겨지지 않는다는 걸 내 탓으로만 돌리지는 마세요. 그건 불공평한 처사이니까요."

어떻게 들으면 참으로 인정머리 없는 소리였지만 한 전무는 어쩐 일인지 서 사장의 죽음이 조금도 슬프지 않다는 그녀의 마음이 이해가 갈 것만 같았다.

"아마도 죽음의 현장에 내가 없었기 때문에 더욱 그런지도 모르죠." 슬프지 않은 미망인의 추가 설명이었다. "남편이 죽었다는 사실이 아직은 전혀 실감이 나지를 않으니까요."

한 전무가 막걸리를 들이켰다. 그가 이런 난처한 순간에 할 수 있는 가장 편한 행동이 그것이기 때문이었다.

"그리고 슬픔을 느끼기엔 내가 남편에게 지금까지 너무 시달리고 지쳤는지도 모르겠어요." 담배를 한 모금 빨고 나서 그녀가 말했다. "왜 그런 말 있죠? 부모가 3 년을 앓으면 효자가 없다는 얘기요. 그래요. 난 거의 10 년 동안이나 남편 때문에 정신적으로 계속 시달려 왔고, 그래서 그의 죽음이 솔직히 얘기하면 기나긴 고통 끝의 해방이랄까, 축복이라고까지 느껴져요."

한 전무가 막걸리 주발을 소반에 내려놓았다.

"살아 있는 동안 나한테 그토록 많은 고통을 주었던 남자에 대해서 난 그의 죽음을 슬퍼해야 할 아무런 의무가 없다고 생각해요." 재명은 남의 얘기를 하듯 지극히 평온한 목소리로 말했다.

"그래도 부부간이잖아요." 한 전무가 말했다.

"부부요?" 무엇인가 계산을 해 보려는 듯 발을 내린 문 앞에 피워 놓은 모기향을 멍하니 내려다보면서 재명이 말했다.

한 전무는 볼락구이를 한 젓가락 입으로 가져갔다. 그리고는 말없이 기다렸다.

"우린 부부가 아니었어요." 서 사장 부인이 말했다. "서구찬 씨는 나에게 전혀 남편으로서 존재하지를 않았으니까요."

·   ·   ·

"남편의 망가진 삶에 대한 해답을 나한테서 찾으려고 그러지 마세요." 새 담배에 불을 붙여 물면서 재명이 말했다. "그건 나에겐 너무나 부당하고도 억울한 일이니까요."

무슨 사연 때문인지 혼자 흘러 들어와 빈 집을 얻어 이 집에서 사는 늙은 해녀가 안방 불을 끄고 잠든 지도 한참 되어 10시가 넘었지만 재명의 얘기는 끝날 줄을 몰랐다. '가정 파탄' 때문에 배웠다는 줄담배를 피우며 재명은 술기운에 말이 조금 헤퍼지기는 했어도 몸가짐은 여전히 흐트러지지 않은 채로 죽은 남편과 그녀의 삶에 대한 회상을 계속했다.

"남편은 인간의 삶이란 인생 자체를 초월하고 능가하는 무엇이 더 있어야만 한다고 늘 상상했어요." 재명이 말했다. 그것은 한 전무가 서 사장 자신에게서 자주 얘기를 들었고 수미에게서도 이미 여러 차례 확인해서 이미 잘 아는 그런 내용이었다. "현재의 인생조차도 제대로 충족시키지 못하면서 그 이상의 꿈을 찾아내려고 했으니 남편의 삶이 얼마나 고달팠겠어요?"

이제는 배도 부를 만큼 불러 닭백숙은 손도 대지 않고 볼락구이와 생미

역을 안주로 삼아 보리막걸리를 마시며 한 전무는 졸음이 오기 시작했지만 그래도 열심히 죽은 자에 관한 얘기에 귀를 기울였다. 남편에 관한 그녀의 관점에 대해서 재명이 무엇인가 한 전무로부터 공감과 동의를 구하고 싶어 하는 것 같아서였고, 한 전무는 어떤 형태로든 그녀의 정신적인 요구를 채워 주는 시늉이라도 해야 된다는 막연한 책임감을 느꼈기 때문이었다.

"그의 삶에는 어느 구석을 봐도 예리한 날이 전혀 하나도 서지를 않았더랬어요." 남편이 제3자라는 듯 3인칭을 써가며 재명은 서 사장에 대해서 남의 얘기처럼 설명을 계속했는데, 그것은 아마도 남편이 이미 오래 전부터 남이었음을 암시하려는 의도가 담겼는지도 모를 일이었다. "그의 인생은 어떤 극적인 기승전결도 없는 그런 삶이었으니까요. 그리고 그는 아무런 극적인 요소도 없는 자신의 삶에서 감동을 찾으려 했고, 그것을 찾지 못하자 스스로 좌절해 버린 거예요"

재명이 무엇인가 한 전무로부터 공감과 동의를 구하고 싶어했던 까닭은 그녀가 한 전무에 대해서 경계심을 전혀 느끼지 않았고, 오히려 어떤 동지의식을 발견했기 때문인 듯싶었다. 한 전무가 재명을 상대로 그랬듯이 그녀 또한 한 전무를 계속 가늠했었음이 틀림없을 텐데, 어느 순간에인가 그녀는 눈에 보이지 않는 더듬이를 그의 마음 속으로 찔러 넣어 한 전무가 그녀의 적이 아니라 동지가 될 가능성이 있음을 탐지한 것이 분명했다.

그녀는 첫 주전자의 막걸리가 거의 바닥이 날 무렵에 이미 한 전무가 죽은 남편을 위해 눈물을 흘리지 않았던 그녀에 대해서 도덕적인 우월감을 느끼는 그런 평범한 사고방식의 소유자가 아님을 눈치챈 모양이었다. 상대방이 그녀의 냉정함을 미워하려는 상식적인 충동에 휘말리지 않았음을 확인한 그녀는 남편의 죽음에 대해서 자신도 모르게 저항한다는 사실을 시인하기가 조금도 거북하지 않은 듯싶었다. 그렇기 때문에 왜 남들 앞에서 모양새나마 갖추도록 악어 눈물이라도 흘리지 않았느냐고 한 전무가 단도직입적으로 물었을 때는 그것이 비난을 위한 질문이 아니라 공동의 마당을 마련하려는 탐색의 신호로 받아들였다. 그래서 그녀는 타인의 언어와 행동을 해석한답시고 서투르게 왜곡하지 않고 그냥 받아들이는 상대에게라면 솔직한 의사를 제대로 전달하기가 쉽다는 말도 했고, 가장 단순한 사람이 가장 완벽하기 때문에 솔직한 질문에는 솔직한 대답이 최선이라는 알아듣기 힘든 얘기도 했다.

"인생에서 있는 것은 못 보고 없는 것만 자꾸 찾으려다가 길을 잃고는 했던 셈이죠." 그녀는 남편이 살아온 과정을 이렇게 설명했다. "그렇게 엉뚱한 곳에서 엉뚱한 대상만 찾아 다니던 모양이 때로는 도피처럼 보였던 것도 사실이고요. 뭐랄까요. 남편은 자신에게 쫓겨 평생을 도망 다닌 남자였어요."

서 사장 부인은 남편이 자신으로부터 도망을 치느라고 망가뜨린 남편의 삶에 대한 책임을 내가 져야 한다면 그것은 나에게는 너무나 부당하고도 억울한 일이라고, 인생이란 어차피 자신의 것이어서 자신이 책임을 져야 하니까 그녀를 탓해서는 안 된다고 한 전무를 납득시키려고 했다. 남편의 고통과 고민은 남편 자신이 상상해 낸 착각이었지 재명 그녀가 제공한 현실은 아니기 때문이었다.

"남편하고 나는 처음부터 잘 어울리지를 않는 부부였다는 생각이 들어요." 재명이 말했다. "좀더 정확히 표현하자면 이 세상에는 남편하고 어울려 부부로 살아갈 만큼 완벽한 상상 속의 여자는 아예 존재하지를 않았죠."

대학에서 합창반에 들어 같이 노래를 부르고, 그리고는 다른 학생들의 눈을 피해 둘이서 몰래 만나고, 남들처럼 연애편지도 주고받으며 사랑하던 시절에는 1년 선배였던 구찬이 일종의 완전주의자라는 사실을 재명은 대단한 매력이요 미덕이라고 생각했었다. 시간이나 약속을 철두철미하게 잘 지키고, 무슨 일을 해도 끝마무리까지 빈 틈이 없었던 구찬은 마치 그리스의 조각품처럼 여겨졌다. 사랑의 편지도 그는 완벽하게 써서, 한 줄 한 줄의 시적인 표현은 낭만적인 꿈속에서 살아가는 분위기를 늘 담고 그녀를 찾아오고는 했다. 구찬은 그녀를 안개 속의 신비한 여인이라고 표현했는데, 재명은 자신에게 그런 황홀한 명칭이 주어지면 몸이 저릴 만큼 행복했다. 하지만 구찬이 그녀를 안개 속의 신비한 여인처럼 상상한 것이 아니라 정말로 안개 속의 신비한 여인이라고 믿었다는 사실이 얼마나 끔찍한 미래를 다져 나가고 있었는지를 그녀는 전혀 알지 못했다.

"가장 순수하고 낭만적인 사랑을 추구하던 그가 내 눈에는 모든 구석구석 아름답게만 보였던 거예요." 재명이 말했다. "내가 그와 더불어 그런 순수하고 낭만적인 사랑에 참여한다는 현실이 나로서도 꿈만 같았어요. 하지만 그가 상상하고 원하던 사랑을 나도 역시 해줘야 한다는 부담이 바로 나의 몫이라는 현실을 나는 미처 몰랐죠. 지고한 아름다움을 추구하던 그가 존경스럽고 신비하기까지 했지만, 그런 아름다움을—그가 원하던 아름다움을 나 자신이 완벽하게 갖춰야 한다는 무서운 현실의 부담도 난 몰랐고요. 하기야 그때는 그의 우유부단함이 신중함이라는 미덕으로만 보이고, 그의 도피적인 사고방식까지도 피안을 찾으려는 환상적인 방황으로만 오해했던 나였으니까요."

구찬이 재명에게 실망하기 시작한 것은 결혼한 지 한 주일도 안 되어서였다. 아니, 바로 첫날밤부터였다고 그녀는 말했다.

그들은 구찬이 이상적이라고 생각했던 대로 두 사람 다 서로 첫사랑이었고, 신혼여행에서 처음으로 성을 함께 경험하게 되었다는 아름다운 사실에 대단한 의미를 부여했다. 그리고 시작부터 모든 면에서 남편에게 만족을 주고 싶었던 재명은 초야의 예식을 위해서 『완전한 부부』 따위의 책을 사다가 성감대니 뭐니 나름대로 미리 공부까지 하고 정신적인 결혼과 육체적인 결혼에 다같이 대비를 했고, 그리고는 환희와 희열의 순간을 기다렸다.

그러나 정작 첫 번째 행위가 닥치니까 모든 것이 너무 빨리 끝나 버려서 당황하고 말았다. 상대방에게 기쁨을 줘야 한다는 의무감에서 어색하게 음탕한 몸짓을 흉내내기까지 했지만, 동물 노릇을 하려니까 자기도 모르게 당황해서 정신도 없었고, 어색하고, 창피하기도 하고, 그 동안의 모든 준비는 시도조차 제대로 못 한 사이에 행위가 순식간에 끝나고 나니 그냥 혼란스럽기만 했다. 그리고 솔직히 좀 지저분하다는 생각도 들었다.

"내가 뭘 잘못했는지는 정확히 모르겠지만, 어쨌든 우리들의 첫 성행위에 대한 실망은 나보다도 남편 쪽이 훨씬 더 심했던 게 분명해요" 재명이 말했다. "아마도 그것은 너무나 빨리 끝난 이유가 남자의 책임이었기 때문인지도 모르죠. 어쨌든 이게 아닌데 하고 어색하게 생각하는 눈치가 침대에 나란히 누운 우리 두 사람 사이를 싸늘하게 파고드는 걸 난 피부로 의식했어요. 그리고 피곤해서 잠이 들었다. 자정이 넘어 어쩐지 옆이 썰렁하다는 기분이 들길래 눈을 떠봤더니 구찬 씨가 어둠 속에서 창가에 앉아 바다를 내려다보며 담배를 피우고 있었어요. 무엇인가 아주 깊은 생각을 하면서요. 잠든 체하며 내가 한참 눈치를 살폈더니 남편은 긴 한숨까지 쉬더군요"

성에 대한 실망과 환멸은 서 사장 스스로 언젠가 이미 한 전무에게 고백했던 바였다. 그리고는 이어서 아내의 미운 구석을 서 사장이 하나씩 차례로 발견하는 과정이 뒤따랐다. 구찬은 아내가 지성과 음탕함과 발랄함과 품위와 모든 것을 한꺼번에 갖추어 지녔기를 바랐다. 그는 세상의 모든 여자가 저마다 하나씩 갖춘 좋은 면을 그의 아내 한 사람이 몽땅 다 갖추지 않았기 때문에 실망했다. 구찬의 그런 부당하고도 가혹한 실망감에 대해서도 한 전무는 서 사장을 처음 만나 추자도 푸랭이섬으로 낚시를 같이 들어갔을 때 이미 얘기를 들어 환히 알았던 터였다.

"남편은 관념만 가지고 희롱하며 살아갔지 현실에 대한 감각은 별로 없는 남자였어요" 재명이 말했다. "그래서 내가 겪어야 했던 고통은 엄청난 불편함 정도에서 끝나는 게 아니었죠. 난 남편의 앞에서는 관념적으로만 존재해야 했고, 서서히 형이상학적인 인형이 되어 버렸으니까요"

한 전무는 그녀가 쓰는 표현이 너무 어려워서 알아듣기가 힘들다는 말을 완곡하게 전했다.

"난 결혼 후 처음 몇 달 동안 남편이 보는 앞에선 화장실에도 갈 수가 없었어요." 재명이 쉬운 예를 들어 설명했다. "집에서는 편한 옷도 입지 못했고요. 모든 순간에 나는 완전한 모습이었어야 했기 때문이죠."

그리고는 갑자기 무슨 생각이 났는지 그녀는 감정이 북받치는 듯 입을 다물어 버렸다.

한 전무는 그녀가 왜 순식간에 자제력을 잃었는지 알 길이 없었고, 이런 경우에 자신이 어떤 반응을 보여야 되는지도 모르겠어서 그냥 속수무책으로 침묵을 지켰다.

재명은 손에 든 담배에서 피어오르는 연기를 잠시 말없이 응시하며 격앙된 감정을 억제하느라고 속으로 숫자를 헤아리거나 무슨 그런 비슷한 방법으로 마음을 돌리는 눈치였다. 참으로 자제력이 대단한 여자인 모양이라고 한 전무는 다시 한 번 생각했다.

"하지만 여자가 완벽하지 못하다고 해서 결혼까지 한 남편이 그렇게 막 함부로 미워해도 되는 걸까요?" 다시 그녀의 감정을 숨기기에 충분할 만큼 차분해진 목소리로 재명이 말했다.

그제서야 한 전무는 불현듯 그녀에 대한 의심이 들기 시작했다. 남편이 죽었는데도 재명이 지금까지 전혀 슬픈 내색을 하지 않았던 것은 혹시 치밀한 자제력으로 이루어진 연극이었는지도 모르겠어서였다. 여자의 마음이란 본디 읽기가 어려운데, 남들 앞에서 처신하는 훈련이 재명처럼 잘 된 여자라면 얼굴만 읽어서는 마음 속에서 어떤 감정이 움직이는지 도저히 알 길이 없었다. 어쩌면 그녀는 겉으로 태연히 웃고 있으면 그녀의 마음 속 아픔을 세상이 보지 못하리라고 믿었는지도 모른다. 그래서 그녀가 다른 여자에게 남편을 빼앗긴 패배자라는 사실을 자존심이 인정하고 싶지 않아서 그런 남편은 죽어도 슬퍼할 가치가 없다는 표정의 가면을 쓰고 연극을 했는지도 모를 일이었다. 수미와 그녀 가운데 누가 참된 최후의 승리자인지를 한 전무에게서 확인받고 싶어서 재명은 가면을 쓴 채로 이렇게 열심히 증언을 계속하는 것일까?

"완벽하지 못하다고 해서 그것이 그렇게 큰 죄가 되나요?" 아까처럼 차분한 표정까지 되찾은 다음 재명이 되풀이해서 말했다. 가면의 갈라진 틈으로 숨겨진 표정을 엿볼 수 있을지도 모르겠다는 한 전무의 기대를 지우고 그녀는 재빨리 자세를 바로잡았다. "내가 완벽한 여자이기를 바라기 전에 남편은 자신부터 완벽했어야죠 물론 첨엔 완벽한 남자 같았어요. 하지만 그것은 완벽성이 아니라 독선이었다는 사실을 난 곧 알게 되었어요 열등감에서 나온 자존심 같은 그런 거 있잖아요. 약점을 감추기 위해서 완전한 인간인 체하는 위선 말예요"

구찬이 아내에 대해서 실망했던 것 못지않게, 어쩌면 그보다 훨씬 더, 재명도 남편에 대해서 실망했노라고 말했다. 구찬에 대한 재명의 실망은 날이 갈수록 심해졌고, 그래서 그녀는 남편이 나를 무시해도 될 권리가 그에게 없다고 믿기 시작했다. 그것은 정말로 화가 나는 일이었다.

"남자만 꿈과 이상이 있고 여자에겐 그런 게 없던가요?" 재명이 한 전무에게, 그녀 자신에게, 그리고 온 세상에 대고 물었다. "남편이 아내에게서 바라는 바가 있듯이 아내에게도 당연히 남편에게서 바라는 바가 있지 않겠어요?"

그리고 재명은 말했다. "남편에게만 인생이 있고 아내에게는 인생이 없나요?"

그리고 재명은 말했다. "남자가 결혼 생활에 대해서 권태를 느낄 땐 여자도 당연히 마주 권태를 느끼는 거 아니던가요?"

그리고 재명은 말했다. "남자만 원하는 것이 있고 여자에겐 그런 것이 없다고 누가 그러던가요?"

그리고 재명은 말했다. "욕망과 소망은 남자에게만 있고 여자에겐 없던가요?"

그리고 재명은 말했다. "남자는 행복을 원하는데 여자는 불행을 원한다고 누가 그러던가요?”

그리고 재명은 말했다. “남자건 여자건 간에, 생동하는 인생과 사랑을 누가 싫어하겠어요?”

그리고 재명은 말했다. “행복하기를 원하지 않는 사람은 또 어디 있고요?”

● ● ●

재명은 자신이 사랑을 지키려고 별로 노력하지 않았다고 믿었다. 노력했더라도 소용이 없으리라는 생각에서였다.

그녀에게는 남편을 지킬 만한 능력이 없었다. 그녀 때문에 돌아선 남편이라면 돌려 세우기가 가능했겠지만, 혼자서 돌아선 남자를 어떻게 돌려 세운다는 말인가?

자존심 때문에도 재명은 사랑을 지키려는 노력을 포기했다. 잘못한 일도 없는 나를 싫다면서 돌아선 남자를 왜 내가 돌아오라고 빌면서 무릎을 꿇어야 하는가? 빌어야 할 사람은 오히려 나를 소홀히 했던 남편이 아닌가?

그녀는 이제 와서 손해를 보고 싶지가 않았다. 몸과 마음을 다 바쳐 결혼까지 한 남자가 신통한 이유조차 없이 나에게 냉담해진 마당에 왜 나는 어리석게 계속해서 그를 사랑해야 한다는 말인가?

그것은 어리석고 미련한 짓이었다. 그러니까 나도 내 앞가림은 해야 되겠다고 작정했다.

그녀로부터 멀어져 가던 남편을 처음에는 불안하고 슬픈 마음으로 안타깝게 눈치만 살피던 그녀는 이렇듯 자신도 차츰 그에게서 멀어지더니 나중에는 화가 나기 시작했다.

가까이 가기가 너무 피곤하고 힘들었던 남편을 그녀는 미워하기 시작했다.

나를 못마땅하게 생각하는 남편을 미워한다는 행위라면 지극히 자연스러운 반작용이어서 죄의식조차 느낄 필요가 없었다.

그리고 그녀는 그들 두 사람이 인생의 목적지에서 어느새 너무 멀리 벗어났고, 사랑의 정거장은 이미 저만치서 지나쳐 버렸다는 기분이 들었다.

인생과 사랑은 한번 금이 가면 자동차 부속처럼 새것으로 바꿔 가질 수가 없다는 진실도 재명은 터득했다. 사과가 썩기 시작하면 싱싱한 사과로 다시 만들기가 불가능하다는 것과 같은 이치였다. 낳은 아이는 아무리 미워도 다시 뱃속으로 집어넣을 수가 없는 것과도 같은 이치였다. 얼굴에 난 상처가 평생 지워지지 않듯이, 깨어진 조약돌은 아무리 강력한 접착제로 붙여도 다시 떨어지듯이, 사랑이란 유리와 같아서 금이 가면 다시 붙이기가 불가능했다.

세상에서 사랑처럼 어려운 일은 또 없으리라고 재명은 생각했다.

사랑이란 새 불을 지피기도 힘든데, 꺼진 불씨를 다시 키우기란 정말로 힘겨운 일이었다.

배가 고프면 더 춥듯이, 사랑이 꺼지자 그녀의 삶은 자꾸 추워지기만 했다.

좀처럼 햇빛이 들지 않는 그늘에서 희망을 찾기란 고달프기만 했다.

사랑받지 못하고 사랑하지도 못하는 정신적 황폐가 얼마나 괴로운지를 재명은 깨달았다.

혼자 앓는 고통은 삭막했다.

사랑이란 더러워지면 식기처럼 다시 닦아서 쓸 수가 없었고, 망가진 인생과 사랑은 수선해 주는 곳이 없었다.

사랑의 감정은 한번 죽은 다음 다시 살아날 기미가 보이지 않았다.

사랑이란 처음으로 돌아가 줄을 서서 기다리다가 다시 시작해도 좋은 그런 행사가 아니었다.

그토록 온갖 생각이 많은 남편이면서 왜 내 생각은 해 주지를 않는지 재명은 그것도 슬펐다.

처음에는 슬펐지만 시간이 흐르자 억울해졌다.

그리고는 화가 났다.

하소연을 해도 소용이 없을 터여서 그녀는 남편에게 황량하고 삭막하고 서러운 속마음을 털어놓지도 않았다. 소용없는 하소연이란 자존심만 그만큼 더 상하게 하는 일이기 때문이었다.

결혼 생활이란 한 사람이 잘못하면 잘못을 저지른 사람보다 상대방이 더 피해를 받게 마련이었다. 남편의 무관심과 냉담은 아내의 마음 속에서 증폭되어 슬픔이 분노로 변했다. 가장 가까운 사람에게 무시를 당하고 버림을 받는다는 일은 아픔을 넘어 보복의 욕구를 자극하는 상황이었다.

그래서 재명은 내가 당하는 이런 견디기 힘든 굴욕감과 좌절을 남편에게도 맛보게 하고 싶었다.

하지만 보복의 길이 보이지를 않았다.

그리고 냉담한 남편에게 고통과 회한을 갚아 줄 방법이 없다는 현실은 그녀로 하여금 더욱 화가 나게 만들었다.

보복의 욕구와 분노도 시간이 흐르면서 기운이 빠지고 지쳐서 저절로 수그러졌다.

그리고는 무기력의 세월이 왔다.

실패한 결혼 생활이란 가진 것은 모두 버리고 새로운 시작조차 할 길이 없는 영원한 형벌 같았었노라고 재명은 말했다.

새로 찾아갈 곳조차 없는 인생은 절망이 막아선 막다른 골목이었다.

무작정 남편을 따라가던 길에서 앞서가던 길잡이가 갑자기 사라지고, 뒤에 혼자 남은 그녀는 갈 곳조차 없어졌던 것이다.

아무런 성취감을 기대하지 못하며 버림을 받은 상태의 삶에서는 심장에서 물기가 바짝 마르듯 마음이 답답했고, 머리 속에는 죽은 생각만이 낙엽처럼 하나씩 둘씩 쌓여 갔다.

도대체 사랑과 인생이 무엇인지 방향 감각을 상실한 그녀는 산 채로 관

속에 누워 땅 속에 파묻힌 채로 살아가는 듯한 기분이었다고 했다.

정신적인 감각이 자꾸만 죽어 가고, 견딜 수 없는 좌절 속에서 밀어닥치는 권태와 절망은 죽음에 이르는 병이었다.

그리고는 결정적인 배반의 행위가 이루어졌다.

무관심과 좌절감으로 황폐해진 그들 두 사람의 정신적인 사막에 정수미라는 젊은 여자가 새싹처럼 돋아났던 것이다.

●　　●　　●

"남편이 바람을 피웠다고 해서 구석방으로 내몰아 버린 다음에 내가 밥상조차 차려 주지 않더라는 얘기까지 했단 말이죠?" 참으로 치사하고 기가 막히다는 듯 실망한 표정으로 재명이 말했다.

내가 말을 실수한 모양이라는 생각이 들기는 했지만, 사실이 그랬다면 못 할 말도 아니잖느냐고 생각하며 한 전무가 머리를 끄덕였다.

"그게 그렇게 서운했던 모양이로군요" 몸에 밴 자제력의 힘으로 차분한 목소리를 되찾은 재명이 말했다. "하기야 그는 늘 자신이 피해자라고 생각하며 살았으니까요"

그녀는 다시 남편을 지극히 냉정하고 객관적인 3인칭의 '그'라는 호칭으로 불렀다.

"그는 양심의 가책을 따르기에도 이미 늦은 시간이 되었지만, 어쨌든 여전히 타인을 탓하기에만 바빴던 거예요" 재명이 설명을 계속했다. "지존파나 막가파도 할 말은 있었듯이 말예요 도대체 내가 느꼈을 분노와 배반감은 생각도 하지 않고 그까짓 밥상에나 신경을 쓰던 남자에게서 내가 무엇을 바랐겠어요?"

재명은 삭막해진 그들 부부 사이에 수미가 등장한 다음 자신이 취한 어떤 행동에 대해서도 미안하거나 잘못했다고 변명할 필요나 이유가 그녀에게는 전혀 없다고 생각했다.

"남편의 책임과 의무와 도리를 제대로 지키지 않으려는 남편에게 밥상을 차려 주지 않으려는 저항이 범죄 행위를 구성하는지 어쩐지 그런 건 나로서는 따지고 싶지도 않아요." 재명이 새 담배를 피워 물면서 말했다. "나에게는 그것이 아주 자연스러운 행동이었으니까요. 그래요. 첨엔 너무 화가 나서 남편에게 밥상을 차려 주고 싶은 생각이 추호도 없었어요. 그런 상황에서 배반당한 아내가 남편의 수발을 든다는 건 노골적인 노예 생활을 상징하는 행위처럼 여겨졌으니까요."

배반을 당해 보지 않은 사람이라면 배반을 당한 심정이 어떤지를 모르리라고 재명은 말했다.

"수미의 존재가 표면화된 다음 나는 얼마 동안 이성을 잃었어요." 재명이 말했다. "무엇이 옳고 무엇은 그른지 상황을 판단할 능력조차 없어진 거예요. 나는 세상의 모든 것을 때려 부수고 싶은 심정이었고, 그것이 무슨 대단한 복수라도 되는 줄 알고 남편을 구석방으로 내몰고는 가족의 식탁에서도 추방했던 거예요. 여자가 똑같은 짓을 했다면 그날로 집에서 매맞고 쫓겨나는 것이 자연스러운 세상인데, 배반을 당한 아내가 남편을 식탁에서 추방하여 구석방으로 쫓아내는 건 지극히 당연한 일이 아닌가요? 그것이 뭐가 잘못인가요? 왜 남자에게는 칠거지악이 없어서, 당연한 일을 한 내가 악녀 취급을 받아야 하나요? 난 그것도 참으로 부당하다는 생각이 들어요."

그녀는 잠시 흥분을 가라앉히려는 듯 접시 위에 놓인 모기향을 물끄러미 쳐다보면서 짤막한 생각에 잠긴 다음 말을 이었다.

"나는 내 인생을 망쳐 놓은 데 대해서 그에게 보복을 하고 싶었어요. 그땐 정말이지 미워하는 일이 내 삶에서 그렇게 중요할 수가 없었으니까요. 나는 미움이 곧 복수라는 생각을 했고, 남편에 대한 나의 증오심과 경멸을 극도로 분명하게 표현함으로써 남들이 보는 앞에서 여봐란 듯 그에게 복수를 할 생각이었어요."

그리고는 백화점 경영에 발벗고 나서게 된 재명은 너무 바빠서 나중에는 남편 수발을 하고 싶어도 그럴 수가 없어졌다고 했다. 이모가 구해 준 입이 무거운 가정부가 들어와서 그녀 대신 집안을 꾸려 나갔고, 재명은 밥상을 차리는 따위의 하찮은 가사에 신경을 쓰지 않게 되었다. 보복을 하려는 욕구도 상대적으로 사그라지기 시작했다.

하지만 구찬은 심통을 부리는 못난 아이처럼 구석방과 식탁에 대해서 불만의 집념을 갖게 된 모양이었다. 원래 아침이라고 해야 빵 한 조각에 우유나 커피 한 잔이 고작이었으니 별로 '차림'의 의미가 없었고, 점심은 당연히 나가서 먹게 마련이었고, 저녁은 항상 수미한테 가서 먹고 오는 주제에 구찬으로서는 따지고 보면 밥상을 안 차려 준다는 불평을 할 입장이 아니었다.

• • •

"이런 설명까지 내가 해야 하다니 남편이 얼마나 유치한 남자였던가 하는 생각이 새삼스럽게 드는군요."

재명이 씁쓸하게 웃으며 말하고는 때문은 부채를 활랑활랑 얼굴에 부쳤다. 답답해서 하는 부채질은 그녀의 몸가짐이 아까보다는 훨씬 흐트러졌음을 보여 주었다. 그녀의 설명이 계속되었다.

"어쨌든 배반의 첫 충격은 미워하는 힘으로 얼마 동안 견디어 냈고, 그리고는 나 자신의 생활에 몰두하면서부터는 천천히 마음을 정리할 여유가 생기더군요."

재명이 가장 먼저 정리한 것은 수미라는 여자에 대한 태도였다. 단물이 다 빠지고 낡아 버린 헌 여자가 된 재명은 서구찬의 눈에 자신이 새 여자와 경쟁이 되지도 않으리라는 현실을 순순히 받아들이기로 했다. 그것은 시차의 문제이지 아무것도 아니었다. 수미와 재명은 순서만 바뀌었다면 저절로 입장도 바뀔 그런 위치였다. 더구나 나한테서 남편을 빼앗아 가기 위해 수미라는 여자가 온갖 재롱과 기술을 다 바치며 얼마나 잘해 줬겠느냐고, 그러니 남편을 증오하고 혐오하던 나는 점점 더 미워졌겠고, 구찬의 마음은 그만큼씩 더 당연히 저쪽으로 기울 수밖에 없으리라는 계산도 했다.

따지고 보면 수미에게는 구찬이 인생의 전부였다. 그러나 재명에게는 구찬의 위치가 그렇지를 못했다.

그리고 구찬에게는 재명과 수미 모두가 삶의 전부는 아니었었다고 한 전무는 생각했다.

"수미도 물론 완전한 여자는 아니었지만, 남편은 나하고의 부부 생활에서 저질렀던 시행착오를 그 여자한테는 되풀이하지 않으려고 조심을 했겠죠" 재명이 말했다. "만일 그가 수미한테 했던 것의 절반만이라도 나한테 공을 들였다면 우린 파탄을 맞지도 않았을 거예요 뭐랄까요, 그러니까 나는 아마도 그에게 일종의 실험용 흰쥐나 마찬가지였던 셈예요"

한 전무는 사고가 나기 전날 밤 서 사장에게서도 그런 얘기를 들었던 기억이 났다. 그것은 구찬과 재명 부부가 두 사람 다 알았으면서도 서로 털어놓지를 않았기 때문에 아마도 상대방이 알지 못했던 비밀과 진실로 끝까지 남았었는지도 모르는 사실이었다.

"그런데다가 나에게는 수미와 싸워야 할 목적 의식이 아예 없어졌어요" 재명이 말했다. "남편은 나에겐 되찾아 갖고 싶지 않은 불결한 남자가 되어 버렸으니까요 그리고 그를 포기하고 났더니 수미에 대한 미움도 어느 정도는 저절로 사라지더군요 따지고 보면 남편과 나의 삶에 금이 간 것은 수미가 나타나기 훨씬 전부터 시작된 일이었고, 수미도 자신이 저지른 잘못으로 결국 신세를 망쳤으니 벌은 충분히 받았다는 판단이 섰기 때문이었나 봐요"

분노와 증오가 때로는 인간에게 엄청난 생명력으로 작용한다는 묘한 진리를 재명이 깨달은 시기는 그녀가 삶에서 가장 큰 위기를 맞았던 때와 일치했다. 컴퓨터로 인간의 행동을 통제하는 획일적인 현대 사회에서는 정열이란 자칫 무분별한 정신병이라고 간주되기도 하지만, 남편과 다른 여자에 대한 증오는 재명이 스스로 해방을 찾는 원동력 노릇을 했다. 남편이 너무 실망시키는 바람에 인생이 겨우 이것뿐인가 좌절했던 재명은 가정 파탄을 잊기 위해 백화점 경영에 몰두하다가 어느덧 남편이나 결혼 생활의 테두리 밖에 그녀 모르게 존재했던 보다 큰 세계를 발견한 셈이었다.

새로운 삶의 의미와 삶의 새로운 의미를 찾은 그녀는 이제 분노와 미움의 힘이 없이도 살아가고 존재하는 길을 찾았고, 거기에 익숙해졌다. 그러자 그녀는 미움조차도 열등감의 한 가지 표현이기 때문에 자존심을 해치는 독소임을 깨우쳤다.

"나는 더 이상 증오의 미덕을 믿지 않게 되었던 것이죠" 재명이 말했다. "난 그런 치사한 일들은 생각하지 않고 살아가기로 했어요. 치사하고 부질없는 문제 때문에 나의 소중한 인생을 낭비하고 싶지는 않았으니까요. 시간이 흐르면 세상이 달라지고, 세상이 달라지면 가치관도 바뀌죠. 보세요"

재명은 그녀가 입은 청바지를 두 손가락으로 집어 그에게 보여 주었다.

"우리들이 입는 이 옷을 보시라구요. 전에는 우아함이 아름다움이었지만 요즈음 신세대는 너덜너덜하고 누추한 옷차림을 아름다움이라고 착각해요. 그리고 단체적인 착각은 시간이 흐르면 진리가 된답니다. 그러니까 가치관이 달라지면 달라진 가치관이 지배하는 세상에 적응하기 위해서 인간도 당연히 달라져야 하겠죠. 그래서 난 달라졌고, 내 인생에 대한 책임을 질 자신도 생겼어요"

부채를 놓고 그녀는 주전자를 집어들었다. 한 전무가 빈 주발을 내밀었다.

"하지만 남편은 아직도 새로운 상황과 환경에 적응하질 못했어요" 막걸리를 따른 다음 주전자를 내려놓으며 재명이 말을 이었다. "그래서 남편은 뒤로 처져 제자리걸음만 계속했고, 자꾸만 앞으로 나아가던 나하고는 그만큼 더 거리가 벌어졌어요. 거리가 멀어진 게 아니라 거리가 벌어졌다구요"

재명은 구찬과 수미를 결코 용서한 것은 아니었고 그들에 대한 원한이
동면이나 가사 상태로 빠져 들어갔는지도 모르겠다고 말했다. 구찬과의 삶
을 연연해하거나 과거에 대한 미련이 그녀에게는 남지 않았기 때문이었다.
나이를 먹으면 지혜를 얻고 그에 대한 대가로 용기를 상실하는 것이 인간
이지만, 재명은 지혜로워서가 아니라 그냥 복잡하게 생각하고 싶지가 않아
서 구찬과 수미의 관계에 대한 흥미를 상실한 셈이었다.

잠시 남편 곁을 떠났던 수미가 다시 찾아와 구찬을 몰래 만난다는 사실
을 알고서도 재명이 모르는 체했던 까닭도 역시 그들의 관계에 대한 흥미
를 상실했기 때문이었다. 그들이 수십 번 헤어졌다가 수십 한 번을 다시
만난다고 해도 그녀는 전혀 신경을 쓰지 않았을 터였다.

“남편하고 나 사이에서는 같은 집에서의 별거가 본격적으로 시작되었으
니까요.” 재명이 말했다. “내 나름대로의 바쁘고 활기찬 생활이 생겼고, 남
편은 수미라는 여자와 사실상 부부 생활을 계속했으니 우린 같은 지붕 밑
에서 따로따로 살아가는 데 퍽 익숙해졌고, 그래서 때로는 남편이 한 주일
이나 몸살을 앓아도 내가 모르고 지나가는 경우도 생겼어요”

의도적으로 남편을 소홀히 했다는 사실에 대해서 그나마 재명이 조금이
라도 죄의식을 느꼈던 것은 바로 그때, 서 사장이 아내가 모르는 사이에
몸살을 앓았을 때였다. 백화점에서는 하루 종일 거의 마주치는 일이 없고,
집에서도 그가 몰래 수미한테 다녀온 다음 어쩌다 얼굴을 보기도 하고 못
보기도 하면서 도대체 남편이 지금 어디에서 무엇을 하는지 알지도 못하
며 한 달이고 두 달이고 지내던 어느 날 그녀는 유령처럼 핼쑥하고 야윈
얼굴로 화장실에서 힘없이 나오던 남편과 마주쳤고, 서 사장의 몰골이 왜
그렇게 되었는지를 나중에 가정부한테 물어 본 다음에야 벌써 한 주일 전
부터 그가 심하게 앓고 있다는 얘기를 들었던 재명이었다.

그렇다고 해서 남편에게 어디 아프냐고 물어 보는 말 한 마디가 입에서
나오려고 하지를 않았고, 그래서 그냥 모르는 체하면서 넘어간 다음 잠시

그녀는 죄책감을 느끼기도 했다. 하지만 그 미안감은 몇 분 만에 발끈 사라졌다. 그녀로 하여금 남편이 잃아도 모르면서 살아가는 악처가 되게끔 만든 장본인은 과연 누구였던가? 악이 악을 자극하는 악순환의 첫 고리를 마련한 범인이 누구였던가?

그 동안 잊고 지낸 미움과 억울함과 보복하려는 모진 앙칼짐이 순식간에 모두 되살아났고, 가장 치열한 복수는 증오의 대상인 남편을 그녀의 곁에 포박해서 잡아 놓는 것이었다. 그래서 재명은 죽어도 남편에게 이혼은 해 주지 않겠다고 당당히 선언까지 했었던 터였다.

처음에는 남편을 빼앗겼다는 불명예를 인정하는 행위 같아서 절대로 이혼을 해 주지 않겠다고 버티었던 그녀였다. 하지만 구찬이 재명의 삶에서 이미 아무런 의미가 없어진 존재가 된 다음에도 재명은 그를 해방시켜 줄 마음이 없었다. 사랑에 너무나 실망한 여자였기 때문에 재명은 다른 남자와 다시 아름다운 사랑을 경험하고 재혼을 하게 될 가능성은 전혀 믿지 않았기 때문에 우선 그녀는 이혼이라는 조건이 전혀 필요하지를 않았다. 그래서 그가 만일 정신을 차려 수미와 헤어진 다음 굳은 마음으로 되돌아온다고 했더라도 재명은 구찬을 받아 줄 마음이 추호도 없었지만, 그렇다고 해서 이혼의 형식을 취한 해방을 그에게 베풀 생각은 더더욱 없었다. 그리고 민수와 민준이 두 아들 때문에도, 아비없는 두 아이를 혼자 키우고 싶지가 않았기 때문에 그녀는 악착같이 이혼에는 동의를 하지 않았다.

앞길이 구만리인 두 아들의 장래—적어도 재명 자신은 그것이 이혼을 해줄 수가 없었던 가장 큰 이유라고 스스로 믿었다.

● ● ●

"흉측하거나 못생긴 하마와 악어도 새끼일 때는 예쁘듯이, 시작이란 항상 종말보다 아름답기가 보통이죠" 다리가 저려오기 시작하는지 발의 방향을 돌려 앉으며 재명이 말했다. "우리들도 첨엔 제법 아름다운 사랑을 했으니까요."

한 전무는 막걸리 주발을 때문은 소반에 내려놓았다.

재명은 들릴락 말락 가벼운 한숨을 지은 다음 물었다. "한 전무님은 구찬 씨가 부르는 노래를 들어 본 적이 있으신가요?"

한 전무는 푸렝이섬 뚱여에서 내가 사고를 당했을 때 졸음을 견디지 못하고 바다로 떨어져 죽을까 봐 서 사장이 〈싼타루치아〉를 불러 주었다는 얘기를 했다.

"우리들이 처음 사랑을 시작하던 무렵, 노래를 부르는 서구찬 씨를 보면 무슨 예술품 같다는 기분이 가끔 들고는 했어요." 재명이 말했다. "높고도 맑은 목소리로 그가 아리아라도 한 곡 부르면 세상이 가을 하늘처럼 맑아지는 듯싶을 정도였으니까요."

아리아니 오페라니 하는 것들은 잘 모르겠지만 한 전무는 서 사장이 노래 하나만은 정말로 잘 부르더라고 동의했다.

"하지만 남편의 인생은 전혀 그가 부르던 노래처럼 아름답지는 못했어요." 재명이 말했다. "노래만 잘 부른다고 해서 인생의 전부는 아니었으니까요 어떤 한 면에서 뛰어난 사람을 보면 우린 그가 모든 면에서 그렇게 두드러졌으리라는 착각을 하기가 쉽지만, 사실은 그렇지 않다는 걸 난 남편과 살아오면서 고통스러운 체험을 통해 알게 되었어요 우리가 추구하는 이상이라는 것이 꼭 죽은 내 남편의 노래와 같아요 이상은 삶이나 현실에서 어느 한 부분만을 전부처럼 확대해 놓은 개념이기 때문이죠"

한 전무는 아마 그러리라고 건성으로 동의했다.

"이상을 추구하는 순수한 시간에는 현실의 참된 모습이 제대로 보이지가 않는 모양예요." 재명이 말했다. "인간을 전체적으로 파악할 능력도 없어지고요 그래서 제 눈의 안경이니, 눈에 뭐가 씌었다느니 하는 말이 생겨났겠지만요"

그래선지 재명은 구찬을 사랑하던 시절에 그를 너무 크고 아름답게만 보았고, 상대적으로 그녀 자신의 크기는 전혀 알지 못했노라고 말했다. 그녀는 구찬을 사랑하는 마음만으로도 인생이 가득해졌고, 그래서 나 자신이 누구이고 내가 얼마만큼의 크기와 깊이를 지닌 존재인지는 알려고 하지도 않았었다.

"그러니까 나는, 너무 흔한 표현이지만, 오랫동안 나 자신을 발견하지 못했던 셈예요." 재명이 말했다. "나는 남편의 꿈과 삶에서 한 부분으로만 존재하면서, 내가 남편에게서 차지한 부분이 얼마나 큰 의미를 지니는지조차도 계산을 하지 않았어요. 남편과 내가 별개의 두 인간이라는 간단하고 분명한 진실을 알지 못했기 때문이죠"

그러나 인생이란 실패를 체험함으로써 지혜를 얻는 과정이어서, 재명은 결혼 생활이 실패를 했기 때문에 구찬과 그녀 자신 두 사람의 크기를 비교해 볼 전화위복의 기회를 얻게 되었다고 말했다.

"내가 얻은 결론이 무엇이었느냐 하면, 나를 그가 한 부분으로 소유하면서도 남편은 결국 내 인생에 대해서 조금도 책임을 지지 않았다는 사실예요." 재명이 말했다. "그렇게 완전한 사람인 줄 알았던 남편이 처음 보석 사업에서 실패했을 때만 해도 난 오히려 그를 호의적인 각도로 이해했어요. 완전주의자가 장사에 실패한 까닭은 사업과 정치란 원리원칙대로 하는 것이 아니기 때문이라는 생각이 들었기 때문이었죠. 그러니까 남편은 천박한 돈벌이 따위를 잘하기에는 지나치게 고고한 남자라고 말예요"

재명은 마음 속으로 무엇인가 계산을 하는 듯, 자신이 하는 얘기가 타당하고 옳은지를 가늠하려는 듯, 짤막한 침묵을 거친 다음 얘기를 계속했다.

"하지만 그는 보석 사업뿐 아니라 사랑과 결혼 생활, 그리고 삶의 모든 과정에서 상습적으로 실패를 거듭했어요. 그래서 난 생각했죠. 완전주의자인 줄 알았던 남편은 오히려 평균치조차 못 되는 인간인 모양이라고요"

　　　　　●　　　●　　　●

　구찬과 재명의 크기가 극명하게 대조적으로 드러난 계기는 그녀의 백화점 경영에 대한 적극적인 참여가 시작되었을 무렵이었다.

　운영 부실로 매상이 지지부진하여 백화점마저 또다시 구찬이 들어먹을 조짐이 머리를 들자 맏형 호찬은 그것 보라면서 다시 아버지에게 운영권을 넘겨받게 해달라는 압력을 넣기 시작했고, 이러다가는 내 몫마저 날아가 버리는구나 걱정이 된 재명이 발을 벗고 나섰던 것이다.

　"서 사장님은 집안에 들어앉아 지내기가 답답해서 아주머님이 백화점에 나가시기로 했던 것처럼 얘기를 하던데요." 한 전무가 의아한 표정으로 물었다. "경영에 문제가 있었는진 몰랐어요."

　"물론 그것도 부분적인 이유이기는 했어요." 가슴에다 천천히 부채질을 하면서 재명이 말했다. "무엇인가 바깥에서 내 생활을 찾아보려던 것이 일차적인 이유였죠. 하지만 경영도 문제였어요. 서호찬 씨가 걸핏하면 지적한 사실이지만, 대학에서 경영학을 공부했다면서 도대체 뭘 배웠는지 모르겠어도 남편은 기업을 꾸려 나갈 만한 사람이 못 되었어요. 그런데다가 사생활이 떳떳하지 못해서 남들 위에 군림하거나 이끌어 갈 자신도 없었겠고요. 사장이라는 사람이 한눈을 팔고 두 살림을 차려 놓고는 딴 짓이나 하며 돌아다니니 간부진은 간부진대로 불만이 팽배한데다가, 사업 확장이나 경영 쇄신 같은 중대한 문제가 제기될 때마다 우물쭈물하다가는 기회를 놓치기가 다반사였고요."

　아무래도 걱정이 되고 서호찬 씨로부터 위협을 느낀 재명은 시아버지를 만나 '담판'을 벌이고는 마침내 경영 일선에 뛰어들었다는 설명이었다.

　재명이 백화점으로 나갔더니 뜻밖에도 그녀의 편에 서려는 사람이 상상했던 것보다 훨씬 많았다. 그들은 기다리기라도 했다는 듯 대부분 그녀의 앞에 줄을 섰고, 실질적인 경영권을 재명이 장악하는 데 별로 시간이 걸리지 않았다.

 "이렇게 해서 백화점을 살려 놓아 사업 솜씨를 인정받은 덕택에 시아버님과 나하고의 사이가 가까워지자 서호찬 씨가 넘보기를 그만둔 것까지는 좋았는데, 남편까지 덩달아 나 때문에 패배 의식에 빠져 버렸던 모양예요." 부채질의 속도가 더욱 느려지면서 재명이 말했다. "남편은 백화점이 완전히 나 혼자만의 소유라고 생각했죠. 그리고 백화점에서도 쫓겨났다고 느낀 그는 설 땅이 없어지고, 소속감도 없어지고, 이 세상에서 그가 소유한 것이 하나도 없다는 소외감을 느꼈던 것이 분명해요."

 따지고 보면 구찬은 스스로 자신을 소외시키는 데 오래 전부터 익숙했고, 재명과의 동반된 삶으로부터 이탈하기 오래 전부터 사실상 외톨이로 살아왔다는 것이 그녀의 설명이었다. 자신이 정말로 완전하냐 아니냐 여부와는 상관없이 완전주의자들은 주변의 다른 모든 사람이 완전하게 사고하고 행동하기를 요구하는 성향을 보이는데, 불완전한 완전주의자였던 구찬도 예외가 아니었다. 모든 면에서 늘 요구가 많았던 구찬은 세상의 모든 타인을 못마땅하게 생각했으며, 결점을 지니지 않은 인간이 없는 세상에서 흠을 발견할 때마다 하나씩 둘씩 사람을 멀리하다 보니 구찬은 저절로 혼자만 남을 수밖에 없었다.

•　•　•

 더불어 같이 사는 데 길이 든 사람이 아니었기 때문에 혼자여야만 오히려 마음이 편했던 구찬은 자신이 완벽하다는 착각과 타인은 모두 그를 괴롭히기 위해서 존재한다는 피해 의식에 사로잡혀 주변의 사람들을 받아들이지 않았고, 마찬가지 이유로 인해서 재명까지 멀리하기 시작했던 그에게는 평생 사람이 가까이 꾀지를 않았다. 적어도 그의 미망인 재명은 그렇게 믿었다.

"남편은 자기 자신을 포함해서 아무도 진심으로 사랑하지를 않았어요" 재명의 설명이었다. "난 그가 수미조차도 진심으로 사랑했다고는 믿지 않아요. 나이가 어려 나보다 육체가 싱싱하니까 개한테 잠시 한눈을 팔았을 뿐이지, 수미가 정말로 모든 면에서 완전한 여자이기 때문에, 나보다 완전한 여자였기 때문에 구찬 씨가 그렇게 헤어나지 못한 건 아니었어요"

재명은 부채질을 멈추고 다시 짤막한 생각에 잠겼다.

"두 여자를 겪어 보니 구찬 씨는 결국 세상 여자란 모두가 비슷하다는 사실을 깨달았겠고, 그래서 완전한 여자의 추구를 포기하고는 더 이상의 방황은 하지 않았으리라는 생각예요" 재명이 말했다. "남편은 결국 세상의 어떤 여자도 진정 사랑하지를 못하고, 자신조차 사랑하지 못하며 살았어요. 그러니 착각과 집념에 얽매어 삶을 어렵게 만들어 가면서 자기 자신조차 사랑하지 않는 사람을 세상에서 누가 사랑하겠어요?"

재명의 말을 듣고 나서야 한 전무는 서 사장이 죽었는데도 시체 인양 작업을 돕겠다고 섬으로 찾아 내려온 친구나 후배나 동창이 아무도 없었다는 사실이 새삼스러워졌다. 그가 죽었어도 눈물을 흘리지 않는 아내와 억지로 내려와 잔소리만 잔뜩 늘어놓다가 이튿날 홀랑 올라가 버린 형말고는 그의 죽음을 아무도 찾아 주지 않는 서 사장은 과연 무슨 삶을 어떻게 살아왔는지 불쌍하다는 생각까지 들었다.

"아내인 나하고는 한 집에서 남남으로 살고 다른 집에다 숨겨 놓은 수미라는 여자에 대해서도 만족하지를 못하고, 그러면서 점점 더 궁지로 몰리다 보니 남편은 자살을 할 수밖에 없었을 거예요" 재명이 답답한 목소리로 말했다. "그렇게 비겁한 죽음에 대해서 내가 슬퍼하고 눈물을 흘리기를 한 전무님이나 평도 사람들이나 세상의 어느 누구라도 기대를 했다면 그건 너무 심한 요구예요"

"왜 그렇게 생각하시나요?" 한 전무가 물었다.

"사실이 그러니까요. 평도에 도착할 때 내가 가짜 눈물이라도 흘렸더라면 남들이 보기에는 좋았을지 몰라요 하지만 난 위선 같아서 그런 짓은 못 하겠더군요 난 언젠가 시골 상갓집에서 상주가 이 사람 저 사람과 잡담을 하다가도 문상객이 새로 도착할 때마다 꺼이꺼이 청승맞게 곡을 하는 걸 보고는 참 우습다고 생각했었어요 마치 죽음을 가지고 장난을 치는 듯한 인상을 받았기 때문이죠 그런데 내가 남편의 죽음을 놓고 그런 장난을 칠 수는 없잖아요?"

"내 얘긴……."

말을 가로막지 말라는 뜻으로 부채를 조금 들어 보이고는 어서 이 얘기만큼은 끝내야 되겠다는 듯, 나중에 후회를 하게 되더라도 할 말은 꼭 해야 되겠다는 듯, 재명이 서둘러 설명을 계속했다.

"이건 분명히 한 전무님한테서도 욕을 먹어 마땅한 얘기이지만, 난 처음 한 전무님의 전화를 받고는 남편의 죽음에 대한 슬픔을 느끼기는커녕 오히려 일종의 안도감을 느꼈어요 참으로 구질구질하던 어떤 일이 드디어 막을 내렸구나 하는 그런 안도감 말예요 마치 집안에서 지겹도록 오랫동안 병을 앓던 식구가 드디어 숨을 거두었을 때 느끼는 그런 기분 아시겠죠?"

한 전무가 입을 열려고 하자 재명이 다시 부채를 조금 들어 보이고는 말을 이었다.

"그의 죽음에 대해서 불쌍하다고 동정이 가기보다는 화가 막 나는 게 과연 내 탓인가요?" 재명이 말했다. "그의 죽음을 슬퍼하지 않고 화를 낸다고 해서 무조건 내가 나쁜 여자인가요?"

그제서야 그녀는 부채를 내려놓고 입을 다물었다. 내가 하고 싶은 얘기를 끝냈으니 이제는 한 전무가 얘기할 차례라는 뜻이었다.

"제가 한 질문은 그런 뜻이 아니었는데요" 한 전무가 말했다.

"무슨 뜻으로 한 질문인지 그런 건 저로선 사실 알 바가 아녜요" 재명은 아직도 내 심정을 이해하지 못하겠느냐고 섭섭한 어조로 항변했다. "내가 과연 이렇게 변명을 늘어놓아야만 하는 건지 어쩐지도 잘 모르겠구요 하지만 자살을 함으로써 남편이 나를 이토록 나쁜 여자로 만들어 놓았다는 걸 생각하면 난 너무나 속이 상해요. 어떤 사람은 궁지에 몰려서 자살을 하기도 하고, 사는 것이 너무 심심해서 권태에 못 이겨 자살하는 사람도 있지만, 남편처럼 자신이 해결하지 못한 고통을 남의 몫으로 떠맡겨 버리기 위해서 하는 자살은 세상에서 가장 비열한 죽음일 거예요. 자살 자체가 생에 대한 책임을 회피하는 행위이지만, 뒤에 남을 사람들에게 책임을 떠맡기는 무책임한 자살은 자살이 아니라 타살이라고 해야 옳아요. 남편은 자신이 죽기 위해서가 아니라 나를 죽이기 위해서 자살을 했어요. 그러면서도 자살을 하면 불쌍하다고 남들로부터 동정을 받기를 기대했다면 그것처럼 이기적인 범죄가 또 어디 있겠어요? 남에게 아픔을 주기 위해서 저지르는 자살이라면 난 전혀 동의할 수가 없어요.”

“제가 한 질문은 서 사장의 죽음에 대한 사모님의 반응에 대한 게 아니었는데요.” 한 전무가 다시 그녀의 말을 가로막았다.

“그럼요?”

“왜 사모님은 자세한 얘기를 전혀 들어 보지도 않고 서 사장이 자살을 했다고 단정하셨는지 전 그게 알고 싶었어요.” 한 전무가 말했다. “제가 처음 전화를 드렸을 때 사모님은 마치 서 사장님이 자살하기를 예상이라도 했던 것처럼 말씀을 하셨잖아요.”

재명은 길을 잘못 들었다는 사실을 뒤늦게 깨달은 사람처럼 잠시 멈칫했다. “내가 그랬던가요?” 그녀가 물었다.

“예, 그랬어요.” 한 전무가 말했다. “서 사장이 사고를 당했다고 하니까 자살했느냐는 것이 사모님의 첫 질문이었어요.”

재명은 기억을 더듬으려는 듯 모기향에서 피어오르는 연기를 말없이 한참 응시하고 나서 입을 열었다.

“글쎄요. 난 전화를 받았던 그 순간, 당시의 상황은 지금 잘 기억이 나지 않지만, 어쨌든 웬만한 사고였다면 병원에서 전화를 걸었을 텐데 섬이라고 하니까 남편이 죽었다는 생각이 들었던 듯싶고, 죽었다면 당연히 자살이리라는 건 자연스럽고도 당연한 결론이었어요. 왜 그런 기분이 들었는진 정확히 몰라도, 어쨌든 전화를 받을 땐 그게 당연하다고 믿었어요."

"지금까지도 다른 가능성은 생각해 보지 않으셨나요? 여기 내려와서 현장을 다 둘러보고 설명을 들은 다음에도요?"

재명이 머리를 끄덕였다. 다른 생각은 해 보지 않았다는 뜻이었다.

"하지만 심증만 가지고는 자살이라고 단정할 수가 없잖아요. 내 생각엔 단순한 사고였던 것 같으니까요."

"수미는 그렇게 생각하질 않던데요."

"수미 씨는 착각을 했는지도 몰라요."

한 전무는 서 사장이 대물 한 마리를 낚시에 걸고는 신이 나서 수미를 올려다보면서 자랑삼아 이것 보라고 손으로 고기를 가리키다가 갑자기 밀려와서 그를 덮치려는 높은 파도를 미처 보지 못했기 때문에 사고를 당했을지도 모르리라는 그의 견해를 밝혔다.

"수미 씨는 너무 심한 충격을 받은 나머지 아마 당시 상황을 잘못 이해했을 거예요." 한 전무가 되풀이해서 말했다.

"아녜요." 천천히 머리를 저으며 재명이 말했다. "난 구찬 씨가 자살했다는 수미의 판단이 옳다고 생각해요."

"그렇게 확신하시는 이유가 따로 있기라도 한가요?"

재명은 얼른 대답을 하지 않고 잠시 침묵을 지키다가 머리를 끄덕였다.

● ● ●

재명의 침묵은 계속되었다.

이런 중요하고도 치명적인 얘기를 꼭 해야만 하나, 아니면 마음 속에 묻어 두고 그냥 살아가야 옳은 것일까, 얼른 판단이 서지를 않는 듯 갈등을 하면서, 깊은 생각에 잠겨서, 재명은 접시 위에다 나선형으로 지렁이 배설물처럼 토막토막 흘려 놓은 모기향의 재를 물끄러미 쳐다보면서, 갈피가 잡히지 않는 듯 한참 무엇인가 곰곰이 생각했다.

그녀는 한참 만에야 가벼운 한숨을 지으며 눈을 들어 한 전무를 마주쳐다보았는데, 그에게서 무엇인가 다짐을 받고 싶어하는 듯한 표정이기도 했고, 괴로운 고백의 아픔으로부터 그녀를 해방시켜 달라는 애원의 표정이기도 했고, 그리고는 이윽고 입을 열었다.

"남편이 자살을 선택해야만 했던 까닭은 초라해진 자신의 모습을 더 이상 스스로 용서하기가 불가능하다는 사실을 깨달았기 때문이었으리라고 난 믿어요."

한 전무는 그 말을 하기 위해 재명이 왜 그토록 한참 망설이고 뜸을 들여야 했는지 얼핏 이해가 가지 않았다. 그런 막연하고도 추상적인 애기는 이미 여러 해 동안 서 사장에게서, 그리고 지난 며칠 사이에 수미에게서도 벌써 여러 번, 그리고 다시 오늘밤 내내 재명에게서 귀에 박히듯 들어온 내용이 아니었던가.

"이상적인 사랑이나 인생의 꿈을 실현하기가 불가능하다는 현실을 깨닫고 실망해서 서 사장이 자살을 했다면 왜 여태까지 기다렸을까요?" 한 전무가 물었다. "도대체 그런 막연한 동기 때문에 자살했다는 사람은 난 본 적이 없기는 하지만, 정말 그래서 자살을 해야 했다면 벌써 오래 전에 했을 텐데요."

"남편이 요즈음 자신에 대해서 느꼈을 혐오감은 그렇게 막연한 게 아니었어요." 입으로는 건성으로 말을 하면서 머리 속에서는 어떤 다른 생각이 분주하게 오가는 듯 다시 모기향에서 피어오르는 연기를 멍하니 내려다보면서 재명이 말했다.

"막연한 게 아니면요?"

한 전무는 무엇인가 내가 알지 못하는 새로운 사실에 대한 애기를 재명이 방금 시작했다는 인상을 받았다. 그래서 그녀가 겨우 입을 열기는 했지만 자칫했다가는 고백을 중단해 버릴지도 모르겠어서 그는 이상한 불안감까지 느꼈다. 어쨌든 서 사장에 대한 새로운 비밀을 풀어내는 실마리를 그녀가 제시하는 눈치였지만 한 전무는 그것이 어떤 비밀인지 알 길이 없었다.

"여자 하나 때문에 남자가 얼마나 비참하게 몰락하기도 하는지 슬프다는 생각이 들기도 해요." 그녀가 다시 모호한 비밀 속으로 뒷걸음질쳐 들어갔다. "그리고 남편은 그토록 치사하고 추한 자신의 행동을 정말로 용서할 수가 없었던 모양예요. 인간이 인간답지 못하게 산다는 추악함은 치욕이면서 죄악이니까요."

그리고는 재명이 다시 입을 다물었다.

한 전무는 '그토록 치사하고 추한' 서 사장의 행동이 무엇인지 궁금했지만 재명이 쉽게 설명할 것 같지 않은 예감이 들었다. 서 사장의 어떤 행동을 의미하느냐고 물었다가는 그녀가 더욱 마음을 사릴 듯싶어서 섣불리 묻고 싶지 않았지만, 그래도 비밀을 알아내기 위해서는 물어야만 했다.

"서 사장님이 무얼 어떻게 했길래요?"

재명은 얼른 입을 열지 않았다.

한 전무는 재명이 쫓기는 기분을 느껴 더욱 움츠러들지 않도록 더 이상 추궁을 하지 않고 기다렸다.

두 사람이 침묵했고, 그렇게 침묵하며 기다리던 한 전무의 머리에 갑자기 떠오르는 생각이 하나 있었다.

서 사장이 수미에게 한 달에 3천만 원씩 가져다 주었다는 돈. 한 전무는 그 돈이 어디에서 났는지가 궁금했다.

"남편이 자살을 선택한 또 다른 목적이 무엇인지를 난 알 것 같아요." 마침내 재명이 다시 입을 열었지만, 그것은 핵심을 멀리 벗어나려는 의도가 엿보이는 말투였다. 서 사장이 자살을 선택한 첫 번째 이유에 대한 설명을 유보한 채로 그녀는 '또 다른 이유,' 그러니까 두 번째 이유를 앞에 내세웠기 때문이다.

아니, 재명은 '이유'가 아니라 '목적'이라고 했다. 사람들이 자살을 할 때는 그럴 만한 이유가 있겠지만, 도대체 '목적'을 위해서 하는 자살은 또 무엇인지 한 전무는 혼란을 느꼈으며, 목적이건 이유건 간에 우선 첫 번째 이유부터 알고 싶었어도 해답을 빨리 알아내려고 자칫 서둘렀다가는 아무 얘기도 듣지 못하게 될지도 모르겠어서 그는 재명을 유도하려는 질문을 삼갔다.

"서 사장이 자살한 목적이 뭔데요?"

"그야 물론 보복이었겠죠."

"무슨 보복요?" 한 전무가 물었다.

재명은 대답 대신에 쓴웃음을 지었다. 그것은 그녀가 지금까지 거의 보여 주지 않았던 솔직한 감정의 표현이었다. 아마도 그녀의 가면이 드디어 벗겨지기 시작하는 모양이라고 한 전무는 생각했고, 미지의 비밀이 모습을 드러낼지도 모른다는 생각까지 들었다.

"보복에 대한 보복이랄까요" 재명이 부채를 만지작거리며, 방바닥을 내려다보면서 말했다. "나를 배반한 데 대해서 내가 남편에게 보복을 하고, 다시 그 보복에 대해서 남편이 나한테 보복을 한 거죠 아무리 남자가 바람 한 번 피웠다고 해서 밥상조차 차려 주지 않느냐면서 남편은 아마도 거꾸로 나한테 어떤 방법으로든 분풀이를 하고 싶었을 거예요 그러다가 구찬 씨에 대한 가장 추하고도 비열한 비밀을 알아낸 다음에 내가 극단적인 반응을 보이자 그럼 너도 어디 당해 보라는 뒤틀린 마음이 발동했는지도 모르잖아요"

"추하고도 비열한 비밀이라뇨?" 한 전무가 물고 늘어졌다.

아차 실수를 했다는 듯 재명은 또 한 번 입을 다물었다. 그녀는 아직도 한 전무에게 사실대로 모든 얘기를 할 만한 마음의 준비가 갖추어지지를 않은 것이 분명했다. 남편에 대한 나쁜 얘기를 한다는 짓은 누워서 하늘에다 침 배알기였고, 아무리 미운 남편이라도 남들이 내 앞에서 욕하는 소리를 듣기 좋아하는 여자란 없는 법인데, 처음 만나는 남자와 마주 앉아 이렇게 죽은 자를 헐뜯고 앉아 있다는 상황이 뒤늦게나마 후회스러운 나머지 미움은 혼자 삭이고 말자는 계산에서였으리라.

“구찬 씨와 나는 아마 두 사람 다 복수에는 서투른가 봐요” 재명은 이번에도 대답을 회피했다. “난 구찬 씨를 고립시키고 미워하는 게 대단한 복수인 줄 알았어요. 하지만 복수라는 건 본디 통쾌해야 되는데, 난 남편을 미워하면 미워할수록 점점 더 나 자신에 대해 화가 나기만 했어요. 나한테 아무 소용도 없어진 남자한테 자꾸만 신경을 쓴다는 행위란 오히려 나 자신만 자꾸 피곤하게 만드는 정신적인 낭비였으니까요. 그래서 난 제대로 복수도 못하면서 기분만 자꾸 나빠졌죠. 우리 부부는 죄도 제대로 짓지 못하는 서투른 남자에 복수도 제대로 못하는 서투른 여자로구나 하는 한심한 생각도 들었고요. 그리고 이제는 내가 최후의 보복을 당하고 벌을 받는 차례가 되었어요”

어째서 그러냐고 한 전무가 물었다. 그는 지금 두 사람 사이에 오고가는 얘기의 내용을 거의 이해하지 못하는 상태였다. 무엇인가 중요한 대목이 빠졌기 때문이었다.

“남편은 자살을 하면 내가 더욱 나쁜 여자로 낙인이 찍히리라는 계산을 했을 거예요” 재명이 천천히 부채질을 하면서 말했다. “그의 죽음에 대해서 내가 눈물을 흘리지 않으리라는 사실도 물론 계산에 넣었겠고요. 그리고 마지막에 내가 더 나쁜 여자라는 결론이 나면 그는 자연적으로 선하고 결백한 남자가 되리라는 착각에도 빠졌었겠죠” 그녀는 짤막한 쓴웃음을 지은 다음 말을 이었다. “이렇게 죽어서도 그가 나를 심리적으로 괴롭힌다는 걸 생각하면 정말로 분하고 억울해요”

하지만 그런 설명은 전혀 서 사장의 자살 동기를 이해하는 데 도움이 되지를 않았고, 그래서 기습을 감행하기로 작정한 한 전무가 느닷없이 물었다.

"혹시 돈 얘기 아닌가요?"

"예?"

"서 사장에 대한 추하고 비열한 비밀이라는 거 말예요."

다시 침묵이었다.

재명은 부채질을 멈추고 모기향의 연기를 응시했다.

한 전무는 잠자코 기다렸다.

재명이 아니라고 부인하지 않는다는 사실은 서 사장이 최근에 수미에게 갖다 주었다는 돈 때문에 분명히 어떤 중요한 사건이 벌어졌음을 의미했다.

하지만 재명은 끝내 대답을 회피했다.

한 전무가 한참 더 기다렸고, 한참 더 침묵이 흘렀고, 마당에서 인기척이 나더니 손전등 불빛이 창호지 문에 어른거릴 때까지도 재명은 대답을 하지 않았다.

바깥의 인기척이 멈춰 섰다.

그리고는 귀를 기울이는 모양이었다. 방안이 조용하니까 이상해서 상황을 살피는 것 같았다.

그리고는 신승직 선장의 목소리가 불렀다. "한 전무님."

한밤중에 마당바위에서 여기까지 넘어오다니 드디어 서 사장의 시체가 떠오른 모양이라고 얼핏 생각하며 한 전무가 문을 밀어 열었다.

바깥에서는 신 선장이 심각한 표정을 짓고 서서 기다렸다.

"무슨 일예요?" 한 전무가 말했다.

"아가씨가 말입니다." 신 선장이 말했다.

● ● ●

수평선 위에 두텁게 얹혔던 어슴푸레하고 검붉은 해돋이의 기운이 서서히 걷히고 하늘이 맑고 푸른 빛깔을 띠기 시작하는 시간에 남해호는 시동을 걸어 놓은 채로 마당바위에 뱃전을 대고는 기다렸다.

작업복 차림의 잠수부들이 장비를 배에 싣고 먼저 배에 올랐다. 선장실에서 신승직이 마당바위를 내려다보면서 두 명의 장정에게 함께 데리고 떠날 환자를 태워도 좋다는 손짓을 했다.

두 청년이 수미의 천막으로 가서 한 사람이 자락을 들추었고 다른 한 사람은 안에 누워서 기다리는 수미를 들쳐업고 남해호로 갔다.

창백하던 얼굴이 흉하게 햇볕에 타고 입술이 말라붙은 수미는 젊은 남자의 등에 업혀 지나가면서 한 전무를 멍하니 쳐다보았다. 며칠 동안 가꾸지 못해 몸이 흐트러지고 옷차림까지 후줄근해진 그녀는 시골 장터를 배회하는 미친 여자를 연상시켰다. 눈두덩이 퉁퉁 부어오른 그녀는 눈물이 글썽거렸고, 다시 소리없이 울기 시작했다.

며칠 동안 이글거리는 태양에 시달리고, 뜨거운 바위와 후끈거리는 여름 바다의 바람에 시달리고, 슬프고도 끝없는 기다림에 시달리고, 서 사장의 부인에 대한 긴장감에 시달리고, 갯바위에서 아무렇게나 끼니를 때우던 변변치 못한 식사로 끝내 탈진한 수미는 어제 오후 내내 천막에서 나오지도 않고 잠만 자더니 결국 밤이 되자 병이 났다.

늙은 해녀의 집 문간방에서 서 사장 부인과 보리막걸리를 마시다 말고 아무래도 아가씨가 심상치 않다는 신 선장의 말을 듣고 한 전무가 마당바위로 넘어왔을 때 그녀는 몸살인지 일사병인지는 알 수가 없어도 식은땀을 비오듯 흘리고 끙끙거리며 신음까지 했다. 하지만 신 선장이 초소장에게 이미 출항 허락까지 받아 놓았는데도 수미는 여수로 후송되기를 처음에는 완강히 거부했다.

서 사장의 시체를 인양할 때까지 절대로 이곳을 떠나지 않겠다고 고집을 부리던 수미는 새벽에 몇 차례 헛구역을 하다가 정신을 잃기까지 한 다음에야 겨우 한 전무의 설득을 받아들였다. 시체가 떠오르면 당장 연락해 줄 테니까 다시 내려오면 된다는 설명을 듣고 마침내 그녀는 날이 밝자마자 섬을 떠나기로 했던 것이다.

서 사장 부인은 수미가 떠난다는 말을 듣고는 아무런 반응도 보이지 않았고, 물론 마당바위로 배웅을 나오는 유치한 짓은 생각조차 하지 않았다.

낯선 남자의 등에 업혀 갑판으로 올라가 객실로 내려가기 전에 수미는 다시 한 번 한 전무를 뒤돌아 보았다. 무엇인가 마무리를 짓지 못한 채로 섬을 떠나기가 못내 아쉬운 표정이었다.

삶의 모든 순간이 미완의 순간이지만, 삶 자체가 미완이지만, 삶 전체가 미완이지만, 그녀는 사랑과 증오를 마무리짓지 못하고 그녀의 남자를 이곳 바다에 남겨 둔 채 떠나가려고 했다.

신 선장과 잠수부들과 장정들과 이장과 한 전무가 손을 흔들어 작별의 예식을 치르는 동안 수미는 먼지와 소금물로 더러운 때가 낀 객실 창문으로 마당바위를 내려다보았다.

한 전무는 어서 가라고 그녀에게 손을 흔들어 주면서 이제부터 수미는 어떤 삶의 길을 가려는지 궁금했다. 그리고 그녀의 뱃속에 담긴 사연 많은 생명의 미래는 또 어떻게 될지도 궁금했다.

기운이 없어서인지 수미는 그에게 손을 흔들어 주지 않았다.

배가 저만치 뒷걸음을 치다가 북쪽으로 선수를 돌렸다.

그리고는 떠오르는 태양의 햇살을 우현으로 받으며 남해호가 여수를 향해서 떠나갔다.

●   ●   ●

달빛을 받아 은빛으로 덮인 파도가 느릿느릿 어둠 속에서 오르락내리락 넘실거렸다.

금속성 액체처럼 파도가 커다랗게 출렁였다.

밀려서 솟아올랐다 무너지는 물더미에 실려 초록빛 야광을 발하는 찌가 오르락내리락, 오르락내리락, 오르락내리락, 오르락내리락, 한없이 똑같은 동작을 천천히 한없이 그리고 천천히 한없이 한없이 되풀이했다.

넘실거리는 파도에 실려 오르락내리락, 오르락내리락, 야광찌가 가물가물 느린 물살을 타고 마당바위에서 점점 바깥 쪽으로 조금씩 끌려나갔다. 제자리에서 오르락내리락거리는 듯싶으면서도 개똥벌레만큼이나 작은 등대처럼 초록 불빛을 켜 놓은 채로 물살을 타고 나가던 찌는 낚싯줄의 여유가 없어지면 파도 속으로 조금씩 파묻혔다가 물살을 타고 다시 솟아오르고는 했다.

한 전무는 물 속으로 빨려 들어갈 정도로 줄이 팽팽해지면 파란 불빛을 꼭대기에 얹은 찌를 대로 끌어서 발 밑에다 다시 던졌다.

한 전무는 바다 뜰낚시의 찌가 인생 풍파에 시달리는 인간의 모습과 참 비슷하다는 생각을 가끔 했다. 인생은 추풍낙엽이라고 했던가 일엽편주라고 했던가, 어쨌든 한 낱의 잎사귀나 마찬가지였고, 촌스러운 옛 표현을 표절하자면, 낙화유수의 떨어진 꽃잎이었다.

가고 싶은 곳을 찾아 제 마음대로 가지를 못하고, 파도에 실려 흘러가다가 줄이 미치지 않는 미지의 공간으로는 더 이상 나가지 못하는 찌, 그것은 목에 묶은 끈이 반지름을 이루는 공간 안에서만 살아가는 도시의 개, 제가 싸 놓은 똥에서 몇 미터를 벗어나지 못하며 목을 매고 살아가는 도시의 개와 마찬가지 운명이었다.

낚싯줄이 제한하는 행동반경 속에서 제자리만 오락가락하는 삶, 그것은 미늘이 윗입술에 꽂힌 채로 줄 하나에 매달려 제자리에서만 한없이 방황하던 서 사장의 인생이었다.

지금은 서 사장이 실종된 지 꼭 한 주일이 되는 날 새벽 세시, 한 전무의 불침번 시간이었다.

그저께 수미를 데리고 철수한 신 선장 일행과 임무를 교대하기 위해 서 사장 부인의 연락을 받고 같은 날 오후에 유명호를 타고 들어온 압구정 백화점의 황 상무와 김 과장은 천막에서 잠들었고, 한 전무는 아이스박스에서 얼음이 녹아 버려 흐물흐물해진 갯지렁이와 멸치처럼 말라붙은 크릴새우를 미끼로 써서 입질도 신통치 않은 밤낚시를 하며 시간을 보내는 중이었다.

시체가 떠오르기를 기다리며 낮이면 망망한 바다를 한없이 응시하느라고 두 나절을 보내고, 밤에도 떠오른 시체를 놓칠까 봐 꼬박꼬박 불침번을 섰지만 서 사장은 돌아오지를 않았고, 그래서 한 전무는 도대체 시체가 어디까지 흘러갔는지도 모르겠는데 여기서 이렇게 버티어 봤자 다 부질없고 소용없는 짓이라며 마음 속으로는 모든 것을 포기한 상태이기는 했어도, 물 속에 잠겨 물고기에게 뜯어 먹히며 흘러 다닐 서 사장의 죽은 모습을 생각하면 왠지 미안해서 차마 불침번을 그만두고 천막에 들어가 잠을 잘 생각은 없었다.

그들은 꼭 열흘만 채우고는 모두 철수할 계획이었다. 이미 떠올랐다가 사라졌을지도 모르는 시체를 전설 속의 효자처럼 몇 달씩 무작정 기다리기만 할 수도 없는 노릇이어서, 양심에 거리낌이 끼지 않을 만큼의 시한으로 그들은 열흘이라는 기간에 합의를 보았던 터였다.

서 사장 부인은 섬에서 사흘을 보낸 다음 서울로 올라갔다. 어떤 사람이라고는 전혀 밝히지 않았지만 어쨌든 싱가폴에서 백화점을 방문할 손님이 도착한다는 황 상무의 설명이 그녀에게는 섬을 벗어날 좋은 핑계였다. 평도에 도착하자마자 황 상무가 싱가폴 손님에 관해서 장황히 늘어놓던 설명은 어딘가 미리 짜 놓은 대사 같은 인상을 주었지만, 그래도 한 전무는 남의 일을 놓고 마음대로 나쁘게 해석하지는 않으려고 노력했다. 사흘뿐이라고 해도 재명으로서는 충분히 노력한 셈이라는 계산에 따라서였다.

재명은 끝까지 눈물을 보이지 않은 채로 평도를 떠났다. 그녀는 이곳에서 내가 할 일은 다 끝났다는 듯 툭툭 털고 떠났다. 아무것도 마무리를 짓지 못하고 실종된 서 사장과는 달리, 아무것도 마무리짓지 못하고는 사생아로 태어날 아기를 자궁 속에 담은 채로 떠나간 수미와는 달리, 재명의 뒷모습은 그녀에게 얽힌 모든 일을 말끔히 마무리를 짓고 떠나는 듯싶어 보였다.

미련도 없이, 새로운 삶의 출발을 위해 의기양양하게 떠나면서 서 사장 부인은 경비로 쓰라면서 황 상무에게 2백만 원을 현금으로 맡겼고, 한 전무에게는 처음 만나는 사람에게 궂은 일을 맡기고 떠나게 되어 미안하다고 깍듯한 사과의 말도 잊지 않았다. 아마도 '완전주의자'는 서 사장이 아니라 그의 아내였는지도 모르겠다는 생각이 새삼스러울 정도였다.

은빛으로 덮인 검은 파도를 타고 가물거리는 찌를 쳐다보고 앉아서 한 전무는 자신의 내면에 갇힌 채로 삶의 언저리에서 한 뼘 정도의 일생을 서투르게 살다가 이곳 바다 속으로 사라진 서 사장을 생각했다.

낚시에 큰 고기가 물려 도망치는 바람에 줄이 끊어져 나갈 듯싶으면 드랙을 풀어 줄을 늦궈 주듯, 적당히 당기고 적당히 풀어 줘야 하는 요령이 인생의 법칙인데, 당길 줄도 모르고 풀어 줄 줄도 모르면서 살았던 서 사장은 자신의 삶과 미래에 대해서 너무나 몰랐다. 인간은 세상에 태어나는 바로 그 순간부터 누가 가르쳐 주지 않아도 굶어 죽지 않으려면 젖을 빨 줄 알아야 한다는 사실을 본능적으로 터득하는데, 어째서 운명과 미래에 대해서만큼은 이렇게 까마득히 모르는 상태로 태어나 그대로 살아가도록 만들어졌는지 한 전무는 알 길이 없었다.

장승포의 어부 옥돌이는 언젠가 한 전무에게 작은 고깃배가 얼마나 파도를 잘 견디는지를 얘기하며 한 짝의 고무신 같다고 했었다. 아무리 심한 파도에서도 일단 물 위에 뜬 고무신은 좀처럼 뒤집히거나 가라앉지 않는다는 것이 어부 옥돌의 철학이었다. 그리고 가랑잎도 모든 풍파를 타고 잘만 떠다니는데, 서 사장의 인생은 어찌하여 고무신 한 짝이나 가랑잎만도 못했던 모양인지 한 전무는 답답하다고 생각했다.

　은빛으로 움직이던 검은 파도에 실려 가물가물 떠가던 야광찌가 잠시 멈칫 하더니 깊은 물 속으로 빨려 들어갔다. 푸른 불빛이 깊은 물 속으로 가라앉았다. 한 전무는 낚싯대를 잡아챘고, 덜컥 고기가 걸렸다. 검은 물 속이어서 눈에 보이지는 않아도 물 속의 고기가 몸부림을 쳤고, 찌의 움직임은 살아 있는 생명이 어디로 향하는지 방향을 보여 주었다.

　생명이란 참으로 아름답다는 생각을 하며 한 전무는 낚싯대를 한 손으로 잡고 자리에서 일어나 그가 곧 죽여야 하는 물 속의 생명과 싸움을 시작했다.

● 　 ● 　 ●

　다시 비가 내리려는지 아직도 한낮의 여름 열기가 완전히 가시지 않아 불쾌할 정도로 피부가 끈적거리는 밤의 어둠 속에서, 편안한 바위턱에 앉아서 검은 파도를 타고 오르락내리락거리는 인생의 초록빛 야광찌를 응시하며 한 전무는 아까부터 자꾸만 그의 뺨에 앉으려는 파리를 손으로 쫓았고, 더러운 곳에서만 산다고 믿었던 파리가 왜 아름답고 깨끗하기 짝이 없는 무인도에서도 살아가는지를 생각했다.

　아마도 인간이 찾아와 섬을 더럽혀 놓기 때문인지도 모르겠다고 그는 생각했다. 오물과 쓰레기를 생산하는 인간의 발길이 닿으면 자연은 더러워지고, 그래서 파리떼의 세상이 되는데, 그래도 어쨌든 무인도와 파리는 궁합이 맞지 않았다. 더러움과 아름다움은 궁합이 맞지를 않는다. 그렇다면 인간은 더러움일까 아니면 아름다움일까? 아름다움과 더러움, 선과 악은 인간의 마음 속에서 만나 필연적으로 공존한다고 그는 생각했다. 이러한 모순의 만남과 공존을 서 사장은 납득하지 못했던 것이 분명하다. 여인의 머리카락이 그토록 아름다우면서도, 어쩌다가 한 가닥 머리카락이 밥에 들어간 것이 눈에 띄면 왜 그렇게 불결하고 더럽다는 생각이 드는 것일까?

그것은 아름다움이 곧 더러움이요, 선과 악이 어쩌면 하나이기 때문인지도 모른다. 그리고 더러움의 존재 또한 인간의 자연스러운 모습이라는 사실을 서 사장은 믿으려고 하지 않았었다.

세상과 궁합이 맞지 않았던 서 사장, 어쩌면 그는 이 세상에서 살아갈 권리를 아예 타고나지 못했는지도 모를 일이었다.

• • •

바다에 내리는 안개비에 가려 신기루를 타고 솟아오르는 유령섬처럼, 보일 듯 말 듯, 평도가 수평선 위에 떠서, 천천히 기우뚱거리며, 자꾸만 멀어져 갔다.

며칠 맹렬하게 이글거리던 태양은 잿빛 구름 뒤로 숨었고, 흰 거품을 가르며 고흥으로 향하는 유명호 뱃머리에서는 흰 커튼 자락처럼 빗발이 흩날렸다. 태평양에서 발생하여 필리핀 해상을 올라오는 또 다른 태풍 케이트가 대만 해협까지 북상했다지만, 바람과 빗줄기가 아직은 힘을 쓰지 못해서 시원한 비는 굳이 피하지 않고 그냥 맞을 만했다.

한 전무는 우비 한 장을 걸치고 앞갑판 밧줄 더미에 몸을 반쯤 기대고 누워서, 무거운 분위기로 축축하게 젖은 배의 뒤쪽 빗발의 흰 커튼 속으로 사라졌다가 다시 나타나기를 되풀이하는 평도를 착잡한 마음으로 넘겨다보았다. 열흘 만에 떠나는 섬이었지만, 그곳에서 보낸 기간은 한 달도 더 되는 듯 힘들고 고통스러운 나날이었다. 혀끝으로 핥으면 까칠까칠할 정도로 윗입술 수염도 자랐다. 몸과 마음이 다 기진맥진이었지만, 그래도 어쨌든 한 전무는 모든 일을 마무리짓고 집으로 돌아가게 되었다는 것만도 한결 마음이 놓였다.

이제는 다 끝났다.

드디어 다 끝났다.

* * *

　시답잖게 내리면서도 속옷을 적셔 오는 성가신 비를 피하려고, 축축한 대기에 가득 배어 버린 듯한 역겨운 죽음의 악취를 피하려고 황 상무와 김 과장은 객실로 들어가 유치한 꽃장판 무늬에 나란히 올라앉아서 줄담배를 피워 대었다. 마주 보고 앉아서 포격전을 벌이듯 교대로 담배 연기를 뿜어 대는 그들 두 사람에게는 어제와 오늘의 악몽이 얼마나 끔찍한 경험이었던가. 마당바위에 앉아 멍하니 바다를 지켜보기만 하면서 지낸 기간이 겨우 나흘뿐이기는 했어도 그들은 한 전무 못지않게 기진맥진했다.

　갯바위 생활이라고는 난생 처음이어서 따개비와 삿갓조개를 따다가 맑은 국을 끓여 먹고, 납작한 코펠 뚜껑으로 물을 마시고, 바위틈에서 대소변을 해결해야 하는 불편함조차도 견디기 힘들어하던 그들 두 사람에게는 시체를 기다리는 불침번으로부터 해방되어 좌변기와 매연 차량과 아내가 기다리는 편안한 문명세계로 돌아가는 것은 차라리 하나의 승리였는지도 모른다.

　몇 달에 한 번 낚시를 며칠 동행한다는 사실 이외에는 전혀 남남이었던 한 전무에게 시체 인양의 모든 책임을 맡겨 두고 홀랑 섬을 떠나기가 미안하게 생각한 서 사장의 부인이 그녀의 자리를 대신 지켜 달라고 불러내린 압구정 백화점의 황종근 상무와 김태석 과장은 따지고 보면 볼모나 마찬가지였지만, 그래도 불평 한 마디 없이 나흘을 바위에서 보냈다. 그만큼 그들은 재명에게 충직하고 성실한 가신(家臣)이었다.

　검정 상복에 까만 넥타이를 매고 신발만큼은 불편해서 나이키 운동화를 신고서 옛날 서양 무성영화에 등장하는 희극배우를 연상시키는 모습으로 그들은 부사장님의 지시에 따라 사장님의 시체가 바다에서 떠오르기를 열심히 기다렸는데, 한 전무는 그들을 보면 우리나라 정치판에 우글거리는 가신들이 자꾸만 머리에 떠오르고는 했다.

하지만 황 상무는 가신일지언정 간신은 아니었다. 서 사장이 양아버지로부터 인수를 받기 전부터 이미 백화점 운영에서 큰 몫을 담당했던 황 상무는 나이가 환갑이 가까웠으며, 아직도 회사에서는 기둥 노릇을 했다. 서 사장의 양아버지 서봉식 회장의 분신으로서, 백화점의 운영을 관찰하고 감시하는 통로로서, 가장 확실한 '실세'였던 황 상무는 재명이 부사장으로 들어앉은 다음 사장과 부사장 어느 쪽에 붙어야 할지를 몰라 대부분의 간부 직원들이 우왕좌왕 패를 가르며 갈등에 빠졌을 때도 끝까지 중립을 지켰노라고 했다. 하지만 오래된 사회적 인습과 개인적 가치관에 따라 그런 처신이 최선이라는 소신을 가지고 회사 운영 못지않게 모든 윗사람의 사적인 활동에도 열심히 헌신하는 가신 노릇을 했던 그를 서구찬 사장은 그만 자기편이라고 착각해서 크나큰 실수를 저지르고 말았던 것이다.

혈당 때문에 걱정이 많은 황 상무와 20 년이라는 나이 차에도 불구하고, 처신과 인생관이 쌍둥이처럼 그를 빼다박은 듯한 김 과장은 어쨌든 이제 모두 홀가분한 마음으로 돌아가는 길이었다. 그들은 할 일을 다 했다는 안도감이 얼굴에 역력했으며, 일부러 슬퍼하려고 애쓰지는 않았어도 '부사장님' 앞에서 함부로 즐거워하지도 않았다. 신혼 4 개월째여서 날마다 아침저녁으로 서울에서 기다리는 아내한테 한참씩 전화를 걸고는 하던 김 과장까지도 서 사장 부인의 시야가 미치는 자리에서라면 항상 표정 관리에 신경을 썼다.

● ● ● ●

스스로 완전주의자라고 자처했던 서 사장이 도둑질도 했다는 사실을 한 전무가 확인한 것은 황종근 상무를 통해서였다.

서 사장의 시체가 떠오르기 전날 밤, 딱딱하고 울퉁불퉁한 바위에다 쳐 놓은 천막 안에서의 비좁은 생활에 익숙하지 못했던 황 상무는 끝내 잠을 이루지 못하고 자정을 조금 넘긴 다음 밖으로 나와 불침번을 서던 한 전무와 마주 앉아 오랫동안 대화를 나누었고, 김 과장은 천막 안에서 벌써부터 곤히 잠든 다음인지라 한 전무는 적절한 기회를 찾아 재명이 '추하고도 비열한' 짓이었다고 표현한 서 사장의 행동이 무엇이었는지를 물어 보았다. 황 상무는 윗사람에 대한 아름답지 못한 비밀을 털어놓기가 거북해서인지 잠시 주저하기는 했지만, 부인은 자리를 지키지 않고 서울로 올라가 버렸어도 한 전무가 대신 한 주일이나 시체가 떠오르기를 기다리며 불침번을 서는 모습을 지켜보고는 저토록 가까운 친구라면 서 사장에 관한 모든 비밀을 알 권리가 한 전무에게 있다는 판단을 내렸다.

그리리라고 한 전무가 추측은 했었지만 서 사장이 수미에게 가져다 준 돈은 결국 부인 몰래 백화점에서 빼낸 것이었다.

황 상무가 "너무 창피한 사건"이라고 했지만, 얘기를 듣고 보니 서 사장이 돈을 빼낸 방법은 아닌게아니라 창피할 정도로 서툴고 촌스러웠다. 서 사장은 가장 그에게 충실한 심복이라고 믿었던 황 상무한테 한 달에 3천만 원씩 앞으로 1년 동안만 "비자금을 만들어 달라"고 부탁했는데, "거짓말을 할 재주가 없어서인지 구체적인 방법조차도 제시하지 못하고 무조건 돈을 빼내라는 지시였어요"라고 황 상무가 설명했다.

"백화점에서 사업장을 확장한다던가 뭐 그런 기회가 생길 때마다 나가는 돈의 액수를 불리든지 어떻게 해서 매달 25일에 돈을 만들어 달라고 그러더군요"

한 전무는 형 호찬이 서 사장한테 했다는 말이 생각났다. 오입도 다 재주가 있어야 하는 것이라고

도둑질도 마찬가지였다. 그렇게 거짓말을 할 줄 모르는 서 사장에게 아직도 순수한 면이 조금이나마 남아 있었다고 칭찬을 해야 옳은지 어쩐지는 모르겠지만, 어쨌든 종말은 그렇게 시작된 모양이라고 한 전무는 생각했다.

그리고 그것은 황 상무의 고민이 시작된 계기이기도 했다.

우선 돈을 만드는 방법이 문제였다. 서 사장이 어떤 젊은 여자와 한남동 아파트먼트에다 살림을 차렸다가 들통이 난 이후로 사모님은 남편의 손을 거쳐 돈이 흘러 나가지 않도록 철저히 단속을 해 왔기 때문이었다. 사모님은 처음에는 돈이 없으면 계집질도 못 하리라는 통속적인 이유에서 남편의 돈줄을 막아 버렸지만, 나중에는 그렇게 꼼짝도 못하도록 남편을 묶어 두는 것이 일종의 복수라는 생각이 들어서였는지 백화점 운영에 적극적으로 참여한 이후로는 돈의 흐름에 대한 감시가 날이 갈수록 모질어졌다.

그런 판국에 백화점에서 흔적없이 목돈을 빼내기란 물론 쉬운 일이 아니었지만 서 사장의 가짜 결재를 받아 가며 어쨌든 황 상무는 첫 달치 3천만 원을 마련했다.

서봉식 회장의 밑에서 녹을 먹기 시작한 이래 처음 범죄 행위를 저지른 황 상무는 그날 저녁 혼자 청담공원 구석에 나가 앉아 두 시간이나 울었다. 누가 보더라도 자신의 소유인 돈을 서 사장이 떳떳하게 가져가지 못하고 몰래 따로 장만하는 것이라면 분명히 양심적인 문제를 수반하는 더러운 돈일 텐데, 나이도 열다섯이나 아래인 사장이 나한테 그런 심부름을 시키다니 황 상무가 생각하기에도 서구찬은 정말로 비열하고 치사한 사람이었다. 아무리 나쁜 짓이기는 하더라도 윗사람의 지시를 거역할 수가 없어서 돈을 만들어 주기는 했지만, 백화점에서 부부가 편을 갈라 암투를 벌여온 꼴불견을 지켜보던 끝에 남편인 사장이 상무를 시켜 부사장인 아내의 돈을 빼돌리는 지경에 이르자 황 상무는 다시 갈등에 빠졌다. 사모님에 대한 양심의 가책 때문이었다.

두 번째 달의 3천만 원을 겨우 장만해 놓은 다음 오랜 고민 끝에 황 상무는 서 사장과의 공범 관계를 1년 동안이나 계속할 수는 없겠고, 절대로 그래서는 안 된다고 판단을 내린 다음 결국 부사장에게 사실대로 보고를 했다.

"아무리 대화가 단절된 냉담한 부부 사이이긴 해도 그런 소리를 듣고 나니까 사모님은 눈앞이 캄캄해지는 모양이더군요." 황 상무의 설명이었다. "사모님은 거의 10분쯤 침통한 얼굴로 침묵을 지키며 연신 담배만 피우셨어요. 그러더니 저한테 세 가지 지시를 내리셨죠. 첫째는 사장님의 비열한 행위가 백화점 직원들한테 알려지지 않도록 각별히 조심하라는 것이었어요. 두 번째 지시는 아무 일도 없었다는 듯 앞으로 계속해서 사장님한테 돈을 만들어 주라는 것이었고요. 마지막으로 시아버님에게는 이번 사건을 절대로 알리지 말라고 다짐까지 받아 가며 부탁을 하더군요."

황 상무는 지시를 받은 대로 이번에도 마련해 두었던 돈을 서 사장에게 건네주었다. 하지만 '고자질'을 하고 나면 마음이 훨씬 가벼워질 줄 알았던 그는 서 사장과의 공범 관계를 벗어나지도 못한 채 또 다른 양심의 가책으로 새로운 갈등을 시작했다. 부인 몰래 돈을 빼돌리는 남편 때문에 부사장에게 죄책감을 느꼈던 그는 이제 아내가 알면서도 모르는 체하는 가운데 열심히 도둑질을 계속하게 될 서 사장의 비참한 꼴을 생각하면 견딜 수가 없었고, 남편과 공모자였다가 이제는 부인과 공모자가 된 자신의 꼴 또한 이솝우화의 박쥐처럼만 여겨져서 잠이 오지를 않았다. 그렇다고 해서 회장님한테 모두 일러바치려니 사모님의 각별한 부탁이 또 마음에 걸렸다.

이리저리 궁리를 하던 끝에 황 상무는 돈을 건네주고 한 주일쯤 지난 다음 서구찬 사장에게 이실직고를 했다. 아내가 자신의 비열한 행위에 대한 비밀을 알고 있다는 사실을 전해 듣고 서 사장은 황망하고 허탈한 얼굴로, 처음 비밀을 알게 되었을 때 그의 아내가 그랬듯이, 거의 10분 동안 침묵을 지키며 담배만 피웠고, 아무리 생각해도 신통한 묘안이 떠오르지를 않는지 결국 황 상무더러 알았으니까 나가서 일을 보라고 했다.

이튿날부터 서 사장은 며칠 동안 백화점에 모습을 보이지 않았다. 그리고는 드디어 무엇인가 마음을 다져 먹은 듯 굳은 표정으로 나타난 그는 황 상무를 불러 앞으로는 '비자금'을 마련하지 않아도 괜찮다는 말을 했다.

그리고 얼마 후 서 사장은 한 전무와 평도로 낚시를 떠났고, 이제는 시체가 되어 집으로 돌아가는 중이었다.

죄없이 남편과 아내 사이에 얽혀 들어 고민하던 황 상무의 갈등은 이제 끝났다.

이제는 다 끝났다.

드디어 다 끝났다.

●　　●　　●

서 사장의 부인 재명은 배의 뒤쪽 유람객을 위한 벤치에 앉아 몸을 반쯤 옆으로 돌리고는 바다에 내리는 안개비를 물끄러미 구경했다. 하지만 한 전무는 그녀의 눈에 빗발이 들어오지 않으리라고 생각했다. 머리 속에서 너무나 많은 생각이 오가기 때문에 그녀의 눈에 무엇 하나 보일 리가 없었다. 그녀의 눈에 아무것도 보이지를 않고, 어쩌면 그녀의 머리 속에도 아무 생각이 떠오르지 않을지도 모른다는 사실은 멍한 그녀의 얼굴을 보면 쉽게 짐작이 갔다.

재명은 지금 어떤 표정이 그녀에게 어울리는지, 현재의 상황에서는 어떤 표정을 지어야 적절한지 신경을 쓰지 않았다. 그래야 할 아무런 필요성을 느끼지 않기 때문이리라고 한 전무는 생각했다. 서 사장의 시체를 찾았다는 한 전무의 연락을 받고 서울에서 부랴부랴 평도로 다시 내려온 재명은 배에서 내릴 때까지만 해도 표정이나 몸가짐이 전혀 흔들리지 않은 상태였고, 처음 만났을 때나 마찬가지로 예의를 깍듯이 갖추며 한 전무에게 그 동안 수고해 줘서 고맙다는 꼼꼼한 인사치레도 잊지 않았다.

선착장에서 한 전무와 이장의 안내를 받아 방파제로 간 그녀는 염을 하기 전에 물기를 빼고 어느 정도나마 건조를 시키기 위해 그곳에 안치한 서 사장의 시신을 직접 본 순간부터, 바로 그 순간부터 한꺼번에 흐트러졌다.

그녀는 이장이 재빨리 부축을 하지 않았더라면 그 자리에 주저앉았을 터였다.

충격이 그렇게 컸다.

서 사장의 죽은 모습은 그토록 참혹했다.

한 전무는 까마득한 옛날 갯바위 낚시의 초자였던 시절, 거문도에서 한 시간이나 다시 배를 타고 나가야 하는 백도에서 밤낚시를 하면서 잡은 망상어를 아무 데나 바위에 던져 두었다가 이튿날 날이 밝은 다음 눈알이 없어진 물고기의 참혹한 모습을 보고 놀란 적이 있었다. 밤중에 쥐가 몰래 와서 눈만 파먹은 망상어의 주검은 무섭기까지 했다. 하지만 열흘이나 바닷물에 잠겼다가 떠오른 서 사장의 주검은 눈 빠진 망상어하고는 비교가 되지 않았다. 지나치게 복잡한 관념이 그의 인생에서 눈알을 뽑아 먹고 나서 익사체가 된 서 사장, 그는 인간이 아니라 썩어가는 추악함이었다.

그래서 시체를 처리하는 일은 한 전무가 진두지휘했고, 그때부터 재명은 거의 아무 말도 하지 않았다. 서 사장의 죽음은 박테리아가 들끓는 부패의 덩어리였고, 그렇게 썩어 무너지는 남편의 모습을 보고 난 이후 어제와 오늘 재명은 감정이 탈진된 표정의 침묵으로 일관했다. 그것은 증오의 대상이 사라지고 난 다음 방향을 상실한 표정이었고, 인간의 종말이 결국 무엇인지를 목격하고 인생의 부질없음을 재확인한 절망감의 침묵이었다.

인간이 죽음을 두려워하고, 가능한 한 오래 살려고 발버둥을 치는 까닭은 아마도 서 사장이 죽은 모습처럼 그렇게 참혹한 순간이 자신에게 찾아오는 것을 어떻게 해서든지 잠시라도 더 오래 막아 보려는 안간힘에서이리라. 한 전무는 신경통에 특효라는 소문을 어디서 들었는지 모르겠지만 고양이를 잡아먹기 위해 걸핏하면 산을 뒤지며 헤매고 돌아다니는 평도의 최 노인 얘기를 듣고는 이곳에서 살아가는 고양이를 모조리 다 잡아먹어 멸종되면 쥐만 자꾸 늘어나 갯바위로 마음놓고 내려와서 망상어의 눈알을 파먹겠구나 하는 엉뚱한 생각도 했었고, 건강하게 오래 살고 싶어서 애꿎은 들고양이를 사냥하는 노인의 모습이 결국 인간의 삶을 상징하는 한 폭의 허화가 아닐까 쓸쓸한 기분이 들기도 했었다. 결국 죽어야 할 삶이라면 하루나 한 달, 1년이나 10년을 더 살려고 애써야 할 까닭이 무엇일까? 그리고 서 사장의 삶에서는 시간의 길이가 도대체 무슨 의미를 지녔었을까?

알 길이 없었다.

비가 내리는 바다를 물끄러미 쳐다보면서 재명이 지금 어떤 심정일지 한 전무는 그것도 알 길이 없었다. 살았을 때 그토록 미워하던 남편의 시신을 앞에 놓고 앉아 그녀는 무엇을 생각할까?

아마도 미움은 아니리라. 이왕 죽은 사람을 미워해 봤자 무슨 소용이겠으며, 미움의 행위란 결국 나한테만 손해라고 재명은 보리막걸리를 마시며 말했었다. 하기야 미움으로써 인간이 무엇을 얻겠느냐고 한 전무는 생각했다. 더러움을 욕하는 입도 역시 때가 묻는다는 진리를 이미 깨달았던 그녀는 죽은 남편을 위해 흘리기를 마다했던 눈물 때문에 자신에 대해서 다시 화가 난 것은 아닐까?

비열하고 치사하기 때문에 그녀가 혐오하고 증오했던 남편이 죽고 난 다음, 이제 그녀를 기다리는 새로운 삶은 과연 무엇일까? 미움도 목적이라면 목적인데, 증오의 목적지가 사라진 생의 종착지는 어디일까? 모든 시작은 생명으로부터 비롯하는데, 생명이 사라진 남편은 그녀에게 어떤 존재가 되었을까? 미워할 대상이 사라져서 증오의 어둠조차 존재하지 않고, 증오할 대상이 흐물흐물 썩어가는 순간에, 모든 것에는 결국 종말만이 존재한다는 진리 앞에서, 새로운 시작은커녕 잘못된 시작조차 없어진 다음, 이제는 증오의 시작으로조차 돌아가지 못하리라는 절망감에 빠져 아마도 그녀는 증오가 얼마나 헛된 망상인지를 새삼스럽게 깨달았으리라.

죽은 자의 세계에는 태양이 존재하지 않고, 봄과 가을은커녕 겨울조차 존재하지 않는데, 부질없었던 미움과 갈등으로 손해를 본 인생을 되새기며 그녀는 얼마나 억울할까? 한 전무는 서 사장과 재명이 왜 그렇게 삶을 낭비하며 살아왔는지 알 길이 없었다. 좋아하는 것을 찾으며 조금씩만 행복을 즐기고 살아가는 평범한 사람도 많기만 한데, 그런데도 구찬과 재명처럼 미움과 고통만을 찾아 스스로 시달리며 살아가는 똑똑한 사람들은 또 얼마나 많던가? 생각이 깊고 인생의 진리를 잘 아는 철학자들 가운데 정말로 행복했던 사람은 몇이나 될까? 소식(小食)을 하는 사람이 장수하듯, 행복도 조금씩만 먹고 살아야 하는지도 모르는데, 불행만 찾아 먹어 소화불량으로 죽은 남편의 주검 앞에 앉아 재명은 아직도 실패한 사랑과 인생의 멍에를 벗지 못하는 것일까?

왜들 그렇게 살아야 하는지 한 전무는 알 길이 없었다.

정말로 알 길이 없었다.

●　　●　　●

서 사장 부인의 옆에는 고흥에서 불러온 깡마른 장의사 손 영감이 죽음의 숙제를 아직도 풀지 못해서 벌이라도 서는 듯 두 손을 무릎에 얹은 채 꼿꼿한 자세로 앉아서 똑바로 정면의 허공을 응시했고, 손 영감과 재명 두 사람의 앞에는 서둘러 옻칠을 한 검붉은 싸구려 목관이 놓였다.

그리고 비에 젖은 초라한 관 속에는 생전에 그의 영혼이 그러했듯 너덜너덜해진 육신으로 서 사장이 누워 있었다.

까막여로 고기잡이를 나가던 평도 어부 육손 아범의 배가 구찬의 시체를 발견한 것은 어제 이른 아침이었다. 물살에 쓸려 내려가 어딘가 바위틈에 틀어박혔다가 뒤늦게 빠져 나와 수면으로 떠오른 듯한 시체는 너무 부패해서 배 위로 끌어올릴 수가 없어 닻줄을 풀어 두 발목을 묶어 바다에 둥둥 띄운 채로 평도 선착장까지 끌고 들어왔는데, 그렇게 밧줄에 끌려 들어온 서 사장의 시체를 보고 한 전무는 너무나 화가 났다. 아무리 죽은 다음이라고 해도 인간의 모습이 어쩌면 저렇게 참혹해질 수가 있을까 싶어서였다.

두개골은 뒤통수가 한 움큼 깨져 나갔고, 머리카락은 온통 새하얗게 탈색이 되었으며, 얼굴은 소다를 넣어 만든 빵처럼 퉁퉁 부풀어올랐는데, 우비를 걸친 사이로 드러난 손목의 살은 이미 썩어 없어져 흰 뼈가 드러났다. 물에 둥둥 떠가는 고무장갑만 봐도 섬뜩한 판에, 그런 몰골로 물 위에 엎어져 둥둥 떠 있는 서 사장의 모습을 보고 한 전무는 푸렝이섬에서 실종된 울산 오씨처럼 차라리 서 사장의 시체가 영원히 떠오르지 않았더라면 더 좋았으리라는 생각을 했었다.

방파제로 끌어냈더니 시체에서는 콧구멍과 귓구멍에서 한참 동안 물이 줄줄 흘러나왔고, 황 상무와 김 과장은 악취 때문에 손가락으로 코를 막고도 견디지를 못해 결국 방파제에 나란히 쪼그리고 앉아 한참 토하다가 민박집으로 올라가 버렸다. 한 전무는 시체가 더 빨리 부패하지 않도록 천막을 쳐서 햇볕을 가려 주었고, 고흥설비 사무실로 신승직 선장에게 전화를 걸어 장의사를 구해 얼른 들여보내 달라고 부탁했다. 결코 아름답지 못하게 살다가 죽어 간 서 사장의 참혹한 주검을 아내에게 보여 주기 전에 조금이라도 추악함을 다듬어 놓기 위해서였다.

점심때쯤에는 장의사가 유명호 편으로 평도에 도착하리라는 연락을 받고 나서야 한 전무는 재명에게 시신을 찾았다는 연락을 했다.

여수경찰서에도 연락을 취해서, 최 형사와 검시관이 나와 평도 초소장 윤 순경의 입회하에 서 사장의 깨진 두개골과 부러진 목뼈를 확인하고는 실족사라는 결론을 내리고 사건을 마무리지었다.

수미에게는 구찬의 시체를 찾았다는 사실을 알려 주지 않았다. 그녀가 남겨 두고 간 연락처로 전화를 걸었더니 수미는 아직도 몸이 아파 거동을 못 했다. 한 전무는 수미가 그런 몸을 끌고 다시 내려오기를 원하지 않았고, 서 사장의 죽음을 마지막으로 지킬 법적인 권리는 그래도 아내인 재명에게 속한다는 판단에서 그냥 건강을 회복했는지 궁금해서 전화를 걸었노라고만 말하고는 끊었다. 이미 미완으로 끝난 그녀의 고통은 조금이라도 더 연장할 필요가 없다는 생각도 들었기 때문이었다.

모든 삶의 얘기는 꼭 죽음을 맞아서가 아니더라도 어디에서인가는 끝이 나야 하고, 지금은 수미의 얘기가 끝날 시간이라고 그는 판단했다. 수미에게는 구찬의 시체를 바다 속에 그대로 묻어 두는 편이 나았고, 수미도 이제는 세상에 파묻혀 잊혀질 차례였다.

● ● ●

서 사장의 시신은 물기가 많이 빠지고 부인이 서울에서 내려온 다음 깡마른 장의사 손 영감과 한 전무 단둘이서 염을 했다. 마을 사람들은 악취를 피해 조금 떨어진 비탈길에 옹기종기 모여 서서 구경만 했고, 이장도 물통을 가져다 주거나 끈을 잘라서 건네주는 따위의 잔심부름만 했지 시체는 차마 손을 대지 못했다.

시체를 건져 온 어부는 온통 썩은 내가 배어든 몸을 씻어야 되겠다며 집으로 올라간 다음 다시는 선착장으로 내려오지를 않았다. 방파제에 나란히 쪼그리고 앉아 한참 토하다가 민박집으로 올라갔던 황 상무와 김 과장은 아무리 사모님을 위해서라도 흐물흐물할 정도로 부패한 시체를 손으로 만질 엄두는 내지 못했다.

죽음은 결코 아름답지가 않았다.

장의사와 한 전무는 서 사장의 몸에서 우비와 옷을 벗기고, 시퍼렇게 썩어가는 몸을 알코올로 닦아 냈다. 한 전무는 장의사가 코를 막으라고 내주는 솜을 쓰지 않은 채로 작업을 했다. 나는 아직 살았다는 사실이 죽어 간 서 사장에게 미안해서 차마 악취를 거부할 마음이 내키지 않아서였다.

삶이 고통스럽다며 죽음을 찬미하는 자들이 얼마나 정신나간 사람들인지를 생각하면서 한 전무는 장의사와 함께 서 사장에게 수의를 입혔다. 염을 끝낸 서 사장의 시체는 악취가 새어 나오지 말라고 비닐로 말끔히 포장해서 관 속에 넣었고, 서구찬 사장의 참으로 복잡했던 일생은 그렇게 끝났다.

●　　●　　●

부슬비는 계속해서 바다에 내리고, 한 전무는 하늘을 가득 채운 안개비를 응시하며 이런 생각 저런 생각 머리 속을 정리했고, 살아서 함께 낚시를 왔다가 한 사람은 죽어 관 속에 담겼지만 다른 한 사람은 멀쩡히 살아서 같은 배를 타고 도시로 돌아간다는 생각을 하니 어쩐지 죄를 지은 듯한 기분이 자꾸만 들었다. 그러나 인간이란 어차피 죽음을 곁에 두고 살아가게 마련이었고, 인간에게는 죽음을 거부할 권리가 없다. 그리고 서 사장의 죽음이 증명하듯이, 나의 죽음은 영원히 오지 않으리라고 아무리 착각을 계속하더라도, 인간은 너무나 쉽게 죽는다. 그런데도 사람들은 타인의 죽음에서 자신의 죽음을 지켜보며, 이미 죽음을 삶으로 받아들이면서 살아간다. 죽음과 같이 살기는 하지만, 살아야 할 삶 또한 그들을 기다리기 때문이다.

하기야 인간은 아메바의 시대로부터 억겁에 걸쳐 이미 죽기를 계속했고, 늙고 병들어 삭아 버린 삶은 죽어서 새로 태어날 삶에 자리를 비워 주었다. 새로운 삶이 태어나면 죽음은 저절로 망각된다. 그리고 삶이 이어지는 과정에서도 사람들은 역시 타인의 죽음을 잊는다. 어차피 다른 시간에 태어났기 때문에 저마다 다른 시간에 삶을 끝내야 할 모든 사람이 같은 방향으로, 결국 함께 북망(北邙)의 길을 가지 않는가.

서 사장의 삶 가운데 절반은 살아 보지 못한 삶이었고, 그렇게 불완전 연소된 서 사장의 삶은 끝났어도 한 전무는 이제 자신의 삶을 이어가기 위해 또 다른 시작으로 돌아가야 하고, 재명 또한 비록 지금은 충격으로 저렇게 무너졌지만 다시 일어날 시간을 맞아야 한다. 그녀 자신만의 몫으로 남은 인생을 살기 위해서.

끝없이 내리는 안개비가 한없이 바다 속으로 녹아 들어갔다.

●   ●   ●

한 전무는 안개비 속으로 유령섬처럼 점점 멀어지는 평도를 쳐다보면서 언젠가 마당바위로 다시 돌아가 저곳에 서 사장의 비를 세워 줘야 되겠다고 생각했다.

그리고 비명을 뭐라고 써야 좋을지 궁리하던 그의 머리에 보리막걸리를 마시며 서 사장의 아내가 하던 말이 떠올랐다.

서구찬 씨는 참으로 인간답지 못하게 살았노라고.

인간이 인간답지 못하게 산다는 추악함은 치욕이면서 죄악이라고.

그렇다. 그는 참으로 인간답지 못하게 살았다. 그래서 한 전무는 마당바위에 세워 줄 서 사장의 비석에 이런 글을 넣어야 되겠다고 생각했다.

그는 인간답게 살지는 못했을지 몰라도
참으로 인간스럽게 살다가 죽었다.

서구찬 사장이 일생을 끝낸 평도는 드디어 안개비 속으로 유령섬처럼 사라졌고, 서 사장의 비석이 서 있는 한 전무의 상상 속에서도 부슬비가 내렸다. 들녘

헤겔의 시선과 베이트슨의 시선
-「미늘」과 「미늘읽기의 끝」에 부쳐-

김윤식
(문학평론가, 서울대 교수)

(이 글은 1997년 5월 모 월간지의 의뢰로 쓰여진 것인데,
모종의 이유로 「미늘의 끝」과 함께 미발표로 오늘에 이른 것임.)

1. 『헐리우드 키드』의 이데올로기

객 : 헤밍웨이의 작품들을 좋아하십니까. 선생의 월평 속에 가끔 이 작가가 언급됨을 보았는데요

주 : 대학 시절 영어공부 하느라 헤밍웨이의 소설들을 제법 읽었지요. 번역판과 대조해 가면서.

객 : 대학 시절이라면, 아마도 50년대 초쯤이겠는데요. 안 그렇습니까.

주 : 물들인 군복과 워커(군화)를 신은 채, 갓 수복한 서울의 대학에 들자, 운동장엔 아직도 미군 주둔 철조망이 쳐져 있더군요. 서울역에서 조금 걸어 남대문 앞에서 바라보니, 청계천까지 훤히 드러난 폐허. 기둥만 남은 중앙우체국 건물이 지금도 기억됩니다. 제가 속한 세대는, 그러니까 갈 데 없

는 전후세대. 모든 것이 폐허, 제로 지점, 이른바 원점이었던 셈. 청계천 대학천(大學川)을 혹시 아실까.

문리대에서 직선으로 남쪽으로 청계천 쪽으로 오면 마주치는 곳. 여기 수많은 헌책방들이 늘어서 있었지요. 청계천은 복개되기 전이니까 시커먼 물이 그대로 흐르고 있고 겉모양은 30년대 소설가 구보가 『천변풍경』을 엮던 그대로라고나 할까. 속은 그야말로 더 시커먼 물길. 온갖 장사치들이 들끓는 곳. 거기 책방도 그 중의 하나. 미군들이 군사용으로 사용하던 문학 교재에서부터 온갖 잡지, 단행본, 통속소설 등이 산더미처럼 쌓여 있지 않았겠는가. 물들인 군복을 입은 시골출신 대학생인 저를 그토록 매력적으로 이끌던 에로스가 거기 있었지요. 영어로 쓰여진 문학이 그것. 헤밍웨이, 스타인벡, T. S. 엘리어트, W. 사로안, E. 콜드윈, 그리고 헐리우드, 활동사진 배우, M. 먼로, 존 웨인, 게리 쿠퍼, 몽고메리 클리프트 등등.

객 : 그러니까 선생의 출발점이란 제로 지점이라는 것. 거기 GI 문화가 있었다는 것. 학문적 출발도 기껏해야 뉴 크리티시즘 언저리였다는 것. 요컨대 GI의 쓰레기장에서 시작되었다?

주 : 자장가를 부른답시고 저도 모르게 일본 군가가 흘러나왔다면, 어떠할까. 가관이긴 하나 실제로 그러한 세대도 있었다면 어떠할까.

객 : 누구나 자기의 유년기, 청년기를 회고할 권리가 있다?

주 : 그가 할 수 있는 정직함이 아니겠는가. 유년기에 배운 노래란 그것밖에 없으니까. 인격분열증이라 진단할 수 있을지는 몰라도 이를 감히 비난할 수 있을까.

객 : ……

주 : 월명사(月明師)나 송강보다 혹은 그와 나란히 헤밍웨이가 있었을 뿐.

객 : 월명사나 송강보다 헤밍웨이, 엘리어트가 먼저 혹은 나란히 있었다, 그래서 어쨌다는 것입니까.

주 : 그렇다는 것이지요. 가끔 헤밍웨이가 제 의식 속에 출몰한다는 것.

지금까지도 말입니다. 또 헤밍웨이 작품을 헐리우드에서 만든 활동사진을 통해서도 마주쳤다는 것. 「태양은 다시 떠오른다」의 배우 에롤 프린의 허무한 몸짓, 「누구를 위하여 종은 울리나」의 게리 쿠퍼의 심각한 표정, 「킬리만자로의 눈」의 여우 수전 헤이워드의 그 유명한 들창코……

객 : 알 만합니다. GI 문화에 중독된 세대의 권리랄까 어쩔 수 없음, 뭐 그런 것이겠는데. 문득 제 머리 속에 선생보다 제법 아래 세대인 작가 안정효(1941년생) 씨의 『헐리우드 키드의 생애』(1992)를 떠올림은 웬 까닭일까요. 헐리우드 영화가 키워낸 세대라고, 마포 공덕동 시장바닥 장사꾼집 출신의 안씨가 깃발처럼 내세우고 있지 않습니까.

주 : 헐리우드 활동사진들이, 아메리카니즘(그들은 Pax Americana라 부르겠지만)을 알게 모르게 내세운다는 것은 모두가 아는 일. 도시의 고층건물 밑에 서 있는 외로운 사내의 표정, 그 얼마나 멋있는가. 그렇지만 그 건물 꼭대기에 Coca Cola 광고판이 한순간 스쳐 지나가지 않겠는가. 갈 데 없는 이데올로기지요. 공덕동 시장바닥 출신의 안씨가 헐리우드 키드라 자처하며 본 무수한 이미지들이 이 이데올로기에 감염된 희생물이라 할 수 있을까.

객 : 선생은 지금 F. 제임슨류의 마르크스주의의 무의식적 이데올로기 형태(내적 형식)를 들추어내고 있군요(F. 제임슨류의 『변증법적 문학이론의 전개』, 제5장 6절). 어떻게 보면 선생 세대측의 자기분석이기도 하고 이 점 아마도 선생의 정직성의 한 가지 표현인지 모르겠네요. 이데올로기 중독증 환자들.

주 : …….

객 : 그건 그렇고 아니, 그러니까 헤밍웨이겠는데, 선생은 헤밍웨이의 어느 작품이 우선 마음에 드셨던가요.

주 : 처음엔, 『태양은 다시 떠오른다』의 허무주의였고, 『누구를 위하여 종은 울리나』의 자기 희생정신이 그 다음이었고, 『킬리만자로의 눈』을 거

쳐, 그 다음은 『노인과 바다』.

　객 : 『노인과 바다』란 늙은 낚시꾼의 물고기 낚는 얘기 아닙니까. 비록 노벨상 수상작가의 작품(1954)이라 하나 그 짤막한 소설의 어떤 점이 그럴 법했던가요. 큰 물고기 한 마리를 오랜만에 잡아, 해안으로 끌고 오는 동안 상어떼의 습격을 받아 뼈다귀만 끌고 오는 늙은 어부. 파멸되어도 패배하지 않는 것이 인간이다라는 알쏭달쏭한 말을 남기기도 하면서.

　주 : 전공자도 아니면서 제가 뭘 알겠습니까. 두 가지 시선을 던져 보면 어떠할까. F. 제임슨의 마르크스주의적 무의식에서 오는 시선이 그 하나.

　객 : 알겠소 헤밍웨이가 미국의 국민적 작가로 군림한 것은, 그의 문체에 있다는 것. 문장에 대한 비할 바 없는 전문적 처리방식은, 기술제일주의에 다름아니라는 것. 곧, 기술계를 제패함으로써 세계를 제패한 미국 노동자들의 기술제일주의의 이데올로기적 반영에 다름아니라는 것. 토씨 하나에도 무수한 신경을 쓴 헤밍웨이의 글쓰기란 미국을 지탱하는 기능공의 이데올로기라는 것. 그렇다면 미국인도 아닌 선생이 헤밍웨이 문체에 심취한다는 것은 가소로운 일이 아니겠는가. 기껏해야 「무녀도」의 후손인 주제에.

　주 : 또 다른 시선도 있다는 것까지 검토한 뒤에 비판해도 늦지 않을 텐데.

　객 : …….

2. 주인·노예의 변증법

　주 : 물고기 낚기란 무엇인가. 이 점에 주목한다면 어떠할까. 헤밍웨이의 또 다른 작품에 『아프리카의 푸른 언덕』이 있거니와, 여기서는 사냥 아닙니까.*

객 : 낚시와 사냥은 동일하다? 그러니까 생각나네요. 선생이 즐겨 주장하는 헤겔주의 『정신현상학』의 핵심인 그 유명한 「주인·노예의 변증법」.

주 : 인간의 인간스러움은 무엇인가. 〈승인욕망〉이라 요약되는 것. 〈나〉와 〈너〉가 있다 함은, 〈나〉와 〈너〉의 대결이 있을 뿐. 이 경우 대결이란, 동등한 실력을 전제로 한 것. 이 승인(위신투쟁 Prestigekampf)에 있어 최종결심은 〈죽음〉을 담보로 할 수밖에. 만일 두 사람의 싸움에서 한쪽이 죽음이 두려워 굴복한다면 어떻게 될까. 노예일 수밖에. 그렇지만 노예로부터 승인받는 주인이란 얼마나 허망할까. 대등한 자의 승인 아닌, 쓰레기 같은 노예의 승인이란 그래 진정한 승인일까. 주인의 가눌 수 없는 허무 의식의 발생은 이 때문에 필연적일 수밖에. 주인은, 죽음이 두려워 굴복한 노예를 무자비하게 취급하는 수밖에. 혹독한 노동에 부칠 수밖에.

객 : 그 결과 주인은 향락(Genüss)에 빠질 수밖에. 모든 것은 노예들이 해주니까, 할 일이 없을 수밖에. 그 결과는 어떠할까.

주 : 노예는 노동을 통해 자기를 인간스러움으로 회복하는 것. 가령, 노동이란 물건 만들기 아니겠는가. 물건 만들기란 설계도(의식)의 작용이며, 이때 노예는 기술(개념화 작용)에 나아가는 것. 개념화 작용에 임하는 노예란 이미 노예일 수 없는 법. 이 순간 노예는 주인으로 둔갑하고 있지 않겠는가.

객 : 그 대신 원 주인은 향락에 빠져 노예로 전락하고…….

주 : 주인·노예의 변증법이 이로써 작동되고, 인류문명은 이 변증법의 전개이었던 것.

객 : 낚시, 사냥이란 그 연장선상에 있는 것이다? 앞뒤가 안 맞지 않습니까. 낚시, 사냥도 일종의 노동인 만큼 주인이 노동에 나아간 셈 아닙니까.

주 : 아주 첨예한 장면에 부딪쳤습니다. 낚시, 사냥이 〈향락이냐 노동이냐〉의 과제.

객 : 주인·노예 변증법이 작동되지 않는 예외적 사례라는 뜻입니까. 노

동하지 않는 존재가 주인인 만큼 낚시, 사냥이란 당연히도 향락범주 아니
겠습니까.

　주 : 엄밀히 말해 사냥, 낚시란 노동이겠지요. 실리적 목적이 〈먹을거리〉
이니까. 그런데 주인은 노동을 거부하는 존재. 풀무질, 집짓기, 댐공사 따
위를 어찌할까 보냐. 그렇지만 사냥, 낚시만은 경멸하지 않는다 함은 웬 까
닭일까. 당연히도 그것이 노동이 아니라는 시점에서 나온 것. 이 예외적 사
실은 어떻게 설명해야 적절할까. 특권이 아니었겠는가.

　객 : 맹수나 큰 고기란, 그러니까 당초 인간의 위신투쟁(승인욕망)에 맞
선 상대방(인간)이라는 뜻이겠는데. 생사를 건 투쟁에서 죽음이 두려워 상
대방이 항복을 한 경우가 노예일 터. 이 순간 주인은 형언할 수 없는 공허
감에 빠지는데 왜냐면 노예로 된 인간으로부터 승인받기란, 무의미하니
까. 따라서 주인은 죽은 상대자(죽음을 두고 겨루었으니까 설사 그가 죽었대도
〈나〉와 대등한 존재였으니까)를 위해 죽음이 두려워 노예로 된 인간을 무자
비하게 다루는 것이고. 이러한 주인인지라 그는 노예가 만든 생산물을 소
비만 하는 것. 이른바 향락에 빠져 마침내 그는 노예로 전락할 운명에 놓
여 있다. 그가 향락에 빠지지 않기 위한 한 장치가 낚시, 사냥이다?

　주 : 인간이란 당초 짐승의 일종. 맹수와의 싸움이란, 죽음을 건, 승인욕
망이 아닐 수 없는 것. 주인이 된 〈나〉가 할 수 있는 것이란, 지난날의 인류
가 했던 수렵세계에의 향수 어린 재현이 아닐 수 없지요. 인간의 존엄과
동물에의 경시풍조란 예속적인 농경사회나 기술자의 사회에서 만들어진 …
생각일 뿐. 자기와 동등한 존재로 짐승을 놓고 그와 싸우는 일이란 신성한
것. 죽은 짐승에 대한 죄의식 따위란 없고, 대등한 자로서 경의의 대상일
뿐, 투우의 경우를 보면 금방 알 수 있지요. 동물의 고귀한 맹목성 위에서
성립되는 이 경기란 당초 스페인의 왕후들의 경기. 직업적 투우사의 출현
(18세기 초)은 귀족계급의 쇠퇴에서 가능했던 것. 투우에서, 투우사의 죽음
에 가까운 아슬아슬한 장면이 연출되는 순간, 거기에는 예로부터의 그 지

고성(至高性)이 휘황해지지 않겠는가. 이 순간 인간 모두는 주인의 자리에 서 있지 않겠는가.

객 : 〈인간은 패배할 수 있게 만들어진 존재가 아니다. 인간을 파괴시킬 수는 있되 정복할 수는 없다〉라는 『노인과 바다』의 명제는 막바로 「형제인 이 고기를 죽인 나는 이제 노예의 일을 하지 않으면 안 된다(I have killed this fish which is my brother and now I must do the slave work).」에 이어지는 것. 그러니까 헤겔의 『정신현상학』(제4장 [A])의 소설화라고나 할까. 그렇다면 헤밍웨이 소설은 주인의 처지에서 쓰여진 것이겠는데요. 말을 바꾸면 정복자의 소설이다, 혹은 남성적 동물적 공격적 소설이다, 그러니까 그런 소설을 좋아하는 독자의 취향이란 미국식 패권주의에 감염된 것이다, 고로 이데올로기의 일종이다.

주 : G. 바타이유의 해석도 이와 비슷하지요. 헤밍웨이가 구하고 있는 인간의 탁월성이란 주인의 눈에서 볼 때 비로소 가치있는 탁월성이라고(G. 바타이유, 『헤겔의 빛에 비추어본 헤밍웨이』).

3. 「미늘」이 선 자리

객 : 선생이 안정효 씨의 중편 「미늘」(〈문학정신〉 1991. 3.)이 발표되었을 때, 예외적으로 많은 지면을 할애하여 언급한 바 있었는데, 이제 그 의미를 조금 알겠군요.

주 : 제가 그 작품에서 인용한 것은 세 군데였지요.

객 : 기억납니다.

(A) 〈난 지금까지 감성돔이나 다른 물고기처럼 완벽한 선과 근육을 갖춘 남자의 벌거벗은 몸뚱어리를 본 적이 없어요. 여자도 마찬가지예요〉

(B) 〈찌와 더불어, 물 속에서 이리저리 도망치는 발광체와 더불어, 눈에

보이지 않는 물고기와 더불어 어둡고도 어두운 바다 깊고도 깊은 물 속으로 빨려 들어가는 환락 속에서 두 번 세 번 네 번 자꾸만 자꾸만 오르가슴을 한다.〉

　주 : (A)(B)에서 동성애적인 남성지상주의랄까 에로티시즘을 읽어낼 수도 있겠지만, 따져 보면 바로 여기에 위신승인을 기본항으로 한 주인의 생리가 뚜렷이 드러나 있지 않겠는가. 완벽주의, 최고의 경지, 그러니까 전문가의 시선.

　제가 「미늘」의 등장을 두고 이 나라 소설계에서는 낯선 부분이라 한 것은 이런 문맥에서이지요. 그리고 또…….

　객 : 묘사에 대한 언급이겠지요. 아마도 가령 아무렇게나 뽑은 다음 대목. (C) 〈구찬은 아까부터 뚱여를 자꾸만 눈여겨보는 한 전무의 날카로운 눈초리 때문에 불안했다. 두 사람이 올라선 돌출바위도 굴곡과 모양이 꽤 좋아 보였으며 잔물결도 쳐서 고기가 가장자리에 붙을 만도 했지만 웬일인지 벌써 두 시간 이상이나 전혀 어신이 없었고, 그래선지 한 전무는 점점 더 뚱여에다 탐욕스런 눈독을 들이는 모양이었다.〉

　주 : 특별한 대목이 아님에 주목할 것입니다. 490장의 중편 거의 전체가 이러한 묘사체로 일관되어 있지 않겠는가. 소설이 제일 잘해 낼 수 있는 이런 묘사란 경험(기억)에서 비로소 가능한 법. 제가 좋아하는 헤밍웨이의 또 다른 작품에 『킬리만자로의 눈』이 있지요. 재능있는 한 작가가 있었다. 향락에 빠져 허송세월. 재능을 탕진한 죄과로 죽어 가는 순간을 그린 작품이지요.

　어떻게 하면 그 재능을 되살릴 수 있을까. 마지막 도박으로, 돈 많은 과부를 얻어, 킬리만자로로 가지요. 창작을 하기 위해. 죽어 가면서 그는 이렇게 독백하지요. 「여기까지는 받아쓰게 할 수 있겠지만 콩트르 스카르트 광장에 대한 일은 받아쓰게 할 수는 없을 것이다.」라고 대필(代筆) 불가능한 경지, 그것을 묘사라 부르는 것.

객 : 「미늘」의 출현이 지닌 의미란 그러니까 이 나라 소설계의 낯선 부분의 하나다로 요약되는 것이겠는데.

주 : 조금 설명이 없을 수 없지요. 모두가 아는 바와 같이, 70~80년대 이 나라 문학의 주류란 〈사람은 벌레가 아니다〉라는 명제로 요약되는 것. 이러한 명제 위에 입각한 상상력의 방향을 뒤흔든 사건이 90년대 입구에서 벌어졌다면 어떠할까. 냉전체제 붕괴가 그것의 하나. 노사문제의 해체 및 약화도 시간문제. 국민소득 얼마에 오르면 노동자의 자기주장이란 한갓 모순개념에 지나지 않는 것.

그렇다면 앞서가는 새로운 상상력이란 무엇이겠는가.

객 : 이번엔 〈사람은 벌레다, 메뚜기다, 물고기다〉가 그것. 사회학적 상상력에서 생물학적 상상력에로 방향전환한 그 앞잡이가 90년대의 선두주자일 수밖에. 윤대녕의 『은어낚시통신』(1994)이 그러한 사례였을 터. 그렇다면 「미늘」의 등장은 무엇일까. 선생의 논법대로라면 헤겔주의의 등장이겠는데. 〈위신승인〉의 시선에서 보면 〈사람은 맹수다〉로 요약될 법한데요.

주 : 차라리 〈사람은 남성이다〉라 부르고 싶은 상상력이 아닐까. 90년대를 휩쓴 여성주의적 글쓰기(여성작가와 무관함)에 대한 대타의식화(對他意識化)로서의 의의가 좀더 뚜렷하니까.

4. 「미늘의 끝」이 선 자리

객 : 「미늘」에서 〈미늘〉의 상징성을 선생은 문제삼고 있지 않은 듯한데요. 낚시 끝의 안쪽에 있는 가스랑이 모양으로 되어 고기가 물면 빠지지 않게 된 작은 갈고리가 이른바 〈미늘〉 아닙니까.

주 : 그럴까요. 헤겔의 주인·노예 변증법이 실상 인간의 급소 곧 미늘이 아니었을까. 어째서 서울의 녹번동 범아공업사 전무인 한씨는, 공장일

을 팽개쳐두고 소나타를 몰아 남해 푸랭이섬[靑島], 거기서도 제일 아슬아슬한 파도 속의 바위섬 뚱여로 가서 물고기를 잡아야 했을까. 어째서 압구정동 모백화점 사장인 서구찬 씨는 사업 따위보다 낚시에 빠져 푸랭이섬까지 기웃거리며 뛰어다녔을까. 불세출의 탐험가 허영호 씨는 또 어째서 남극점을 향해 눈썰매를 끌고 다녔을까.

　객 : 헤겔의 〈미늘〉에 걸렸기 때문이다?

　주 : 한 전무나 허영호 씨가 아름답게 보이는 것은 미늘을 향해 회의없이, 스스럼없이, 일직선으로 돌진하고 있음에서 말미암은 것. 이를 〈무지개 빛〉이라 부르는 것. 생명의 빛깔. 횟집의 물고기에서는 없는 이 무지개. 〈한 전무는 썩은 사과만 골라서 먹는 인생은 참으로 어리석다고 생각했다. 그는 낚시를 하다가 큰 고기를 잡으면 남들에게 보여 주고 자랑하기 위해 아이스박스에다 얼음을 채워서 서울로 가지고 올라가는 미련한 짓은 하지 않았다. 그는 가장 큰 고기부터 골라내어 잡은 그날로 회를 쳐 먹어 없앴다. 게르치나 감생이나 무슨 고기나 다 마찬가지였다. 그날 잡은 고기로 갯바위에서 회를 치면 살에서 형광빛 분홍 비슷한 무지개 빛깔이 영롱히 빛난다.〉(「미늘의 끝」의 한 대목)

　객 : 〈생명의 빛깔〉이 바로 한 전무에겐 〈미늘〉이겠군요. 세속적 〈미늘〉을 초월한 〈진짜 미늘〉에 걸린 청동시대의 인물. 평생 그 무지개 추구에 미쳐 버린 사내. 그런데, 서구찬 사장의 경우는 다르지 않습니까?

　주 : 좋은 지적입니다. 「미늘」의 작가가 이번에 「미늘의 끝」을 쓴 이유랄까 명분도 이 점에 있지 않았을까.

　객 : 한밤중, 폭풍우 속 뚱여의 바위 벼랑. 백척간두에 매달려 시간과 경쟁하며 죽음과 맞선 한 전무를 고무하며 〈산타루치아〉를 불러제끼던 서구찬 사장은 그러니까 한 전무에겐 생명의 은인. 그로부터 둘은 틈만 나면 바다 낚시질에 두 코가 꿰어 있지 않았던가. 그렇지만 자세히 보면 서구찬의 경우 낚시질이란 일종의 방편이었음이 드러납니다. 서구찬이 한 전무에

게 실토한 바에 따르면, 숨겨 둔 여인이 있었다는 것. 그녀로부터의 도피행이 점점 낚시에로 깊어져 갔다는 것. 단순한 취미로서의 낚시가 여인의 등장으로 말미암아 죽음을 향한 낚시(자살 낚시행)로 발전해 갔다는 것. 취미로서의 단순낚시가 드디어 〈미늘스런 것〉이 되고 말았다는 것.

　주 : 그게 곧 한 전무의 경우와 결정적으로 구별되는 대목이지요. 한 전무란 누구인가. 중편 「미늘의 끝」 전체를 통틀어도 그의 모습이란 드러나지 않습니다. 그는 어디까지나 한 전무. 자동차 수리공장인 범아공업사 전무. 실질적인 책임자일 뿐. 말을 바꾸면, 그는 끝까지 본색을 드러내지 않습니다. 그의 과거라든가 성장배경이나 가정 혹은 생활관계 따위도 전무하지요. 부재중 공장이 엉망이 되어 낚시를 다시 않겠다고 낚시도구를 몽땅 꺾어 버린 적도 있다 하나, 또 아내와 아들을 대동, 낚시에 가기도 했고, 구더기가 날개를 달고 날아가는 낚시터 장면을 내비치기도 하지만 오히려 그만큼 그의 현재를 강조하는 데 효과적일 뿐. 그는 당초부터 끝까지 〈현재적〉이자 〈원형적〉이지요. 이력서 없는 신과 흡사한 존재라고나 할까. 신을 닮은 저 희랍 서사시의 주인공 영웅이라고나 할까. 완벽한 인간 원형이 걸려든 〈미늘〉이 거기 있었지요. 진짜 인류의 미늘. 고귀한 헤겔적 미늘.

　이에 비해 서구찬 사장은 그야말로 너절한 시정잡배. 우리 보통 인간이지요. 욕계 삼욕에 빠져 허우적대는 초라한 중생.

　객 : 중생의 미늘을 다룬 것이 중편 「미늘의 끝」이다?

　주 : 지금 갤로퍼 한 대가 서울을 떠나 남해로 향하고 있습니다. 운전대를 잡은 사내가 중년의 한 전무. 그 옆이 같은 또래의 서구찬 사장. 그리고 뒷좌석에 앉은 30세의 가냘픈 여인. 이름은 정수미. 8 시간 만에 그들이 닿은 곳은 남해 항도 이튿날은 평도 낚시질에 여자를 동반하다니. 한 전무의 사전 속엔 어불성설. 그렇지만 서구찬 사전 속엔 다른 것과 동일한 비중이었던 것. 작가는 이 점을 분명히 하기 위해 노력을 기울이고 있습니다.

그 때문에 작품이 형상화의 밀도가 떨어져 부분적이긴 하나 이른바 통속화로 흐를 수밖에.

　객 : ⋯⋯.

　주 : 서구찬이란 누구인가. 8세 때 고아. 백부집에 입적. 대학 후배인 재명과 결혼. 32살 적엔 정수미라는 여인을 사귐. 정수미는 또 어떤 과거를 가진 여인인가. 좌우간, 그는 아내에게 들켜, 경제권도 빼앗기고, 두 아들 덕분에 겨우 이혼만은 면한 신세. 이런저런 너절하기 짝이 없는 얘기가 줄줄이 이어지지 않겠는가. 지금 임신 중인 정수미를 데리고 낚시질행이란 아내 재명으로부터의 도피행이자 정수미로부터의 도피행이기도 한 것. 미늘에 걸려든 물고기 신세. 낚시질행이 아니라 스스로 바다에 뛰어들어 고기밥이 되기 위한 것이었을 뿐. 문제는, 이러한 사정을 드러내기 위해 작가 안씨는 상당한 부분 묘사를 포기했다는 사실.

　(A) 〈수미는 세상의 모든 새를 싫어한다고 언젠가 서 사장이 한 전무에게 설명했었다.〉

　(B) 〈한 전무는 대부분의 내용이 벌써 여러 번 들은 얘기였지만 그래도 잠자코 들었다.〉

　(C) 〈이것도 역시 한 전무가 수없이 여러 번 들었던 얘기였다. 한 전무는 그가 포기한 이유도 이미 알았지만 어차피 또 나올 얘기여서 모르는 체하며 왜 마라톤은 그만두었냐고 일부러 물었다.〉

　객 : 남에게 베끼게 할 수 있는 그런 차원이렷다? 중편이 되기 위해 취해진 어쩔 수 없는 조처가 아니었을까요 서 사장의 죽음이 (1)자살이냐 (2)타살이냐 혹은 (3)우연사이냐를 두고 펼쳐진 이런저런 추리기법의 도입도 손에 땀을 쥐게 하는 훌륭한 작가의 솜씨로 볼 수 없을까요 뿐만 아니라, 한 전무의 시선으로 드러나는 흐린 바다의 풍경, 특히 두 번씩이나 등장하는 바다의 황사현상 장면의 묘사⋯⋯.

5. 이중구속─개인적 측면과 문화적 측면

　주 : 「미늘의 끝」이 지닌 매력은 따로 있는데, 헤겔의 시선이 간과한 측면이 아니겠는가. 노예도 〈미늘〉을 갖는다는 측면이 그것. 노예이기에 갖는 미늘이란 무엇인가.

　객 : …….

　주 : 자살의 반대측이란 무엇일까. 호기심의 강도랄까 삶에의 적극성이 아니겠는가. 이러한 것이 구체적 행동으로 나타나는 것을 두고 탐구라 부르겠지요. 이를 고차의 성격이라 부르겠지요. 고아이자 양자로 자란 서구찬 사장의 경우 그 성격은 어떠했던가. 성격을 변화시킬 수도 있을까.

　객 : 성격 바꾸기라면, 일찍이 파블로프의 개에 대한 실험이 연상되는데요. 이른바 신경증 생성 실험. 가령, 일정한 시간을 정해 놓고 종을 쳐서 먹이를 주던 단계에 익숙한 개를 이번엔, 수시로 종을 친다든가, 종을 쳐도 먹이를 주기도 안 주기도 한다면 개는 어떤 반응을 보일까. 삶에의 적극성이 둔해지거나 소멸되지 않습니까.

　주 : 이번엔 좀 색다른 실험을 해 보면 어떠할까. 개에게 두 장의 도형을 보입니다. 한쪽은 원, 다른 한쪽은 타원. 이 둘을 식별하면 먹이를 준다. 식별 못하면 전기쇼크. 개는 열심히 이에 응합니다. 이번에 문제의 난이도를 높인다. 곧 원은 타원에 가깝게, 타원은 원에 가깝게. 개는 식별하기 위해 필사적. 또다시 난이도를 높여, 누가 보아도 원인지 타원인지 구별되지 않는 상태를 보여 준다. 그러자 개는 어떻게 반응했을까. 실험자도 구별 못할 정도니까 실험자는 〈한층 원에 가까운 것〉을 멋대로 정하고 먹이를 주기도, 전기쇼크를 가하기도 할 수밖에. 개는 그래도 노력하지만 번번이 실패할 수밖에. 그러다 돌연 개는 파괴적인 행동으로 나아간다. 실험기구에 몸을 부딪치기도 하고, 먹이를 거부하기도 하고, 혼수상태에 빠지는 놈도 있고

객 : 선생은 지금 베이트슨(G. Bateson, 1908~80)의 〈이중구속(double bind)〉 개념을 말하고 있군요(『정신의 생태학』). 셰익스피어의 「햄릿」(제3막 3장)에 나오는 유명한 대사 〈동시에 두 가지 일에 묶인 사나이처럼(To double business bound)〉도 그런 것 아닙니까. 형을 죽인 죄에 떨며 열심히 기도하는 국왕의 독백 장면. 기도하고자 하는 마음과 죄인이어서 기도할 수 없는 마음의 갈등이 그것. R. 지라르는 이를 평론집 제목으로 사용한 바도 있고(「To Double Business Bound」 1978).

주 : 신경증이 생겨나는 실험으로 이 문제를 제기한 점에 베이트슨의 특출함이 있겠지요. 실험실의 그 개는 무언가 몰랐다는 것이 이 실험의 핵심이지요. 곧, 〈식별의 콘텍스트(문맥)〉에서 〈도박하기의 콘텍스트〉로 이행되었음을 개가 몰랐던 것. 이러한 변이를 빼앗긴 까닭. 주인과 함께 실험실에 들어갈 시점에서는, 개는 주인의 뜻에 맞게 열심히 노력한다. 그 길이 자기의 생존에 관련된다고 무의식 속에서 느꼈으니까. 그 때문에 개는 열성을 다한다. 그러나 어느새 열심히 하면 할수록 바보스런 상황에 직면. 이러한 상황변화를 모르는 개는 열심히 벌을 받을 뿐. 이때 발생하는 것은 지금까지 안정된 주인과 자기의 관계에 대한 두려움이다. 관계 파탄에 대한 위협. 주인의 명령이, 그리고 실험실의 당초 상황이 〈식별하라!〉인데, 어느새 상황전체가 강요하는 것은 〈식별해도 소용없다〉로 되어 버렸던 것. 주인은 〈내 명령에 따라야 네가 안정된 삶을 살 수 있다〉라는 명령을 발하면서 동시에 〈네가 내게 복종할 수 없다〉라고 하는 상황.

객 : 헤겔에서 베이트슨이라. 그러니까 「미늘」에서 「미늘의 끝」이 각각 이에 대응된다는 것. 이 모두는 심리학적이라든가 신경증 생성 실험에 멈추는 것은 아닐 터인데요. 선생이 자주 말하는 〈모든 희랍인은 거짓말쟁이라고 한 희랍인이 말했다〉에도 해당되는 것 아닙니까.

주 : 러셀의 지적 태도, 논리적 계형(logical types)이 다르다는 사실을 알면 쉽사리 풀리는 문제라 할 수 없을까. 개의 경우, 〈식별하기〉와 〈도박하

기>란 논리적 계형이 다른 것. 이를 동일한 것으로 인식하는 한, 모순에 빠질 수밖에. 위의 희랍인 문제도, 진·위 판별 불가능으로 보이지만, 집합(class)과 요소(member)의 계형을 설정하면 풀릴 수 있는 과제일 터.

객 : 인간의 경우, <논리적 계형>들이 하도 많아서 이를 일일이 식별할 수 없을 정도 아닙니까. 더구나 문화적 문맥이 지역마다 시대마다 다르기도 하고 가령, 서구찬 사장의 경우, 그가 선 기본항이란 일부일처의 계형이겠지요. 숨겨 둔 여인, 정수미의 존재와 본처 재명을 동일한 계형으로 인식한 데서 생긴 비극이 아니겠는가.

주 : 중편 「미늘의 끝」이란 서구찬 사장의 신경증 생성 과정을 추적한 것. 동시에 정수미의 그것까지도 또한 구찬의 본처의 그것까지도

객 : 첩이란 무엇인가. 일처다부주의의 티베트나 일부다처주의의 이슬람문화권에서 보면 어떠할까. 한갓 된 허구가 아니고 새삼 무엇일까.

주 : 서구찬 사장을 죽게 한 진짜 원인은 무엇일까. 이 문제가 마지막으로 남게 되었습니다. 개인의 신경증일까. 문화도 일종의 마음의 생태계로 본다면 문화의 생태가 원인일까.

객 : 개별적·주체적 콘텍스트에서 상위의 콘텍스트에로 옮아가면서 보다 큰 전체가 만들어 내는 유형에 대응해 가는 방식으로 이 문제를 풀 수 없을까.

주 : …….

객 : 그러고 보니 정작 「미늘의 끝」에 관해 우리는 거의 아무 말도 하지 않은 폭이 되고 말았군요. 멀리서 서 사장이 죽은 마당바위 앞바다 윤곽만 바라본 꼴이라고나 할까.

주 : 이만하면 제가 안정효 씨의 독자의 하나라 할 수는 있지 않겠습니까. 비록 서구찬 사장을 죽음으로 몰아넣은 그 신경증(미늘)을 치유해낼 방도를 제가 명석하게 제시하지 못했다 할지라도 둘녘

물에 빠진 대화

시시한 사람의 시시한 얘기가 진짜 인생 이야기거든.
날마다 듣는 진부한 얘기, 낚시 얘기, 잡담, 그게 우리 인생의 진짜
대화란 말야. 너무 목에 힘주고 재주 부리는 글이나 작품을 보면
방부제가 들어간 음식 같아. 싱싱한 맛이 없다구. 상추쌈에다 밥을 싸
담고 고추장만 꾹꾹 눌러 넣은 밥이 얼마나 맛있는지는 너도 잘 알잖아.
소설가니 철학자니 짜들 얘기하는 거 들어 보면
쉬운 얘길 왜 그렇게 어려운 말로 하는지 모르겠어.

하나

그래 봤자 아무 소용도 없는 줄 뻔히 알면서도, 혹시 생명을 보존하는 데 조금이나마 보탬이 될까 싶어서 두 발을 계속 버둥거리며, 임상현이 물었다. "야, 뺑학아, 우리 얼마나 떠내려왔는지 시계 좀 봐라."

병학은 손목에 찬 시커먼 대형 잠수용 시계를 확인했다. "이거 두 시간이 훨씬 넘었는데."

"이렇게 한없이 표류하다가 우리 죽는 거 아닌가 몰라." 조금이라도 겁을 먹은 눈치를 병학에게 보이고 싶지 않아서 별로 심각하게는 걱정하지 않는 듯한 목소리로 상현이 말했다.

"설마 죽기야 할려구. 안개가 걷히면 곧 구조대가 우릴 찾아 나올 텐데."

"그때까지 이게 견딜까?" 상현은 구명 조끼를 엄지손가락으로 툭툭 건

드리며 말했다. "구조선이나 헬리콥터가 우릴 찾아 나올 때까지 말야."

"그때까지야 견디겠지. 그래도 명색이 구명 조끼인데."

"만일 구조대가 우릴 찾아내지 못한다면—그런 일이야 없겠지만 그래도 만일 구조대가 우릴 찾아내지 못한다면, 이걸로 우린 얼마 동안이나 가라앉지 않고 바다를 떠다니게 될까?" 상현이 물었다.

"조끼 속에 집어넣은 개스가 떨어지기 전에는 가라앉지 않을 거야."

"그게 얼마나 걸릴까? 개스 빠지는 거."

"임마 그걸 내가 어떻게 알아? 누가 물에 빠져 봤어야 알지."

이렇게 자꾸 겁먹은 소리를 하니까 병학이가 혹시 나를 우습게 보지나 않을까 조금쯤 걱정이 된 상현은 말투를 장난스럽게 바꾸었다. "짜식 꼭 말하는 게 보석당 성 사장 같구만."

"성 사장님은 왜?"

"작년 겨울 추자도에 출조했을 때 말야. 성 사장이 미군 부대에서 비싼 돈 주고 새로 샀다면서 구명 조끼 가지고 한참 자랑했잖아. 그래서 박 감독이 그거 성능 좋냐고, 물에 잘 뜨느냐고 했더니 성 사장 얘기가, '몰라요 아직 물에 안 빠져 봐서 말예요'."

병학이 짤막하게 키득 웃었다. "하기야 아무리 배낚시 자주 나와도 누가 구명 조끼 평생 한 번 몸에 걸치기라도 하냐? 그냥 들고 다니다가 방석으로나 사용하지. 이런 사고가 자주 일어나는 건 아니잖아."

"그래도 아까 배가 침몰하기 전에 말야, 안개 속에서 반 시간이 넘게 표류를 하고 나니까 황 관장부터 시작해서 슬그머니 서로 눈치를 봐 가며 조끼를 잘들만 주워 입더구만."

"그건 너도 마찬가지였잖아." 병학이 말했다. "나도 그렇고."

"어쨌든 제때 구조대가 도착하지 않으면, 우린 지금까지 멀쩡하게 버티어 온 구명 조끼가 잘못되어 가라앉기 전에, 탈진하거나 배고 고프거나 뭐 그러다 죽겠지. 갑자기 찬 물을 만나면 심장마비를 일으킬지도 모르고. 이렇게 물에 빠지는 경우 사람이 탈진하고 굶어 죽는데 시간이 얼마나 걸릴까? 인간이 이런 상황에서 한 주일이나 보름쯤 버티나?"

"그건 다 사람 따라 다르겠지."

두 사람은 가야 할 방향이 어느 쪽인지도 모르기 때문에 발질을 해야할 필요도 없었지만, 어쨌든 계속 움직여야만 해야 된다는 막연한 의무감에서 팔다리를 쉬지 않고 놀리며 떠 있었다.

"바다거북 타고 살아난 사람 얘기 기억나?" 상현이 말했다. "60년대였지아마. 신문에 기사가 크게 났었는데."

"무슨 기사?"

"사모안가 피진가 어디에서 원양어선인가 뭔가 파선을 당해 바다에서보름인가 한 달 동안 표류하던 선원이 바다거북 한 마리를 만나 잔등에매달려 이리저리 떠다니다가 구사일생 살아났다고 그랬어. 기적 같은 얘기였지."

"기적 같은 얘긴 믿기 힘들어." 병학이 말했다. 그는 주위를 둘러보고 덧붙였다. "무슨 놈의 안개가 원……."

파도가 전혀 없어 둥둥 떠다녀도 숨이 차거나 힘이 들지는 않았지만, 안개는 정말 심했다. 상현은 뭍에서건 바다에서건 이토록 짙은 초여름 안개를 아직 한 번도 본 적이 없었다. 손으로 만지면 솜처럼 잡힐 정도로 두터워 보이는 안개를 둘러보면서, 후회를 해 봤자 이미 때는 늦었지만, 어쨌든이런 날씨에 출항을 했다는 사실 자체가 애초부터 무리였다고 상현은 생각했다.

학암포에서 우럭이 쏟아진다는 소문에 마음이 들떠 신진낚시 주말 출조를 나선 서른두 명을 태우고 갈현동에서 새벽 1시에 출발한 버스가 독립문과 인사동을 지날 때까지만 해도 날씨가 멀쩡하더니, 어찌된 일인지남산 굴을 지나 한남동으로 내려가니 벌써 추적거리기 시작했고, 평택을지날 무렵에는 이미 안개가 너무 짙어 속도를 늦추고는 비상등을 껌벅거려야 했다. 서산과 태안을 거쳐 어느 지방 도로 길거리 해장국집에서 새벽밥을 먹는 동안에도 안개는 점점 더 두터워졌고, 답답하게 길을 더듬거리며 겨우 학암포에 도착하니 악천후라고 모든 선박의 출항이 금지되었다. 하지만 여기까지 고생해서 겨우 내려왔는데 서울로 돌아가기도 난처한 일이었고, 회비도 다 낸 터에다 낚시회에서는 버스까지 대절했으니 돈을 물러주고 출조를 취소하기는 불가능했으며, 그래서 모두들 방파제에서 서성거리며 안개가 걷히기를 기다렸다. 그러나 한 시간을 기다려도 안개는 막무가내였고, 꽃집 윤 사장처럼 늘 성급한 몇 사람이 설레발을 떨며, 아까운 시간 다 가고 물때도 놓치겠다며 어떻게 좀 해 보라고 잔소리를 늘어놓자, 할 수 없이 총무가 어딘지 한참 왔다갔다하면서 무슨 수를 썼는지 모르겠지만, 겨우 출항 허가를 받아 왔고, 네 대의 낚싯배가 바다로 나왔다.

그리고는 결국 사고를 당했다.

"구조를 나올 시간도 지났는데, 혹시 어디서 헬기 소리 안 나는지 잘 들어 봐." 두 손으로 천천히 물을 긁으며 상현이 말했다.

"안개가 이렇게 짙은데 비행기가 뜨면 뭐 하니?" 손을 오므려 바닷물을 퍼서 얼굴을 적시며 병학이 말했다. "뭐가 보여야 구조고 나발이고 하지."

"아마 해경에서는 아직 상부에 신고도 안 했을지 몰라. 사고 보고를 했다가는 이런 날씨에 출항을 허락했다고 징계감일 테니까."

"해경에서는 사고가 났다는 사실조차 모를 수도 있겠고 우리 배하고 부딪친 배도 함께 침몰했다면 말야. 아무도 뭍으로 올라가 사고를 알리지 못했을 거 아냐. 그러니 초소에서는 우리 모두 멀쩡히 안개 속에서 우럭만 타작하는 줄 알겠지."

"안개가 걷히면 여기서 육지가 보일는지나 모르겠어." 상현이 말했다. "이렇게 오래 흘러 다녔으니."

"만일 육지 쪽으로 우리가 흘렀다면 지금쯤은 바닷가에 닿지 않았을까?" 별로 걱정을 하지 않으면서 병학은 남의 얘기처럼 했다.

"그러니까 우린 분명히 육지하고는 반대 쪽으로 표류하는 중이겠지. 점점 더 먼 바다로 말야."

"그렇지 않을지도 모르고." 병학이 말했다.

"땅이라도 보이면 목표를 향해 헤엄쳐 가겠지만, 이거야 어디……."

"방향도 모르면서 애써 헤엄치고 어쩌고 할 필욘 없어." 병학이 말했다. "현상유지나 열심히 하자구. 안개만 걷히고 나면 금방 헬리콥터가 날아올 테니까."

"날아올 헬리콥터라면 벌써 멀리서나마 소리라도 냈을 텐데."

"신념을 가지고 기다려. 꼭 올 테니까 말야."

꼭 신념을 가졌기 때문은 아니었지만, 상현은 그냥 기다리기로 했다.

한참 침묵을 지키다가 답답하기라도 했는지 병학이 다시 입을 열었다. "초평저수지에서 얼음이 꺼지는 바람에 통천출판사 방 사장이 물에 빠져 허우적거릴 때 헬리콥터가 날아와서 구출하는 장면 너도 봤던가?"

"봤어."

방 사장이 사고를 당했던 때가 그러고 보니 벌써 7, 8년 전이어서 어느 해인지 상현은 정확히 기억조차 나지 않았다. 하지만 2월이었다는 사실만큼은 분명했다. 겨우내 동면상태로 취이를 하지 않던 붕어들이 땅 밑으로부터 지열이 올라와 물의 한기가 풀리면 수초 사이로 살랑살랑 돌아다니기 시작하고, 그러다가 봄철 산란을 준비하기 위해 입질이 갑자기 왕성해지게 마련이고, 그래서 해빙기는 일년 중 너도나도 한 번 손꼽아 벼르는 대목이었으며, 방 사장이 사고를 냈던 날도 그렇게 때를 맞춘 출조 버스가 설레는 꾼들로 만원이었다.

하지만 해빙기 민물 낚시는 늘 위험했다. 저수지 얼음은 수심이 얕은 언저리부터 따뜻한 햇살에 먼저 녹기 시작하는데, 고기가 열심히 입질을 하면서 계속 잡혀 올라오면 비교적 두툼한 한가운데 얼음을 타고 앉은 초보

들은 어서 철수하라고 총무가 바깥에서 확성기로 사이렌까지 울려 대며
아무리 소리를 질러도 경험이 없어 위험한 줄을 모르고는 조금이라도 더
버티며 계속 낚기가 보통이었다. 방 사장은 그렇게까지 미련한 초보는 아
니어서, 굵은 놈 여섯 마리면 잡을 만큼 잡았다고 생각해서 얼른 나가 국밥
에 소주로 몸을 녹여야 되겠다고 대를 거둬 철수하던 참이었는데, 말풀지
대를 건너다가 키 큰 풀 주변의 얇은 얼음이 꺼지는 바람에 그만 물에 빠
지고 말았다.

　방 사장이 빠진 지점은 가장자리에서 꽤 멀었기 때문에 비상용 사다리
를 얼음에 걸쳐 놓거나 밧줄을 던져 사람을 꺼내기가 불가능했고, 아직 깨
지지 않은 얼음 위로 기어올라가려고 손으로 짚을 때마다 옆 얼음까지 꺼
지는 바람에 자꾸 기운만 빠졌으며, 어찌해야 좋을지를 모르겠던 방 사장
은 체중을 분산시키기 위해 가능한 한 팔다리를 넓게 펼친 채로 얼음 가장
자리에 매달려 숨을 몰아 쉬기만 했고, 안쪽 두터운 얼음을 탄 채로 아직
철수를 안 했거나 이미 논둑으로 나간 다른 사람들은 속수무책으로 그런
상황을 구경만 했는데, 그래도 누구인가 재빨리 머리를 써 부근의 군부대
로 구조 요청을 해서 얼마 후에는 요란한 소리와 바람을 몰고 헬리콥터가
날아와 밧줄을 내려 주었고, 옷이 물에 젖어 이불더미처럼 무거워진 몸으
로 방 사장이 밧줄에 매달려 공중으로 끌려 올라갔다가 허공을 가로질러
날아서 밭으로 나오자 때아닌 구경을 하던 관중이 사방에서 박수를 치고
환호성을 올렸다.

　"오늘 저녁쯤에는 우리 조난당한 얘기가 텔레비전 뉴스에 나오겠구만."
느릿느릿 허우적거리며 상현이 말했다. "방 사장 구출작전처럼 말야."

　"맞아. 태풍이 불었다 하면 섬에 고립된 갯바위 낚시꾼 얘기가 꼭 뉴스
에 나오곤 하던데, 안개 때문에 배가 침몰해서 표류한 사고 얘긴 우리가
처음이 아닌가 몰라." 병학이 맞장구를 쳤다.

　"저녁 뉴스 시간까지 구조가 안 되면 우린 꼼짝 못 하고 바다에 떠서

밤을 지내야 되겠지. 쫄쫄 굶어 가면서.”

“밤엔 꽤 추울 텐데.”

“마 난 지금도 좀 추워.” 상현이 말했다.

“낚시꾼 마누란 이래저래 맘 고생이 많다니까.” 병학이 말했다. “오늘 저녁 텔레비전 뉴스 보면 마누라 얼마나 놀랄까.”

상현은 대답을 하지 않았다.

“질질 짜는 마누라 모습이 눈에 선해.” 병학이 말했다.

“너 지금 어떤 마누라 얘기하는 거야?”

“뭐?”

“지금 너 니 마누라 얘기하는 거야 아니면 내 마누라 얘기하는 거야?” 상현이 따졌다.

“또 그 소리 나온다.”

잠시 거북한 침묵이 흘렀다.

상현은 오늘 저녁 텔레비전 뉴스에서 조난 사고 소식을 접하면 그의 아내 은경이 누구를 더 걱정할까 생각해 보았다. 작년까지만 해도 이런 경우라면 아내가 나보다 병학이 걱정을 더 많이 걱정했으리라고 그는 서슴지 않고 결론을 내렸으리라. 하지만 그 동안 사건도 많았고, 병학에 대한 아내의 생각도 퍽 달라졌다.

“우리하고 같은 배를 탔던 다른 친구들은 어떻게 되었을까?” 화제를 바꾸려는 듯 병학이 물었다. “저쪽 배에 탔던 한 전무도 무사한지 모르겠고.”

“우리하고 같은 배에 탔다가 물에 빠진 몇 명은 틀림없이 구조를 받았겠지.” 상현이 말했다. “다른 배가 건져 줬을 테니까.”

“하지만 그 배도 침몰했기 쉬워. 워낙 세게 충돌했으니 말야.”

“혹시 우리 두 사람만 이렇게 된 건 아닐까?”

“모르겠어. 워낙 경황이 없는 상황이었잖아.”

“어쨌든 우리 두 사람마저 서로 떨어지면 안 되니까, 밤이 되더라도 꼭

붙어 다니도록 조심해야지." 상현이 말했다. "너 같은 놈이라고 해도 없는 것보단 나으니까."

"짜식 말 한 번 이쁘게 하는구나."

두 사람은 마주 보고 물에 뜬 채로 계속해서 천천히 허우적거렸다.

아침에 그들이 타고 나온 배는 오늘따라 선장도 없었다. 안개가 심해 출조를 안 하는 모양이라고 혼자 판단해 버린 한 선장은 같은 뱀띠끼리 정기적으로 만난다는 "띠계에 간다"면서 서산으로 나가 버린 모양이었고, 낚시 안내 경험이 전혀 없는 젊은 대리 선장이 나왔는데, 혼자서는 우럭이 잘 나오는 자리를 찾을 능력이 없었던 젊은 꺽다리 선장은 일단 포구를 나온 다음에는 좌우로 눈치를 살피며 다른 배들을 졸졸 따라다니기만 했다.

안개 속에서 실수로 길을 잃어 심해로 들어가 큰 배와 충돌해서 침몰한다거나 하는 따위의 사고를 피하기 위해 네 척의 낚싯배는 서로 백 미터 내의 가시거리(可視距離)를 벗어나지 않으며 몰려다녔다. 그리고는 얼마쯤 고패질을 하다가 입질이 뜸해져서 우럭이 잘 붙을 만한 새로운 돌바닥 자리를 찾아 옮겨야 할 때면 어느 한 배에서 선장이 "거둬요!" 소리를 질렀고, 그러면 너도나도 서둘러 자세의 줄을 걷어올리거나 릴을 감아 챙기고는 우르르 다음 장소로 이동했다.

그렇게 농무(濃霧) 속에서 얼마쯤 헤매다가 오전 10시경에는 상현과 병학이 탄 배만 혼자 뒤로 처졌다. 우럭은 아닌 듯싶지만 농어라도 곧 물고 올라올 것처럼 자꾸만 톡톡거리는 입질이 아까워 독립문 부동산의 허 사장이 좀더 기다려 보느라고 줄을 늦게 거두는 사이에 다른 배들은 모두 낚시를 챙긴 다음 안개 속으로 순식간에 사라져 버렸기 때문이었다. 바로 옆에 따라붙은 배말고는 사방에서 아무것도 보이지 않아서인지 세 척의 배는 한 척이 낙오했다는 사실조차 모르는 듯 안개 속으로 사라진 다음에도 무적(霧笛)조차 울리지를 않았다.

하늘도 보이지 않고, 사방이 안개로 막혀 모든 지표가 사라진 가운데, 꺽다리 대리 선장은 아까 다른 배들이 사라져 버린 방향으로 한없이 쫓아 갔다. 아무리 가도 배를 둘러싼 한 조각의 바다말고는 아무것도 없었고, 다른 배들은 한 척도 보이지 않았다.

배가 낙오해서 무작정 남서쪽으로 표류를 시작했다는 사실을 꾼들은 처음 얼마 동안 전혀 몰랐다. 섬이나 다른 지표가 아무리 하나도 보이지 않더라도 선장이 알아서 감각으로 다음 낚시 지점까지 무사히 데려다 주려니 마음을 놓고 있었는데, 배는 계속해서 한없이 안개 속을 헤매었고, 배가 너무 오랫동안 멈추지를 않으니까 중국에다 신발 공장을 차려 놓고 모처럼 한국으로 쉬러 나온 김에 같이 출조한 도용수 사장은 "무슨 포인트가 이렇게 먼가?" 아무래도 이상하다는 생각이 들었던 모양이었고, 그래서 선미로 가 발동실 뒤에 달린 나침반을 보니 그들은 상하이를 향해서 달려가는 중이었다.

현재 위치가 어디인지조차도 모르겠으며 아까부터 다른 배들을 찾아 무작정 표류 중이라는 사실을 선장이 뒤늦게나마 솔직하게 시인하자 당황한 꾼들 사이에서는 영화에서 가끔 나타나는 심리적 갈등의 상황이 벌어졌다. 길을 잃었으면 철수하자고 그래야지 상하이로 가서 어쩌겠느냐고 도 사장이 잔뜩 긴장해서 따졌더니 선장은 모처럼 낚시를 나온 사장님들한테 미안해서 차마 뭍으로 돌아가자는 소리를 못했노라고 사과했다. 이왕 길을 잃었으면 선장을 도와 무사히 학암포로 돌아가야지 화를 내면 어쩌겠느냐고 밤무대 가수 서수남이 도 사장을 말렸다.

시간은 어느새 11시가 넘었고, 우리는 지금 서해로 나왔으니까 무작정 동쪽으로 가면 땅이 나오지 않겠느냐는 서수남의 제안에 따라 배가 항로를 동쪽으로 고정시켰지만, 육지는 좀처럼 나타나지 않았다. 우리가 언제 이렇게까지 멀리 나왔나 놀라울 지경이었다. 혹시 큰 배가 나타나 부딪혀서 우리 배를 침몰시킬까 봐 선장은 자꾸만 무적을 울려 대었고, 사람들은 어쩌다가 이런 상황이 벌어지게 되었는지 드디어 책임 문제를 따지기 시작했다. 이런 악천후에는 낚시를 포기하고 서울로 돌아갔어야 한다고 뒤늦게 주장하는 사람도 나왔다. 12시가 되어도 육지가 나타나지를 않자 외설 시비를 일으켰던 마광수 교수를 닮았다고 해서 김광수로 통하는 어쭈구리의 김 사장은 혹시 어디선가 땅이 나타나기만 하면 아무리 작은 여라고 해도 무작정 닻을 내리고 안개가 걷히기를 기다리자는 현명한 제안을 미리 내놓았다. 학암포를 찾아 헤매기보다는 무인도에나마 상륙하면 우선 생명은 무사하지 않겠느냐는 얘기였다. 이렇게 흥분할 일이 아니라 아무 데서나 닻을 내리고 차라리 느긋하게 낚시를 하면서 기다리면 안개가 걷힌 다음 헬리콥터가 구조를 하러 오지 않겠느냐는 사람도 나왔다. 안개가 걷히면 헬리콥터가 오지 않더라도 뭍으로 돌아갈 걱정은 안 해도 된다고 서수남이 한 마디 거들었다. 고기 욕심이 많기로 유명한 도 사장은 안개가 걷히면 낚시를 해야지 구조는 무슨 구조냐고 한 술 더 떴다. 그런 황망한 속에서도 작가 최 선생은 안개가 걷히거나 안전지대에 도달하면 다시 낚시를 해야 하니까, 이런 비생산적인 시간을 이용해서 점심이나 먹어 두자며 도시락을 꺼내 갑판 바닥에 펼쳐 놓기도 했다.

　허우적허우적 두 손과 두 발을 따로따로 휘저으면서, 상현은 오늘 아침에 벌어진 일을 생각했고, 우럭 몇 마리 잡겠다고 안개 낀 바다로 나와서 이런 꼴을 당한 자신의 모습이 어처구니가 없으면서도 현재 상황을 얼마나 심각하게 받아들여야 옳은지 갈피가 잡히지 않아서, 반쯤은 장난스럽게, 실없는 질문을 했다. "야, 근데 우리처럼 낚시 열치게 좋아하는 사람이 낚시를 하다 죽으면 그것도 순직이 되는 거냐?"

　"임마 그게 무슨 순직이냐?" 병학이 퉁명스럽게 말했다. "개죽음이지."

둘

　어느 방향으로 얼마나 떠내려왔는지는 알 길이 없지만 이제는 파도가 조금씩 일렁였으며, 두 사람은 쓸데없이 기운을 빼지 않으려고 아까부터 한참 침묵을 지켰고, 물에 둥둥 뜬 채로, 눈앞에서 천천히 오르락내리락을 계속하는 병학과 멀어지지 않으려고 점점 더 긴장하는 마음으로 계속 지켜보던 상현은, 지금 우리들말고도 몇 명이나 더 학암포 앞 바다에서 표류 중인지는 알 길이 없어도, 혹시 우리 두 사람만 저녁때까지 구조를 받지 못해 텔레비전 뉴스에서 실종 사실을 전하게 되면, 아내 은경은 비록 나보다 병학이 걱정을 더 하지는 않을지 몰라도 어쨌든, 혹시 우리 둘 다 죽기라도 한다면, 병학이를 위해서도 틀림없이 눈물을 흘리리라는 생각을 했고, 자꾸 병학이에 대해서 이런 생각을 해서는 안 된다는 생각도 했고, 그런데도 오늘은 자꾸만 병학이와 아내의 관계를 두고 이런 잡념이 머리에 떠오르는 까닭은 무엇인가, 죽음을 앞두고 꼭 정리해야 할 문제들 가운데 하나가 병학이에 얽힌 과거이기 때문이리라는 어렴풋한 결론을 내렸다.

　하지만 끝났어도 이미 오래 전에 끝났어야 마땅한 일을 두고 이런 식으로 집요하게 따지는 행위란 아무래도 사내답지 못한 짓이었으며, 병학이 못지않게 아내에게도 부당한 처사였고, 그래서 상현은 이따가 실종에 관한 저녁 뉴스를 보면 아내는 슬기의 아빠인 나에 대해서만 걱정하리라고 믿기로 작정했으며, 우리 두 사람이 다 죽더라도 역시 아내는 나 때문에 눈물을 흘리리라는 생각을 했고, 오늘 저녁 텔레비전 앞에 잔뜩 긴장하고 앉아 눈물을 흘리는 아내의 모습이 어떨지를 상상했고, 그래, 망할 놈의 낚시 때문에 은경이가 또 울게 생겼다는 생각을 했다.

　5년 동안이나 끌고 다니던 '똥차' 포니 2를 상현이 새로 나온 엘란트라로 교환하고 나서, 전파사 김 사장이 짓궂게 졸라대는 통에 같은 층에 사는 이웃들에게 '차턱'을 낸 자리에서 아내가 처음 털어놓은 사실이지만, 상현의 낚시 때문에 은경이 처음 눈물을 흘렸던 때는 외동딸 슬기가 두 살 때, 그러니까 병학에 관한 비밀이 밝혀지기 훨씬 전의 일이었다.

결혼 4년째였던 상현과 은경은 사실 신혼생활의 단맛도 빠질 만큼 빠졌고, 딸도 하나 얻은 다음이라서 별다른 굴곡도 없이 안정되고 판에 박힌 나날을 살아가던 무렵이었다. 그러다 보니 은경으로서는 남편의 사랑도 일상적인 버릇처럼 되어 아침에 일어나 이를 닦는 일이나 마찬가지로 있으나 마나 당연한 무엇처럼 느껴지고는 했었으리라. 더구나 그때는 아마도 아내의 마음이 오랜 세월 끝에 우연히 행방을 알아낸 병학에게 한참 쏠렸던 무렵이었는지도 모른다.

그러다가 갑자기, 은경의 설명을 그대로 믿어 준다면, "정말 갑자기 남편의 마음이 변하면 어떤 일이 일어나게 될지를 깨닫게 해 준 계기"가 은경에게 찾아왔다. 그해 초부터 임상현이 애첩을, 그것도 둘씩이나 한꺼번에 얻으면서, 조금씩 그녀로부터 마음이 멀어지는가 싶더니, 급기야 은경은 생과부가 되고 말았다. 두 사람 사이에 조금씩 금이 가기 시작한 까닭은 2월에 남편에게 '장난감'이 생겼기 때문이었다.

남편이 처음으로 헌 차라도 하나 사겠다고 했을 때는 사실 은경도 은근히 기뻐했었다. 건설회사에 다니던 남편의 수입이 신통치 않아 전세방 생활을 아직도 못 면한 그들이었는데, 비록 보세품 옷가게가 손님이 많고 돈이 잘 벌리기는 했어도 "마누라 돈으로 차 샀다"는 소리를 들으면 아무래도 상현의 자존심이 상하겠어서 은경으로서는 자가용이라면 선뜻 말을 꺼내지도 못할 처지였던 터에, 상현이 먼저 제안을 했기 때문이었다. 남편이 혼자 가서 먼저 보고 왔다는 중고차의 얘기를 듣고 은경은, 아무리 문짝이 덜컹거리고 엔진에서도 소음이 나는 똥차라고 해도 세 식구가 일요일이면 야외로 놀러도 나가고 하리라는 상상에 너무나 즐거워진 나머지, 별다른 걱정 없이 차값의 3분의 1을 스스로 내놓기까지 했었다.

그리고 처음에는 은경이 상상하며 즐거워했던 대로 그들의 생활이 바뀌었다. 세 식구가 덜덜거리며 서울대공원에도 가 보고, 벽제 갈비집에도 가서 석쇠 연기도 쐬고, 가까운 서오릉에도 찾아가고, 심지어는 쓸데없이 동네 골목을 한 바퀴 돌기도 하고, 셋방살이에 차고가 없어 밤마다 이 집 저 집 눈치를 보아 가며 뒷골목 한 구석에 세워 두고 구박을 받는 헌 차이기는 했어도 틈만 나면 그들은 대야를 들고 나가 세차를 한 다음 햇빛을 눈부시게 반사할 정도로 반들반들 닦아 놓고는 해서, 통장이 세금 고지서를 돌리며 지나가다 보고는 "그러다가 차 닳아서 없어지겠수다"라고 농담까지 할 정도였지만, 어쨌든 그들 부부에게는 딸 하나 다음으로 소중한 재산이 자동차였다.

이렇듯 그들 부부 사이를 조금쯤은 돈독하게 만들어 주던 자동차가 은경의 원수 같은 존재가 된 계기는 남편이 낚시를 배우고 나서부터였다.

처음에는 낚싯대도 없이 봄철 산란기에 몸만 회사 친구들을 따라 두어 번 나섰다가 강화도 내가지와 고삼저수지에서 톡톡히 재미를 들인 상현은 슬금슬금 낚시 장비를 하나 둘 사들이기 시작했다. 길고 짧은 대는 물론이요 그에 맞춰 길고 짧은 받침대, 고기를 담는 축 늘어진 그물 그릇, 바늘도 가지가지, 낚싯줄도 가지가지, 덜거덕거리는 미끼통, 접는 의자, 거기에 알록달록한 찌에다가 하다못해 집게까지 가짓수도 많고 다양한 물건을 닥치는 대로 남편이 사들이는 바람에, 그렇지 않아도 중고차 구입으로 빠듯해진 살림이 점점 더 영향을 받게 되었다. 물론 아내의 돈벌이는 여전히 단단했지만, 아직은 남편을 존중하는 차원에서 은경이 생활비의 절반 이상은 내놓지 않던 무렵이었으니, 살림을 엮어 내는 일이 그리 쉽지는 않았다.

그래도 은경은 남편이 고된 회사 일말고 어디엔가 그토록 열심히 마음을 붙일 취미라도 생겼다는 사실이 다행이라는 생각이 들어 처음 얼마 동안은 상현의 낚시 나들이에 대해 별로 불만을 나타내지 않았다. 그러다가, 날이 갈수록 점점 더 낚시에 몰두하면서 남편의 생활이 그녀에게서 차츰 멀어지는 것을 깨닫고 은경은 조금씩 위기 의식을 느끼기 시작했다. 뭐랄까, 그녀는 낚시에게 남편을 아예 빼앗기는 기분까지 들었다.

일요일마다 아내를 과부로 만들어 놓고 낚시를 다닐 정도까지는 그래도 참을 만했다. 하지만 낚시를 가기 며칠 전부터, 퇴근해서 집으로 와 시간만 좀 생겼다 하면 전에처럼 TV를 보거나 아내와 아이에게 바보 같은 장난을 치며 함께 노는 대신에 이제는 방안에서 생수통으로 물을 하나 가득 받아다 놓고는 쪼그리고 앉아 찌를 맞추고, 제 마누라는 등 한 번 제대로 밀어준 적도 없으면서 낚싯대들을 욕조에 반 시간씩이나 담가 흠뻑 목욕을 시킨 다음 수건으로 정성스럽게 닦아 그늘에 늘어놓고 말리기도 하고, 청승맞게 바늘을 매고 하는 꼬락서니를 보면 사람이 무슨 일에 미친다고 해도 어쩌면 저렇게까지 돌아 버릴까 의아하고 한심한 생각이 들었다.

그러다가 급기야는 낚시가 그들 부부의 애정 생활까지도 좀먹어 들어가기 시작했다. 상현이 평일 밤낚시를 다니기에 이르렀기 때문이었다. 말하자면 그것은 모두가 "그놈의 웬수 같은 자동차"가 원인이었다. 기동력을 갖추게 된 덕택에 남편은 조금 일찍 퇴근하는 날이면 저녁은 낚시터에 가서 라면을 끓여 때우겠다고 하면서 휭 하니 차를 몰고 가서는 새벽 대여섯 시까지 놀다가 돌아와 한 시간쯤 눈을 붙이는 둥 마는 둥 하고는 샤워만 한 차례 뒤집어쓰고 아침도 거른 채 출근을 하고는 했다. 그러니 남편과 잠자리를 같이 하는 시간까지도 거의 다 빼앗겨 버린 은경으로서는 낚시가 죽이고 싶도록 미운 심정도 지극히 당연한 일이었다.

이런 식으로 6 개월을 넘기면서 그들 부부의 위기는 더욱 심각해졌다. "발랑 까진 것 같아 이름까지도 영 못마땅하던 발랑저수지"라는 곳에 남편이 새로 맛을 들였기 때문이었다. 5월 말인지 6월 초순의 어느 금요일에 문제의 저수지 얘기를 누구한테인지 듣고는 무슨 이상한 마음이 동한 듯

길을 물어 가며 혼자 밤중에 그곳을 찾아간 남편이 이튿날 새벽 입이 함지박만하게 찢어져 싱글벙글거리며 돌아와서는 아이스박스 뚜껑을 열고 그녀에게 보여 주었는데, 팔뚝보다도 훨씬 큰 잉어가 세 마리나 안에서 펄떡였다.

"바로 옆에 앉은 사람들은 한 마리도 못 건졌는데 나만 세 마리를 올렸다구." 꼴도 보기 싫은 남편이 듣고 싶지도 않은 자랑을 늘어놓았다. "세 마리 다 세 칸 반짜리 대에서만 나왔어. 내가 정확한 포인트를 찾아낸 거지. 산소 앞 자리인데, 물 속에는 삼봉 바늘이 떨어지는 자리에 높이 2 미터쯤 되는 바위 벽이 잠겨 있더라구."

며칠 후에 다시 발랑을 갔다가 큼직한 붕어 열댓 마리를 잡아 온 상현이 또 자랑이었다. "거 참 찌 올리는 맛이 그만이더라니까. 이만한 공작찌가 밑동까지 몽땅 쭈우우우우욱 올라와서는 슬쩍 옆으로 자빠지는 척하다가 물 속으로 좌악 빨려 들어가는 모양이……."

그리고 또 며칠 후 새벽에 남편은 그야말로 흥분감과 황홀경에 빠진 표정으로 돌아왔다. 잉어를 무려 아홉 마리나 잡아 가지고

그날부터 남편의 모든 생활은 온통 발랑저수지를 향해서 달렸다. 저러다가 회사 일을 소홀히 해서 쫓겨나기라도 하면 어쩌나 은경이 은근히 걱정할 정도로

그러던 어느 날, 퇴근 길 한 잔으로 술이 취해 자정이 다 되어서 들어왔는데도 남편은 잔뜩 마음이 들떠 안절부절 잠을 이루지 못했다. 상현은 잠시 눈을 붙이는 듯싶더니 반 시간을 못 이기고 부시시 일어나 주섬주섬 낚시짐을 꾸려 차에다 싣기 시작했다. 아이스박스, 접는 의자, 큰 양산, 미끼 자루, 어분 개는 그릇……. 은경은 술도 안 깼으면서 어디를 가려고 그러느냐면서 화를 냈고, 남편은 그나마 조금쯤 눈치가 보여서였는지 핑계를 둘러대었다.

"지금 가려고 그러는 게 아냐. 한숨 자고 나서 술이 다 깨면 가 보려고

그래. 낚시 가방하고 물통은 아직 안 실었잖아. 조금이라도 취기가 덜 풀리면 안 갈 테니까 당신은 걱정하지 말고 잠이나 자라구. 난 본래 음주운전 안 하잖아.”

아닌게아니라 은경이 보니까 낚시 가방은 당장이라도 도망치려고 몸을 도사린 아이처럼 신발장 옆에 엉거주춤 세워 놓은 채였다. 그래서 은경은 불안한 마음이기는 해도 어렴풋하게나마 겨우 잠이 들었다.

그리고는 얼마나 시간이 지났을까, 은경은 잠결에 남편이 살그머니 잠자리에서 빠져 나가는 움직임을 눈치챘지만 아무리 말려 봤자 소용이 없으리라는 사실을 빤히 알았기 때문에 그냥 잠든 체하고 가만히 참았다.

남편은 살금살금 부엌으로 나가더니 좀도둑처럼 숨죽여 물통에 물을 담고, 냉장고를 뒤져 마실 것 몇 깡통을 챙기고, 거기다가 샌드위치까지 하나 만들어 들고는 발걸음 소리를 안 내려고 애쓰면서 살금살금 발돋움을 해서 밖으로 나갔다. 현관문이 살그머니 열렸다가 닫혔고, 또 잠시 후에는 대문이 딸각 열렸다가 살그머니 닫혔다.

그리고 또 잠시 후에는 조심스럽게 시동을 걸고 차가 골목을 빠져 나가는 소리가 들려왔다.

은경의 눈에서는 닭똥 같은 눈물이 줄줄 흘러내리기 시작했다.

아내의 눈물은 거기에서 끝나지를 않았다.

초인종 소리에 소스라쳐 놀라며 은경이 잠에서 깨어난 것은 새벽 세시가 조금 못 되어서였다. 얼핏 그녀의 머리에 떠오른 생각은 술이 덜 깬 상태로 운전을 하던 남편이 교통사고를 냈으리라는 불안감이었고, 사고가 났다면 전화를 걸 노릇이지 누가 집까지 찾아왔을까 의아해하면서 은경이 잠옷 바람으로 헐레벌떡 나가서 문을 따 주었더니, 남편이 죄지은 사람처럼 엉거주춤 서 있었다.

“웬일예요?” 은경이 물었다.

“저거…… 때문에…….” 신발장 옆에 세워 두고 그냥 간 낚시 가방을 가리키며 남편이 말했다. "저수지에 가서 대를 펴려고 보니까 가방을 빼놓고 그냥 갔잖아."

"그래서, 저 가방 가지러 돌아온 거예요?"

남편은 머뭇머뭇 대답이 없었다.

은경은 발끈 화가 나서 가방을 집어 주며 말했다. "자, 받아요. 나를 주말 과부로 만들어 놓고, 어디 그 애첩 같은 낚시 가방하고 가서 잘 살아 보라구요."

은경이 현관문을 쾅 닫아 버리고는 다시 잠자리에 누워 혹시 미안한 마음에 남편이 낚시를 포기하고는 초인종을 누르고 집으로 들어오지나 않을까 기다려 보았지만, 잠시 후에 시동을 거는 소리가 나더니 차가 천천히 골목을 빠져 나갔다.

은경의 눈에서 닭똥 같은 눈물이 또다시 줄줄 흘러내리기 시작했다.

'차턱'을 낸답시고 이웃들을 둘러앉혀 놓고는 여기까지 얘기를 하고 나서 아내가 지금 다시 생각해도 너무나 기가 막히다는 듯 씁쓸하게 웃으며 "하룻밤에 두 번이나 울었다"는 말을 하면서 보여 주었던 난해한 표정이 생각나서 상현도 역시 씁쓸한 표정으로 피식 웃었다.

"넌 임마 이런 판국에 뭐가 좋다고 웃냐?" 안개가 흘러가는 방향을 살피느라고 두리번거리던 병학이 상현을 쳐다보고 말했다.

"낚시 가방 안 가지고 발랑저수지 갔던 생각이 나서." 상현이 말했다.

갈현동 일대에서 잘 알려진 "발랑과 가방 사건"에 대해서라면 여러 번 얘기를 들어 훤히 알았던 병학이 말했다. "미친 놈. 그러면서도 니가 낚시꾼이냐? 총도 안 가지고 전쟁터 나가는 군인 꼴이지."

"낚시 좋아하는 사람치고 미치지 않은 놈 어디 있냐?" 상현이 반박했다.

"하기야." 병학이 말했다. "낚시 미치면 세상에 제대로 뵈는 게 없다잖아. 당구나 바둑에 미칠 때처럼 말야. 당구에 빠지면 밤낮으로 눈앞에서 빨강 공과 하얀 공이 핵분열을 일으키고, 바둑에 빠지면 천장 벽지의 줄을 따라 깜장과 하양 돌이 줄지어 늘어선다지 아마. 너 정 화백 얘기 들었지? 최 선생이 〈낚시춘추〉에 꽁트를 연재할 때 삽화 그린 화가 말야.”

“농장에 놀러 왔을 때 나도 만난 적 있어. 근데 정 화백이 뭘?”

“한참 낚시에 미쳤던 초자 시절 언젠가 버스 타고 시골 가는데, 저쪽에 굉장히 긴 제방이 보이더래. 그래서 무지무지하게 큰 저수지인 줄 알고 나중에 꼭 낚시를 와야지 하고 주변 지리를 열심히 살펴보고 표지판에 적힌 내용을 외우느라고 바쁜데, 갑자기 기차 한 대가 나타나서 제방 위로 칙칙 폭폭 달려가더래.”

“기찻길을 저수지 제방으로 잘못 봤구나.”

“헛것이 보이는 초기 증상이었지. 겨울 낚시 나가면 어슴푸레한 새벽에 비닐하우스 단지가 나타나면 꼭 얼어붙은 저수지로 보이는 것과 똑같은 현상이야. 노름도 그렇지만, 낚시는 한번 빠지면 정말 헤어나기 힘들고, 그래서 오늘 우린 요런 꼴을 당하기도 했지만.”

“정 화백 얘긴 나도 아는 거 있어.” 상현이 말했다. “낚시에 미친 나머지 경복궁 경회루로 잉어 잡으러 갔던 얘기.”

“경회루에서 낚시를 해?”

“그랬다니까. 한국일보사에서 삽화를 그리던 시절에 정 화백하고 친한 문화부장이 어느 날 점심을 먹다가 그러더래. 낚시 가자고. 근무 시간에 어디로 낚시를 가냐고 물으니까 그냥 따라오라고 하고는 길을 건너 정 화백을 경복궁으로 데리고 갔지. 그리고는 경회루의 한적한 쪽 벤치에 앉아 미리 개어 온 떡밥을 호주머니에서 꺼내 바늘에 달고는 낚싯줄 한쪽 끝을 발목에 묶은 다음 몰래 미끼를 던졌다는구만. 그러자 당장 잉어가 덥석 물어 버렸고, 바늘에 걸린 잉어가 펄펄 뛰며 철벅거리고 요란하게 난리를 치자 제복을 입은 관리인이 보고 놀라 디립다 쫓아오더래. 그래서 발목에 묶은 낚싯줄을 풀어 버리고 애들처럼 죽어라고 도망을 쳤다나 뭐라나.”

상현은 지금처럼 심각한 위기를 맞은 순간에 이런 쓸데없는 잡담이나 나누며 킬킬거려도 되는 일인지 갑자기 거북한 기분이 들어서 입을 다물었고, 병학도 같은 기분이었는지 아니면 할 말이 따로 없어서였는지 역시 입을 다물었다. 두 사람은 한참 동안 허우적거리기를 계속했다.

셋

　병학과 상현은 서서히 너울거리는 누런 안개 속에 갇혀, 파도에 실린 채로 조금씩 떠올랐다 주저앉기를 계속하며, 떠올랐다 주저앉기를 계속하며, 떠올랐다 주저앉기를 계속하며, 벌써 네 시간이 넘게 표류 중이었다. 오후에는 기온이 오르기 때문에 안개가 위쪽부터 뜨거운 여름 햇살에 타오르며 걷힐 줄 알았는데, 두터운 습기의 공간은 좀처럼 물러갈 줄을 몰랐다.
　쪼글쪼글 쭈그러진 손가락 끝을 보고 상현은 이제부터 신체적인 변화가 빨라지리라는 생각이 들었고, 이렇게 차가운 물 속에 잠긴 채로 계속해서 떠다니면 설사가 날지도 모르겠다는 생각도 들었고, 그래서인지 배가 아픈 듯싶기도 하고, 아닌 듯싶기도 하고, 어쨌든 몸의 체온이 꽤 떨어졌으리라는 짐작은 어렵지 않았다.
　옷을 입은 채로 물에 떠서 소변을 보던 병학이 몸을 한 차례 부르르 떨었다. 상현은 신발을 벗어 버리면, 그리고 무거워진 청바지도 벗어 버리면 몸이 가벼워져 좋으리라는 생각을 했고, 하지만 그냥 입고 버티면 오히려 옷이 체온을 보호하는 데 도움이 되지 않을까, 어느 쪽이 좋을지 병학에게 물어 보고 싶은 생각도 들기는 했지만, 불안해하는 모습을 보이기가 싫어서 그만두기로 했다.
　불안해하면서도 상현은 머지않아 구조를 받으리라고 생각했으며, 그들이 죽으리라는 가능성은 거의 믿어지지가 않았다. 자신의 죽음을 믿지 않으려는 인간의 속성 때문이었으리라. 사람이란 멀쩡할 때는 죽음을 믿지 않고, 죽음을 믿지 않으면 위험성을 믿지 않는다고 상현은 생각했다. 그리고 분명히 닥쳐올 죽음을 오지 않으리라고 믿으면서 무책임하게 행동하는 자를 사람들은 용감하다고 한다. 전쟁터에 가면 그렇기 때문에 무식한 사람들이 영웅으로 둔갑한다고 했다.

사람이 늙으면 현명해지면서 대신 비겁해지는 까닭 또한 마찬가지이리라고 상현은 생각했다. 젊은 사람이 겁을 내지 않는 까닭은 위험과 두려움에 대해서 무지하기 때문이다. 하룻강아지가 범이 무서운 줄 모르는 까닭 역시 태어난 지 하루밖에 안 되는 강아지라면 호랑이에 대한 두려움의 개념을 아예 터득할 시간이 없었기 때문이었다. 그리고 바다 안개가 얼마나 무서운지를 알지 못했던 우리들은 이렇게 배를 타고 나와서 결국 목숨을 잃을지도 모르는 황당한 위기를 맞았다.

20 년 전, 상현이 결혼하기 전, 회사에서 봄 야유회 삼아 직원 스물네 명이 인천 앞바다로 바다 낚시를 나갔다가 당했던 일도 마찬가지였다. 당시에는 악천후 낚시에 어떤 위험이 따르는지를 알지 못했기 때문에 대수롭지 않게 생각했었지만, 지금 생각해 보면 중기부(重機部)의 윤 차장만 믿고 모두 따라 나섰던 무모함은 보통 위험한 상황이 아니었었다.

그때만 해도 낚시라고는 전혀 경험이 없었던 상현은 밤잠을 설쳐가며 통행금지가 끝나기를 기다려 새벽 4시가 되기만 하면 택시를 잡으러 달려 나간다는 꾼들의 얘기를 듣고는 모두 미친 사람들이라고 생각했었다. 여름밤에 낚시를 하다가 예기치 않았던 비가 내리면, 거추장스럽게 천막을 치지 않고 홑이불만한 비닐을 몸에 둘둘 말고 자면 된다는 소리를 어디에 서인가 듣고 온 중기부 윤 차장이, 얼마나 효과가 있는지 직접 실험해 본다면서 비닐 자락을 남대문시장 천막가게에서 사다가, 비오는 날을 기다려 일부러 집 마당에 나가 땅바닥에서 둘둘 말고 자 보니 정말 좋더라고 하는 얘기를 듣고도 상현은 아무리 윗사람이지만 정말 미친 놈이라고 생각했었다.

윤 차장은 낚시를 빼면 할 얘기도 없는 사람이었다. 윤 차장뿐 아니라 낚시를 다니는 사람들을 보면 이상하게도 늘 낚시 얘기말고는 통 다른 얘기라고는 하지를 않는 듯싶었다. 골프나 사냥 따위를 좋아하는 사람들이라면 취미가 다른 친구들과 여럿이 어울린 자리에서는 그토록 열심히 골프와 사냥 얘기만 집요하게 늘어놓는 일이 별로 없겠지만, 어디를 가나 꾼들은 서너 명만 모여도 나머지 사람들이 재미있어 하건 말건 아랑곳하지도 않고 끝없이 낚시질 얘기만 늘어놓는데, 중기부에서 일하는 네 명의 꾼도 예외가 아니었다. 혹시 회식이라도 벌어질 때마다 윤 차장과 휘하의 낚시 '삼총사'는 늘 물고기 얘기로 화제를 독점했으며, 만날 때마다 늘 하던 똑같은 얘기를 술 취한 사람처럼 한없이 되풀이하면서 즐거워하는 그들의 속성을 상현은 정말로 이해할 수가 없었다.

호리호리한 몸매에 꽤나 신경이 예민한 인상이었던 윤석호 차장은 그가 실제로 알고 있는 지식보다 말이 훨씬 많은 전형적인 공작새형 남자로서, 속이 좁고 아랫사람들에게 해코지를 잘하기로 악명이 높았지만, 그가 열심히 늘어놓는 낚시 얘기를 열심히 듣고 흥미진진해하는 거짓 표정을 잘 짓는 직원들에게는 늘 마음이 너그러웠다. 본디 민물꾼이었던 윤 차장은 바다 낚시를 몇 차례 나가 본 다음부터 마치 무슨 대단한 모험가라도 된 듯 물때가 어떻고 갯바위가 어떻고 해가면서 더욱 시끄럽게 바다의 정복자 행세를 시작했는데, 자랑삼아 자꾸만 들먹이던 얘기들을 꿰맞춰 추측해 보니, 그는 작년 추석을 전후해서 굴채취가 한창인 무렵에 서너 차례 친구들과 남양만과 인천으로 배낚시를 나갔었고, 그 몇 차례의 경험이 윤 차장으로 하여금 마치 바다를 주름잡는 해적선장이라도 된 듯한 착각을 일으키게 만든 모양이었다.

그리고는 봄철 야유회가 다가오자 처음에는 어디 일영쯤으로 들놀이를 가자는 의견이 지배적이었지만, 탁 트인 바다에서 낚시를 한다는 사나이다움의 낭만을 무척이나 강조하던 윤 차장의 끈질긴 설득에 '소수파의 희망 사항'은 결국 묵살되었고, '삼총사'까지 덩달아 바람을 잡아 준 결과로, 경리부에 두 명뿐이기는 했지만 여직원들은 낚싯배에 화장실이 따로 없다는 설명을 듣고 모처럼의 친목 나들이를 포기하고 말았으며, 남성들은 결국 인천에서 두 척의 대형 목선에 나눠 타고 바다로 나갔다.

이때만 해도 상현은 조금이라도 관록이 붙은 낚시인이라면 우선 남해를 찾고, 다음이 동해안으로 갔으며, 아무래도 서해라고 하면 지리적으로 가까워서 당일치기 심심풀이를 나온 서울 사람들이나 대부분 서툴고 멋 모르는 초자들이 찾아갈 만한 밭이라는 사실을 알지 못했었다. 그리고 그는 또한 그런 일기에 무모하게 출조하는 짓이 얼마나 위험한지도 역시 몰랐었다. 그리고 모르기는 윤 차장도 마찬가지였다.

그래도 어쨌든 바다 낚시에 대해서라면 그들 일행 중에서는 분명히 윤 차장이 군계일학이었다. '삼총사'는 작년에 윤 차장을 따라 나서서는 구박을 받아 가며 한두 차례 낚싯배를 타 봐서 그나마 채비라도 엮을 줄 알았지만, 나머지 20명은 우럭이라는 물고기 이름조차 처음 들어 보는 터여서, 어마어마한 우럭 바늘의 크기에 놀란 표정으로 어디에다 봉돌을 달고 미끌미끌한 미꾸라지를 어떻게 손으로 잡아서, 꿈틀거리다가 빠지지 않도록 굵은 바늘에다 어떻게 단단히 꿰는지 요령을 몰라 난감해하며 윤 차장의 조언을 구하고는 했다. 그러면 윤 차장은 갯바위 낚시는 한 번도 한 적이 없다면서도 새로 사 신은 갯바위 신발의 스파이크를 저벅거리고 이리저리 돌아다니며 시범을 보이고는 고패질 시늉까지 열심이었으며, 심지어는 다른 배에 탄 일행이 저만치 가까이 오면 그들에게까지 이러저러한 지시를 내리는 품이 사뭇 유격 훈련 조교처럼 당당했다.

막상 활섬 앞바다에 도착한 다음에도 윤 차장은 직접 낚시를 하기보다는 초도순시에 더 바빠서, 배가 이동할 때 낚시를 빨리 감아 올리지를 않아 줄이 엉켜 남들에게 방해가 되는 졸병 사원이 눈에 띄면 가끔 준엄하게 꾸짖기도 하면서 으스대고 돌아다니기를 계속했다. 마치 인천 바다 밑바닥을 자기가 손바닥처럼 환히 알기라도 하는 듯한 기세로 가끔 "여봐, 최 선장" 해가며 반말 비슷한 어조로 배를 이리 대라, 저쪽이 돌밭이니 그리로 가자는 등 수선을 피우기도 하면서 말이다. 최 선장은 윤 차장의 꼬락서니가 무척 아니꼽기는 해도 초자 서울 낚시꾼들에게 걸핏하면 당하는 일이라 꾹 참고 배를 끌고 다니며 어서 철수할 시간이 되기만 기다리는 눈치였다. 아침부터 잔뜩 찌푸린 날씨에 흰 파도가 이는 꼴이 아무래도 오후에는 바람이 심해질 기세이기 때문이었다. 파도에서 흰 거품이 비늘처럼 벗겨지면 파고가 4 미터를 넘어선다는 의미여서 조심해야 한다는 사실을 상현은 최 선장에게서 설명을 듣고 그날 처음 알았다.

　최 선장은 옛날 바이킹이나 로마의 배를 젓던 노예들처럼 양쪽으로 뱃전에 주욱 늘어앉아 어설픈 폭군의 명령을 받아 가며 열심히 고패질을 하는 초자 낚시꾼들을 굽어보면서 측은하다는 생각까지 들었으리라. 속으로 혼자 코웃음을 쳤는지도 모르겠고 "아무리 5월이라고 해도 바다에서는 바람이 차니까 옷을 두툼하게 입고 나오라"고 윤 차장이 분명히 경고했음에도 불구하고, 어느 정도로 두툼한 옷이 필요한지 대중을 잡지 못한 직원들은, 상현을 포함해서 대부분, 셔츠 위에다 얇은 점퍼를 걸치거나 속옷을 한 장 더 입고 나온 정도였고, 그래서 아홉시경부터 구질구질한 비가 내리기 시작하자 몇몇은 벌써부터 한겨울 담 밑에서 개가 떨듯 정신없이 떨어대던 참이었다.

　물론 초자들은 대부분 우비를 준비해 오지도 않았고, 그래서 바람이 점점 심해지니까 낚시는 건성으로 하는 둥 마는 둥, 피할 곳도 없이 비를 고스란히 맞아 철수 시간까지 젖은 몸으로 덜덜 떨며 기다려야만 할 처지였다. 그러더니 추위를 견딜 수가 없어진 사람들이 하나 둘 윤 차장의 눈치를 살피며 선장실로 피신해 들어가기 시작했다. 어느덧 선장실의 비좁은 공간에는 네댓 명이 통조림한 꽁치처럼 들어찼고, 그러다가 몸이 좀 풀린 사람들은 다음 순서를 기다리는 사원들에게 눈치가 보이면 슬그머니 다시 나가 비를 맞으면서 자세를 들고 하염없이 무료한 고패질을 계속했다.

최 선장은 경험없는 낚시꾼들이 덜덜 떠는 모습을 보고 불쌍한 생각이 든 나머지 선장실 한쪽 구석에 처박아 두었던 떡시루만한 연탄 난로를 피워 주었다. 그래서 우비를 준비해 온 몇 명만 제외하고는 모두들 선장실을 들락날락하며 난로를 쬐고 곱은 손을 말렸다. 그러더니 점심을 먹고 나서 얼마 안 되었는데, 한두 사람씩 뱃전에 매달려 우억우억 토하기 시작했다.

그들은 멀미가 시작되었다고 생각했다. 최 선장도 그렇게 생각했다.

하지만 얼마 후에는 선장도 속이 메슥거려 왔다.

연탄 개스 때문이었다. 저기압인데다가 밀폐된 선장실에서 연탄 난로를 피웠기 때문에 그들은 바다 한가운데서 집단 연탄 개스 중독을 일으켰던 것이다.

연탄 개스에 중독이 되면 입으로 토하기도 하려니와 밑으로도 배설을 하려는 생리적인 동반 현상이 일어나게 마련이어서, 뱃전에는 여기저기 눈알이 허옇게 뒤집히도록 토하는 사람들뿐 아니라 대변을 보려는 사람이 자꾸만 늘어갔다. 배에는 대소변 처리를 위해 선미에 뚫어놓은 구멍이 하나뿐이었기 때문에 나머지 사람들은 다른 처리 방법을 찾아야 했고, 그래서 경험이 풍부한 윤 차장은 똥이 마려운 사람은 바지를 벗은 다음 뱃전에 올라앉아 엉덩이를 바닷물로 향하도록 지시했으며, 그가 바닷물로 떨어지지 않도록 다른 두 사람으로 하여금 앞에서 양쪽 손을 잡아 주라고 했다. 그런 불안한 자세로 울렁거리는 속을 배설해 비우기란 보통 힘든 일이 아니었고, 그래서 윤 차장은 대군을 이끌고 알프스를 넘어가는 한니발 장군처럼 이리 뛰고 저리 뛰면서 집단으로 구토와 배설을 하는 동료들을 용감하게 독려하고 진두지휘했다.

이제는 파도까지 높아져 앞뒤로만 오르락내리락 널뛰기 곤두박질을 치던 배가 옆으로도 요란하게 기우뚱거렸으며, 점심을 먹으려고 갑판에 꺼내 놓았을 때는 도시락과 김치 병과 다른 반찬 그릇이 어느새 빗물로 범벅이 되어 이쪽으로 좌르륵 미끄러졌다가는 질퍽한 바닥을 타고 저쪽으로 다시 주루룩 미끄러지며 쓸려 다니기를 계속했고, 여기저기 시체처럼 사람들이 널브러졌으며, 이제는 더 이상 낚시를 하려는 사람도 없었다. 함께 출조를 나온 다른 목선은 파도를 타고 솟아오르면 잠깐 모습이 보였다가 다시 가라앉아 시아에서 사라지고는 했는데, 그 정도였다면 파도의 높이가 10 미터는 되지 않았나 상현은 막연히 기억했다.

민물이건 바다건 낚시라고는 전혀 경험이 없었던 발송부의 최 과장과 다른 몇 명은 "사나이다운 바다 낚시"란 본디 이렇게 험악한 날씨에 파도가 거센 속에서 하는 모양이라고 생각해서 무작정 참았고, 나머지 남자들은 우리들의 일그러진 영웅을 위해 괴이한 충성다툼이나 오기싸움이라도 벌이는 듯, 아니면 그냥 중뿔나게 혼자만 나서서 저항하기가 거북하여 극기훈련이라도 하는 셈치고 참는 눈치였으며, 누군가는 한쪽 구석에서 "바다의 낭만은 무슨 좆 같은 낭만이야?"라고 몰래 투덜거리기는 했지만 결국 아무도 안전하게 철수하자는 요구를 못했고, 선장도 이왕 받은 뱃삯을 돌려 달라고 할 리야 없겠지만 어쨌든 윤 차장 때문에 비위가 퍽 상했던 터라 어디 혼 좀 나보라며 그냥 내버려 두는 바람에 애꿎은 사람들만 몇 시간 동안이나 폭풍 속의 사투를 계속했다.

그날 영도자를 잘못 만난 그들이 사고를 당하지 않고 어떻게 무사히 뭍으로 돌아왔는지는 지금 생각하면 기적 같기만 했다. 안개를 우습게 보고 오늘 바다로 나왔다가 순식간에 이런 꼴을 당하고 말았듯, 그날의 비바람과 파도에 배가 전복되기라도 했다면, 그들은 그날 저녁 뉴스에 명단이 발표되었을 노릇이었고, 상현은 그날을 생각하면 지금도 아찔했고, 오늘 아침 그들을 태운 배가 뭍이 기다리는 동쪽을 향해 전속력으로 달리다가 안개 속에서 마주 오던 다른 배와 순식간에 충돌하던 순간을 생각하면 더욱 아찔했다.

이왕 육지가 버티고 기다리는 동쪽으로 찾아가는 길이었으니 바다에서 그렇게 과속을 해야 할 이유가 하나도 없었건만, 너도나도 은근히 마음이 급했던 터라 아무도 키를 잡은 대리 선장의 과속 운항을 말리지 않았고, 자신이 몰고 가는 배의 발동기 소리가 요란해서 서로 접근 중이던 양쪽 배의 선장들은 다른 배의 소리를 듣지도 못한 모양이었으며, 우지끈 충돌을 하자 뱃머리가 번쩍 들리더니 상현 일행이 탔던 배는 기우뚱 정말 바가지처럼 가볍게 뒤집혀 사람들이 와르르 바다로 쏟아졌고, 저쪽 배는 어디가 깨지고 고장이 났는지 낚시 바늘에 옆구리가 꿴 피라미처럼 정신없이 한쪽으로만 뱅글뱅글 몇 바퀴 돌다가는 야바위꾼의 물방게처럼 쪼르르 달아나서는 어느새 시야에서 빠져 나가 안개 속으로 사라졌고, 물로 떨어지면서 상현은 아까 미리 구명 조끼를 입어 두어서 천만다행이라는 생각이 순간적으로 들었고, 그들이 탔던 배가 엎어져 꾸룩거리는데 물에 빠졌던 선장이 그 위로 기어올라가는 모습이 저만치 보였으며, 사방에서 아우성을 치는 소리가 들려왔고, 상현도 엎어진 배의 꼭대기로 기어오르면 살겠다는 생각에 그쪽으로 헤엄쳐 갔지만, 어디가 얼마나 심하게 깨졌는지는 몰라도 속에 찼던 바람이 어느새 빠져 버렸는지 엎어진 배의 침몰이 시작되었고, 구명 조끼를 차지 않은 선장이 뭐라고 소리를 질러댔지만 배가 가라앉을 때는 회오리가 생긴다는 말이 생각나서 침몰하는 선체와 함께 물 속으로 빨려 들어가지 않으려고 상현은 필사적으로 멀리 헤엄쳐 달아났고, 첨벙거리던 병학이 눈에 띄자 어서 멀리 배에서 떨어져야 한다고 고함을 질렀으며, 두 사람은 정신없이 안개 속으로 헤엄쳐 달아났고, 그리고 여기저기 아수라의 비명과 고함이 어느새 사라졌으며, 가끔 여기저기서 구원을 청하는 소리가 들려왔고, 병학과 상현은 다른 사람들이 외쳐대는 쪽으로 가 보려고 몇 차례 버둥거려 보았지만, 구명 조끼를 걸치고 헤엄을 친다는 일이 생각처럼 쉽지가 않았으며, 결국 모든 소리가 사라진 다음 두 사람만 남아

느릿느릿 안개 속에서 표류를 시작했다.

장난과 위험이 뒤엉킨 상황 속에서 어쨌거나 이렇게 일은 벌어졌고, 이제는 결과만 남았다. 인생에서는 대부분의 중요한 사건이 순간에 일어나고 후유증은 한없이 계속된다. 무엇이 심각한 위기이고 무엇이 위험한 장난인지를 따지고 판단할 겨를도 없이 결정적인 상황은 어느새 끝나 버리고, 끼어들기를 하는 차를 보고 한순간 참지 못해 교통사고를 일으키고 나서는 평생 동안 후유증에 시달리듯이, 중요한 일은 순식간에 벌어지고, 그리고는 느릿느릿 한없이 운명적인 결과를 기다리며 사람들은 표류한다. 죽음은 순간이지만 절망은 영원하다.

만일 끝내 구조를 받지 못한다면, 아마도 거의 틀림없이 병학보다는 내가 먼저 죽으리라고 상현은 생각했다. 왕성한 정력에 대해서 늘 해괴한 농담을 늘어놓던 병학은 워낙 체력이 좋기 때문에 보나마나 상현보다 훨씬 더 오래 버틸 터이고, 그러니까 어쩌면 병학 혼자만 살아서 구조를 받아 집으로 돌아갈지도 모른다. 그러면 아내 은경을 만나 그들이 표류하던 얘기를 하겠지.

그리고는 어떻게 될까?

상현은 더 이상 생각하기가 싫었다.

넷

"안개가 걷히긴 걷힐 모양인데—." 누르스름한 기운이 위에서 스며 내려오는 안개를 올려다보면서 병학이 혼잣말처럼 중얼거렸다.

"걷히려면 빨리 걷히지 왜 이리 더딘지—." 상현도 혼잣말투로 대답했다.

엷어진 안개를 타고 내려오는 희끄무레한 태양열에 적어도 얼굴과 어깨
는 추위가 좀 가셨고, 뺨과 귓밥에는 소금기가 가루로 맺히기 시작했다. 시
야가 이제는 1 킬로미터 정도로 넓어져 두 사람은 그만큼 마음의 여유도
생겼고, 다리놀림도 훨씬 편했다. 그들은 무거워진 신발을 벗어 버린 지 오
래였으며, 물이 바지 속에 괸 채로 거추장스럽게 출렁이지 못하도록 병학
의 칼로 두 사람은 차례로 가랑이를 길게 죽죽 찢어내려 깃발처럼 물 속에
서 너울거리게 내버려 두었다.

"네시가 넘었으니 낚시는 철수할 시간도 훨씬 지났고, 안개도 많이 사그
라져 이제는 구조를 나올 만도 한데 왜 헬리콥터 소리가 나지를 않지?" 병
학이 다시 하늘을 올려다보면서 말했다.

"구조가 시작되기는 했는데 우리 두 사람만 엉뚱한 방향으로 너무 멀리
표류해 왔기 때문에 못 찾는지도 몰라."

"어쨌든 사방이 기분 나쁠 정도로 조용해."

"차라리 너도 조용히 입을 다물고 있어라. 구조 나온 배나 헬리콥터 소
리가 나면 잘 들리게."

다시 그들은 어디로 흘러가는지 알지도 못하면서 둥둥 떠갔고, 땅에서
점점 더 멀어지는지 아니면 가까워지는지조차 알 길이 없어 흐름에 저항
조차 하지 않았다.

상현은 피곤했다.

기운은 점점 더 팔다리를 타고 빠져 나갔으며, 허기도 졌다.

날이 저물기 전에 구조되지 않는다면 그는 어쩐지 내일은 떠오르는 태
양을 보지 못하리라는 생각이 들었고, 죽음은 이제 농담이나 장난의 단계
가 아니었으며, 그는 하필이면 병학이 유일한 증인 노릇을 하는 상황에서,
단 둘이 남은 상황에서 죽고 싶지는 않았고, 그래서 맥이 풀리거나 기운이
빠지지 않도록 정신을 차려야지, 마음을 단속해야지, 혼자 속으로 다짐했
다. 하필이면 꿈속에서까지도 걸핏하면 쫓아다니며 그를 괴롭히는 병학에

게 초라한 자신의 마지막 모습을 보여 주기는 정말로 싫었다.

상현은 두 사람이 자주 다녔다는 방산의 호젓한 산길을 병학이 아내와 산책하거나, 개울가 나무 밑에서 두 사람이 농염하게 애무를 하는 꿈을 꾸다가 왈칵 화를 내며 잠에서 깨어나는 일이 요즈음 부쩍 잦아졌는데, 4 년 전 병학이 상현의 꿈에 처음 나타나서 약을 올렸을 때는 화를 내야 했던 이유가 전혀 달랐었다. 그러나 지금 생각하니 하필이면 그 무렵에 병학이 처음 꿈에 보였다는 사실은 아마도 경고를 위한 어떤 계시였는지도 모를 노릇이었다.

상현은 워낙 꿈을 많이 꾸는 편이어서 거의 매일 밤 그것도 하룻밤 사이에 몇 가지씩 꿈을 꾸었고, 꿈이란 대부분의 경우 현실과 연결되기 때문인지는 몰라도 그는 의암호 맑은 강물에서 유유히 노니는 잉어떼를 절벽 꼭대기에서 굽어본다거나 방농장 수초대 얼음판에서 찌가 슬그머니 솟아올라 옆으로 자빠지는 따위의 낚시에 관한 꿈을 특히 많이 꾸었다.

꿈에서였으니 그랬겠지만, 그는 릴을 줄줄이 늘어놓는 고사포부대의 원자탄과 떡밥 야구공 집중공략으로 손에 묻으면 부스럼이 날 정도로 물이 썩어 버렸으며, 낚시터로서의 옛 명성은 사라지고 유원지가 되어 버려, 멀쩡한 정신으로는 차마 낚시를 갈 리가 없는 공릉저수지를 찾아갔었다. 집에서 차를 몰고 나가면 40 분 후에는 낚싯대를 펼 만큼 가까운 거리여서 아마도 짜투리 시간에 나선 낚시였던 모양이었다. 어쨌든 꿈에서는 그곳 물이 어린 시절의 추억처럼 맑고 깨끗한 명경(明鏡)지수였으며, 예년 같으면 식목일 앞 주일인 이때쯤에는 한참 산란을 하느라고 풀에다 배를 비벼대는 붕어들 때문에 제방 건너편 수초대 전체가 철벅거리고 시끄럽게 들썩거릴 정도였지만, 오늘은 고기가 다 어디로 갔는지 풀잎 하나 움직이지 않고 물바퀴도 전혀 생기지 않았다.

햇살이 기분좋게 노곤한 4월 초순, 밝은 봄볕에 가만히 물 위로 한 마디 꼭지를 내밀고 꼼짝않는 찌를 쳐다보고 물가에 앉아 있으려면 살그머니 졸음이 오는 그런 조용한 오후, 한여름이었다면 잠자리가 날아와 초리대나 찌 끝에 살그머니 올라앉아 날개를 내릴 만한 그런 평화로운 시간이었고, 아무리 평일이라고 해도 낚시를 하기에는 그보다 좋은 날도 드물었지만, 유원지 주차장 주변에서 산책을 즐기는 남녀 몇 쌍만 눈에 띌 뿐 이상하게도 밤나무 위쪽 수초대에는 낚시를 하는 꾼이 아무도 없었다. 너무나 조용하고 한가해서 참 희한한 일도 다 보겠구나 생각하며 상현은 한 칸 반짜리 짧은 대를 하나만 꺼내 멍석만한 수초더미 옆에 바싹 붙여 던져 놓았다. 대호만으로 겨울 낚시를 세 번이나 갔다가 모두 헛걸음을 친 다음 금년 들어서 두어 번 물낚시에서도 전혀 당기는 맛을 보지 못했던 끝인지라 그는 오늘도 전혀 손맛을 기대하지 않았기 때문에 낚싯대를 한 대 이상 펴놓고 싶지가 않았다. 그것도 수초대 전체가 텅 비었음에도 불구하고 별로 탐탁한 자리가 아닌 곳을 골라 찌가 겨우 잠길 정도로 다섯 뼘밖에 안 되는 얕은 물에다가 말이다.

강태공 곧은 낚시처럼 욕심이 없는 낚시라면 그만큼 더 즐겁고, 전혀 기대하지 않는 낚시의 기쁨은 태만의 보람을 그만큼 더 크게 해 주어, 상현은 게으름의 행복을 즐기며 쪽의자에 앉아 연둣빛으로 봄이 오르는 나무들을 둘러보았고, 햇살은 정수리에 따끈따끈했으며, 어디선가 약쑥이 돋아나는 소리가 들려왔고, 그렇게 20 분쯤 되었을 무렵, 찌가 곰실곰실 움직였다. 입질이 별로 신통치를 않아 긴가민가하며 슬쩍 채어 봤더니, 대가 활대처럼 냅다 휘면서 시커먼 향어 한 마리가 줄 끝에서 힘차게 버티며 첨벙거리다가 묵직하게 끌려 나왔다. 40 센티미터쯤 되어 보이는 놈이었다.

고기를 겨우 건져 살림망에 집어넣은 다음 상현은 너무나 흥분해서 가슴이 두근거렸고, 손끝이 후들거려 어분을 바늘에다 붙이기도 힘들 지경이었다. 다시 낚시를 드리우고 자리에 앉은 다음에도 거의 10 분이 걸려서야 물돼지를 끌어낸 흥분감이 천천히 가라앉기 시작했다. 그런데 같은 자리에다 대를 드리운 지 15 분도 안 되어서 다시 찌가 가물거리더니 물 속으로 화르륵 꽂혀 들어갔고, 상현은 한참동안 짧은 대의 힘찬 손맛을 즐긴 다음에 역시 40 센티미터가 넘는 향어 한 마리를 다시 움켜잡아 살림망에 쑤셔 넣었다. 심장마비라도 일으킬 듯 또다시 가슴이 왈랑거리고 두 손이 부들부들 떨리면서.

또 15 분이 흘러가자 같은 자리에서 세 번째 향어가, 그리고는 무슨 규칙에 의해서인 듯 또다시 15 분 후에 네 번째 향어가 끌려 올라왔다. 이렇게 해서 한 시간 반 만에 그의 잉어용 살림망에는 두툼한 향어 여섯 마리가 차곡차곡 들어가 보기좋게 꿈틀거리며 몸부림을 쳤다.

피라미나 잔챙이 입질은 하나도 없이 여섯 번 찌놀림에 향어만 여섯 마리를 올린 그가 점심을 해 먹을 때가 되어 힐끔힐끔 찌를 쳐다보며 라면을 끓이고 있으려니까 수문 너머에서 찝차 한 대가 넘어왔다. 수문 쪽으로는 찻길이 없는데 어디로 넘어왔을까 의아하게 생각한 상현은 오산리로 넘어가는 세 갈래 길을 돌아 화장실 위쪽 흙길에 와서 찝차가 멈춰 설 때까지 시선을 떼지 않고 지켜보았다.

찝차에서는 두 사람이 내렸는데 한 사람은 병학이었고, 다른 한 사람은 초면이었다. 병학은 말끔한 양복 차림의 동행을 KBS에 다니는 친구라고 소개하면서 상현에게 아침내 입질이라도 한 번 받아 보았느냐고 물었다. 상현이 의젓하게 손으로 가리키는 살림망을 들어 본 병학은 깜짝 놀랐고, 워낙 고기 욕심이 유별난 그는 이럴 줄 알았더라면 낚시 가방을 가지고 올 것을 잘못했다고 무척 아쉬워했다. 상현은 모처럼 큰 마음을 써서, 내가 점심을 해 먹는 동안 손맛이나 보라고 병학에게 낚싯대를 넘겨 주었다. 하지만 라면을 다 끓여 먹는 동안, 그리고도 한참동안, KBS 친구가 옆에서 아무리 열심히 지켜보고 서 있어도, 병학은 통 입질을 보지 못했고, 그래서 대를 도로 내놓으라고 하기가 미안해진 상현은 다른 낚싯대를 꺼내 들고 조금 아래쪽 밤나무 밑으로 갔다. 틀림없이 오늘은 어느 자리에 앉아도 고기가 잘 나오리라는 예감을 느끼며.

하지만 수초가 없어서인지 밤나무 밑에서는 통 입질이 오지를 않았고, 거의 한 시간이나 무료하게 앉아 버티던 상현은 오전의 물돼지 손맛이 은근히 아쉬워졌다. 한 굽이 돌아서 앉았기 때문에 나무에 가려 보이지를 않아 병학과 KBS 친구가 그 동안 몇 마리나 더 잡았을지 궁금하기는 했지만, 고기를 끌어내느라 철벅거리는 물소리가 전혀 들려오지 않는 것을 보니 역시 입질이 없는 모양이었다. 하지만 상현은 다시 제자리로 가 보고 싶었으며, 공연히 대를 내주었다고 은근히 후회도 되었다. 낚시 욕심이란 아침 내내 입질을 못 보면 찌 움직이는 꼴 한 번만 봐도 원이 없을 듯싶다가 막상 입질이 오고 헛손질을 하면 한 마리라도 잡아 보고 싶어지며, 한 마리 잡으면 세 마리, 세 마리 잡으면 다섯 마리, 다섯 마리 잡으면 열 마리를 채우고 싶어지는 법이었다. 그래서 거의 두 시간을 무료하게 보낸 상현은 펴놓았던 낚싯대를 접고 아까 자리로 되돌아갔다. 병학에게 영토를 반환해 달라고 요구할 생각으로.

상현이 돌아가서 보니 KBS 친구는 어디로 갔는지 보이지를 않았고, 병학은 방향을 돌려 앉아 수심이 조금 깊은 쪽에다 낚시를 드리운 채로 멍청한 표정이었다. 손맛 좀 봤느냐고 물었더니 병학이 머리를 설레설레 흔들었다. 그럴 리가 없다는 생각에 확인을 하느라고 살림망을 들어 본 상현은 깜짝 놀랐다. 망 속에 물돼지가 네 마리밖에 없기 때문이었다.

"이거 어떻게 된 거야?" 상현이 물었다. "두 마리가 없어졌잖아."

상현이 화를 내자 병학은 멀뚱하게 쳐다보기만 했다.

"고기 어디 갔어?" 상현이 다그쳤다.

그제서야 병학이 멋쩍어하면서 설명했다. "KBS 친구가 시간이 없다면서 먼저 가겠다기에 두 마리 꺼내 줬어. 한 마리 얻어 집에 가서 회를 쳐 먹고 싶어하는 눈치이길래 말야. 한 마리만 주기에는 야박해서 아예 두 마리를 줬지."

"야박해서 두 마리를 꺼내 주었다고? 아니, 두 마리는커녕 한 마리라도 누가 내 고기 꺼내 주라고 그랬어? 난 생전 얼굴 한 번 본 적도 없는 사람한테 말야.”

화가 잔뜩 치밀어 오른 상현은 병학과 삿대질까지 해가면서 언쟁을 벌였고, 결국 너무 흥분한 나머지 상현은 어깨가 으슬으슬하다는 기분을 느끼며 벌컥 잠이 깨고 말았다.

방이 썰렁해서 둘러보니 아내는 이불 속에 파묻혀 벽 쪽을 향해 쪼그린 채로 여전히 잠을 잤고, 지금은 꿈속에서처럼 봄철 산란기가 아니라 겨울의 서슬이 퍼런 1월 말이었으며, 보일러 기운이 밤새 식어 유리창이 얼어붙는 추위에 코끝이 시려웠고, 벽에 걸린 시계는 새벽 세시가 좀 넘었다.

그 꿈이 어찌나 생생하고 실감이 났던지 상현은 잠이 깨어난 다음에도 좀처럼 흥분이 가라앉지를 않았다. 그래서 한참 씨근덕거리고 앉아서 버티다 네시가 다 되어서야 겨우 잠이 들었다. 공릉저수지 꿈을 다시 꾸고 아까의 입질이 계속되기를 은근히 바라면서. 하지만 뒤숭숭한 잡꿈만 이어질 따름이요, 향어의 입질은 없었다.

날이 밝았고, 회사에 출근한 상현은 어젯밤 꿈이 아무리 생각해도 너무나 황당했고, 꿈을 가지고 흥분했던 자신의 꼴이 우습기도 했으며, 갑자기 장난을 치고 싶은 생각이 들어서 녹번동 표구점으로 병학에게 전화를 걸었다.

“너 정말 그래도 되는 거야?” 병학이 전화를 받자마자 상현이 다짜고짜 따졌다.

일부러 심각한 목소리로 느닷없이 묻는 말에 병학은 영문을 몰라 잠시 멈칫거리더니 엉거주춤 물었다. “뭐가?”

“나 너한테 따질 일이 좀 생겨서 전화를 걸었다.” 병학이 긴장하는 눈치에 재미가 나서 상현은 더욱 진지한 투로 말했다.

나중에야 알게 된 사실이었지만, 병학은 바로 며칠 전에 상현의 아내와 몰래 재회를 했었고, 그것이 들통나서 상현이 아침 일찍 전화를 걸어온 줄 잘못 알고 바짝 신경이 곤두섰었다. 그래서 어떻게 대처해야 좋을지 잠시 계산을 하느라고 침묵을 지킨 다음, 위기는 일단 유보시켜야 한다고 판단한 병학이 조심스럽게 물었다. "무슨 일인데?"

"임마 너 정말 그럴 수가 있냐?" 상현이 다시 따졌다. "생시도 아니고 꿈에까지 쫓아와서 정말 그런 식으로 사람 열을 올려도 되는 거냐구."

"꿈이라니?"

그래서 상현은 어젯밤의 물돼지꿈 얘기를 해 주었다.

"KBS 친구한테 준 고기 도로 내놓으라구." 아내와 병학의 사이를 전혀 알지 못했던 상현은 엉뚱한 농담을 계속했다.

파도에 밀려 저만치 거리가 멀어졌던 병학이 슬금슬금 상현에게로 헤엄쳐 오더니 물었다. "무슨 생각을 그렇게 골똘히 하냐?"

상현은 대답을 하기 전에 병학의 얼굴을 잠시 빤히 쳐다보았다.

"물돼지꿈 생각했어."

"어, 그거."

병학이 거북한 표정을 보이지 않으려고 얼굴을 돌렸다. 그들 두 사람 사이에서는 '물돼지꿈'은 너무나 여러 가지 의미를 지닌 중요하고도 복잡한 사건이었다.

이렇게 단둘이만 함께 남았기 때문인지는 몰라도 오늘 상현은 평상시보다도 유난히 아내와 병학이 얽힌 생각을 많이 하고, 그러다 보니 두 사람 모두 신경에 걸릴 만큼 거북한 얘기도 자꾸 꺼냈는데, 사실 따지고 보면 오늘은 전혀 병학의 비위를 건드릴 만한 상황이 아니었다. 죽음의 가능성도 어렴풋하게나마 곁에 두고, 앞으로 몇 시간 후에는 어떤 일이 닥칠지 알 길이 없는데, 갯바위에서 늘 그랬듯이 그들은 지금 한 마음 한 몸이어야 옳았다. 그래서 이처럼 어색한 상황은 피하고 싶었던 상현은 화제를 돌려 분위기를 바꾸고 싶었지만, 갑자기 무슨 얘기를 하면 좋을지 얼른 생각이 나지를 않았다.

다섯

물돼지꿈을 꾸고 나서 두어 주일쯤 지난 다음 병학과 아내의 사이를 상현이 아주 우발적으로 알아내게 된 연유는 이상주가 파로호에서 결투를 벌였기 때문이었다. 예일여고 옆에서 주차장을 운영하던 이상주는 갈현동 낚시 친구들이 조행에 나설 때면 늘 총무 노릇을 했고, 누구 어머니가 예일부페에서 팔순 잔치를 한다거나 누구 아들이 언제 회빈각에서 결혼식을 올린다는 따위의 경조 소식을 전하는 인간 청첩장 역할에 이르기까지 친구들을 위해 온갖 사적인 궂은 일도 도맡아 처리하는 '통반장'이었다.

그날도 장미빛 인생에서 저녁에 모이자는 이상주의 전화를 받고 상현은 무슨 일로 만나느냐고 묻지도 않았다. 혹시 술 생각이 나면 아무라도 '상주 주차장'으로 찾아가고, 그러면 이상주가 여기저기 연락을 취해 시간이 나는 사람들끼리 자리가 마련되는 일이 잦아서, 이번에도 아마 그런 자리이려니 해서였다.

상현이 은평구청 건너편 피자 전문 맥주집 장미빛 인생에 들어섰을 때는 병학과 한 전무, 박 감독, 그리고 도 사장이 얘기를 한참 듣던 중이었고, 새로운 청중이 나타나자 맥주 한 조끼씩을 부딪친 다음 이상주는 처음부터 다시 얘기를 시작했다.

"낚시를 하는 사람에게는 2월 하순이라면 할 일이 하나도 없는 괴로운 방학이나 마찬가지 아니냐?" 상주의 설명이었다. "몇 년 전에만 해도 2월 말까지, 심지어는 3월 초순까지도 한강 이북에서는 얼음 낚시를 했는데, 지금은 아니거든. 온실효과인지 지구 온난화인지 뭔지 해서 요즈음에는 2월 하순으로 접어들면 도저히 위험해서 얼음을 못 타잖아. 그렇다고 해서 완전히 해빙이 된 것도 아니니 물 낚시를 하기에도 너무 이르지. 물론 좀이 쑤셔서 봄까지 차마 기다리지 못하고 하우스 낚시를 다니는 사람들도 많지만, 전쟁통의 움막집 같은 곳에 들어가 쭈그리고 앉아 낚시 흉내를 내기도 싫고 그러니 사무실에 들어앉아 담배만 빨아대면서 지내기가 너무나 고역이기에서 오늘 오후 두시쯤 요 아래 세무서 근처의 실내 낚시터를 찾아갔지 뭐냐."

"망신스럽게 마 갯바위꾼이 실내 낚시를 갔으니 그런 꼴을 당해도 싸지." 벌써 한 차례 자초지종 얘기를 들어서인지 내용을 훤히 아는 듯한 말투로 병학이 한 마디 했다.

본디 양어장 같은 곳에서 하는 온갖 흉내 낚시를 싫어했던 이상주였던 터라 실내 낚시도 그날이 처음이었다. 그래서 막상 찾아 들어가 보니 간판은 어마어마하게 '파로호'라고 붙여 놓았지만, "이건 영락없이 목욕탕에서 고기를 잡는 격"이었다. 어두컴컴한 지하실 시멘트 물탱크에다 입술이 찢어지고 여기저기 상처가 난 향어와 잉어 몇 마리를 풀어 넣고는 사람들더러 어디 재주 좋으면 그것을 잡아 보라면서 반 시간에 5천 원씩 받아먹는 배불뚝이 주인은 첫 인상부터가 은근히 비아냥거리는 듯한 표정이었고, 그렇게 답답한 속에서 케미라이트를 노려보며 앉아 버티는 양복쟁이 손님들이 참으로 궁상맞아 보이기는 했지만, 이왕 들어온 김이라 이발소로 머리를 깎으러 간 셈치고 잠시 따분한 시간을 보내겠다는 생각에 이상주는 한 시간치 입어료를 내고는 낚싯대 하나와 미끼로 쓸 새우 몇 마리와 수건과 재떨이를 받아 들고 가서 빈 의자에 앉았다.

막상 자리에 앉아서도 그는 낚시터가 아니라 무슨 축소판 경마장에 들어온 기분이었다. 하기야 어떤 양어장에서는 고기에다 금가락지를 꿰어 놓고 잡아 가라면서 손님을 끌기도 한다니까 이제는 낚시가 산천(山川)의 유유한 신선(神仙)하고는 무척 거리가 멀어진 것이 사실이기는 했지만, 아무리 그렇다고 하더라도 이상주는 '파로호'에서 잡은 부스럼 난 병든 고기로 즉석에서 회를 치거나 매운탕을 끓여 준다는 주인의 설명을 듣고는 어디

무허가 보신탕집을 잘못 들어온 모양이라는 착각이 들 지경이었다.

이상주의 오른쪽에는 나이가 육십은 넘어 보이는 통통한 남자가 벌써 낚시를 하고 있었는데, 이 사람의 거동 또한 어딘가 눈에 거슬렸다. 정년 퇴직을 했거나 해서 별로 할 일도 없어 보이던 노신사는 가만히 눈치를 보니까 실내 전문인 모양이어서, 그런 대로 목욕탕 낚시를 퍽 재미있어 하는 눈치였다. 슬금슬금 반칙까지 해가면서 말이다. 우중충한 시멘트 벽에는 분명히 어분 사용을 금한다는 경고문이 붙었지만, 노신사는 입구의 계산대에 버티고 앉은 주인의 눈치를 열심히 살피다가 기회만 포착되면 흑갈색 콩알처럼 미리 집에서 만들어 온 어분 정로환을 재빨리 바지 호주머니에서 꺼내 바늘에 꿰어서는 슬쩍 목욕탕 안으로 집어넣고는 했다.

노신사는 시력도 희한하게 3.0은 되는 모양이어서, 이상주가 아무리 눈을 부릅뜨고 살펴보아도 물 속의 고기가 하나도 보이지 않았지만 그 사람의 눈에는 컴컴한 바닥까지 환히 보이는 눈치였다. 그래서 그는 어분 콩알을 던져 놓고 기다리다가는 향어가 근처로 오거나 무심결에 가까이 지나가면서 입질을 안 하면, "이런 괘씸한 놈 봤나" 싶은 표정을 지으며 냅다 훌치기로 고기를 엮어 냈다. 그리고 옆구리나 꼬리를 걸어내는 솜씨 또한 어찌나 대단한지 반 시간 사이에 세 마리를 건져 놓아 아무래도 이상하다고 생각하는 배불뚝이 주인으로부터 집중된 감시를 받는 중이었다. 그리고 그렇게 삼엄한 감시 속에서도 바지 호주머니의 어분을 뽑아 쓰는 솜씨가 꼭 서부의 총잡이를 방불케 했다.

더욱 기가 막힌 노릇은 왼쪽에 앉은 젊은이였다. 이상주와 마찬가지로 40대 초반이었던 이 남자는 지하실로 들어서더니 고기가 잘 잡힐 만한 '포인트'를 찾느라고 목욕탕을 살펴보는 것이 아니라 우선 손님들부터 하나씩 찬찬히 뜯어보고 나서는 적당한 상대를 물색했다는 듯 곧장 상주의 옆으로 와서 앉았다. 그러니 이상주로서는 소매치기라도 옆에 버티고 앉은 듯 불안해서 당연히 신경이 쓰일 수밖에 없었다.

왼쪽 남자는 인상도 별로 곱지 않은데다가 어디서 다쳤는지 한쪽 발을 절어 목발을 짚고 다녔는데, 문제의 목발을 목욕통 가에 얹어 놓고는 자꾸만 팔꿈치로 건드려 이상주에게로 자빠지도록 해서 신경을 곤두세우게 만들었다. "나중에 생각해 보니 그건 다 나를 자극하기 위한 의도적인 작전이었지 뭐야."

그러더니 언제부터인가 이상주를 가운데 두고 힐끔힐끔 노신사가 건져 내는 향어에 눈독을 들이다가는 결국 일을 저질렀다. 목발의 사나이가 낚싯대를 이상주의 낚싯대 위에다 턱 걸쳐서 노신사의 찌 바로 옆에다 줄을 드리웠던 것이다. 물론 노신사도 기분이 나빠서 표정이 험악해졌지만, 이상주는 기가 막힌 나머지 참다못해 한 마디 하고 말았다.

"이거 도대체 뭣 하는 짓이오?"

그랬더니 목발이 태연자약하게 받아넘겼다. "뭐가요?"

"이 낚싯대 치우지 못해요?"

"왜 치워요?"

"이렇게 내 낚싯대 위에다 당신 낚싯대를 걸쳐 놓으면 나더러 어떻게 챔질을 하라는 거예요?"

"걱정 말아요. 당신한테 입질 오면 내가 얼른 낚싯대를 치워 줄 테니까요."

"아니 당신 그걸 말이라고 하는 거야?"

이렇게 해서 시비가 붙었고, 누가 먼저인지는 몰라도 어느새 주먹질이 오고갔다. 그러다 보니 "그것도 역시 의도적인 행동이었지만" 목발의 남자가 시멘트 바닥으로 나뒹굴었고, 순식간에 사태가 아주 심각해졌다.

"어, 이거 사람 친다. 내 부러진 다리 겨우 나았는데, 또 부러진 모양이야. 여봐요, 주인, 멀건히 서서 뭐 하는 거요? 경찰 불러! 빨리 경찰 부르라니까! 이놈의 낚시터 알고 보니 깡패 소굴이로구만."

결국 경찰관이 출동했고, 목발 남자는 점점 더 엄살을 부리며 하소연이었다.

"나 이거 병원에 가 봐야 되겠어요. 야, 나 갈현병원에 가서 진단서 떼어 가지고 올 테니까 너 거기 꼼짝도 말고 가만히 기다려. 도망칠 생각 말고 가만히 기다리라구. 여봐요, 주인, 당신은 증인 서요. 나 저 친구 고발할 테니까. 경찰관 아저씨는 저 자식 도망 못 가게 지키고 있으셔야 해요."

이상주는 난감해졌다. 눈치를 보니까 그들 두 사람 다 어디 확실하게 다친 상처는 없었지만, 그래도 남들이 보기에는 우선 상대방이 한쪽 다리가 온전치 않았으니, 그런 사람과 주먹질을 벌인 이상주를 탓할 일이 뻔한 노릇이었고, 어쨌든 상대방이 정말로 진단서를 떼고 시끄럽게 경찰서를 드나들려면 그것도 보통 일이 아니었다. 그래서 이상주가 일단 미안하다고 사과를 했더니 목발은 미안하다는 말 한 마디로 다 해결될 문제가 아니라면서 치료비를 요구했다. 이상주는 한심하기는 했지만 공연히 목욕탕에서 낚시를 하겠다고 들어왔다가 무슨 액땜이라도 치르는 기분으로 치료비를 주겠다며 양보했다. 그러자 이제는 치료비 액수를 놓고 다시 티격태격했는데, 이상주는 마침 지갑에 넣어 가지고 나온 30만 원까지는 내겠다고 했지만 목발은 악착같이 2백만 원을 요구하는 것이 아닌가.

그제서야 이상주는 일종의 자해공갈단에 걸려든 모양이라고 얼핏 짐작이 갔다. 경찰관도 목발이 생떼를 쓴다는 사실을 빤히 알면서도 어찌해야 좋을지 몰라서 눈치를 살피며 중립을 지키고 구경만 하는 터였고, 이상주는 정말로 억울하고 속이 상할 일이었지만 어떻게 난국을 타개해야 할지 대책이 서지 않아 난감했다. 그래서 담배라도 한 대 피우며 궁리를 해 볼 생각으로 잠깐 화장실을 다녀오겠다며 우선 자리를 피했다.

화장실에서 담배 한 대를 거의 다 피웠을 무렵에야 이상주는 묘안이 떠올랐다. 그래서 그는 눈을 질끈 감고는 자신의 코와 입을 몇 차례 냅다 쥐어박았다. 당장 코피가 터지고 입술이 깨졌다. 이상주는 와락 목욕탕으로 달려나가면서 고래고래 고함을 질렀다.

"나 코피 터졌어! 입술도 깨졌고! 경찰관 아저씨, 나 아까 싸우다 저 사람 목발에 맞아 이렇게 다쳤어요. 이봐, 당신, 좋다구. 나 당신 치료비 2백만 원 물어 줄 테니까 당신도 내 치료비 물어내. 나도 병원에 가서 진단서 떼고 치료비 3백만 원 요구할 테니까. 보아하니 난 이빨도 한 대 나간 모양이야." 그는 며칠 전에 뽑아 버린 썩은 이빨 자리를 내보이며 법석을 부렸다. "주인 아저씨, 증인 서요. 나도 당신 고발하겠다 이거야."

이상주가 이런 식으로 억지를 부리며 소란을 떠니까 목발은 기가 막혀 멀건이 쳐다보기만 하다가 한 마디 했다. "당신 아까는 코피 안 났잖아. 화장실 가서 도대체 무슨 짓 한 거야?"

"아까는 멀쩡했었지만 지금은 피가 나는 걸 어떡해? 이건 잠복성 코피출혈이다. 왜? 코피 좀 한참 참았다 나오면 안 된다는 법이라도 있냐?"

이렇게 두 사람은 한 시간 이상이나 다투었고, 목발이 나중에는 그렇다면 아까 당신이 주겠다던 30만 원만 내놓으라고 양보하기에 이르렀다. 하지만 이상주가 이제 와서 그런 말을 들어 줄 리가 없었다.

"그건 내 잠복성 코피가 터지기 전 얘기 아냐. 이제는 상황이 달라. 당신이 나한테 거슬러 줄 돈이 백만 원이니까."

결국 두 사람 다 없었던 일로 하자면서 파로호를 나서는 꼴을 뒤에서 지켜보고 섰던 경찰관이 피식 웃으며 한 마디 했다.

"난형난제로구만."

텔레비전 연출을 하다가 지금은 예술전문학교의 교수로 나가는 박 감독은, 겨울 방학을 이용해서 혼자 평도에 들어가 영화 대본을 써 가지고 나오는 사이에 희끗희끗한 수염이 덥수룩한 얼굴로 안경알을 반짝이며, 이상주의 기막힌 사연을 다 듣고 나서는 빙그레 웃으며 말했다. "지금처럼 생떼가 판칠 땐 이에는 이, 눈에는 눈이라고, 마주 생떼를 부리고 막가야지, 원리원칙은 통하질 않는구먼."

"이에는 이?" 병학이 말했다. "생떼족한테는 그런 본전치기로는 안 통해. 이에는 망치로 나가야 해. 망치로 이빨을 몽땅 부러뜨려야 한다구. 뇌물 받고도 대가성이 없는 돈이라며 바득바득 우기는 놈들은 아예 입을 왕창 무너뜨려야 하고.”

“그러는 네 이빨은 누가 망치로 그렇게 망가뜨렸냐?” 상현이 약을 올렸다. “아무리 봐도 성한 이빨이 별로 없으니 말야.”

“어쨌든 아니라고 생떼를 부리는 사람한텐 당할 재간이 없어.” 박 감독이 말했다. “우리 친척 하나가 고등학교 동창생한테 돈을 떼어먹혔는데, 이 사기꾼이 이리저리 마누라 이름에 먼 친척의 이름까지 써 가며 재산을 다 빼돌리고 떵떵거리며 살면서도 돈이 없다고 끝까지 안 갚는 거야. 그래 비싼 돈 들여가며 변호사까지 써서 소송을 걸었지만, 이번에는 돈을 꾼 적이 없다고 오리발을 내밀더라구. 친구간이라 차용증을 써서 받지 않았다고 아무리 주장해도 결국 거짓 앞에서는 진실이 지는 게 법의 원칙이었어. 아무리 법이요 재판이요 해도, 거짓을 거짓이라고 밝히지 못하면 진실은 이기지 못해. 방안에 사람이 겨우 세 명밖에 없는데도 모두 아니라고 저마다 잡아떼면 누가 방구를 뀌었는지 밝힐 길이 없는 거나 마찬가지로 말야.”

“왜 푸렝이섬에 들어가는 길에 목포 낚시방에서 들었다는 얘기 생각나지?” 한 전무가 말했다. “최 선생이 「김 사장의 권리금」이라고 나중에 꽁트로 써 놓은 사건 말야. 눈오는 날 대낮에 마누라가 딴 남자하고 여관에 갔었다는 얘길 앞 가게 주인한테 듣고 남편이 닦달을 내니까, 여관까지 들어가긴 같이 들어갔었지만 방에서 얘기만 하고 나왔지 아무 일도 없었다고 여자가 바득바득 우기는 바람에 결국 정의는 실현되지 않고, 나쁜 짓을 일러바친 사람만 열 받은 부부한테 오히려 두들겨 맞았다고 했잖아. 뻔뻔스러운 인간들 참 많아, 이 세상엔.”

이렇게 돌아가면서 너도나도 공갈범이나 사기꾼에 관한 얘기를 생각나는 대로 하나씩 화제에 올렸고, 이어서 온갖 생떼족 얌체들을 한참 안주로 삼았으며, 상현도 결국 뻔뻔스러운 생떼라는 오늘의 주제에 참가했다.

"며칠 전에는 우리집 사람이 하는 가게에 어떤 아줌마가 들어와서는 옷을 30 가지나 만졌다 놓았다 주물렀다 하고, 일부러 약을 올리려는지 심지어는 몇 장 입어 보기까지 하다가는 겨우 만 원짜리 하나를 사면서 바득바득 2백 원을 깎아 달라고 하더래. 그래서 하는 수 없이 깎아 주었는데, 이튿날 이 여자가 다시 옷을 들고 가게로 와서는 마음에 안 든다며 물러 달랬다는구만. 그래서 물러 주면서 하두 얄미워서 어제 깎아 준 돈 2백 원도로 내놓으라고 하니까 지갑을 안 가지고 나왔다면서 그냥 가더래."

병학이 웃으면서 말했다. "소금 염씨께서도 꼼짝 못하고 2백 원을 갈취당하셨구만."

상현은 처음에 그 말을 듣고도 대수롭지 않게 그냥 넘어갔다.

그리고는 주방과 손님들 사이를 돌아다니다가 틈틈이 그들과 합석을 하던 장미빛 인생의 주인 장 사장도 "야, 근데, 느그들은 들어 봤는가, 이런 생떼에 대한 얘기를?"이라면서 지난 신정 연휴에 구산 파출소에서 1백 미터도 안 되는 비보호 좌회전에서 당한 사건을 소개했다.

"그날 신사동에 돈받을 일이 생겨서 가던 길인데, 어느 씹꽁댕이 년이 내 앞에서 보라색 엘란트라를 끌고 역촌동 버스 종점에서 더듬더듬 구산동 길로 우회전을 해서 들어서더라구." 무려 일곱 번이나 자동차 사고로 피해를 당한 그는 여자 운전자 얘기만 나오면 입이 갑자기 무척 험해지는 버릇이 생긴 터였다. "헌데 이놈의 여편네 영 운전 솜씨가 말이 아니었어. 보아하니 뒤에서 쫓아오는 차를 확인하느라고 빠끔이 한 번 쳐다보지도 않았던 모양이야. 그래서 문제의 신호등에 이르자 슬그머니 길 오른쪽 인도로 차를 붙였는데, 난 이년이 주차를 하는 줄 알고 얼른 추월하려고 하니까, 아 글쎄 씹꽁댕이 년이 좌회전 신호도 주지 않고 냅다 추월 차선으로 꺾고 들어오잖아. 내가 재빨리 방향을 꺾어 큰 사고는 면했지만, 이놈의 여편네가 내 차의 뒤 범퍼를 받고는 자기 차만 박살이 났지. 헌데 사고를 내놓고 이 씹꽁댕이 하는 짓이 가관이더라니까. 우선 여기저기 전화를 걸어 보험회사 직원은 물론이요 친구 둘에다 아들까지 불러모아 응원단부터 구성해 놓고는 좌회전 신호를 분명히 주고 꺾었으니까 자기 잘못은 없다고 바득바득 우기기 시작했지. 난 그날 독감도 심하게 걸렸던 터라 워낙 몸이 피곤해서, 생떼 씹꽁댕이 여편네하고 서너 시간이나 은평경찰서에 가서 사고의 책임을 놓고 따지다가 지친 나머지, 마음대로 편히 마무리를 짓자는 생각에 결국 가해자가 되고 말았지 뭐야. 그랬더니 사건 처리가 끝나고 경찰서 문을 나서면서 이 미친년이 그러잖아. 미안하다고 말야. 그까짓 일 다 보험회사에서 처리하면 될 일인데, 박박 거짓말을 늘어놓고 나서 미안하다니, 누구 약올리자는 건지 뭔지 기가 막히더구만.”

“야, 너 아직 여자 운전자들 얼마나 무서운지 모르는 모양이구나.” 병학이 말했다. “난폭 운전이나 음주 운전에 위협 운전도 남자만 하는 게 아냐. 지난번 자유로에서 갑자기 어느 여자가 코란도로 팍 끼어드는 바람에 내 차 한 바퀴 돌지 않았냐.”

그러자 상현은 아까 병학이가 한 말이 참 이상하다는 생각이 들었다. 병학이 ‘소금 염씨’라는 말을 어디서 들었는지 알 길이 없어서였다.

“내 얘기 아직 안 끝났어.” 장 사장이 말했다. “그리고는 이튿날도 아니고 며칠이 지난 다음에, 우리 쪽 보험회사에서 연락이 오더구만. 그 씹꽁댕이 년이 병원에 입원했다고 말야. 사고 당일엔 멀쩡해서 바득바득 잘도 덤비기만 하더니, 아마 누군가 부추기는 바람에 보험금을 타려고 가짜 환자로 입원까지 한 모양이야. 요즈음 교통사고를 빙자해서 입원하는 가짜 환자 많다며? 이런 기집년도 혹시 자해공갈단의 일종 아닌가 모르겠어.”

너도나도 돌아가면서 여성 운전자에 대한 성토를 하는 동안 아무리 생각해도 상현은 병학이 ‘소금 염씨’를 어디서 알아냈는지 알 길이 없었고, 혹시 목포 낚시방에서 한 전무와 최 선생이 들었다는 「김 사장의 권리금」처럼, 나에게도 그런 일이 벌어지고 있지는 않은지, 그가 살아가는 진실의 세계에도 내가 모르는 어떤 심각한 거짓이 끼어들지는 않았는지, 자꾸만 의심이 들었고, 나중에 병학에게 꼭 물어 보고 확인을 해야 되겠다고 작정했다.

"야, 니들 아무 여자나 그렇게 깔보고 그러면 남들도 니 마누라를 그렇게 깔본다는 계산은 안 하냐?" 파로호 결투의 주인공 이상주가 반박에 나섰다. "남자들은 뭐가 잘났다고 그래? 우리 집사람이 일곱 번 만에 겨우 면허를 따서 도로 주행 연습을 시키느라고 옆자리에 앉아 몇 차례 같이 시내를 돌아다니며 보니까, 여자가 운전을 하다가 조금만 속도를 늦추거나 급제동을 할 때는 물론이고, 차선을 바꾸지 못해 더듬거리면 난리라도 났다는 듯 사방에서 웬 빵빵거리는 소리에 삿대질이 나오지 않나, 정말 남자 운전자들 꼬락서니 눈 뜨고 못 보겠더라. 첨엔 내가 대신 잘못했다고 꿈벅꿈벅하느라고 바빴지만, 며칠 겪고 나니까 정말 남자라는 것들 한심하다는 생각이 들더라구. 너희들도 다 그러지? 어쩌다가 여자한테 추월이라도 당하면 무슨 벼락이라도 맞은 것처럼 난리를 치고 말야. 그건 마치 외제차를 몰고 가다가 끼어드는 프라이드한테 추월을 당했다고 쫓아가서 붙잡아 놓고 두들겨 팬 재벌 2세의 잘난 자존심보다 나을 게 하나도 없는 짓이야. 내 참 이 나이에 집사람 운전 연습 따라 나섰다가 당한 꼴을 생각하면 기가 막히고 코도 막히더라니까."

분명히 병학과 아내는 무슨 비밀이 얽힌 사이라고 의심을 하기 시작한 상현은 암호를 풀기라도 하려는 듯 병학의 얼굴 표정을 살펴보았다. 병학은 태연하기만 했다.

그리고 병학은 태연함이 조금도 흐트러지지 않으면서 다른 얘기를 꺼냈다. "하지만 누가 뭐래도 진짜 도로의 무법자는 윤 사장이 금메달이야. 남자건 여자건 차를 모는 사람 통틀어서. 진짜 생각없이 사는 사람이 갈비집 윤 사장이라구."

응암동 서부병원 뒤쪽 먹자골목에 갈비집을 차려 돈을 잘 버는 윤 사장은 세상살이가 정말 막무가내였다. 사고를 내도 보험료가 할증되지 않던 시절에 그는 얌체 운전이나 서투른 초보 자동차가 앞에서 알짱거리다가 끼어들기라도 했다 하면 무작정 달려가서 들이받고는 했었다. 그리고는 가해 차량과 피해 차량을 모두 한 전무의 정비공장 범아공업사에 끌어다 놓고는 보험 처리를 한 다음 유유히 갈비를 팔러 갔다. 그는 귀찮게 삿대질을 하거나 핏대를 올리는 대신 무작정 받아 버리는 식으로 인생을 살았다. 만사가 그랬다. 그러면서도 윤 사장은 돈만 잘 벌고 잘 살았다. 오입도 잘하고 불우 이웃 돕기 성금도 잘 냈다. 그는 나쁜 짓이건 좋은 짓이건 아무 생각없이 무작정 잘 했다.

상현은 아무래도 내가 속아 살아왔다는 생각이 들자 뒤통수의 모근(毛根)이 뜨끔거리는 전율을 느꼈고, 지난 겨울 눈이 펑펑 쏟아지는 어느 날 병학과 아내가 함께 여관으로 들어가는 장면을 상상하고는 압도적인 충격에 눈앞이 아찔했고, 온몸이 경직되면서도 가슴은 맹렬하게 뛰기 시작했다.

"잠깐만." 더 이상 견딜 수가 없어진 상현이 병학에게 느닷없이 물었다. "너 우리 집사람 성이 염씨라는 거 어디서 들었어?"

흠칫한 병학은 대답을 못 했다.

"어떻게 알았냐구?" 상현이 물었다.

"어떻게 알긴." 병학이 얼버무리려고 했다.

"염씨라고 누가 그랬냐니까." 상현이 다그쳤다.

"니가 그랬지, 누가 그러긴 누가 그래." 병학이 반박했다.

병학의 얼굴에서는 이미 당황하는 기색이 자취를 감추었다. 언제나 능글맞은 병학다운 태도였다.

하지만 병학의 말은 사실이 아니었다. 상현은 아내를 남들 앞에서는 늘 '집사람'이라거나 '슬기 엄마'라고 했지, 이름이 염은경이라는 사실을 아무에게도 말한 적이 없었다. 그리고 물론 갈현동 꾼들 가운데 어느 누구도 아내를 만났거나 얘기를 나눈 적이 없었다. 가만히 나중에 생각해 보니 그것도 아마 병학 때문이었겠지만, 아내가 워낙 낚시하고 거리를 두어 왔기 때문이었다. 다른 친구들은 신진낚시의 시조회나 납회에 부부동반으로 나타나 대부분 한두 번씩이나마 아내의 얼굴을 보였지만, 은경은 병학과 얼굴을 마주해야 하는 상황이 거북해서였는지 의도적으로 피했었다. 상현은 이것이 워낙 아내가 낚시를 기피하는 성격 때문이라고 잘못 생각했어서 꾼들 앞에서는 좀처럼 집안 얘기를 하지 않았고, 은경의 이름은 더더구나 입에 올리지 않았었다.

"소금 염씨라는 얘긴 또 어디서 들었고?" 상현이 공격을 계속했다.

"너한테서 들었다니까."

그것도 역시 거짓말이었다. '소금 염씨'라는 표현은 자신의 '짠순이적으로 알뜰한' 생활력을 은근히 자랑하면서 아내가 자주 쓰는 표현이었으며, 상현은 그 동안 돈을 모으느라고 고생이 많았던 아내한테 미안한 느낌이 들어 '소금'이라는 표현은 아내는 물론이요 남들 앞에서는 절대로 쓰지를 않았다. 따라서 '소금 염씨'라는 말을 병학이 들었다면 그것은 분명히 아내에게서였다.

"그걸 어디서 알아냈냐구?" 상현이 이제는 진지하게 따지고 덤볐다.

"얘 갑자기 왜 이래?" 사태가 심각해졌음을 깨닫고 병학이 둘러댔다. 처음에는 부인하던 태도가 어정쩡하더니 상현이 점점 더 압박해 들어가자 병학도 잡아떼는 강도가 그만큼 강해졌고, 두 사람이 대수롭지 않은 관계였다면 병학의 털털한 성격으로 미루어 보아 「김 사장의 권리금」 여자나, 교통사고의 진짜 책임자인 '씹꽁댕이 년'처럼 그렇게까지 막무가내로 잡아떼지는 않으리라고 결론을 내린 상현은 시간이 흐를수록 점점 더 신경이 예민해졌다.

"너 혹시 내 마누라하고 전부터 아는 사이 아냐?" 상현이 다시 따지고 들었다.

두 사람 사이에 긴장되는 과정을 걱정스럽게 지켜보던 한 전무가 나섰다. "야, 술맛 떨어진다. 소금 여사 얘기는 둘이서 나중에 따로 만나서 따져. 여기선 낚시 얘기나 하자구."

물어 보고 싶어도 남들 때문에 속 시원히 물어 보지도 못하고, 술을 아무리 마셔도 취하지 않는 채로 자정이 다 되어 집으로 돌아간 상현은 현관을 들어서면서 다짜고짜 아내한테 물었다.

"당신 병학이 알아? 최병학이."

이미 병학에게서 틀림없이 전화로 연락을 받아 사태를 잘 알았을 아내는 그들이 짜놓은 각본대로 무작정 잡아떼는 작전을 썼다.

"최병학이 누구야?" 은경이 되물었다.

"내가 자주 얘기했잖아. 금이빨 한 친구."

"금이빨이라니?"

"내가 최병학 얘기 많이 했는데."

"당신이 얘기하는 낚시 친구가 어디 하나 둘이야? 내가 그 사람들 어떻게 다 아느냐구."

"최병학이가 나하고 낚시 친구라는 건 알잖아."

"당신이 나한테 얘기하는 친구라면 모조리 낚시 친구이지, 아닌 사람 어디 있어?"

아무리 물어 봐도 소용없는 일이었다.

"결국 오지 않는구만." 화려하게 갖가지 붉은 빛깔로 타오르며 수평선을 따라 길게 펼쳐진 황금 석양을 쳐다보며 상현이 말했다.

"구조대 말야?" 병학이 물었다. 그렇지 않아도 거무튀튀하게 그을린 그의 얼굴이 지는 햇살을 받아 술취한 사람처럼 불그레했다.

"안개가 걷힌 지도 벌써 몇 시간째인데, 배고 비행기고 뭐 나타나는 게 없잖아. 그냥 우연히 지나가는 비행기도 없고, 하다못해 중국 밀수선도 안 나타나."

"아무래도 우리가 엉뚱한 방향으로 너무 많이 흘러왔나 봐."

"이제 곧 해가 질 텐데." 상현이 말했다.

"그래도 어쨌든 서해의 멋진 낙조는 진짜로 끝내준다, 그치?"

"어쩌면 저 낙조를 다시는 못 보게 될지도 몰라."

두 사람은 잠시 침묵을 지키며, 설렁설렁 팔을 저으며 물에 떠서, 낙조의 아름다움과 그들의 현실을 생각했다.

"하기야 오늘밤에 우리들한테 무슨 일이 생겨 어떻게 잘못되면, 낙조는 고사하고 마누라도 다시는 못 보게 되겠지." 병학이 말했다.

상현은 "니 마누라 말야, 아니면 내 마누라 말야?"라고 한 마디 꼬아 던지고 싶었지만, 쓸데없는 일에 신경을 쓰느라고 아까운 기운을 빼고 싶지 않아서 그만두었다.

"낚시도 다시는 가기 틀렸는지 몰라." 상현이 말했다.

"지금쯤 밤낚시 시작하려고 라면 끓이면서 천막 칠 시간인데."

"요즘 어디가 낚시 잘 된대?" 상현이 물었다. "물에 빠진 신세이니까, 학암포에서 쏟아진다느니 어쩌니 바다 얘기는 집어치우고, 민물 말야."

"최 선생한테 강화도 삼산 얘기 들었어? 윗말 수로에서 지난번 밤낚시하며 메기를 수십 마리 건졌다잖아. 매운탕집 차려도 한 달은 가겠다고 최 선생 좋아서 입이 메기입만큼이나 찢어졌다던데."

"강화 쪽은 배스가 너무 극성이어서 낚시하기 나쁘잖아?"

"최근에는 배스가 급격히 줄어들었대." 병학이 말했다. "동네 사람들 얘기로는 우리 된장 메기가 서양 배스를 모조리 잡아먹는다는구만. 그래서 별안간 메기가 그렇게 많이 늘어났다는 거야."

"먹을 거 없던 배고픈 시절, 박정희 정부에서 식용으로 키운다고 미국에서 들여온 배스가 우리나라 붕어를 닥치는 대로 먹어 치우고, 토종 물고기를 모조리 잡아먹는다고 테레비 뉴스에서도 떠들어대고 걱정들 많았는데, 제대로 임자를 만난 셈이지." 상현이 말했다. "그렇게 먹성 좋은 메기가 배스 맛을 들였으니."

"역시 신토불이요 토종이 제일인 모양이야." 병학이 말했다. "삼산 수로에선 배스뿐 아니라 황소개구리도 많이 없어졌다는구만."

"황소개구리가 뱀까지 잡아먹어 우리 생태계를 초토화한다고 걱정들이더니, 그것도 메기가 먹어 치우나?"

"그건 잘 몰라. 어쨌든 밤이 되어도 이젠 별로 시끄럽지도 않다더라. 걸핏하면 야광찌에 덤벼들어 영 골칫거리더니, 밤낚시 하기 훨씬 편하게 되었어."

"헌데 이런 중요한 순간에 우리 이런 시시한 얘기밖에 할 게 없나?" 상현이 물었다.

"생태계 파괴 얘기말고 그럼 뭐가 중요한 얘긴데?" 병학이 되물었다.

그들은 다시 잠깐 동안 침묵했다.

병학이 키득거렸다.

"뭐가 좋아서 웃어?" 상현이 물었다.

"황소개구리 얘기하니까 학동의 전설이 생각난다."

서구찬 사장이 사고를 당했을 때도 배를 끌고 평도까지 가서 한 전무를 도와 시체 인양 작업을 하느라고 애를 많이 썼으며 갈현동 친구들과는 오래 전부터 친하게 지내온 고흥의 신승직 선장이 득량만 배낚시를 갔을 때 상현과 병학 일행에게 들려준 "학동(鶴洞)의 전설"에서는 신 선장이 사는 도덕면 당동부락의 옆 마을 학동의 저수지 근처에 차려 놓은 횟집이 주요 무대로 등장했다.

중학교에 다닐 때부터 신 선장과 형제처럼 지내온 일협은 리비아 땡볕에 가서 온갖 고생 끝에 벌어온 밑천에다가 여기저기서 꾸어 모은 돈으로 삼거리 좋은 자리에 집을 사서 앞문을 훤히 트고는 '학동횟집'이라고 번듯하게 간판을 걸어 올리기는 했지만, 처음 몇 달 동안 장사가 안 되어 앞날이 무척 난감했었다고 한다. 목욕탕도 없을 만큼 작은 마을인데다가 바다낚시 본고장인 녹동이 코앞에 위치한 곳에다 횟집을 차려 놓았으니, 들 만한 손님은 휑하니 녹동이나 고흥으로 마시러 나가지 학동횟집에 주저앉아 돈을 쓸 구실이 없었고, 수족관까지 차려 문을 연 지가 서너 달이 되었는데도 하루에 두어 무더기 이상 손님이 들지 않아 통 밑천조차 제대로 뽑아낼 기미가 전혀 보이지 않았다.

어서 빨리 벌어 빚부터 갚아야 할 노릇이었지만, 날마다 자정까지 앉아서 기다려도 계속 자리가 텅 비었다. 한글 맞춤법조차 맞지 않는 "잡귀 쫀는 부적"에다 돈을 벌어 줄 만한 온갖 딱지를 마누라가 구해다 기둥마다 여기저기 붙여 놓았어도 일협이 꿈꾸던 돈은 통 쉽게 벌릴 눈치가 아니었고, 전설이 시작되던 날도 자정이 다 되어 오늘 역시 장사는 다 틀렸구나 생각해서 아내더러 일찍 문을 닫아 버리라고 일협이 막 애꿎은 화를 내고 났더니, 유리문이 드르륵 열렸다.

늦손님이라도 드나 보다 솔깃해서 일협이 방문을 열고 내다보니 동네 저수지 관리를 맡은 6 척 거구 충식이가 혼자 슬그머니 들어섰다.

"뭔일이여?"

손님이 아니구나 싶어 실망한 나머지 퉁명스럽게 한 마디 뱉으며 방문을 나서 신발을 꿰던 일협은 홀로 들어선 충식의 얼굴이 새파랗게 질린 꼴을 보고는 깜짝 놀랐다. 기운이 장사여서 수문뒷개 갯벌에서 낙지를 잡을 때면 어마어마한 바위를 기운 끙 한 번만 써서 젖혀 넘기던 충식이는 "내 마누라하고 뱀 빼놓으면 세상에서 무서운 것이 없다"는 사람이었는데, 한여름에 서리라도 쓴 듯 창백해진 그의 얼굴을 보니 일협은 섬뜩 심상치 않은 일이구나 싶어 신경이 곤두섰다.

“뭐냐구?” 일협이 다시 물었다.

“성님이요, 암만해도 학동 저수 구신이 뭔 일을 칠 거 같으요.” 커다란 덩치에 어울리지 않게 겁먹은 목소리로 충식이가 말했다.

횟집에서 1백 미터밖에 안 떨어진 도로의 버스 매표소 뒤로 펼쳐진 자그마한 학동저수지에서는 3년에 하나씩 꼭 사람이 빠져 죽어 마을에서는 물귀신이 그 속에 버티고 앉아 때마다 한 명씩 잡아먹은 모양이라고 생각했는데, 금년이 바로 굶은 지 3년째 되는 해였지만 아직 물귀신의 밥이 생기지 않았던 터였다.

“그것이 뭔 소리여?” 일협이 물었다.

“저수가 울어요.”

“울다니?”

“사람 잡아먹고 자퍼서 운가 봐요.”

일협이 도대체 무슨 소리냐고 다시 물었더니 충식이는 방금 당한 일을 털어놓았다. 저장 마늘이라도 살까 해서 내려온 서울 형님의 직행 차표를 미리 사느라고 매표소를 하는 주만이를 만나 부탁한 다음 집으로 가려고 트럭을 세워 둔 옆 주차장으로 가서 시동을 걸려고 휘발유가 올라오기를 기다리려니까, 뒤쪽에서 저수지가 우는 듯한 소리가 들려왔다. 캄캄한 어둠 속 시커먼 물 어디에선가 깊은 바닥에서, 뱃속으로부터 울려 나오는 듯한 통곡 소리가 나는데, 달도 없는 음침한 밤에다 곧 비라도 내릴 듯 궂은 날씨에 괴이한 울음 소리가 났으니, 아무리 담 크고 떡대 좋은 충식이라고 해도 겁이 덜컥 나 늘 가깝게 지내는 일협 형님에게로 달려올 수밖에 없었다. 차를 끌고 캄캄한 밤중에 집이 있는 10리 밖 부락까지 갈 엄두가 통 나지 않아서였다.

지금 세상에 무슨 귀신이냐며 충식을 꼬리에 차고 저수지로 간 일협은 길가에 서서 한참 기다렸지만 시커먼 물이 우는 소리 따위는 들려오지 않았다. 그래서 아마 자네가 무엇인지 잘못 들은 모양이라며 트럭을 세워 놓

은 곳으로 함께 가려고 하니까, 이제는 정말로 저수지의 통곡 소리가 들려
왔다.

　우우욱.

　한참 침묵이 흐르더니 다시, 우우욱.

　아무리 귀를 바짝 세우고 들어 봐도 그것은 틀림없이 저수지가 통곡하
는 소리였다.

　도깨비라면 울퉁불퉁한 몽둥이를 들고 뿔도 달린 남자의 형상이지만,
귀신이라면 산발한 여자의 모습이 분명하고, 물 속에 살며 사람을 잡아먹
는다면 도깨비가 아니라 틀림없이 귀신일 텐데 어쩐 일인지 학동저수지
물귀신의 통곡 소리는 창자가 끊어지는 여인의 신음처럼 소름끼치는 흐느
낌이 아니라, 외로운 고통에 괴로워하는 남성적 저음의 소리였다.

　저수지 바닥 전체를 훑는 듯 음산한 소리에 일협도 기겁해서 냅다 도망
쳤고, 두 사람은 횟집으로 돌아가 문을 닫아걸고는 한참 잠들어 있던 아
는 사람들에게 모두 전화를 걸어 학동저수지가 통곡하기 시작했으니 틀
림없이 이 고장에 무슨 변고가 닥치리라고 불길한 소식을 사방에 퍼뜨려
전했다.

　도대체 귀신 같은 소리 하지 말라면서 일협과 충식의 얘기를 통 믿으려
고 하지 않으면서도 마을 사람들은 그래도 궁금해서 이튿날 밤 몇몇씩 패
를 지어 저수지로 나가 보았다. 초저녁에는 가끔 도로를 따라 벌교나 순천
으로 냅다 달려가는 버스 소리 이외에는 고요하기만 할 뿐, 저수지의 통곡
소리 따위는 나지 않았다.

　그러다가 공연한 장난에 속은 모양이라고 조금쯤 불쾌한 마음으로 늦은
시간에 사람들이 하나둘 흩어져 집으로 돌아가려고 하니까, "우우욱," 음
침한 울음 소리가 다시 나기 시작했다. 물가에 남았던 마을 사람들은 인간
을 못 잡아먹어 배고파하는 물귀신 소리에 겁이 잔뜩 나서 슬금슬금 도망
쳤고, 통곡하는 저수지 얘기는 삽시간에 도덕면 전체로 퍼져 나갔다.

울어대는 저수지의 희한한 현상을 확인하기 위해 그때부터 밤이면 이 마을 저 마을 사람들이 저수지로 모여들어 한밤중의 통곡 소리를 들었으며, 시커먼 물은 매일 밤 울음을 그치지 않았다. 어느덧 소문은 점점 멀리까지 퍼져 나가 녹동과 고흥, 그리고는 벌교에서까지 사람들이 찾아왔으며, 급기야는 어느 지방신문에서 기사까지 써서 싣는 바람에 광주·순천·부산 등지에서도 통곡하는 저수지를 찾아보기 위해 사람들이 관광버스를 대절하여 타고 몰려오기에 이르렀다.

그리고 음산한 물귀신의 통곡은 상상도 못했던 결과를 학동에 가져다주었다. 학동이 갑자기 번창하기 시작한 것이다. 주말마다, 그리고 나중에는 평일에도 몰려오는 전국 각지의 관광객들은 한밤중이 되어 저수지가 통곡할 때까지는 어디에선가 시간을 보내야 했기 때문에 일협의 횟집을 비롯한 모든 음식점과 술집은 초저녁이면 대만원을 이루었고, 통곡 소리를 듣고 나면 시간이 너무 늦어 아무래도 하룻밤 이곳에서 자고 가야만 했기 때문에, 여관이라고는 하나도 없던 고장에 와글와글 여관이 생겨나는가 하면 집집마다 민박을 쳐서 톡톡히 재미를 보게 되었다.

술집도 잔뜩 늘어나 심지어는 카세트를 틀어 놓고 노래와 춤을 꿰어 맞추는 엉성한 가라오케 집에서부터 길거리 포장마차까지 즐비하게 늘어나, 학동은 가히 신흥 유흥지대로 발전할 정도였다.

학동 사람들의 생활도 완전히 뒤바뀌었다. 낮에는 푹 잠을 자두고 저녁이면 한바탕 손님을 치렀으며, 그러다가 밤이 늦으면 모두들 저수지로 몰려나가 길거리가 텅 비고는 했다. 그래서 이제는 아무도 저수지로 나가기를 무서워하지 않았다. 워낙 많은 사람이 몰리니까 물귀신이 이렇게 수많은 먹이들 가운데 하필이면 나를 잡아먹으랴 하는 군중심리적 안도감을 저마다 갖게 되었고, 그래서 그들은 물가에 잔뜩 둘러서서 숨을 죽이고 침묵하며 저수지가 통곡하기를 기다렸다. 그토록 많은 사람이 모였으면서도 이토록 고요할 수가 있다는 사실에 서로 놀라며 그들은 조용히 기다렸고, 그러면 드디어 우우욱— 우우욱— 시커먼 물이 통곡을 시작하게 마련이었다.

일협은 돈을 잘 벌었다. 횟집에는 탁자도 두 개나 더 들여놓았고, 날마다 수족관에다 횟감을 가득 채우느라고 녹동을 뻔질나게 다녀와야 했다. 빚도 곧 꺼 버렸고, 이제는 솔솔 농협 통장의 예금 잔고가 불어나는 판이었다. 그래서 일협은 충식이를 보면 늘 한 마디씩 했다.

"이거 물구신은 사람 잡아먹기만 한 줄 알았는디, 나 같은 사람 살려 주기도 하는구마이, 잉."

학동에는 이발소도 세 군데나 생겨났고, 택시회사도 두 곳으로 늘어났다. 물론 목욕탕도 문을 열었다. 참으로 돈을 벌기가 쉬워졌고, 충식이도 트럭을 봉고차로 바꿔서는 근거리 관광객들을 실어 나르는 무허가 운수업을 해서 벌어들인 돈으로 새 경운기까지 샀다. 참으로 학동의 미래는 화려하게만 보였다.

그러다 어느 날 화순에서 온 대학생이 통곡하는 저수지에서 오후 늦게 헤엄을 치다가 물에 빠져 죽는 사고가 발생했다.

그날 학동 사람들은 잔뜩 긴장해서 날이 저물기를 기다렸다. 물귀신이 3 년 만에 식사를 했으니 오늘 밤부터는 저수지가 울지를 않겠고, 그러면 한참 번창하던 이 고장의 관광 경기는 순식간에 수그러들어 다시 옛날처럼 맥빠지는 생활이 되돌아오리라는 셈이 너무나 빤해서였다.

일협도 다시 횟집에 파리가 날게 될까 봐 걱정이었고, 충식은 이제 다시 마늘 농사나 열심히 지어야 될 모양이라고 체념했다. 마을 사람들은 그들의 장래에 대해서 전전긍긍했으며, 갑작스러운 번영을 가져다 준 저수지의 울음 소리가 그치고 나면 어떻게 살아가야 좋을지 도대체 대책이 서지 않았다. 그래도 어쨌든 그들은 그날 밤에도 변함없이 관광객들을 안내하여 학동저수지로 나가서 일찍부터 물이 울기를 기다렸다.

놀랍게도 그날 밤 저수지가 다시 통곡했다. 마을 사람들은 물귀신이 아직도 배가 덜 불러 금년에는 하나 더 잡아먹고 싶어서 우는 모양이라고 걸으로는 걱정했지만, 내심으로는 이곳의 전성기가 아직도 훨씬 더 오래 계속되리라는 생각에 은근히 기뻐했다. 일협은 횟집 옆 공터에다 코카콜라 비치 파라솔 다섯 개를 세워 손님을 더 받으며 싱글벙글했고, 충식은 머리를 좀 써서 관광회사를 하나 세우면 어떨까 궁리도 해 보았다.

그러나 그들의 이런 기쁨은 오래 가지를 않았다.

학동 주변의 다른 저수지들도 하나 둘 밤이면 통곡을 시작했기 때문이었다.

도덕면의 다른 마을 사람들이 그들 동네의 저수지가 우는 소리를 들었노라고 했으며, 그래서 모두들 밤에 일부러 근처의 저수지로 나가 우리 동네는 어떤지 알아봐야만 했다. 결국 도덕면민들은 그들 주변의 모든 저수지가 밤이면 통곡한다는 사실을 알게 되었다.

학동 사람들은 두 가지로 걱정이었다. 우선 통곡하는 저수지를 그들만이 독점하지를 않는다는 사실은 다른 경쟁 상대들로 인해서 번영을 나눠누려야만 하게 만들었고, 그래서 돈벌이의 몫이 작아질 수밖에 없음을 의미했다.

더욱 두려운 문제는 두 번째 걱정이었다. 해괴한 새로운 소문이 마을 사람들 사이에서 퍼졌는데, 학동저수지의 물귀신이 사람을 하나 잡아먹고는 기운을 차려 잔뜩 새끼를 쳐 이곳저곳 저수지로 자식 귀신들을 뿌려 놓았으며, 결국 많은 사람이 물귀신 밥이 되리라는 황당무계하면서도 으스스한 얘기가 나돌았다. 듣고 보니 그럴듯한 얘기여서 사람들은 노골적으로 걱정하기에 이르렀고, 이러다가는 이곳 마을을 떠나고 싶어도 흉흉한 소문에 땅값이 폭락하여 오도가도 못하고 귀신들에게 잡아먹히지나 않을까, 끔찍한 얘기를 하는 노인들도 나타났다.

그래서 망하기 전에 한푼이라도 더 벌어야 되겠다는 사람들은 한층 더 열을 올렸고, 지역 발전회에서는 통곡의 저수지가 학동에만 존재하기라도 하는 듯 전략적으로 보안 조처를 취해야 한다는 엉뚱한 제안이 나오기도 했으며, 한꺼번에 와르르 생겨난 유사 업종들 사이에서는 시한부 벌이를 염두에 두고 살벌한 경쟁이 가열되었다. 일협은 마누라만 데리고 손님을 받기가 벅차서 아예 작부도 하나 들여놓았는데, 겨우 두 집 걸러 새로 생겨난 통닭 생맥주집에서 꼬삭거려 이 엉덩이가 퉁퉁한 이천 여자를 빼가는 바람에 그 집 여편네와 한바탕 삿대질을 하고 나서 이웃끼리 등을 돌리는 불상사도 생겨났다.

당분간 공동체의 번영은 계속되었고, 되돌아가 원상복귀를 시키기 어려울 만큼 모습이 바뀌어 버린 학동 거리를 보고는 그래도 역시 농자천하지대본이라고 믿던 면 사람들은 이러다 아이들 교육이 어떻게 되려는지 걱정하며 소돔과 고모라의 앞날이 눈에 환히 보이는 심정이었다. 헐렁옷에 머리에는 수건을 두르고 땡볕 밭에 나가 쪼그려 종아리에 알이 밸 정도로 일이나 하던 여자들이 소비업종의 돈벌이에 맛이 들려 검게 탄 얼굴에 화장까지 하고 장사를 한다며 길거리에서 나돌아다니는 꼴을 보고 속이 상하는 사람들도 한둘이 아니었으며, 오직 전진만 계속할 뿐 그 전진 방향이 어디로 가는 길인지도 모르면서 저런다고 제법 사회학적인 고민을 하는 젊은 층도 띄엄띄엄 생겨났다. 거기다가 혹시 관광지 개발이라도 되지 않을까 미리 짚어 보며 이천과 서울 등지의 투기꾼들까지 들락날락거리는 바람에 마늘과 콩 농사를 짓거나 배를 타고 고기잡이를 하던 사람들의 마음은 값 오른 전답을 처분해 움켜쥔 목돈을 가지고 대처로 진출한다는 야무진 꿈까지 꾸게 되었다.

"그래, 무슨 일이 터지고 말 거여, 터지고 말지. 저수 구신이 통곡하는 것도 다 그럴 만한 이유가 있어서지라우." 혁명적인 사회 발전을 불신하는 이곳 토박이 신씨 집안 어른들의 걱정이었다. "저녁마다 저수 물이 저리 운다는 건 여그서 망쪼가 들어도 크게 들 거라고 알려 주기 위해서랑께."

하지만 원인과 결과가 뒤바뀐 그런 걱정 따위는 아랑곳하지 않고 사람들은 계속해서 치열하게 돈을 벌었으며, 벌겠다는 입은 자꾸 늘어나는데

통곡하는 저수지가 도덕면에는 어디를 가나 다 발견된다는 비밀도 어느덧
입소문으로 널리 퍼져 나가 신비성의 독점권이 무너지는 바람에 차츰 관
광객의 수가 줄어 더욱 경쟁이 심해지면서 인심은 그만큼 더 흉흉해지고
말았다. 서로 의심하고, 훼방놓고, 밀고하는 악덕이 슬그머니 생활화되어
도시적인 냉정한 이웃이 되어 버린 사람들 때문에 아무래도 달갑지 않은
갖가지 부작용이 생겨날 수밖에 없었고, 그런 후유증에 의해서 결국 피해
를 받는 희생자도 수월찮게 나타났다.

그런 희생자들 가운데 한 사람이 바로 충식이었다.

충식이란 인물은 그가 사는 마을에서 몇 가지 첫째라는 기록을 보유한
남자였다. 우선 도덕면 전체에서 가장 키가 클 뿐 아니라, 딸들이 다니는
도덕중앙초등학교에서 운동회가 열릴 때면 학부형 뜀뛰기에서 늘 1등을
독식할 만큼 달음박질도 첫째였다. 마늘 창고를 짓는 데 쓰려고 득량만 바
닷가로 바위들을 실어 오려고 나갔다가 큰 바위를 들추면 낙지가 그 밑에
웅크리고 숨어 산다는 생태학적인 사실을 우연히 알아낸 장본인도 충식이
었으며, 그래서 그는 지렛대로 사용할 쇠막대기 하나를 바닷가 수풀 속에
숨겨 놓고는 물이 빠진 다음 남들이 보지 않는 사이에 그 큰 덩치에 어울
리지 않을 정도로 살금살금 돌아다니며 한 시간이면 30여 마리씩 낙지를
잡아다 산 채로 기름소금도 찍어 먹고, 삶아도 먹고, 혼자 입맛을 즐겼었
다. 그러다가 걸핏하면 낙지를 물통으로 하나씩 잡아 오는 그를 수상히 여
겨 친구들이 자꾸 캐묻는 바람에 하나 둘 귀띔을 해 주었고, 그러자 삽시간
에 소문이 퍼져 마을 사람들은 장정뿐 아니라 아낙네와 할머니들까지 바
닷물만 빠졌다 하면 너도나도 지렛대를 하나씩 들고 산을 넘어 바닷가로
몰려가 낙지 사냥을 했다.

그리고 물론 학동저수지의 물귀신이 밤마다 통곡한다는 사실을 제일 먼
저 알아낸 사람도 충식이었으며, 그로 인해서 학동이 상업지역 관광지로
변천하는 과정에서 봉고차를 마련하여 관광객을 실어 나르는 무허가 운수

업에 최초로 뛰어들어 짬짤한 돈벌이를 한 사람도 바로 충식이었다. 헌데 그의 무허가 운수업이 번창하게 되자 바위를 들춰 낙지잡이를 하는 비결을 그가 이웃들에게 알려 주었을 때처럼 이번에도 사람들은 너도나도 헌 봉고차를 사들여 관광객 수송 사업을 벌이는 바람에 무려 열세 대의 차주가 치열한 경쟁에 휘말리는 지경에 이르고 말았다.

이러한 경쟁으로 인해서 봉고차들만이 장님 제 닭 잡아먹듯 서로 싸우며 출혈경쟁을 하느라고 피해를 본 것은 물론이요, 군내(郡內) 정규버스 업자들도 손님을 도둑맞아 통 기분이 좋지를 않았다. 폐차 직전의 덜덜이 버스 한 대를 겨우 마련해 직접 운전하는 업자들이 대부분인 군내 버스 차주들은 불법의 경쟁자들을 늘 못마땅하게 여겨 오다가, 급기야는 누군가 밀고자 성향이 강한 위인이 하나 나타나서 충식이를 비롯한 13명의 봉고 차주를 경찰에 고발해 버리고 말았다.

그러나 이러한 사태의 발전은 충식이로 하여금 또 하나의 '최초'가 되는 기록을 수립하게 해 주었다. 경찰서에서 자꾸만 오라가라 말이 많고, 봉고 대책위에서도 어서 "자네가 나서서 손 좀 써 보라"고 찐득거리는 바람에 골이 아파진 충식은 어느 날 에라 다 잊어 버리자 하는 마음으로 두 칸짜리 낚싯대 하나를 달랑 들고 뒷산 골짜기를 막아 만든 한적저수지로 올라갔다. 크기는 손바닥만 해도 골이 깊어 십여 년 동안 가뭄에도 바닥을 보인 적이 없어 짧은 대에 월척이 듬성듬성 달려나오기도 하고 굵직한 민물 장어도 많아 충식이가 잘 찾아가던 이 낚시터는 워낙 한적한 곳이라 뱀이 많기로도 유명한 곳이어서, 충식이는 징글맞게 거무죽죽한 물뱀들을 쫓기 위해 막대기로 풀섶을 탁탁 치면서 언덕을 넘어 비탈을 내려가 논둑에서 가장자리 수초가 수북한 자리를 잡고 앉아 받침대를 꽂았다.

그날도 한 시간 만에 두엄 밑에서 캔 왕지렁이를 물고 월척이 한 마리 올라왔고, 그래서 경찰서와 버스업자들에게 시달려야 할 걱정도 잠시 잊은 채로 충식이는 낚시에 정신이 팔렸다.

그때였다.

우우욱——.

한적저수지가 울었다.

그것도 대낮에.

충식은 머리가 쭈뼛했다. 뜨거운 햇볕이 머리를 따갑게 쬐었고, 골짜기 논과 콩밭에는 사람이 하나도 없었으며, 풀냄새가 푹푹 썩어나는 한여름 오후의 정적 속에서 충식은 저수지의 통곡 소리가 환청이었기만을 바랐다.

그리고 그는 기다렸다.

혹시 이런 대낮 쾌청한 날씨에도 귀신이 나돌아다니는지 어쩐지는 알 길이 없었지만, 어쨌든 몸을 조금이라도 움직였다가는 혹시 귀신의 눈에 띄기라도 할까 봐 그는 손가락 하나 까닥하지 않으며 가만히 웅크리고 앉아 기다리기만 했다. 낚시찌가 스멀스멀 움직이다가 힘차게 후루룩 빨려 들어가 수초를 감아 버렸어도 그는 대를 챌 생각도 하지 않고 그냥 기다리기만 했다. 그러자,

우우욱——.

틀림없이 저수지의 통곡 소리였다.

그러나 그는 너무 겁이 나서 도망칠 용기도 나지 않았고, 어떻게 해야 좋을지 계산이 서지 않아 그냥 눈앞이 캄캄한 대로 날벼락이 치기만 기다렸다. 그런데 이것은 또 웬일인가. 충식이가 그토록 싫어하는 물뱀 한 마리가 저만치 앞에서 슬그머니 머리를 수면 위로 잠망경처럼 치켜들고는 잠시 눈치를 살피더니 곧장 그를 향해서 살랑살랑 헤엄쳐 오지 않는가. 마누라말고는 그가 제일 무서워하는 저 뱀을 쫓으려면 옆에 놓아 둔 막대를 집어 휘둘러야 하는데, 그랬다가는 통곡하는 물귀신에게 들키기라도 하는 날이면 그것은 끝장이었다. 정말로 기가 막힐 노릇이었다.

그러더니 세 번째 통곡 소리가 났다.

우우욱.

울음 소리는 충식이의 오른쪽으로 겨우 십여 미터쯤 떨어진 수초 더미 속에서 들려오는 것이 분명했다. 이제는 꼼짝없이 죽었구나 생각하며 오줌이 지릴 만큼 온몸이 찌릿찌릿하려니까, 아, 이제는 통곡 소리가 나던 곳의 수초가 슬금슬금 흔들리지 않던가.

붕어 산란기의 갈대밭에서처럼.

드디어 통곡의 주인공이 기동을 시작한 모양이었다.

마침내 모습을 드러낸 저수지의 물귀신은 악어처럼 툭 불거진 두 눈부터 수면을 밀치고 나왔으며, 거무죽죽하고 푸르스름한 대가리만 가만히 내밀고 수초 앞에서 눈치를 살피더니 충식이를 향해 헤엄쳐 오는 뱀에게로 쏜살같이 물을 가르고 달려가 덮쳤다.

도덕면 여기저기 저수지에서 통곡을 하던 원흉은 개구리였다. 그러나 보통 개구리가 아니라 커다란 참외만한 놈이어서, 어느새 물뱀을 잡아 꿀꺽꿀꺽 삼키는 중이었다. 개구리라면 뱀에게 잡아먹히는 놈이라고만 알았던 충식은 이 희한한 개구리의 거대한 크기뿐 아니라, 천적을 오히려 잡아먹는 해괴한 현상에 놀라 도대체 헛것을 보지나 않았는지 의아할 지경이었다.

어쨌든 우우욱, 우우욱 통곡하는 저수지의 범인이 귀신은 아니고 개구리여서 다행이라는 생각이 들기는 했어도, 아직 의문이 풀리지 않기는 마찬가지였다. 함지박만큼이나 커다란 괴물 개구리 얘기는 금방 사방으로 퍼져 나갔고, 잠자리채와 꼬챙이를 들고 여기저기 저수지로 나간 사람들은 가물치처럼 거센 물회오리를 일으키고 첨벙거리며 돌아다니는 개구리들을 여기저기서 잡아내기 시작했다. 그리고 '돌연변이 개구리'에 대한 진상도 곧 밝혀졌는데, 그 내용은 이러했다.

1983년 도덕면에서 축산협회에 다니는 신도훈 과장이 미국에서 들여온 식용 개구리를 양식하면 지역 발전과 식량 증산에도 보탬이 되리라는 생각에 올챙이 3백 마리를 가져다 길렀다고 했다. 미국 이름으로는 '황소개구리(bullfrog)'라고 알려진 식용 개구리는 한 마리의 크기가 냄비로 하나는

되었고, 고아서 먹으면 맛이 닭고기와 비슷하여 제대로 양식에 성공하기만
한다면 참으로 좋을 듯싶었다.

　그러나 그만 여름에 장마가 져 양식장의 물이 넘치는 바람이 올챙이들
이 모두 흘러가 버렸고, 축협에서도 지역 발전 사업을 포기하고는 도망친
올챙이들이 어떻게 되었는지 까맣게 잊어 버린 채로 지냈다고 했다. 어쨌
든 황소 올챙이들은 물길을 따라 이리저리 흩어져 거대한 개구리로 자란
모양이었는데, 그렇다면 어째서 올챙이들이 달아난 작년 여름에는 아무도
우우욱거리는 통곡 소리를 들어 보지 못했고 금년에 와서야 모습을 드러
내게 되었는지 그 비밀은 결국 벗겨 내지 못했다.

　어쨌거나 간에 그러면 그렇지, 지금 세상에 귀신은 무슨 귀신이냐고 면
사람들은 한바탕 웃어젖혔고, 학동저수지가 통곡하는 소리를 처음 듣고는
소문을 냈다가 황소개구리의 실체도 최초로 알아내어 이웃들을 안심시킨
충식이는 덕택에 '개굴박사'라는 별명을 얻었다.

　이렇듯 전설적인 사건을 거치고 나서 학동은 정신없이 빠른 쇠퇴기를
곤두박질치며 맞이하게 되었다. 관광객들의 발길이 뚝 끊어졌고, 어쩌다가
아직 진실을 접하지 못한 채로 통곡하는 저수지를 찾아오는 도시 사람들
이 혹시 나타나기라도 하면 주민들이 오히려 멋쩍어하며 웃고는, 알고 보
니 개구리니까 그냥 가세요 하며 돌려보내게 되었다. 수많던 술집과 여관
도 하나 둘 문을 닫았고, 학동횟집도 비치 파라솔을 모두 철수하고는 다시
한산한 옛날로 돌아가 감생이와 도다리와 붕장어를 넣어 기르려고 길바닥
에 짓다 만 시멘트 물탱크는 빨래터가 되고 말았다.

　충식이는 다시 마늘 농사를 부지런히 짓게 되었고, 봉고차를 처분해 트
럭을 산 다음에는 버스업자들과의 분규도 다 아는 사이에 없던 일로 하자
며 흐지부지되어 버렸다. 그러나 나이 많은 어른들은 못된 물이 들어 버린
마을 사람들이 앞으로 과연 옛 심성을 다시 찾을지 걱정을 버리지 못했다.

　모든 면에서 몰락 과정을 겪는 가운데 그나마 학동에서 새로 솔솔한 돈

벌이가 되기 시작한 업종이 하나 생겼는데, 그것은 황소개구리탕 전문 요리였다.

그리고 오늘날까지도 도덕면의 모든 저수지들은 여름이면 밤마다 우렁차게 통곡한다는 설명으로 학동의 전설은 끝났다.

개구리의 울음 소리 하나로 인해서 벌어졌던 어느 시골 마을의 대소동, 좋은 세상이 왔다고 법석을 부렸던 사람들, 세상이란 어쩌면 모두가 그렇게 허튼 수작일지도 모르겠다고 상현은 지평선으로 흘러내리면서 검게 죽어 가는 낙조를 쳐다보며 생각했다. 석양의 아름다움도 알고 보면 뜨거운 태양의 열기가 희롱하는 장난일 따름이다. 아름다움과 진실은 알맹이가 무엇인지도 모를 노릇이고, 전설이란 거기에 담긴 내용을 알고 보면 본디 오해와 과장으로 가득해서 개구리 소동처럼 그렇게 황당하기가 보통이었다. 하나의 커다란 허상, 하나의 커다란 거짓말, 아마도 그것이 인생의 전설인지도 모른다.

"알고 보면 진실은 속이 다 비었어." 상현이 혼잣말을 했다. "모두가 학동의 전설처럼."

병학은 그가 하는 말을 못 들었는지 아무 대꾸가 없었다.

상현의 아내를 언제 어디서 만나 어떻게 알게 되었는지에 관한 진실과 자세한 사연을 병학이 털어놓기 시작한 때는 이빨 하나를 더 잃은 다음부터였다.

병학은 자칭 박노식이라며 나는 몸도 좋고 마음도 좋을 뿐 아니라, 시원스러운 생김새에 사나이로서 부족한 구석이 전혀 없다고 늘 시끄럽게 자랑을 늘어놓았지만, 부실한 치아만큼은 속수무책이어서, 입을 벌려 안을 다 보여 준 적은 없었어도 이미 젊은 시절에 해 넣었다는 금니가 적어도 서넛은 분명했다.

병학의 앞이빨이 하나 더 부러져 나간 것은 작년 이맘때쯤 마량의 갯바위에서 배를 내리려다 역시 오늘처럼 새벽 안개 때문에 사고를 당했기 때문이었다. 지금 생각하면 그것은 웃음이 나올 만한 사건이었고, 물론 어떤 다른 갯바위 사고나 마찬가지로 위험한 상황이어서 병학으로서는 목숨을 잃을 뻔했었지만, 현장에 없었던 갈현동 바다꾼들은 나중에 마량의 추락 사고 얘기를 듣고는 너도나도 폭소를 터뜨렸다. 텔리비전 코미디에서 너무나 낯익어 버린 그런 종류의 장면이어서였다.

오늘처럼 심한 농무는 아니었어도 꽤 안개가 짙은 속에서, 캄캄한 새벽에, 한 전무와 주차장 이상주와 거꾸로 불러도 장 사장과 가수 서수남을 원하는 자리에 차례로 뿔뿔이 내려 준 다음, 마지막으로 배에 남은 그들 둘이서 병학이 좋아하는 불알바위에 닿았을 때도 아직 사방이 어두워서 선장은 탐조등으로 더듬거려 뱃머리를 댈 곳을 찾아야 했다.

그날은 배를 대기가 그리 쉽지 않았다. 파도가 험하지는 않았지만 안개가 전조등 불빛을 차단하는데다가, 바위에 부딪쳐 나오면서 출렁이는 물결을 타고 오르락내리락거리는 뱃전에서 안전하게 절벽으로 뛰어내려 달라붙을 만한 돌출된 턱을 찾아내기가 힘들어서였다.

여기저기 몇 차례 반복해서 전진과 후진을 거듭하던 배가 마침내 절벽까지 밀고나갔고, 드디어 상륙할 지점을 선장이 작정한 모양이라고 판단한 병학은 낚시 가방과 아이스박스와 침낭을 양쪽 어깨에 메고는 뱃머리에서 뛰어내릴 준비를 하고 기다렸다. 발 디딜 자리나 두 손으로 잡고 매달릴 돌출부가 보인다고 해서 아무 때나 뛰어내릴 수도 없는 노릇이었다. 절벽 중간쯤에 매달렸다가는 파도를 타고 오르락내리락거리는 배가 밑으로 가라앉았다가 다시 솟구쳐 오르는 뱃머리에 들이받히기가 십상이어서였다. 그래서 뱃머리가 가장 높이 떠올라 다시 내려가기 직전에, 병학은 한 발로 바위턱을 밟고 다른 발을 옮기려고 했다. 그렇게 병학이 한쪽 발은 바위에 걸치고 다른 발은 아직 뱃머리에 붙은 순간에, 배가 갑자기 뒤로 물러나기 시작했다. 배를 대려던 선장은 병학이 그렇게 재빨리 내리리라고는 예상하지 못한 채로 아무래도 위험한 장소라고 생각했는지 다시 후진을 시켰기 때문이었다.

뱃머리와 절벽에 다리 하나씩을 걸친 병학은 가랑이가 점점 벌어지다가 결국 밑으로 떨어지고 말았다. 중간쯤 바위벽에 두어 차례 부딪친 다음 바다로 떨어진 그는 수면에 닿는 순간 파도와 싸우며 절벽으로 헤엄쳐 나갈 일이 아니라 얌전히 물 속으로 가라앉아야 되겠다고 판단했다. 그래서 그냥 가라앉았다. 수면으로 떠올랐다가는 파도에 출렁이는 배와 바위틈에 끼어 으스러져 죽을지도 모른다는 생각에서였다.

물 속에서 낚시 가방과 아이스박스를 벗어 버리고 병학은 잠시 기다렸다. 배가 뒤로 물러나 안전 거리를 마련할 때까지 기다리기 위해서였다. 그런 다음에 그는 물 위로 떠올랐다.

절벽을 기어올라가서 보니 왼쪽 정강이가 바위 모서리에 찢겨 피가 났지만 출혈은 곧 멈출 것 같았다. 앞이빨도 하나가 반쯤 부러져 나갔다. 하지만 그런 정도의 부상으로 철수를 한다면 기껏 고생해서 여기까지 내려온 다른 사람들도 모두 낚시를 포기해야 할 처지였다. 그래서 병학은 바위틈에 틀어박힌 가방과 물 위에 둥둥 떠다니는 아이스박스를 선장의 갈고리로 건져 놓고 한참 숨을 돌리고는 해가 뜬 다음에야 가방을 풀었다.

울산 오씨가 해마다 추자도 푸렝이섬에서 겪었던 다양한 사고에 비하면 별로 대단한 사건은 아니었지만, 초자였다면 십중팔구 익사하거나 배에 깔려 죽었으리라는 생각을 하면 병학은 그날 별로 마음이 편치 않았고, 밤이 되어 어수선한 낚시를 끝낸 다음 침낭에 들어가 나란히 바위 바닥에 누워

별이 총총한 하늘을 올려다보며 상현과 두런두런 대화를 나눌 때까지도 그는 아직 완전히 충격을 벗어나지 못한 눈치였다.

바다에 와서 병학이 사고를 당하기는 물론 이때가 처음은 아니어서, 거제도 안경섬에서도 바람을 만나 혼이 났었고, 갯바위에서는 크고 작은 사고가 항상 따라다니며, 사실 서구찬 사장의 죽음도 대단치 않은 상황이 빚어낸 우발적인 결과에 지나지 않았다. 마량에서 사고를 당하기 불과 두 달 전에만 해도 병학과 상현은 장승포 앞 상투바위에다 천막을 치고는 이상주와 서수남과 함께 사흘치기를 했는데, 둘쨋날 밤 그들이 잠을 자는 동안 너울이 밀려와 파도가 바위를 뛰어넘는 바람에 네 사람을 담은 채로 천막이 바다로 쓸려 들어갔었다. 다행히도 건너뛰기 바위틈에 천막이 처박히는 바람에 깊은 물 속으로 빨려 들어가지를 않고 그들은 겨우 목숨을 건졌지만, 만일 뒤로 밀려나지 않고 대신 앞으로 굴러 떨어졌더라면 거센 파도 속에서 이리 뒹굴 저리 빙글 정신없이 휩쓸리며 천막에서 빠져 나오지도 못한 채로 한 덩어리가 되어 모두 목숨을 잃었으리라.

그런데도 네 사람은 아무도 그날 정말로 목숨을 잃을 뻔했었다고는 믿지 않았고, 그래서 아무렇지도 않게 계속 갯바위를 탔다. 그냥 잠깐 자그마한 위험 하나가 가까이 스쳐 지나갔다고만 생각하면서. 인간이란 어차피 죽음을 곁에 두고 살아가게 마련인데, 죽을까 봐 무서워서 낚시를 못 가는 사람이 도대체 어디 있냐는 식으로 말이다.

그러나 마량에서 병학은 혼자만 물에 빠졌다는 사실이 무척 마음에 걸리는 모양이었다. 남들은 모두 멀쩡한데 혼자만 선택되어 당했다는 의식이 마치 어떤 개인적인 징벌이기라도 한 듯 그를 긴장시킨 눈치였다. 물론 서울로 돌아온 며칠 후에 그는 "나 정도니까 이빨 좀 나가고 멀쩡했지 초자였다면 그냥 제삿날"이었으리라면서 자신만만한 모습으로 되돌아가기는 했지만, 그날 밤만큼은 마음이 한껏 약해졌었고, 소주를 꽤 마셨는데도 잠이 안 오는지 자꾸 몸을 뒤척이며 이런 얘기 저런 얘기 여러 토막 얘기를 횡설수설했고, 무슨 말 끝이었는지는 지금 기억이 나지 않지만 그는 죽기 전에 어쨌든 사소한 오해는 풀어야 되겠다는 투로, 마치 고해성사를 하듯, 그가 강원도 21사단에서 군대 생활을 하던 시절 홍수로 무너진 제방을 다시 쌓는 마을 사람들을 돕는 대민봉사로 한 주일 내내 방산천으로 나갔다가 염은경을 만난 사연을 털어놓았다.

새참을 이고 나온 대여섯 명의 방산 마을 아주머니들 틈에서 소쿠리에 담아 온 싱싱한 상추와 쑥갓과 고추장과 열무김치와 감자보리밥을 돌밭에 꺼내 늘어놓던 은경은 방학을 맞아 엄마의 밭일을 돕느라고 들에서 얼굴이 개구쟁이처럼 새빨갛게 익은 열일곱 살의 여고생이었다.

"머나먼 낯선 타향, 장마가 휩쓸고 지나간 시뻘건 풍경 속에서 만난 은경 씨는 한 떨기 꽃송이 같았어." 병학은 그에게 전혀 어울리지 않을 정도로 시적이어서 차라리 유행가 가사처럼 들리는 표현까지 동원해 가면서 그들의 첫 만남을 이렇게 설명했다. "생각해 봐라. 전방으로 배출된 지 얼마 안 될 때였으니, 좆나게 고생하던 이등병, 낮이면 땡볕에서 아무리 기다려도 고달프고 외롭고 적막한 세월은 가지를 않고, 밤마다 산속 탄약고에서 달을 쳐다보며 보초를 서노라면 고향 생각에 어머니 생각뿐이던 시절이었으니까. 고참들한테 얻어맞을까 봐 눈치만 보면서, 손바닥만한 하늘 밑 감자바위 산비탈에서 처량하고도 궁상맞은 세월을 보내려니, 인간 정말 초라하고, 인생 정말 힘겹고, 사람대접 못 받는 괴롭고 슬픈 군대 생활에 잔뜩 찌들었던 때였으니, 나뿐 아니라 전우들은 철조망 너머로 민간인 모습을 먼발치서 보기만 해도 반갑고, 치마만 둘렀다 하면 여자가 모두 환장하게 예뻐 보이던 무렵이었어. 너도 전방에서 군복무를 했다니까 무슨 얘긴지 알 거야. 그런데 딱 우리 앞에 나타난 은경 씨의 모습이야말로 영락없이 앵두나무 우물가에서 만난 동네처녀 같았지. 지금 생각하면 최은희 영화에 나오는 섬색씨니 촌색씨니 뭐 그런 식이었겠지만, 귀여운 얼굴하고 새꼬랑지 머리에, 그래도 은근히 성숙한 티가 나는 것이 나그네한테 시원한 물 한 바가지 떠다 주는 시골 아가씨가 생각나더라구."

상현은 이런 말을 듣고 그것이 그의 아내 은경에 대한 칭찬인지 아닌지 혼란스러웠으며, 고흥 신 선장의 아내가 머리에 떠올랐다. 언젠가 "학동의 전설"에서 주인공 역할을 맡았던 도덕면 사람들이 계를 해서 신 선장의 인솔하에 서울 구경을 왔고, 역촌동 몇 명이 장미빛 인생에서 그들에게 맥주를 대접했는데, 상현은 신 선장 아내의 얼굴을 보고 깜짝 놀랐다. 고흥으로 내려가서 보면 신 선장의 아내는 뜨거운 태양과 마늘밭 언덕과 푸르른 논과 허름한 마을에 정말로 잘 어울리는 건강한 모습이었다. 하지만 검게 그을린 얼굴과 건강한 손이 서울에서는 너무나 원시적이고 투박하게 보였다. 병학에게도 말하자면 은경이 그렇게 양면을 지닌 모습으로 보였으리라. 그래서 만일 은경을 그가 상대적인 아름다움으로만 생각했다면, 참된 모습은 보지 못했다는 뜻이니까 아내를 모욕하는 듯싶어서 싫었고, 만일 진심으로 그런 모습을 아름답게 봐서 사랑하게 되었다면, 나 혼자만 간직하고 싶은 어떤 아름다움을 자기도 모르는 사이에 도둑맞은 듯싶어서 억울했다.

누가 무엇을 조금이라도 잘해 주면 눈물겹게 고마워지는 그런 졸병 시절, 병학이 어쨌든 앵두나무 우물가의 동네처녀를 그냥 내버려 둘 리가 없었다. 오죽 거짓말을 잘하길래 입만 벌렸다 하면 거짓말이라면서 별명이 "뻥학이(뻥하기)"가 되었을까마는, 병학은 아마도 되먹지도 않은 유행가 시구와 능구렁이 거짓말로 "그리 심한 말도 아닌데 얼굴이 빨개지고는 했다"던 시골 여고생 은경을 꼬셔 대었을 터이고, 외출을 나갔다 하면 방산으로 찾아가서 또 거짓말을 늘어놓고, 온갖 감언이설의 연애 편지를 얼마나 줄기차게 써 보냈을지, 상현은 안 보고도 훤히 짐작이 갔다.

"군부대가 주둔하면 왜 동네 처녀들 모조리 절딴난다고 하잖아." 병학의 설명이었다. "그래서 뜨내기 군발이들하고 연애라도 할까 봐 눈을 부라리는 동네 어른들을 피해서 우린 정말 촌스러운 연애를 했지. 주고받은 편지를 차곡차곡 관물함에 모아두고, 면회를 올 때면 미수가루를 싸다 주고, 떡

도 빚어오고 한적한 골짜기 코스모스 시골길을 따라 걷다가 개울가에 멀
건이 서서 사진도 찍고, 배고픈 쫄병 먹으라고 시골 처녀가 챙겨 온 삶은
옥수수나 찐 감자를 가지고 뒷산에 올라가 김밥도 까먹고”

“너 그렇게 사람들 눈 피해서 으슥한 곳만 찾아 다니며 할 짓 안 할 짓
다 했겠구나.” 상현이 발끈해서 말했다.

“내가 인간이 좀 추접스러워 보이는 건 사실이지만, 그래도 우리 그땐
꽤 푸라토닉이었다구.” 병학이 말했다. “양구극장에 영화구경이라도 갈 때
면 은경 씨의 동생 은영이도 데리고 가고는 했는데, 지금은 니 처제가 되었
으니 은영이한테 물어 봐. 내가 언제 은경 씨 손이라도 한 번 잡아 봤는지.”

“야, 누가 사람들 보는 데서 그런 짓 하냐?”

병학은 상현이 화를 내자 잠시 침묵을 지킨 다음에 말했다. “사람이란
살다 보면 인연이 이리 얽히고 저리 얽히게 마련인데, 너하고 알기도 전에
내가 먼저 만난 은경 씨에 대해서 이런 식으로 성미 부리면 나 얘기 그만
두겠어.”

병학이 입을 다물어 버렸고, 아내와 친구의 관계에 대해서 자세히 알고
싶기는 하지만 알면 알수록 더욱 화가 나기만 하기 때문에 상현도 입을 다
물고는, 두 사람이 주고받은 편지를 병학이 차곡차곡 모아 두었다면, 아내
도 지금 그때 받았던 편지들을 간직하고 있는지, 그렇다면 어디에 숨겨 두
었을지 궁금해진 상현은 옷장과 쌀통 따위를 생각했고, 검푸른 유리처럼
투명한 하늘에 총총히 박힌 하얀 별 노란 별들과 그들 사이로 하얀 줄을
그으며 떨어지는 별똥별조차도 아름답다고 느끼지를 못했다.

그러나 좋건 싫건 간에 어쨌든 진실은 알아야 되겠다는 생각에 상현이
다시 물었다.

“그렇게 사귄 게 얼마 동안이야?”

병학이 잠시 생각해 보더니, 이왕 꺼낸 얘기이니까, 거짓말에도 이자가
붙는다니 차라리 사실대로 얘기해 줘야 되겠다고 작정한 눈치였다.

“거의 2 년 정도.”

“그렇다면 제대할 때까지였어?” 공연히 물어 봤다고 벌써 후회하며 상현이 물었다.

“어영부영 그렇게 됐나 봐.” 병학이 말했다. “혹시 전출 명령이 떨어지거나 내가 제대하고 그곳을 떠날 때면 저절로 헤어지게 되겠지 막연히 생각하며 그냥 사귀었는데, 결국 끝까지 간 셈이야.”

“그럼 제대할 무렵에 헤어졌단 말이지?”

병학은 대답을 하지 않았다.

“누가 먼저 헤어지자고 그랬는데?” 이왕이면 아내가 먼저 말을 꺼냈었더라면 좋았겠다고 가당치도 않은 상상을 하면서 상현이 물었다.

“그야 내가 먼저 그랬지.” 병학이 신중하게 말했다. “곧 제대하고 서울로 돌아가면 우린 다신 만나지 못하게 될 거라고.”

“그럼 니가 은경 씨를 버렸단 말이지?”

“버렸다기보단······.”

“버린 게 아니면 뭐야?”

“결혼을 할 수가 없는 처지였어, 난.”

이번에는 상현이 잠시 침묵을 지킨 다음에 물었다. “그럼 두 사람 관계가 결혼 얘기까지 오고갔을 정도였어?”

“그런 얘긴 두 사람 다 입 밖에 낸 적이 없었어. 하지만 내 제대가 가까워지자, 은경 씨가 졸업한 다음 서울로 가서 미용사 자격증을 따 가지고 와서는, 마치 우리 두 사람이 당연히 결혼이라도 하리라는 것처럼, 이제는 미용실을 열어 생활에 보탬이 되리라는 둥 장래 얘기를 자꾸 꺼내더라구. 물론 난 가슴이 철렁 걱정이 된 거야. 왜 알잖아, 남자란 이 여자 저 여자 좀 집적거려 본 다음 결혼을 생각하기가 보통이니까. 제대도 하기 전에 결혼 따위를 약속하는 남자가 몇이나 되냐? 그런데다가 난 서울에도 여자가 따로 하나 있었어.”

"서울에?" 상현이 놀라면서도 이상하게 조금쯤은 야릇한 안도감을 느끼며 물었다.

"그래. 입대하기 전부터 알던 여자였어."

"그럼 너 2본 동시상영을 했단 말야?"

"남자고 여자고 결혼 전엔 그런 일 흔하잖아."

"난 안 그랬어."

"넌 어땠는지 모르겠지만, 난 그랬어. 사실 서울 여잔 별로 미덥지가 않았고, 뭐랄까, 내가 제대할 때까지 3 년을 기다려 주기는커녕, 언제 고무신 거꾸로 신을지 모르겠는 그런 여자였거든. 면회는 기껏 3, 4 개월에 한 번 정도 왔고, 편지는 무슨 숙제라도 하듯이 한 달에 두 번, 꼭 정해 놓고 1일과 15일에 써 보냈는데, 자꾸 마음이 식어가는 게 눈에 훤하더라구. 결국 이러지도 못하고 저러지도 못하는 사이에 내가 제대할 때까지 고무신을 거꾸로 신지는 않았지만, 북한 방송이 밤마다 들려오는 전방에서 그토록 오랜 기간을 지내다 보면 서울 여자는 너무 거리가 멀어서 어쩐지 현실적으로 존재하지도 않는 그런 느낌이 들고, 뭐 그래서 그렇게 된 거야."

"그렇다면 넌 심심풀이로 은경 씨를 농락했단 말이지?" 그래도 나는 첫사랑이었는데, 그렇다면 나 혼자서 손해를 본 셈이라고, 마치 자신이 농락이라도 당한 듯 아내 대신 화를 내며 상현이 말했다.

"농락이라는 말은 좀 표현이 심하다."

"농락이 아니면 장난이냐?" 상현이 말했다.

"그래도 우린 푸라토닉이라고 그랬잖아."

"진정한 사랑이었단 말이지?"

"뭐 사실 그건 아니었고……."

"장난도 아니고 사랑도 아니면, 그게 도대체 뭐야?" 상현이 다시 화를 냈다. "그리고 사랑도 아니고 장난도 아니었던 2 년 동안 넌—그 시골 여고생을 말짱하게 그냥 내버려 두지는 않았겠지?"

병학은 대답을 하지 않았다.

"너 육체적으로 갈 데까지 다 갔었지?" 상현이 단도직입적으로 물었다.

병학이 잠시 무엇인가 곰곰이 따져 보고는 되물었다. "내가 은경 씨한테 손을 대지 않았다고 사실대로 얘기한다면, 너 그 말 믿겠니?"

"야 임마, 그렇게 중요한 얘기를 놓고 내가 뼝학이 말을 어떻게 믿냐?"

"그렇다면 내가 무슨 대답을 해도 아무 소용이 없잖아? 그리고 믿지도 않겠다면서 그런 걸 묻기는 왜 물어?"

따지고 보면 병학의 말이 옳았고, 그래서 상현은 다른 질문을 했다. "그럼 서울 여자하고는 어떻게 됐냐?"

"제대하고 서울로 돌아온 다음 얼마 동안 더 만났지만, 얼마 후에 헤어졌어." 병학이 말했다. "결국 우여곡절 끝에 다시 만나 결혼해서 지금의 마누라가 되었지만."

그렇다면 병학은 '동시상영'을 하던 두 여자 가운데 은경을 먼저 버렸다는 뜻이었고, 역시 얼마 동안인가는 버렸다가 무슨 사연 때문이었는지는 몰라도 다시 만나 서울 여자하고 결혼을 했다니, 끝까지 선택을 받지 못할 만큼 내 아내가 그렇게 못났느냐는 생각이 들어 상현은 다시 불쾌해졌다.

이런 식으로 두 사람의 대화는 좀더 이어졌지만 상현은 알고 싶었던 진실에 전혀 접근하지 못했다는 공허감을 느꼈고, 진실을 꼭 알아내야 하는지 어쩐지도 회의가 느껴졌으며, 어디까지 진실을 얘기했는지는 몰라도 하여튼 어떤 형태로든지 간에 고해를 하고 나서 마음이 편해져서였는지 병학은 어느새 잠이 들어 가볍게 코를 골기 시작했다.

서울로 돌아온 상현은 아내에게 병학한테서 들은 얘기를 그대로 되풀이하며 확인 작업을 거쳤다. 은경은 가능한 한 아무런 반응도 보이지 않으려고 애를 쓰며 남편의 얘기에 귀를 기울였다. 그리고 병학이 그녀를 진심으로 사랑하지는 않았던 모양이라는 설명을 덧붙이자 아내가 실망하는 표정이 역력했고, 그날 저녁 내내 은경은 시무룩한 얼굴로 창 밖을 자꾸만 내다

보고는 했다.

그리고 실망한 아내의 옆얼굴을 몇 차례 힐끔거리며 곁눈질로 살펴본 다음에야 상현은 도대체 병학과 그들 부부가 왜 같은 동네에서 살게 되었는지가 궁금해지기 시작했다.

여덟

"갯바위 밧줄이 이럴 때 아쉽구나." 파도에 얹혀 천천히 오르락내리락거리며 병학이 말했다. "밧줄로 우리 두 사람을 이어 놓으면 혹시 잠이 들더라도 따로따로 떠내려가는 걱정은 안 해도 되는데."

안개는 낮에 걷혔어도 이제는 어둠이 사방을 뒤덮어 시야가 제한되기는 마찬가지였다. 훨씬 더 심해로 나왔는지 파도는 조금씩 부피가 커졌고, 술렁이는 물결과 더불어 어둠 속의 공포감도 그만큼 심해졌다. 그들이 가장 두려워했던 위험은 파도에 밀려 따로 떨어져 혼자만 밤바다에 남게 될지도 모른다는 가능성이었다.

"구두끈으로라도 연결을 하면 좋겠지만, 신발도 아까 다 벗어 버렸잖아." 상현이 말했다.

"하지만 갯바위 신발은 찍찍이로 붙여서 끈도 없었잖아."

"그랬었나?" 상현이 건성으로 말했다.

"허리띠로 연결하면 안 될까?"

"허리띠 두 개를 연결한다고 해도 너무 짧아서 서로 몸이나 부딪치고 우리 거동만 불편해질 거야." 상현이 말했다. "그건 나중에 묶든가 말든가 하고, 지금은 서로 떨어지지 않도록 정신 바짝 차리고 조심이나 하자구."

“그리고 혹시 졸리워서 꼭 잠을 자야 되겠으면 한 사람씩 교대로 자야
해. 서로 지켜 주면서 불침번을 서자구.”

“알았어.”

바다의 움직임이 커졌기 때문인지 아니면 파도에 저항하는 그들의 힘이
약해졌기 때문인지 어느 쪽인지는 몰라도 이제 그들은 지칠 대로 지쳐서
완속으로 써레질을 하는 물살을 거슬러 이동할 힘이 없었다. 물길이 흐르
는 대로 그냥 몸을 맡겨 둔 채로 둥둥 떠가면서, 상현은 그나마 보름이 다
찬 달빛이 밝아 서로 상대방의 위치를 확인하기가 어렵지 않아 참 다행이
라고 생각했다.

“정말 이상하지?” 병학이 말했다.

“뭐가?”

“어째서 구조대가 끝내 나타나질 않았는지 말야.”

“우리들이 너무 멀리 나왔는지도 몰라. 공해상 어디쯤.”

“구조대를 기대할 수 없다면 차라리 밀수선이나 하다못해 해적선이라도
만났으면 좋겠구만.” 병학이 말했다. “아무리 못된 해적선이라고 해도 우
리처럼 표류하는 사람을 보고도 그냥 가 버리지는 않겠지?”

“한심하다.” 상현이 말했다. “최첨단 인터넷 시대에 해적의 구원을 바라
다니, 역사도 더위를 먹어서 거꾸로 가나?”

“동남아에서는 최근 몇 년 사이에 해적 출몰 사건이 3백여 건이 넘었다
고 그러더라. 특히 말라카 해역이 심하다던가?”

“너 그 해적 얘기했던 거야?”

“그럼.”

“난 또 우리나라 해적이라구.”

“우리나라 해적이면 더 좋지.” 병학이 말했다. “말이 잘 통할 테니까 얼
른 구해 줄 거 아냐.”

상현은 고흥 일대에서 양식 피조개를 도둑질해 간다는 해적 얘기가 생

각났다. 신승직 선장 얘기로는 군대에서 해저 공작이나 침투 작전 훈련을 받은 고급 인력이 제대를 한 다음 실력을 제대로 써먹을 만한 곳이 없어서 인지 야간에 피조개 양식 어장으로 침투하여 잠수해서는 조개를 캐 가기도 한다고 했다. 주인이 고기를 잡는 발동선으로 추격하면 해적은 쾌속정으로 도망치기 때문에 잡아서 해경에 넘길 생각은 꿈도 못 꾸었다. 그리고 추격을 막기 위해 때로는 해적이 물 속으로 들어가 쫓아오는 배의 스크류를 밧줄로 감아 절단내기도 하기 때문에 아예 쫓아가 잡으려는 양식업자도 없었고, 해경에서도 인력이 부족하다면서 손을 놓은 형편이었다.

"거제도에서 만난 해적선단 생각나?" 병학이 물었다.

"장승포 밭에서 해삼 따위 훔쳐 가려고 여수에서 왔던 쾌속정들 말이지?"

"그래. 김재석 선장이 쾌속정 낚싯배를 전속력으로 몰아 쫓아가니까 물방게들처럼 혼비백산 도망치던 소형 해적선들, 참 볼 만했지."

숨을 돌리고 기운을 차리려고 잠시 침묵하는 동안, 어둠 속에서 거대한 물더미가 쓸려 다니는 소리가 음산했다. 시간이 흐를수록 옷은 점점 더 무거워졌고, 맨살이 되면 더 추울 듯싶어 그들은 섣불리 옷을 벗어 버리지도 못했다. 이렇게 물 먹은 옷이 자꾸만 무거워지면 결국 언젠가는 가라앉을지도 모른다는 두려움도 은근히 머리를 들었고, 그래서 상현의 마음은 점점 더 무거워졌고, 혹시 구명 조끼가 불량이어서 개스가 새어 나가면 역시 그냥 깊은 바다 밑으로 가라앉아야 한다는 두려움도 슬그머니 생겨났다. 죽음에 대한 생각이 조금씩 머리 속을 채우면서 그는 바다에 떠 있는 것이 아니라 바다에 깔려 바닥에 가라앉은 듯한 착각이 들었다. 상현은 죽음의 가능성을 현실로서 느끼고 싶지 않았고, 그래서 불길한 가능성을 가볍게 넘겨 버리려고 농담삼아 말했다.

"살고 죽는 게 참 우습지?"

"무슨 소리야?" 다른 생각에 잠겼던 병학이 말했다.

"이게 뭐냐구. 멀쩡하던 인생이 이렇게 갑자기 끝난다면 말야. 조금쯤은 한심하다는 생각이 들어."

"사는 게 다 그런 거지 뭐. 교통사고로 순식간에 가는 사람도 많잖아. 그래도 우린 좋아하던 낚시나 하다가 죽는 거니까 병들어 오랫동안 시름시름 고생하다 죽는 사람보다야 낫지."

"그래도 그렇지." 마음 속으로 한숨을 지으며 상현이 말했다. "안경섬이나 상투바위 같은 데서 장난 같은 위험을 자주 당하다 보니까, 아마도 우린 죽음이라는 거 이력이 나서 무서운 줄 몰랐던 모양이야. 고기 몇 마리 잡겠다고 우린 너무나 쉽게 자주 목숨을 걸었어. 서구찬 사장도 평도에서 그런 식으로 죽었고."

"야, 우리가 서 사장 위해서 비석을 세워 놓았더니 요즘 평도 오는 꾼들 마당바위를 비석바위라고 한다며?" 병학이 말했다. "우리 갈현동 바다 사나이들이 그러다 보니 새로운 지명까지 만들어 낸 셈이야."

상현은 병학이 지금 죽음에 대해서 나처럼 두려움을 느끼지를 않는 모양이라고 생각했다. 어쩌면 겉으로만 저러는지도 모르겠고. 상현은 내가 느끼는 두려움을 병학이 눈치채지 못하기를 바랐다. 자존심 때문이었는지도 모르겠지만. 자존심일까, 아니면 열등감일까? 상현은 이상한 삼각관계의 경쟁자라고 해야 마땅한 병학에게 자신이 느끼는 두려움이나 나약함을 드러내고 싶지 않았다.

병학이 키득키득 웃었다.

"뭐?" 상현이 물었다.

"아무것도 아냐. 죽느니 어쩌니 얘기하다 보니 죽을 4짜 도 사장이 생각나서."

다른 상황에서였다면, 그러니까 동네 갈비집 남원정이나 생맥주집 어쭈구리나 농부보쌈집에 모여 술이라도 마시는 자리에서 "죽을 4짜 도 사장"이라는 소리를 들었다면 상현도 당장 웃음을 터뜨렸을지도 모른다.

중국에다 신발 공장을 차린 이후로는 한국에서 지내는 시간이 많지 않아 같이 조행에 나서는 기회가 적어진 도용수 사장으로 말할 것 같으면 원효로에서 어린 시절을 보낸 1950년대부터 정말로 죽어라고 낚시를 다닌 사람이지만, 평생 4짜는커녕 턱걸이 월척조차 한 적이 없어 늘 술자리에서 안주거리가 되었다.

아버지한테 밥먹듯 욕을 먹어 가면서도 용수는 학교를 갔다오면 책가방을 툇마루에 내던져 놓고는 마포강으로 나가 뱀장어 방울낚시를 하며 중학 시절을 보냈고, 고등학교에 들어간 다음에는 겨울에 벙거지를 뒤집어쓰고 썰매를 끌고 다니며 한강 잉어잡이 할아버지들 틈에 어린것이 끼어 앉아 콧물을 줄줄 흘리며 훌치기 견짓대를 지켰다. 그런 도 사장이었으니 중국에 공장을 차리기 전 미국으로 건너갔을 때도 낚시를 안 하고 가만히 눌러 앉아 얌전히 지냈을 리가 없었다.

그가 다니던 신발 회사에서 사세 확장을 한다고 미국에서 세 번째로 시카고에다 지사를 차려 놓고 도용수를 파견하기로 결정이 났을 때, 그가 가장 먼저 챙긴 물건이 낚시 도구였다는 사실은 이제 전설이 되어 버렸다. 그는 한국에서 월척을 기록하지 못했다는 불명예를 광활한 나라여서 큰 고기도 그만큼 많을 듯싶은 아메리카 합중국에 가서는 어떻게 해서든지 씻어야 되겠다는 각오로 미국 땅을 밟았다.

그는 업무를 보는 틈틈이 이름만 '호수'이지 바다처럼 망망대해 넓은 미시건 호(湖)로 유입되는 동네 근처의 수로들을 찾아 다니며 답사와 출조를 계속해서 사전 지식을 수집하고 실력을 연마했다. 그러다가 드디어 갈고닦은 실력을 발휘할 기회가 그곳 생활 4 개월 만에 찾아왔다. 신발 수출업자 협회에서 한미 친선 낚시대회를 주최하여 교포업자들과 미국인 고객들이 초대를 받았는데, 교민들이야 워낙 먹고 사는 일에 쫓겨서 사교성 골프라면 몰라도 낚시에 열중하는 인구가 적었고 미국인들은 우리나라 사람들처럼 고기 욕심이 심하지를 않아 사실 그들은 낚시대회가 열린다니까 참여와 친목에 마음을 두었지, 누구 하나 내걸린 상품에 눈독을 들이거나 손맛을 보고 싶어 잠을 설치는 사람이 없었다.

하지만 낚시뿐 아니라 무엇을 하더라도 남들한테 지기를 싫어하던 도 사장은 이번에야말로 우승패를 타다가 사무실에 진열해야 되겠다는 각오로 낚시대회 현장으로 정해진 원자력 발전소 수로까지 나가 호수로 유입되는 발전소의 더운 물을 온도계로 재보는 등 미리 답사를 하고는 여기저기 고사포를 쏘아 마음에 드는 포인트를 골라 놓은 것은 물론이요, 가장 마음에 드는 자리에다 닭의 간과 땅콩 버터를 버무려 만든 밑밥도 반 트럭으로 몇 자루 실어다 풀어놓았다.

이튿날 그는 밑밥을 뿌려 놓은 자리로 가서 앉아 손맛을 실컷 본 것은 물론이요, 정성에 비해서는 섭섭한 일이지만 1, 2등을 다 놓치고 3등이라는 비운을 다시 맛보고는 상으로 탄 VCR 한 대로 자신을 위로했는데, 한국식 밑밥 요령을 몰랐던 미국인들이 몇 주일 후 미스터 도가 반칙을 했다고 장난삼아 협회에 항의서를 제출하는 바람에 국제적인 '스캔들'의 주인공이 되고 말았다.

"그렇게 극성을 떨면서도 월척을 단 한 마리도 못 하다니, 정말 복도 없는 양반이지." 병학이 다시 키득키득 웃으며 말했다. "중국 가서는 낚시 잘 되나 몰라."

"도 사장은 열 번 찍어도 안 넘어가는 나무가 세상에 존재한다는 산 증거야." 상현도 따라 웃으며 말했다. "하면 된다는 군사문화적 표어도 도 사장한테는 통하지 않으니까."

착한 여자를 만나 결혼도 성공하고, 중간에 한 차례 부도가 나서 잠시 고생을 하기는 했어도 사업 또한 그만하면 꽤 성공했고, 자식복까지도 남부럽지 않은 도 사장이건만, 유독 낚시에서만은 무언가 액이 끼었다는 사실을 갈현동의 모든 친구들에게 널리 인식시킨 해괴한 사건은 군사 작전 지역에서 해제된 지 얼마 안 된 궁안저수지로 여섯 명이 출조했을 때 발생했다. 그들은 밥집 앞 수심이 깊은 웅덩이에 나란히 앉아서 낚시를 했는데,

오전 내내 입질이 없다가 점심을 먹고 나서 맨 왼쪽에 자리를 잡은 한 전무가 드디어 한 마리를 올렸다. 그리고는 잠시 후에 두 번째 앉은 이상주가 걸었다. 그리고는 또 잠시 후에 세 번째 앉은 서수남이 준척을 꺼냈다. 이제는 고기들이 움직이는 방향으로 보아 순서에 따라 도 사장이 올릴 차례였는데, 웬일인지 한참 동안 소식이 없었다. 그리고는 도 사장을 건너뛴 다음 다섯 번째 앉은 상현이 한 마리를 잡았고, 마지막으로 병학도 자기 차례를 채웠다.

그러더니 다시 첫 번째 한 전무, 그리고는 두 번째 이상주와 세 번째 서수남이 차례로 한 마리씩을 잡았다. 그리고는 이번에도 도 사장을 건너뛴 다음 상현과 병학의 차례였다.

참으로 믿어지지 않을 노릇이었지만, 똑같은 일이 한 번 더 반복되었다. 좌우에 앉은 사람들이 킬킬거리며 도 사장을 놀리기 시작했고, 죽을 4자 네 번째 자리에 앉았기 때문에 그런 모양이라고 약을 올리기도 했다. 상현은 꽝을 치고 앉아서 버티는 도 사장을 위로한다는 뜻으로 한 마디 했다.

"왜 도 사장만 건너뛰지? 잔챙이들이 모두 비켜난 모양이야. 4짜짜리가 입질을 하려고"

그랬더니 도 사장이 화가 나서 퉁명스럽게 내배알았다. "입질을 하다니. 죽을려고?"

이렇듯 인생에서는 낚시만 빼놓고 모든 면에서 성공했다는 소리를 듣던 도 사장이 마침내 월척을 꺼낸 곳은 한때 겨울이면 씨알 굵은 붕어를 많이 쏟아내던 도고저수지에서였다. 언젠가 다른 낚시회에서 출조한 어느 꾼이 줄기차게 몇 마리 대가리가 큰 놈을 잡아내는 것을 눈여겨 지켜보던 그는 명당 임자가 철수한 다음 얼음 구멍에다 라면 봉지를 띄워 얼어붙게 해서 표시를 해두고는 한 주일 후 불광동 홍해낚시의 다른 회원 몇 명과 함께 도고로 다시 출조했을 때, 곧장 라면 봉지를 찾아가 부지런히 구멍 세 개를 뚫고는 서너 시간 기다린 다음에 드디어 탱탱한 월척을 끌어냈다. 얼음판에 꺼내 놓은 생애 첫 월척을 내려다보면서 그는 너무나 홍분한 나머지 자세를 쥔 손을 아직도 부들부들 떨었고, 드디어 낚은 대형 붕어가 현실이라고 믿어지지가 않아서 남들의 확인을 받고 싶기라도 한 듯 주변에 흩어져 낚시를 하던 일행을 소리쳐 불렀다.

"저거 봐! 저거!"

몇 명이 고기를 구경하러 몰려갔고, "역시 성씨가 같은 도고에서 도 사장 드디어 소원성취하는구나" 누군가 우스갯소리도 했고, 그러는 사이에 월척 붕어는 얼음판에서 이리 펄떡 저리 펄떡 두어 차례 몸을 뒤집더니 잡혀 나온 구멍으로 도로 들어가 버려, 도 사장의 유일한 월척은 계척조차 해 보지 못한 채 다시 컴컴한 얼음 밑 물 속으로 자취를 감추었고, "도 사장의 도자가 도루 도자"라고 방 사장이 농담을 했다.

도 사장은 도고지에서 놓친 그의 월척을 "허무한 인생"이라고 불렀다.

허무한 인생.

도고지의 "허무한 인생"이 도 사장에게는 마치 인생에서 가장 크고 중요한 실패의 상징처럼 여겨졌던 모양이었다. 왜 그에게는 월척이 그토록 중요한 강박관념으로 작용하는지를 상현은 가끔 생각해 보았다. 놓친 고기가 그에게는 왜 그토록 소중했던가? 아직 어두워서 논바닥인지 저수지인지 분간이 가지 않는 새벽에 낚시 버스가 물가에 도착하자마자 우르르 몰려 내려 바람넣는 커다란 고무배까지 어깨에 멘 채로 좋은 자리를 차지하려고 달려나가는 사람들, 그들은 마치 고지를 탈환하기 위해 목숨을 내놓고 돌격하는 전쟁영화의 주인공들 같았다.

고기 욕심과 극성으로는 병학도 사실 도 사장과 도긴개긴이었다. 산란기 수초대에 몸장화를 신고 들어가기는 기본이었고, 문방저수지에서는 출조 버스가 고장을 일으켜 늦게 도착하는 바람에 그가 단골로 월척을 꺼내던 자리에 이미 다른 사람이 앉아 엉뚱한 곳을 공략하는 꼴을 보고 낚시꾼들이 앉은 뒤쪽 비탈로 올라가 그들의 머리 위로 릴을 던져 정확한 자리에 집어넣어 삽시간에 두 마리의 월척을 꺼냈고, 그러자 고압선처럼 머리 위로 지나가는 릴 낚싯줄 밑에 앉아서 참다참다 못해 화가 난 네 명의 낚시꾼이 비탈로 몰려 올라와 그에게 집단 구타를 가하기도 했다. 싸움판이 벌어지자 체육관을 운영하는 황 관장이 병학을 구하러 달려왔다. "내가 책임질 테니까 밟아, 밟아" 하다가 막상 속도 위반으로 적발되면 단 한 마디 말도 거들지 않는 그런 유형의 무책임한 친구였던 황 관장은 병학을 두들겨 패는 네 명의 남자를 보더니 상대를 하기에는 너무나 건장한 조폭형임을 눈치채고는 가까이 오지도 않고 저만치 멈춰 서서는 소리만 질렀다.

"맞아, 뻥학아, 맞으라구. 맞고는 돈 벌어!"

상현이 자기도 모르게 웃기라도 했는지 병학이 달빛 속에서 가만히 그의 표정을 살피고는 물었다. "무슨 생각 해?"

"니 생각한다." 일부러 퉁명스러운 목소리로 상현이 말했다.

병학은 혹시 대화가 거북한 방향으로 불그러질까 봐 마음에 걸리는지 더 이상 묻지를 않았다.

뭇매를 맞고는 치료비를 받아내 가면서라도 병학이 잡으려고 했던 월척과 도고지에서 살아날 구멍을 찾아 도망친 도 사장의 월척, 그들에게는 붕어 몇 마리가 그렇게 인생의 궁극적인 목적이나 마찬가지였다. 하지만 따지고 보면 인생의 목표로서는, 한 전무의 말마따나, 낚시말고 또 무엇이 그리 신통하고 대단하던가? 인생에서는 사람마다 바라는 바가 다르고 목표도 다르다. 그리고 시간의 흐름에 따라 인생의 목표는 자꾸만 달라지고 바뀐다. 어린 나이에는 한 켤레의 새 운동화가 인생의 궁극적인 목표요, 호르몬의 분비가 왕성해 지면서는 사랑이 목숨보다 중하다고 착각하는 사람도 많아지고, 짝을 구한 다음에는 돈이 세상의 모든 것처럼 여겨지다가, 나이를 먹으면 존경을 받을 만한 무슨 명예거리는 없을까 싶어서 온갖 욕을 먹으면서도 국회의원이 되려고 난리들이다.

그렇다면 사랑은 한 마리도 잡아 보지 못한 도 사장의 월척보다 중요할까? 과연 사랑이 인생에서 가장 소중할까? 그까짓 사랑은 누구나 다 하지만, 아무리 기를 써도 평생 월척을 못 건지는 사람은 또 얼마나 많던가.

누구나 다 하는 사랑.

그런데 왜 상현에게는 누구나 다 쉽게 하는 사랑이 도 사장의 월척처럼 그렇게 어렵기만 했을까?

아홉

아내와 병학의 관계에 대해서 보다 솔직한 내용을 고백한 사람은 말이 비교적 헤픈 병학이 아니라, 아마도 대전에서 전염된 충격 탓이었겠지만, 오히려 아내 은경 쪽이었다.

동서가 췌장암을 선고받았다는 말을 아내에게서 듣기는 했지만 막상 위로 전화를 걸더라도 정말 무슨 말을 해야 좋을지 알 길이 막막해서 틈이 나면 대전으로 내려가 직접 만나서 어떻게 해 봐야 되겠다는 생각으로 차일피일 미루다가 그만 병문안 한 마디 해 보지도 못했는데 김 서방이 세상을 떠났고, 그래서 부랴부랴 아내를 따라 내려가 보니 처제 은영은 너무나 갑자기 당한 일이라서 황망하여 넋나간 여자처럼 어리벙벙 멍한 표정으로 별로 울지도 않았다. 그리고는 한 달쯤 지난 다음 아내는 상현에게 아무래도 동생이 좀 이상해진 모양이라면서 같이 대전으로 한 번 더 내려가 보자고 했다.

다시 찾아가 은영을 만나고 보니, 성격이 워낙 서글서글 쾌활해서 주변 사람들을 웃기기도 잘하고, 여성을 비하시키는 못된 농담이나 모욕적인 비아냥거림까지도 웬만하면 그냥 웃음으로 넘겨 버리던 통 큰 여자였는데,

남편을 병간하던 두 달 그리고 혼자 된 한 달 사이에 얼굴이 놀랄 만큼 초췌해졌고, 기분을 돌려주려고 언니가 아무리 말을 붙여도 대답조차 하지 않으면서 시무룩 저녁 내내 침묵을 지키고, 밥도 제대로 먹지를 않았다. 상현과 아내는 은영의 입맛을 돋워 보려고 식사를 끝낸 다음 횟집으로 데리고 나갔는데, 그 동안 몸이 쇠약해져서인지 매취순 몇 잔에 금방 취해 버렸고, 드디어 입을 열었다.

"이런 일을 당하고 나니까, 세상 사람들이 자기도 모르는 사이에 참 말을 무책임하게 하는구나 하는 걸 알겠더라구." 처제는 사랑이라도 고백하는 듯 차분하고도 조용한 목소리로, 가끔 창 밖 길거리에서 지나가는 자동차들과 행인들을 물끄러미 내다보면서 말했다.

처제는 남편이 갑자기 죽은 다음 며칠 동안은 장례를 치르고 문상객 뒤치다꺼리를 하느라고 미처 슬픔을 제대로 깨닫지도 못했었다고 했다. 영원히 곁에 그녀의 남자가 존재하리라는 사실을 전혀 의심치 않았던 은영은 아직도 남편이 떠났음을 깨닫거나 믿거나 받아들이지를 않았다.

그리고는 모든 북적거리는 소음과 가짜로 슬픈 표정을 짓던 모든 사람이 시야에서 사라진 다음, 두 아이도 잠자리에 들고 나서 어지럽게 흩어지고 묵은 향이 타는 퀴퀴한 냄새가 배어 버린 황량한 방에 혼자만 남았을 때, 은영은 드디어 적막한 슬픔을 느꼈다.

"그러자 웬일인지, 갑자기, 미칠 듯이 그이의 목소리가 듣고 싶어지는 거야." 은영이 말했다. "그래서 집안을 샅샅이 뒤져 남편의 목소리가 담긴 카셋 테입을 모조리 찾아 틀어 보았지. 살아 있을 때의 목소리를."

첫 번째 테입에는 생일을 맞아 떠드는 아이들의 목소리가 가득했다.

남편은 거기에 없었다. 녹음기를 들고 쫓아다니며 아이들의 소리만 채취하느라고 바빴기 때문이었는지, 거기에는 남편이 목소리로서조차도 없었다.

두 번째, 세 번째, 네 번째 테입을 틀었다. 식구들의 노래자랑 대회와 딸

정숙이의 옹알이와 입대한 아들에게 보내려고 담은 가족 전체의 여러 목소리가 나왔다. 그런 틈틈이 남편의 목소리가 조금씩만, 아주 조금씩만 끼어 있었다.

"내가 듣기를 원했던 건 딸의 옹알이와 아들의 노래가 아니라 남편의 목소리였는데 말야." 은영이 말했다. "베개를 나란히 베고 누운 시간에 옆에서 두런거리던 남편의 목소리를 듣고 싶었지만, 이 무심한 남자는 그 목소리를 거의 남겨 놓지를 않았어. 남들의 소리만, 심지어는 내 목소리도 부지런히 쫓아다니며 담아 두고는 바보같이 지 목소린 남기질 않았다구."

은영은 그까짓 목소리조차 제대로 남기지 않은 남편이 그렇게 야속할 수가 없었다. 대학 학보사에서 만나 졸업하기 무섭게 결혼한 남편은 은영으로 하여금 그토록 자기한테 익숙해지도록 길들여 놓은 다음에, 옆에서 잠든 그의 숨결까지도 그토록 익숙해지게 만들어 놓은 다음에, 목소리조차 제대로 남기지 않고 떠나가 버렸고, 은영은 그것이 그렇게 서운하고 억울했다.

그리고는 연락을 받지 못했거나 너무 바빠서 문상을 오지 못했던 친구들에게서 전화가 걸려오기 시작했다. 문상을 오지 못해서 미안하다는 말과 함께 그들은 한 마디씩 꼭 충고를 했다.

"어떤 여고 동창은 이왕 간 사람은 간 사람이니까 너라도 기운을 차려 아이들하고 잘 살아가야 한다고 건강한 충고를 했지." 다시 창 밖을 내다보며 한숨을 짓고 나서 은영이 말했다. 은영은 죽은 남편을 말끔히 잊어버리고 혼자서 씩씩하게 살아가라고 충고하던 여고 동창을 '나쁜 년'이라고 조용히 화를 냈다. "지 남편은 멀쩡히 살았는데, 제깟것이 내 심정을 어떻게 알고 그런 소리를 하느냔 말야."

처녀 시절 직장 동료였던 어떤 친구는 졸지에 남편을 잃었으니 얼마나 슬프겠느냐고 빈말로 위로를 하고는 속이 시원해질 때까지 실컷 울라고 충고했다.

은영은 마음이 후련하도록 울라고 하던 친구도 한없이 미웠다.

"남편을 잃은 마음이 어떤지를 제대로 알지도 못하면서 얼마나 울어야 속이 후련할지를 제까짓 년이 어떻게 알겠느냐고 말야." 은영은 또다시 화를 냈다.

은영은 실컷 울라고 하는 소리가 듣기 싫었다.

슬픔을 잊으라는 소리도 듣기가 싫었다.

모든 얘기가 듣기 싫었다.

입에 발린 그런 충고는 듣고 싶지가 않으니 아무도 나한테 아무 얘기도 하지 말았으면 하고 바랐다.

그리고 처제 은영은 술을 마시다 말고 그 자리에서 엎어져 흐느껴 울기 시작했다.

상현의 아내는 동생이 하는 얘기를 시종일관 침묵을 지키며, 하지만 주의깊게 귀를 기울여 들었다. 집으로 돌아가는 길에도 택시의 창 밖을 계속 응시하며 아내는 줄곧 침묵을 지켰다. 처제도 할 말을 다 했다는 듯 다시 입을 다물었다.

처제의 아파트먼트 문간방에서 옷을 벗고 불을 끄고 나란히 잠자리에 누운 다음, 아내는 어둠 속에서 말똥말똥 천장을 올려다보면서 잠을 이루지 못했고, 가끔 나지막이 한숨을 지었다. 한참 후에 또 한숨을 짓고, 그리고는 또 한참 후에 다시 한숨을 짓고

그러더니 아내가 말했다. "자?"

"아니."

"은영이 참 안됐어." 아내가 말했다. "젊은 나이에 과부가 되어서 그렇게 슬퍼하는 모습 보니까."

상현도 마찬가지로 생각한다는 말을 했다.

곁눈으로 힐끗 보니 아내는 착잡한 표정으로 누워서, 무슨 말부터 꺼내야 좋을지 몰라 답답한 심정 같았다.

아내가 다시 입을 열었다.

"사람 죽는 얘기 남의 말만 같았고…… 죽음도 자연스러운 인생의 한 부분으로 당연하게 생각하고는 했는데…… 오늘은 그렇게 무감각한 마음으로 받아들이기가 힘들었어."

"동생인데 그럼……." 차를 운전해 내려와서 피곤한데다가 쉬지도 못하고 술까지 마셔서 슬그머니 졸음을 느끼며 상현이 말했다.

"나이를 먹은 순서대로, 차례로 가질 않고, 밑에서 먼저 가니까, 이건 내 얘기이기도 하구나 하는 이상한 충격이 오는 것 같아. 아버지가 돌아가셨을 때, 그리고 어머니가 돌아가셨을 때만 해도, 좀 슬프기는 했지만 이렇게까지 현실이지는 않았는데, 동생이 먼저 당하니까……."

상현은 무슨 말을 해야 좋을지 모르겠어서 대답을 하지 않았다.

이번에는 침묵이 퍽 길게 느껴졌고, 슬그머니 잠이 들려고 하는 순간에 아내가 여전히 천장을 올려다보면서 다시 입을 열었다.

"오늘 저녁 은영이 얘기 들으면서 나 생각 많이 했어."

"무슨 생각?"

"당신과 나."

무슨 얘기가 나오려나 싶어서 상현은 이번에도 대답을 하지 않았다.

아내가 말했다. "당신이 갑자기 떠나가면 난 어떻게 되나 하는 생각—."

"언젠가는 나도 죽겠지." 상현이 태연하게 말했다. "부부 가운데 여자보단 남자가 먼저 죽는 게 보통이잖아."

침묵.

그리고는 아내가 말했다. "그래서 나 당신한테 꼭 하고 싶은 얘기가 있어. 너무 늦기 전에."

"뭘 고백하려고?"

이번에는 아내가 대답을 하지 않았다.

"뭔데?" 상현이 물었다.

"병학 씨 얘기."

상현은 온몸이 굳어질 정도로 긴장했다. 잠이 왈칵 달아났고, 그는 잠자코 기다렸다.

"당신한테 마음의 상처를 주느니 차라리 영원히 덮어둘 생각이었지만, 어쩌면 얘기를 안 하는 편이 당신에게 더 괴로울지도 모르겠다는 생각이 들었고, 그리고 무엇보다도, 진실을 얘기할 기회를 잃고 나중에 평생 후회를 하느니, 차라리 지금 모두 얘기해야 되겠다는 생각이 들었어. 아무래도 그래야 내 속이 편할 듯싶은 이기적인 계산도 했고."

이렇게 해서 아내의 고백이 시작되었다. 방산에서 대민봉사를 나와 제방을 보수하는 군인들에게 주려고 새참을 이고 나갔던 날 짓궂은 농담을 하던 병학이 별로 밉지가 않았던 첫 인상에서 시작하여, 상수리나무 호젓한 오솔길을 따라 함께 거닐던 여름날 저녁의 찬란한 노을, 동네 어른들의 눈을 피해 양구로 나가 장날 떠들썩한 분위기 속에서 엿가락을 꺾어대며 함께 웃던 장마철 축축한 오후, 들판에서 토끼풀 하얀 꽃을 따서 반지를 만들어 병학의 손가락에 끼워 주며 떨리던 열일곱 처녀의 마음, 그리고 또 수많은 상황과 대화와 만남을 거치며 두 사람의 사랑은 천천히 영글며 점점 더 깊어가기만 했노라고.

"내 사랑이 깊어가는 만큼 병학 씨의 마음도 똑같으리라고 계산했던 나였으니, 제대를 얼마 안 남겨 놓고 난데없이 이제는 그만 헤어지자는 소리를 들었을 때 난 정말 눈앞이 캄캄했어." 초연한 슬픔이 깔린 목소리로 아내의 고백은 계속되었다.

당연히 은경은 날 버리지 말라고 병학에게 애원했으며, 병학은 결국 서울에도 따로 사귀던 여자가 있는데 제대를 하면 그 여자하고 결혼을 해야 하니까 우리는 헤어져야 한다며 다시는 만나지 말아야 하는 이유를 장황하게 설명했다.

"물론 난 서울 여자 얘기가 거짓말인 줄 알았어." 아내가 말했다. "필시 날 떼어 버리려고 지어낸 얘기이리라고 말야."

사랑이 무너지자 세상이 끝이요 인생도 그만이라는 막막한 심정에 점점 더 속이 타서 은경은 필사적으로 매달려 남자의 마음을 바꿔 보려고 했지만, 울고불고 매달리면 매달릴수록 남자는 겁이 나서 더 도망을 가는 법이라고 했다. 물론 그런 남자의 마음을 모르는 바가 아니었지만, 그래도 은경은 뒤로 물러나서 느긋하게 남자를 어떻게 해 볼 정신적인 여유가 없었으며, 돌아선 병학은 여자가 왜 이렇게 이기적이냐고, 상대방 생각은 털끝만큼도 하지 않고 어떻게 자기 생각만 하느냐고 말도 안 되는 소리를 한참 늘어놓더니, 제대 날짜를 속이고는 몰래 군복을 벗은 다음 서울로 도망쳐 버렸다.

"지금 생각하면 참 한심한 일이지만, 춘향시대 구식 여자처럼 모진 상사병에 걸린 나는 정말이지 목소리를 한 번만이라도 더 들어 보고 싶었는가 하면, 얼굴을 보지 못하면 미쳐 버릴 것만 같았어. 아마 은영이가 죽은 남편 테입을 뒤져댈 때의 심정이 그랬겠지만. 그야말로 식음을 전폐하고 며칠 동안 뜬눈으로 밤을 지샌 다음 아버지한테 애걸복걸 병학 씨가 근무하던 부대로 찾아가 주소를 알아 달라고 해서는 금방이라도 쓰러져 죽을 것만 같은 몸을 끌고 서울로 찾아가는데, 웬 버스는 또 그렇게 더딘지……." 아내는 당시를 생각하면서 잠시 침묵을 지켰다. "열병에 걸린 듯 비참한 모습이 되어 집으로 찾아갔더니 병학 씨는 귀신이라도 만난 듯 놀라서 겁에 질린 표정을 지었어. 잘못 걸렸구나, 하는 생각부터 들었다는 것이 나중에 나한테 병학 씨가 솔직히 털어놓은 심경이었다는구만."

아내는 눈앞에 어른거리는 병학의 얼굴을 찬찬히 살펴보기라도 하는지 천장을 응시하며 다시 잠깐 동안 침묵에 빠졌다.

이렇게 무작정 집으로 쳐들어간 은경은 병학의 부모가 아들 녀석이 군대에 간답시고 어디서 시골 처녀 하나 몸 버려 놓고 와서 죗값을 치르는구나 싶어서 난감한 표정으로 섣불리 말리지도 못하고 문 밖에서 기웃거

리는 동안, 이런 식으로 날 버리면 어쩌냐고, 난 어쩌란 말이냐고, 차라리
날 당신 손으로 죽여 달라고, 은경은 참으로 한심한 소리를 늘어놓으며
눈이 퉁퉁 부어오를 때까지 울어댔고, 병학의 팔뚝에 여기저기 손톱 자
국이 남을 때까지 매달렸고, 수없이 되풀이한 애원을 또다시 수없이 반
복했다.

견디다 못한 병학은 화장실에 간다면서 뒷마당으로 빠져 나가 월장까지
해가면서 은경을 방안에 남겨 두고 다시 도망을 쳤다. 그녀는 며칠이나 병
학의 방에서 나오지도 않고 버티었지만, 이미 다 소용없는 일이었다.

방에서 나온 다음에도 은경은 혹시 병학이 몰래 집으로 돌아오기만 하
면, 죽어라고 매달리며 자꾸 미운 짓만 했다가는 남자가 점점 더 멀리 달아
나리라는 생각에, 이번에는 착하고 고운 자신의 모습을 되찾아 순리적으로
차분하게 설득해 보리라고 마음 속으로 다짐다짐하며, 골목 어귀에서 밤낮
으로 서성거리며, 기다리고 기다리다가 누군가의 신고를 받고 출동한 방범
대원들에게 붙잡혀 가기까지 했다. 그러나 병학은 단호하게 그녀를 떼어
버려야지 어물어물했다가는 크게 봉변을 당하리라는 각오로 다시는 집으
로 돌아오지를 않았고, 효창동에다 몰래 거처를 정하고 주민등록조차 옮기
지 않은 채 숨어서 살기 시작했다.

이때부터 은경은 몇 달 동안 방산과 서울을 오가며 병학의 거처를 알아
내려고 백방으로 돌아다녔고, 그러던 어느 날 다시 골목 어귀에서 기다리
다가 집배원이 우편함에 집어넣은 편지들을 꺼내 확인하여 마침 병학에게
서 온 편지의 발신지 주소를 알아냈다.

남자를 찾아내기만 한다면 착해진 모습으로 순리적인 설득을 하겠다던
맹세는 병학을 다시 만나는 순간 어디론가 순식간에 사라졌고, 은경은 한
참 동안 하염없이 눈물을 흘리다가는 또 울고불고 난장판을 벌였다.

"그런 한심한 광경이 병학 씨가 다시 전농동으로 숨어 버렸을 때, 그리
고 양평으로 도망친 다음에도 되풀이되었어." 아내는 다시금 깊은 한숨을

짓고 말을 이었다. "그리고 아무리 매달려도 소용이 없다는 절망감에 약을 한 움큼 먹고 병학 씨 집 문 앞에 쓰러진 나를 병원에 데려다 놓고 방산 집으로 부모님한테 연락을 취한 다음, 이러한 곤경을 어떻게 해서든지 영원히 벗어나겠다는 생각으로 병학 씨는 그 무렵 별로 잘 만나지도 않았고 사실상 마음에도 없었던 서울 여자하고 서둘러 결혼식을 올려 버렸어. 그러면 내가 포기하리라고 생각했던 모양이야."

병학이 결혼한다는 사실을 아내가 미리 알기만 했더라면, 눈이 뒤집힌 은경이 촌스럽게 식장으로 쳐들어가 틀림없이 통속적인 난장판을 벌였으리라고 상현은 상상했지만, 주민등록을 추적하여 병학을 겨우 다시 찾아내서 은경이 찾아갔을 때는 이미 너무 늦어 버렸고, 병학의 신부가 임신해서 배가 눈에 띌 정도로 불러오던 무렵이었으며, 그래서 은경은 마지못해 발길을 돌리지 않으면 안 되었다.

여기까지 얘기를 듣고 상현은 무척이나 미련하고 순진하게 첫사랑을 하느라고 아픔에 시달린 아내가 조금쯤은 불쌍하다는 생각이 들었고, 아내한테 그런 고생을 시킨 병학이 미워졌으며, 내가 아닌 다른 남자를 아내가 그토록 미칠 듯 열심히 사랑했었다는 사실이 화가 나기도 했고, 그래서 아내도 밉다는 기분이 들기도 했고, 경쟁에서 패배했다는 야릇한 기분으로 자존심도 상했고, 마치 쇠꼬리에 맞아죽은 파리가 된 꼴로, 묵묵무답으로, 무거운 마음으로, 조용히 얘기를 듣기만 하던 남편을 새삼스럽게 의식한 아내는 고개를 돌려 그를 잠시 쳐다보았다.

그리고는 물었다.

"화났어?"

상현은 갈팡질팡하는 그의 마음이 지금 느끼는 기분이 무엇인지를 정확히 분간할 수가 없어서 얼른 대답이 나오지를 않아 주춤거렸다.

아내가 풀이 죽어서 말했다. "이럴까 봐 내가 애길 안 하려고 했던 건데."

상현은 계속해서 고백을 들으려면 분위기가 경색되어서는 안 된다는 판단에 따라 뒤늦은 대답을 했다. "화가 났다기보다는……."

잠시 어색한 침묵이 흘렀다. 아내는 천장을 올려다보았다.

"병학 씨하고 나에 대한 비밀을 알아낸 다음부터 당신이 나를 대하는 태도가 많이 변했다는 거 알아." 은경이 말했다. "그리고 그런 변화 사실 당연하다고 생각했어. 입장이 바뀌었다면 난 아마 반응이 훨씬 더 심했을 테니까."

상현은 뭐라고 해야 할지 적당한 말이 아직도 생각나지를 않았다.

"하지만 나도 괴롭고 억울했어." 아내가 말했다. "사람이 죄를 안 짓고 거짓말을 안 하면서 한평생을 살아가기가 얼마나 힘든데."

결혼은 처음부터 끝까지 위기가 잠복한 아슬아슬하고도 힘든 과정이겠는데, 아마도 지금이 바로 그런 위기가 아닌지 상현은 묘한 불안감을 느꼈다.

"물론 결혼한 다음에도 조금이나마 다른 남자를 마음에 두고 살아왔다는 사실이 당신한테 미안하지 않았던 건 아냐." 아내가 다시 찾은 차분한 목소리로 말했다. "그것만큼은 당신한테 진심으로 사과하겠어. 하지만 마음을 다른 곳에 두었다고 해서 내가 당신한테 그만큼 소홀했다고는 생각하지 않아. 오히려 그런 죄의식 때문에 난 당신을 그만큼 더 열심히 사랑하기 위해 노력했다고 믿으니까."

상현은 아내의 설명이 바람을 피우는 남자가 아내한테 각별히 잘해 주는 이유와 어쩌면 저렇게 비슷할까 하는 생각이 들었다.

"살다 보면 사랑이란 꼭 한 사람하고만 하는 것도 아니잖아." 아내가 말했다.

그것은 사실이었다.

"당신을 만나기 훨씬 전 일이었는데, 누군가를 열심히 사랑한다는 게 왜 죄가 돼?" 아내가 말했다.

나에게는 지금 이 문제를 놓고 이렇다 저렇다 따질 권리가 없다는 사실,

상현에게는 그것이 가장 기본적인 전제였다. 나보다 먼저 만난 남자에 대해서 내가 무슨 권리를 주장하겠는가? 그래서 상현은 결혼한 다음에까지도 아내가 병학을 계속해서 사랑했겠고, 그랬기 때문에 재회가 이루어졌으리라는 사실까지도 새삼스럽게 따질 엄두가 나지를 않았다.

지금 생각하면 그는 그날 밤 대전에서, 대범한 남자로서 아내를 부드럽게 감싸 안고 위로의 말이라도 했어야 옳았는지도 모른다. 하지만 그때는 전혀 그럴 마음이 내키지를 않았다. 그는 자신이 느끼는 감정이 무엇인지를 제대로 파악할 능력조차 없었다. 그 순간에는.

당시에는 아내의 고백이 너무나 충격적이었고, 감동적이기까지 했었다. 그러나 지금 생각해 보면, 그날 밤 아내가 한 얘기는 한 마디 한 마디가 정교하게 선택하고 정성껏 가꾸고 다듬은 내용이었다. 그러니까 아내는 이미 그 고백을 여러 차례 마음 속으로 차근차근 연습을 해 두었음이 분명했고, 감정과 비밀도 전혀 흐트러지지 않게끔 말끔히 정리를 해 놓았던 것이다.

상현은 진실을 가장하고 숨길 시간을 아내와 병학에게 너무 많이 준 셈이었다.

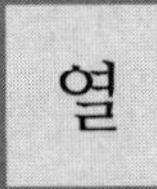

열

상현이 자꾸만 재채기를 하자 걱정스러운 목소리로 병학이 물었다. "너 괜찮냐?"

"괜찮아." 상현이 말했다. "넌?"

"나야 멀쩡하지." 당연하다는 듯 병학이 말했다. "하지만 너 혹시 감기라도 오는 거 아닌가 모르겠어.”

“감긴지는 아직 모르겠지만, 추워. 배도 아프고.”

“배 고플 때도 됐지. 하루 종일 물에 떠서 쫄쫄 굶었으니까.”

“고픈 게 아니고 아프다구.” 상현이 말했다. “내 배 말야.”

“허리띠를 졸라 봐.” 병학이 말했다. “배꼽 위로. 복대를 대듯이. 그러면 아마 배가 덜 아플지 몰라. 배꼽으로 바람이 들어가면 배탈이 난다잖아.”

상현은 시키는 대로 했다. 아닌게아니라 허리띠로 배꼽을 누르니까 조금 나아지는 기분이었다.

지저분하고 수치스러운 자신의 모습을 병학에게 보여 자존심이 상하고 싶지 않아서 말은 하지 않았지만, 사실 상현은 얼마 전부터 설사를 시작해서, 벌써 세 차례나 병학이 모르게 바지를 몰래 밑으로 내리고는 물에 떠서 선 채로 배설을 했었다. 설사를 하면서 상현은 창자가 빨려 나가기라도 하는 듯 속이 쓰라렸고, 빠른 속도로 체력이 떨어지는 기분이 들었다.

“졸립지는 않냐?” 병학이 물었다.

“아직은. 하지만 자꾸 기운이 빠지는 게 언제 나도 모르게 졸다가 잠이 들려나 봐.”

“그럼 너 먼저 자. 내가 불침번을 설 테니까.”

“졸립진 않다고 했잖아.”

물에 빠진 두 사람의 대화가 끊어졌다. 졸립기는커녕 상현은 일부러 잠을 청하려고 해도 오지 않으리라는 기분이었다. 어둠과 물로 이루어진 거대한 부피, 엄청난 부피 속에서, 가랑잎처럼 수면에 떠서, 체온이 몇 도나 내려갔는지는 모르겠지만, 종아리가 얼얼했고, 잠시 후에는 이빨이 덜덜 떨리기 시작할지도 모를 일이었고, 이빨이 떨리리라는 생각에 이미 턱뼈가 아팠으며, “개 떨 듯한다”는 표현은 한겨울 눈 덮인 마당에서 개가 진짜로 떠는 모습을 한 번 봐야 실감이 나겠지만, 사시나무가 떠는 모양은 사람이 떠는 모습과는 닮은 점이 없다는 엉뚱한 생각도 했고, 어두워지면서 점점 구체적으로 형태를 갖추던 공포감의 윤곽은 사방으로 자꾸 깊어졌고, 지금 저수지 밤낚시를 하는 중이라면 모기떼가 덤비겠고, 밤새가 어디선가 울겠고, 물안 개는 아직 더 기다려야 피어오르겠고, 꼬박 밤을 샌 다음 해가 솟아오르면 한꺼번에 쏟아지는 피로감으로 정신이 혼미해지는데, 정신이 갈팡질팡하던 상현은 지금 병학이 곁에 없다면 얼마나 무서울까 상상만 해도 머리끝이 쭈볏했으며, 언젠가 방 사장이 무심회(無心會) 친구들과 철원으로 출조해서 용화저수지 한쪽 구석 풀섶에 홀로 떨어져 앉아서 밤낚시를 하다가, 새벽 서너시경이었다고 하는데, 한참 빨간 야광찌들을 지켜보고 앉았다가 어쩐 지 뒤쪽이 좀 허전하다고, 좀 섬뜩하다고 막연한 생각이 들어 힐끗 돌아다 보았는데, 초저녁에 추적거리며 비가 좀 내려서 촉촉이 젖은 나뭇잎들이 무 겁고 시커멓게 보이던 숲에서, 어둠 속에서, 나무들 사이에서, 퍼렇게 빛나 는 두 개의 눈이, 두 개의 불빛이 그를 노려보았고, 호랑이 눈처럼 인광을 뿜으며 빛나던 두 개의 광채는 분명히 어떤 들짐승의 눈인 듯싶었고, 하지 만 미처 확인할 틈도 없이 그는 너무나 놀란 나머지 시선을 앞으로 돌렸고, 방 사장은 뒤에서 아직도 틀림없이 그의 뒤통수를 노려보고 있을 두 눈의 정체가 무엇인지를 알아내려면 다시 뒤를 돌아보고 확인해야 했지만 도저 히 그럴 엄두가 나지를 않았고, 너무나 겁이 나고, 뺨과 팔뚝에 온통 소름이 끼치고 온몸이 얼어붙어서 머리를 돌려 뒤를 확인할 용기가 나지 않았고, 언제 어느 순간에 뒤에서 덮칠지 모르는 짐승의 싸늘한 공포감이 목덜미에 느껴졌으며, 몇 분 동안인가를 그렇게 꼼짝도 않고 기다렸다가 마침내 뒤를 돌아다보니 두 개의 광채가 사라지고 없더라는 얘기를 했었다.

방 사장에게서 여러 차례 그 얘기를 듣고 주변 사람들은 아마도 그것이 짐승의 눈이 아니라 빗물에 젖은 매끄러운 잎사귀가 카바이드 등잔의 불 빛을 반사했거나 아니면 무슨 착시 현상이었으리라고 짐작했지만, 지금까 지도 방 사장은 그 공포의 순간이 머리에 떠오를 때마다 머리끝이 쭈볏하 고 온몸에 소름이 돋는다고 했다. 어둠 속에서 정체를 알 길이 없었던 불빛의 공포는 인간의 시야를 차단하는 어둠이 속에 품은 무수한 공포들 가운데 하나였고, 공포란 역시 정체가 무엇인지 모르겠는 미지의 상황에서 생겨나고, 마찬가지 모르는 상태이면서도 미지(未知)는 공포를 낳는데 무지(無知)는 전쟁터에서 용기를 낳기도 하며, 하룻강아지는 범이 무엇인지를 모르는 무지 때문에 두려움을 느끼지 않지만 성장한 인간은 미지의 대상에 대한 공포로부터 벗어나기 위해 신을 생각해냈고, 그래도 역시 아무것도 보이지 않는 미지의 밤은 무섭고, 어둠이 죽음을 연상시키고, 어둠은 침묵에 잠기면 더욱 두려운 공포의 대상이었다.

때때로 사람들은 남들이 모르는 혼자만의 공포에 대한 비밀을 마음 속에 품고 살아가며, 비밀은 두려움이고, 어떤 공포와 두려움은 비밀이 밝혀진 다음에야 찾아오고, 인간에게는 알아내야 할 비밀과 차라리 덮어둬야 속이 편한 비밀이 따로 존재한다는 생각을 하던 상현은 침묵이 두려워져서 말했다.

"너 무슨 재미있는 얘기라도 하나 해 봐. 잠자코 있으니까 자꾸 이상한 잡념이 들어."

그러자 병학은 마치 미리 오래 전부터 준비해 놓고 기다린 사람처럼, 머리를 짜내려는 노력을 조금도 보이지 않고, 별다른 생각도 해 보지 않고 거침없이 말했다. "사자는 한 시간에 두 번씩 밤낮으로 나흘 동안 2백 번의 흘레를 계속하고는 나머지 1년의 360일은 발기와 발정을 하지 않는대. 나흘에 2백 번이라니, 그런 정력이라면 나도 손 들어야지."

상현이 힘없이 웃으면서 말했다. "넌 임마 어떻게 된 놈이 입만 벌렸다 하면 음담패설이거나 뻥밖에 모르냐?"

병학이 낯색 하나 바꾸지 않고 태연하게 늘어놓는 얘기들을 들어 보면, 어느 칠순의 노인이 어디서 언제 어떤 구렁이를 한 마리 잡아먹고는 정력이 빳빳하게 뻗쳐 산길에서 마주친 어느 과부를 숲으로 끌고 들어가 몇 시간 동안에 걸쳐 어떻게 끝내 줬다는 둥, 군대 시절에 낙타 누깔을 끼우고 춘천여관에서 어떻게 했더니 여자가 환장을 해서 무슨 반응을 보였다는 둥, 정력이나 성행위를 촉진시키는 보조품에 관한 온갖 음담패설이 난무하는 갖가지 일화가 주류를 이루었고, 자동차 정비공장을 하던 시절 광탄의 떡대들을 개울로 끌고 가서 어떻게 개 잡듯 패 줬다는 둥 주먹이나 낚시에 얽힌 다채로운 체험적 영웅담에 이르기까지 병학의 '입심'은 두세 번만 같이 낚시를 다니면 누구나 다 훤히 아는 사실이어서, 처음 들으면 구성의 기승전결은 물론이요 논리까지도 빈 틈 없이 맞아 떨어져서 그럴듯하고 재미있어 모두가 진짜라고 누구나 다 믿지만, 몇 달쯤 지나면 어딘가 내용이 비슷비슷한 얘기들의 극적인 요소가 어쩐지 지나치게 과장되었다는 느낌이 들기 시작하고, 그래서 꼬치꼬치 따져 보고 캐물으면 병학은 지금까지 자기가 한 얘기 열 가지 가운데 셋 정도는 가짜였음을 서슴지 않고 실토하기에 이르며, 한 1 년쯤 가까이 지내면서 주변 사람들로부터 정보를 충분히 확인해 보면 그가 한 얘기 열 가지 가운데 셋이 거짓말이기는커녕 겨우 셋 만이 진짜라는 사실을 깨닫게 된다. 그렇지만 뻔히 거짓말인 줄을 알면서도 사람들은 무인도로 낚시를 들어가서 며칠씩 그의 얘기를 듣고 또 들어도 모두들 재미있어했고, 그래서 그의 거짓말은 아예 거짓말이라고 생각하지도 않는 정신적인 면역이 되어 버렸다. 상현도 마찬가지로 병학의 '뻥하기'에는 길이 잘 들었다. 그의 아내에 관한 '거짓말'만 말고는.

"동물의 세계가 왜 음담이고 패설이냐?" 병학이 반박했다. "자연 공부하는 셈치고 들어 봐. 사자가 할 때는 암놈이 땅바닥에 편안히 엎드린 다음에 수놈이 뒤로 가서……."

1년에 360일은 아예 발기나 발정을 하지 않는다면, 섹스를 오랫동안 굶어도 괜찮은 사자들 사이에서는 성욕을 배설하기 위한 암컷과 수컷 사이의 피곤한 심리전도 많이 사라지겠고, 만일 인간도 그렇게만 된다면 성범죄도 1년에 이틀 정도만 일어날 테고, 여자를 사이에 놓고 두 남자가 갈등하는 상황도 지금보다는 훨씬 적어지리라고 상현은 생각했다. 사자의 성생활이 드문드문 이루어지는 것이나 마찬가지로 아나콘다처럼 몸집이 큰 뱀

은 한 번 배불리 식사를 하면 몇 달 동안 굶어도 괜찮다고 했다. 악어도
다 자란 누를 한 마리 잡아먹으면 반 년 동안 식사를 할 필요가 없는 동물
이었다. 상현은 인간도 1년에 이틀만 흘레를 하고 넉 달에 한 번쯤만 식사
를 한다면 세상이 얼마나 깨끗해질까 생각했다. 우리나라에서만도 4천만
의 배설물이 1백분의 1로 줄어들 테고, 하루 세끼씩 먹고 살기 위해 아웅다
웅 핏발을 세울 일도 덩달아 줄어들겠지. 뿐만이 아니다. 불행을 철학적인
개념으로 만들어 놓고 고뇌하는 만물의 영장이 과연 지능지수를 자랑으로
삼아도 되는지도 따져 볼 만한 일이었다. 불행과 행복을 안다고 해서, 의식
하는 그만큼 인간은 더 행복하거나 불행해지는가? 과연 살아 있는 의식이
인간에게 얼마나 무슨 도움이 될까?

병학의 꾸준한 입심은 지칠 줄 모르고 계속되어서, 몇 년 전 청룡지로
밤낚시를 갔을 때, 부동산업을 하는 김 사장이 배가 고프다며 낮에 눈여겨
보아 두었던 근처 인가로 가서, 툇마루에 줄줄이 꿰어 말리던 꾸덕꾸덕해
진 곶감을 몇 개 줄에서 뽑아 훔쳐먹다가 곶감 속에 들어가 있던 벌에게
혓바닥을 쏘여 퉁퉁 부어오른 혀를 개처럼 이틀 동안 입 밖으로 내민 채로
고생이 심했다는 얘기를 했고, 상현은 한참씩 아무런 반응도 보이지 않고
다른 생각이나 하면서 얘기를 듣기가 좀 미안하다는 생각이 들어서 어쩌
다 한 번씩 건성으로 “계속해”라는 뜻으로 “그래서”라고 가짜 반응을 보였
고, 병학은 그래도 얘기를 계속하여 최 선생이 석모도로 수로 낚시를 갔을
때 동행했던 어느 출판사 사장이 장난을 치느라고 함께 따라 간 여직원에
게 찌 근처에다 작은 돌멩이를 던지면, 붕어들이 퐁당거리는 소리에 솔깃
해서 잘 모여든다고 거짓말을 했으며, 순진하고 착한 여직원은 진심으로
최 선생을 도와 주려는 마음으로 공기돌을 한 줌 주워다가 자꾸만 던져 대
었다는 얘기도 했고, 상현은 “그래서”라는 말을 계속해서 반복했고, 상현
이 무성의하게 반복하는 똑같은 말이 결국 귀에 거슬렸는지 병학은 힐끗
그를 쳐다보고 말했다.

"마 니가 다 해 달래길래 남은 열심히 얘길 하는데 넌 뭐가 그렇게 시큰 둥하냐."

"시큰둥하긴 뭘."

"벌써 다 들어 본 뻥이라 이거지?"

"어서 계속 떠들기나 해."

"나더러 아무리 뻥이 세다고 해도, 뻥은 임마 낚시꾼의 생리요 본성 아 니냐?"

그리고는 재미가 없어졌는지 병학은 얘기를 중단했다.

상현은 장난을 치느라고 사장님이 한 말을 곧이곧대로 진실이라고 생각 해서는 자꾸만 찌에다 돌을 던져 댔다는 여자를 생각했고, 그런 가짜 진실 의 얘기를 열심히 해 준 병학의 온갖 거짓말을 생각했고, 어떤 사람들에게 는 거짓이 생리요 본성이라는 병학의 주장도 다시 생각해 보았다.

맞는 말이었다. 두 팔을 잔뜩 벌려 가면서 "이따만한 놈"을 잡았다거나 놓쳤다는 가장 기본적인 허풍에서부터, 고기에 얽힌 낚시꾼의 거짓말은 이 제 나쁘다고 말하는 사람조차 없어졌다. 상현은 최 선생이 작가들의 무슨 모임에 참석한다고 미국 몬타나 주의 미줄라에 간 길에 영화「흐르는 강물 처럼」의 무대가 된 빅 블랙풋(Big Blackfoot) 강에서 낚시를 하고 돌아올 때 글래시어 국립공원(Glacier National Park)에서 사 가지고 와서 집에 걸어놓은 '낚시꾼의 자'가 생각났다. 계척을 하거나 집에 가서 낚시 무용담을 할 때마 다 자꾸 팔을 더 벌리려는 생리에 맞춰, 처음 1, 2, 3인치는 다른 자와 마찬 가지로 눈금이 정확하지만, 다음 눈금에는 4 대신에 5, 그리고 다음에는 5 대신 8에 이어서 6 대신에 13과 7 대신에 20인치로 껑충껑충 커지면서 뛰어 오르던 낚시 계척용 자는 상현 자신이 용주골에서 잡은 잉어가 왜 한 주일 사이에 무려 20 센티미터나 자랐는지를 잘 설명해 주는 물적 증거였다.

그날 용주골에는 비가 주룩주룩 밤새도록 내렸고, 아직 멍텅구리 바늘 을 쓰던 초자 시절이어서 상현은 입질이 전혀 없어도 어둠 속의 정적이 즐겹고 야광이 파랗게 빛나는 찌를 지켜보는 재미에 홀려 눈 한 번 붙이지 않고 걸핏하면 날밤을 새던 시절이었다. 우비를 걸치고 꼬박 앉아서 밤을 보낸 다음 동이 터 올 무렵이었는데, 꼼짝도 하지 않던 찌가 고물고물 두어 번 움직였다. 멍텅구리에 떡밥을 달아 놓은 세 칸짜리 화대였다.

찌는 힘차게 솟아올랐다.

천천히.

그리고 똑바로.

찌의 움직임으로는 큰 놈이 분명했다. 상현은 관자놀이로 피가 몰리는 기분이었다. 심장이 요란하게 뛰면서 호흡도 하기가 힘들었다.

그리고는 순간을 맞춰 잡아챘다.

덜컥 고기가 걸리는 감촉이 팔뚝으로 전해졌다. 어슴푸레한 새벽빛으로 덮인 수면이 꿈틀거리며 거무스름한 소용돌이를 일으켰으며, 거대한 잉어가 물을 휩쓸고 도망치다가 줄이 팽팽하게 당기자 방향을 바꾸었고, 다시 도망치다가 또 방향을 바꾸었고, 계속해서 방향을 바꾸었다. 둥그렇게 휘어 버린 낚싯대가 휘청거렸고, 잉어가 잡아당길 때마다 줄에서 빗물이 튀었다. 45 분에 걸친 잉어와의 싸움이 시작되었다.

밤샘을 하다 지쳐서 천막으로 들어갔던 서울음반의 이사장과 다른 동행 꾼들이 모두 나왔고, 주변의 다른 낚시꾼들도 몰려와서, 운동 경기라도 벌어진 듯 상현의 뒤에 둘러서서 장난삼아 응원까지 해 가면서, 언제 어디에서 누가 저렇게 큰 잉어를 대낚으로 꺼냈다는 비슷비슷한 내용의 일화들을 되새김질하며 구경을 했다.

상현이 초자라니까 누군가는 낚싯줄이 끊어지지 않게 너무 팽팽히 당기지 말라고 옆에서 충고를 했으며, 잉어가 새 물의 냄새를 맡으면 차고 나가 낚싯대가 부러질지 모르니 줄의 여유를 너무 줘서도 안 된다는 상반된 충고도 나왔다. 잉어를 건 바늘이 멍텅구리라니까 고기 꺼내기는 다 틀렸다고 방정맞은 소리를 하는 구경꾼도 나타났다.

298

당겼다 풀어 주기를 반복하면서 상현은 잉어가 기운이 빠지기를 기다렸다. 구경을 하다가 잉어보다 먼저 지친 낚시꾼들은 나도 하나 걸어야지 하면서 제자리로 돌아갔고, 어느새 날이 훤히 밝았다. 뜰채를 펴놓고 대기하던 아사히 카메라의 지점장 김흥주가 힘들고 지루하지 않느냐면서 상현의 입에 담배를 물려 주었지만, 너무 오래 잉어만 지켜봐서인지 상현은 눈앞이 가물가물했고, 시간이 흐를수록 저 힘찬 고기를 꺼낼 자신이 점점 더 없어졌다.

그러다가 드디어 기운이 빠진 잉어가 수면 가까이 떠올랐다. 상현은 잉어의 눈을 보았다. 잉어는 눈동자를 굴려 상현을 올려다보면서 유유히 저항을 계속했다. 상현은 잉어의 눈이 무섭다는 생각이 들었다.

마침내 기진맥진한 잉어가 처음으로 몸을 뒤집어 배를 보이고, 잠시 후 두 번째로 뒤집자 상현이 조심스럽게 물가로 끌어냈으며, 김흥주가 물 속에 미리 담가 두었던 뜰채로 고기를 꺼냈고, 그날 오후 낚시를 끝낸 일행과 함께 철수를 한 다음 굵은 명사로 넥타이를 엮은 잉어를 물에 띄워 배를 타고 호수를 건너 집으로 돌아가서 계척을 해 보니 57 센티미터였다. 신문을 펼쳐 놓은 길이를 조금 넘을 정도로 컸다.

다음 일요일에는 고기 욕심이 워낙 많은 병학이 고사포를 잔뜩 챙겨 상현을 따라 나서 단둘이서만 용주골로 갔다. 그리고 저수지를 건너면서 뱃사공에게 지난 한 주일 동안 어디에서 고기가 잘 나왔느냐고 물었다. 사공은 전혀 서슴지도 않고 상현이 잉어를 꺼낸 합수머리를 가리키며 지난 주일에 저기에서 누군가 75 센티미터짜리 잉어 한 마리를 꺼냈다고 알려 주었다.

입에서 입으로 전해지는 사이에 내가 직접 잡았던 잉어가 20 센티미터나 자라났던 생각을 하며 세상에는 태연한 거짓이 얼마나 많은가 해서 상현이 혼자 피식 웃었다. 그러나 상습적인 거짓말은 이솝우화를 낳고, 그래서 최 선생의 쌍둥이 딸은 원자탄 때문에 아무런 죄도 없이 늑대가 나타났다고 소리를 질러댄 소년이 되고 말았다. 자식이라고는 딸 쌍둥이뿐인

최 선생은 초등학교 어릴 적부터 아이들을 여기저기 낚시터로 데리고 다
녔다. 당시만 해도 대한민국의 낚시 인구가 3백만이었는데, 그렇다면 아
이들이 자라서 꾼과 결혼할 확률은 대단히 높았고, 그래서 공연히 주말
과부가 되지 말고 남편과 함께 매주일 물가로 나가는 삶을 즐기게 하려고,
그리고 자신은 나이가 든 다음 운전을 할 필요가 없이 그냥 사위의 차를
얻어타고 덤으로 따라가 편안히 낚시를 즐기는 여가를 보내겠다는 야무
진 인생 설계에 따라서였다. 그러나 제주도 보리멸에서부터 동해안 가자
미와 서해안 우럭 배낚시에 이르기까지 순순히 쫓아다니기는 하면서도
역시 계집아이들이었던지라, 고기를 잡기보다는 주변 들판과 언덕으로
꽃이나 따러 돌아다니고, 얼음 낚시를 가서도 자세를 지키기보다는 썰매
타기를 더 좋아해서, 결국 쌍둥이가 예일여고에 들어가던 해부터는 동행
을 강요하지 않았다. 그러다가 학교에서 공부시간에 선생님이 낚시 미끼
로 무엇을 쓰는지 아는 사람 누구냐고 물었을 때 다른 학생들로부터 지렁
이와 떡밥 정도의 해답만 나온 다음 쌍둥이 가운데 하나가 손을 들고 원
자탄을 꼽았다. 낚시터에는 가 본 적이 없었던 여고생들은 물론이요 여선
생까지도 원자탄 때문에 한꺼번에 폭소를 터뜨렸다고 했다. 아무리 낚시
뻥이 심하다고는 하지만, 원자탄으로 붕어를 잡는다는 황당한 주장이 너
무나 어처구니가 없어서였다.

　상현은 거짓말을 하는 자와 믿지 않는 자 가운데 누구의 죄가 더 큰지를
혼자 마음 속으로 따져 보았다. 상현은 시험 답안지처럼 잘 정리하고 요약
한 아내의 고백을 모두 그대로 믿지는 않았다. 말하지 않은 나쁜 부분의
진실도 역시 거짓이기 때문이었다. 그리고 말한 진실도 통째로 받아들이기
에는 속이 편하지가 않았다. 그래서 그는 아내의 고백에 설명과 배경을 보
충하기 위해, 다시 병학을 '심문'할 기회를 오랫동안 기다렸고, 그러나 막
상 병학의 보충 설명을 들은 다음에도 상현은 원자탄 미끼처럼 믿어지지
가 않아서였는지 마음이 편하지를 못했다. 아무리 악의가 없는 거짓말이라

고 하더라도 병학의 말은 늘 신빙성이 없었던 까닭이었다.

상현은 병학이 군대 시절 춘천여관에서 낙타 누깔의 성능을 실험해 본 대상이 누구였을까 늘 궁금했지만, 혹시 문제의 여자가 내 아내 은경이 아니었느냐고 섣불리 병학에게 직접 물어 볼 용기가 나지 않았다. 그렇다고 병학이 인정한다면 정말로 불쾌한 일이 되겠고, 아니라고 부정을 하더라도 도저히 믿어지지가 않을 테니 어떤 대답도 듣기가 싫은 심정이었다. 그리고 대답을 듣지 않으려면 질문을 하지 말아야 했다.

물결이 조금씩 높아지면서 두 사람은 자꾸만 거리가 멀어졌고, 이제는 서로 가까이 붙기가 힘들어 한참씩 떨어졌다가 서로 헤엄쳐 접근하고는 했지만, 그래도 아까보다는 거리가 멀었기 때문에 병학이 눈치를 챌 리는 없었지만, 그래도 상현은 네 번째 배설을 하려고, 파도에 밀려서 그러는 척 몸을 움직여 바지를 끌어 내렸고, 부끄러운 상황을 상대방이 눈치채지 못하도록 그는 계속해서 병학에게 말을 시켰다.

"재밌는 얘기 생각나면 또 해 봐."

병학도 이제는 힘이 많이 빠졌는지, 말수를 줄이고 목소리도 훨씬 낮춰, 물왕리 저수지에서 낚싯대를 휘두르다가 뒤쪽 나무에 앉았던 새가 바늘에 꿰어 떨어졌다는 얘기와, 격포에서 밀렵꾼의 총을 맞고 저수지로 떨어진 청둥오리를 서로 건지려고 고사포를 쏘아대던 릴꾼들, 강화도의 초지 수로에서 얼음이 꺼져 물에 빠져 허우적거리며 뭍으로 나오다가 애써 잡았던 고기를 놓칠까 봐 붕어를 담은 플라스틱 봉투를 꺼내러 다시 물로 들어갔다는 임 사장, 그리고 평도에서 사고를 당한 UDT(해저 폭파 특공대) 출신의 서구찬 사장만큼이나 용감하게 군대 생활을 했다는 해병 출신의 친구가 약혼녀에게 바다 사나이의 진면목을 보여 준다며 홍도로 갯바위 낚시를 갔다가 바람을 만났던 일화를 얘기했다.

"파도가 20 미터나 치면서 올라오자 이 친구 약혼자하고 밧줄로 서로 몸을 꽁꽁 묶고는 바위틈에서 세 시간을 버티며 구사일생으로 목숨을 건졌지. 그래서 둘이 서울로 무사히 올라온 다음에 자초지종 얘기를 들은 우리 친구들이 생사의 기로를 함께 넘나들었으니 두 사람 평생 잘살 거라고 했는데, 인생살이 정말 모르는 일이라고, 결혼한 지 4 년 만에 이혼하고 갈라서더구만.”

비록 해병 부부는 4 년 만에 갈라섰다고 하지만, 아무리 즐거워서 하는 낚시라고 해도 갯바위에서 크고 작은 위기를 함께 넘기다 보면 전쟁터에서 서로 목숨을 맡기고 살아가는 전우처럼 남자들끼리도 사이가 가까워지게 마련이었다. 죽음의 가능성이 인간을 가장 가깝게 엮어 준다는 것은 월남전에 참전했던 최 선생의 주장이었다. 그래서 상현은 병학과 반복되는 위기 속에서 끈끈한 전우애를 엮어 왔는지도 모르고, 그러한 인연 때문인지 아니면 아직 진실을 밝히지 못한 의문이 남아서인지는 몰라도, 두 사람은 결국 오늘도 또다시 죽음의 가능성 한가운데로 들어와 함께 표류를 계속했다.

“그래도 어쨌든 우린 아직 안 죽었어.” 바지를 끌어올리면서 상현이 혼잣말을 중얼거렸다.

“뭐라구?” 잘 알아듣지 못한 병학이 물었다.

“아냐. 혼자 한 소리였어.”

“무슨 소릴 혼자 했는데? 너 또 궁시렁거리면서 내 욕했냐?”

“우린 아직 안 죽었다고 그랬어.” 상현이 배꼽을 허리띠를 죄면서 말했다. “결국 죽을지는 모르겠지만.”

“사실 생각해 보면 여태까지 무사히 살아 있다는 것도 신기할 지경이지.” 병학이 말했다. “우리가 사고를 당한 게 어디 한두 번이냐?”

상현은 아무 말도 하지 않았다.

“아무리 누가 뭐래도 살았다는 건 좋은 일이야.” 이번에는 병학이 혼잣말처럼 중얼거렸다.

그리고는 입을 다물었다.

열
하나

　상현은 기진맥진 탈진한 상태에서 졸음이 오는데, 지금 잠이 들면 편안한 안식의 잠이 아니라 고통스럽고 집요하고 답답한 악몽의 잠이 될까 봐 두려웠으며, 어떤 잠이거나 간에 일단 잠이 들기만 하면 그것이 죽음으로 이어지리라는 불안감 때문에 잠을 자기가 두려웠고, 잠을 자기가 무서웠고, 아무리 불침번을 잘 서 주겠다고 약속하기는 했지만 그가 잠든 사이에 병학도 덩달아 잠이 들지도 모를 노릇이, 병학은 방산에서 보낸 졸병 시절에도 보초를 나갈 때는 매일 밤 수면 부족에 시달리다가는 제대를 하기도 전에 말라 죽을지도 모른다는 엉뚱한 걱정이 되어 혹시 걸리면 영창에 갈 각오를 하고 아예 담요까지 둘둘 말아 옆구리에 끼고 나가 근무시간마다 푹 자 버렸다고 했으니 지금도 그는 벌써 잠이 들었는지도 모를 일이었고, 차를 타고 낚시를 다녀올 때면 다른 사람들이 모두 피곤해서 잠을 자더라도 상현 혼자 눈을 부릅뜨고 참으며 혹시 운전자가 졸지 않나 감시를 하는 정도였으니 지금도 병학이 잠들까 봐 불안해서 그는 마음놓고 잠이 오지를 않았지만, 그런데도 상현은 이미 잠든 상태였으며, 잠이 들었다는 사실을 잠든 상태에서도 의식했고, 그러면서도 너무 지쳐 정신을 차릴 수가 없었고, 잠에서 깨어나지를 못했고, 그래서 그는 고흥군 도덕면 학동의 전설이 된 횟집에서도 한참 들어가 당동부락에서 언덕을 하나 넘어 수문뒷개 마을로 요양을 내려온 지도 벌써 넉 달째였는데, 전화도 없고, 너무 외진 곳이라 신문이나 우편물도 배달되지 않는 바닷가에서 그는 혼자 살았고, 마을이라고 해야 집이 두 채밖에 없는 귀양지나 마찬가지인 곳이었다.

　이렇게 한적한 곳이라면 부도를 냈거나 범죄를 저지르고서 도망쳐 피신하기에 알맞은 은신처였지만 상현은 사업이라고는 해 본 적이 없고 범죄

하고도 거리가 멀어서 피신할 몸은 아니었고, 하기야 북한에서 내려 보낸 간첩에서부터 탈주범 신창원에 이르기까지 못된 짓을 하고 피신하려는 사람이라면 너도나도 낚시터에 죽치고 앉아 놀면서 도피하기가 보통이었는데, 이곳은 하지만 낚시터도 아니었으며, 어쨌든 언젠가는 남들이 보기에도 낚시꾼이라면 하나같이 거지처럼 초라한 꼴이지만 등산객은 멋진 옷차림이니까 정부에서는 등산을 장려하고 낚시는 금지시켜야 한다는 주장이 나왔다는 정보 또한 병학의 입에서 나왔는데, 도피도 아니고 낚시도 아닌 상현의 하루 일과는 지극히 간단해서, 아침에 일어나 밤이 되어 잠자리에 들 때까지 그냥 맑은 공기만 마시며 시간을 보내면 그만이었고, 그래서 낙이라고 해야 녹동에서 사온 짧은 낚싯대를 들고 주변 여러 저수지로 붕어나 낚으러 다니는 일이었으니, 도대체 지금 왜 이곳 바닷가를 그가 오락가락하는지 꿈속에서는 전혀 알 길이 없었다.

어쨌든 난생 처음이기는 하지만 낚시도 좀 하다 보니까 재미가 괜찮았으며, 상현은 이곳에 오기 전에는 낚시를 해 본 적이 없어서 바늘 하나 맬줄 몰랐지만, 그런 대로 대충 낚시방에서 설명을 들은 대로 찌를 맞춰 가며 고기를 잡았고, 그가 요양을 하는 바닷가 집이 워낙 외지다 보니 가장 가까운 저수지도 산을 하나 넘어 반 시간은 가야 했는데, 그렇구나, 그는 요양을 하러 왔는데, 평야지대여서 큰 저수지가 없는 대신 어느 쪽으로든지 조금만 가면 언덕 굽이마다 물이 보였고, 이곳 바닷가 사람들이 민물 낚시를 잘 안 해서인지 아무 데라도 지렁이를 꿰어 담그기만 하면 심심치 않게 붕어나 민물장어가 올라왔으며, 3월 초순에 이곳으로 처음 내려왔을 때는 워낙 철이 일러 그냥 물가에 앉아 따뜻한 햇살을 쬐고 산들바람을 맞는 재미로 낚싯대를 들고 나가고는 했지만, 4월 들어 산란기가 되니까 잔챙이 재미가 꽤 쏠쏠했으며, 한 칸 반짜리 대를 수초 옆에 붙여 놓으면 입질이고 뭐고 없이 찌가 휙휙 물 속으로 빨려 들어갔고, 그래서 당겨 보면 몸부림치는 붕어의 놀림새가 기분좋게 손끝으로 전해졌다.

낚시방을 가려면 버스를 두 번이나 갈아타고 녹동이나 고흥으로 나가야 했기 때문에 상현은 미끼도 자급자족해야 했지만, 그것도 별로 문제가 될 일이 아니어서, 처음에는 별장 마당에 붙은 텃밭을 호미로 파서 지렁이를 잡아 썼고, 나중에는 제초 작업을 겸해서 마당의 풀을 뽑아 울타리를 따라 여기저기 두엄을 쌓아 '지렁이 양식장'을 만들기도 했는데, 한참 해 보니 지렁이를 키우는 일도 퍽 재미있는 소일거리가 되었으며, 무료한 요양 생활에서 낚시맛이라도 없었다면 어쩔 뻔했을까 하는 마음이 들 정도로 상현은 어느덧 손맛이 들어가던 중이었지만, 어느 저수지를 가도 사람이 없어 애기를 나눌 상대를 못 찾고 늘 혼자 지내는 생활이었고, 그래서 마늘과 유자와 벼농사에 바쁜 마을 사람들하고는 사귈 기회가 없어 상현에게는 그냥 낚싯대 하나만이 친구였다.

그래도 넉 달이나 이곳에서 지내다 보니 마을을 오락가락하며 학교 옆 저수지에서 낚시를 하는 모습이 낯익어서였던지 동네 초등학교 아이들은 이제 낚시 가방에 접는 의자를 들고 지나가는 그를 보면 허리 굽혀 인사를 할 정도까지 되었지만, 정작 마을 사람들 중에는 그가 기거하는 별장의 관리인 신승직 선장과 이장 등 서너 명말고는 친한 사람도 없었는데, 옛날 같으면 죽을 병이라고 했던 폐병 환자이고 보니 어느 누구도 그를 가까이 하고 싶은 사람이 별로 없었기 때문인지도 모르겠고, 상현이 주로 낚시를 다니던 곳은 학교 옆 저수지와 산을 하나 더 넘어야 나오는 한적저수지, 그리고 별장 앞 겨우 3백 미터쯤 되는 곳에는 둠벙이 하나 있었는데, 연밭이 절반을 차지한 이 웅덩이는 워낙 작아 상현은 그곳에서 낚시를 할 생각은 한 번도 못 했다가, 아무리 봐도 붕어 한 마리 없어 보이는 둠벙에 상현이 처음 낚시를 담근 때는 6월 초순, 어느 비오는 날이어서, 비가 내리면 언덕을 넘어가는 오솔길의 진흙이 미끄러워 낚시를 포기하고 낮잠을 자거나 안개처럼 빗발이 흐르는 바다를 멍하니 쳐다보기만 하면서 시간을 보내던 그는 그날 그냥 물에 떠 있는 찌라도 구경하고 싶어서 짧은 대 하나에 받침대도 없이 아예 지렁이를 바늘에 미리 꿴 채로 손에 들고 다른 손에는 우산을 받쳐들고는 흰 고무신을 끌고 둠벙으로 나가 보았다.

상현은 연밭 옆에다 바싹 붙여 낚시를 담갔는데, 뜻밖에도 몇 분 만에 입질이 오더니 찌가 후루룩 물 속으로 빨려 들어가 버렸고, 놀라서 얼른 채어 보니 줄 끝에 월척 붕어가 몸부림을 치며 끌려 나왔으며, 이런 데서 월척이 나오다니 믿어지지도 않고 놀랍기도 해서 상현은 더 낚시를 하고 싶었지만 이제는 미끼가 바늘에서 떨어져 나가고 없었으며, 그래서 그는 낚싯대를 물가에 놓아 두고 별장으로 헐레벌떡 달려가 두엄 양식장을 파헤쳐 헌 양재기로 하나 가득 지렁이를 퍼 담아 돌아와서 비를 맞으며 낚시를 계속했으며, 그랬더니 학교 옆이나 한적저수지보다도 오히려 이 작은 둠벙의 입질과 손맛이 훨씬 좋았고, 두 시간 만에 월척 세 마리를 더 건진 그는 여태까지 이것도 모르고, 코앞에 명당은 놓아 두고 몇 달 동안 산을 넘어 엉뚱한 곳들만 찾아서 돌아다닌 일이 억울하다는 생각까지 들었다.

둠벙은 워낙 사람들이 낚시를 하지 않던 웅덩이여서 고기도 멀쩡하게 컸거니와 입질도 전혀 간사하지를 않았는데, 가끔 걸리는 장어 또한 묵직하게 끌려 나오는 손맛이 기가 막혀서, 상현으로서는 작기는 하나마 이런 미개척 낚시터를 독점하게 되었다는 사실이 크나큰 횡재였고, 그래서 이때부터 그는 다른 저수지들은 거들떠보지도 않고 날마다 고무신을 끌고 둠벙으로 나갔고, 엿새 동안 월척을 무려 열네 마리나 올렸다고 하면 서울 친구들이 아무도 믿을 성싶지가 않아서, 고흥으로 나가 먹과 화선지를 사다가 고기를 잡을 때마다 어탁을 뜨고 비늘도 떼어붙여 보내 주며 그의 '자가용 낚시터' 자랑을 늘어놓고는 했지만, 낚시라고는 해 본 적도 없는 그에게 무슨 낚시 친구가 생겼을까 다시 생각해 보니 지금은 꿈속이었다.

그러던 꿈속의 어느 날, 둠벙에서 상현이 열심히 찌를 노려보고 앉았으려니까 뒤에서 누가 덮쳐오는 듯한 소리가 났다. 깜짝 놀라 돌아다 봤더니

60이 좀 넘은 어느 농부가 삽을 치켜들고 당장이라도 내려칠 듯한 공격 자세를 취하고는 상현에게 다짜고짜 물었다.

"당신 본적이 어디요?"

엉겁결이기는 했지만 상현은 어느 농부가 근처를 지나가다가 나무 밑에 혼자 숨어서 무슨 짓인가 벌이던 그를 우연히 보고 수상하다는 생각이 들어서 혹시 간첩 잡고 떼돈 버는 수라도 생길까 해서 삽으로 무장하고 달려온 모양이라는 짐작이 갔다. 아니나다를까, 노인은 수문뒷개로 넘어오는 언덕 위쪽 마늘밭에서 일을 하다가 바닷가에서 낯선 사람이 배회하는 것을 벌써 사흘 전부터 눈여겨보다가 쫓아 내려왔다고 했는데, 간첩이냐 아군이냐를 확인하기 위한 수하 요령을 모르다 보니 느닷없이 "본적(本籍)이 어디냐"는 질문부터 했던 것이다.

상현은 그러리라고 생각했기 때문에 고분고분 설명했다.

"난 몸이 온전치 못해 이곳으로 요양을 내려온 사람입니다. 아저씨는 사흘 전부터 내가 여기서 배회하는 걸 봤다고 하셨는데, 난 이곳으로 내려온 지가 벌써 넉 달째라구요. 정 의심이 가면 내가 묵고 있는 저 별장의 관리인인 신승직 선장한테 가서 확인해 보세요."

그러나 아무리 설명해도 노인은 막무가내로 어서 본적을 대라고 덤볐다. 오랫동안 이 나라의 반공 교육이 너무 철두철미했던 덕택이었는지 노인은 일단 의심한 사람은 절대로 그냥 보내지 않겠다는 태도였고, 상현이 주민등록증까지 보여 주었어도 좀처럼 의심을 풀려고 하지 않았다. 그래서 하도 말이 안 통하니까 상현도 화가 나서 소리를 버럭 지르고 말았다.

"이봐요, 영감님. 정 의심이 가면 승직 씨한테 가서 물어 보라고 그랬잖아요. 당신이 도대체 뭐요? 경찰관이요, 아니면 헌병이요? 그것도 아니면 구청 호적계 직원이요? 남의 본적을 자꾸 물어 보게. 이거 원 사람이 사람을 안 믿어도 분수가 있지……."

상현이 너무 화를 내니까 이번에는 노인이 오히려 민망해졌는지 당장이라도 내려치려고 치켜들었던 삽을 내렸지만, 그렇다고 해서 아무 일도 없었던 듯 그냥 가 버리기도 쑥스러웠는지 우물쭈물하다가는 멋쩍게 한 마디 했다.

"이 둠벙에 장어 많죠?"

상현은 그렇다고 했다.

그러자 노인은 마지막으로 체면을 찾을 만한 근거가 생겼다고 생각해서인지 의기양양하게 말했다. "그 장어 다 내 꺼요."

"어째서요?"

"작년에 내가 장어 세 마리를 여기다 풀어놓았는데, 그게 새끼쳐서 자랐으니 여기 장어는 다 내 꺼란 말요. 그러니까 여기서 붕어를 잡는 건 좋지만 장어는 잡으면 모두 놔주쇼."

상현이 그러마고 했더니 노인은 그제서야 의젓하게 삽을 울러메고는 밭으로 올라가려고 돌아섰다.

"어디 나만 사람을 안 믿나." 노인이 투덜거리는 소리가 얼핏 들렸다. "저는 마누라하고 친구도 못 믿으면서."

농부가 논둑을 따라 사라지는 뒷모습을 상현이 기가 막혀서 멍하고 쳐다보려니까 어디에선가 킬킬거리며 웃는 소리가 들려왔다.

틀림없이 병학이었다.

상현이 몸을 일으켜 두리번거리며 살펴보니 둠벙의 한쪽 둑을 따라 여러 겹의 벽처럼 차곡차곡 방풍림을 심어 놓은 흑송(黑松)들 너머로, 하얀 햇살이 노란 바닷가로 쏟아지는 모래밭 위에, 빨래를 모두 꺼내고 속을 말리기 위해 뚜껑을 꺼낸 세탁기 옆에 병학이 금니를 드러내며 능글맞게 웃고 서서 기다렸다.

상현은 우주 공간의 무중력 상태에서는 왜 인간이 앞으로 나란히를 할 때처럼 두 손을 내밀고 잠을 자는지 의아하게 생각하며 흑송의 숲을 지나 모래밭으로 내려갔다. 고무신으로 쓸려 들어온 솔잎이 따끔거렸다.

“아무리 꿈속이라고 해도 영감님이 좀 심했지?” 병학이 말했다.

상현은 그렇다고 대답을 했지만 목소리가 투명해져서인지 입에서는 아무 소리도 나지를 않았다.

“가만히 보면 인생보다는 꿈이 훨씬 더 논리적이고 합리적이라구.” 병학이 다시 말했다.

상현은 왜 목소리가 나오지 않는지를 설명하려고 했지만 아직도 목소리가 나오지를 않았다. 병학은 느긋하게 세탁기에 몸을 기대고는 얘기를 계속했다.

“삽으로 무장한 영감님의 얘기가 너무나 억지여서 한심하고 황당했을 거야. 그러니까 나더러 음담패설만 한다느니 뻥이 심하다느니 잔소리를 하지 말라구. 인생의 얘기란 다 그런 것이니까.”

상현은 무슨 말인가 하고 싶었지만 역시 목소리가 나오지를 않았다.

“그럼 인생이라는 게 뭐 별 거라고 생각했냐?” 병학의 달변이 빠른 속도로 쏟아져 나왔다. “철학적으로 멋을 부린 얘기가 알고 보면 오히려 더 진부해. 최 선생 들으면 기분 나빠할지 모르겠지만, 소설도 그렇고 영화도 그래. 다 그렇다구. 시시한 사람의 시시한 얘기가 진짜 인생 이야기거든. 날마다 듣는 진부한 얘기, 낚시 얘기, 잡담, 그게 우리 인생의 진짜 대화란 말야. 너무 목에 힘주고 재주 부리는 글이나 작품을 보면 방부제가 들어간 음식 같아. 싱싱한 맛이 없다구. 상추쌈에다 밥을 싸 담고 고추장만 꾹꾹 눌러 넣은 밥이 얼마나 맛있는지는 너도 잘 알잖아. 소설가니 철학자니 짜들 얘기하는 거 들어 보면 쉬운 얘길 왜 그렇게 어려운 말로 하는지 모르겠어.”

그제서야 상현의 입에서 목소리가 터져 나왔다. “야, 너 왜 이런 소리 하니? 너 조금 아까 죽었구나!”

병학이 너털웃음을 웃었다.

“짜식, 미쳤냐? 내가 죽게. 뭐 내가 넌 줄 아니?”

“아냐. 너 죽었어! 죽었는데도 아니라고 또 뻥치는 거야.”

온몸에 소름이 끼치고 종아리가 저려 오면서 상현은 잠에서, 꿈에서 깨어났다.

더욱 짙어진 듯한 어둠 속에서 물결이 제법 크게 술렁거렸고, 달의 위치를 보니 자정이 넘은 시간이었다.

아무리 둘러봐도 병학의 모습은 보이지 않았다.

“뻥학아!” 상현이 소리쳐 불렀다.

대답이 없었다.

“병학아!” 다시 소리쳐 불렀다.

역시 대답이 없었다.

열둘

불광동에서 금방을 경영하는 보석당 성 사장의 부인 황 여사는 딸을 시집보낼 때 사위가 될 남자에게 낚시를 하느냐는 것부터 물었었다. 딸을 절대로 엄마와 같은 신세로 만들지 않으려는 생각에서였다. 그토록 여사는 남편의 낚시 때문에 평생 속이 많이 상했었다.

성 사장과 황 여사 부부가 젊었을 때는 워낙 시대가 구식이었던지라 여자가 집안에서 큰소리를 냈다가는 벼락이 떨어져서, 남편이 걸핏하면 횡하니 낚시짐을 싸 가지고 혼자 며칠씩 나돌아다니다 들어와도 황 여사는 때 아닌 독수공방을 하며 속알이 한숨만 썩일 뿐, 말 한 마디 못 했었다. 그러나 세월이 흘러 나이가 서른을 넘기고 마흔 줄에 들어서면서부터는 황 여사도 노골적으로 심술을 부리게 되었다. 남존여비의 고달픈 시대도 지나고 그나마 조금쯤은 여권신장이 되자, 황 여사는 남녀평등이라는 떳떳한 핑계를 내세워 낚시 과부 신세에 대한 불평을 드러내기 위해 발언권을 행사하기 시작했던 것이다.

그러나 남편은 황 여사의 잔소리를 아랑곳하지도 않고 더 부지런히 낚시터만 찾아 다녔고, 거기다 한술 더 떠서 이런 소리까지 했다.

"집에서 혼자 썩는 것이 그렇게 서러우면 당신도 같이 낚시를 가자고 내가 얼마나 여러 번 그랬소? 다른 사람들 부부동반해서 낚시 오는 거 보면 참 모양도 좋고 때로는 부럽기까지 합디다."

하지만 남편 친구들이 어쩌다 집으로 찾아와 술판을 벌이며 낚시터에서 겪은 얘기들을 늘어놓는 내용을 들어 보면 정말 낚시처럼 못해 먹을 짓도 없는 듯싶었다. 꼭두새벽에 일어나 땡볕에 나가 손바닥만한 의자에 쪼그리고 앉아 하루 종일 고생하면서, 그나마 몇 마리 잡아 오기나 하면 모르겠지만, 빈 바구니를 들고 돌아오는 일이 허다했는데, 도대체 그 고생이 뭐가 좋다고 그렇게 몰려다니는지 이해가 가지를 않았다. 그러니 황 여사가 남편을 따라 낚시를 간다는 일은 상상도 못 할 노릇이었고, 나이 50을 훨씬 넘기는 세월을 같이 살면서도 제대로 부부동반이라는 것을 해서 어디를 함께 나가 본 적이 없는 그들이었다. 그래서 어느덧 일요일이나 무슨 공휴일이 되면 남편 혼자 낚시 가방을 짊어지고는 나가 버리고, 황 여사는 방안에서 텔레비전이나 보면서 지내는 날로 젖혀두기에 이르렀다.

그러다가 급기야 문제가 터지고 말았다. 남편이 한겨울에 환갑을 맞았는데, 자식들이 신흥사에다 차려 준다는 잔칫상을 마다하면서 남편이 번거로운 '행사'는 집어치우고 그럴 비용으로 차라리 여행이라도 하고 싶다면서 자식들에게 현금으로 내놓으라고 했다. 황 여사는 오뉴월 꽃피는 계절이나 단풍철이라면 또 몰라도 엄동설한에 여행이 웬 말이냐고 펄쩍 뛰었다.

"아니, 누구 얼어 죽을 일이라도 있어요? 한겨울에 여행을 가다니."

하지만 환갑을 맞은 당사자가 워낙 고집이어서 어쩔 도리가 없었고, 그래서 황 여사는 어디 온천이라도 다녀올 셈으로 물었다. 정 그렇게 여행을 하겠다면 같이 가겠는데, 그럼 어디를 다녀올 생각이냐고 그랬더니 남편이 슬그머니 창 밖으로 시선을 돌리며 말했다.

"진천의 초평으로 갑시다."

"초평이라니, 거긴 당신 걸핏하면 홍해 사람들하고 낚시가는 데 아녜요?"

"물론 낚시터이기는 한데, 그곳 저수지 옆에는 번듯한 호텔도 지어 놓았고 해서 당신 춥지 않게 편히 지낼 수 있어요."

"그러니까 나를 호텔에 감금시켜 놓고 당신은 낚시를 하겠다는 뜻이겠죠?"

"그야 이왕 거기까지 가서야 낚시를 안 할 수도 없잖소? 초평 얼음 낚시는 정말 일미라구. 마릿수는 적더라도 고기가 잘생기고 힘도 좋은데, 주욱 찌를 올리는 걸 보면……."

"그만둬요, 그만둬. 찌 소리만 들어도 난 귀가 찌릿찌릿 아프니까."

하지만 이번만큼은 남편도 순순히 물러서지를 않았다.

"나처럼 낚시를 좋아하는 사람을 남편으로 둔 당신이 평생 단 한 번도 낚시를 따라 나서지 않는 건 부창부수를 섬기는 아내의 도리가 아니고, 또 낚시의 묘미를 평생 나 혼자만 누리고 당신에게는 그런 즐거움을 한 번도 맛보여 주지 않는다는 건 남편인 나의 도리가 아녜요. 봐요. 나 벌써 환갑인데, 우리들이 이제 같이 살면 얼마나 더 같이 살겠소? 공연히 나 죽은 다음에 미안하다 후회하지 말고 우리 한 번만이라도 낚시를 같이 합시다."

이렇게까지 어마어마한 핑계를 들고 나오는 남편의 말에도 일리가 있다 싶어서 황 여사는 죽는 셈치고 남편의 소원을 들어 주기로 했다. 꽁꽁 얼어붙은 저수지 얼음판 위에서 지낼 생각을 하니 눈앞이 캄캄해지고 속이 상해서 짐을 챙기고 싶은 마음도 내키지 않기는 했지만, 그런 속도 모르고 난생 처음 남편을 따라 낚시를 가는 황 여사의 입장이 재미있어서인지, 자식들은 빙판의 노부부와 낭만이 어쩌고 킬킬거리며 짐을 대신 싸 주기까지 했다.

그리하여 새해에 들어 채 한 주일도 다 지나지 않은 1월 6일에 황 여사는 풀이 죽어 내키지 않는 걸음으로 남편을 따라 나섰고, 큰아들은 신이 난 아버지와 심술이 난 어머니를 차에 태워 고려장이라도 치르는 듯 눈이 허옇게 덮인 썰렁한 벌판에 데려다 내려놓고는 짓궂게 한 마디 했다.

"아버님 어머님, 이 멋진 설경 속에서 산책도 하시고 싸움도 하시면서 한 주일 푹 쉬세요. 다음 주일에 제가 모시러 올 때까지 두 분 모두 무사하시기를 빕니다. 어머님이 몰래 태권도까지 배워 두셨으니까요. 평생 낚시 과부 만들었다고 언젠가는 복수를 하시기 위해서 말예요. 보아하니 드디어 기회가 찾아온 모양입니다."

그날 저녁은 그래도 남편이 조금쯤 미안해하는 표정으로 슬금슬금 눈치를 보면서 방에다 맥주상을 차려 주며 황 여사의 비위를 맞추려고 열심이었다. 하지만 그것도 잠시뿐, 으스스한 방에서 선잠이 든 황 여사가 새벽에 부스럭거리는 소리에 잠이 깨어 실눈을 뜨고 살펴보니 남편이 컴컴한 속에서 살금살금 기어 다니며 낚시 가방과 의자를 챙기고는, 주말이면 집에서 늘 그러듯이, 방에서 몰래 빠져 나가지를 않는가. 한참 시간이 지난 다음에 창 밖을 내다보니 어슴푸레 밝아 오는 저수지를 찾아 눈사람처럼 옷을 잔뜩 껴입고 벙거지를 쓴 남편이 손전등을 휘적거리고 논둑길을 내려가는 중이었다. 황 여사는 이런 벌판까지 끌고 와서 마누라를 방에다 내버리고 혼자 새벽에 낚시를 내려가는 남편이 너무나 야속한 나머지 당장 짐을 싸 가지고 서울로 올라가고 싶은 심정이 굴뚝 같았지만, 이 시간에 어디로 가서 무슨 차를 타야 하는지조차도 모르겠어서 빈 방에 우두커니 앉아 해가 뜨기만 기다렸다.

남편은 아침식사 시간이 다 되어서야 방으로 돌아왔는데, 온통 싱글벙글하면서 그 사이에 잡은 큼직한 붕어 두 마리를 꺼내 보이며 한심한 자랑을 늘어놓았다.

"겨울 고기인데도 당기는 맛이 그만이더라니까."

남편의 뻔뻔스러운 모습이 정말로 밉기는 했어도 황 여사는 한 번만 더 참기로 했다. 어쨌든 환갑을 맞은 남편인데 붕어 두 마리로 저렇게 행복해하는 것까지 미워한다면 너무 심한 듯싶어서였다. 하지만 아침을 먹고 나서 같이 얼음판으로 나가자는 남편의 제안은 하늘이 두 쪽이 나더라도 들어 줄 수가 없었다.

오전 내내 황 여사는 방안에 갇혀 10시까지 텔레비전을 보았고, 그리고는 아침 방송이 끝나 할 일이 없어지자, 호텔 주변을 서성거리며 혼자 시간을 보냈다. 그리고는 오후 1시가 다 되도록 남편이 밥을 먹으러 돌아오지 않자, 더 이상 참을 길이 없어 남편을 찾아 저수지로 나갔다. 해도해도 너무 한다고 분해서 눈물을 글썽거리며.

초평저수지는 너무나 넓었고, 바람에 휘날리는 눈가루가 미끄러워 걷기도 힘들 지경이었으며, 거의 두 시간이 걸려서야 황 여사는 섬 뒤쪽에서 옹색하게 쪼그리고 앉은 남편의 모습을 찾아냈는데, 뭣이 그렇게 신이 나는지 흥분해서 얼굴이 벌겋게 상기된 표정을 보니 찾아내기만 하면 대판 싸움을 벌이고 억지로라도 서울로 끌고 올라가려고 했던 황 여사는 마음이 어느새 슬그머니 누그러지고 말았다.

우물쭈물 남편 옆에 쭈그리고 앉은 황 여사는 난생 처음으로 낚시 구경을 했다. 세상에서 가장 한가한 사람이 낚시를 하고, 그보다도 한가한 사람이 낚시하는 구경을 한다고 남편이 언젠가 농담을 했었는데, 황 여사가 이제는 그런 꼴이 되고 말았다.

그리고 아마 10 분쯤 되었을 무렵이었다. 시커먼 구멍에 꽂혀서 꼼짝도 하지 않던 찌가 쑤욱 물을 뚫고 치솟아 올라왔다. 어쿠 소리를 하면서 남편이 채는 낚싯대가 묵직하게 휘더니 줄 끝에 큼직한 붕어 한 마리가 펄펄거리며 매달려 나왔다.

얼마 후에 또다시 찌가 솟아올랐다. 낚싯대가 휘청거리고 얼음바닥에 떨어진 묵직한 붕어가 펄떡거리고.

그런 광경을 몇 차례 지켜보고 났더니 황 여사는 자기도 모르게 몸이 훈훈하게 달아올랐다. 그리고 보얗게 깔린 눈바닥 한가운데 뚫린 컴컴한 구멍 속에서 곰실곰실 움직이는 찌가 정말로 그렇게 아름답고 재미날 수가 없었다. 점심을 굶었는데도 배고프다는 사실도 잊어 버리고 황 여사는 구경에 열중했으며, 남편이 잡아 놓은 붕어가 몇 마리인지 헤아리느라 자꾸만 아이스박스를 열어 보기도 했다.

그러더니 갑자기 입질이 끊겼다. 황 여사는 어서 다시 찌가 올라오는 모양을 보고 싶었지만, 예쁘고 가느다란 찌는 꼼짝도 하지 않았다.

"여보, 여기 있는 고긴 다 잡힌 모양예요. 다른 데로 옮기지 그래요"

황 여사가 걱정을 해도 남편은 낚시란 참고 기다리는 법이라며 그냥 버티기만 했다.

참다못해 황 여사는 끌을 집어들고 저만큼 가서 뽕뽕거리며 구멍을 뚫기 시작했다. 남편이 고기를 잡을 새 구멍을.

성 사장과 황 여사—남자와 여자가 함께 등장하는 아름다운 낚시 풍경이 담긴 이 얘기를 상현이 처음 들은 것은 지금처럼 갈현동 꾼들과 떼를 지어 다니기 전, 그러니까 처음 손맛에 밤잠을 설치던 초자 시절 불광동의 홍해낚시 출조 버스를 자주 타던 때였는데, 잠시 홍해의 회장직을 맡았던 성 사장과 우연히 자리를 나란히 앉아 낚시터에서 서울로 돌아오던 버스 속에서였다. 이때만 해도 상현은 출조 때마다 꼭 대어를 꺼내고는 하던 극성꾼 병학을 은근히 부러워하면서도 먼발치서 구경만 했을 뿐, 접근해서 가까이 지내던 시절은 아니었다. 그러나 아내 은경은 병학이 갈현동 어디쯤엔가 산다는 사실을 그때 이미 알았었고, 사실은 그래서 집이 팔리고 이사를 해야 할 기회가 생기자 상현을 설득해서 이곳으로 왔다고 했다. 병학과 가까운 곳에서 살아야 되겠다는 음모를 남편에게 감쪽같이 속인 채로.

　"그냥 병학 씨와 가까운 곳에서 살고 싶다는 생각뿐이었지, 꼭 다시 만나야 되겠다는 생각은 없었어." 아내의 고백이었다. "그래서 막상 이사를 온 다음에도 병학 씨가 어디 사는지 일부러 찾아 나서지도 않았고"

　"뻥학이가 이 동네 산다는 건 도대체 어떻게 알아냈는데?"

　"언젠가 길거리를 걸어가다 보니, 동네 책방 진열창에서 병학 씨의 사진이 우연히 눈에 띄었던 거야. 여성지들을 늘어놓은 선반에 〈낚시춘추〉라는 잡지도 함께 있었고, 그 표지에 병학 씨가 경포호에서 낚은 붕어를 들고 웃는 모습의 사진이 실렸더라구."

　너무나 놀란 은경은 온몸이 떨려 차마 책방으로 들어가 병학의 사진이 맞는지 확인할 엄두조차 나지 않았고, 병학의 얼굴을 뚫어져라고 쳐다보는 모습을 누구에겐가 들키기라도 할까 봐 엉뚱한 걱정에 사로잡힌 그녀는 얼른 자리를 피해 일단 그냥 집으로 돌아가기는 했지만 몸은 계속 떨렸고, 혹시 상기된 얼굴을 남편 상현이 눈치라도 채지 않을까 걱정도 많이 했다고 그랬다.

　밤에는 잠도 제대로 자지 못했다. 그리고는 혹시 아까 사진을 잘못 보지는 않았는지, 그토록 오랫동안 만나지도 못했고 행방이 묘연했던 병학의 사진이 맞기나 하는지, 책방에 들어가 제대로 확인을 하지 않았던 것을 후회하기도 했다.

　이튿날 은경은 가게로 나가던 길에 우선 책방에 들러 어제 보았던 잡지를 사서 가슴을 왈랑거리며 근처의 다방으로 들어가 왜 병학의 사진이 표지에 실렸는지를 확인했다. 그녀가 생각했던 대로 병학의 사진이 분명했고, 그냥 4짜 큰 붕어를 잡았다는 이유만으로 표지 인물로 선정되었던 모양인데, 책 속에서 설명을 찾아보니 "갈현동 조사 최병학"이라고 했다.

　이러한 사연을 거쳐 어쨌든 의도적으로 병학이 사는 동네로 이사를 왔으면서도, 두 사람이 또 다른 어떤 사진으로 연결되기 전까지는 한 번도 비밀리에 재회한 적이 없었다던 아내의 주장을 상현은 지금까지도 믿기가 어려웠다. 그들의 비밀은 두 사람만 알았을 뿐이고, 상현은 무엇 하나 자신 있게 아는 사실이 없었다.

상현은 혹시 조금 아까 그가 잠든 사이에 병학이 그를 혼자 남겨 두고 일부러 어디론가 헤엄쳐 도망을 가 버리지는 않았는지 얼핏 의심을 해 보았다. 하지만 병학은 도망까지 칠 정도로 비겁하거나 나쁜 사내가 아니었고, 자신이 도망을 쳐야 할 만큼 나쁜 짓을 했다고도 믿지를 않았다. 그렇다면 두 사람은 그냥 파도에 쓸려 떨어져 나간 모양이지만, 상현은 내가 얼마나 졸았는지, 얼마나 깊이 잠들었었는지, 병학이 언제 떠내려갔는지, 어떻게 흘러갔는지, 하나도 아는 바가 없었다. 아마 병학도 잠이 들었고, 그래서 두 사람은 그냥 어둠 속에서 둥둥 떠다니며 멀어졌는지도 모를 일이었다. 만일 잠들지 않은 상태에서 두 사람의 거리가 멀어졌다면 병학이 다시 그에게로 왔거나, 상현을 깨웠거나, 어쨌든 무엇인가 손을 썼을 텐데, 너무나 기운이 없어서 소리쳐 부르지도 못했을 리는 없다. 상현이 보기에 병학은 끝까지 멀쩡했으니까.

그렇지만 병학이 일부러 어디론가 어둠 속으로 혼자 멀리 사라졌으리라는 설명도 가능했다. 병학은 더 이상 상현의 질문에 대답을 하고 싶지 않아서 차라리 도망치기로 작정했는지도 모른다. 정신을 잃었다고 해야 더 정확한 표현이겠지만, 상현은 기진맥진해서 졸다가 자기도 모르는 사이에 잠이 들기 얼마 전에, 병학에게 이런 말을 했었다.

"보아하니 이제는 우리 진짜 살아나기 어렵게 생겼어."

병학은 대답을 하지 않았다.

"아침은 다시 돌아오지 않을지도 모르고." 상현이 말했다.

역시 대답이 없었다.

"촌스러운 말로 죽음의 순간은 진실의 순간이라잖아." 상현이 말했다. "그러니까 이제는 솔직히 얘기해 봐."

“뭘?”

“너 우리 집사람하고 했지.”

병학은 못 들은 체했다.

“방산에서 처음 만났을 때는 둘이서 그런 적이 없었다는 네 말과 집사람 말은 믿어 주기로 하겠어.” 상현이 말했다. “뭐 적어도 한쪽만큼은 순수하고 정신적인 첫사랑이었으니까 말야. 하지만 문제는 둘이서 재회를 한 다음에도 멀쩡했느냐는 거지. 첫사랑이나 옛날 애인을 만나면 대부분 사고를 치잖아. 더구나 너처럼 여자를 정복한 역사를 자랑하며 밝히는 남자가 다시 만난 옛날 여자를 그냥 내버려 두었을 리가 없었을 테니까.”

“그런 질문 받고 은경 씨는 뭐라고 하디?”

“그야 물론 아무 일도 없었다고 우겼지.”

“그리고 넌 니 집사람 말을 못 믿겠다는 거 아냐.”

“그게 어디 내 집사람이니. 정신적으로는 평생 너만 사랑했는데.”

“그런 소린 이제 그만하자니까.”

“내 질문에 대답이나 하라구.”

“내가 솔직하게 사실대로 대답을 한다고 해도, 아내의 말을 못 믿는 니가 과연 내 말을 믿겠어?”

“믿건 안 믿건 그건 내가 알아서 할 테니까, 어디 넌 솔직히 대답이나 해 봐.”

“정말 우리 사이는 의심하지 않아도 되니까 당장 한 시간 후에 죽더라도 이젠 그런 답답한 질문은 다시 하지 마.”

그들은 잠시 동안 침묵을 지키며 어둠 속에서 파도를 타고 오르락내리락거렸다.

“이왕 내친김에 하나만 더 물어 보자.” 상현이 말했다.

병학은 대답을 하지 않았다.

좀 머쓱해지기는 했지만 상현은 질문을 거두려고 하지 않았다.

"너 춘천여관에서 낙타 누깔의 성능을 실험했다고 했을 때, 상대방 여자가 누구였냐?"

"은경 씨는 아니었으니까 걱정하지 마." 이제는 제법 짜증스러워진 목소리로 병학이 말했다.

"그럼 누구야? 은경 씨도 아니고 서울 여자도 아니었으면, 너 군 생활하는 동안 다른 여자가 또 있었단 소리냐?"

"춘천여관에 같이 간 건 서울 여자였어. 지금 내 마누라라구. 정말 모처럼 부대로 면회를 왔길래, 특별 외출을 받아 춘천까지 배웅해 주러 나간 김에 낮걸이를 했단 말야."

병학의 목소리에서 불쾌감이 워낙 역력했기 때문에 상현은 낚시터 좌대에서 손전등 불빛에 알몸을 드러내는 수난을 당했던 여자는 또 누구였는지는 차마 물어 보지를 못했다. 어쭈구리에서 생맥주를 마시며 병학이 한 얘기이지만, 군에서 제대한 지 얼마 안 되었을 때, 어떤 여자를 데리고 강원도의 낚시터를 찾아갔는데, 길이 막혀 밤 늦은 시간에야 목적지에 도착했고, 어둠 속에서 겨우 물가의 좌대를 하나 찾아 내려가 자리를 잡았으며, 낚싯대를 펴놓고는 라면을 끓여 대충 요기를 한 다음 소주를 마시다가, 흐린 날씨에 사방이 칠흑 같은 밤이어서 야광찌말고는 아무것도 보이지를 않았고, 그러니 아무도 그들을 보지 못하리라는 생각에 좁은 좌대 위에서 여자와 옷을 벗고는 땀내를 풍겨 가면서 한참 끙끙거리고 열심히 몸을 풀었는데, 누군가 갑자기 앞쪽에서 손전등을 켜서는 좌대를 비추었다. 늦게 도착한 사람들에게서 입어료를 받으려고 배를 타고는 어둠 속에서 조사들에게 방해가 되지 않도록 불도 밝히지 않은 채로 소리없이 저수지를 한 바퀴 돌던 관리인이 이상한 신음 소리가 들려오기에 불을 밝혀 물가를 훑었는데, 깜짝 놀란 병학이 상반신을 치켜들고 보니 나무들 사이 구석구석 처박힌 낚시꾼들이 이쪽을 모두 열심히 구경하고 있었다.

놀란 두 사람은 허겁지겁 옷을 주워 입고 대충 낚시 장비를 챙겨 서둘러 그곳에서 도망쳤다고 하는데, 상현은 그날 손전등 불빛에 노출된 발가벗은 몸이 아무래도 은경이었으리라는 상상을 가끔 했다. 미치도록 당신을 사랑하는 나를 버리지 말라고 울고불고하면서 거머리처럼 악착같이 달라붙었을 은경을 당장이나마 무마하느라고 급한 김에 병학은 아내를 강원도 낚시터로 데리고 갔는지도 모를 일이었다. 헤어지기는 해야 하지만, 헤어지고 싶어도 헤어지지 못하는 사이, 몸과 마음이 따로 움직여 이성은 이별을 해야 한다고 수십 수백 번이나 맹세하는데도 육체의 갈망이라는 굴레를 벗어나지 못해 자꾸만 다시 만나고, 그래서는 결국 또 옷을 벗고는 잠시 열병처럼 끓어오르지만, 끝난 다음에는 정말 이래서는 안 된다고 후회하는 과정의 악순환을 끝없이 거듭하는 관계, 아마도 아내와 병학은 당시에 그런 상태가 아니었을까 의심하던 상현의 귓전에는 손전등 조명을 받은 여자의 벌거숭이 몸뚱어리를 구경하며 여기저기 어둠 속에서 킬킬거렸던 낚시꾼들의 웃음 소리가 귓전에 생생했다.

　상현은 아내 은경이 한사코 낚시에 따라 나서지 않는 까닭이 필시 그때 좌대에서 겪은 창피한 경험에 놀라고 충격을 받았기 때문이리라고 어림으로 짐작했는데, 만일 그렇지 않고 자주 조행에 따라 나섰더라면, 집에서 가장 가까운 낚시방이었다는 이유만으로 상현이 드나들기 시작했던 홍해의 터줏대감인 병학을 필연적으로 만나게 되었을 때 과연 어떤 장면이 벌어졌을지가 궁금했다. 병학과 같은 동네서 살고 싶다는 생각만으로 상현을 끌고 이사를 오기는 했지만, 그렇다고 해서 그녀의 두 남자가 낚시방에서 우연히 만나 가까운 친구가 되리라고는 상상도 못 했던 일이니까 말이다. 시조회 때 물가에 둘러앉아 소주를 마시다가 병학과 나란히 찍힌 사진을 집으로 가지고 가서 아내한테 보여 주었을 때만 해도 상현은 왜 아내가 그렇게 당황하는지 아직 이유를 알지 못했었고, 얼마 후 왜 다른 곳으로 이사를 가면 어떻겠느냐는 얘기를 느닷없이 아내가 꺼냈었는지도 그때는 역시 알지 못했었다.

그리고 물론 병학의 두 번째 사진을 본 직후에 은경이 낚시방에서 전화 번호를 알아내어 연락을 취하고는 병학을 만났고, 지금은 상현의 아내가 되어 근처로 이사를 와서 산다고 알려 주었다는 사실을 상현은 더더구나 까맣게 몰랐었다.

그리고 병학이 은경을 영원히 "떼어 버리려고" 다른 여자와 결혼한 이후에도 아내가 병학을 여전히 집요하게 계속해서 쫓아다녔다는 새로운 사실도 상현은 최근에야 알아냈다. 병학에 대한 의심과 오해로 뒤엉킨 이런 상황 속에서는 아무래도 불편하고 부담스러워 못 견디겠다는 아내의 제안에 따라 갈현동을 떠나서 멀리 부산으로 이사를 가기로 합의를 본 다음 상현은 지난달 마지막 금요일에 병학에게 "너 때문에 인생이 복잡해져서 이사를 간다"는 전화를 걸었고, 며칠 동안 침묵하던 병학은 "찜찜하게 헤어지고 싶지는 않다"면서 속 시원히 얘기를 털어놓자고 그를 어쭈구리로 불러내어 단둘이 마주 앉았다.

"내가 결혼하고 나서 1년도 채 안 지나서였어." 병학이 설명했다. "은경 씨가 우리집으로 찾아오기까지 해서 임신한 아내의 모습을 보고 간 다음 아마 서너 달 되어서였을까? 어느 날 내가 퇴근해서 집으로 돌아가니까 아내가 상당히 긴장하고 겁먹은 표정으로 그러는 거야. 얼마 전에 우리집으로 쳐들어왔던 그 여자가 우리 동네에 산다고 말야. 물론 은경 씨 얘기였어. 잘못 봤겠지, 내가 그랬더니 아니랬어. 우리집에서 주욱 내려가 큰 길가로 나가면 모퉁이에 새로 옷가게가 하나 생겼는데, 그 집 주인이 은경 씨라고 했어. 혹시 잘못 보지 않았나 싶어서 길거리를 오르락내리락하면서 여러 차례 확인해 봤는데, 맞는다고 말야."

나중에 상현이 집으로 돌아가 병학에게 들은 얘기를 캐물어 가며 확인해 보니까 아내 은경은 이렇게 설명했다. "병학 씨가 서울 여자하고 결혼한 후에, 난 좋아하던 남자한테 버림을 받고는 머리가 돌아 버렸다는 소문이 나서 고향으로 돌아가 살 수가 없게 되었어. 어쩌다 고향으로 갈 때마다 동네 사람들 눈초리와 손가락질과 뒤에서 수군거리는 소리가 신경이 쓰여 견디기 힘들 정도였으니까. 왜 옛날에 그런 여자 많았잖아. 동네마다 하나씩 있었던 미친 여자. 내가 꼭 그런 꼴이었지. 그래서 난 서울에서 살아야 되겠다는 생각을 했어. 그것도 독신으로 평생을 보내겠다는 각오였지. 한번 받은 사랑의 상처가 너무 커서 도저히 다른 남자는 사랑할 힘이 남지 않았다는 생각이었지. 당신을 만난 다음 정말로 나한테 정성을 들이고 그러는 모습을 보고 마음이 움직이기는 했지만.”

너무나 열심히 나를 사랑하던 당신의 모습을 보고는 과거의 나 자신이 생각났었노라고 아내는 설명을 덧붙였다.

“그래서 결국 내가 받았던 상처를 당신도 받아서는 안 되겠다는 생각에, 그리고 순수한 당신 모습에 나도 역시 사랑할 힘을 얻었기 때문에, 난 당신하고 결혼할 용기를 냈던 거야. 하지만 당신이 나타나기 전에는 아직 난 병학 씨를 잊기가 불가능했어. 아무리 결혼해서 가 버렸다고 해도 나로서는 포기하기가 힘들었던 남자였던 모양이야.”

그리고 병학의 설명은 이러했다. “사랑에 미친 여자는 못 하는 짓이 없다던데, 저러다가 저 여자 혹시 우리집에 몰래 한밤중에 와서 불이라도 지르면 어떡하냐고 아내가 너무 걱정을 하는 바람에 난 은경 씨가 우리 동네에 차렸다는 옷가게를 찾아 내려갔어. 가서 보니 진짜 은경 씨가 맞더구만. 내가 아무리 결혼을 하고 다른 여자한테 가 버렸다고 하더라도 자기는 포기를 못 하겠다면서, 일부러 그곳에다 가게를 냈다는 말을 듣고는 난 눈앞이 캄캄해졌어. 이거 뭔가 평생 멍에를 짊어졌다고나 할까. 도대체 내가 어떻게 해야 할지 막막하더구만.”

은경은 결혼을 안 하고 혼자 살기 위해서 단순히 생활비를 벌겠다는 생각으로 시작한 옷장사인데 예상보다 돈이 잘 벌린다고 병학에게 설명하면서 즐거운 표정으로 이렇게 말했다. “그 동안 나 때문에 병학 씨 고생이 많았다는 사실, 이해해. 병학 씨가 결혼을 하고 나서 나도 처음에는 죽을 생각도 많이 해봤지만, 차분히 마음을 정리하고 나니까 내가 참 잘못했다는 생각이 들었어. 그렇게 악착같이 달려드는 내가 얼마나 미웠을까. 그야말로 거머리 같았겠지. 사랑하는 사람을 잡으려면 내가 사랑을 받게끔 행동해야 하는데, 난 오히려 병학 씨를 쫓아 버릴 만한 행동만 계속했잖아. 난 당신을 사랑한 게 아니라 괴롭히기만 했는지도 몰라. 그래서 당신은 결국 마음에도 없는 여자하고 억지로 결혼해야 하는 궁지로 몰렸고, 그런 불행을 당신한테 가져다 준 것도 역시 내 잘못이겠지. 그러니까 만일 너무 서둘러 해 버린 지금의 결혼이 후회가 되면 언제라도 나한테 돌아와. 언제라도 난 영원히 이렇게 당신 곁에 머물면서 기다릴 테니까. 나 지금은 마음도 많이 고쳐먹었고, 당신에게 착한 아내가 되기 위해 많이 노력하는 중이야. 자신있어, 나. 당신한테 좋은 아내가 되리라는 거. 당신이 결혼한 여자보다 내가 열 배 스무 배 훌륭한 아내가 될 자신이 있다구. 그리고 난 당신이 나한테 돌아올 때까지 이렇게 해바라기처럼 곁에서 당신만 쳐다보면서 영원히 기다리겠어."

그러나 은경은 해바라기처럼 쳐다보면서 기다리기만 하지는 않았다. "난 은경 씨한테 돌아갈 생각이 없고, 아무리 기다려도 그렇게 될 날은 오지 않을 테니까, 정말로 날 조금이라도 생각해 준다면 이렇게 그림자처럼 주변에서 배회하지 말아 달라고 신신당부했지만, 물론 소용이 없었어." 병학이 말했다. "그 부탁만은 절대로 못 들어 주겠다는 게 은경 씨의 대답이었지. 그리고는 살얼음판처럼 위태위태한 상황이 계속되는 동안, 가끔 은경 씨는 술에 취한 모습으로 우리집 앞에 차를 대놓고는 내가 퇴근해서 돌아오기를 하염없이 기다리고는 했어. 안에서는 내 아내가 불안한 마음으로 창가에서 내다보며 조마조마했고 당장이라도 또다시 울고불고 난장판이 벌어지기 직전의 상황이 그렇게 반복되었지만, 은경 씨는 정말로 마음을 많이 다져 먹은 모양이어서 집으로 쳐들어오는 최후의 심각한 사태는 끝까지 자제하더구만."

　물론 한밤중에 전화를 걸어와서는 한참 동안 아무 말도 안 하고 가만히 기다리다가 끊었던 적도 부지기수였고, 병학의 아내는 신경쇠약에 걸려 병원을 드나들기 시작했으며, 골목에서 마주치면 저 정신나간 여자가 칼질이라도 할까 봐 겁이 나서 문 밖을 나서기도 무서워했기 때문에 병원은 물론이요 장을 보러 나갈 때도 병학이 꼭 동행을 해야만 했다.

　"지금은 내가 생각해 봐도 전혀 그렇지 않았지만, 앞뒤가 잘 안 보이고 냉정한 판단력을 상실했던 그 당시 생각으로는, 난 병학 씨와 서울 여자한테 전혀 아무런 피해도 안 주려고 최선의 노력을 기울인다고 믿었어." 은경의 설명이었다. "두 사람은 전혀 그렇게 생각하지 않았지만 말야. 난 악착같이 쫓아다니는 듯 남들이 착각하던 내 행동에 대해서 내 나름대로 쉽게 해석하는 묘한 버릇이 생겼던 모양이야. 사실 난 서울 여자한테서 병학 씨를 도로 빼앗아 온다는 생각은 하지도 않았어. 뭐랄까, 난 우리 두 삶은 비교도 안 되고, 승부는 이미 끝났다고 믿었지. 내가 최후의 승리자라고 말야. 내가 상황을 처리하는 솜씨가 좀 서툴러서 궁지에 몰린 병학 씨가 다급한 김에 서울 여자하고 결혼한 것뿐이지, 병학 씨가 진심으로 사랑한 여자는 나 하나뿐이라고 착각했던 거야. 그러니 시간이 걸리기는 하더라도 병학 씨가 나한테 돌아오리라는 사실은 사필귀정이었고, 그래서 난 차분히 기다리기만 하면 된다고 믿었어. 다만, 내가 아직도 변함없이 자기를 기다린다는 사실을 병학 씨가 잊지 않게 하려고 난 언제나 그의 주변에 머물러야 한다는 필요성은 절실했지. 난 내가 얼마나 유능한 여자인지, 병학 씨가 나하고 결혼을 했더라면 얼마나 행복해질 수가 있었을지를 두고두고 증명해 보이고 싶었어."

　"은경 씨는 자기하고 내가 결혼하지 않았기 때문에 얼마나 내가 손해를 보는지를 내 눈으로 똑똑히 보게 해 주고 싶었다더구만." 병학이 말했다. "내가 은경 씨를 버린 행동이 얼마나 바보 같은 잘못었는지를 깨우쳐 주고 싶었다고 말야. 그래서 내가 후회하고 은경 씨한테 돌아가면, 과거의 모든 잘못을 용서하고 날 너그럽게 받아 주겠다는 계산이었어. 하지만 그 건 옳지 않은 계산 방법이었지. 은경 씨는 물론 옷가게로 돈을 잘 벌었지 만, 난 여자의 돈에 기대어 살아가야 할 만큼 무능력한 남자가 아니었으 니까. 더구나 결혼 후에도 그렇게 자꾸만 나를 추적하면서 괴롭히는 모습 을 보니까 내가 저 여자하고 결혼 안 하기를 얼마나 잘 했는가 하는 생각 만 점점 더 굳어졌어. 조금이나마 남았던 미련마저도 벌써 옛날에 다 말 라 버렸고 말야."

"난 내 나름대로의 논리를 믿었고, 꼭 내가 생각하고 계산한 대로 풀려 나가리라고 굳게 믿었어." 은경의 설명이었다. "내 계산과 생각이 너무나 엉뚱하고 일방적이라는 사실을 깨닫기까지는 아주 오랜 세월이 걸렸고 어 쨌든 그땐 내 생각이 옳다고 굳게 믿어서, 난 전혀 폭력적인 언행을 삼가 고, 서울 여자와 우연히 길에서 마주쳐도 난 혹시 상대방이 무슨 충격이라 도 받을까 봐 말 한 마디 걸지 않았어. 난 무서운 여자가 아니니까 도망치 지 않아도 된다고 안심을 시키려고 말야. 그런데도 서울 여자는 나만 보면 얼굴이 새파랗게 질려 게걸음으로 슬금슬금 피하거나, 아예 땅바닥에 얼어 붙기라도 한 것처럼 내가 지나간 다음에도 한참 동안이나 발걸음을 떼지 도 못하고는 했어."

"두 차례 더 난 은경 씨를 가게로 찾아갔어." 병학이 말했다. "이런 식으로 는 숨이 막혀 살 수가 없으니 제발 가게를 다른 동네로 옮겨 달라고 말야."

"난 싫다고 했지." 은경이 말했다. "그리고 세 번째로 찾아와 똑같은 부 탁을 하자 난 이러다가 머지않아 병학 씨가 또다시 종적을 감추려고 몰래 도망을 가겠구나 하는 예감이 들더라구. 그래서 병학 씨네 집 건너편에서 하숙을 하던 어느 재수생한테 돈을 좀 쥐어 주면서 혹시 한밤중에 병학 씨 가 이사를 가면 나한테 전화로 연락해 달라고 부탁해 놓았지. 지금 생각하 면 참 한심한 짓이었지만, 그때는 당연히 그래야 한다고, 그것이 지극히 정 상적인 행동이라고 여겨졌어. 한번 이성을 잃고 나면 정신을 차리기가 그렇게 힘드는 모양이야. 어쨌든 어느 날 새벽 두시가 좀 넘었는데, 밤샘 공부를 하던 재수생한테서 전화가 왔어. 앞집에서 이사를 가느라고 지금 세간을 들어내다 트럭에 싣는다고 말야. 그래서 난 얼른 옷을 주워 입고 나가 골목 어귀에서 차를 타고 기다리다가 이삿짐을 싣고 나오는 트럭을 뒤따라갔지. 광명시까지.”

“우린 감쪽같이 도망가 숨었다고 생각했는데 두 달도 안 되어서 은경 씨가 광명시 우리 동네까지 쫓아와서 다시 옷가게를 차려 놓는 걸 보니까 정말 기가 막히더구만.” 병학이 말했다. “이제는 누가 하나 죽든지 무슨 결판이 나기 전에는 안 되겠다는 생각이 들 지경이었어. 그러다 보니까, 도대체 둘이 방산에서 얼마나 좋아했었길래 저 정도로 하느냐고 아내도 나한테 꼬치꼬치 묻기 시작했고, 왜 당신은 그렇게 가만히 앉아서 당하기만 하느냐, 고소를 하든지, 법원에서 접근 금지 명령을 받든지, 아니면 우리 둘이 함께 옷가게로 가서 몽땅 다 때려 부수던지 무슨 맞대응을 해야 하지 않겠느냐는 얘기도 나오기 시작했어. 하지만 난 은경 씨를 찾아가 제발 이러지 말라는 부탁은 더 이상 하지 않기로 했어. 그래봤자 아무 소용도 없으리라는 걸 알았으니까. 이때쯤에는 난 은경 씨에게 내가 잘못해서 미안하다는 마음조차도 이미 모두 사라진 다음이었고 결국 아내하고 난 한 번만 더 참고 이사를 가 보고, 또 쫓아오면 이번엔 뭔가 수를 쓰기로 약속을 하고는 아내를 친정으로 보낸 다음 주민등록은 공중에 띄워 놓고 혼자 영덕으로 도망가 꽃게잡이 배를 탔어.”

“광명시에서 다시 병학 씨가 자취를 감춘 다음에는 정말 찾아내기가 힘들어서 결국 2 년이 다 되도록 행방을 찾지 못했어.” 은경이 말했다.

“영덕을 거쳐 여기저기 돌아다니며 방랑 생활을 거의 2 년이나 하다 보니 몸과 마음이 다 지쳐서 이제는 될 대로 되라는 기분으로 다시 서울로 올라왔는데, 그때부터는 은경 씨가 나타나지를 않더구만.” 병학이 말했다. “그 사이에 은경 씨가 너하고 결혼을 했던 거야.”

　쿠웨이트에서 전기공으로 3년 동안 열심히 일해 당시의 한국 경제 실정으로는 꽤 많은 목돈을 벌어 갓 귀국한 상현은 마땅히 입을 만한 옷이 없어 동네 가게로 자주 나갔고, 얼마 전 목이 좋은 구로동으로 점포를 옮겨온 은경과의 첫 만남은 그렇게 해서 이루어졌다. 상현은 은경이 강인하면서도 어딘가 우울한 그늘이 보이는 여자라고 생각했으며, 필요한 옷을 다 마련한 다음에도 상현은 단순히 은경과 얘기를 나누기 위해 자꾸만 가게로 찾아가서 쓸데없는 옷까지 사 오고는 했다. 여러 차례에 걸쳐 겨우 설득해서 처음, 그리고 얼마 후에 두 번째로 식사를 같이 하며 쿠웨이트 생활에 관한 얘기를 주고받을 무렵, 그리고 결혼한 다음에까지도 상현은 나이가 겨우 스물넷인 어린 여자의 다소곳한 모습 뒤에 그토록 '복잡한 과거'가, 밝히지 않은 격렬한 과거가 숨어 있었으리라고는 상상도 못했다.

　병학을 찾기에도 지쳤을 무렵인 이때 은경은 단골 손님에게 친절을 보이는 정도로 대하기 시작하다가, 보다 현실적으로 그녀의 미래를 생각하면서 현대의 도시인치고는 지나칠 정도로 성실하고 착한 상현에게로 서서히 마음이 옮겨가기 시작했으며, 비록 '사랑'이라는 말을 노골적으로 입에 올리지 않으면서도 아주 느리게, 그러나 계속해서, 무척 많은 인내와 기다림을 거쳐, 두 사람은 가까워졌다.

　상현은 그런 모든 인내와 기다림의 시간 동안에 여자는 줄곧 다른 남자를 생각하며 살았다는 사실을 뒤늦게야 알게 되었고, 꽃과 초콜릿과 신발 따위를 선물하면서 온갖 아름다운 말을 그녀에게 늘어놓고는 했던 자신의 모습이 얼마나 바보 같았을까 생각하면 창피하기도 했고, 그럴 때마다 여자는 병학을 그리워하며 내 얘기를 들었으리라는 생각에 낯이 뜨거워졌고, 참으로 쩨쩨한 짓이겠지만, 그렇게 낭비한 사랑이 서럽고 억울했으며, 상현이 자꾸 과거를 캐묻자 뒤늦게야 아내는 병학 못지않게 지금은 남편을 사랑한다고 했지만 그런 말도 믿을 길이 없었고, 병학이 아무리 사실대로 모두 얘기했다고는 하지만 필시 내 자존심을 생각해서 줄거리를 바꾸고 생략해 가면서 나에게 했던 모든 얘기도 몽땅 믿어 주기가 싫었고, 중고품을 인수받은 듯한 불쾌감은 어쩔 도리가 없었으며, 싱싱한 감정과 마음은 이미 다른 남자에게 모두 소모하고 껍질만 남은 여자를 차지했다는 억울함은 참을 길이 없었고, 정당방위를 위한 거짓말이었겠지만 어쨌든 아내가 그에게 했을지도 모르는 모든 거짓말이 미웠고, 아내의 마음 속에는 내 자리가 없다는 슬픔, 내 것이면서도 내 것이 아니고 지키려 해도 마음대로 안 된다는 슬픔은 그리 쉽게 망각되지가 않았다.

세상 사람들은 참 믿기가 어렵다고 상현은 생각했다. 한때 홍해낚시에 단골 출조를 했으며 재작년 태안반도에서 교통사고로 죽은 최 과장의 경우도 마찬가지였다. 최 과장은 언젠가 직장 동료 몇 명과 예당으로 토요 밤낚시를 다녀온다고 집에다 거짓말을 하고는 회사에서 퇴근하는 길에 까페에 나가는 젊은 여자 하나를 차에 태워 춘천의 의암호로 데리고 가서, 붕어섬 근처 호수가 식당에서 소주와 매운탕을 먹고 노닥거리다가, 날이 저문 다음 배를 타고 수중 좌대로 나가 낚시는 하는 둥 마는 둥 계속 소주를 마시고 킬킬거리며 옷도 두 번이나 벗고 잘 놀았는데, 이튿날 날이 밝은 다음에 보니 하필이면 바로 옆 좌대에 어느 영감님과 낚시를 온 장인이 앉아서, 잔뜩 심술난 표정을 지은 채로 이쪽은 쳐다보지도 않더라고 했다.

최 과장은 너무나 당황한 나머지 황급히 낚싯대를 거두어 술도 제대로 깨지 않은 상태에서 서울로 부랴부랴 도망쳐 돌아왔고, 장인이 저녁에 서울로 돌아오면 필시 딸에게 전화를 걸어 무슨 난리가 날까 조마조마했는데, 아이까지 둘이나 낳은 딸년한테 마음의 상처를 주고 싶지가 않아서였는지 장인은 끝내 사실을 얘기하지 않았고, 월요일 저녁에 정종 한 병을 사 들고 이문동 장인댁으로 찾아가 최 과장은 백배사죄한 다음에, 결국 아내한테 아무도 모르는 약점이 잡히기는 했어도 죽는 그날까지 무사히 넘겼는데, 남녀 관계란 그렇게 아버지와 딸 사이에서도 함부로 얘기할 만한 일이 아니었던 모양이다. 그런데 하물며 병학과 은경처럼 한편이 되어 서로 싸고 도는 사람들에게서 상현은 과연 얼마나 참된 진실을 기대할 수가 있었겠는가?

서구찬 사장도 아내를 속이고 다른 여자와 몰래 평도로 낚시를 갔다가 결국 목숨을 잃었고, 한 전무의 제안에 따라 마당바위 꼭대기에다 서 사장을 위해 비석을 세워 주러 갔을 때는 이왕 먼 길을 나서는 김에 낚시도 하고 오자는 합의에 의해 모처럼 부부 동반 조행이 이루어졌는데, 이때 먼 뱃길을 따라 나섰던 박 감독의 부인 차 여사는 서 사장의 사고 경위를 남편에게서 듣고 나서는 그런 부정한 남자라면 차라리 잘 죽었다면서, "그런 사람한테 왜 비석을 세워 줘?"라고 노골적으로 못마땅해했었다. 남자이건 여자이건 믿었던 사람에게 속는다는 사실은 그만큼 속이 상하는 일이었고, 사랑은 실망하면 당장 증오로 변하기도 한다. 그래서 사실은 아내가 전혀 배반한 적은 없더라도 상현은 자꾸만 배반감을 느꼈는지도 모른다. 하지만 은경이 조금만 일찍 자신을 다스리기만 했더라면 최 과장의 좌대처럼 영원히 비밀 속에 묻혀 버렸겠고, 아내에 대한 상현의 마음은 영원히 변하지 않았으리라.

아직 지나치지 않을 때 어디선가 끝낼 줄 아는 지혜를 살려서, 갈현동으로 이사만 오지 않았더라면, 갈현동으로 이사를 오기 전에 끝내기만 했더라면, 그들의 삶은 이렇게 만신창이가 되지는 않았으리라. 아내 은경은 왜 갈현동으로 꼭 이사를 와야만 했는지를 일종의 타성이나 무의식 탓으로 돌리는 것말고는 제대로 설명조차 하지 못했다. "별 생각없이, 당연히 그래야 하는 것처럼" 그랬노라고 아내는 말했었다. 낚시 잡지에서 병학의 사진을 본 다음뿐 아니라, 사실은 그 전에도 상현과 결혼 생활을 해 오는 동안 가끔, 그녀의 첫사랑이 지금은 어디서 무엇을 하고 어떻게 살아가는지 지극히 평범한 호기심을 느끼고는 했었지만, 이러한 그리움을 아내는, 강렬한 감정도 이제는 별로 남지 않았으니까, 전혀 죄가 아니라고 생각했다.

그것은 지나치게 막연하고도 무책임한 생각이었다. 사실은 그렇지 않지만, 은경은 자신의 이런 마음이 병학과 헤어진 훨씬 다음, 나중에 만나 결혼하게 된 남편과는 전혀 아무런 관계가 없는 일이라고 혼자만의 착각에 빠졌었다. 이제는 남편과의 사이에 딸 슬기까지 두었으니, 그리고 나름대로 남편을 성실히 사랑하고 있으니, 가끔 옛 남자를 혼자 마음 속에서 생각해 본다고 해도 별일이 생기리라고는 믿지 않았다. '심심풀이'라는 말이 과연 이런 경우에도 적용되는지는 모르겠지만, 어쨌든 이제는 병학이 받아 준다고 해도 갈 수도 없으려니와 가고 싶은 생각도 없는 지경이어서, 그나마 상상의 자유를 누리는 정도야 어떻겠느냐는 생각을 했노라고 아내는 상현에게 설명했다. 병학의 사진을 보고 나서, 한때는 그토록 고통스러웠으면서도 아픔은 세월에 닳아 엷어져 웬일인지 아름답게만 여겨지던 시절을 가끔씩 생각하면서, 아내는 별다른 죄의식을 가져야 할 필요성조차 느끼지 않았으며, 어차피 이사를 가야 할 때가 되자 그냥 막연한 호기심에서, 혹시 우연히 마주치기라도 한다면 한 번쯤 병학을 만나도 나쁠 것은 없다는 생각을 하면서, 은경은 갈현동으로 가자고 상현에게 말했다.

낚시터에서 병학과 같이 찍은 사진을 상현이 집으로 가지고 들어오자 자기보다 남편이 먼저 그를 만났다는 사실에 너무나 놀라고 당황한 은경은, 정말이지 옛사랑을 만나 보고 싶다는 열망에서가 아니라, 병학에게 오해를 사지 않도록 조심하라고 경고해 둬야 되겠다는 필요성에서, 혹시 남편이 어림짐작으로 그들의 관계에 대해 '엉뚱한 오해'라도 할까 봐, 어느 화요일 오후에 아내는 불광다방으로 옛사랑을 불러냈다.

격랑을 거치고 오랜 세월 끝에 이루어진 재회에 걸맞게 그들은 서로 존댓말을 해야 하는지 아니면 반말을 해도 되는지조차 자신이 없어 얼마 동안 말끝을 흐리며 더듬거리는 대화를 주고받았으며, 아기가 몇이냐, 방산 부모님은 아직 살아 계시냐, 서로 어떻게 지냈는지를 대충 확인한 다음, 남

편은 어디서 만났느냐, 상현과 병학의 사이는 얼마나 가깝고 낚시는 얼마
나 자주 같이 다녔느냐 따위 신변 사항을 확인했으며, 그러다가 갑자기 은
경이 웃음을 터뜨렸다고 했다.

"왜 그래?" 병학이 놀라서 물었다.

"인생이라는 거 참 웃긴다는 생각이 들어서." 은경이 말했다.

"웃기다니?"

"아마 이게 다 나이를 먹으면 얻게 된다는 그런 지혜인 모양이야. 병학
씨하고 이렇게 마주 앉으니까, 지나간 옛일이 왜 그렇게 한심하고 우습게
여겨지는지 몰라. 그렇게 보기 흉한 금니까지 해박고 앉아 있는 병학 씨
모습을 보니까, 도대체 내가 왜 이런 남자한테 옛날에 그렇게까지 미쳤었
는지 한심하다는 생각이 들었어. 미안해, 이런 소릴 해서. 하지만 정말야.
사랑할 땐 눈에 뭐가 낀다는 얘기, 맞는 모양이야. 내가 도대체 왜 그런 행
동들을 했는지 이해를 못 하겠어."

이 말을 듣고 병학도 웃었다.

순식간에 그들 사이에는 긴장감이 사라졌고, 병학은 무슨 생각으로 은
경이 그런 말을 했는지, 그것이 진심에서 한 얘기인지 아니면 어떤 전략에
따른 발언인지는 알 길이 없었지만, 그래도 아, 세상이란 살아가기가 이렇
게 편한 것이로구나 하는 생각이 들었었다고 했다.

그들의 대화는 20 분 정도밖에 계속되지 않았다. 너무 오랜만의 만남이
어서 대화가 제대로 이어지지를 않고 곧 할 말이 없어졌기 때문이었노라
고 병학은 설명했다.

숙명적인 대화치고는 지나치게 우스꽝스럽고 무의미하고 재미도 없었
다고 아내 은경은 설명했다.

진심으로 사랑하지도 않으면서 여고 교복을 걸친 어린 여자에게 헛된
사랑의 망상을 심어 준 병학을 은경은 세월의 이름으로 용서해 주겠다고
했으며, 병학은 남편이 진실을 알아봤자 병만 될 테니까 그들의 과거에 대

해서는 상현에게 차라리 비밀로 해 두자고 아내에게 제안했고, 두 사람은
괴로웠던 일이 대부분이지만 여하튼 과거는 두 사람만의 추억으로 간직하
고 이제부터 자신의 가정에 저마다 더욱 충실하며 정직하고 성실하게 살
기로 약속까지 주고받았다. 앞으로 다시는 만나지 말자는 약속도 했다.

　"인간의 마음이란 참 초라해." 아내 은경은 영원히 헤어지는 자리에서
병학에게 이런 말도 했다. "그토록 뜨거웠던 마음인데, 이토록 쉽게 무너진
다는 현실이 조금은 슬프기도 하고 차라리 오늘의 만남은 이루어지지 않
았더라면 더 좋았는지도 모르겠어."

　"하지만 만나기는 잘 한 거야." 병학이 말했다. "재회 자체는 별 의미가
없었는지 모르지만, 오늘로서 우리 두 사람 사이의 모든 일이 깨끗하게 종
결이 되고, 이제 우린 둘 다 아무런 정신적인 부담을 느끼지 않고 홀가분하
게 살아갈 수 있게 되었잖아."

　어쨌든 두 사람은 만났고, 미친 듯 사랑했던 열정의 얘기가 흔하디흔한
환멸의 얘기로 끝났노라고 아내가 주장했으며, 비록 병학의 말마따나 그들
두 사람은 오랜 정신적인 부담을 드디어 떨쳐 버렸는지 모르지만, 그들이
과거를 정리하고 새 출발을 했다는 바로 그곳에서부터 상현의 수렁이 시
작된 셈이었다.

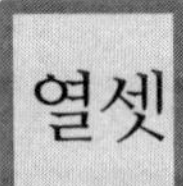

열셋

　별이 총총하던 하늘에 높은 구름이 끼기 시작하는지, 아니면 얇은 안개
가 해면에서 피어오르기 시작하는지, 어느 쪽인지는 모르겠어도, 상현은
시야가 부옇게 흐려지는 기분을 느꼈고, 다시 짙은 안개가 끼면 아침에 날

이 밝아 와도 구조대가 찾아오지 않으리라는 생각이 들었고, 하기야 날씨가 맑아도 구조대가 혼자 남은 그를 찾으러 나오지야 않으리라는 생각이 들었고, 구원이 그에게 이르지 못하리라는 생각에 상현은 몸이 아주 천천히 밑으로 가라앉는 기분을 느꼈는데, 아까는 가만히 몸을 움직이지 않고 떠다녀도 목이 물에 잠기지를 않았던 듯싶지만 지금은 팔다리를 휘젓지 않으면 바닷물이 턱까지 차오르는 것 같았고, 불안해진 그는 밑으로 가라앉지 않으려고 열심히 허우적거리면서, 누구한테 언제 어디서 들은 소리인지는 기억이 나지 않지만 낚시용 구명 조끼는 군용하고 달라서 여덟 시간밖에는 물에 뜨지 않는다고 했던 말이 얼핏 생각났으며, 기운이 너무 많이 빠져서 물에 젖은 바지가 아까보다 훨씬 무겁게 느껴져서인지 또다시 물 밑으로 끌려 내려가는 기분이 들었고, 역시 착각인지 모르겠지만 구명 조끼에서 개스가 새어 나가며 자꾸만 몸이 가라앉는 기분이었고, 여덟 시간만 물에 뜬다고 했지만 시계가 없어서 지금이 몇 시인지 정확히 알 길은 없어도 어쨌든 여덟 시간의 두 배는 물에 떠서 돌아다녔다고 대충 계산하고는, 혹시 아까 상현이 잠든 사이에 병학이 불량 구명 조끼와 함께 바다 속으로 가라앉지 않았나 궁금해졌지만, 몸이 가라앉을 지경이었다면 틀림없이 병학이 나한테 매달리거나, 나를 깨웠을 텐데, 도대체 병학은 어떻게 되었으며 나는 또 어떻게 되려는지 알 길이 없었다.

상현은 하늘이 더 흐려져 총총한 별들이 시야에서 사라지기 전에 한 번 더 잘 봐 두고 싶어서 약간 몸을 뒤로 젖히며 위를 올려다보았고, 어두워서 더욱 추워 보이는 하늘은 우주였으며, 우주 공간 무중력 상태에서 사람들이 잠을 잘 때는 왜 앞으로 나란히를 하는지 다시 생각해 봤지만 이유를 알 길이 없었고, 무중력 상태에서는 배설을 하면 오물이 어느 방향으로 어떻게 이동하는지를 상상하려고 해도 상상할 길이 없었고, 다시 설사가 나려는지 배가 아파 왔으며, 여름 추자도에서 엉덩이를 함부로 깠다가는 모기떼의 공격에 견딜 수가 없어서 바닷물로 들어가 바지를 벗고 일을 보던 꾼들의 모습이 눈앞에 어른거렸고, 한없이 외롭기만 한 바다에 떠서 한없이 외로운 하늘을 올려다보면서 그는 우주 비행을 하다가 비행선에서 떨어져 나와 진공 속으로 흘러가 버리면 인간은 광활한 어둠 속에서 얼마나 외롭고 무서울지를 생각했고, 지방도로에서 자동차가 고장이 나기만 해도 그렇게 앞이 막막한데 우주에서 고장이라도 나면 정말 어쩌나 한없이 막막했으며, 우주 유영을 하다가 줄이 끊어져 무한 공간을 표류하는 인간의 절대적인 절망을 느꼈고, 그렇게 우주에서 표류하다가, 그리고 이렇게 바다에서 표류하다가, 인간이 죽으면 기억과 유전인자는 어떻게 되는지, 분해된 인간의 물질적 구성 요소가 다른 존재로 순환된다고 하면 인간의 유전인자가 다시 활동을 시작하는지, 그리고 기억도 다른 존재 속에서 기억을 계속하는지, 인간과 물고기가 합치면 어떤 존재로 다시 태어나는지 한참 동안 쓸데없는 걱정을 했다.

무슨 이유 때문인지는 몰라도 물더미가 움직이는 속도가 자꾸 빨라지나 싶더니, 속도의 변화에 놀란 듯 물결의 마루를 타고 파랗게 플랑크톤의 띠가 빛났으며, 초록 인광은 북극광처럼 빛을 뿜고 이리저리 사방으로 흩어졌다가 점점 넓어지는 파도들 사이의 이랑을 타고 경계선을 따라 도깨비불처럼 출렁이며 거대한 무늬를 이루었고, 물 속에서 무슨 상황이 벌어지는지 알 길은 없었지만, 혹시 고래떼라도 지나가면서 큰 파도를 일으키기라도 하는지 아마도 수억 수십억 마리의 플랑크톤으로 이루어졌을 형광은 푸른 불빛은 거대한 뱀처럼, 무수히 토막난 초록 용처럼, 검은 수면에서 휘날리는 깃발처럼 너울거렸고, 난생 처음 그런 광경을 본 상현은 바다 속에서 당장이라도 유령이 솟아오를 듯 으스스한 냉기가 목덜미에 휘감겼지만, 그래도 그것은 올림픽 리본 체조처럼 휘날리는 아름다운 생명의 광채였으며, 몇 초 동안 차가운 불빛을 일으키던 플랑크톤의 대군이 스러지며 파도가 가라앉고, 다시 일어나는 파도의 꼭대기에는 거대한 벼슬처럼 새로운 유령의 인광이 줄줄 흘러내리면서 요동쳤고, 저 불빛은 알고 보면 모두가 무수한 생명의 덩어리인데, 체중이 6 톤이나 나간다는 흰긴수염고래가 하루에 먹어 치우는 플랑크톤이 20만 킬로그램이나 된다고 했으니 한 마리 고래의 뱃속에서 사라지는 수십억 수백억 마리의 플랑크톤이라면 저러한 깃발이 얼마나 길어야 할지 상현은 계산할 수가 없었고, 수십억 마리가 함께 떠다니는 플랑크톤이야 그렇지 않겠지만, 머지않아 결국 가라앉을 운명으로 혼자만 떠내려가던 상현은 한없이 외로웠다. 들녘

포스트 디보쓰

"한 번 실수는 병가지상사"일지는 몰라도 결혼에 있어서만큼은 한 번
실수란 보다 개선된 미래를 위한 연습이 되지를 않았다.
인생은 연습을 하고 교정하면서 닦아 나가는 과정이 아니라
단 한 번뿐인 승부였고, 그래서 그는 젊은 남녀가 만나 결혼은 하지 않은
채로 일단 같이 살아 보다가 마음에 들면 결혼하고 아니면 상대를 바꿔
다시 선택의 여지를 넓히겠다는 현대식 인생 공식도 믿지 않았다.
사랑과 마음도 기계나 마찬가지로 시간이 흐르면 자꾸 낡기 때문이었다.

한국 남자들은 전부 닭띠라구요." 여자가 말했다.

사람이 타고나는 띠가 열두 가지이니까 한국의 전체 인구 가운데 약 12분의 1만이 닭띠이리라고 남자는 생각했지만, 굳이 여자의 잘못 집계된 통계를 바로잡아 줄 생각은 없었다. 그들 두 사람 가운데 어느 누구하고도 직접적인 관계가 없는 문제를 놓고 오늘 술집에서 처음 만난 여자와 논쟁을 벌여야 한다면 그것은 쓸데없는 헛수고일 뿐 아니라 시간낭비이기도 했다.

"하는 짓을 보면 모조리 수탉 같아요." 여자가 설명을 달았다.

"왜요?" 남자가 물었다.

"암탉이 알을 낳으면 수탉이 잘났다고 지붕 꼭대기로 올라가서 한껏 목청을 뽑고 울잖아요. 지가 낳은 알도 아닌데 말예요"

서울 태생이어서 어쩌다 양계장에 줄지어 갇힌 모습말고는 닭을 본 적이 없었던 남자는 여자의 말을 믿어야 할지 말아야 할지 갈피가 잡히지 않았다. 아직 물어 보지는 않았지만 여자 역시 마당에서 닭이 돌아다니는 시골 태생은 아닌 듯싶었고, 어쩌면 어디에선가 그런 글을 읽었겠지. 수탉 얘기.

지방으로 발송할 신간 만화를 내일 아침 일찍 우체국으로 실어 내가도록 포장을 끝내 놓고 평상시보다 좀 늦게 퇴근해서 거의 9시가 되어서야 남자가 하이볼 까페에 들렀을 때, 여자는 이미 상당히 취했는지 혀도 약간 풀어지고 판단과 표현력이 온전치를 못한 인상이었다. 늘 그렇듯이 혼자 온 손님들과 몇몇 단골의 차지였던 카운터 끝 동글의자에 남자가 올라앉아 맥주를 시키자 옆에 앉은 방송작가 한유선이 인사를 했고, 대학 시절부터 결혼을 하고 난 다음인 지금까지 줄기차게 10 년 동안 거의 하루도 빠지지 않고 ‘방앗간’을 들르는 한유선은 동행한 여자를 남자에게 소개했으며, 여자는 남자를 잘 안다고 했다.

“유선이를 통해서 얘기를 많이 들었거든요” 여자의 설명이었다.

남자는 무슨 얘기를 많이 들었느냐고 서투른 농담삼아 건성으로 물었다.

“두 사람 처지가 비슷하다는 얘기요” 방송작가가 다리를 놓았다.

무슨 처지가 비슷하냐고 남자가 물었다.

“포스트 디보쓰요” 처음 만나는 여자가 말했다.

남자는 ‘포스트 디보쓰’가 뭐냐고 물었다.

“‘포스트모던’하는 ‘포스트’에 ‘디보쓰’는 이혼, 그래서 포스트 디보쓰는 ‘이혼한 몸’을 뜻한다”고 간단히 설명한 다음 처음 보는 여자가 물었다. “거기도 이혼하셨다면서요?”

그렇게 인사를 끝내고 얼마쯤 지나 남자가 화장실을 다녀와서 보니 방송작가와 처음 만난 여자는 자리가 바뀌었고, 한유선은 옆자리의 스포츠신문 광고부 김 과장에게 어느 고등학생 여가수가 임신했다는 소문이 사실인지를 물어 보기 위해 저쪽으로 몸을 돌렸고, 그래서 나란히 앉은 남자와 여자 단 두 사람만의 대화가 시작되었는데, 여자는 요즈음 영상 예술을 보면 시각적 특수 효과라는 장난에 너무 지나치게 의존한 나머지 “영혼이 말라 버렸다”고 한참 동안 자신의 신념을 피력했다.

이혼하는 과정에서 다 없어진 재산이 어느 정도라도 복구되면 대학 시절부터의 꿈인 동영상 영화를 만들고 싶었던 남자로서는 여자의 주장 가운데 몇 가지 부분적으로 귀에 거슬리는 내용이 나오기는 했지만, 술집에서 만나 스치고 지나가는 낯모르는 사람과의 대화에 대해서 지나치게 민감한 반응을 보일 필요는 없다고 생각해서 그냥 넘어갔다.

여자는 요즈음 인터넷을 보면, 자신의 신분이 드러나지 않을 뿐더러, 상대방을 직접 만나 대답하거나 반박을 당하지 않아도 된다는 익명성의 보장 때문에, 비겁하게 몸을 숨기고 온갖 욕설을 늘어놓는 증오의 표현이 사방에 넘쳐나서 큰 사회적 문제라는 우려를 나타내기도 했다. 이 대목에서 남자는 여자의 '직업'이 문화평론가라는 사실을 알게 되었다. 주로 하는 일이 여러 잡지에서 청탁을 받아 취재를 거쳐 기사를 만들어 주거나 남의 자서전을 대신 써 주기도 하고 때로는 음악 신청 방송을 위한 대본까지 공급하는 다양한 활동을 한다면서 여자는 명함에다 자신이 '문화평론가'라고 분류해 놓았다. 그리고 여자의 장래 희망은 작가여서, 아직 남들에게는 얘기할 단계가 아니지만 어떤 획기적인 작품의 집필에 이미 착수했다는 귀띔도 했다.

남자가 문화 평론에 대해 흥미를 느끼지 않는 눈치를 보여서였는지 여자는 문학 평론으로 화제를 바꾸어 도스또예쁘스끼와 헤르만 헷세와 소울 벨로우 가운데 누가 가장 위대한 작가인지를 따지기 시작했다.

그래도 남자의 반응이 역시 소극적이니까, 인간이 신을 죽인 것은 니체가 처음이 아니라 그리스 시대 호메로스의 서사시에도 이미 그런 사상이 나타난다고 주장했다. 남자는 니체의 신과 호메로스의 신은 완전히 다른 개념 아니냐고 반문했지만, 무엇인가 결론을 정해 놓고 갖가지 주장 가운데 자신의 결론에 맞는 내용만 조립해서 하나의 사상을 만드는 데 익숙해진 듯싶은 여자는 남자의 반론은 들으려고도 하지 않았다.

술안주로서는 그들의 대화가 지나치게 딱딱하다는 생각에 남자는 더 이상 반응을 보이지 않기로 했다. 갈라파고스는 강남의 어느 나이트클럽 이름이지, 다윈의 진화론하고는 아무 관계도 없다는 얘기가 나온 직후의 일이었다.

결국 여자는 자신의 '포스트 디보쓰' 생활에 관한 얘기로 돌아갔고, 이혼을 선택한 자신의 행동을 뒷받침하기 위해 왜 대한민국의 남자들은 수탉처럼 못마땅한지를 설명하던 중이었다.

"운전을 하면서 봐도 알아요." 여자가 말했다. "어쩌다 여자의 차가 남자의 차를 추월하면 남자들은 눈을 부라리거나 삿대질을 하고 야단이죠. 마치 여자가 남자를 추월하면 큰일이라도 난다는 식으로 말예요. 그리고 남자 운전자들이 왜 걸핏하면 여자들한테 주먹을 보이거나 욕지거리를 퍼붓는지 알아요?"

남자는 모르겠다고 했다.

"다 열등감 때문예요. 특히 남자보다 여자가 좋은 차를 탔을 때는 남성 운전자들의 신경질이 더 심해지죠. 여자한테 꿀린다는 열등감 때문에요. 하지만 차에서 내려 우리 사회를 보면, 직장에서 남자를 추월한 여자들이 얼마나 많은가요? 여자들 밑에서 일하는 남자들이 얼마나 많으냐고요. 그런데 직장에서는 여자 밑에서 고분고분 일을 잘만 하던 남자들이 차만 타면 180도 달라지는 거예요. 역시 운전대를 잡으면 인격의 결함이 그대로 드러난다는 한국의 문화가 그대로 반영된 현상이라고 해도 되겠죠.

그뿐인 줄 아세요? 결혼하고 가정을 꾸미면 더 하죠. 나하고 살았던 남자는 언젠가 괌으로 출장을 갔다 오던 길에 비행기 안에서 본 광경을 걸핏하면 입에 올리곤 했어요. 신혼여행 길에 뭐가 잘못되었는지는 몰라도, 비행기 안에서 수많은 승객이 지켜보는 가운데 남자가 여자를 강제로 통로에 꿇어 앉히고는 호령호령하더래요. 아마 초기에 기선을 잡겠다는 젊은 남녀들의 행태였겠죠. 남편이 그러더군요. 얼마나 못된 여자이길래 그런 수모를 당했겠느냐고요. 그래서 여자가 무엇을 잘못했길래 그랬냐고 내가 물었더니 남편은 그건 모르겠다는 어처구니없는 대답을 하더군요 어쨌든 이런 야만적인 행동을 마치 대단한 무용담이나 이솝우화처럼 읊어대던 내 남편이었으니 우리 결혼 생활이 순탄했을 리가 없죠"

●   ●   ●

"나의 남편이었던 남자는 정말 구제불능의 못 말리는 남성우월주의자였어요." 여자가 말했다.

11시가 거의 다 되어 방송작가가 "그래도 남편보다는 빨리 귀가해야 한다"면서 남자에게 "유부녀는 갑니다" 그리고 여자에게는 "잘해 봐"라고 은근히 부추기는 말을 남기고 먼저 자리를 뜬 다음 그들은 창가의 구석 자리로 옮겨앉았다. 카운터에 앉아서 계속 술을 마시려니까 동글의자에 등받이가 없어 허리가 아프다는 여자의 불평 때문이기도 했지만, 대한민국의 모든 남자를 싸잡아 비하시키는 듯한 여자의 지나친 일반론에 가끔 스포츠 신문 광고부 김 과장의 못마땅한 곁눈질이 부담스러워서였다.

"여자가 남자보다 무엇이 모자라느냐고 어쩌다 내가 반박이라도 할라치면 선다훈은―나의 남편이었던 남자의 이름인데, 선다훈은 아무리 정복과 전쟁의 역사가 끝나고 지금은 두뇌와 정보통신의 시대라고 하더라도, 국가간의 세력 균형뿐 아니라 모든 집단간의 위계질서, 그리고 사회 구성원간의 서열은 궁극적으로 힘에 의해서 결정된다고 했어요. 그가 말하는 '힘'이란 그러니까―아무리 똑똑하고 논리적인 사람도 결국은 조직폭력의 주먹 앞에서는 무기력하다는 주장이었죠. 선다훈은 모든 우월성을 결정하는 요인이 힘이라고 믿었어요 그래서 남자와 여자가 대결하는 구도로 나간다면 결국 주먹이 지배한다는 유치한 이론, 선다훈은 항상 그 결론부터 끌어내고는 했어요"

여자는 사리 판단과 어휘 구사력이 부정확할 정도로 취했지만, 이상하게도 어느 정도 이상은 취하지 않고 한없이 가는 그런 유형의 사람인 듯싶었는데, 하기야 전혀 취하지 않았더라도 "작가적 인간 탐구 본능"을 굳게 신봉하는 성격이어서 남의 흠집을 들여다보고 트집을 잡는 방향으로는 이력이 난 모양이었다. 남자는 모나라는 서양식 이름의 소유자인 이 여자가 인터넷에 떠오르는 잡다한 지식은 많이 암기했지만 객관적인 사상의 정돈은 잘 이루어지지 않았으리라고 판단했다.

"꺼떡하면 힘의 이론 하나밖에는 알지 못했던 나의 남편은 우리 두 사람 사이에서 논쟁이 벌어지다 밀리기만 하면 꼭 한 가지 말밖에는 할 줄을 몰랐어요." 여자가 말했다. "남자하고 동등하거나 그보다 앞서는 권리를 원한다면, 여자도 남자들처럼 군대를 가야 한다고요. 아니, 누가 가라면 못 가나요? 힘들고 험한 일이라고 우기며 남자들끼리만 몰려서 군대에 가니까 문제이지. 이라크 봐요. 여성을 천시하다가 전쟁 때 미군 여자들한테 그 잘나고 알량한 이슬람 남자들 얼마나 혼이 났는지 말예요. 여자들도 얼마든지 군대 갈 테니까 남자들더러 여자처럼 아이를 낳으라고 해 보세요."

문간의 푸른 보리밭 그림 앞 제일 큰 자리에는 오래간만에 들른 가수 한경애가 친구 대여섯과 둘러앉아 누군가의 생일을 축하하는 중이었고, 화분을 올려 놓은 창가 촛불 자리에서는 조각을 하는 수빈과 친구들이 별로 얘기도 하지 않으면서 천천히 줄담배를 피웠고, 한가운데 고무나무 옆에서는 역시 하이볼 까페의 단골인 해돋이출판사 사람들과 번역문학가 한 사람이 '입가심'을 하겠다며 방금 들어와 맥주를 펼쳐 놓느라고 바빴으며, 다행히도 최모나의 문화 비평에 지나치게 신경을 쓰거나 관심을 보이는 사람이 없었다.

"대한민국의 남자들이 도대체 얼마나 대단한 사람들이라는 소린지 알수가 없어요." 여자가 말했다. "옛날 영화도 그렇고 자연주의 문학 작품들을 보면, 남자는 양반 체면에 가난하더라도 천한 일은 안 한다며 뒷짐을

지고 헛기침이나 하고 하늘만 쳐다보고, 대신 여자들이 팔을 걷어붙이고 식구들을 먹여 살리고는 했죠. 때로는 몸까지 팔아 가면서요. 이 나라는 여성의 끈질기고 강인한 생명력으로 버텨 왔다구요. 헌데 남자들은 어떤 가요? 경제난이니 뭐니, 지하도에 혈거부족처럼 모여 사는 노숙자들 보세요. 무책임하고 비겁하게 남자들이 그렇게 가출을 해 버리면, 뒤에 남아 빚독촉에 시달리며 대신 자식들을 먹여 살려야 하는 여자들은 어쩌라는 건가요?"

• • •

"재떨이라뇨?" 지저분한 신촌시장의 텅 빈 골목을 따라 꼬불꼬불 길을 안내하며 여자가 되물었다.

한밤 소나기가 지나가서 여기저기 빗물 구덩이가 질퍽거리고, 후줄근한 야채 쓰레기가 쌓인 장바닥에서는 앞치마를 두른 아줌마들이 눈에 띄지 않았다. 좌판 물건을 너절한 천 조각으로 덮어놓고 모두 집으로 돌아간 다음이어서 점포마다 주인이 없었다. 주황빛 열기가 식어 버린 알전구들이 유리 복어처럼 덜렁덜렁 매달린 말뚝 저쪽으로는 요란한 여관 간판과 영어 이름을 붙인 먹자집들의 유리창이 알록달록 화려했다.

여자와 남자는 자정을 넘기고 나서 하이볼이 문 닫을 시간이 되자 여자가 잘 안다는 "좋은 집"으로 술 마실 장소를 옮기던 중이었다.

"아까 하이볼에서 한유선 씨가 그랬잖아요." 남자가 말했다. "모나 씨가 재떨이 때문에 이혼을 했다구요." 그리고는 혹시 말을 실수하지나 않았는 지 걱정이 되어 재빨리 덧붙였다. "물론 농담이었겠지만요."

"농담 아녜요." 여자가 정색을 하고 대답했다.

남자가 의아한 표정을 지었다.

"도대체 지금이 어떤 세상인데 남편이 아내더러 재떨이 가져와라, 물 떠와라 그런 심부름을 시켜요? 식모를 부리듯이 말예요”

“그럼 심부름이 싫어서 이혼을 하신 거예요?”

“그렇게 단순한 얘기는 아니죠 뭐랄까, 재떨이는 하나의 상징물인 셈예요 어떤 원칙을 나타내는 상징물요 남성과 여성의 상관관계를 나타내는 지표라고 해도 되겠고요 흡연이라는 생활 습성도 그래요 왜 텔레비전에서는 걸핏하면 여성의 흡연 문제를 유독 요란하게 거론하나요? 태아에 끼치는 영향이니 뭐니 해가면서요 담배도 음식인데, 왜 남녀 차별예요?”

“음식이 아니라 기호품이죠”

“기호품도 음식이나 마찬가지예요” 여자는 견해를 굽히지 않았다. “어쨌든 여자가 담배를 피우면 흠이라고 홍보를 하면서, 남자는 왜 담배를 여봐란 듯 피우면서 여자더러 재떨이를 가져오라고 심부름을 시키나요?”

그들은 사람들이 여기저기 늘어서서 택시를 합승하려고 기다리는 길거리로 나왔다.

“재떨이는 그렇다 치고, 커피는 또 어땠는데요” 여자가 말했다.

“커피요?” 남자가 물었다.

“예. 두 번이나 그런 일이 있었어요. 저녁에, 내 방에서 컴퓨터 앞에 앉아 일을 하다가 커피 생각이 나서 한 잔 끓여 가지고 들어가 마셨는데, 이튿날 아침 식탁에서 그러는 거예요. 거실에서 텔레비전을 보고 앉아 있던 남편한테는 한 잔 안 마시겠느냐고 물어 보지조차 않고 나 혼자만 커피를 끓여 방으로 가지고 들어가 마시면 그게 그렇게 맛있느냐고요. 난 늦은 시간이라서 곧 잠자리에 들 남자가 잠도 안 올 텐데 커피는 무슨 커피냐는 생각이었죠 사실은 아무런 생각도 안 했었지만, 했다면 아마 그렇게 생각했을 거예요”

그들은 차량들이 전조등을 부라리며 요란히 달리고 다시 소나기가 쏟아지려는 듯 후덥지근한 길거리를 따라 올라갔다.

“그까짓 커피 그렇게 마시고 싶었으면 달라고 하든지, 직접 끓여 마셔도 될 텐데, 웬 남자가 그렇게 쫌스러운지 모르겠어요. 아니, 남잔 손이 없나요, 발이 없나요?"

24시간 편의점 앞을 지나면서 차곡차곡 쌓아 올린 깡통과 화장지 더미를 빙 둘러가며 샛노란 플라스틱 개나리로 장식한 진열창을 통해 쏟아져 나오는 환한 불빛을 받은 여자의 옆모습을 보니까, 작은 키이면서도 구부정한 허리에, 모양을 다듬느라고 시간을 낭비하고 싶지가 않아서인지 옛날 오드리 헵번처럼 바싹 올려붙인 머리였고, 상습적으로 대마초라도 피운 듯 퍼석하게 야윈 피부에서는 서투르고 무성의한 화장의 꺼풀을 통해 실제보다 많아 보이는 나이가 내비치기 시작했고, 옷차림은 자유분방의 차원을 넘어 의도적으로 남자들을 쫓아 버리려는 생각에서인지 후줄그레했으며, 컴컴한 까페 안에서는 눈에 띄지 않았던 상처가 오른쪽 귀밑으로 길게 드러났다.

칼자국이었다.

남자는 여자가 누구의 칼에 찔렸을까 궁금했고, 과거에 생긴 상처가 갑자기 전해 주는 불길한 미래에 대한 예측이 꺼림칙했다.

"세탁도 커피나 마찬가지예요." 여자가 말했다. "그까짓 단추 몇 개만 꾹꾹 누르면 세탁기가 알아서 다 해 주는 일인데, 내가 바쁠 땐 남자도 양말이나 속옷 따위 제 손으로 빨아도 되잖아요? 나도 하는 일이 따로 있고, 직업 여성으로서 생활과 삶이 분명히 따로 있는데, 왜 세탁은 여자만 해야 하는 일인가요? 세탁이나 밥은 왜 여자만 해야 하는 일이냐고요? 내가 뭐 식모예요?

남자들은 회사 일이 많아서라는 핑계 때문은 물론이고, 친구들하고 술을 마시고도 걸핏하면 집에 늦게 오기가 보통인데, 여자도 바깥일이 많다 보면 어쩌다가 한 번 늦게 귀가할 수도 있잖아요. 그러면 먼저 귀가한 남편이 밥을 해 놓고 기다리지는 못할망정, 자기가 먹을 밥은 해 먹어도 되겠건만, 선다훈은 한 번도 밥을 지어 본 적이 없어요. 내가 늘 쌀을 씻어 냉장고에 넣어 두고 나오니까 전기밥솥에 쏟아놓고 꼭지만 꽂으면 그만인데, 그것도 안 하는 거예요. 허둥지둥 내가 집에 가 보면, 마치 무슨 항의 시위라도 하듯이, 퇴근할 때의 차림 그대로 양복도 안 벗고, 잔뜩 앙상이 난 채로 거실에 앉아서 버티고 기다리는 거예요. 내가 돌아와서 밥상을 차리길 말예요."

여자와 남자는 길을 건너 호텔 뒷골목으로 들어갔다.

"대한민국 남자들은 다 그런가요?" 여자가 말했다. "결혼 초에는 내가 맞벌이를 해서 아파트 살 돈을 마련하는 데 도움이 된다면서 고맙다고까지 하더니만, 조금 생활이 안정되고 난 다음부터는 싹 태도가 달라지는 거예요. 세탁이나 밥짓기처럼 마땅히 여자가 해야 할 일을 왜 소홀히 하느냐고 선다훈이 나한테 트집을 잡기 시작했으니까요. 아니, 내가 직업을 가지고 남자가 하는 돈벌이를 나눠 한다면, 남자도 내가 하는 일을 나눠서 해야 계산이 맞는 거 아니던가요? 정말 이런 거 치사한 얘기지만, 뭐 그렇다고 해서 내가 세탁이나 밥 지어 주는 일 전혀 안 해 주는 것도 아니고, 정말 대한민국 남자들 문제예요."

"그렇기도 하군요." 남자가 말했다.

"난 토마스 하디의 『테스』를 읽고도 남자와 여자가 똑같은 행동을 한 다음 여자만 손해를 봐야 하는 부부문화가 참 문제라는 생각을 했더랬는데, 테스하고 똑같은 일이 나한테도 벌어지고 말았어요. 지금이 어떤 첨단 시대인데도 말예요." 여자가 말했다. "언젠가 선다훈과 나는 저녁을 먹고 난 다음 집에서 맥주를 마시다가 우리의 성생활을 주변의 다른 사람들 경우하고 비교하기 시작했어요. 그러다가 선다훈은 아무렇지도 않게 나하고 결혼하기 전에 성관계를 했던 두 여자 얘기를 꺼냈어요. 두 여자가 기교면에서 어떻게 차이가 나는지까지도 자세히 설명해 가면서요. 그래서 나도 결혼하기 전에 관계했던 네 남자의 얘기를 했죠. 그리고 이왕 얘기가 나온 김에, 난 네 남자 모두 내가 먼저 하자고 그랬기 때문에 여관엘 같이 갔다는 사실도 밝혔어요. 선다훈이 나더러 하자고 먼저 말한 첫 남자였고, 그런 능동적인 남자다움이 마음에 들었다는 설명도 잊지 않았고요. 그랬더니 이 남자가 발끈하는 거예요. 그래서 난 자기도 결혼할 때 순결한 몸이 아니었으면서 뭘 그러느냐고 했죠. 그랬더니 자긴 네 명까진 아니었다고 따졌어요. 도대체 두 명이냐 네 명이냐가 무슨 관계가 있는지 모르겠지만요. 내가 자기보다 경험한 상대가 두 명이 더 많았다고, 여성 운전자한테 추월을 당한 남자 운전자처럼 자존심이 상하기라도 했던 모양예요. 하지만 여자의 과거를 문제삼는 건 테스 시대의 얘기 아닌가요?"

이혼이란 대부분의 경우 비슷한 과정을 거치는 모양이라고 남자는 생각했다. 할 말과 하지 못할 말을 구별하지 못하는 흥분 상태가 남자 자신의 이혼을 촉진시킨 이유이기도 했다.

"다 왔어요." 여자가 말했다. "저기예요."

●　　●　　●

"그날은 정말로 피곤한 몸으로 내가 선다훈보다 두 시간이나 늦게 귀가했는데, 허둥지둥 현관을 들어서서 보니 남편이 여느 때나 마찬가지로 옷도 갈아입지 않은 채로 화가 잔뜩 난 표정으로 쫄쫄 굶고 거실에 앉아서 건성으로 텔레비전을 보며 기다리던 중이었어요." 여자가 말했다. "남편에게 서둘러 찬 밥이나마 오븐에 넣어 땡 해서 내놓고는 냉장고에서 마른 반찬 몇 가지를 꺼내 저녁상을 차려 준 다음 난 기진맥진해서 밥도 못 먹고 침실로 가서 자리에 쓰러져 곧 잠이 들었죠. 그런데 머리맡에서 전화가 울리기 시작했어요. 난 거실에서 선다훈이 전화를 받아 줄 줄 알았지만, 그게 아니었어요. 내가 찬 밥을 줬다고 골이 난 선다훈은 잠자리에 든 내가 미워서 일부러 전화를 받지 않았고, 결국 내가 억지로 정신을 차리고 받았는데, 보니까 남편한테 온 전화더군요."

두 사람은 여자가 '좋은 집'이라고 안내한 지하 까페에서 계속 술을 마

셨다. 바깥 간판의 불을 끄고 문을 닫아걸고는 철야 영업을 하는 다섯 평
남짓의 까페는 이름이 '포스트 디보쓰'였으며, 이곳을 찾아오는 대부분의
단골 손님이 이혼한 여자나 남자라는 설명이었다. 샌프란시스코 금문교의
야경을 찍은 대형 사진과 삼층 선반에 잔뜩 진열한 빈 양주병으로 장식한
안쪽 벽 앞의 카운터에서는 세 명의 이혼한 여자 손님과 역시 이혼했다는
여주인이 역시 남성에 대한 성토를 벌이는 중이었다. 여자 손님 하나는 아
까부터 한참 눈물을 흘렸지만, 정말로 슬퍼 보이지는 않았고, 희랍 비극의
여주인공처럼 검정 블라우스 차림에 머리를 치켜올리고 말수가 적은 여주
인은 밤새도록 영업을 하고 낮에는 잠만 자느라고 햇빛을 오랫동안 못 봐
서인지 얼굴이 창백했다.

"그러자 이제는 오히려 내가 열을 받아 잠이 확 달아났고, 난 거실로 나
가 남편과 싸움을 시작했어요" 여자가 말했다. "그리고 이렇게 사소한 사
건으로 시작된 싸움이 아침까지 계속되었는데, 이틀 후에 우린 내친김에
속 시원히 이혼해 버렸어요. 인생이란 게 정말 이렇게 치사하고 구질구질
한 사건들에 의해서 좌우되는가 잠시 한심한 생각도 들기는 했지만, 개선
될 기미가 보이지 않는 가정을 지키겠다고 나 자신의 삶과 미래를 희생할
수는 없었으니까요."

원하지 않는 결혼 생활을 억지로 계속해서 살아갈 필요가 없다고 믿었
던 여자는 이혼을 수치스러운 죄악으로 생각하는 태도야말로 구시대적인
유물이라고 주장했다. 여자의 얘기는, 잘못 과장해서 해석하면, 마치 이혼
이 부끄러운 일이기는커녕 현대 여성의 자랑스러운 훈장이며 필수적인 인
생 조건이라고 오해할 여지도 보였다. 화장실 입구에 걸린 액자에는 아마
도 "이혼은 해방"이라는 뜻으로 썼겠지만 아무리 봐도 "이혼은 공짜"처럼
느껴지는 영문 표어가 "Divorce is free"라고 담겼는데, 남자는 아마도 문화
비평가 최모나의 철학이 대부분 까페 포스트 디보쓰의 전형적인 분위기의
영향을 받은 모양이라고 생각했다.

하지만 포스트 디보쓰의 공식적인 입장과는 달리 남자가 이혼을 자랑스러운 훈장으로 삼지 못하고 부끄러운 비밀이라고 믿었던 까닭 역시 그의 소심한 성격 때문이었는지도 모를 노릇이었다.

"이혼을 하고 나니까 다 좋은데, 생활비 조달과 섹스가 문제더군요." 여자가 남자의 손을 꼭 잡은 채로 말했다.

포스트 디보쓰로 자리를 옮긴 다음 처음 반 시간 가량은 탁자를 가운데 놓고 마주 앉았던 그들이었지만, 화장실을 다녀오면서 여자가 자연스럽게 남자의 옆에 나란히 앉더니, 텔레비전에 출연하는 정체불명의 '특강' 여강사들이 부부학 강의를 하면서 "여자는 남자가 한 마디만 해 줘도 행복해한다"느니 뭐니 비굴한 소리만 늘어놓는다고 한참 열심히 성토하던 여자가 어느새 남자의 손을 잡았는데, 그것은 그들 두 사람이 적대 관계인 남녀가 아니라 비슷한 처지의 동지임을 뜻하는 시늉처럼 여겨졌다.

문화비평가로서의 활동이 부진해서 "아직 수입이 불안정하기는 해도, 경제 문제는 걱정하지 않아요"라고 여자가 설명을 계속했다. "옛날엔 이혼하면 여잔 실컷 두들겨 맞고 위자료 한 푼 달라는 소리도 못한 채 맨손으로 쫓겨나고는 했지만, 난 전재산을 정확히 계산해 절반을 받아냈거든요. 그래서 아직은 곶감 빼먹듯 그 돈으로 생활비를 충당하니까 별 걱정 안 하지만, 생리적인 욕구는 가끔 난처한 경우가 생겨요. 물론 생각만 있다면 해결하긴 힘들지 않지만요. 어떤 여자가 포스트 디보쓰여서 혼자라는 사실을 알면 혹시 공짜로 어떻게 한 번 안 될까 해서 기웃거리며 꾀어드는 남자들이 좀 많아야죠. 혼자 산다고 얕잡아 보면서 마음대로 하려는 남자도 많고, 강간할 기회를 노리며 눈치를 살피는 남자들도 나타나죠. 순순히 달라고 하면 뭐 못 줄 것도 없는데, 그렇게 눈에 핏발이 서서 덤비는 남자들 보면 포스트 디보쓰가 왜 많은 경우 솔직하고 정상정인 이성 관계를 갖지 못하는지 이해가 되더군요. 정서적인 섹스가 어려워지니까 남자가 더 싫어지기도 하고요."

어딘가 성적인 유혹의 암시가 담긴 듯한 이런 발언을 하면서도 여자는 남이 듣건 말건 개의치 않는 눈치였다. 이곳의 구조는 다른 좌석에 앉은 이혼 남녀 손님들이 서로 넘겨다보며 인사를 나누기 쉽게, 그리고 마음이 내키는 경우 합석을 하기 좋게끔 칸막이를 낮게 만들어 놓았다. 그렇기 때문에 까페 안의 모든 사람이 서로 자연스럽게 남의 대화를 엿들으며 동시에 공통된 화제를 함께 나누기가 좋은 설계였으며, 그래서인지 한 사람뿐인 남성 '청중'을 의식하고 카운터에서는 점점 목소리의 음량을 높여가며 남성 성토가 한창이어서, 태아의 성별은 남자의 염색체가 결정하는데도 딸을 낳으면 여자가 구박을 받고, 그것도 같은 여자인 시어미의 구박이 심하고, 아기를 못 낳으면 남편 쪽에서 정액검사는 해 보기도 전에 밭이 나쁘다는 탓만 하고 덮어씌우기가 일쑤라며 여자들끼리 따져댔다. 이성이 아니라 동지로서 여자의 손을 꼭 잡고 앉아 그런 얘기를 듣는 동안 남자는 자신이 남자인지 여자인지 판단이 흐려지기 시작했고, 손님이 나가고 비어 버린 가운데 좌석 너머 구석 자리에서 아까부터 부둥켜 앉고 서로 젖가슴과 허벅지를 어루만지던 두 여자를 가끔 곁눈질해 보면서도 그는 자꾸만 혼란스러워졌다. 취해서인지 피곤해서인지는 몰라도 그는 이렇게 정신이 흐트러지는 자신의 상태가 불안했다.

"헌데 거긴 왜 이혼했어요?" 여자가 불쑥 물었다.

남자는 구석에서 서로 애무하는 두 여자와 카운터의 네 여자를 재빨리 다시 한 번씩 넘겨다보고는 어물어물 대답을 하지 못했다.

"왜 말을 못 해요?" 여자가 물었다. 그리고는 당연하다는 듯한 말투로 덧붙였다. "새 여자 때문이었죠?"

남자는 차마 오줌을 쌌기 때문이라는 이유를 입에 올릴 수가 없었고, 대답을 못 하고 무척 거북해하는 그의 모습을 보고 여자는 하이볼에서도 좀처럼 남자가 자신의 이혼 얘기를 입에 올리지 않고 꺼렸었다는 사실을 뒤늦게 기억해 내기라도 했는지, 아니면 그들 두 사람 사이에서 모처럼 마련된 동지 의식이 훼손될까 봐 걱정이 되었는지, 땀이 배어 축축한 손으로 그의 손을 따뜻하게 더욱 꼭 쥐어 주면서, 그에게 도망칠 기회와 핑계를 마련해 주기 위해, 만인의 이혼에서 가장 보편적이고도 편리하게 거론되는 이유를 상기시켜 주었다.

"아니면 성격 차이 때문이었나요?"

●   ●   ●

두 사람이 피워 댄 반 갑 정도의 담배 꽁초가 이리 비틀 저리 꼬여 묵직한 유리 재떨이에 수북하게 쌓인 지저분한 무더기를 물끄러미 내려다보면서 남자는 부부로 살아가는 두 사람이 성격에서 차이가 나지 않는 경우가 과연 존재하기나 하는지 궁금한 생각이 들었다.

적어도 남자와 이혼한 아내 사이에는 상당한 '성격차'가 나타났었다.

처음부터 그랬다.

가난한 집안에서 자라났기 때문인지 아니면 엄격한 아버지의 '가정교육'이나 유전인자 탓인지는 몰라도, 남자는 대범하지 못하고 "쫌스러운" 데다가 소심하기까지 했다. 대학에 다닐 때부터도, 무척 자유분방한 미대(美大)의 분위기에도 불구하고, "딱지를 맞았다"는 소문이 날까 봐 겁이 나서 좋아하는 여학생에게 아예 접근조차 못 하고는 했던 그는, 어쩌다가 누구한테 말 한 마디라도 실수를 하면 상대방의 심리를 나쁜 방향으로 자꾸만 상상해 가며 잠을 이루지 못하고 며칠씩 고민하기가 보통이었다. 지금까지 살아오는 동안 몇 차례인가 그의 언어 구사력으로는 무리가 갈 정도의 재치를 부리느라고 서투른 농담을 했다가 사람들의 감정을 상해 준 다음부터 남자는 요즈음에도 사람을 만나면 실수가 두려워 말을 삼갔고, 술을 마시다 자칫 남의 비위를 상해 주는 소리라도 헛나갈까 봐 잔뜩 긴장해서 신경을 곤두세워 좀처럼 취하는 일이 없었으며, 이튿날 술이 깨면 어제 내가 잘못한 언행은 없었는지 곰곰이 따지며 되새기고는 했다.

반면에 경제적으로 풍족한 집안에서 넉넉한 인간관계를 거치며 여유를 갖고 성장하여 모든 생활 설계를 별로 어려움 없이 계획대로 실천해 온 아내는 대범하고 씩씩하다 못해 "덜렁거린다"는 소리까지 듣던 여자였다. 정치가가 된다거나 "어쨌든 크게 성공할 인물"이라고 주변 사람들이 기대했던 그녀는 적극적으로 많은 사람들에게 접근하는 화술을 익히기 위해 서울대, 서울여대, 서강대 "3S대 웅변반"에 가입했고, 의기소침한 성격을 고쳐 보려고 졸업반 때 같은 모임에 들었던 남자를 만나자 그의 "다정다감한 성격"에 끌렸다. 물론 그들의 관계에서는 모성본능이 강했던 여자가 훨씬 적극적이었고, 남자 또한 그녀의 서글서글한 여유가 좋았다.

서로 개성을 드러내지 않고 상대방에게 봉사하는 정신에 열심이었던 신혼 초에는 두 사람의 '성격차'가 별로 두드러진 문제가 되지 않았었다. 그러나 곧 그들은 "안팎이 바뀌었다"는 소리를 주변 사람들에게서 점점 자주 듣게 되었다. 대학을 졸업한 후 안전제일주의로 대기업 홍보실에서 봉급쟁이로 사회생활을 시작한 남편은 회사에서 집으로 돌아오면 꼭꼭 숨어 버리기라도 하려는 듯 창문마다 커튼을 닫아 집안을 자궁 속처럼 컴컴하게 만들어야 마음이 놓여 그림을 그릴 마음이 내켰던 반면, 남자의 자존심을 생각해서 처녀 때 모아 놓은 돈이라고 했지만 보나마나 친정에서 타낸 자본금으로 아현동에다 대담하게 기성복 매장을 차린 아내는 집에서 지내는 시간 동안 모든 창문을 항상, 비가 올 때까지도 활짝 열어 놓아야만 속이 시원했다.

두 사람 사이에서 나타나기 시작한 이런 틈은 차츰차츰 윤곽이 더욱 분명해졌다. 남편이 잎차 한 봉을 두 차례씩 우려먹는 이유야 두 번째가 더 맛이 나기 때문이라고 치더라도, 낭비벽이나 사치와는 거리가 멀기는 하지만 조금만 낡고 마음에 안 들면 그릇이나 옷 따위를 아내가 덜렁 내다 버리면 가난과 절약이 몸에 밴 남편은 아내가 버린 잡동사니를 걸핏 도로 주워 집안에 들여놓기가 일쑤였다. 노후를 위해서라며 벌어들이는 돈을 모두 악착같이 저축하려는 남편 그리고 늙으면 놀고 싶어도 기운이 없어서 못 논다며 벌어 놓은 돈이란 어느 정도는 젊어서 쓰고 살아야 한다는 아내― 그들의 생활 철학은 타협이 쉽지가 않았다. 노끈을 아낀다며 한 주일이 아 니라 꼭 두 주일 이상은 신문을 모은 다음에야 묶어서 내놓는다거나 목욕 한 물을 변기통에 채워 넣는 남편을 보고 아내는 시간이 지남에 따라 "그 렇게 자꾸 고물을 싸고 돌며 여기저기 모아 두니까 집안이 퀴퀴하지 않느 냐"는 견해를 노골적으로 표현하는 횟수가 차츰 많아졌고, 그래서 남편은 아내가 보지 않는 시간에만 '쩨쩨한 자린고비 짓'들을 하느라고 눈치를 보 며 신경을 써야 할 처지가 되었다.

이렇듯 뜻하지 않았던 면에서 신경을 곤두세우고 살아가며 시간이 흐르 는 사이에, 아내한테 밀리다시피 만화출판사를 차린 남편은 연애 시절에 그토록 좋아 보였던 아내의 걸걸한 성격이 차츰 못마땅해지기 시작했다. 여자답지 않은 아내의 '결함'이 눈에 걸리기 시작했고, 모처럼 신경을 써서 손수건을 생일에 사다 주었더니 "나 손수건 많은데, 이건 누굴 갖다 줄까?" 라며 통 큰 성격을 과시하던 아내의 뒷모습을 흘기며 남편은 절대로 다시 는 선물을 사다 주지 않으리라는 마음까지 다져 먹고는 했다.

눈에 띄지도 않는 바이러스에 감염되듯 그들 부부 사이에는 그런 식으 로 갈등의 병이 들었다. 아니, 병은 두 사람 사이에가 아니라 나에게만 들 었는지도 모르겠다고 남자는 노란 전등갓 속의 빨간 전구를 켠 가짜 촛불 을 물끄러미 응시하면서 생각했다.

드문 일이기는 했지만 어쩌다 언쟁이 붙어도 비슷한 결과였다. 남편 혼 자서 잠시 오두방정을 떨며 일방적으로 화를 내는 동안 지극히 무난한 성 격의 아내는 군소리 없이 잠자코 듣기만 하고, 웬만한 일은 여자 쪽에서 모두 이해하고 넘어가는 바람에 결국 남편만 점점 더 속 좁은 남자가 되었 으며, 싸워도 소용이 없으니 결국 남편은 민감한 불만을 토로할 기회를 끝내 찾지 못했고, 그렇게 앙금이 쌓여 가는 사이에 그는 곰살궂은 여자, '여우'와는 너무나도 거리가 먼 아내를 점점 더 못마땅하게 여겼다.

그리고 아내는 옛날이나 지금이나 마찬가지인데, 왜 나만 마음이 변해서 새삼스럽게 다른 성격의 여자를 원하게 되었는지 그는 자신에 대해서 화가 나기도 했고, 남자란 왜 이렇게 이기적이어서 그들의 욕구에 맞춰 여자가 카멜레온처럼 변해 주기를 바라는지 은근히 죄의식도 느꼈으며, 그런데도 한결같이 변함없어 보이는 아내의 일관성이 상대적으로 부담스럽기까지 했다. 아내가 못마땅하면 죄없는 여자를 못마땅해하는 자신도 못마땅해지고, 그렇게 자신이 못마땅한 이유가 아내 때문이라는 생각에 다시 여자를 탓하던 악순환은 한없이 계속되었다.

워낙 정신을 똑바로 차리고 버티는 바람에 쉽게 취하지를 않아서 화장실을 계속 들락날락하고 속을 비워 가면서 마셔대는 술버릇 때문에 음주량이 꽤 많았던 남자가 어느 날 자다가 집에서 오줌을 쌌던 때도 비슷한 과정이 되풀이되었다. 웬만한 사내아이들이나 마찬가지로 어려서 야뇨증이 있기는 했지만 어른이 되어서 침대를 적시기는 이때 한 번뿐이었으므로 아마도 모르는 체 덮어두고 넘어갔더라면 별 문제가 생기지는 않았을지도 모를 노릇이었다. 하지만 아내는 젖은 이부자리를 보고도 전혀 놀라는 기색을 보이지 않고 대수롭지 않다는 듯 남자처럼 너털웃음을 웃었다. 남자는 아내가 호탕하게 웃어대던 그때를 생각하면 지금도 얼굴이 새빨개지고 화끈거렸다.

남자는 그날부터 또 오줌을 쌀까 봐 불안해서 아내 곁에서는 깊은 잠을 이룰 수가 없었다. 아내는 남자의 부끄러운 사건을 잊어 버리고 넘어간 듯싶었지만, 남편은 그러지를 못했다. 그리고 아내가 사건을 잊어 버리지 않았다는 사실도 곧 밝혀졌다. 별로 대단한 일도 아니라고 생각했던 아내는 계모임 친구들에게 저녁식사를 하다가 사건을 얘기한 모양이었고, 친구들은 그들의 남편에게 소문을 퍼뜨렸으며, 어느 날 남편의 친구 한 사람은 나름대로의 해석을 곁들여 가며 이런 얘기를 했다.

"자네가 오줌쌌다고 부인이 흉보고 다닌다더구만. 아무리 털털한 여자라고 하지만 너무 막 가는 거 아냐? 단속 좀 해야 쓰겠어."

그날 밤 남편은 집으로 가자마자 도대체 여자 행실이 그게 뭐냐며 화를 내고 따졌지만, 아내는 한 차례 웃고 지나가면 끝날 그런 하찮은 일을 가지고 왜 그렇게 신경을 쓰느냐고 오히려 비실비실 웃기만 했고, 더욱 약이 오른 남편은 조심성과 생각이 모자라는 아내 성격의 결점을 차곡차곡 꼽아 내려갔다. 하지만 아내는 남편의 공격을 받고 약간 긴장하면서도 남자의 화가 풀리면 흘러가는 강물처럼 곧 지나갈 일이겠거니 해서 무반응으로 일관했다. 여느 때나 마찬가지로 무승부 속에서 남편의 패배로 끝난 대결이었다.

그때부터 남편은 얼굴을 들고 나다닐 수가 없어서 사건의 진상을 아는 친구들을 꺼리고 피하게 되었지만, 별것도 아닌 얘기를 심각한 문제로 삼고 야단법석을 부리는 주변 사람들과 남편을 오히려 이상하게 여긴 아내는 다시 친구들에게 그까짓 일로 남편이 지나치게 신경을 쓰고 화를 내더라는 소문을 친구들에게 했고, 같은 경로를 순환한 다음 아내의 말이 이번에도 역시 남편의 귀에 들어갔으며, 또다시 싸움이 벌어졌다. 물론 훨씬 강도가 심하고 감정도 격해졌지만, 언쟁의 과정과 결과는 이번에도 마찬가지였다.

남편이 조목조목 따지는 불만의 내용이 더욱 늘어나고 자세해지면서 조금쯤은 당황한 아내가 차츰 심각성을 깨닫기는 했지만, 당황한 아내는 하다못해 "미안하다"는 간단한 사과를 할 생각이 미치지를 못한 채 역시 남편이 마음을 진정시키고 그냥 지나가기만을 기다렸으며, 이런 어처구니없는 아내의 '무관심한' 태도에 자극을 받은 남편이 '성격차'를 들어 이혼이라도 해야 되겠다는 말을 꺼냈지만, 이번에도 아내는 진심이 아니겠거니 생각해서 어서 상황이 지나가기를 속수무책으로 기다렸고, 무시를 당한다는 착각이 든 남편은 결국 이혼을 공식화했으며, 어느새 두 사람은 구청으로 가서 도장을 찍고 남남이 되었다.

순식간에 벌어진 일이었다.

●　　●　　●

남자가 이혼 사유를 좀처럼 밝히려 들지 않고 긴 침묵을 지키자 여자는 중단된 대화를 되살리기 위해 질문의 내용을 바꿨다.

"여자라면 몰라도 남자 혼자서는 살림도 그렇고, 생활하기가 퍽 불편할 텐데, 왜 재혼을 하지 않나요?"

남자는 이 질문에 대해서도 역시 얼른 대답이 나오지를 않았다.

"디보쓰는 자랑스러운 훈장이다"라는 포스트 디보쓰의 지배적인 인식을 믿지 않았던 남자는 '새 출발'의 가능성 또한 믿지 않았다. 첫 결혼에 실패한 낡은 남녀가 만나 무슨 새 출발을 한다는 말인가? 남자이건 여자이건 사람이란 나이를 먹을수록 '상품 가치'가 떨어지게 마련이고, 아마도 그래서 첫사랑이 가장 아름다운지도 모를 일이었다. 나에게 결함이 생겼기 때문에 이혼에 이르렀다면 그런 헌 남자와 짝이 지워지리라고 세상에서 추천하는 상대 또한 비슷한 결함을 지닌 사람이게 마련이었다. 그렇게 흠집난 남녀가 이루는 결합. 물건은 자꾸만 새로 살수록 좋아질지 모르지만, 결혼은 그와 정반대였다.

남자는 어느 계간지 여편집장의 재혼 과정을 지켜보았었다. 이혼 사유는 '남편의 부정'이었으니 물론 '가정 파탄'이 여자의 탓은 아니었겠지만, 어쨌든 여기저기 귀띔을 받아 괜찮은 상대라고 여겨지는 이혼한 남자와 재혼을 했더니, 두 번째 남편은 첫 아내 탓이었는지 어쩐지는 몰라도 의처증 증세가 심해 여편집장을 직장 생활은커녕 외출도 못하게 사실상 집안에 감금시키려 해서 3개월 만에 다시 파탄을 맞고 말았다. 이렇게 시간이 흐를수록 사람이란 점점 더 결함이 심한 상대를 만나게 마련이기 때문에, 나는 나이가 많고 이혼 경력까지 달렸음에도 불구하고 상대방만 첫 아내나 남편보다 좋은 사람을 만나 행복한 삶을 살게 되기를 기대하기란 계산조차 맞지 않고 염치도 없는 짓이었다.

객관적인 흠집이 생긴 남자와 여자라면 당연히 그만큼 조건이 나빠지고, 그래서 "한 번 실수는 병가지상사"일지는 몰라도 결혼에 있어서만큼은 한 번 실수란 보다 개선된 미래를 위한 연습이 되지를 않았다. 인생은 연습을 하고 교정하면서 닦아 나가는 과정이 아니라 단 한 번뿐인 승부였고, 그래서 그는 젊은 남녀가 만나 결혼은 하지 않은 채로 일단 같이 살아 보다가 마음에 들면 결혼하고 아니면 상대를 바꿔 다시 선택의 여지를 넓히겠다는 현대식 인생 공식도 믿지 않았다. 사랑과 마음도 기계나 마찬가지로 시간이 흐르면 자꾸 낡기 때문이었다.

그리고 또한 그는, 만일 마음에 드는 상대를 만난다고 하더라도, 자신이 만들어 놓은 '결손 가정'의 아내와 자식이 불행한 생활을 계속하는데 혼자만 행복한 삶을 살아갈 자신도 없었다. 어쨌든 한때는 열심히 사랑했기 때문에 결혼했던 여자인데, 그런 아내가 외로운 나날을 보내는 동안 혼자서만 행복하게 산다면 그것은 불공평한 처사라고 생각할 만큼 남자는 고지식한 도덕관의 소유자였다.

남자의 침묵이 사뭇 답답해진 여자가 새로운 질문을 했는데, 그것은 질문이라기보다는 제안처럼 들렸다.

"나처럼 재혼의 가능성을 완전히 포기하지 않았다면 몰라도, 그럼 왜 차라리 헤어진 여자하고 재결합을 하지 그래요?"

이번에도 남자는 할 말이 없었다. 아니, 할 말은 있었지만 구차하게 설명을 하고 싶은 마음이 내키지를 않았고, 그래서 "그것도 그리 쉽지가 않더라구요"라고 말문을 열기만 하다가 말았다.

남편이 오줌을 쌌기 때문에 문제가 심각해졌다며 '결혼 클리닉'이니 뭐니 찾아가 상담을 받아서 해결될 처지가 아니었던 그들은 정작 이혼을 거론하면서부터 본격적으로 미워하기 시작한 셈이었다. 홧김에, 특히 남편 쪽에서, 해서는 안 될 말을 너무 많이 해 버렸고, 악화된 상황을 거두어들이기가 어려워졌다는 사태 진전에 더욱 화가 난 그는 이왕 헤어질 바에는 죄의식과 미안감도 없애 버려야 아내를 버렸다는 부담감을 느끼지 않게 되리라는 이상한 계산에 따라 못된 언행을 강화해 가면서 더욱 아내의 증오심을 자극했다.

이쯤 되자 아내는 자신의 잘못이 별로 크지도 않은데, 정 마지막이라면 챙길 것은 챙겨야 되겠다는 생각이 들어 행동에 나섰고, 친정 부모도 "너 어디 한 번 맛 좀 봐라" 하는 심정으로 남자를 발가벗겨 내보내고 거기다가 두 아이의 양육까지 책임을 넘기려고 했다. 젊은 부부의 가정 파탄을 막아야 되겠다는 마음에서 남자의 어머니도 "돈이라면 그렇게 발발 떠는 아들이니까 알몸 신세가 되기 싫어서라도 헤어지지야 않으리라"는 막연한 계산에 따라 사돈댁에서 재산을 모두 챙겨 가는 작전에 묵시적으로 동의해 버렸다. 하지만 남편은 "그까짓 재산 원한다면 다 가져가라. 그러면 내가 굴복할 줄 아느냐?"고 심리적으로 점점 더 반발하는 바람에, 실제로 도장을 찍는 순간에는 두 사람 모두 철천지원수처럼 증오하는 적의 관계가 된 상태였다.

일단 깨진 그릇은 접착제로 붙여 놓더라도 금간 상처가 그대로 남게 마련이었지만, 헤어진 부부가 뒤늦게 정신을 차리고 냉정한 현실을 의식하게 되었을 때쯤에는 그나마 접착제를 동원하기에도 너무 어려운 상황이었다. 물론 주변의 몇몇 친구들이 가끔 그들을 화해시키려고 간헐적으로 시도했지만, 양쪽 모두 먹고 살기에 절박할 정도로 불편함을 느끼지 않는 처지였으니 남녀 모두 속된 말로 무릎을 꿇고 들어갈 지경은 아니었다. 곰살궂지 못한 여자와 열등감이 심한 남자는 '성격차'가 너무 심했기 때문에 눈물을 흘리며 사과를 구한다거나 하는 그런 극적인 행동에도 익숙하지를 않았고,

화해를 위한 적극적인 시도를 감행할 용기도 없었다. 듣기 좋은 말 몇 마디를 상대방에게 해 주기란 육체적으로 전혀 힘이 안 드는 행위이지만, 왜 마음이 그쪽으로 움직이기란 그토록 힘이 들었던가? 그리고 그런 가사 상태(假死狀態)는 지금까지도 변함이 없었다.

'재결합' 역시 남자가 못마땅해하는 화제인 모양이라며 계속되는 그의 침묵에 대해서 묘한 위기감을 느끼는 듯한 표정으로 여자가 이번에는 보다 압박해 오는 질문을 던졌다.

"이것도 저것도 아니면 섹스는 어떻게 해결해요?" 여자가 말했다. "입안이 답답해지면 칫솔질을 해야 하듯, 그것도 인간의 자연스러운 욕구인데, 성적 욕구는 어쨌든 처리해야 하잖아요?"

남자는 자신의 침묵이 너무 길었다 싶었고, 화가 나서 그랬다는 오해를 받고 싶지 않아 피식 웃었다. 그러자 용기를 얻은 여자가 물었다.

"연애하는 여자 있어요?"

연애를 하려면 아무래도 재혼을 염두에 둬야 해야 하기 때문에 부담스러워서 쉽지 않더라고 남자가 말했다.

"그럼 술집 여자하고 하나요? 창녀든지?"

남자는 성병이 걱정되어 그런 불결한 방법은 싫다고 했다.

"그럼요?"

"이렇게 술이 취한 다음 집에 가면 그냥 곯아 떨어져요." 남자가 궁색한 설명의 뒤로 몸을 숨겼다. "그럼 아예 그런 생각 안 나죠."

여자는 잠시 그를 빤히 쳐다보았다. 그러더니 말했다.

"그렇게 억지로 참을 필요는 없잖아요." 잠깐 침묵. "오늘은 내가 해 드려도 되는데……."

● ● ●

"혹시 뭐 금욕주의 그런 거 해요?" 여전히 미소를 지으며 여자가 턱으로 그를 가리키고는 물었다.

남자가 피식 웃었다.

두 사람은 강화행 버스 정류장 옆 골목에서 아침 해장을 끝내고 백화점 앞으로 택시를 잡으러 나가는 길이었다. 양쪽으로 온갖 식당 간판이 지저분했다. 닭갈비, 골뱅이, 치킨호프, 전북 익산시 여산면 천호목장 직영 산지목장 한우직송 영농조합, 삼계탕, 추어탕, 홍어회, 순대국, 콩비지백반, 감자국, 서서갈비, 숯불갈비, 포장마차, 민속주점, 정육점, 장어, 손수제비집, 곰탕…….

"금욕주의자가 아니라면 언제 틈 봐서 좀 덜 늦은 시간에 다시 만나도 좋아요." 여자가 말했다. "만일 날 부족한 여자라고 생각하지 않는다면 말예요."

남자는 거절을 당하고도 상황을 능동적으로 역전시키는 여자의 당당한 솜씨가 마음에 들었다. 결혼 전에도 네 번이나 그랬듯이 남자에게 여관으로 가자고 먼저 청했던 여자는 이제 동틀녘이어서 집으로 돌아갈 시간이 다 되었으니 "너무 늦었잖아요?"라면서 완곡하게 거절하는 남자한테 "늦긴요, 너무 일러서 탈이지"라며 웃어 넘겼었다. 그래서 남자는 그녀의 자존심을 살려 주기 위해 예의를 갖추기로 했다.

"다시 만나도록 해요. 밤새도록 말동무 해 준 것 고마웠구요."

"내 전화번호 가르쳐 드릴까요?"

"안 그래도 돼요. 나 거의 날마다 하이볼에 나가니까, 한유선 씨랑 동행하지 않고 혼자서라도 거기 오시면 만나게 되겠죠."

"말하자면 필연적으로 우연히 만나게 되는 셈이군요."

남자가 또 피식 웃었다.

"헌데 이렇게 이른 새벽에 어딜 가실 곳이 있다는 거예요?" 여자가 물었다.

　　다리도 아프고 피곤한 몸으로 남자가 정릉약국 골목 우체통 뒤에서 한 시간 반이나 기다린 다음에야 선영이와 선진이가 모습을 나타냈다. 오늘 처음 입는 듯싶은 노란 새 교복에 노란 모자를 쓰고, 달랑거리는 책가방을 메고, 머리는 뒤로 모아 고무줄과 구슬로 똑같은 모양으로 단단히 묶고, 선영이는 주머니에 담긴 주판을 손에 들고, 두 아이가 관리인실 앞을 지나 도란도란 무슨 얘기인지를 나누면서 자동차 진입로를 내려왔다.

　　남자는 아이들의 눈에 띄지 않으려고 전봇대 뒤로 몸을 숨겼다.

　　아홉 살 난 언니 선영이가 한 살 아래인 동생의 소매에 붙은 실밥을 털어 준 다음 두 아이는 아침마다 학교로 가는 버스를 타려고 정류장을 향해 길을 따라 내려갔다.

　　여름 해가 일찍 올라 길거리 상점들이 녹슨 빛으로 피곤하게 뒤덮였고, 남자는 어느 날 저녁 둘째딸 선진이가 거실에서 텔레비전을 열심히 보던 할머니의 품에 안겨 졸리워서 몸이 축 늘어지며 하던 말이 생각났다.

　　“할문아, 나 눈이 없어져.”

　　졸리워서 눈이 감긴다는 뜻으로 한 말이었다. 아이들의 상상력과 표현력은 정말로 자유롭다고 생각하던 남자는 어느 해 설날 가족이 모두 모여 윷놀이를 하는 동안 방바닥에 오래 앉아 있다가 발이 저려오자, 겨우 말을 배우던 무렵의 큰딸 선영이가 했던 말도 생각났다.

　　“엄마, 나 발이 반짝반짝해.”

　　그렇게 귀여운 딸들이었으니, 이혼할 때는 홧김에 짐을 지워 주려고 양육을 떠맡겼던 아내가 몇 달이 지난 다음 어느 날 남자가 출판사로 나가고 없는 사이에 몰래 찾아와 아이들을 차에 태워 정릉으로 ‘납치’해 데려간 심정은 이해가 가고도 남았다. 아마도 그래서 사람들은 “자식 때문에 이혼을 못 한다”는 말을 하는 모양이었고, 그래서 남자는 “아기를 혼자 만든 것도 아닌데 왜 남자는 못 키워?”라며 남편에게 자식을 넘겨 버린 문화비평가의 승리 의식을 오히려 이해하기가 힘들었다. 그나마 보육원으로 보내지는 않았다니 다행이지, 부모 각자의 행복을 위해 자식은 ‘제3자’라며 내다 버리는 행위란 아무리 봐도 ‘승리’는 아니었다.

남자는 물론 지금이라도 두 아이를 다시 납치해 갈현동으로 데려가 같이 살고 싶기도 했지만, 저렇듯 온전하게 자라나는 모습을 가끔 이런 식으로 새벽이면 몰래 찾아와 먼발치서 확인할 때마다 아무리 남녀 평등이요 남자의 일과 여자의 일이 따로 없다고는 하지만, 어릴 적 인간의 양육은 역시 엄마의 몫이라고 믿었다. 그가 데리고 같이 지낸 몇 달 동안 갑자기 두 아이의 학교 성적이 떨어지자 담임 선생을 찾아가 만나더라도 ‘결손 가정의 가장’으로서 무슨 말을 해야 좋을지 몰라 학교로 찾아가지도 못하고, 그래서 최근 잘 팔린다는 소설 한 권을 사서 갈피에 돈봉투를 끼워 딸에게 “선생님 갖다 드려라”라고 밖에는 어쩔 도리가 없었던 아버지, 그는 어린 두 딸의 삶이 조금씩 황폐해 가는 그런 모습을 지켜보면서 얼마나 불안했었던가.

저항을 하지 않고 기쁨만 제공하는 강아지나 십자매나 다른 애완동물이 죽으면 아무 생각없이 그냥 쓰레기통에 내다 버리는 사람들이나 마찬가지로, 작고 예쁜 인형처럼 태어나 온갖 재롱을 떨며 일방적으로 안식처를 마련해 주었던 두 아이에게 이제는 지금까지의 안식에 대한 보답을 어른이 시작할 때가 되었지만, 남자는 선영이의 생일인 오늘도, 물론 오후에 택배로 선물을 보내 주기는 하겠지만, 이렇게 먼발치에 숨어서 지켜보는 이상은 아무것도 베풀 능력이 없었다.

버스가 도착하자 두 딸이 사람들 속에 섞여 모습이 사라졌다. 버스가 길을 내려갔고, 차창으로는 아이들이 어디 탔는지 보이지를 않았다.

일을 하러 나가기 전에 세수를 하고 옷이라도 갈아 입으려고 갈현동 집으로 갈 택시를 잡기 위해 길을 내려가던 남자는 이혼하기 넉 달 전, 선진

이의 생일에 두 딸이, "복남이네 어린 아기 감기 걸렸네"의 가사를 바꿔
재롱을 떨며 부르던 노래가 귓전에 생생하게 들려오는 듯싶었다.

> 인절미가 입 속으로 시집을 간다
> 콩고물에 팥고물에 단장을 하고
> 하얀 접시 위에 올라앉아서
> 시집을 간다네 꿀까닥……. 들녘

미국인의 아내

참으로 막막했던 어린 시절을 보내고 나서, "국제결혼에 성공"하고는
미국으로 떠나올 때, 주변의 모든 사람이 부러운 눈으로 나를
쳐다보았고, 나 자신도 이제는 결혼에 성공했으니 인생의 모든 고통이
끝나는 줄 알았지. (……) 한국에서 도망치기만 하면 한꺼번에 모든
희망의 문이 열리고 미래의 태양이 찬란하게 빛나리라고 기대하는
듯싶던데, 나도 그땐 미국인 남편을 따라 태평양을 건너
이곳 아메리카로 오기만 하면 모든 문제가 해결나리라고 생각했었어.

그곳 경제 사정이 워낙 나빠서 회사 규모를 축소
하느라고 오빠도 요즈음 정신이 없다는 얘기 엄마한테 들었는데, 나까지
이렇게 신경을 쓰게 만들어서 정말 미안하다는 생각이 들기는 해. 하지만,
어쨌든 한 번은 거쳐야 할 일이니까, 솔직하게 내 얘기를 털어놓아야 되겠
다는 생각이 들어 이렇게 편지를 쓰기로 했어. 하필이면 오빠뿐 아니라 모
두들 바쁜 지금 내가 죽어야 한다는 사실이 마음에 걸리긴 하지만, 죽음의
시간이라는 건 내 마음대로 선택할 권리가 없는 상황이니까.

거동도 불편한 엄마가 아픈 다리를 끌고 여기까지 오게 할 필요는 사실
없었는데, 오죽 답답했으면 그랬을까 오빠의 심정 이해가 가기는 해. 어떻게
해서든지 수술을 받도록 나를 설득해서 살려 보려는 뜻으로 그랬을 테지.

내가 수술을 받지 않고 그냥 죽겠다고 하니 모두들 무척 놀란 모양이야.
하지만 이건 즉흥적인 결정도 아니고, 나로서는 벌써 오래 전부터 결심하
고 준비해 온 일이기 때문에, 정말이지 엄마를 보낼 필요는 없었어.

난 여러 사람이 죽 둘러서서 내가 북어처럼 비쩍 말라 쪼그라지면서 죽

어 가는 모습을 구경하게 하고 싶지는 않았어. 고양이가 죽을 때 그러듯이, 어디론가 아무도 없는 곳에 가서 혼자 몰래 죽었더라면 좋았으리라는 생각도 솔직히 들었고 암에 걸린 내가 수술을 거절하고 그냥 죽으려 한다는 소식을 들었을 땐 무슨 영문인가 모두들 놀랐을 만도 해. 그래선지 어제는 LA에서 성은이가 달려왔고, 오늘 아침에는 호놀룰루에서 성한이도 오겠다는 연락을 했다는데, 이렇게 떠들썩한 것이 난 오히려 부담스러워. 그러니까 오빠라도 나타나지 말고, 서울에서 바쁜 회사 일이나 잘 정리했으면 좋겠어. 당장 오늘 내일 죽을 것도 아니어서 엄마한테도 도로 한국으로 나가시라고 했는데도 말을 안 들으니까 차라리 오빠가 전화해서 설득해 줘도 좋겠고

내가 죽는 시간 그리고 죽는 장소에 엄마가 안 계시기를 바라는 까닭은, 가까운 사람이 죽으면, John Donne의 시에 나오는 말처럼, 주변의 모든 사람도 전체의 한 부분이어서 덩달아 죽기 때문이야. 인간은 결국 혼자서 죽지 않고, 주변의 모든 사람에게서 삶을 조금씩 빼앗아 함께 가지고 가는 듯싶고, 그 대가로 어쩌면 뒤에 남아 살아갈 모든 사람에게 살았을 때의 기억을 남겨 주는 게 아닌가 싶어. 추억이라는 유산을. 어쨌든 우리 다섯 남매 키우느라고 평생 고생만 하신 어머님이 내가 죽는 모습을 지켜보고 충격이라도 받아 무슨 일이라도 날까 봐 사실은 은근히 걱정이 돼.

3년 전 암 선고를 처음 받고 수술까지 하면서 아무한테도 연락을 하지 않았던 까닭 역시 쓸데없는 걱정을 시키고 싶지 않아서였어. 미국에 사는 성은이 성한이 성숙이한테도 연락을 하지 않았었으니까, 멀리 한국에 떨어져 사는 엄마하고 오빠만 몰랐다는 생각은 하지 마. 그땐 혹시 내가 죽는다고 해도 공연히 덤으로 누구 하나라도 걱정시키고 싶지 않았고, 그래서 식구들한테는 사후에 연락하라고 Jeff한테 부탁해 두었었는데, 그러다가 뜻밖에 수술 결과가 좋아 살아났을 땐 다 지나간 일 새삼스럽게 얘기할 필요조차 없어져 그냥 지나갔던 거지.

사실 암이라는 진단이 내렸을 때는 실감이 나지도 않았어. 주변에서도 여기저기 암으로 죽는 사람이 하도 많으니까 그랬는지도 모르지. 암이래 봤자 무슨 흔한 감기에 걸린 기분 정도였고, 왠지 죽으리라는 생각은 안 들었어. 죽음의 의미가 느껴지지를 않고, 죽을 가능성도 절박하지를 않고 그래서 뭐 꼭 죽지도 않을 텐데 소란을 떨어 식구들만 놀라게 해서는 안 되겠다는 막연한 생각을 했는지도 몰라. 떠들썩한 죽음이란 comedy 같다는 기분이 들기도 했으니까.

솔직히 얘기하면 암 선고를 받은 바로 그 순간에는 어떤 막연한 안도감을 느꼈었다고 어렴풋이 기억해.

드디어 고독이 끝났다는 안도감을.

그래서인지 삶에 대한 애착도 없었고, 모든 것에 대해 무감각해진 상태였나 봐.

암에 따른 육체적인 고통은 그냥 복통 정도로만 여겼던 오랜 기간이 지난 다음, Jeff와 함께 병원을 다니며 chemotherapy¹⁾를 받기 시작하면서부터 본격적으로 시작되었지만, 고통에 관한 얘긴 아무리 해 봤자 소용이 없을 거야. 타인의 고통과 죽음은 아무도 이해를 못 하니까. 아무리 오빠라고 해도 엄마의 관절염이 얼마나 고통스러운지는 자식인 우리들도 상상이나 할 따름이지, 전혀 모르잖아?

그리고 그때 받았던 모든 고통을 다시 고스란히 되풀이해서 겪고 싶지 않기 때문에 난 이번엔 수술이니 뭐니 포기하기로 한 거야. 그토록 고통스러운 치료를 또 받아 가면서 얼마간 생명을 다시 연장한다는 게 모두 부질없는 짓이라는 생각이 들어서.

I am not expecting too much, knowing how far my cancer has gone. I will just take one day at a time doing the best I could, as I always have been. Dying at this age doesn't really bother me

---

1) 방사선 치료

either. Living an old age has never been my subject. In fact, I always shuddered at the possibility of living beyond 70 years of age, wrinkled face, old and decrepit, unable to do things the way you used to do. And most of all, with limited financial means to really enjoy precious things. So, don't feel sad if I die soon because it just happens to be my turn to go.

After all we, each of us, are born without a warranty how long our life will last, or an instruction on how to live. It is God's decision and I have no intention to argue with God.[2]

그래, 아마 난 첫 치료를 받을 무렵 이미 내가 가야 하는 때가 되었으니 죽어야 되겠다는 작정을 했던 모양이야. 치료 과정에서는 차츰 죽음이라는 개념에 익숙해졌고, 그리고 겨우 목숨을 건진 다음에도 재발의 위험성 따위는 별로 신경을 쓰지 않았던 것 같아. Sean도 키울 만큼 키워 놓았고, 삶의 모든 아름다움도 끝나갈 만한 나이니까 50이라면 마음을 놓고 죽을 때도 되었다는 생각에서. 자꾸 살아야 할 이유가 없는데도 악착같이 오래 살아서 무엇 하겠어?

더 이상 새로운 경험이 남지 않은 삶이란 살아갈 가치가 없어. 지금까지 살아오면서 이루지 못한 수많은 가능성은 그냥 영원히 겪지 못할 경험으

---

2) 암이 얼마나 심하게 퍼졌는지 잘 아니까 난 별로 희망은 걸지 않아. 늘 그랬듯이 그저 앞에 닥치는 대로 하루하루를 살아갈 따름이지. 이 나이에 죽는다는 게 사실 별로 마음이 아프지도 않고 난 오래 살겠다는 생각은 해 본 적도 없었어. 사실 난 주름진 얼굴에, 늙고 병들어서, 옛날처럼 몸은 말을 듣지 않는데도 나이 70을 넘어서까지 살게 될지도 모른다는 가능성을 생각하면 오히려 소름이 끼치고는 했어. 그리고 무엇보다도, 경제력이 없어져 하고 싶은 일도 못 하는 신세라면 말야. 그러니까, 이제는 나도 갈 차례가 되어 떠나는 셈이니, 내가 일찍 죽는다고 해도 슬퍼하지는 마.

어쨌든 우린 얼마나 오래 살게 되리라는 보장이나 어떻게 살아야 한다는 지혜를 받아 놓고 태어나지도 않잖아. 그건 다 하느님이 결정하는 일이고, 그래서 난 하느님과 다투려는 생각은 없어.

로 남겠고, 젊음이 주는 기회를 누리지 못했기 때문에 느끼는 아쉬움—그
것은 기껏해야 떠나간 것들에 대한 허망함에 지나지 않아.

소유하면서 누릴 시간이 얼마 남지 않았기 때문에 무엇인가를 찾아서 쟁
취하고 소유하려는 욕망을 느끼지 않는다고 해서, 삶에 대한 의욕이 모자란
다고 나를 꾸짖지는 말아 줬으면 좋겠어. 내가 보기에는 오히려 암에 걸린
다음에도 악착같이 살아 보려는 욕심에 헛된 희망을 걸고 이것저것 좋다는
약과 이상한 음식을 모조리 찾아 다니며 먹는 사람들이 이상하니까.

인간이 그렇게까지 필사적으로 오래 살아야 하나? 궁상맞고 추한 인생
을 억지로 연장하려는 사람들의 마음이 정말로 이해가 가지 않아.

인생이란 참으로 마음대로 되는 일이 별로 없는데, 이왕 시한부 인생이
라면 죽음의 시간만큼은 내가 마음대로 선택하고 싶어. 질질 끌지 않고 빨
리 끝나는 편이 그만큼 덜 고통스러울 듯싶으니까. 그리고 뒷정리도 시간
맞춰 말끔히 해야 되겠지. 그래서 유언장 따위는 이미 거의 다 준비해 두었
어. 평생 모은 얼마 안 되는 재산이니 증권이니 모두 아들 Sean 앞으로 돌
려놓았구.

두 달이 될지 세 달이 될지 모르겠지만, 어쨌든 내가 죽은 다음엔 내 작
품 가운데 오빠가 지난번 미국 왔을 때 보고 좋아했던 Jean Harlow 그림은
가져가도록 해. 서울에 두고 온 notebook computer도 오빠가 쓰고. 어차피
대우 회사에서 만든 '국산' 제품이니까 미국으로 보내도 maintenance[3]니 뭐
니, Sean이나 Jeff가 쓰기도 불편할 테니까.

내가 죽고 나면 Sean하고 Jeff는 이제 오빠하고는 남남이 되겠구나 하는
생각이 갑자기 들었어. 엄마하고도 그렇고. 미국에 사는 Korean 형제들이
야 어쩌다가라도 Sean하고 Jeff를 만날 기회가 생길지 모르지만, 태평양을
가운데 두고 떨어져서 사는 한국 식구들하고야 남남이 되겠지. 나를 통해
서 연결되었던 Korean family와 American family가 다시 갈라질 운명이라고

---

3) 보수, 관리

생각하니 좀 이상해. 하기야 한국에서도 부부 가운데 한 사람이 죽으면 시댁과 친정은 다시 남남이 되기가 보통이지. 부부란 그렇게 가까운 듯싶으면서도 알고 보면 멀기만 한 사이.

An American wife라는 내 위치에 대해서는 전에도 가끔 생각해 봤지만, 죽음을 앞둔 이제, 나는 미국인인지 한국인인지 잘 판단이 서지를 않아.

●   ●   ●

자꾸만 놀라게 해서 미안해. 나하고 Jeff 이혼한 얘기 성숙이가 전화로 오빠한테 했다던데.

하지만 이혼한 사실 오빠만 몰랐던 거 아니니까, 불쾌한 마음 좀 풀어 줬으면 좋겠어. 사실은 10 년 전에 아무도 모르게 비밀리에 한 이혼이어서, 엄마나 성숙이는 물론 Sean까지도 여태 알지 못했으니까.

내가 죽어 가는데도 Jeff가 좀처럼 병원으로 찾아올 기미를 보이지 않아 성숙이가 영문을 모르겠어서 몇 차례 Nevada로 전화를 하던 끝에 직접 찾아가서 도대체 직장 일이 얼마나 바쁘길래 언니가 죽어 가는 마당에 형부는 얼굴도 내밀지 않느냐고 심하게 따졌던 모양이야. Jeff는 전에 치료했다가 나은 암이 재발했다니까 별로 심각하게 생각하지 않고, 우선 몇 가지 급한 일을 정리한 다음에 찾아올 생각이었다고 전화에서는 둘러대곤 했었지만, 내가 한 달을 넘기기가 어렵다는 설명을 성숙이한테 들은 다음에야 미안하다면서 사실은 이런 경우 이혼한 남편이 찾아가야 하는지 어쩐지 고민을 했다고 털어놓았다는구만.

Jeff는 우리 이혼에 대해서 Korean 식구들한테는 내가 다 얘기를 한 줄 알았다고 했어. 그래서 자기 탓에 이혼했다고 생각하는 in-law 식구들 앞에 얼굴을 내밀기가 몹시 거북했던 모양이야. 남편으로서 자기가 소홀했다는 인상을 틀림없이 줬으리라는 생각에서 결국 내 죽음도 자기 탓으로 여겼겠지.

Korean 식구들이야 모두 뿔뿔이 흩어져 사는데다가 우리집에 찾아오는 사람이라고는 기껏 엄마나 오빠만 몇 년에 한 번 들를 정도이니, 우리가 이혼한 거 비밀로 하긴 전혀 어렵지 않았어. 그리고 Sean이 대학 기숙사로 들어가던 해에 수속을 밟았으니 독립해서 사는 아들은 지금까지 부모가 남남이라는 사실을 전혀 눈치채지 못한 거고.

어쩌다가 Sean이 방학을 맞거나 졸업 후 computer 회사에 취직한 다음 휴가를 타서 집으로 오더라도 1년에 절반 이상을 멀리 떨어져 따로 살던 아버지이고 보니 얼굴을 마주치지 못해도 전혀 이상하다는 의심을 하지 않았고, Thanksgiving holidays나 누구 생일 같은 경우엔 Jeff가 나타나서 아무 일 없었던 것처럼 며칠 동안 "부부"로 나하고 같이 지내기도 했어. 그럴 땐 Jeff가 참 어색해(unnatural)하고는 했는데—He's such an unsophisticated person, you know[4]—어쨌든 그래서 지난 10 년 동안 Sean은 우리 두 사람의 연극을 눈치채지 못했어. Sean은 작년에 Lucy와 결혼한 다음에는 이곳 San Diego에 살림까지 나고 제 살기에 바빠졌으니, 이제 내가 죽고 나면 Jeff가 쓸데없는 얘길 할 리도 없겠고, 그러니 부모가 이혼했었다는 사실을 영원히 모르고 살겠지. 가족이란……

오빠도 알다시피 Jeff와 나는 한 집에서 같이 산 날보다 따로 헤어져 지낸 시간이 더 많으니까 막상 이혼을 했어도 실제로 달라진 건 전혀 없었어. 실제로 이혼을 했다는 기분도 들지를 않았고 그건 지금도 마찬가지야. 내가 서류상으로 정식 이혼을 요구했던 까닭은 어쩌면 무엇인가 항변하고 싶었던 내 오랜 심정을 상징하는 단순한 몸짓이었는지도 몰라.

그리고 이혼을 한지가 10 년이 되었어도 내 마음 속의 응어리는 지금까지 그대로 남았고.

Jeff와 그렇게 된 다음에는 한국으로 나가서 엄마와 오빠 근처에서 여생

---

4) 워낙 꾸밈이 없는 남자여서 말야.

을 보낼까 하는 생각도 가끔 했어. 서울 가서 보니까 한국 사람들 요즈음 너도나도 영어 배우느라고 정신없던데, Internet에 학교를 하나 만들어 올려 영어만 가르쳐도 먹고 살 걱정은 안 해도 되겠다는 생각이 들었어. Toastmasters Club 지부를 서울에 열 계획도 구체적으로 세웠었지. 그렇게 어영부영 살다 내가 태어난 땅에서 죽어도 괜찮겠다는 판단도 했고 Coming home and dying at home (true home) didn't sound or feel bad at all.[5]

하지만 난 실패한 결혼 생활에 관한 고백을 엄마나 오빠한테 하기가 자존심이 허락하지를 않았나 봐. 내 인생이 정말로 실패나 패배였는지, 아니면 패배라는 개념도 나 혼자만의 착각인지는 이제 더 이상 판단하기도 어려워졌지만.

오빠 말대로 난 실패한 삶을 살지는 않았는지도 모르겠지만, 어쨌든 내 인생은 나 자신이 원하고 생각했던 것처럼 제대로 엮어지지 않았던 것만큼은 분명한 사실이야. 참으로 막막했던 어린 시절을 보내고 나서, "국제결혼에 성공"하고는 미국으로 떠나올 때, 주변의 모든 사람이 부러운 눈으로 나를 쳐다보았고, 나 자신도 이제는 결혼에 성공했으니 인생의 모든 고통이 끝나는 줄 알았지. 지금도 캐나다나 뉴질랜드로 이민을 떠나는 한국 사람들 얘기를 들어 보면 마치 한국 땅에서 도망치기만 하면 한꺼번에 모든 희망의 문이 열리고 미래의 태양이 찬란하게 빛나리라고 기대하는 듯싶던데, 나도 그땐 미국인 남편을 따라 태평양을 건너 이곳 아메리카로 오기만 하면 모든 문제가 해결나리라고 생각했었어.

An American dream. 그게 내 눈앞에 펼쳐지려고 했으니까. 그 시절엔 미국이라면 우리나라 사람들에겐 해방이고 낙원이었잖아. The paradise on earth[6]라면서 말야.

좌절과 실망에 관한 얘기를 하려니까 갑자기 너무나 기운이 빠져서 더 이상 못 쓰겠어.

•　•　•

성은이가 또 문병을 왔어. 요즈음 돈벌이도 잘 안 되어 일 맡으러 여기 저기 돌아다니느라고 바쁠 텐데, 다시 촬영한 내 CT scans 결과가 (아래쪽 내장이 말라붙어 이제는 더 이상 무엇을 먹어도 소화가 안 된다는 선고에 서부터 암세포가 가슴까지 차올라 왔다는 등등) 워낙 병이 나빠졌다는 소식을 듣고는 눈앞에 닥친 임종을 혹시 놓칠까 봐 서둘러 비행기를 타고 온 눈치야. 그렇게까지 신경을 안 써도 되는데.

성숙이는 내 병 간호를 위해서 회사에 휴직계를 내고는 엄마하고 병원에서 살다시피 해. 고맙고 미안. 어제서야 겨우 얼굴을 내민 남편 Jeff, 그리고 집이 병원에서 별로 멀지 않으면서도 저녁에만 잠깐 두 차례 들르고 만 며느리 Lucy는 말할 것도 없고, 사흘에 한 번쯤 얼굴을 보이는 아들 Sean을 보면, 내 진짜 가족이 누구인지, 그리고 한국말의 '정'이라는 단어에 맞아 떨어지는 영어를 찾아내기가 왜 힘든지 이해가 가.

그러면서도 어떤 면에서는 차라리 American family가 내 마음을 훨씬 편하게 해 준다는 생각이 들기도 해. 아무리 엄마와 동생들이라고 해도 요즈음 내 주변에 보이는 얼굴들은 어쩐지 나의 죽음이 어서 오기를 기다리는 사람들이란 생각을 떨쳐 버리기가 힘들어. Sean and Lucy의 겁먹은 표정을 봐도 물론 나의 죽음을 걱정한다기보다는 사람이 죽는 모습을 처음 보기 때문에 느끼는 공포의 얼굴이고 성은이와 성한이가 나하고 눈이 마주치지 않으려고 자꾸 시선을 피할 때면 내가 오히려 부담스러워져.

남들이 시선을 피하거나 등을 돌리고 창 밖을 내다볼 때마다 난 이미 이 세상 사람이 아니구나 하는 생각이 들어. 내 죽음을 지켜보며 기다리는

377

사람들. 내가 가는 길은 아무도 따라와 주지 않으면서, 그냥 나를 보내려고 지켜보면서 기다리기만 하는 사람들. 그들은 아직 죽으려면 멀었고, 그래서 앞으로 계속 살아가야 할 사람들은 곧 죽어야 할 나에게 어떤 표정을 지어야 할지 고민하는 기색이 역력해.

하기야 이럴 땐 어떤 표정을 짓고 무슨 말을 해야 하나? 아무 말도 안 했다가는 무정하다 소릴 듣겠고, 다정한 위로의 말을 하긴 해야 되겠는데 혹시 실수로 해서는 안 될 말이라도 잘못 튀어나올까 봐 걱정이 되겠지. 대학 입시를 본 아이의 부모에게 붙었는지 떨어졌는지 차마 물어 볼 용기가 나지 않아 전화를 걸지 못하는 그런 심정일 거야.

때로는 엄마를 빼놓고는 아무도 진심으로 나의 죽음을 슬퍼하지 않는 듯한 느낌이 오기도 하는데, 착각일까? 누가 오래 앓으면 식구들은 병간호를 하느라고 너무 지쳐서 슬픔이 사윈다는데, 나도 벌써 그렇게 남들을 지치게끔 만들었을까?

곧 죽어야 할 사람에게는 진실을, 특히 죽음 자체에 관한 말하기가 정말로 힘들고, 그래서 수많은 암환자는 식구들이 모두 진실을 아는데도 혼자서만 무슨 병인지 모르고 죽어 간 경우도 많다고 그러잖아. 나의 죽음을 기다리는 식구들이 겪어야 하는 이런 예상치 못한 emotional burden[7])을 생각하면 내가 어서 빨리 숨이 끊어져야 한다는 생각도 했어.

어제는 화장실에 갔다가 뼈와 가죽만 남은 거울 속의 내 얼굴을 물끄러미 쳐다보면서, 동생들은 저 얼굴을 보며 무슨 생각을 할까 상상해 보았는데—모르겠어. 아무것도 그래서 나는 이제 그들과 더불어 역시 나 자신의 죽음을 초조하게 기다리게 되었지.

내 병실을 드나들거나, 병상 옆에 앉았거나, 서성거리는 사람들 가운데 사실 제일 입장이 거북한 사람은 Jeff 같아. 결혼한 다음 내 인생을 책임졌어야 하는데 그렇질 못했고, 그것도 모자라서 이제는 이혼까지 했다는 사

---

7) 정신적인 부담

실도 밝혀진 다음이어서 그야말로 몸 둘 바를 몰라 죄인처럼 구석으로만 돌고, 한국 식구들하고는 슬금슬금 대화를 피하는 모습을 보니까 참 안됐구나, 좀 불쌍하다는 생각도 들어. 따지고 보면 내가 원하는 삶을 Jeff가 나한테 마련해 주지 못했다는 건 성숙이의 말마따나 내 욕심이 너무 심해서였는지도 모르겠고, 어쨌든 그래도 한때는 그토록 사랑했는데, 어쩌다 우리 사이가 이렇게 되었나 따져 보면 인생이란 참으로 한심해.

뭐니뭐니 해도 Jeff는 나를 구해 준 사람, "구원자"라던 성숙이의 말은 사실이야. 가난으로부터의 해방이라는 기본적인 문제에서부터도 그렇지. 암담한 나의 미래를 생각하며 좌절했던 나를 살려낸 사람이 Jeff였으니까.

오빠는 부모가 대학을 보내 줬지만, 집에 돈이 없으니 진학할 생각은 아예 말라던 아버지의 선언을 들었을 때, 난 내 인생이 거기에서 끝나는 기분이었어. 중단된 인생이랄까. 미래와 희망을 빼앗겨 버린 심정이랄까.

하지만 내가 대학을 못 간 건, 오빠도 잘 알지만, 돈과 가난 때문만은 아니었어. 동생인 성은이는 나중에 대학을 갔는데, 맏딸인 나는 왜 안 보냈을까? 그건 그토록 부자였다는 외할아버지가 초등학교를 마친 엄마한테 딸은 교육을 받으면 팔자가 사나워진다고 중학교에 보내지 않았던 전근대적인 사고방식이 그대로 되풀이된 거였지. 딸(여자)에 대한 차별 말야.

우리 모두들 그랬잖아. 엄마는 제대로 교육만 받았더라면 큰 인물이 되었으리라고 팔순이 다 된 지금까지도 병풍에 수를 놓으시는 솜씨를 보면 우리 형제들이 하나같이 그림을 잘 그리는 것도 사실은 엄마의 재능을 물려받은 거라고.

동생은 남자라서 대학을 가는데, 나는 딸이기 때문에 못 간 심정이 어떠했는지 한 번 상상해 봐. 지나치게 숙명론적인 얘기처럼 들릴지 모르겠지만, 여자는 스스로 성공할 능력이 없으면 시집이라도 잘 가야 한다지만, 돈 많고 능력있고 잘생긴 남자를 만나려면 나도 제대로 교육을 받고, 뭔가 바탕을 갖춰야 하는 것 아니겠어? 고무신도 제짝이 있다지만, 고무신한테는 고무신밖에 짝이 없으니까 말이야.

대학을 포기하고 그나마 영어를 잘한 덕택에 8군 클럽에서 직장을 겨우 겨우 구했던 나에게는, 여자가 핍박받고 무시당하는 한국 땅에선 정말 아무런 희망과 미래가 보이질 않았어. 그러다가 Jeff를 만나 결혼해서 "Ladies First"라는 미국으로 가게 된 나는 정말 새로운 인생의 시작을 맞았다는 생각이 들었지. 나는 선택된 여자라고 고등학교 회화반 동창들이 모두 부러워했고.

남자를 선택할 권리나 자유가 없었던 나는 Jeff에게 선택되었다는 사실이 너무나 고마웠는지도 몰라. 그래서 미국으로 간다는 사실만이 그토록 좋아서, 난 남편의 직업이 결혼 생활에 어떤 영향을 미칠지 따위는 걱정도 안 했어. 연애 시절에는 상대방이 좋아만 보이게 마련이고, 더구나 좋은 나라의 남자였으니, 난 다른 부수적인 조건들에 대해서는 별 걱정을 안 했지. 하기야 그런 어린 나이에 내가 앞뒤를 따지고 가릴 만큼 인생에 대해서 무얼 알았겠어?

Jeff가 입대하기 전에 'smokejumper'였으며, 제대하면 다시 그 직업으로 돌아갈 계획이라는 얘길 했을 땐 사실 난 'smokejumper'란 말은 들어 본 적도 없었어. 그게 뭐 하는 일이냐고 물어 본 나한테 Jeff는 산불이 나면 비행기를 타고 날아가 jump해 들어가서 그 불을 끄는 직업이라고 설명했지. "Red Skies of Montana"[8]가 smokejumpers에 대한 영화라는 얘기도 했지만, 난 그런 영화는 제목도 들어 본 적도 없으니 전혀 감을 잡지 못했던 셈이야.

미국으로 들어가는 수속을 위해 우린 서울시청에서 간단한 결혼 신고를 끝내고 여권을 발급받고 visa를 얻어 태평양을 건넜고, Smokejumpers' Headquarters[9]가 위치한 Missoula, Montana에 정착했는데, 살림 장만에서부터 집안 꾸미기 따위로 워낙 정신없이 바쁘던 나날이기도 했지만, 그곳에

---

8) 몬타나의 붉은 하늘
9) 산악소방본부

도착했을 때는 내가 벌써 Sean을 임신한 흔적이 눈에 띌 정도여서 우린 결국 정식 결혼식은 올리지도 못했어. 하기야 당시 사정으로는 한국과 미국 어느 쪽에서도 양가가 함께 모여 결혼식을 올리기는 힘든 사정이었고, 막상 Montana에는 우리 둘뿐이고 시댁이 Miami에 살았으니 번거롭게 무슨 결혼식을 다시 하느냐는 생각이 들어서 그까짓 ceremony 뭐가 중요하냐, 잘만 살면 그만이지 별로 신경도 쓰지 않았어. 정식 결혼식조차 올리지 못했다는 건 지금도 난 서운해하지는 않아. 그때는 그럴 수밖에 없었던 사정이었으니까.

미국에 가서도 처음엔 남편의 직업에 대한 불만은 없었던 셈이야. 수당도 많고, 생활면에서는 참 좋았으니까. 하지만 몬타나 어디선가 산불이 날 때마다 방랑자처럼 훌쩍 집을 떠난 Jeff가 며칠씩 소식이 끊어진 채 산 속에서 지내다 오는 생활이 계속되자 "남편이 산불 끄는 사람"이라는 자기 소개를 해야 하던 내 위치가 어색해지기 시작했어. 표현이 너무 험악해서 말야. Emergency[10]를 기다리는 직업은 너무 위험하다는 생각도 들었지. 텔레비전 뉴스에서 몬타나뿐 아니라 California 같은 곳의 산불 소식을 접할 때마다 긴장을 하며 지내는 나날이 부담스럽기도 했고.

그래서 난 Jeff가 대학에서 전공한 landscping[11] 쪽으로 직업을 바꿔 보지 않겠느냐고 슬그머니 유도를 하다가 나중에는 smokejumper를 그만두라고 강력하게 요구하기 시작했지. 물론 이것도 나의 계산착오였지만. 난 landscping이라기에 정원을 꾸미고 기껏해야 apartment complex[12]에 조경을 하는 그런 옹기종기한 일로 잘못 생각했던 거야. 한국처럼 작은 나라에서는 landscaping이라면 그런 정도가 고작 아냐? 그래서 난 남편이 직업을 바꿔 그런 조경 일을 하게 된다면 내 미술 솜씨도 발휘하며 남편 옆에서 함께 일해도 되겠구나 하는 막연한 기대도 했어. 말하자면 나에게도

---

10) 비상사태
11) 조경(造景)
12) 아파트먼트 단지

home-making[13] 말고 뭔가 사회적으로 활동할 기회가 생길 듯싶은 기대를 했지.

부동산 소개업자를 만나야 되겠다며 Sean과 나갔던 Jeff가 돌아왔어. 다시 쓸게.

● ● ●

또 한 번의 아침이 왔어. 살기에 바쁜 사람들은 너도나도 급한 볼일을 보러 뿔뿔이 흩어져 나갔고, 하지만 오후 늦은 시간이 되면 모두들 죽어가는 나를 지켜보며 기다리기 위해 다시 병실로 모여들겠지.

엄마는 혼자 의자에 앉은 채로 피곤하게 잠들었고, 조용한 시간이야. 어제 쓰던 편지는 끝내야 되겠다는 생각에 베개를 등뒤에 받치고 침대에 누운 채로 laptop을 무릎에 얹어 놓으니 "laptop"[14]이라는 말이 참 실감나.

어제 하던 Jeff 얘긴 마무리를 지어야 되겠지.

Jeff는 내 요구에 별다른 반발도 없이 결국 직업을 바꿨어. 산림 소방관을 그만두고 나서 처음 맡은 landscaping 일이 Montana의 Glacier National Park[15] 일대의 도로변 200 마일의 생태계를 복원하고 improve[16]하는 작업이었는데, 난 공사의 규모가 얼마나 큰지를 알고는 너무나 놀랐어. 학교에 다닐 때도 영어와 미술은 성적이 좋았지만 수학이 늘 모자랐던 나였는데, landscaping을 gardening[17]쯤으로 착각했다가 계산이 엄청나게 틀려 버렸던 거지.

처음 여기 왔을 때부터 그랬어. 난 미국이 큰 나라라는 말은 들었어도,

---

13) 집안살림
14) 무릎 위
15) 글래시어(빙하) 국립공원
16) 개량, 개선
17) 원예

실제로 와서 살아 보고는 진짜로 얼마나 큰 나라인지 깨닫고는 점점 더 놀라게 되었으니까. Montana만 해도 한국보다 면적이 11 배나 되는데, 인구가 70만밖에 되지를 않아. Montana에서 두 번째로 가장 큰 도시인 Missoula의 인구는 그때 6만이 조금 넘었고, 거의 30 년이 지난 지금도 인구가 그대로 비슷하대. 허허벌판에 오두막 한 채밖에 없는 풍경이 인상적이었던 서부영화 "Shane"을 촬영했다는 Wyoming이 바로 옆에 붙은 Montana는 그곳을 무대로 삼아 얼마 전에 만든 영화 "Legends of the Fall"[18]이나 "A River Runs Through It"[19]에 그려진 옛날의 모습이 아직도 그대로야. 공간이 너무 넓기 때문에 어느 쪽으로 흘러야 할지 모르겠어서 시간이 아예 멈춰 버린 듯한 느낌.

여기처럼 모든 것이 너무 크다 보면, 작은 나라의 좁은 땅에서 부대끼며 좁은 시야 속에서만 살아온 나 같은 한국인은 땅덩어리의 크기 자체에 압도당하고, 무한대의 개념에 대해서 부담을 느끼게 돼. 무작정 큰 집을 좋아하는 사람들이 막상 들어가 살기 시작하면, 청소하고 maintenance하느라고 혼나는 격으로 말야.

사람이 살아가는 데는 꼭 그렇게 많은 공간이 필요하지를 않다는 사실을 난 여기 와서야 깨달았어. 자연 보호는 꿈도 못 꾸고 땅 조각만 보였다 하면 아파트먼트와 공장을 지어대는 좁아터진 한국에서 평생을 살아야 하는 사람이라면 볼 것도 많고 갈 곳도 많은 "광활한 대지"를 동경하게 되기도 하겠지만, 이곳은 넓어도 너무 넓어. 그래서 지나치게 넓은 땅에 인구가 너무 적어, 상대적으로 직장도 많지 않아 직업을 구하기가 힘들다 보니, 한국인은커녕 유색인종은 아예 찾아보기도 힘든 몬타나에서, 난 과거와 고향으로부터 완전히 단절된 생활을 시작해야 했지.

그래도 처음엔 한국을 잘 떠나왔다는 생각뿐이었지만, 첫 공사를 끝내

---

18) 가을의 전설
19) 흐르는 강물처럼

고 Jeff가 Alabama나 Minnesota처럼 다른 주(State)로 일을 가게 되자 내 생각이 차츰 바뀌게 되었어. 남편이 출장을 가더라도 마음만 내키면 언제라도 그날로 차를 타고 돌아올 수 있는 한국과는 달리, 너무 거리가 멀어 특별히 휴가를 내기 전에는 한 달이고 두 달이고 얼굴조차 볼 수가 없게 되자, 난 "망부석 전설의 주인공처럼 홀로 살아가는 촌여자가 되는구나"하는 걸 절감하기 시작했어. 미국의 State는 흔히 착각하듯 한국의 '도(道)'하고는 비교가 되질 않잖아. 'State'라는 말 자체가 '국가'라는 뜻이고, 주 하나가 대부분의 경우 우리나라 남북한을 합친 것보다도 훨씬 크니까, 어느 쪽으로든 한두 시간만 가면 산도 나오고 바다도 나오는 한국을 기준으로 이곳의 거리를 계산해서는 착오가 날 수밖에 없었지.

결국 난 나라의 광활함이 그곳에서 살아가는 인간 개개인이 느껴야 하는 고독감의 크기와 정비례한다는 사실을 깨달았어. It's so strange to sit around here, everything (almost) so quiet and still, unlike the city you all live where everything seems in chaos. I miss the times I spent there. I like the feeling of closeness with the rest of my OTHER family. I miss the store down the corner where I can run down and get some cookies and milk anytime without the trouble of driving to a store. I could still see our mom shopping from a vegetable truck through her kitchen window.[20]

아무 맛도 없는 듯한 떡의 맛이 왜 좋은지를 뒤늦게 깨달았듯이, 난 아마도 시끄러운 한국이 왜 좋은지는 지나치게 고요하고 평화로운 미국의

---

20) 모든 일이 난장판처럼 여겨지는 오빠네 동네하고는 너무나 달리, 온통 사방이 적막하고 고요한 이곳에 가만히 앉아 있으려니까 너무나 이상한 기분이 들어. 난 그곳에서 보낸 시간들이 그리워져. 나의 '다른' 가족과 모두 함께 가까이 지낸다는 기분이. 자동차를 운전해서 상가까지 일부러 나가지 않더라도 골목을 걸어 내려가 과자나 우유 따위를 아무 때라도 사다 먹을 수 있는 구멍가게가 생각나. 엄마가 부엌 창문으로 몸을 내밀고 야채 파는 트럭에서 찬거리를 사던 모습도 눈에 선하고

시골 생활에 지친 다음에야 터득했던 모양이야.

어쨌든 그렇게 장기간씩 Jeff와 떨어져 혼자 사는 생활이 시작되자 난 무료함을 잊기 위해서, 그리고 내 인생을 포기한 채 미국의 시골 여자로 묻혀 살다가 죽고 싶지가 않다는 생각에서, 남아도는 시간을 활용하자고 작정하고는 Missoula의 University of Montana에 입학해서 대학 공부를 시작했어. 자기 개발을 시작했다고 할까? 한국에서 대학을 못 가서 중단된 인생을 다시 연장시켜 보려는 노력이 시작된 셈이지.

Nurse가 왔네. 목욕하러 갈 시간이야.

●   ●   ●

오늘도 Jeff는 집을 구하러 나갔어. 병원에 있어 봤자 더 이상 아무 소용도 없으니 퇴원하라는 의사의 말에, 곧 죽게 될 나를 혼자 비행기에 실어 아무도 없는 몬타나로 보낼 수도 없는 노릇이니까 이곳 San Diego에 집을 하나 얻어 Jeff와 나, 그리고 Sean과 Lucy 부부까지 넷이 난생 처음 모두 함께 모여 마지막 몇 주일이나마 시한부 가족으로 함께 지내기로 했지. 여기다 집을 마련하면 Jeff도 Nevada 주의 직장을 다녀오기가 쉽고, 성숙이도 다시 직장을 다니며 저녁때만 얼굴을 내밀어도 되고, 말하자면 이상한 형태이기는 하지만 우린 모두 "정상"으로 돌아가는 셈이야.

일이 이렇게 되고 보니 an American wife로서의 나에게는 결국 마지막 안식처가 American family일 수밖에 없나 보다 하는 생각도 들어.

어제 오빠가 전화로 한 얘기 말야. 이제는 어차피 마지막 몇 주일밖에 안 남았으니까, 그 동안 Jeff하고 나 둘이서 어떻게 살아왔던 마무리만큼은 잘 지으라고 충고하던 말, 물론 그냥 흘려 버리겠다는 뜻은 아니었어. 하지만 왜 내가 속이 상했는지도 이해해 주기를 바라.

좀 심하게 표현하면, 그건 이왕 죽을 몸인 나한테는 앞으로 상관이 없을 테니까 뒤에 남아 살아갈 사람들의 마음이나 편하게 해 주라는 충고이겠는데, 워낙 속이 좁은 여자여서인지는 몰라도 나에게는 그 말이 퍽 섭섭하게 들렸어. 어차피 죽을 사람은 손해를 봐도 되고, 살아 남을 사람들만 양심의 가책을 면제받아야 잘 되는 건가? 이것만큼은, 아무리 수학을 못하는 나라고 해도, 내 계산이 옳다고 느껴져.

Jeff가 아무리 밉더라도 용서하고 화해한 다음에 나더러 이 세상을 떠나라던 오빠의 말은 물론 좋은 뜻에서 한 충고인 줄은 알지만, 용서란 그렇게 말처럼 쉽지가 않아. 수십 년 동안 두고두고 쌓인 한인데, 무슨 선심이라도 쓰듯이 갑자기 마음을 바꿔 먹기란 쉬운 일이 아냐. 평생 동안 해묵어 온 아픔이 극적인 한순간에 해소된다는 건 논리적으로나 도덕적으로도 옳다고 여겨지질 않고 마지막 순간의 극적인 해결이 가능하다면 왜 차라리 일찌감치 해결해서 편안한 삶을 살게끔 인간의 두뇌는 발달하지 못한 거지?

My life with Jeff has been a very lonely and frustrating journey. The 30-year relationship with Jeff, fortunately, was far less in number of years because he was away a lot. I say my life was lonely because Jeff and I had an entirely different views and ways of living. We had different priorities, preferences, and our opinions clashed constantly. Yes, he has been a hard-working, honest and decent person. But....[21]

엄마하고 성숙이도 Jeff가 천성이 착하고 좋은 사람이니까 나더러 조금만 남편한테 잘해 줬다면 훨씬 행복하게 살았으리라는 말을 자주 했어. 내가 워낙 내 삶만을 고집한다면서 말야. 그것 역시 상대적인 얘기이겠지. 흔

---

21) 제프와의 결혼 생활은 무척 외롭고도 답답한 하나의 여정이었어. 하지만 다행히도 제프와 보낸 30년은 남편이 외지에서 보낸 기간이 워낙 많아서 그렇게 오랜 세월은 아니었지. 내 인생이 외로웠다고 하는 까닭은 제프와 나의 생활방식이나 인생관이 판이하게 달랐기 때문이야. 우린 중요하거나 좋다고 생각하는 대상들이 달랐기 때문에 끊임없이 의견 충돌을 일으켰어. 그래, 남편은 열심히 일하고, 정직하고, 점잖은 사람이기는 하지만……

히 "성격차"라고 하는 말, 잘못 만난 결혼은 과연 어느 한쪽만의 탓일까?

모든 문제의 뿌리는 Jeff와 내가 너무 많은 시간을 떨어져 살기 때문이라면서, 엄마와 성숙이는 남편이 가는 곳이라면 어디든지 아내가 따라가야 옳다며 한국식 사고방식("여필종부")을 나한테 상기시켰고, Jeff는 "It's the nature of my work!"[22]라고 가끔, 나름대로 내 잘못을 탓했어. 남편의 직업이 계속해서 공사를 좇아 미국 전역을 방랑해야 하는 그런 성격의 것이라면, 군인의 아내처럼 나도 열심히 따라다니기만 하면 만사해결이 나지 않겠느냐는 논리였겠지. 그렇게 못 할 바에는 차라리 그런 삶을 받아들이지 않아도 되게끔 남편을 한 곳에 붙잡아 두도록 내가 나서서 돈벌이를 해야 하지 않겠느냐고 노골적으로 나를 탓하는 말도 누구한테선가 들었지. 그렇지만 상황이나 환경을 스스로 바꿔 놓을 능력이 없다고 해서 내가 나 자신을 위한 삶을 따로 원하지 말라는 요구 또한 나로서는 받아들이기가 힘들었어.

그리고 내가 남편을 따라다니려는 노력을 하지 않았던 것도 아니잖아. Alaska pipeline[23] 공사 때는, 생과부 생활에 지친 나도 나이지만 밥해 줄 사람도 없이 추운 곳에서 혼자 생활해야 하는 Jeff의 사정을 생각해서 중요한 세간만 대충 챙겨 차에 싣고 우리 세 식구는 Montana를 떠났지. 남은 세간이 많아 집은 세를 놓지도 못하고 출입문 자물쇠만 채워 놓고 말야. 1 년이 넘도록 집을 비워 둔 채로 다른 곳에 가서 산다는 개념도 한국에서는 상상조차 못 할 일이었고, Alaska에서 지내던 기간 내내 난 비워 놓고 온 집 때문에 얼마나 불안했었는지 몰라.

우린 mobile home[24]에서 살았지. 그건 집도 아니고 바퀴만 달면 아무 곳으로나 끌고 가는 그런 시설이었어. 그러면서도 그런 집들이 모인 동네에는 전기나 수도는 물론 들어오고 우편물을 받도록 주소까지 있었으니, 미국 사람들이 이런 생활에 얼마나 익숙한지 알 만했어. 일종의 보편적인 삶

---

22) "내 직업이 그런 걸 어떡해!"
23) 알라스카를 횡단하는 송유관
24) 이동 주택

이랄까. The Great Gold Rush 시절처럼 돈벌이가 잘 된다는 소문에 Alaska 송유관 공사를 보고 미국 전역에서 몰려든 사람들이 이루어 놓은 뜨내기 마을에서, 낯모르는 사람들이 돈벌이를 하는 동안만 함께 살다가 다시 흩어져야 하는 어수선한 공동체 속에서, 궤짝집에 갇혀 살아가던 생활은, 몇 대에 걸쳐 한 마을에 눌어붙어 살아가는 역사에 익숙한 한국인이었던 나에게는, 어딘가 인간답지 않게 느껴지고 전혀 생리에 맞지를 않았어.

nature of work이 어쩌느니 하지만 Jeff는 그런 생활을 괴로워하기는커녕 은근히 즐기는 눈치였어. 그에게는 인생 자체가 어쩌면 끝없는 camping의 연속이었는지도 몰라. camping과 family life를 구분하지 않았던 그에겐 험악한 생활까지도 재미있는 모험이었던 모양이니까.

한국에서 아직 우리가 연애를 하던 시절, Jeff를 처음 집으로 초대해서 저녁을 같이 먹고 난 다음, 혹시 기억이 날지 모르겠지만, 총을 여덟 자루나 가지고 있다는 그의 말을 듣고 오빠는 사냥과 낚시를 좋아하는 sportsman이니까 Jeff는 성격이 남자답고 좋은 사람이리라고 그랬지. 내 친구들도 "멋있는 남자"라면서 정적인 동양과 동적인 서양의 만남이어서 궁합이 잘 맞는다고 그랬어. 하지만 사냥과 낚시가 남자들에게는 얼마나 큰 즐거움이요 멋인지 모르겠지만, 나한테는 전혀 그렇지 않았어.

미국이란 나라가 대부분 유럽에서 대서양을 건너와 정착한 백인들이 다시 계속 서부로 이동하는 유목민적 생활 속에서 키워 놓은 국가이기는 하지만, 난 포장마차에서 살며 서부의 험악한 땅을 개척하고 살아가는 그런 억센 American 여장부가 아냐. Jeff가 감독하는 공사장에 가 보면 안전모를 쓰고 허리춤엔 쇳덩이(spanners, wrenches, hammers, etc.)를 주렁주렁 매달고 돌아다니는 억척같은 미국 여자들이 자주 눈에 띄지만, 난 백 번 죽었다 깨어나도 여자의 몸으로 그렇게 공사장 인부 노릇은 못 할 것 같아. 그런 면에서는 난 결코 미국인이 될 능력이 없다고 해야 되겠지.

성숙이를 보면 그런 대로 남자들과 경쟁하며 mainstream[25] 미국 사회에 잘 적응하는 듯 보이지만, 난 진정한 미국인이 되기는 불가능했던 거야. 따지고 보면 진짜 미국인은 또 뭘까 그것도 모르겠지만 말야. Jews, Irish, Arabs, Hispanics도 그렇겠지만, 나의 ethnic background26)는 서류만 가지고 바꿀 수 있는 그런 게 아니었어.

Montana도 Vermont만큼이나 눈이 많고 겨울이 길기는 했지만, Alaska는 춥고 긴 겨울 때문에 견디기가 힘들었어. 에스키모의 땅 the Arctic Circle과 가까워서 the Bering Sea에서는 찬 바람이 줄기차게 불어오고, 한없이 쌓이던 눈은 숨이 막힐 지경이었어. 설경도 설경 나름이지, 몇 달씩 얼어붙은 풍경 속에선 사람도 함께 얼어붙고는 했으니까. 문 밖에서는 쇳덩이와 나무와 헝겊 따위가 모두 하나로 엉겨서 얼어붙고, 그래서 온 세상은 하나의 거대한 얼음 덩어리. 눈보라가 휘날리고, 콧물이 줄줄 흘러내리고, 발가락이 얼어서 굳어 버리고, 그래서 온갖 행동이 느려지면서 의식까지 둔해지는 느낌이지. 마치 동면하는 짐승처럼.

기껏 날씨가 좀 풀리면 동상에 걸린 손가락이 가려워 견디기가 힘들고, 동네는 온통 질척거리는 흙탕물에, 걷기도 힘들 만큼 속바닥이 얼어붙어 미끄러운 길거리, 귀찮아서 외출하려는 발길이 뜸해지고, 어쩌다 바깥으로 나온 사람들도 웃는 얼굴이 별로 눈에 띄지 않았어.

혹독한 추위는 생활반경을 더욱 축소시키고, 밀폐시키고, 너도나도 지저분한 눈더미와 낯선 얼굴들로 둘러싸인 집안에 틀어박혀 무인도의 표류자처럼 따로따로 가족 단위로 살았어. 빨래를 마음대로 자주 하지 못해서 집안에는 눅눅함이 곰팡이처럼 누적되고, 두터운 옷은 점점 무거워지고, 울부짖는 바람 소리 속에서 온 세상에 점점 무겁게 눈이 쌓이는 벌판에서 사람들은 cocoon27)처럼 저마다 껍질을 틀고 들어앉아 죽은 듯 살아간 거야.

그러나 추위보다도 훨씬 더 견디기 어려웠던 건 낮과 밤의 불균형. 겨울

---

25) 정통, 주류
26) 인종적 배경
27) 고치

이 오면 무덤 같은 어둠 속에 파묻혀 집안에 앉아서 하루 종일 기다리고 기다려도 좀처럼 날이 밝아 오지를 않아. 불면증에 시달리는 듯 괴롭고 답답한 심정으로 한없이 기다리다가, 겨우 날이 밝았는가 하면 다시 어느새 기나긴 밤이 오고 햇빛을 그리워하며 보내야 했던 너무나 길고 긴 어둠은 마치 내 삶을 상징하는 듯했지.

이런 끝없는 어둠 속에서, 우울증과 참혹함이 다른 비율로 배합된 독약을 날마다 조금씩 장기 복용을 하는 기분으로 겨울을 견디어 내느라고 기진맥진한 사람들은 봄이면 여기저기서 자살을 했어. 한국에서도 봄이 오면 겨우내 시달린 노인들이 허약해진 체력 때문에 많이 죽는다는 얘길 들었지만, 알래스카는 봄이라면 정신적으로 황폐한 사람들을 위한 집단 자살의 계절처럼 여겨져.

여름은 또 여름대로 자정이 되어도 해가 지지 않아 사람을 지치게 만들었고, 그래서 돈을 벌어 먹고 살기 위해 정말 사람이 이런 곳까지 와서 고생을 해야 하는지, 그리고 편안히 다른 곳에서 살며 행복을 누리는 사람들을 생각하면 화가 나기도 했어. 나에게는 주어지지 않은 행복을 자기들끼리만 나누며 누리는 사람들이 부럽기도 하면서 왜 또 그리 미웠는지 몰라.

오빠는 내가 한국에 나가서 맞춰 입는 옷을 보고 19세기 식이라며 웃고는 했지? 하지만 난 그런 옷이 좋아. 난 예쁜 옷과 예쁜 모자가 좋고, 교양 있는 사람들과 둘러앉아 차를 마시는 생활이 좋고, 시끄럽지 않은 대화가 좋고, 전시회와 음악회가 좋고, 연극 구경이 좋고, 그런 것들이 흔한 서울이 좋아. 그래서 난 알래스카 시절부터 엄마와 오빠가 있는 서울로 해마다 나가서 한두 달씩 지내다 오는 나름대로의 "휴가"를 마련했던 거야.

그래. 난 생버섯의 청결한 맛이 좋고, 백합이 좋고, 가느다란 색연필이 좋고, 하얀 장갑이 좋고, 상아빛이 좋고, Jessica Tandy 같은 분위기가 좋아.

Alaska의 겨울이 아니고

오빠한테 꼬박꼬박 이렇게 편지를 쓰다 보니 마치 무슨 자서전이라도 집필하는 기분이야. 전에는 고희(古稀—한자가 맞나?)니 뭐니 해 가면서 아무도 읽지 않을 자서전을 펴내는 한국 사람들을 보면 우습고 이상하더니, 이제는 왜들 그러는지 이해가 갈 듯싶어. 죽음의 순간까지 앞으로 시간이 얼마나 남았는지를 비교적 정확하게 짐작하기가 가능할 무렵이면 아마도 사람이란 끝나 가는 자신의 존재를 연장하고 싶은 욕망에 저절로 사로잡혀서, 지금까지 살아온 과정을 기록으로 남기려는 유혹을 자기도 모르게 느끼나 봐. 내가 죽은 다음에도 살았을 때처럼 생각해 달라고 살아 남은 사람들에게 진정서를 쓰는 격이랄까.

어쨌든 죽음이라는 개념에 차츰 익숙해지면서, 죽음을 맞으려는 준비를 해가면서, 마침내 과거와 현재와 미래가 좀더 뚜렷하게 잘 보이는 것 같고, 갑자기 모든 사건이 무슨 채점표처럼 의미와 무의미로 분명하게 갈라지면서 그늘과 양지로 나뉘고, 그래서 마지막 남은 시간에 shopping list를 만드는 식으로 과거를 말끔히 정리하고 싶은 욕구가 생기는지도 몰라. 겨울이 가고 봄이 오면 생활에 얽힌 때를 말끔히 씻어내고 싶어서 house-cleaning[28]을 하듯이. 죽음은 결코 봄이 아니기는 하지만 말야.

morphine으로 고통을 삭여 가며 삶을 정돈하고 죽음을 준비하는 예식을 시작하고 보니, 살펴봐야 할 구석은 또 왜 이리 많은지. 은행 통장 정리에 여기저기 편지쓰기 따위, 떠나는 준비를 차곡차곡 하려니까 스스로 고문을 받는 기분이 들기도 하고.

어쨌든 이제는 기운이 쇠잔해 가고, 몇 번이나 더 편지를 쓰게 될지 모르겠어서, Wisconsin과 Georgia 생활은 생략하기로 하고 우선 텍사스 시절 얘기부터 하겠어. 텍사스는 오빠도 다녀간 곳이어서 간단히 얘기해도 내

---

28) 집안 대청소

삶이 어떠했는지를 쉽게 이해할 듯싶어서야.

끝없는 방랑 생활은 육체적인 고생도 고생이지만, 다른 나라나 마찬가지인 새로운 주로 삶과 생활 전체를 옮길 때마다 새로 구하거나 버려야 하는 물건들 때문에도 늘 속이 상하고는 했어. Alaska에서 Jeff와 Sean이 winter sports를 즐긴다며 샀던 snowmobile[29]이 그런 대표적인 예가 되겠지. 엄청나게 비싼 돈(거의 1만 달러)을 주고 산 물건이 텍사스에서는 무용지물이 되었어. 몇 년이 가도 눈이 안 오는 곳이기 때문에 그랬지.

사는 곳이 달라지면서 무용지물이 되었지만 또 언제 겨울나라로 이사를 갈지 몰라 섣불리 헐값으로 처분하지도 못하고 이리저리 끌고 다닌 snowmobile은 어쩐지 나처럼 처량한 신세 같기도 했어.

trailor home[30] 생활도 더 이상 견딜 수가 없어서 남편 쫓아다니기를 그만두고 눌러 앉기 위해 두 번째 집을 마련했던 Texas는 Montana 다음으로 내가 오래 살았던 곳이야. 처음엔 알아듣기조차 힘들던 그곳 사투리(drawl)가 익숙해질 정도로 오래 살았으니까. 덕택에 난 혼자 지내는 수많은 시간의 공백을 메우기 위해 다시 Eastern Texas University에서 공부를 계속해 graphic arts 박사 학위도 받게 되었고 그럴 기회와 대상이 없어서 전시회라고는 한 번도 가져 보지 못한 무경력 화가가 되었지.

추위는 없었어도 Texas 역시 나에겐 무척 힘들었어. 넓고 넓은 땅 때문에. America is simply too big for me to cope with.[31] 아무리 가도가도 끝없이 똑바로 뻗어 나가기만 한 도로 양쪽으로 바다처럼 펼쳐진 단조로운 그곳의 경치는 사람을 절망하게 만들어. 아무리 애를 쓰고 가 봐도 제자리라는 그런 절망감. 망망대해의 대지. 편도에 두 시간씩 걸리는 학교를 다녀오려면 어찌나 지루하고 답답한지 난 옆자리에 사전을 펼쳐 놓고 단어를 외우며 끝없는 여행을 했으니까.

---

29) 눈썰매차
30) 트레일러처럼 자동차 뒤에 달고 다니는 집
31) 미국은 너무 커서 나로서는 감당하기가 힘겨워.

나라가 너무 크기에 모든 것이 너무나 멀어서 이웃집엘 놀러 가려 해도
차를 타고 가야 하는 텍사스, 그곳에선 가게도 멀고, 사람도 멀었어.
Kansas나 마찬가지로 tornado가 자주 불어오던 그곳에선 자연의 재앙이 닥
쳐와도 어디 숨을 만한 곳조차도 없는 허허벌판이었으니까. tornado 경보
가 울리자 근처 교회로 피신했다가 바람에 날려 목숨을 잃은 이웃사람 얘
기도 했던가?

그리고 현실 또한 너무나 멀리 떨어진 곳. 그런 나라에 따로 존재하던
나. 침묵이 두껍게 나를 둘러쌌던 외로움. 그곳의 시골은 너무나 광활한 정
물화 같아서, 멀리 interstate[32]를 따라 천천히 움직여 한없이 어디론가 달려
가는 자동차들까지도 움직이지 않는 것처럼 보였어. 학연이니 지연이니 인
연이니 따위를 너무 따지기 때문에 큰 문제라는 한국의 현실은 Texas에선
신화나 동화처럼 아득하게 들렸고.

그곳에선 또 얼마나 오래 살지 알 길이 없어 동네 사람들과 적극적으로
사귀면서 "마실"을 다니지 않았던 까닭에 아는 사람이 별로 없어 며칠씩
사람을 못 만나 너무 오래 말을 안 하면 어금니와 잇몸이 아파지곤 했어.
입을 너무 오래 꼭 다물고 지내면 정말로 입이 아파져. 사람을 만날 곳이라
고는 교회뿐이었지만, 정말이지 사람을 만나고 싶은 생각에 믿지도 않는
하나님을 갑자기 믿기 시작할 수도 없는 노릇이었고 양심의 문제.

그건 화려하고 사치한 철학적 고독감은 아니었어. 너무 사람을 못 만나
목소리가 그리워 못 견디겠다 싶으면 bookstore나 video parlor[33]엘 들르고,
E-mart나 K-mart, Wal-mart로 가서 shopping을 했지. 다른 사람의 체온이 옆
에 없으면 집에는 구석구석 온통 냉기가 서리고, 전혀 소음이 나지 않는
밤의 적막감은 가끔 공포감을 불러일으키기도 했어. 물론 날마다 저녁이면
Jeff가 장거리 전화를 걸어 주기는 했지만, 아침에 Sean을 학교에 태워다 주

---

32) 지방 고속도로
33) 비디오 영화 대여점

고 돌아와 빈 집에 몇 시간이고 혼자 앉아 있으면 방기를 당한 인생이라는 기분이 자꾸만 들었어.

동창이나 친구를 찾아가 수다를 떨기도 불가능한 세계, 갈 곳도 별로 없고, 문화 시설도 없는 허허벌판에서 아침에 눈을 뜨면 가장 먼저 머리에 떠오르는 막막한 생각—.

아, 오늘도 역시 할 일이 전혀 없구나.

혼자 지내는 생활은 Sean도 마찬가지였어. 옆집 Dusty가 워낙 못된 성격이어서 "자라면 틀림없이 형무소에 갈 아이"로 생각해 같이 놀지를 않았고, 동네엔 같은 또래가 주변에 없었지. 혹시 학교 친구를 만나 시간을 보내려면 내가 방과 후에 차로 데려다 주었다가 밤 늦게 다시 데려와야 하는 번거로움 때문에 그것도 만만치 않은 일이었지.

그래서 Sean은 구석방에 틀어박혀 computer games를 하며 혼자 시간을 보내는 생활에 자연스럽게 익숙해졌고, 결국 한 집에서 우리 두 사람은 따로따로 살아야 했어. 얼굴에 숯검댕이나 흙을 지저분하게 묻힌 채로 골목골목 떼를 지어 몰려다니며 놀던 우리 어린 시절이 얼마나 생각나던지. 샛강으로 쪽대를 들고 고기잡이를 가거나 한강으로 헤엄을 치러 나가는 그런 단체놀이가 이곳 아이들에게는 아예 존재하지를 않아. 하지만 내 뱃속에서 나온 자식인데도 Sean은 태생이 미국인이어서인지 그런 대로 텍사스 시골의 적막한 생활에 잘 적응해 나갔어.

학교에 다니기 시작하면서 Sean은 나한테 동무가 되어 주는 시간이 줄어들었고, 그래서 나 혼자 집에 남아 지내는 시간이 점점 많아지면서 오빠가 했던 말이 생각나고는 했어. 한국 여자들은 아이를 초등학교에 입학시키고 나면 갑자기 할 일이 없어지고 삶이 허전해서 도대체 나는 무엇인가 그리고 나 자신의 인생은 무엇인가를 고민하다가는 답답한 마음에 바람을 피우기 시작한다는 얘기 말야. 그런 심리를 이해할 것 같더라구.

물론 난 바람을 피울 생각은 하지도 않았지만, 그런 생각이 나더라도 워낙 바닥이 좁은 곳이어서 서울 같은 대도시의 anonymity[34]가 보장되지 않아 불가능했겠고, 더구나 내가 살던 지역은 Bible Belt[35]여서 술집조차 없고, 어딜 가도 사람을 만나 사귈 만한 기회나 장소조차 없었어.

그나마 Sean까지도 대학에 들어가 완전히 집에 혼자 남게 된 난 더 이상 버티지 못하고 이혼을 했어.

● ● ●

오늘 마지막으로 거울을 봤어. 마지막이란 말은 앞으로 다시는 거울에 비친 내 모습, 너무나 초라하고 불쌍한 내 얼굴을 안 보기로 작정했다는 뜻이야.

광대뼈만 남은 해골 같은 내 얼굴을 마지막으로 보면서 난 저 앙상한 뼛속 어디에 그렇게 많은 고통이 숨어 있을까 생각하면서 눈물을 흘렸어. 온통 말라붙은 몸 어디에서 그런 물기가 나오는지 모르겠지만, 저절로 주루룩 눈물이 흘러내리더구만.(아직도 눈물이 나오나 봐.)

온갖 고통을 참으로 잘 참고 견디던 내가 처음 이렇게 눈물을 흘렸던 건 이혼하기 얼마 전이었지. 몬타나 집만 남겨 두고 텍사스 집을 고생 끝에 팔아 치운 다음, 마지막으로 Jeff의 직장을 따라 Tacoma로 갔을 때였어. 다시는 안 쫓아다닌다고 결심했었지만, 이왕 Montana로 이사를 하게 되어 짐을 싸는바에, Montana에서는 그리 멀지도 않은 Washington 주로 가니까 거기가 거기라는 생각을 했지. 더구나 Tacoma라면 경쟁이 심해진 LA를 벗어난 한인들이 북쪽으로 몰려 올라가 새로 만든 colony[36]가 마련된 곳이니 한국 음식을 구하기도 쉽겠다는 생각에서였지. 김치를 해 먹으려고 집 마당에 배추나 무 농사를 짓기에도 지쳤으니까. 한인촌에 가면 장아찌에서

---

34) 익명성(匿名性)
35) 주민 대부분이 기독교인으로 구성된 지역. 술집이 없다는 뜻으로 'dry county'라고도 함
36) 식민지, 영토, 단지

어리굴젓까지 한국 음식이라면 뭐든지 다 수입해다 팔거든.

　하지만 그곳에 가서 한국인을 자주 보면 정신적인 위안이나마 받게 되리라는 계산 또한 나의 착오였지. 오히려 그들을 보면 고향 생각만 더 났어. 고향=한국. I say Korea is my home because here, I never felt at home all these years. We moved 28 times in 30 years (according to Sean) and my life has been something of a campfollower. Whenever Jeff changed his job, we moved from one crummy town to another, never being able to pursue what my education and potentials can take me. That always made me upset. I once thought of piling up all my artworks (nearly 50 pieces) and light a match on them because I was so tired of packing and moving them. Some of them rotted with moisture for being stored in wrong places.37)

　Tacoma에서 Jeff는 Seattle 근처에 새로 만든 연어 부화장 주변의 자연 환경을 복원하는 공사를 맡아 했는데, 워낙 일터가 깊은 산 속이어서 날마다 집으로 퇴근할 처지가 못 되어 바닷가 마을에 셋집을 구한 나는 한 주일이면 거의 절반을 혼자 빈 집에 앉아 비가 주룩주룩 내리는 우중충한 바다를 처량하게 내려다보면서 살았어. 바로 밑에 달라붙은 California는 사막성 기후인데 Washington은 monsoon38) 때면 웬 비가 그렇게 많이 내리는지 몰라. 그래서 비가 내리는 스산한 바다 풍경을 내려다보면서 내가 살아온 인생

---

37) 내가 한국을 고향이라고 하는 까닭은 그렇게 오래 살았으면서도 이곳이 고향이라고 느껴지지가 않기 때문이야. (숀이 계산한 바로는) 우린 30 년 동안에 28 번이나 이사를 했고, 내 인생은 철새의 생활이나 마찬가지였어. 제프가 직장을 옮길 때마다 우린 이 너저분한 도시에서 저 너저분한 도시로 이사를 했고, 내가 받은 교육이나 능력이라는 건 통 써먹을 기회도 없었으니까. 난 그것이 늘 속이 상하곤 했어. 난 언젠가 한 번은 내가 그린 (거의 50 폭이나 되는) 그림을 포장해서 끌고 다니기에 너무 지친 나머지 모두 쌓아 놓고 불을 질러 버릴 충동까지 느낀 적도 있었지. 간수를 잘못해서 습기가 차고 곰팡이가 핀 그림도 생겼으니까.
38) 장마

을 곰곰이 생각해 보고는 나도 모르게 눈물을 흘리는 새로운 버릇이 이때 생겼지.

어디에도 뿌리를 내리지 못해 나 자신을 제대로 키울 여건이 주어지지를 않고, 그림을 그려도 도시에 살지를 않으니까 문화로 연결할 다리가 없고, 그래서 박사 학위와 예술적인 잠재력은 전혀 써먹을 길이 보이지를 않았어. 그건 마치 돈을 잔뜩 벌어 놓고는 하나도 쓰지 못한 채 죽는 사람이나 마찬가지였지.

몇 년 전부터는 내가 왜 진작 이혼을 하고 차라리 내가 가야 할 길을 찾아 나서지 않았을까 혼자 따져 보기도 했지만, 서부를 개척한 American woman도 아니었던 나는 사실 탈출과 모험에 필요한 적극적인 행동력을 가지고 있지도 못했었다는 생각이야. 도시에 나가서 진짜 Americans와 경쟁을 벌여 이겨 나갈 자신이 없었으니까. 그건 아마도 그렇게 참고 살면서도 내가 자살을 하겠다는 생각을 한 번도 해 본 적이 없다는 사실과 연관이 있는지도 모르겠어.

어쨌든 난 Tacoma의 양로원 할머니들과 같은 신세로구나 하는 생각이 들고는 했어. 내가 Tacoma 양로원 얘기한 적 있지? 자식에 얹혀 이곳까지 이민을 와서는 버림을 받다시피 한 할머니들이 모여서 산다는 apartment 말야. 오도가도 못하게 된 한국의 할머니들은 그들의 인생을 되돌이켜 보면서 도대체 무슨 생각을 할까?

오빠. 갑자기 colon39) 쪽에서 통증이 심해져. 사람을 불러야 되겠어.

●　　●　　●

엄마가 자꾸 통곡을 하고, 동생들이 다시 몰려와 심각한 표정을 짓고, Jeff까지 저렇게 침통한 걸 보니 이제는 정말 며칠 안 남은 모양이야.

---

39) 결장(結腸)

오빠도 모레 미국으로 오는 비행기 예약했다니까, 아마도 이 편지는 못 받아 보겠구나.

곧 죽는다는 건 알았지만 마지막이 되니까 정말 빨리 오는구나 하는 생각이야. 정리할 일은 아직도 많은데 이제는 병실을 나가지도 못하고 편지를 쓰기도 힘들어. 주사약으로 연장하는 무의미한 생명조차도 곧 끝나겠고

의사는 내가 살려는 의지가 없는 게 가장 큰 문제라는 식으로 말하지만, 창자가 말라붙어 전혀 영양분 섭취가 안 된다는데, 살려는 의지니 뭐니 그런 건 영화나 소설에서 미화하는 심리적인 얘기일 따름이지. 어쨌든 이제는 고통에 지치고 외로움에 지쳐 어서 가고 싶은 생각뿐이야.

나 죽으면 화장해서 재를 태평양에 뿌려 달라고 엄마와 성숙이한테 부탁했어. 태평양이 아무리 넓어도 파도에 실려 흘러흘러 간다면 그 끝에는 한국이 닿을 테니까. 아마도 그게 내가 고향으로 돌아가는 유일한 길이겠지.

재가 되어 urn[40]에 담겨 바닷가에서 바람에 날려가 버릴 나 자신의 모습을 생각하니까…….

처음엔 내 재를 한국으로 가져다 그곳 땅에 묻어 달라고 부탁할까 했지만, urn에 담긴 나의 재를 한 줌 안고 바다를 건너가며 계속 통곡할 엄마의 정신적인 고통이 마음에 걸렸고, 그리고 또 그런 유언은 너무 melodramatic[41]하다는 생각도 들었고, 어쩐지 Jeff와 Sean(my American family)한테 미안하다는 생각이 들어서 그만두었어.

내가 죽고 나면 Jeff는 Nevada의 사막으로 돌아가겠지. 그곳 핵폐기물 저장소가 일터이니까. 요즈음에는 냉방이 잘 된 지하 동굴에서 일한다던가 그랬는데. 나를 퇴원시킨다고 집만 공연히 계약했어. 결국 가 보지도 못할 집이었는데.

그만 쓸게. 들녘

---

40) 단지, 항아리
41) 신파조

세월의 뒷모습

■ ■ ■ ■ ■

나는 점점 멀어져 가는 교수의 뒷모습을 지켜보았다.
그리고 외투도 걸치지 않은 그의 모습을 보고 갑자기 나는 지금
그가 입은 저 양복이 1963년 겨울, 타자기를 사 주려고 제일은행에서
나를 기다렸을 때 그가 입었던 바로 그 양복이라는 착각이 들었다.
28 년 전 겨울날에 교수님이 입었던 양복도 바로 저런 엷은 갈색과
회색이 섞인 빛깔이었을 거야. 그리고 나는 생각했다.
인간의 삶에는 영원히 변하지 않는 무엇이 존재한다고

대부분의 사람이나 사건은 과거 속에 묻혀 오랫동안 망각되면 더 이상 우리들의 삶에 존재하지 않게 된다. 그러다가 10 년이나 15 년이 지난 다음 어느 날, 마무리를 짓지 못한 옛사랑의 연인처럼 잊혀졌던 어느 사건이 불쑥 우리들을 되찾아오고, 그러면 아득하게 사라진 세월이 갑자기 현재를 가득 채운다. 그렇게 과거로 현재를 가득 채우는 편지가 1991년 2월 초순에 나한테 한 장 배달되었다. 조지 시드니 박사와 연락이 닿은 것이다.

그날은 어머니의 칠순 잔치를 집에서 치르느라고 온통 김포와 방화리와 개화리에서 찾아온 친척들로 북적거려 글을 쓸 분위기가 아니었고, 그래서 쓸데없이 방안을 서성거리거나 텔레비전을 보며 빈둥거리다가 12시 반쯤에, 날마다 그 시간이면 늘 그러듯이, 혹시 반가운 소식이나 없는지 대문에 달린 큼직한 우편함을 확인하러 내려갔고, 몇 가지 선전용 인쇄물 속에서 독일의 하이델베르크로부터 도착한 이 편지를 발견했다.

안군에게,

10 년이나 15 년 만에 처음 만나는 사람에게 과연 무슨 말을 하면 좋을까?

아니, 20 년보다도 더 긴 세월 동안 만나지 못했던 사람에게는?

우리들이라면 묘하고도 신비론적인 사건에 대해서, 그렇지, '우연'에 대한 얘기를 하면 되겠지. 어쩌면 이런 얘기를 말일세. 〈뉴욕 타임스〉에서 자네의 인터뷰 기사를 보고 반가운 나머지, 미국에 사는 친구를 통해서 구한 『하얀전쟁』을 내가 막 다 읽고 나서 안군의 주소를 알아내기 위해 소호출판사로 편지를 쓰려는 참에, 나는 우편물 속에서 놀랍게도 자네가 이타카 대학교로 나한테 보낸 『은마는 오지 않는다』를 받았네.

그리고 또 이틀 후에는 방학 기간 동안 용산의 메릴랜드 대학 교수들에게 교수법을 가르치러 한국으로 돌아가지 않겠느냐는 요청을 받았고.

나는 가겠다고 했지. 자네를 만나고 싶어서. 나는 한국이 22 년 만이라네……

우리들은 만나면 작품과 인생을, 그리고 인간의 내면에 존재하는 영혼에 대한 얘기를 하겠지. 그리고 어쩌면 우리들은, 내가 본 참된 한국이었던 시골로 같이 내려가, 산책하며 얘기를 나누고, 할 얘기가 없으면 그냥 말없이 걷기만 해도 좋을 듯……

자네 글 아주 잘 쓰더구만. 자네 소설들을 읽고 나는 감동했다네. 머리와 마음이 모두. 그리고 『은마』를 나에게 헌납한 것은……. 나는 그토록 뜻깊은 선물을 지금까지 한 번도 받아 본 적이 없다는 사실을 솔직히 고백하겠네.

우리 만나세. 그리고 얘기하세. 서울에서.

조지

조지 시드니 박사에게서 날아온 이 편지를 받기 거의 30 년 전, 그러니까 1963년 서강대학교에서 봄학기가 시작되었을 무렵의 내 세계는 독재자 박정희의 위협적이고 촌스러운 검은 안경과, 김종필의 중앙정보부라는 조직에 대한 공포와, 도르래를 올린 전차들과, 제임스 딘의 영화와, 폴 앵카와 비틀즈와 엘비스 프레슬리와 클리프 리처드의 노래와, 이미자의 〈동백 아가씨〉와, 학교 정문 앞 구멍가게에서 빈 맥주병에 담아 팔던 찹쌀 막걸리(막주)와, 루돌프 플래시의 창작 이론서들과, 존 스타인벡의 소설들과, 『소년 예술가의 초상』에 대한 감동과, 펭귄 포켓북의 페이지들을 가득 채운 까만 활자들의 궤적이 내 머리 속에서 펼쳐 주는 환상들로 이루어져 있었다.

내 어릴 적과 학창 시절을 악몽의 나날로 짓밟던 아버지의 폭력이 무서웠고, 가난하면서도 슬픈 시절이 힘겨웠어서 그때로 되돌아가고 싶은 생각이 지금 같아서는 전혀 없기는 하지만, 모든 욕구불만과 신비주의적인 환상과 순수하고 아름다운 세계에 대한 그리움을 소설의 형태로 고해하고 배설하는 장치가 되어 있었기 때문에 그 무렵 내 젊은 시절은 그래도 상당히 견딜 만했었다. 내가 당하는 모든 고통과 정신적 궁핍함에 대해서 언젠가는 보상을 받으리라는 막연한 기대와 가능성에 의지하면서.

개학.

묘지처럼 숨죽이고 기다리던 캠퍼스에 젊음이 떼를 지어 와글와글 모여드는 시간. 새로 생겨난 대학이었기 때문에 전교생이 2백 명밖에 안 되어 방학이면 늘 텅 비어 조용하던 깨끗한 도서관에서 날이면 날마다 아침부터 저녁까지 글만 쓰며 지내다가 개학을 맞으면, 나는 마음이 언제나 조용한 흥분감으로 젖어들고는 했었다. 새로운 선생님들에게서 배울 새로운 시와 소설과 희곡. 시간표를 짜고 수강 신청을 한다는 행위가 나에게는 지식을 발견하고 그렇게 발견한 재산을 향유까지 해도 좋다는 사치스러운 축복처럼 여겨졌고, 그래서 강의 내용을 설명하는 등사된 목록을 볼펜으로 표시해 내려가면 나는 자꾸만 마음이 풍요해지고는 했었다. 그리고 조지 오엘의 『1984년』과 윌리엄 골딩의 『파리대왕』을 교재로 선택한 '현대 영미 소설'이라는 과목이 눈에 띄자 나는 당장 ○표를 했다. 대부분의 고전 영문학 강의들과는 달리 이 과목을 맡은 사람은 예수회 신부가 아니라 조지 시드니라는 풀브라이트 교환 교수라는 점도 내 눈에는 퍽 신선해 보였다.

그래서 처음 강의실에서 만나게 된 시드니 교수는 이름이 지극히 미국적이었어도 어딘가 독일인 같은 인상을 주는 은빛 금발에 갓 서른의 젊은 영문학 박사로서, 동양인에게 열등감을 주지 않을 정도로 키가 작았고, 목소리도 작았다. 강의를 시작한 그는 조용조용히 조지 오엘과 윌리엄 골딩 얘기를 했고, 현대 소설의 '반영웅(反英雄, antihero)'을 설명하며, "현대에서는 파괴하는 자가 힘을 지닌 영웅 노릇을 한다"고도 했다. 나는 열심히 강의를 들으며 바다로 나간 산티아고 노인과 아인 랜드(Ayn Rand)의 주인공 하워드 로아크(Howard Roark)를 생각했고, '반영웅'이라는 개념을 통째로 머리에 담았고, 그리고 언젠가는 주변의 모든 사람을 파멸로 빠뜨리는 강렬한 개성의 주인공을 내세운 소설을 써 보리라고 마음먹었다. 그 무렵 나는 내 주변의 모든 것을 파괴에 의해서 정복하고 싶은 은밀한 욕구를 나의 기진맥진한 영혼 깊숙이 숨겨 가지고 다니던 터였다.

그리고 첫 강의를 끝낸 다음 시드니 교수는 나를 따로 부르더니 뜻밖의 말을 했다. "영문과 교수들 얘기를 들으니까 학생이 영어로 소설을 몇 권 썼다던데, 나한테 보여 주면 안 되겠나?"

사람이란 때로는 자신에게조차도 납득시키기 힘든 어떤 행동을 취하게 마련이어서, 살인을 저지르기도 하고, 전쟁을 일으키기도 하고, 분신자살도 하고, 불구자를 사랑하기도 한다. 나는 왜 우리나라 말도 아닌 영어로 소설을 쓰겠다고 방학만 되면 이른 아침, 체육관으로 넘어가는 언덕의 아카시아 숲이 안개로 자욱할 시간에 학교로 나가 텅 빈 교정을 방황하며 갖가지 주인공들과 상황들을 이리 얽고 저리 풀어대는 예식을 날마다 치렀을까? 풀잎의 이슬방울과 서강역의 석탄더미와 사람 없어 음산한 복도와 검정옷을 입고 가끔 지나가는 신부님들— 그리고 침묵. 그 한가운데서, 타인들과 격리된 생활을 스스로 선택하여 한없이 나 자신의 내면으로만 파고들어 가며, 수많은 시간에 쓰고 또 써서 집에 쌓아 둔 소설 원고들. 그 가운데 나는 가장 최근에 쓴 연작소설을 학교로 가지고 가서 시드니 교수에게 내놓았다.

머칠 후에 우리들은 그의 방에서 만나 내가 소설에서 그린 고등학교 학생들의 사춘기 심리와 성장소설에 대한 얘기를 나누었고, 작가가 되기 위한 힘든 과정에 대한 얘기도 했고, 주제의 선정과 주인공들의 소묘 방법에 대한 얘기도 했다. 그리고 그는 한국전쟁 당시 미 해병으로서 인천 상륙 작전에 참가했었으며, 그때의 경험을 살려 자신도 소설을 쓰고 있노라는 얘기도 털어놓았다.

"전쟁이란 참 이상하더구만." 그는 이런 말도 했다. "군인들은 자기들이 어디로 이동할지 모르고 있어도 부대 주변의 창녀들은 오히려 정보가 빨라 먼저 이동해 가서 진을 치고 앉아 기다리기도 해."

나도 한국전쟁에 대해서 소설을 하나 쓰고 싶다는 얘기를 했다. 하지만 내가 구상하던 소설이 인천 상륙 이후에 미군이 한국 여자들을 강간하기 때문에 벌어지는 상황을 다루리라는 사실은 말하지 않았다. 우리 두 사람의 작품이 어쩐지 대립의 양극에 선 듯싶기도 했고, 내 소설은 아직 시작도 하지 않은 단계였기 때문이었다.

그리고 또 그는 나더러 내 연작소설 가운데 표제작이었던 「햇살 밝은 창가에서(By the Sunny Window)」가 아주 좋으니까 미국의 〈아틀랜틱(The Atlantic Monthly)〉같은 잡지에 보내 보라고 권했다.

"교실 창가에 앉아 길 건너 여학교의 맞은편 창가에 앉은 여학생을 날마다 쳐다보며 혼자 갖가지 상상을 펼치는 장면이 퍽 인상적이었어. 몇 차례 더 고쳐 쓴 다음에 보내면 혹시 어디선가 채택될지도 모르지."

나는 어떻게 해서든지 미국에서 정식으로 장편소설을 발표하여 본격적으로 작가 활동을 시작하리라고 작정했었기 때문에 단편소설을 우선 발표하도록 노력하라는 그의 제안을 받아들이지 않았다. 시드니 교수는 그러면 이미 써 놓았다는 장편소설을 좀 보여 달라고 했다. 나는 이미 「그리고는 오직 침묵만이(And Be Quiet at Last)」, 「화전(火田)」, 「둑은 무너지고(The Dam Is Down)」 세 작품을 완성해서 여러 출판사에 보냈었지만 하나도 출판이 되지 않았기 때문에 그런 실패작들은 교수에게 보여 주고 싶지 않았고, 그래서 앞으로 새 작품을 쓰면 그것을 가져가겠다고 했다. 젊은 자존심 때문에 나는 실패의 증거물을 들고 돌아다니며 전시할 마음이 전혀 없었기 때문이었다.

　작품을 쓴다는 행위 자체는 그런 대로 기쁨과 보람을 주는 일이어서 별로 힘든 줄 몰랐었지만, 실제로 어려운 과정은 다음부터였다. 몇 달에 걸쳐 공책 십여 권에다 손으로 써서 장편소설 한 편을 끝내고 나면 원고를 출판사에 보내기 위해 타자로 정리해야 하는데, 우선 그 귀한 타자기를 구할 길이 없었다. 주변에서는 같은 학년 친구였고 한국은행장의 외아들이었던 경제과의 기창이가 유일하게 타자기를 가지고 있어서 첫 작품 때는 방학 동안 한 달 이상이나 걸려 기창이가 놀러 다니지도 못하면서 대신 원고 정리를 해 주었지만, 다음부터는 타자를 쳐 줄 사람을 구하기가 보통 어려운 일이 아니었다. 그리고 근근이 원고를 타자로 정리하고 나더라도 출판사로 발송할 우편료도 문제였다.

　내가 처음에 작품을 영어로 쓰기 시작했던 이유 그것도 역시 돈 때문이었다고 생각된다. 어느 여름날, 작품을 써서 어떻게 하겠다는 구체적인 계획은 하나도 없이, 무작정 장편소설을 쓰고 싶다는 욕구에 휘말려 가진 돈을 몽땅 털어 문방구로 가서 2백 자 원고지 3백 장을 사 가지고 와서 나는 「신의 유형자(流刑者)」를 쓰기 시작했다. "어린 소년이 시골길을 걸어가고 있었다. 옆에는 개울물이 흐르고, 하얀 조약돌들이……."

　그러나 사흘 만에 원고지는 바닥났고, 소설은 이제 겨우 시작되던 터였는데, 돈이 없었다. 아직 작가가 되겠다는 아무런 뚜렷한 목적도 없었던 터였으니, 공연히 원고지에 쓸데없는 돈을 들이는 사치를 부릴 만큼 우리집은 살림이 넉넉하지는 못했다. 그래서 한 학기 동안 쓰고 남은 공책 뒤쪽 공백으로 남은 페이지들을 뜯어 두툼하게 한 권으로 묶었고, 그리고는 영어로 쓰면 시간이 오래 걸려 종이가 많이 필요하지 않으리라는 생각이 들었다. 그래서 처음에는 "거미 가족(The Spiders)"이라는 제목을 달았다가 나중에 마르쿠스 아우렐리우스의 『명상록』에서 '그리고는 오직 침묵만이'라는 구절을 따다가 머리에 붙인 첫 장편소설에 착수했다.

마포의 공덕시장 가겟집에서 살았던 때문에 시끄럽고 불결한 환경이라 내 방에서는 작품을 쓰기가 나빠 날마다 학교 도서관에 나가 앉아 하루 종일 글을 쓰고 있으려니까 다른 모든 교수 신부들이나 마찬가지로 교내 신부관에서 거주하던 존 데일리 영문학과장이 호기심을 느껴 나더러 무엇을 날마다 그렇게 열심히 쓰는지를 물었고, 소설을 쓴다고 했더니 작품을 다 쓰면 보여 달라고 했고, 이어서 존 빈브락 신부, 윌리엄 쿼어리 신부, 제롬 브루닉 신부가 내 작품들을 읽고 다듬어 주기 시작했으며, 미국 출판사에 대한 접근 방법도 가르쳐 주었다. 그래서 이왕이면 본격적으로 글을 써야 되겠다는 생각에 제대로 소설 창작을 공부하기 위해 여러 가지 책을 읽어 기법과 미국에서의 등단 방법을 익히며 나는 결국 작가가 되겠다는 마음을 굳혔고, 원고를 만들어 태평양 건너 여러 유명한 출판사들의 문을 두드리기 시작했던 것이다.

그러나 원고를 미국으로 보내는 우편료가 나에게 큰 부담이었다. 생겨난 지 겨우 2년밖에 안 되는 서강대학으로 내가 진학했던 뚜렷한 이유들 가운데 하나가 미국 신부들이 세운 학교여서 장학금을 많이 준다는 소문 때문이었을 만큼 가난했던 우리집에서는 내 허황된 꿈을 실현하기 위한 우편료를 정직하게 타내기가 힘들었다. 원고를 보내려면 채택이 안 되는 경우에 출판사에서 쉽게 반송하도록 우표를 충분히 붙인 봉투까지 동봉해야 했는데, 미국에서는 우리나라 우표를 사용하지 못하기 때문에 광화문 우체국으로 가서 국제 우편 쿠폰을 대신 사서 넣어 보내는 번거로움도 거처야 했다. 이렇게 겨우 원고를 보내고 나서 두어 달 기다리면 출판 거절 편지와 함께 원고 뭉치가 되돌아오고, 그러면 다른 출판사로 다시 발송하고……

미국이라고는 가 본 적도 없는 대학생이 영어로 소설을 써서 외국 출판사에 팔아먹는다는 가능성, 그렇게 희박한 확률에도 불구하고, 나는 글을 쓰고 또 썼으며, 시드니 교수를 만남으로 해서 내 욕심은 더욱 구체적인 형태를 갖추게 되었다.

같은 미국인이기는 해도 서강대학의 대부분 영문과 교수들과는 달리 성직자가 아니고, 가톨릭 신자도 아니었던 시드니 교수는 예수회 대학을 다니면서도 무신론자였던 나에게는 여러 면에서 정신적인 공감대를 느끼게 해 주었다. 그의 강의는 '고전'의 틀과 계보를 벗어나 살아 숨쉬는 작가들의 창작 세계를 얘기했고, 강의실과 그의 방에서 내 작품을 놓고 둘이 보내는 시간들은 함께 미래를 깎아 나가는 공동작업의 과정처럼만 여겨졌다.

나는 한국전쟁에 대한 소설을 구상하는 과정에서 시드니 교수가 교재로 삼아 강의하던 골딩의 『파리대왕』에서처럼 아이들을 등장시켜, 그들이 전쟁의 그늘에서 추한 괴물로 변해 가는 과정을 그리기로 결심했다. 밤이면 몰래 양갈보의 방을 훔쳐보는 어린 악마들로. 주인공의 이름도 '병든 인간'이라는 뜻인 만식(Mansik)으로 정했다. 그래서 미군에게 강간을 당한 엄마와 아들 만식이는 두 세대에 걸쳐 전쟁의 희생물이 되고……

"눈보라가 휘날리던 바람찬 흥남 부두에"와 "철삿줄로 두 손 꽁꽁 묶인 채로 뒤돌아 보고 또 돌아보고" 같은 전쟁 유행가 구절들이 아직도 귓전에 생생하던 나이에 나는 여름 방학이 되자 그 동안 구상한 자료와 공책 몇 권과 사전을 챙겨 가지고 강원도 춘성군 서면 금산리로 떠났다. 장터 한가운데 들어앉은 우리집이 글을 쓸 만한 환경이 못 된다는 사정을 알고 한 학년 아래인 여학생 황혜자가 아버지한테 연락하여 방학 동안 고향집 사랑방에서 기거하며 글을 쓰도록 손을 써 주었기 때문이었다.

　그래서 황 면장댁 오동나무 그늘이 드리우는 툇마루가 달린 문간방에서
「밤나무집」이라고 제목을 붙인 소설을 나는 1963년 여름에 쓰기 시작했다.
소사(지금의 부천시)로 피난 가서 지내는 동안 미군들의 강간을 피해 밤이
면 도망다니던 어머니와 심곡리 어디에선가 살면서 부평으로 양갈보하러
다니던 여자에 대한 기억을 더듬어 가면서.

　피난 시절 소사에서의 경험을 바탕으로 삼기는 했어도 소설의 무대로
는 금산리를 택하기로 했다. 실제로 눈앞에 펼쳐진 풍경 속에다 덧칠을
하듯 과거의 잔상들을 펼쳐 나가는 편이 훨씬 쉽고 편할 듯싶어서였다.
개울 건너 방앗간은 강호의 집으로 정하고, 마을에서 전해 내려오는 장군
봉 전설도 상징적인 의미를 붙여 삽입하고, 소양강과 북한강 사이의 무인
도 중도에는 미군들이 진주해 들어와 텍사스 타운이 생겨난다는 상황을
설정하고……

　상상을 허구 속의 현실로 재구성해 가면서 나는 시골에서의 나날을 보
냈고, 창조의 환희를 온몸이 저릴 정도로 즐거워했다. 동네 근처의 언덕들
을 오르고, 글을 쓰다 지루하면 아무도 없는 강가로 나가 수영도 하고, 소
설에 등장할 이 마을 저 마을 답사를 다니고, 후배의 아버지이자 황 면장의
아들인 황기중 선생과 깨밭에 나가 김도 매고, 뱀도 잡고, 강 건너 춘천 중
앙시장으로 나가 고등학교 시절 우리집에서 같이 지냈던 동창 남궁선과
만나 잡담도 나누고, 쓰르람 쓰르람 쓰르르르르르르 적막한 쓰르라미 소리
를 들으며 쾌적한 낮잠도 자고, 아침 해가 뜨면 글을 쓰고, 어디선가 라디
오에서 흘러나오는 〈김삿갓 북한 방랑기〉의 주제가를 들으며 한낮에도 글
을 쓰고 밤이면 호롱불을 밝히고 또 글을 썼다. 아이들을 키우듯 어휘들과
문장들과 토막진 장면들을 밤낮으로 어루만져 가면서.

　1963년 가을학기가 시작되어 오랜만에 처음 시드니 교수를 만나던 날,
나는 10여 권의 공책에다 볼펜으로 정성들여 쓴 「은마는 오지 않는다」의
초고를 전해 주며 말했다. 방학 동안 열심히 썼는데 제대로 되었는지 모르

겠다고.

　한참 지나서, 소설을 다 읽어본 다음, 어느 날 오후 늦게 시드니 교수는 나를 그의 방으로 불렀다. 나는 조금쯤 긴장해서 물었다. 내 작품이 어떻더냐고.

　그는 한참 동안 말이 없더니 이윽고 입을 열었다.

　"글쎄, 뭐라고 해야 할지 모르겠어. 너무 강렬한 작품이어서."

　그러더니 그는 입을 다물었다.

　그리고 잠시 후에 그는 다시 입을 열었다. 그는 나더러 자꾸만 새 작품을 쓰려고 하지 말고 「은마」 하나에만 매달려 보라고 충고했다. 다시 쓰고 또 고쳐 써서, 완벽해질 때까지 이 작품을 다듬고 또 다듬으라고 했다. 좋은 작품을 쓰려면 절대로 조급해서는 안 된다는 말도 곁들였다.

　그러면서도 그는 다른 교수들과는 달리 내 작품에 한 줄도 손을 대려고 하지 않았다. 남이 문장을 고쳐 주고 가르쳐서 소설을 쓰는 능력을 갖추게 되는 것이 아니니까 모든 약점과 잘못을 스스로 깨우치고 보완하며 작가로 성숙해야 한다는 신념의 소유자였던 그는 내 작품의 틀린 문장조차도 고쳐 주지 않았다. 문법 따위는 중요하지 않다고 생각했기 때문이었다.

　그는 내가 작품을 다시 써서 갖다 주면 한 번 읽어 보고는 고쳐 쓰라고만 했다. 어디가 나쁘고 어떻게 고쳐야 한다는 조언도 없었다. 그래서 나로서는 시간과 정성을 들여 꽤 자신있는 수준까지 만들어 놓았지만, 그는 아직도 나에게 원고를 출판사로 발송하라는 말을 하지 않았다.

　나는 나 자신의 작품에 대한 과대망상적인 자신감에 도취되어 교수에게는 아무 얘기도 하지 않고 두어 번 몰래 미국 출판사로 소설을 보내 보았다.

　시드니 박사의 짐작대로, 역시 실패였다.

　그러는 사이에 우리 두 사람은 선생과 제자가 아니라 점점 더 친구처럼 변해 갔다. 작가가 되고 싶다는 똑같은 꿈을 가진 두 사람의 친구로.

　나는 시드니 교수를 여행에 초대했다. 나는 경주나 설악산 따위의 가공

된 껍질 한국이 아니라, 내가 「은마」를 쓰느라고 칩거했던 춘성군 서면 서당에서 글 읽는 소리가 들려오는 마을과, 자신이 눈 배설물을 스스로 재로 덮어놓고 나와야 하는 지극히 비위생적인 시골 뒷간과, 마을 사람들이 지나가는 우리들을 불러 막걸리를 권하는 그런 나라를 그에게 보여 주었다.

우리들은 중도(中島)를 거닐며 한국의 전통사회가 지닌 특성에 대한 애기도 했고, 서양인이 생각하는 동양과 동양인이 생각하는 서양에 대한 애기도 나누었고, 한국과 오키나와에 주둔한 미군 애기도 했고, 그리고 그는 자신이 쓰고 있던 전쟁소설의 한국인 주인공이 안씨라는 애기도 했다.

"안군이 읽어보면 자신과 생판 다른 인물이라고 느낄지 모르지만, 어쨌든 그 인물을 그릴 때는 안군을 염두에 두었지."

그러다가 겨울방학이 되었고, 무척 많은 혼자만의 시간을 얻게 된 나는 다시 날마다 난방이 잘 들어오는 학교 도서실로 가서 「은마」를 고쳐 쓰기 시작했다.

그해 겨울방학, 지저분한 길바닥에서 눈이 질퍽하게 녹아 내리던 어느 날, (지금은 한양대학교의 대학원장이 된) 학생 하나가 도서실로 올라와 나더러 30분 후에 다시 전화를 걸 테니 교환대에 내려와 기다리다가 받으라는 시드니 박사의 연락이 있었다고 전했다. 학교라야 본관과 신부관 건물 두 채 밖에 없는데다가 방학 동안에는 학교에 나오는 아이들이 별로 없었으므로 그가 나에게 연락을 취하기는 쉬웠고, 그래서 현관 교환실로 내려간 나는 시드니 교수와 곧 통화가 이루어졌다.

"안군 나하고 시내에서 잠깐 만나지 않겠나? 신세계 백화점 옆 제일은행에서 한 시간 후에 만나세."

자주 만나던 사이였으므로 나는 무슨 일 때문인지 묻지도 않고 시내로 나갔다. 값싼 검정 '홈스펀' 외투 차림의 내가 은행으로 들어섰을 때 그는 외투도 걸치지 않은 차림으로 멍청해 보이는 회색 털장갑을 끼고 얇은 손가방을 무르팍에 놓은 채로 문간 긴 의자에 앉아 있다가 나를 보고는 잠깐 기다리라고 하더니 구좌에서 돈을 좀 찾았다. 그러더니 그는 명동의 어느 타자기 가게로 나를 데리고 들어가서 동그란 키들이 단추처럼 생긴 중고 로열 타자기를 하나 골라 종이를 끼우고는 셰익스피어의 어떤 문장을 한 번 치고, 롤러를 되돌려 똑같은 자리에다 똑같은 문장을 다시 쳐서 글자들이 제자리에 그대로 박히는지를 확인한 다음 타자기 값을 치르며 말했다.

"이 타자기 안군이 쓰게. 작가가 되려면 타자기는 필수적으로 갖추어야 하니까. 언제까지나 공책에다 볼펜으로 소설을 쓸 수는 없잖아?"

타자기 값은 나중에 아무 때라도, 졸업한 이후라도 상관없으니까 사회에 나가든지 작가가 된 다음 돈을 벌어 갚으면 된다고 그랬다. 나는 눈물을 글썽이며 그 헌 타자기를 품에 안은 채로 버스를 타고 마포에 있는 집으로 가면서 다짐했다. 기필코 이 돈은 내가 미국 출판사에서 받게 될 인세로 갚으리라고 길거리에는 수북하게 쌓인 눈이 막 녹기 시작하며, 햇빛을 받아 하얗게 빛났다.

그러나 '내 타자기'가 생겨 갑자기 부자라도 된 기분으로 아무리 열심히 일하고 여기저기 원고를 보냈어도 소설을 끝내 팔지를 못한 채로 나는 학교를 졸업하게 되었다. 졸업을 얼마 앞두고 〈코리아 헤럴드〉에 취직이 되어 문화부에서 기자 생활을 시작한 나는 세상에 태어나서 처음으로 돈을 벌게 되자, 4천5백 원의 견습기자 월급으로는 차비와 점심값이 겨우 빠듯할 정도였어도, 우선 타자기 값을 갚기 위해 5만 원짜리 적금을 붓기 시작했다.

그러나, 미처 돈을 다 모을 기회도 없이, 나는 징집 영장을 받고 논산훈련소로 끌려갔다.

훈련을 끝내고 양구 북방 UN고지 너머 최전방에서 몇 달 복무하다가 우여곡절 끝에 육군본부 참모총장실로 내려와 근무하게 되어 가끔 시드니 교수와 만나기는 했지만, 군대 생활은 나의 정신적 성장에서 제자리걸음을 하던 기간이었고, 틈틈이 「은마」에 매달려 보려고 했지만 사무실 전화기를 수건으로 닦거나 미8군으로 편지를 전달해 주는 심부름꾼의 기능밖에 생존 이유를 부여받지 못했던 군번 11465862의 타자병으로서는 나 자신을 위해서 노력하고 살아가는 권리가 용납되지 않았고, 그래서 어느덧 작가가 되려는 꿈이 자꾸 시들기 시작했고, 스승이 사 준 타자기도 기능과 의미를 차츰 상실하게 되었다.

그래서 작품을 포기하고 나는 어니 파일(Ernie Pyle)처럼 전쟁 속에서 인간의 참된 모습을 찾아내는 종군기자가 되어 보겠다는 수정된 야망에 따라 월남으로 갔다. 아직 몸은 상등병으로 군대에 묶인 채였지만 특파원 활동을 할 수 있는 길을 겨우 마련해 가지고

시드니 교수는 아직 내가 '병정놀이'를 하던 1966년 한국을 떠났고, 얽히고 설킨 상황 속에서 우리 두 사람은 서로 상대방의 행방을 잃어 그나마 편지 왕래도 끊어졌다.

● ● ●

1968년 말, 남들의 전쟁을 13 개월 동안 경험하고 나서 돌아와 제대를 한 다음, 내가 월남에서 지낸 동안 겪은 전쟁터의 얘기를 모아서 「베트남 삽화(Viet Vignette)」라는 칼럼을 썼던 〈코리아 타임스〉에 기자로 취직이 되어 다시 "민간인 생활"을 시작했을 무렵의 어느 날, 취재를 나갔던 나는 조선호텔 정문 앞 지하도 입구에서 뜻밖에도 시드니 교수와 마주쳤다. 너무나 갑작스러운 길거리에서의 만남이어서 나는 무엇에 홀린 기분이었다.

교수는 며칠 전에 한국에 도착했는데, 내가 쓴 기명 기사(by-line)를 보고는 전쟁터에서 무사히 살아서 돌아왔다는 사실을 알았고, 그렇지 않아도 보고 싶어서 신문사로 전화를 걸 생각이었다고 했다.

그날 저녁 우리들은 무교동 낙지골목에서 만났다. 멕시코에서 지내는 동안 매운 음식에 익숙했던 그는 낙지볶음을 좋아했고, 그래서 우리들은

아무나 예고 없이 벌컥벌컥 열어 대기 때문에 널빤지 문을 손으로 꽉 붙잡고 소변을 봐야 하던 어느 허름한 술집으로 들어가 구두를 봉투에 담아 들고 방으로 들어가 옆에 놓고 앉아 막걸리를 마시며, 두 사람이 그 동안 살아온 얘기를 나누었다.

나는 마치 무슨 무용담이라도 얘기하듯 의기양양하게 월남에서 미국·한국·월남의 여러 신문과 잡지에 글을 썼으며, AP통신의 사진까지 찍었노라고 자랑을 늘어놓았다.

시드니 교수는 내가 월남에 있을 때 자신도 마침 사이공 대학에서 강의를 맡았었고, 그래서 6 개월 동안이나 나를 찾으려고 수소문하다가 결국 실패했노라고 했다. 내가 여러 차례 사이공을 드나들기는 했지만, 군인이었던 나를 한국의 종군기자들 속에서 찾아 헤매었으니, 우리들의 재회는 아예 이루어질 가능성이 없었다. 나는 백마부대 정훈참모부 소속이었으므로 그가 연락을 취했던 외국 특파원들의 활동 무대인 카라벨 호텔과 JUSPAO에는 내 이름을 알 만한 사람이 물론 아무도 없었고, ABC-TV, AFP, UPI 등의 특파원들은 작전을 같이 다녀 개인적으로 아는 사이였을 뿐이었다. 그리고 주월 한국군 사령부는 소속 불명의 졸병 한 사람의 행방을 찾아 줄 만큼 한가하지가 않았다. 결국 한국으로 와서야 그는 내가 멀쩡하게 살아 돌아와 〈코리아 타임스〉에다 열심히 글을 쓰며 지낸다는 사실을 알고 겨우 안심했던 것이다.

한참 술을 마시다가 그는 나더러 소설을 계속해서 쓰느냐고 물었고, 「은마」가 어떻게 되었는지 궁금해했다. 내가 그 작품은 포기했다고 그랬더니 그는 무척 실망한 표정이었다. 왜 포기했느냐고 물으면서.

나는 그 소설을 몇몇 출판사에 보냈었는데, 반송 우편료가 아까워서 안 보냈더니 마지막 출판사에서 보내 주지 않아 이제는 원고조차도 없어졌다고 했다. 그래서 앞으로 다시 소설을 쓴다면 월남에서 겪은 경험과 여기저기 신문과 잡지에 게재했던 자료를 토대로 해서 다른 전쟁소설을 써 보겠다고 했다.

　시드니 교수는 「은마」의 원고가 없어진 사연을 듣고는 기가 막히다는 얼굴로 내 시선을 피해 담배 연기가 자욱한 허공을 응시하며 잠시 침묵을 지키다가 대학 시절에 내가 그에게 주었던 소설의 사본을 자기가 아직 그대로 간직하고 있으니 돌려주마고 했다. 복사기가 없었던 그 무렵에는 종이와 종이 사이에 먹지를 끼워서 대고 찍어 한 부나 두 부의 사본을 만들고는 했었는데, 교수는 내가 읽어 보라고 주었던 사본을 그때까지 버리지 않고 간직했던 것이다.

　거의 헤어질 시간이 다 되었을 때 나는 그에게 봉투 하나를 내밀었다.

　타자기 값이었다.

　그는 또다시 한심한 표정을 지었다. 타자기는 그냥 사 준 선물이지, 돈을 받으려는 생각은 없었다면서. 나중에라도 갚으라는 말을 했던 까닭은 혹시 체면을 중요시하는 동양이었던 내가 자존심이 상처를 입을까 봐 했던 소리라고.

　어쨌든 그날은 끝까지 우겨서 몇 푼 안 되는 술값까지도 내가 냈고, 며칠 후 「은마」의 원고를 나에게 돌려준 다음 그는 잠시 동안의 한국 방문을 끝내고 스페인으로 떠났다.

　그리고 22 년이라는 긴 세월 동안 우리들은 다시 만나지 못했다.

● 　 ● 　 ●

　물론 나는 그후에도 계속해서 「은마」를 고치고 또 고치며 다듬었고, 배교자(背敎者)를 주인공으로 삼은 「도적의 소굴(Then Den of Thieves)」과 「하얀 전쟁」 같은 몇 편의 소설을 썼지만, 작가가 되겠다는 꿈은 포기한 상태였다. 정열과 사랑도 시들 때가 오게 마련이고, 포부와 야망도 군중 속에 섞여 살기 시작하면 위축되고 만다. 심지어 나는 대학생 하나가 영어로 소설을 쓴다는 사실이 신기해서 주변의 사람들이 건성으로 부추기는 말에 속아서 정말로 나의 문학적인 재주가 대단한 줄 알고 착각과 과대망상에 빠져 그 동안 끝없는 도로(徒勞)만 계속해 온 모양이라는 회의에 빠지기도 여러 번이었다. 어쨌든 나는 작가라는 범주와는 거리가 먼 영자신문의 문화부장과 체육부장, 주간지 기자, 서강대학교 강사, 브리태니커 한국 회사의 편집부장 노릇을 하고, 1백50 권의 책을 번역하면서 젊은 시절을 보냈다.

그 사이에 시드니 교수는 작가 활동을 시작했다. 1969년 5월 12일에 한국전쟁을 다룬 그의 소설이 세상에 태어난다는 안내 엽서가 뉴욕의 윌리엄 모로우 출판사로부터 어느 날 내가 일하는 신문사로 날아왔다. 『죽음을 사랑하여(For the Love of Dying)』라는 시적인 제목과 온화한 그의 인상과는 달리 예리하기 짝이 없는 그의 문체를 처음 접한 나는 시드니 교수가 역시 훌륭한 스승이었다고 느꼈다. 『죽음을』은 밴텀 회사에서 다시 보급판을 냈고, 우리나라에서는 서울대학교 총장 자리에 오르기 오래 전 김종운 교수가 번역하여 『죽음과 희롱하는 사나이들』이라는 제목으로 을유문화사에서 출판되었다.

그가 스페인에서 지내는 동안 나는 두 통의 편지를 받았는데, 1970년 2월 11일에 발송한 마지막 편지를 보니 그는 두 번째 작품을 준비하는 중이라고 했다.

안군에게

자네 편지를 받은 지가 벌써 9 개월이나 되었다니 믿어지지가 않는구만. 그 기간이면 아이를 만들기에도 충분하겠는데, 나는 책은커녕 단편 하나 만들어 내지 못했다네. 물론 노력은 열심히 하지만 말야. 역시 아시아를 무대로 한 전쟁소설이고, 월남이 무대이기는 하지만, 총질이나 해대는 전투를 묘사하는 그런 전쟁소설은 안 쓰겠어. 그보다는 인간성과 전쟁의 부조리를 얘기하고 싶은데—한국 문제도 다룰 생각이야.

자네는 어떤가? 작품은 계속 쓰고? 나는 한국으로 날아가고 싶어. 자네를 만나 낙지볶음을 먹고, 막걸리도 마시고, 산 속이나 어디 시골 마을에서 휴가를 보냈으면 좋겠구만. 나는 한국이 그리운데, 가끔은 다른 나라들보다도 더 그리워지고는 하지. 떠돌이 생활의 고민 한 가지는 가는 곳마다 정이 들고, 동시에 모든 곳에 가서 살기가 불가능하기 때문에 마음이 아프다는 점이야. 나는 작품을 끝낼 때까지 한 곳에 눌러 지내고 싶기는 하지만, 그러면서도 하고 싶은 일이 너무나 많지. 그런 충동은 자네도 알겠지만.

이 편지를 마지막으로 우리들은 서로 상대방의 행방을 잃게 되었고, 여러 해가 지난 다음 박정희의 폭력시대 말기에 일본에서 왔다는 어떤 사람이 나한테 전화를 걸어 시드니 교수가 오키나와에 있는데, 한국으로 오는 길에 내 주소를 알아 달라는 부탁을 받았노라고 했다. 나는 전화를 건 사람에게서 알아낸 시드니 교수의 오키나와 주소로 편지를 썼지만 끝내 답장이 없었고, 우리들은 결국 연락이 닿지 못한 채로 세월은 자꾸만 흘러갔다.

그리고 전두환의 폭력시대 초기에 나는 연극인 몇 사람과 함께 어느 날 강촌과 등선폭포를 거쳐 강원도 춘성군의 삼악산을 올랐다. 산을 넘어 내려가는 길에서는 저 멀리 서면 금산리가 내려다보였다. 옛 모습은 이미 오래 전에 없어져 개울 같은 강이 흐르던 자리에는 의암댐을 막아 거대한 호수가 생겼고, 갈대밭과 모래밭뿐이었으며, 시드니 교수와 내가 산책하던 무인도 중도(가운뎃섬)에는 중도동이니 신촌이니 하는 인간 군락지와 딸기밭이 생겨났고, 해마다 MBC 강변 가요제가 열리는 관광지가 되었으며, 「은마」의 원고는 내가 그 동안 고생한 나날이 차마 아까워서 선뜻 내버리지 못하고 20 년 이상이나 이리저리 끌고 다니던 다른 원고 뭉치들 속에 파묻혀서 푸석푸석 누렇게 삭아 갔다.

그리고 나는 이미 나이가 40을 넘어서는 중이었다.

1985년 계간 〈실천문학〉에 「전쟁과 도시」라는 제목으로 「하얀전쟁」이 연재되면서 나는 무척 늦게 작가 생활을 시작했다. 그리고 1987년까지 장편소설 「가을바다 사람들」을, 『길쌈』이라는 제목으로 「은마는 오지 않는다」를, 단편집 『학포 장터의 두 거지』를 발표했지만, 네 권 모두 사람들의 눈에 띄지도 않고 잠시 서점에 전시되었다가 사라지는 낭패를 보았다. 작가로서의 내 생명은 제대로 시작도 하기 전에 종말을 고할 눈치였다. 관객이 없는 연극이나 손님이 없는 옹기장수와 마찬가지로 독자가 없는 작가는 작가가 아니라고 나는 생각했다. 모든 예술 작품은 '대화'여서, 전달하는 자와 전달받는 자가 두텁게 연결되지 않으면 아예 존재하지 않는 셈이기 때문이었다.

한국에서의 작가 활동은 끝난 모양이라는 판단이 내려져 더 이상 작품을 쓰지 않고 지내던 어느 날, 나는 불현듯 미국으로 떠날 결심을 했다. 시드니 교수가 옛날에 풀브라이트 장학금을 얻어 줄 테니 아이오아 주립대학의 유명한 창작 강의를 공부하라는 충고를 했을 때는 아버지에게 매를 맞고 쫓겨난 어머니가 김포공항 앞 골목길에서 국민학교 아이들을 상대로 만화가게를 해서 먹고 살아야 했던 가정 환경이나 군 복무를 끝내야 한다는 핑계로 마다했던 내가 마흔다섯이 다 된 나이에야 처음으로 미국 땅을 밟기로 했던 것이다. 그나마 몇 권의 책이 우리나라에서 출판된 다음이었으므로 조금쯤 자신이 생겨 젊은 시절에 벌려 놓았던 일을 마무리 지어 보고 싶어서였다. 이번에도 실패하면, 그러면 정말로 우리말이건 영어건 다시는 소설을 쓰지 않고, 내 분수를 찾아 죽을 때까지 번역이나 하리라고 다짐하면서.

1987년 1월 여동생이 살고 있는 텍사스의 자그마한 시골 마을 파우덜리로 들어간 나는 또다시 은둔생활을 시작했다. 매제는 몇 달째 샌프란시스

코에서 근무하는 중이었고, 박사 과정을 밟는 여동생과 고등학교에 다니는 조카가 학교로 가고 나면 집은 거의 언제나 텅 비었으며, 그렇게 빈 집은 나에게 이상적인 감옥이었다. 아무리 사방을 둘러봐도 언덕 하나 없는 광활한 평야 한가운데, 어떤 오락 시설도 없고, 수영을 하려면 차를 타고 한 시간이나 달려 카머스의 이스턴 텍사스 대학교로 가야 하고, 빵이나 종이 한 장을 사려고 해도 10분은 차를 몰고 나가야 하고, 철저한 기독교 금주 지역이어서 술집은커녕 맥주를 사 마시려고 해도, 레드 리버를 건너 오클라호마 주까지 월경(越境)을 해야만 하는 유형지(流刑地)에서, 찾아갈 사람도 없고 찾아올 사람도 없이, 나는 고양이 한 마리와, 철자가 틀리면 삑삑 소리를 내는 하얀 상자가 달린 브러더 전동 타자기와, 한국에서 가져간 한 트렁크의 참고 자료를 가지고 외로움이 진득진득한 냄새를 풍길 정도의 적막한 나날을 3 개월 5 일 동안 보냈다.

아득하게 들려오는 잔디 깎는 소리, 영원히 흐르지 않는 시간, 시골 앵커맨들이 이웃 동네 얘기를 전하는 지방 텔레비전 방송, 앤드류 와이트의 그림이 얼마나 미국적인지를 새삼 느끼게 만드는 목장의 낡은 창고 건물들, 공해를 몰라서 한없이 파랗기 만한 하늘, 언제 불어올지 모르는 선풍(tornado), 숨을 곳 없는 들판에 내리꽂히는 벼락에 대한 공포, 조카의 고등학교 체육관에서 열린 연극 발표회에 참석한 미국 학부형들, 차도 없고 사람도 없는 지방 도로, 밤 사이에 지나가는 차에 치여 죽은 스컹크와 고양이와 오소리와 아마딜로의 주검이 여기저기 널브러진 아스팔트, 서울의 두 딸 미란이와 소근이에게서 사흘에 한 번씩 꼬박꼬박 오는 반가운 편지, 비가 걷힌 다음 땅 위로 기어올라온 지렁이를 잡아먹으려고 새까맣게 몰려드는 블랙버드—이런 것들로 이루어진 세계에서 나는 혼자만의 싸움을 벌였다.

시간이 나면 마당의 낙엽을 긁어모아 태우고, 나무들을 가꾸고, 딸기밭에서 지렁이를 잡아 낚시를 가기도 했다. 비버들이 쏠아서 쓰러뜨린 나무들이 즐비한 팻 메이스 호수는 나의 유일한 휴식 공간이었다. 이틀이나 사흘에 한 번씩 나는 낚시방에 가서 지그(jig)를 한 줌 사서 낚싯대를 챙겨 들고 그곳으로 가 배스·스트라이퍼·섀드 따위를 낚으며 개울가를 혼자 거닐고, 내일 쓸 문장들을 머리 속에서 다듬고, 도대체 나는 언제까지 이 짓을 하려는가 우울해 지기도 했다.

그리고 내가 영어 소설을 시작한 지 27 년 만에, 드디어 나는 처음으로 뉴욕의 출판사에 내 원고를 팔았다.

●　　●　　●

1989년 늦봄, 나의 두 번째 미국 여행은 훨씬 마음이 가벼운 것이었다. 영어판 『하얀전쟁』이 출판된 지 두 주일쯤 지났고, 『은마는 오지 않는다』도 이미 제작 과정에 들어간 상태였다. 나는 그 동안 2 년에 걸쳐 전화와 편지로만 서로 연락을 취해 왔던 나의 출판 대리인(literary agent) 데이비드 매트와 소호출판사의 사장 유리 유레빅스(Juris Jurievics)를 만나 보고 싶어서 뉴욕으로 찾아갔지만, 미국 언론의 예상치 않았던 반응으로 인해서 한 달 동안 무척 분주한 나날을 보냈다. 힘들어도 즐거운 나날을.

어느 날 저녁, 소호의 사장 유리와 나는 황금 모래밭 같은 불빛이 저 아래 굽어보이는 맨해튼의 어느 고층 라운지에서 단둘이 마주 앉아 맥주를 마셨다. 나는 『은마』가 1963년 여름방학 때 금산리에서 처음 쓰기 시작한 이후 소호에서 출판되기까지 내가 얼마나 많은 실패를 참아 왔는지 지난 얘기를 그에게 했다. 그리고 나는 『은마』의 영문판을 조지 시드니라는 사람에게 헌납하겠다고 했다. 시드니 박사가 누구냐기에 나는 한참 설명을 했다. 지난 20 년 동안 만나지도 못했고 이제는 어느 나라에서 사는지 행방도 모르겠다는 얘기까지.

"하지만 어디선가 우연히라도 이 책을 발견하고, 내가 이 소설을 그분에게 바쳤다는 걸 알면 기뻐하시겠죠.”

“닥터 시드니는 지금도 교수인가요?”

“틀림없이 그럴 겁니다.”

“그럼 내가 찾아 드릴께요. 풀브라이트 교수라면 세계의 어느 구석에 가숨었더라도 찾아낼 수 있으니까요.”

●   ●   ●

1990년 1월에 뉴욕에서 『은마는 오지 않는다』가 출판되고 1 년이 거의 다 흘렀는데도 시드니 교수는 나타나지를 않았다. 유리에게서도 다른 소식이 없었다. 하지만 개인적인 일을 가지고 출판사를 자꾸 귀찮게 굴 입장도 아니었고, 뉴욕하고는 워낙 편지 한 번 오고가기도 보름씩이나 걸려 연락이 쉽지 않은 터였으므로 나는 유리를 독촉하지 않기로 작정했다. 『은마』의 표지 모서리에 들어간 태극 표시가 잘못 반전(反轉)되었다는 사실을 발견하고 내가 편지를 보내 앞으로 출판될 책에서는 바로잡아 넣겠다는 회신을 받기까지에도 몇 달이나 걸렸었던가. 인세의 송금과 미국 정부에 내가 물어야 하는 세금 문제, 여러 신문과 잡지에 실린 서평, 교정지나 수정할 문장 등등, 워낙 처리할 문제들이 많았던 터라 서로 생각나는 대로 보내는 편지들이 시간과 공간의 커다란 틈을 가운데 놓고 나와 출판사와 대리인 사이를 서로 엇갈리며 돌아다녔고, 어느덧 우리들은 시드니 교수를 찾는 일을 소홀히 하게 되고 말았다.

서울의 풀브라이트 재단이나, 서강대학교나, 미국의 옛 은사들과 동창들을 통해서 내 나름대로 그를 찾으려던 노력도 다 허사였고, 그래서 『은마』가 드디어 출판되었다는 소식을, 드디어 내가 타자기 값을 했다는 소식을 자랑스럽게 알려 주는 기쁨도 어느덧 내가 포기했을 즈음에 이르러서였다. 10여 년 전부터 미국 소설을 번역할 때마다 걸핏하면 여러 가지 자료를 구하러 찾아가고는 했던 미국문화원을 나는 1990년 말, 12월도 거의 다 지나간 어느 날 찾아가 김광호 도서관장을 만났다. 미국 시인 피터 맥윌리엄스(Peter Macwilliams)에 대한 자료를 구하기 위해서였다.

별다른 자료가 나오지 않자 김 관장과 커피를 마시며 잡담을 나누다가 나는 불현듯 생각나서 물었다. 혹시 한국을 다녀간 모든 미국 교수들의 명단과 인건 서류(dossier) 같은 것이 미대사관 어디엔가 보관되어 있지 않겠느냐고.

그는 나더러 잠깐 기다리라고 하더니 어딘가 갔다가 잠시 후에 돌아왔다. 두툼한 책 한 권을 들고. 그 책은 1990년판『미국 교수 인명록(Directory of American Professors)』이었다. 그리고 그 인명록에는 조지 시드니(George R. Sidney)라는 이름이 하나뿐이었고, 1990년 현재 그는 미국 뉴저지 주 이타카 대학교 영문과 교수라고 밝혀 놓았다.

하지만 조지 시드니라면 상당히 흔해 보이는 이름이었고, 내가 고등학교에 다닐 때만 해도 똑같은 이름의 영화 감독도 유명했었기 때문에 나는 옛 선생을 틀림없이 찾아냈으리라는 자신이 없었고, 그래서 집으로 가서는 『은마』 영문판 한 권을 꺼내 "내가 찾고 있는 분에게 이 책이 들어가기만 바란다"라는 글을 속표지 앞 여백에다 써넣고는 아무 편지도 동봉하지 않은 채 이타카 대학교로 보냈다.

그리고는 기다렸다.

그러나 이 무렵 시드니 교수는 독일의 하이델베르크에 간 다음이었고, 그래서 거의 두 달이 다 가도록 회답이 없었으며, 나는 그를 찾는 일을 포기했다. 이 두 달 사이에 내가 보낸 책이 태평양을 건너 뉴저지 이타카 대학교에 도착했다가, 시드니 교수와 친했던 영문과 과장이 다시 발송하여 이번에는 대서양을 건너 독일로 가고 있었다는 사실을 까맣게 모른 채로

●　　●　　●

　드디어 우리들이 다시 만났던 날 저녁 호텔 로비에서, 나는 악수를 하려고 손을 내밀었지만, 시드니 교수는 내 손을 거들떠보지도 않고 와락 나를 끌어안더니 한참 동안 놓을 줄을 몰랐다. 남자끼리의 포옹에 서툴렀던 나는 엉거주춤 교수를 마주 껴안았고, 구정 다음날이어서 한산하기 짝이 없는 로비에서 서성거리던 벨보이들이 우리 두 사람을 뚫어져라고 쳐다보는 시선이 눈에 띄자, 장소가 이태원의 호텔이고 보니 혹시 포옹한 미국 남자와 한국 남자를 동성애자라고 그들이 의심하지나 않을까 하는 참으로 해괴한 생각까지 들었다.

　이렇게 해서 재회는 이루어졌고, 우리들은 크라운 호텔 안의 일식집으로 들어가 식사와 맥주를 시켜 놓고는 먼지가 보얗게 쌓일 정도로 해묵은 얘기를, 소중한 책을 읽어 내려가듯, 차근차근 나누기 시작했다.

　우리들이 같은 흙을 밟으며 지내던 시절의 학생들과 선생들의 근황, 그동안에 죽은 사람들, 아무리 세월이 흘러도 전혀 나아질 줄 모르는 한국의 정치 현실, 월남과 스페인, 이혼, 그의 두 아이 미셸과 데이비드에 대한 소식, 나의 쌍둥이 두 딸 미란이와 소근이, 소호출판사, 그 사이에 흘러간 참으로 긴 세월…….

　그리고 오래간만에 만나는 사람들이 늘 하는 말이지만 그는 나더러 "자네 하나도 안 변했구만"이라고 했다.

　그것은 거짓말이었다.

　나는 그 사이에 나이를 곱절이나 먹었고, 체중이 1킬로그램만 적었더라면 경마장의 기수 자격을 갖추게 되는 53에서 지금은 비만도 135퍼센트라는 68킬로그램으로 늘었고, 배도 보기 흉하게 나왔고, 어느덧 죽음을 가까이 생각해야 할 때가 되어 버렸다.

　하지만 그의 말은 거짓이 아니기도 했다.

　한참 얘기를 나누고 있으려니까, 이빨 사이가 담뱃진으로 조금 검어지고 얇은 주름이 앉은 그의 얼굴이 차츰차츰 옛날의 모습과 목소리로 되돌아갔고, 방안에서는 잔잔히 과거가 되살아나고 있었다. 그렇다. 시드니 교수는 조금도 변한 곳이 없었다. 그리고 어쩌면 나의 모습도 그의 눈에는 전혀 변하지 않았다고 보이는지도 모를 일이었다.

"헌데 하이델베르크에서 보내 주신 편지의 첫 문장 멋있더군요. '10 년이나 15 년 만에 만나는 사람에게 과연 무슨 말을 하면 좋을까?' 하는 거요. 그건 어디에서 인용하신 건가요?"

"자네 소설에서. 「하얀전쟁」』에 나오는 구절이지."

우리들은 웃었다. 그리고 그는 말했다.

"「은마」를 나한테 헌납했다는 걸 알고 난 무척 기뻤지만 사실은 불안하기도 했어. 조마조마하면서 읽었지. 이왕 헌납을 받았으니 그 소설이 훌륭한 작품이었으면 더 좋겠다는 욕심이 생겨서 말야."

"마음에 드시던가요?"

"무척. 아주 훌륭한 작품으로 가꾸어 놓았더군. 특히 언례가 강간을 당하는 장면이 압권이었어."

나는 칭찬을 받으면 기분이 좋아지는 유치한 속성이 아직도 나에게 남아 있다는 사실을 깨닫고 혼자 속으로 웃었다. 『은마』에서 다른 부분들은 수없이 여러 번 뜯어고쳤고, 용녀라는 주인공은 1986년 한 달 동안 내가 해운대에 내려가 국문판의 마지막 원고를 만들 때까지는 등장하지도 않았지만, 강간 장면만큼은 1963년 여름에 처음 쓴 이후 여태까지 거의 손을 대지 않은 유일한 대목이었기 때문에 나는 더욱 의기양양했다.

식사도 끝내고 그 동안의 시간적 공백으로 인해서 단절되었던 사연들도 대충 채운 다음 음식점에서 나왔지만, 구정 연휴로 온 도시가 철시를 한 상태여서 우리들이 찾아가 얘기를 더 나눌 만한 '막걸리집'은 모두 문을 닫았고, 할 수 없이 호텔 지하실의 나이트클럽으로 내려갔다. 그러나 문간에서 나비넥타이를 맨 젊은이가 우리들을 가로막고는 못 들어가게 했다. 이 나이트클럽은 젊은이들만 출입하는 회원제이니까, 우리더러 다른 곳으로 가라는 설명이었다. 두 사람은 근처 캐피탈 호텔로 터벅터벅 걸어가며 웃었다. 늙었다고 술집에서 함께 쫓겨난 스승과 제자가.

"나이 때문에 괄시를 당하긴 난생 처음입니다."

"앞으로는 그런 일 점점 자주 당할 걸세. 그리고 나이 얘기가 나왔으니까 말인데, 따지고 보면 우리 나이가 아홉 살밖에 차이가 없잖아. 그러니자네 이젠 나더러 '닥터 시드니, 닥터 시드니' 하지 말게. 그냥 이름을 불러. 나도 자네를 '미스터 안'이라고 하기가 이제는 어색하니까."

●　　●　　●

우리들은 두 번 더 만났다.

나의 소설 「은마는 오지 않는다」를 위해 금산리 집을 개방했던 후배 황혜자가 몇 사람 반가운 얼굴을 모아 저녁을 냈고, 그리고는 3월 4일, 교수가 출국하기 전날 오후 3시에, 우리 두 사람은 마지막으로 크라운 호텔 커피숍에서 다시 만났다. 둘이서 같이 쓰기로 한 소설에 대한 의논을 하기위해서였다.

어렵게 이루어진 재회이니까 앞으로는 서로 '실종 상태'가 되지 않기 위해, 계속해서 연락을 취하기 위해, 우리 두 사람은 한 권의 소설을 같이 쓰기로 했다. 제자가 「태풍의 소리」 초교를 끝내고 교수도 현재 집필 중인작품을 끝낼 즈음인 내년 봄부터, 한국인 제자는 한국 주인공이나 풍물의묘사를 맡고 미국인 교수는 미국 주인공을 맡아, 서울과 하이델베르크에서, 두 사람이 쓸 계획인 '우울한 소설'을 시작하기에 앞서서, 우리들은 마지막 날 만나 대충 줄거리를 의논했다.

"우리들 자신의 얘기를 소설로 쓰는 거야. 어떤 사연에서인지 헤어졌다가 20년 만에 다시 만나는 두 사람. 남녀의 사랑을 얘기해도 좋겠지. 그래. 한국전쟁 때 만나는 미국 남자와 한국 여자. 남자는 군인이어도 좋고 아니어도 좋아. 어쨌든 둘이서 사랑을 하는데, 여자는 진실한 사랑이고, 남자는 전쟁터에서 짤막한 불장난으로 끝나지. 남자는 미국으로 돌아갈 때 여자가 임신한 몸이라는 걸 몰라. 그리고 20 년 후에 남자가 다시 한국으로 오는 거야. 무슨 일로 온다고 하면 좋을까? 어쨌든 오지. 그런데 딸이 남자를 찾아온다고 상상해 보자구. 어떤 남자이길래 엄마가 그토록 사랑했고 지금도 사랑하는지 궁금해서. 딸은 실망하지. 너무나 평범한 남자라서. 그런데 엄마는……"

우리들은 한 시간 가량 의논을 끝내고 밖으로 나왔다.

또다시 이별하기 위해서.

짤막한 길거리 포옹과 여러 차례의 "굿바이"를 주고받은 다음에 교수는 그 동안 숙소로 정했던 8군 영내를 향해 길을 걸어 올라가기 시작했고, 나는 다섯시의 스케일링을 위해 무교동의 치과로 가기 위해 버스를 타려고 길바닥에서 기다렸다.

나는 점점 멀어져 가는 교수의 뒷모습을 지켜보았다. 그리고 외투도 걸치지 않은 그의 모습을 보고 갑자기 나는 지금 그가 입은 저 양복이 1963 년 겨울, 타자기를 사 주려고 제일은행에서 나를 기다렸을 때 그가 입었던 바로 그 양복이라는 착각이 들었다. 28 년 전 겨울날에 교수님이 입었던 양복도 바로 저런 엷은 갈색과 회색이 섞인 빛깔이었을 거야.

그리고 나는 생각했다. 인간의 삶에는 영원히 변하지 않는 무엇이 존재한다고. 들녘

다섯 이야기가 나온 이유

마늘의 끝

글을 쓰는 사람이라면 누구나 몇 가지씩 원칙을 세우고 거기에 따라 모든 작품을 쓰게 마련이겠는데, 나도 그런 몇 가지 원칙을 지키려고 노력하는 편이다. 문학적인 신념과 철학, 또는 작가로서의 사명과 이념을 지배하는 부담스러운 사상이 아니라, 실제로 작업을 하는 데 필요한 기계적인 공식을 두고 한 말이다.

내가 스스로 자신을 속박하는 그런 원칙들 중에는 가능한 한 접속사를 쓰지 않는다든가, 어휘의 반복을 최대한 억제한다든가, 인간의 다섯 가지 감각 특히 시각에 충실한 묘사를 지향한다든가, 행동이나 상황의 단위가 종결되기 전에는 줄을 바꿔 새로운 글뭉치(paragraph)를 만들지 않는다든가, 등장인물의 심리 상태와 문장의 길이를 같은 길이와 비율로 묶는다는 따위의 원시적인 지침과 더불어, 사실성에 비중을 두는 글쓰기가 들어간다.

사실성의 추구는 늘 나의 상상력을 제한한다. 심지어는 나에게 상상력이 부족한 모양이라는 자멸감을 느끼기도 할 정도로 그렇다. 언젠가는 어느 일간지에서 역사소설을 연재해 보지 않겠느냐는 제의를 받고는 자신이 없다고 사양하기도 했다. 우리는 겨우 30 년 전에만 해도 박정희 시대의 유도된 언론 보도로 인해서 조작된 역사를 겪었고, 전두환 정권의 은폐되고 가공된 진실로 인해서 우민(愚民)으로 전락하는 경험도 되풀이했다. 따로 역사관을 키우지 못한 채로 그런 국가적 환경에서 성장해 온 평균치 시민으로서는 3백 년이나 4백 년 전의 역사적 진실과 생활상을 소설로 엮어 낼 만한 자신이 나에게는 없었다. 또한, 대단히 부끄럽기는 하지만 솔직히 얘기해서, 나에게는 그럴 만한 역사의 지식이나 의식, 그리고 상상력도 없었다.

나는 내가 직접 보거나 듣고, 아니면 적어도 주변 사람들의 '입'을 통한 2차적인 경험에서 얻은 내용을 글로 적을 때만 마음이 놓인다. 아마도 이런 불안감은 소심한 성격의 탓이기도 하겠지만, 역시 사실성에 지나칠 정도로 신경을 쓰다 보니 생겨난 부작용이 아닌가 싶다.

사실성에 대한 이런 강박관념은 나름대로 근거가 따른다. 예를 들면, 사람들을 별로 만나지 않아서인지 요즈음에는 소식도 뜸해졌지만, 한때 잘 알았던 어느 여성 작가의 중편소설을 읽었을 때, 나는 사실성이 왜 중요한지를 새삼 깨달았다. 그 작품의 첫 장면에서는 주인공인 젊은 여자가 애인과 다방에서 만나 얘기를 나누는데, 어디선가 무엇이 무너지는 소리가 나고, 이에 놀란 남자 주인공이 공포에 질려 커피 탁자 밑으로 몸을 숨기고는 부들부들 떤다. 나중에 남자가 정신을 가다듬은 다음 여자가 왜 그러느냐고 물었더니 남자는 월남에 갔다가 폭격을 당할 때 받은 정신적인 충격 때문이라고 설명한다. 말하자면 전쟁에 가서 망가져 돌아온 인간에 관한 얘기이다.

나는 그 소설이 어떻게 끝났으며, 두 주인공이 어떻게 되었는지를 지금까지도 알지 못한다. 전제가 잘못되었기 때문에 결과를 알기 위해 계속 읽으려는 욕구와 당위성을 상실했기 때문이었다.

월남전에서는 미군이 B-52 폭격기로 북폭(北暴)을 계속했고, 헬리콥터 또한 새로운 전술 무기로 등장하여 많은 활약을 했지만, 북쪽의 월맹군은 단 한 대의 항공기도 전쟁에 투입하지 않았다. 월남을 다녀온 주변 사람들 누구에게 물어 봐도 '베트콩의 비행기' 공격을 받았다는 증언은 나오지 않는다. 지금까지 보아 온 월남전에 관한 어떤 기록영화에서도 '남폭(南暴)'의 증거는 발견되지 않는다. 그런데 어떻게 한국 군인이 '폭격'을 맞아 충격을 받고 정신이상 증세를 보인다는 말인가?

이것은 현장 경험이 부족하기 때문에 생겨난 '잘못된 전제(前提, premise)'이다. '전쟁'이라는 말을 들으면 피난민이나 비행기의 공습 따위가 자연스럽게 사람들의 머리에 떠오르지만, 월남전에서는 '적기(敵機)'가 한 대도 없었다. 북쪽의 호치민 월맹 정부에서는 월남전이 남쪽에서 민족 해방전선이 벌이는 투쟁이며, 북쪽은 전혀 아무 관계도 없다는 허구(虛構)를 내세우고, 그래서 북폭을 당하는 그들의 처지가 억울하다는 입장을 전쟁이 끝날 때까지 표방하고 고수했다. 월남전에서 '적' 역할을 맡았던 '베트콩'도 알고 보면, 월맹 정규군과는 달리, 북쪽 사람들이 아니다. '베트콩(Vietcong)'은 월남말로 '월공(越共)', 즉 '월남(越南=남부)의 공산주의자(共産主義者)'에서 머릿글자를 따서 만든 단어로, 북쪽의 월맹과는 아무 관련도 없다고 했다. 한때 북한에서도 자주 내세웠던 이러한 궤변적 '명분'에 따라서 베트콩은 땅굴을 파고 지상전과 유격전만 벌였으며, 사이공이 붕괴될 때도 미국 대사관이 비록 붉은 깃발을 단 탱크의 공격을 받기는 했지만, 북쪽에서는 단 한 대의 비행기도 날아오지 않았던 것이다.

단 한 번도 없었던 월맹의 폭격에서 충격을 받고 정신이상 증세를 일으킨 대한민국의 참전병—. 현장 경험이 없으면서 전쟁소설을 쓰는 사람이 봉착하기 쉬운 이런 오류에 관해서는 『지상에서 영원으로(From Here to

Eternity)』와 속편 『과달카날 전투(The Thin Red Line)』의 작가 제임스 존스 (James Jones, 1921~1977)가 "실제로 참전한 사람이 읽어 보면 상상으로만 쓴 전쟁소설은 웃음이 나온다"라고 경고했었다.

사실성에 대해 내가 지나칠 정도로 일종의 고정관념을 갖게 된 까닭은 대학 시절에 창작을 혼자 공부하느라고 읽었던 여러 이론서 가운데 한 권 에서 접한 경고 때문이기도 하다. 어느 책이었는지 기억은 나지 않지만, 거 의 충격에 가까운 두려움을 나에게 심어 준 그 글의 내용은 이러했다.

작가가 되려는 사람은 첫 소설을 구상할 때, 제한된 경험과 지식으로 인 해 자신이 젊어서 겪은 성장의 고뇌나 감미로운 사랑을 환상적으로 극화 하는 경향이 심하다. 낭만적인 사랑에 관한 사실(fact)의 환상은 소설(허구, fiction)로 옮겨가는 과정에서 흔히 이런 식으로 발전한다. 미국에서 유럽으 로 가는 유람선…… 호화로운 배를 타고 홀로 여행하는 아름다운 여 인…… 그러나 이 젊은 여인에게는 사랑을 나눌 남자는커녕 아는 사람조 차 곁에 없어서 고독만이 마음에 가득하고…… 그래서 성탄 전야에 홀로 뱃전에 나가 휘영청 밝은 보름달을 올려다보며 몰래 한숨을 짓고…… 그 때 저만치 역시 난간에 몸을 기대고 은빛 파도를 내려다보면서 고독을 씹 는 사나이…… 이렇게 만난 짝없는 남녀가 쓸쓸한 달빛 아래 대화를 나누 다가 사랑이 시작되고―그래서 사랑의 나무가 자란다.

그런데 만일 이런 낭만적인 소설이 겨우겨우 임자를 만나 출판까지 된 다면, 독자 가운데 누군가는 소설에 등장하는 퀸 메리 호나 타이타닉 호가 항해를 하던 성탄절 전야가 음력으로 보름이어서 정말로 둥근 달이 떴는 지를 연감(almanac)을 뒤져 사실을 확인해 보고, 만일 보름달이 떴다고 하더 라도 거기에서 그치지 않고 배가 그날 밤 항해하던 위치에서 날씨가 개어 정말로 달이 보였는지를 따져 본다는 얘기였다.

나는 그래서 처음 글쓰기 공부를 할 때부터 사실적인 배경의 중요성을 믿었고, 연극에서 무대는 사실이며 배우의 동작과 대사만 가공이리라는 공식을 만들어 소설쓰기에 적용하기로 작정했다. 설정된 상황은 무대 장치에 해당하고, 등장인물들의 연기(몸짓과 대화)에서만 상상력의 자유(poetic license)를 행사하자는 생각에서였다. 그래서 나는 당시에 우리 현대 문학에서 유행하던 "K 대학 H 교수"나 "○○시 ××동 ○○번지" 식의 표현 대신 실재하는 지명과 인명을 사용하려고 노력했으며, 지금까지도 '설득의 부담'을 짊어진 작가로서 '사실 설명'에 충실하려고 노력한다. 그럼에도 불구하고 『갈쌈(=은마는 오지 않는다)』를 발표하고 나서 얼마 안 되어 경기도 연천의 어느 독자로부터 이런 편지를 받아야 했다.

"저는 선생님의 소설에서 무대가 된 곳과 비슷한 시골에서 전쟁을 겪은 여자입니다. 그런데 사람들이 피난을 떠나는 장면을 보니까 스웨터를 입은 여자가 등장하더군요. 하지만 제가 기억하기로는 전쟁 당시 우리 마을 같은 곳에서는 스웨터라면 너무 비싸고 좋은 옷이어서 입고 다니는 여자가 아무도 없었습니다."

글쓰기에서 세부적인 묘사의 사실성이 물론 좋은 문학적 작품을 만들기 위한 가장 중요한 기본 요소는 아니겠지만, 어쨌든 상상을 실제에 의존하려던 자세는 "미늘"에서뿐 아니라 『하얀전쟁』에서도 이미 의도적으로 적용되었다. 오래 전부터 밝혀 온 바이지만, 『하얀전쟁』에 등장하는 대부분의 상황과 인물은 실재하는(authentic) 근거에 의했으며, 비록 여러 인물로부터의 합성(composite)이기는 하지만 변진수를 위시하여 거의 모든 등장인물은 이름이 한 글자만 틀리거나 아예 실명 그대로이다. 이것은 인물의 성격이나 용모 등을 묘사할 때 일관성과 입체성을 유지하는 데 도움이 되고 편리하기 때문이었으며, "미늘"의 주인공들도 예외가 아니었다.

"미늘"의 주인공 가운데 한 사람인 한 전무(한광희→한광우)는 본디 내가 바다 낚시에 관한 작품을 하나 써야 되겠다고 작정한 다음 자료와 일화를 수집하는 과정에서 많은 도움을 주었던 친한 친구였으며, 〈문학정신〉으로부터 중편소설을 써 달라는 원고 청탁을 받기 얼마 전에는 추자도의 푸랭이섬으로 8 일 동안 단 둘이 조행(釣行)에 나서기도 했었다. 그리고 푸랭이 섬에서 지내는 동안 '본드 사건'과 '울산 오씨(이상선)' 등에 관한 얘기를 듣고는 새로운 인물을 애써 상상해 낼 일이 아니라, 아예 한 전무를 주인공으로 삼아야 되겠다는 작정을 했었다.

 "미늘"은 1991년 잡지에 발표한 다음 세 편의 다른 중편소설("미국인의 아버지," "황야," "혼선")과 함께 열음사에서 같은 해 단행본으로 펴냈고, 1995년 동아출판사의 "한국소설문학대계"에 수록되었으며, 1997년에는 열음사에서 또 다른 두 편의 중편("동생에 관한 연구," "학포 장터의 두 거지")을 첨가하여 재출간했다.

 "미늘"을 잡지에 발표한 한 달쯤 후에 이상선 씨(울산 오씨)가 갯바위에서 파도에 휩쓸려 들어가 실종이 되었지만 시신조차 찾지 못했다는 소식을 한 전무가 나에게 전해 주었고, 그리고 다시 얼마 후 한 전무 자신도 사고를 두 차례나 당했다. 배에서 갯바위로 내리려다 앞 이빨 하나를 잃는 사고를 거친 다음, 자주는 아니지만 가끔 우리들과 낚시에 어울리고는 했던 '칠득이'와 평도에 들어갔다가 다시 사고를 당한 것이다. 텔레비전 연속극의 등장인물과 비슷하게 생겼다고 해서 '칠득이'라는 별명으로 통했던 UDT 출신의 친구가 마당바위에서 실족사를 당하자 한 전무는 시체를 인양하기 위해 고흥의 신승식(본명) 선장과 함께 온갖 고생을 했을 뿐 아니라, 경찰의 의심을 받고 여수까지 끌려 다니는 곤욕도 치렀으며, 몇 년 동안 나는 이 사건을 머리 속에 담아 두었다.

 그러다가 1998년이라고 기억되지만 언제인가 어느 월간지에서 중편소설을 써 달라기에, 두 작품을 연결짓기 위한 장치로서 '칠득이'를 "미늘"의 서구찬 사장으로 바꿔 "미늘의 끝"을 완성했지만 너무 길다는 이유로 게재가 되지 않았고, 그래서 마땅히 발표할 지면이 없어 다시 두어 해 묵혀 두었다가 "미늘"을 퍽 좋아했던 다락원의 김국률 전무의 주선으로 월간지 〈낚시춘추〉에다 1 년 반 정도 연재를 한 다음 이렇게 책으로 묶어 내기에 이르렀다.

자연 속에서 정말로 하찮은 존재인 인간의 삶과 죽음에 관한 명상을 담으려고 나름대로 애를 쓴 이 중편소설의 주인공 한 전무는 얼마 전 낚시 장비 일체를 우리들에게 나눠준 다음 담배와 술까지 단호하게 끊고는 종교에 몰입해서 요즈음에는 갈현동 꾼들과도 만나는 기회가 드물어졌다. 그리고 그가 일하던 지하철 녹번역 근처의 범아공업사 자리에서는 요즈음 녹번성당 공사가 진행 중이다.

물에 빠진 대화

소설을 쓰려면 작가는 구성(plot)과 전개(development)에 대해서 고민해야 마땅하고, 주제와 인물과 상황의 설정 또한 소홀히 해서는 안 될 일이지만, 거기에다가 사실적인 정밀성까지도 도모해야 한다고 내가 신경을 쓰는 까닭은 피난민 행렬에서 발견되는 스웨터에 대한 독자의 꼼꼼한 지적을 걱정하기 때문만은 아니다. 그보다는 소설은 소설이기 때문에 실제보다도 정확하고 논리적이어야 한다는 계산 때문이다.

"사실이 소설보다 기이하다(Fact is stranger than fiction)"는 영어 속담을 뒤집어 보면 "소설이 오히려 사실보다 정확해야 한다"는 뜻이다. 소설(fiction)이란 결국 거짓말(fiction)이라고는 하나, 현실에서 통하는 거짓말이 소설에서는 잘 통하지 않는다는 원칙 또한 사실이다. 예를 들어 보면, 우리 주변 실생활에서는 복권에 당첨되어 몇억 원짜리 횡재를 하는 사람이 분명히 존재하지만, 소설에서 만일 주인공이 가난 때문에 온갖 고생을 하다가 복권을 타서 행복해졌다는 결말(denouement)을 맺는다면 대다수의 독자가 '비겁한 엉터리짓'이라고 말할 듯싶다. 소설 속의 현실적인 상황에 대한 해결이 논리적으로 설득하기에 쉽지 않으니까 무책임하게 극단적인 우발성에 의존했다고 말이다. 이렇듯 현실에서 가능한 상황이라고 해도 독자를 설득해야 하는 부담이 도사린 소설에서는 가능하지 않은 경우가 많다.

소설은 사실보다도 더 사실적이어야 한다는 모순된 원칙을 충족시키기 위해서는 취재와 확인이 필요하고, 아니면 경험의 헛간(storehouse)을 뒤져야 한다. 이것은 사실성(factuality)이 독자가 작중인물과 동일시(同一視, iden-tification)하는 과정을 도와 주는 보조 수단 역할을 한다고 믿기 때문이다.

실제로는 단 한 번도 없었던 월맹의 항공 폭격으로 인해서 한국 병사가 정신이상 증세를 보인다는 동기 설정(motivation)에서 이미 무리가 간다면, 거짓말에도 이자가 붙는다고 했듯이, 신빙성이 없는 더 많은 거짓말이 설득을 위한 전개 과정에서 나타나게 되고, 그러면 늑대가 나타났다고 외치는 소년의 주장처럼 독자는 쉽게 동일시의 몰입에 이르지를 못한다.

소설쓰기는, 다소 모욕적인 표현을 쓰자면, "그럴듯한 거짓말 만들기"이다. 주제가 담긴 결정적인 거짓말을 독자로 하여금 믿게 만들기 위해서는 다른 어디에서도 거짓말을 하지 않아야 효과적이다. 시각적인 묘사와 등장인물 그리고 배경 따위가 모두 사실적이라면 그런 조건 속에서 이루어지는 결정적인 거짓말(결론으로서의 상황이나 사건)은 자연스럽게 현실처럼 여겨진다.

예를 들어 "언젠가 정치인 모(某)씨가 지방에 내려갔다가 어느 농부를 만나 좋은 일을 하고 왔다"는 지극히 모호한 문장의 설득력이 어느 정도일지를 생각해 보자. 그런 다음에 같은 문장을 이렇게 고쳐 보자.

"1989년 8월 6일 국회의원 노무현이 강원도 양양으로 피서를 갔다가 전진 2리에 거주하는 어부 김차랑 씨의 경운기와 좁은 골목길에서 마주쳤을 때 자가용을 멈추고는 경운기가 먼저 지나가게 기다려 주었다고 한다."

똑같은 내용을 구체적인 사실로 가득 채운 나중 글은 물론 내가 방금 지어낸 내용이지만, 비록 "~라고 한다"라는 간접 화법의 형태를 갖추었음에도 불구하고, 제시된 다른 모든 내용이 실제와 같기 때문에 "길을 양보했다"고 마지막에 지어 붙인 '거짓말(상상)'까지도 실제로 일어났던 사건(진실)처럼 여겨진다. 사실성이 현실성(reality)을 뒷받침하기 때문이다. 이것이 구체적 사실을 동원하여 '진짜'라는 착각 만들기를 하는 공식이다.

거짓은 설득의 전개를 위해 상상이라는 공간적인 여유를 마련해 주는 반면에, 구체적인 사실을 동원하여 착각을 만드는 방법에서는 이미 이루어진 기존의 상황과 사건과 인물에 지나치게 의존하다 보면 글쓰기의 행동 반경이 그만큼 좁아진다. 헛간을 자꾸 뒤져대기만 하면 이미 여러 해 전에 어느 소설의 한 귀퉁이에 끼워 넣었던 작은 사건이나 상황이 자기도 모르는 사이에 다른 작품에서 얼굴을 내밀기도 한다. 내가 쓴 길고 짧은 여러 작품에서 내 고향 마포가 지리적인 배경으로 거듭거듭 선택되었던 이유가 바로 그것이었고, 비록 독자들의 지적을 받았던 적은 없지만 나는 스스로 작업 과정에서 이런 되풀이짓이 눈에 띄면 가끔 섬뜩해지고는 했다. 그것은 윌리엄 포크너의 『요크나파토파(Yoknapatawpha County)』나 존 스타인벡의 『살리나스(Salinas Valley)』, 하다못해 존 오하라의 『깁스빌(Gibbesville)』처럼 한 작가의 모든 작품을 일관하는 공간 배경으로서의 의도한 지리적 제한성이 아니라, 단순히 나 자신의 나태함이 빚어낸 결과이기 때문이었다. 그래서 『헐리우드 키드의 생애』를 쓸 때는 마포에 관한 나의 모든 기억을 남김없이 몰아넣었고, 앞으로는 어떤 소설에서도 마포라는 지명을 언급하지 않기로 했다.

이와 비슷한 이유로 해서 나는, 신문이나 잡지에 조각글을 쓰고 나서 이름 뒤에 쫓아오는 괄호 속에다 직업을 '작가'라고 처음 밝히기 시작했을 무렵, 애초부터 지키기가 어려웠던 나 자신과의 약속이었지만, 한 가지 주제에 대해서는 한 권의 소설만 쓸 작정을 했었다. 월남전은 『하얀전쟁』, 한국전쟁은 『은마는 오지 않는다』, 영화는 『헐리우드 키드의 생애』, 정치소설은 『태풍의 소리』, '상상' 소설은 『실종』 이런 식으로 말이다. 그런 의미에서 "물에 빠진 대화"는 내 생활에서 글쓰기 다음으로 큰 부분을 차지하는 낚시를 마지막으로 정리하려는 작품이다. 이제부터 마포와 더불어 낚시는 어디에서도 언급하지 않으려는 생각이다.

"물에 빠진 대화"는 두 편의 이어지는 중편소설 "미늘"을 쓰고 남은 갖가지 일화와 상황을 꿰어 가벼운 낚시 꽁트집을 하나 만들겠다는 막연한 계획을 염두에 두고 〈월간중앙〉, 〈낚시인〉 등, 여기저기 발표했던 일곱 편의 꽁트나 단편소설을 바탕으로 해서 엮은 작품이다. 책의 끝 부분에 '소품모음'의 형태로 붙이려 했었으나, 본디 조각난 글에는 그리 만족하지 못하는 성격인지라, 금년(2001년) 여름방학을 맞은 김에 중편 길이로 아예 처음부터 다시 엮었으며, 학암포에서 몇 년 전에 겪었던 안개 속의 표류 사건을 약간 과장하여 배경으로 삼았고, 언젠가 기회가 나면 "삼각은 만나지 않는다"라는 제목을 달고 독립된 중편소설로 쓰려던 "첫사랑 쫓아다니기" 주제까지 밑에 깔았다.

"물에 빠진 대화"는 처음 중편집 『낭만과 남편의 편지』에 수록된 "백합은 이렇게 죽는다"처럼 서술이나 지문이 전혀 없이 전체를 두 사람의 대화로만 엮어 볼 생각이었으나, 아무래도 주인공의 갈등하는 심리를 설명하기가 힘들 듯싶어 일반적인 서술체로 바꾸었다.

세월의 뒷모습

마지막에 실은 "세월의 뒷모습"을 발표한 시기는 역사소설, 추리소설, 공상과학소설 그리고 다른 순수 허구적 작품과는 달리, 작가의 체험이나 기억의 창고에서 만들어 내는 작품이라면 필연적으로 어느 만큼은 자전적이라는 생각을 했던 무렵이었고, 그래서 아예 실명을 쓰더라도 흠이 되지 않으리라고 믿었다. "타자기"라는 제목을 붙이고 싶기도 했던 이 글의 내용은 영어로 소설을 쓴다는 따위가 워낙 '특수한 경우'여서, 가짜 이름을 두 주인공에게 붙이더라도 위장과 분장이 너무 어려우리라는 계산도 했었다.

발표는 1990년 〈현대소설〉에 했었다고 기억하는데, 그후 몇 권의 중편집을 내면서 어디에도 포함시키지를 않았다. 정말 소설로 분류를 해도 되겠느냐는 확신이 없어졌기 때문이었다. 그리고 적어도 '소설'로 분류하고 싶은 작품을 쓸 때면 다시는 이런 고백적 형태를 취하지 않기로 했다.

"우리 옆집에는 아름다운 여자가 산다"라는 막연한 표현보다는 "우리 옆집에 사는 젊은 여자는 짧고 빨간 치마에 하얀 블라우스를 즐겨 입는다"라는 식으로 시각(視覺)을 포함한 인간의 여러 감각에 의존하는 서술을 의식적으로 열심히 만들어 쓰던 습성에 따라, 상상력 자극(visualization)의 과정을 단축시키기 위해 역시 '기성품 빌어 쓰기'를 시도했던 작품이었고, 사실은 두 '주인공'이 함께 쓰기로 약속한 작품이 성공하는 경우 서문 삼아 재활용할 이기적인 계산까지 했었지만, 이런 의도 역시 무산되었다.

독일과 한국에 떨어져 살던 두 사람이 함께 작품을 쓰기란 전혀 쉬운 일이 아니어서, 2 년쯤 편지를 주고받으며 구상만 계속하고 거의 아무런 진전이 없다가, 덴마크에서 『은마는 오지 않는다(Generalens Genkomst)』가 번역 출간되어 홍보 여행을 위해 유럽으로 간 길에 나는 시드니 교수를 독일로 찾아가 '대책'을 의논하기 위해 만났다. 한참 고심하던 끝에 시드니 교수는 결국 한국으로 와서 서울대학교에 적을 두고 결국 장편을 함께 썼지만, 두 사람 다 '합작'이란 정말로 섣불리 손댈 일이 아니라는 뼈아픈 경험만 얻었다.

시드니 교수는 지금 70의 나이로 애리조나에 은둔해서 두 번째 소설을 집필 중이며, 띄엄띄엄 오고가는 편지, 그리고 내가 영자신문에 매주일 쓰는 칼럼을 시드니 교수가 인터넷에 찾아 읽는 정도로 우리 두 사람의 인연은 가느다랗지만 끝없이 계속해서 이어지는 중이다.

포스트 디보쓰

금년 봄호 〈문예중앙〉에 발표한 "포스트 디보쓰"는 좋게 얘기하면 현대의 풍속화 한 폭이고, 어떻게 보면, 비록 관음증은 아니더라도, 다분히 한 토막의 '엿듣기'에 가까운 기록이다. 이것은 타인의 엿듣기이기도 하지만, 사실은 나 자신에 대한 엿듣기이기도 하다. 경솔한 순간적인 행동과 거기에 수반되는 기나긴 후유증, 그리고 서구화와 여권신장과 남녀평등과 개인주의식 사고방식이 피상적인 장식품 노릇을 하는 우연하고도 흔한 만남을 '구경'한다는 의미에서라면 이 작품을 관음적이라고 해도 되겠다.

이 작품의 청탁을 하던 담당 기자는 "요즈음 활동이 뜸해진 중견 작가들의 작품을 모아 특집을 만들 계획"이라고 했다. '한물 간 작가들의 특집'이라는 말처럼 들려 혼자 웃었는데, 하기야 나로서는 금년에 환갑을 맞으니 한살이를 끝낸 셈이기는 하다.

미국인의 아내

요즈음 영어를 무척 좋아하는 사람들의 흉내를 내서 본문에 영어를 섞어 넣었을 뿐 아니라 아예 제목까지도 영어로 "An American Wife"라고 붙여서 금년 봄호 〈한국문학〉에 발표했던 이 작품은 내용이나 분위기에서 내가 오래 전에 발표했던 중편 "미국인의 아버지"와 사뭇 상통한다는 생각이 들어 여기에서는 "미국인의 아내"라고 제목을 바꿔 보았다. 한때 '지상의 낙원'이라고 했던 미국으로 떠나간 가난한 한국인이 타향에서 외롭게 살아온 편린들을 엮어 놓은 얘기이기 때문에, 좀 과장해서 표현하자면, 우리 현대 역사의 한 단면이라고 해도 되겠다. 들녘

1941년 12월 2일 서울 마포구 공덕동 434-5에서 태어남

1965년	서강대학교 영문과 졸업
1964~65	〈코리아 헤럴드〉 문화부 기자
1967~68	백마부대로 파월 복무, 〈코리아 타임스〉에 "베트남 삽화(VietVignettes)" 칼럼 연재, 월남과 미국 신문 잡지에 기고
1969~70	한국일보사 〈코리아 타임스〉, 〈주간여성〉 기자
1971~74	한국 브리태니커 회사 편집부장
1975~78	〈코리아 타임스〉 문화체육부장
1975	마르께스의 『백년 동안의 고독』(〈문학사상〉에 연재)으로 번역 활동 시작, 현재까지 150권 가량의 역서가 있음.
1977	장편 수필 「한 마리의 소시민」〈수필문학〉에 발표
1982	제1회 한국 번역문학상(한국 번역가 협회 제정) 수상
1983	〈실천문학〉에 장편 「전쟁과 도시(ʻ하얀전쟁ʼ으로 개제)」를 발표하여 등단
1985	장편 『가을바다 사람들』(고려원) 발표
1987	단편집 『학포장터의 두 거지』(고려원) 발표
	장편 『갈쌈(은마는 오지 않는다)』(책세상, 고려원) 발표
1989	단편집 『동생의 연구』(책세상) 발표
	「하얀전쟁」을 "White Badge"라는 제목으로 뉴욕에서 출판
1990	「은마는 오지 않는다」를 "Silver Stallion"이라는 제목으로 미국에서 출판, 캐나다 토론토에서 열린 국제 작가 페스티벌(International Festival of Authors)에서 「White Badge」를 낭송하여 육성이 국제작가 기록 보관소(International Archives of Authors)에 소장됨
1991	중편집 『미늘』(열음사) 발표
	「하얀전쟁」 2부를 시사토픽에 연재
	「은마는 오지 않는다」를 장길수 감독이 영화화하여 몬트리올 영화제에서 여우주연상과 각본상 수상
	「한마리의 소시민」을 「영혼에 묻어난 이슬」(등불)이라는 제목으로 개작
1992	「악부전」으로 김유정 문학상(동서문학사 제정) 수상
	「하얀전쟁」을 정지영 감독이 영화화하여 동경영화제에서 작품상 수상

1992   「은마는 오지 않는다」를 울라 워렌(Ulla Warren) 번역으로 덴마크에서
        "Generalens genkomst"라는 제목으로 출판, 스칸디나비아 펜클럽 초청으로
        덴마크 방문
        『헐리우드 키드의 생애』(민족과 문학) 발표
1993   『하얀전쟁』 일본 광문사(光文社)에서 일어판 출판
        『하얀전쟁』 3부 발표(고려원)
        KBS-2 TV에서 "인생 이 얘기 저 얘기" 진행
1994   장편『나비 소리를 내는 여자』(현암사) 발표
1995   중편집『낭만파 남편의 편지』(민음사) 발표
        「태풍의 소리」〈국제신문〉에 연재
1996   『태풍의 소리』 전6권 발표(현암사)
        〈문화일보〉에 장편「실종」을 연재, 정민 미디아에서 3권으로 출판
        서강대학교 영문 창작 강의
        『안정효의 영어 길들이기』 번역편 출판(현암사)
1997   다솜방송 토크쇼 "안정효의 테마 토크" 진행
        이화여대 통역대학원에서 문학 번역 강의
        『안정효의 영어 길들이기』 영작편 출판(현암사)
1998   문화방송 라디오에서 "MBC 초대석 안정효입니다" 진행
        영자신문〈코리아 헤럴드〉에 칼럼("Afterthoughts") 연재
        『안정효의 영어 길들이기』 영역편 출판(현암사)
        자전적 수필『하늘에서의 명상』(디자인 하우스) 발표
        「은마는 오지 않는다」덴마크에서 시각장애인을 위한 테입으로 제작
1999   이화여대 통역대학원 초빙교수
        중편소설집『착각』 발표(오늘)
2000   『가짜영어사전』 출판(현암사)
        「미늘의 끝」〈낚시춘추〉에 연재
2001   「은마는 오지 않는다」가 독일 Pendragon출판사에서 "Der silberne Hengst"
        라는 제목으로 출간,「착각」곧 출간